KB093324

무한의 책

무한의 책

김희선 장편소설

차례

등장인물 … 6

1. 소년 … 9
2. 강림 … 22
3. 계시 … 33
4. A View To A Kill … 51
5. 앱의 출현 … 75
6. 이상적인 햄에 관한 소고, 그리고 앱의 출현 그 이후 … 88
7. 다람쥐 탈을 쓴 아르바이트생 … 104
8. 그리고 아무도 남지 않았다 … 125
9. 0.5초의 신 … 154
10. Talk about you … 191
11. 3년의 낮과 밤(2012. 12. 21~2015. 12. 21) … 210
12. 여전히 계속되던 낮과 밤 … 224

13. 유령 타워의 추억, 혹은 결코 끝나지 않을 이야기 … 239
14. 진실은 저 너머에 … 255
15. 아무도 모르게 … 269
16. 언제나 어디서나 … 281
17. 스푸트니크 3호의 가능성 … 301
18. 어젯밤에 생긴 일 … 313
19. 방문객들 … 346
20. 검은 사각형, 혹은 디디의 진술 … 376
21. 신호, 신호들 … 423
22. 꿈은 사라지고 … 435
23. 미래로 가는 유일한 방법에 관하여 … 468
24. 에필로그 … 484

작품해설 … 490
작가의 말 … 514

등장인물

소년 _ 놀이공원에서 미아로 발견됨. 의문의 노트를 갖고 있다.

다람쥐 탈을 쓴 아르바이트생 _ 놀이공원에서 동물 탈을 쓰고 아르바이트를 하는 청년. 소년을 처음으로 발견한다.

강승현 경장 _ 경찰. 소년의 가족을 찾아주려다 점차 다람쥐 탈을 쓴 아르바이트생의 이야기에 빠져든다.

스티브 _ 한국 이름은 박성철. 도축 공장에서 일하다 햄·소시지 영업사원으로 승진했으며, 로버트 와인버그에게서 세상의 종말에 얽힌 비밀을 듣게 된다.

로버트 와인버그 _ 스티브의 이웃에 사는 전직 기자. T 신부의 회고록을 집필하던 중 놀라운 사실을 알게 된다.

T 신부 _ 예수회 신부이자 과학자. 지질학, 고고학, 생물학에 조예가 깊으며, 화석을 통해 진화론을 연구하던 중 신의 비밀을 깨닫고 번민한다.

디디 _ 스티브의 어린 시절 친구. 스티브의 삶에 지대한 영향을 끼친다.

보리스 _ 신.

아르까지 _ 신.

박영식 _ 스티브의 아버지. 1980년대 후반 미국으로 건너가 도축 공장에서 일했다.

제니스 _ 스티브의 엄마. 한국 이름은 유정숙.

제이미 _ 스티브의 동생. 한국 이름은 박성호.

챙 _ 오케이 마트의 햄·소시지 구매 담당자.

공장장 잭 _ 스티브의 직장 상사.

정 씨 _ 도축 공장에 새로 들어온 중년의 한국 남자.

구티에레즈 _ 스티브의 친구. 카드빚에 쫓기다 어디론가 사라진다.

싱 _ 편의점 아르바이트생.

안젤리코 델 지오반니 _ 중세시대의 화가. 신에 관한 기괴한 그림을 남겼다.

정 하사 _ 스티브 아버지의 군 시절 하급자.

짐 _ 디디의 아버지.

미스 왕 _ 헤븐하우스의 관리인 노파.

존 D. 맥도날드 _ 형사. '엘름가 1408번지 한국인 가족 몰살 사건'을 수사하며 디디의 진술을 받아 적는다.

로저 코먼 _ 유령. 짓다 만 건물인 유령 타워에 출몰한다.

호세 _ 스티브의 도축 공장 동료.

사사키 _ 스티브의 도축 공장 동료. 스티브보다 먼저 승진한다.

레오니드 몰로디노프 박사 _ 구소련 출신의 과학자 겸 심리학자. T 신부에게 중요한 정보를 전해준다.

창식 _ 다람쥐 탈을 쓴 아르바이트생의 선배. 동물 탈을 쓴 채 땀을 너무 많이 흘린 끝에 정신이 이상해진다.

핫블랙 _ 당대 최고의 래퍼.

B 추기경 _ 로버트 와인버그의 블로그 포스트에 등장하는 교황청 문서 담당관.

C 추기경 _ 로버트 와인버그의 블로그 포스트에 등장하는 교황청 신앙교리성 장관.

안토니오 수사 _ B 추기경의 비서.

즈웨데 틸루 _ 탄자니아 출신의 과학사가 겸 신학자.

김 경사 _ 강승현 경장의 동료 경찰.

리어카 끄는 남자 _ 고아원 앞에서 스티브를 만난 뒤 그에게 모종의 제의를 한다.

보육원 여자 _ 명진 보육원에서 일하는 사무직원. 강승현 경장의 전화를 받는다.

닥터 싱 _ 정신과 의사. 스티브가 입원해 있을 당시 그의 담당의였다.

존 _ 시립정신병원 심리상담사.

#1
소년

소년은 울지 않았다. 그저 어리둥절했을 뿐이다. 이런 기이한 세상이 존재할 거라고는 단 한 번도 상상해본 적이 없다. 그는 한껏 목을 빼고 사방을 둘러싼 화려한 건물을 올려다보았다. 그것들은 방금 전 그림책 속에서 빠져나온 듯 갖가지 요란한 색깔로 채색돼 있었다. 게다가 만약 잘못 본 게 아니라면, 지금 저쪽에선 거대한 다람쥐(처럼 보이는 동물) 한 마리가 부지런히 이쪽을 향해 다가오고 있다. 사람처럼 두 발로 서서. 순간 소년은, 자신이 아직 살아 있기는 한 건지 의심스러워졌다. 아니, 어쩌면 이건 꿈일지도 몰라. 그런 생각이 들자 그는 얼른 자기 볼을 꼬집었다. 이런, 정말 아프잖아. 손을 내린 다음 소년은 잠시 두리번거렸다. 즐겁게 웃고 있는 이 많은 사람들 중 누군가는, 그런 바보 같은 짓을 하는 자신을 지켜봤을지도 모른다는 생각에서였다. 그들은 눈물이 왈칵 솟을 만큼 자기 볼을 세게 꼬집는 남자아이를 보며 이렇게 말하겠지. 저 애는 정말

이상하군. 도대체 뭣 때문에 자기 뺨을 저렇게 세게 잡아당기는 걸까. 하지만 그것은 오래전 그의 어머니가 알려준 방법이었다. 꿈인지 생시인지 알 수 없을 땐 이렇게 자기 볼을 꼬집어보렴. 만약 아프지 않으면, 그건 네가 꿈을 꾸고 있다는 증거야. 왜냐하면 꿈속에선 아무도 아픈 걸 느끼지 못하거든. 그러면서 그녀는, 아직 아기였던 소년의 볼을 잡아당겼다. 아마도 분명히 그는, 어머니가 사라지던 때에도 자기 볼을 잡아당겨봤던 게 틀림없다. 그 엄청난 통증을 아직도 기억하고 있는 걸 보면 말이다. 역 앞에서 어머니는 어딘가로 걸어갔다. 잠깐만 기다리렴. 곧 돌아올게. 이런 얘기의 흔한 귀결이겠지만, 그날 어머니는 돌아오지 않았다. 그는 저녁 늦게까지 시계탑 밑에 가만히 서 있었고, 잠도 거기서 잤다. 그런 식으로 며칠을 보낸 후에, 부모 없는 아이들이 모여 지내는 시설에 보내졌던 것이다. 그곳에서의 첫날 밤, 소년은 자리에 누운 채 하나밖에 없는 창으로 비쳐드는 달빛을 보고 있었다. 지금 생각하면 달빛이 아니라 그저 가로등 불빛이었을지도 모르지만. 어쨌든 그렇게 누워서 그는 어머니를 생각했다. 뒤늦게 시계탑 앞으로 돌아온 그녀가 사라진 아들을 찾아 헤매는 광경을 상상하던 그는, 문득 자기 볼을 꼬집어봤다. 너무 아파서 눈물이 왈칵 쏟아졌고, 소년은 몇 번 더 뒤척이다 잠이 들었다. 그러니까 그는, 어머니가 자신을 떠나버렸다는 사실을 그런 식으로 받아들였던 것이다.

"이봐, 내 말이 안 들리니?"

저쪽에서 걸어오던 거대한 다람쥐가 바로 앞에 서 있다는 걸 알아차린 건 그 순간이었다. 하지만 소년은 그다음에 다람쥐 인간이 한 말을 하나도 듣지 못했다. 그 기괴한 동물(아니면 인간?)이 어깨에 손을 얹는 순간, 있는 힘껏 비명을 지르며 도망쳤기 때문이다. 살려줘. 소년은 소리쳤다. 괴물 다람쥐가 날 죽이려고 해. 아저씨는 대체 어디 있는 거야? 좋은 곳으로 데려다준다더니, 모두 거짓말이었던 거야?

*

강승현 경장은 볼펜을 내려놓고 기지개를 켰다. 소년은 어느 틈에 잠들어 있었다. 요즘 애들답지 않게 바짝 치켜 깎은 짧은 머리가 아까부터 이상하게 마음에 걸린다. 아이는 자신이 '명진 고아원'이라는 곳에서 왔다고 했지만 그게 어디 있는 거냐는 질문엔 대답하지 못했다. 찾아보니, 그런 이름을 가진 시설은 전국에 단 하나뿐이었다.

"뭐라고요? 보육원에 없어진 아이가 있냐고요?"

전화를 받은 여자는, 경찰이라는 말에 경계심을 보이며 되물었다.

"네, 오늘 오후 에버랜드 정문 부근에서 한 아이가 혼자 서 있다가 그곳 직원에게 발견됐습니다. 지금 우리 지구대에서 보호하고 있는데요, 처음엔 아무 말도 하지 않더니…… 조금 전에야 갑자기 자기가 명진 보육원에 있다고 털어놓더군요."

설명을 들은 여자가 한결 누그러진 목소리로 대답했다.

"그렇다면 잘못 아셨네요. 일단, 여긴 밖으로 나간 아이라곤 하나도 없고, 뭐 당연한 얘기지만, 만에 하나라도 그런 일이 발생한다면 저희가 먼저 신고를 했을 테니까요. 여기 애들요? 어디 보자, 모두 여든네 명이에요. 어제 아버지가 면회 와서 외출 나간 아이가 하나 있고, 축구 하다 다쳐서 병원에 입원해 있는 애가 하나 있으니까…… 지금은 여든둘이고요. 뭐라고요? 그 애가 왜 이곳 이름을 댔는지 우리가 어떻게 알겠어요? 음, 혹시 지나다가 간판 같은 걸 보고 외워뒀던 게 아닐까요?"

귀찮은 듯 전화를 끊으려는 직원에게 강승현 경장이 다시 한 번 물었다.

"잠깐만요. 그럼 예전에라도 박성철이란 이름을 가진 남아가 있었는지 확인해줄 수 있습니까? 아니면 그 비슷한 이름이라도 찾아봐주시든가요. 횡설수설하는 와중에도 계속 명진 보육원 얘기만 하니, 혹시나 해서 하는 말입니다."

수화기 너머에선 한동안 아무 소리도 들리지 않더니, 곧 긴 한숨과 함께 여자의 대답이 돌아왔다. "몇 살이라고 했죠? 여덟 살이라고요? 알겠어요, 일단은 서류를 한번 뒤져보고—물론 모든 기록을 전산화해두긴 했지만, 엊그제부터 컴퓨터가 말썽이라 아무래도 직접 찾아봐야 할 것 같으니까요— 연락드리도록 할게요."

전화를 끊고 나서, 강 경장은 곤히 잠든 소년을 쳐다봤다. 5월이라곤 하지만, 그래도 밤엔 싸늘하다. 담요라도 덮어줘야 하나. 어쨌든 이상한 아이다. 나이에 비해 자그마한 체구를 가졌지만, 언뜻언뜻 떠오르는 표정은 마치 세상을 엄청나게 오래 산 사람처럼 보이기도 하니 말이다. 캐비닛에서 꺼낸 모포를 소년에게 덮어주고 있을 때, 신고 전화를 받고 주취자 단속을 나갔던 김인호 경사가 들어왔다. 용인전화국 앞 대로에 술 취한 50대 남자가 쓰러져 있다는 다급한 전화였는데, 순찰차가 나갔을 땐 이미 제 발로 기어서 인도까지 올라와 있었다고 한다. 그는 한동안 등을 땅바닥에 붙이고 뻗대다가, "그럼, 위험하니 일단 지구대로 모시겠습니다, 선생님" 하며 강제로 일으키려는 순간, 벌떡 일어섰다. 남자는 집이 요 근처라며 알아서 갈 수 있다고 손사래를 치고는 비틀거리며 어둠 속으로 사라졌는데, 그래도 걱정이 되어 골목으로 들어갈 때까지 지켜보다가 이제 돌아온 참이라는 것이다. "미친 새끼." 김 경사는 한숨을 쉬며 의자에 털썩 주저앉았다. 눈 밑이 오늘따라 더 시커먼 걸 보니, 엄청 피곤한 듯싶다. 하긴, 만년 경사 신세인 그는 벌써 나이 50줄을 바라보고 있는데, 이렇게 출동을 여러 번 하는 날엔 버티기 힘들 것이 확실하다. "옛날 같았으면 그런 놈들은 그냥 확……." 팔짱을 낀 채 뒤로 기대 앉아 낮게 욕을 내뱉던 김 경사의 눈이, 민원인용 긴 의자에 쪼그리고 누워 있는 소년에게로 향했다.

"뭐야, 쟤 보호자 아직 안 나타난 거야?"

"애가 대답을 안 하네요. 말을 못하는 건 아닌데, 그냥 입을 꾹 다물고 있습니다." 그러다가 강 경장은 문득 궁금해져서 물었다. "그런데 요즘도 고아원이란 말을 쓰나요? 듣고 보니 좀 이상해서요." 강승현 경장의 질문에, 김 경사가 고개를 저었다.

"글쎄, 공식적으론 안 쓰지 않나? 벌써 언제부터 보육원으로 다 바뀌었는데?"

"그렇죠? 저도 그렇게 알고 있는데……."

"왜? 자기가 고아원에 있었대?"

김 경사는 턱짓으로 잠든 소년을 가리켰다.

"예, 명진 고아원에 있었다고 하는데, 거기가 어딘지는 잘 모르더라고요. 찾아보니 강동구에 명진 보육원이라는 데가 있긴 한데, 원생 중에 이런 애는 없다고 하고요."

"그래? 그럼 뭐, 애가 거짓말한 거겠지."

김인호 경사는 심드렁하게 대답하더니 길게 하품을 했다. "그나저나, 진짜 더럽게 바쁜데, 저런 애까지 들어와 신경을 쓰게 하냐?" 강 경장은 얼른 눈짓을 했다. "애가 듣겠어요." 그 말에, 담배를 꺼내 물며 밖으로 나가던 김 경사가 피식 웃었다. "알았어. 하여간 대충 하라고. 어차피 내일이면 시청으로 보낼 애잖아. 그리고 내가 보기엔 멀쩡한 집 놔두고 뛰쳐나온 녀석 같은데, 저 나이부터 저러고 다니면 앞날 뻔한 거 아냐? 나중에 열대여섯 살 먹으면 여길 뻔질나게 들락거릴 놈이라고."

강승현 경장은 낮게 한숨을 내쉬었다. 실제로, 생각보다 많은 아이들이 툭하면 집을 나온다. 경사의 말에 잘못된 게 있다면, 그 애들의 가정 형편이 '멀쩡한' 것과는 거리가 멀다는 사실 정도이리라. 그중엔, 보호자들이(주로 할아버지나 할머니, 혹은 며칠씩 지방으로 일을 다니는 아버지들이었는데) 아이가 없어졌다는 사실조차 모르고 있는 경우도 허다했다. 오히려 며칠 동안 보호소에 수용되어 있던 애들이 참다못해 가족의 연락처를 털어놓고 집에 데려다달라고 부탁하기도 했으니 말이다. 어쨌든, 내일 오전까지 가족이 나타나지 않는다면, 소년은 시청 사회복지과를 통해 보호소로 인계될 것이다. 그런데 문제는, 일단 그곳으로 보내지고 나면, 나중에라도 보호자가 나타났을 때 아이를 찾기가 훨씬 더 어려워진다는 사실이었다. 최근 들어 관련 체계를 일원화시키고는 있지만 그래도 허점은 남아 있었고, 따라서 멀쩡한 아이가 서류상으론 영원히 사라지거나 완전히 다른 존재로 바뀌는 케이스가 여전히 발생하고 있었다.

동부서 산하 포곡지구대에 미아 발생 신고가 접수된 건 저녁 일곱 시경이었다. 에버랜드 미아보호센터 직원이 소년을 직접 데리고 왔는데, 그의 말에 의하면, 아이를 처음 발견한 사람은 놀이공원 내에서 동물 탈을 쓰고 일하는 아르바이트생이었다고 한다. "어떤 동물이었습니까?" 강승현 경장이 신고접수서를 작성하다 말고 묻자, 남자는 옆에 끼고 온 검은 서류 가방에서 뭔가를 꺼냈다. 직원용 매뉴얼 같아 보이는 소책자였는데, 그는 손가락에 침을 발라 그걸 몇 장 넘기더니 강 경장 앞에 내밀었다. 국내 최대 규모의 놀이공원 매뉴얼답게 화려한 색깔로 장식된 그 페이지 오른쪽 구석엔, 커다란 다람쥐 한 마리가 멜빵바지를 입고 서서 손을 흔드는 사진이 인쇄되어 있었다. "이겁니다. 그 아르바이트생이 이런 복장을 하고 있었어요. 주로 안내도우미 일 같은 걸 하는데, 어린이들에게 친근감을 주기 위해 지난가을부터 이런 차림을 하게 한 거지요. 그랬더니 애들도 좋아하고 분위기도 일반적인 유니폼을 입었을 때보다 훨씬 밝아졌어요." 더 놔두면 남자가 아르바이트생들의 다람쥐 복장과 업무 효율성 사이의 상관관계에 대하여 한도 끝도 없이 지껄일 것 같아, 강 경장은 얼른 다음 질문을 던졌다. "예, 알겠습니다. 그건 그 정도로 해두고…… 그럼, 아이를 발견한 건 정확히 몇 시입니까?"

소년이 에버랜드 미아보호센터에 온 것은 오후 두 시경이었다. 다람쥐 탈을 쓰고 일하던 아르바이트생이 화장실에서 나오다가 우두커니 서서 어찌할 바 모르고 있던 아이를 발견하여 데리고 왔다. 센터 직원들은 주간 개장 시간이 끝날 때까지 소년의 보호자를 기다렸지만 아무도 나타나지 않았고, 결국 저녁에 관할서인 포곡지구대에 아이를 데려다주고 돌아간 것이다. 밤늦게 참고인 신분으로 지구대에 들른 아르바이트생은, 주머니에서 담배를 꺼내다 말고 얼른 손을 뺐다.

"아, 죄송해요. 깜빡하고 그만……."

대답 대신, 강 경장은 종이컵 두 개를 꺼냈다.

"대신, 커피라도 한잔하는 게 어때?"

아르바이트생은 두 손으로 컵을 잡고 후후 불어가며 커피를 마셨다. 아무리 죄가 없는 사람일지라도 경찰서에 오면 괜히 긴장하게 마련이라는 것을, 강승현 경장은 잘 알고 있었다. 스무 살 정도 됐을까. 사방으로 뻗친 머리를 노랗게 염색한 저 학생 역시 그래서 자기도 모르게 담배를 찾았을 터이다.

"하여간, 미안하게 됐어. 늦은 시간인데 여기까지 오게 해서 말이야."

그가 말하자, 학생은 종이컵을 내려놓고는 좀 나아진 얼굴로 대답했다.

"뭐, 어쩔 수 없잖아요. 쟤도 얼른 엄마를 찾아야죠."

"그래, 그렇게 말해주니 고맙군. 그럼 이제 본론으로 들어가볼까? 참, 금방 끝날 테니 너무 걱정은 말고."

얘기하는 내내 한 손으로 종이컵을 구겨대던 아르바이트생의 말에 의하면, 소년은 그야말로 홀연히 그 앞에 나타났다.

"홀연히? 그게 무슨 뜻이지?"

"어떻게 설명해야 하나……? 하여튼 그런 거 있잖아요. 땅에서 갑자기 쑥 솟아나는 거 말이에요."

그날은, 비록 평일이긴 했지만, 여러 학교에서 체험학습을 온 탓에 공휴일과 다름없이 바빴다. 다람쥐 털가죽을 입고 돌아다니며 온갖 잡일을 하고 학생들과 사진까지 찍던 아르바이트생이, 겨우 짬을 내어 화장실에 간 건 점심때를 훨씬 넘긴 시간이었다. 볼일을 보고 나서 찬물로 세수까지 한 다음, 그는 다시 다람쥐 탈을 뒤집어썼다. "그거 쓰고 있으면 완전 덥거든요. 그렇게 중간에 세수라도 안 하면 진짜 쪄 죽어요." 그러고도 맨 안쪽 화장실에 좀 더 쭈그리고 앉아 있던 그는 밖으로 나오면서 눈이 부셔서 얼굴을 찡그렸는데, 그 순간 소년이 나타난 것이다.

"정문에서 쭉 걸어 들어오면, 큰 나무가 하나 있어요. 아니, 진짜 나무는 아니고요, 당연 가짜죠. 거기 진짜가 어디 있겠어요? 하여튼, 그 나무를 무심코 봤는데, 뭔가 좀 이상하더라고요. 물론 처음엔 평소와 다른 게 뭔지 알 수 없었어요. 하지만 곧 알아차렸죠. 그러니까 그땐 그 나무 밑이 텅 비어 있더라는 거예요!"

"나무 밑에 아무도 없는 게 뭐가 그리 이상하지? 그럴 수도 있는 거 아닌가?"

강승현 경장은 에버랜드 입구 안쪽에 있는 거대한 플라스틱 나무를 떠올리며 물었다. 볼 때마다 눈에 거슬리는 기이한 인공 구조물이었다. 게다가 그 유치한 색깔과 주렁주렁 매달린 장식품들이라니. 공원 측에선 시즌마다 나무를 새롭게 꾸몄는데, 그는 그 아래를 지날 때마다 철 지난 장식품들이 가득 쌓여 있을 어느 어두운 창고를 상상하곤 했다.

"어휴 아저씨도 참. 원래 거기가 사진을 제일 많이 찍는 장소예요. 에버랜드의 상징 같은 거니까, 그 나무 아래서 사진을 찍어가지곤 SNS에 올리는 거죠. 나 여기서 완전 신나게 놀았다, 뭐, 이런 식으로 자랑하려고 말이에요. 그런데 아까 화장실에서 나왔을 땐, 그 주위의 공간이 텅 비어 있었어요. 게다가 조용하기까지 했고 말이에요."

"흠…… 그런데 그때 회오리바람이 일더니 저 아이가 갑자기 솟아났다?"

강승현 경장은 에버랜드 직원이 두고 간 기록을 다시 한 번 읽었다. 아르바이트생은 보호센터에서도 똑같이 진술했다. 하긴, 어쩌면 그때 이 학생은 가벼운 열사병 증세에 시달리고 있었는지도 모른다. 아니면 땀을 너무 많이 흘린 나머지 일시적인 탈수 상태가 왔던 걸지도. 둘 다 환각이나 환청을 경험할 수 있는 질환이니 말이다. 그러나 아르바이트생의 표정은 진지했다.

"진짜라니깐요. 완전 신기했다고요! 아니, 토네이도 수준은 아니고요. 만약 그랬다면 벌써 기사 떴게요? 에버랜드에 토네이도 발생, 뭐 이러면서요. 하여간 그 정도는 아니지만, 그렇게 조용하던 나무 밑에서 갑자기 회오리바람 같은 게 일었어요. 그러자 여기저기 떨어져 있던 나뭇잎이랑 쓰레기 같은 것들이 막 빙빙 돌면서 공중으로 떠오르기 시작했죠. 그리고 그 순간, 아이가 나타난 거고요."

기록대로라면, 그리고 지금 앞에 앉아서 열심히 떠들고 있는 아르바이트생의 말대로라면, 소년은 그 회오리바람 속에서 홀연히 나타난 거다. 물론, 강 경장은 그런 말을 액면 그대로 믿진 않았다. 수년간의 경찰 생활 덕분에 인간의 눈이란 게 얼마나 자의적이고 부정확한지 잘 알고 있던 터다. 그럼에도 불구하고, 그는 아르바이트생의 말을 들으며 몇 가지 메모를 했다. 어쨌든 중요한 건, 아이가 나무 아래서 발견되기 전 어디서 뭘 하고 있었는지 전혀 모른다는 사실일 테니 말이다.

"실은 나도 처음부터 걔한테 말을 걸거나, 뭐 그럴 생각은 없었어요. 어차피 회오리바람 속에서 사람이 나타난다는 거 자체가 말이 안 되니까, 그냥 잘못 본 거라 여기고 가버리면 그만이었거든요."

"그럼 왜 아이에게 말을 걸었지?"

"잘 보세요. 아저씨도 그런 느낌 들지 않아요? 재, 좀 이상해 보이지 않느냔 말이에요. 옷도 그렇고 신발도 그렇고, 머리 스타일도 괴상하고, 하여튼 정상은 아니잖아요. 게다가 잠깐 지켜보니까 애가 안절부절못하면서 어쩔 줄 모르는 게…… 무지하게 불안해 보이더라고요." 그러면서 아르바이트생은 지구대 사무실 구석에서 졸고 있는 소년을 슬쩍 가리켰다. 하긴, 아이의 겉모습엔 확실히 남다른 데가 있었다. 도대체 어디서 저런 옷을 구해 입었나 싶을 정도로 특이한 차림새였던 것이다. 누렇게 변색된 지저분한 무명 셔츠와 어른이 입다 버린 바지를 대충 줄여 만든 듯한 하의도 그랬지만, 특히 강 경장이 눈을 떼지 못한 건 소년의 신발이었다. 아이가, 돌아가신 그의 할아버지나 신었을 법한 낡은 고무신을 신고 있었기 때문이다.

"그래, 좋아. 그런데 네가 말을 걸었더니 저 애가 갑자기 도망치더라, 이 말이지?"

"네, 하지만 어쨌든 처음엔 그냥 지나갔어요. 어차피 요새 애들 핸드폰 하나씩은 다 가지고 있잖아요. 부모가 안 보여도 전화해서 찾으면 그만일 테니 내 알 바 아니지, 이런 생각을 했거든요. 그런데 좀 걷다 보니 자꾸 마음에 걸리는 거예요. 혹시나 해서 뒤돌아보니, 쟤가 여전히 나무 밑에 꼼짝 않고 서 있더라고요. 잔뜩 겁먹은 얼굴로 말이에요. 그래서 결국 다시 돌아갔고, 괜찮은지 물었는데……." 아르바이트생은 어깨를 으쓱하더니, 소년이 앉아 있는 쪽을 또 한 번 힐끗 쳐다봤다. "어깨에 손을 얹는 순간, 애가 비명을 지르면서 막 도망치는 거예요. 어떡하긴 뭘 어떡해요? 나도 따라 뛰었죠. 그런데 진짜 엄청 빠른 거예요. 이래 봬도 100미터를 12초에 끊는데, 와, 쟤는 못 따라잡겠더라고요." 결국 그는, 다람쥐 탈까지 벗어서 옆구리에 끼고 달린 끝에 사파리월드 입구에 거의 다다라서야 아이를 잡을 수 있었다.

'그런데요 아저씨, 저 애, 잡고 보니까 어깨가 너무 말라서 깜짝 놀랐어요.' 아르바이트생은 이런 말도 덧붙이려다 입을 다물었다. 왠지 이런 식의 부수적인 이야기는, 오직 객관적 사실만을 진술해야 하는 이곳 분위기와는 어울리지 않는다는 느낌이 들어서였다. 잠깐 동안 말없이 앉아서 종이컵만 만지작거리던 그는, 마지막에 소년이 어떤 반응을 보였는지에 대해서만 말하는 게 낫겠다고 결심했다. "저 녀석, 나한테 잡히더니 씩씩대면서 노려보더라고요. 이거 놔, 이러면서 소리치는데 힘이 어찌나 센지 겨우 붙들었다니까요." 마침 저쪽 사파리월드 입구에 있던 다른 직원 하나가, 실랑이를 벌이는 두 사람을 보고는 달려왔다. 그의 도움을 얻어서야 아르바이트생은 날뛰는 소년을 제압했고(그런 이야기를 하며 그는 자기 팔뚝에 생긴 검푸른 멍을 보여줬다. "이거 보세요. 그 와중에 물어뜯기기까지 했다니까요. 어휴, 다람쥐 옷을 입고 있었기에 망정이지, 안 그랬으면 진짜 살 떨어져 나갔을걸요?"), 그다음 둘은 아이의 팔을 양쪽에서 붙든 채 미아보호센터까지 갈 수 있었다는 것이다.

그러나 소년은 센터에서도 한동안 소란을 피운 모양이었다. 아이를 데리고 온 에버랜드 직원이 모든 걸 인계하면서 거의 기쁜 표정을 짓기까지 한 걸 보면 알 수 있었다. 하지만, "말도 마십시오. 이 애 정말 보통이 아닙니다. 너희 부모가 누구냐, 어디 사느냐, 입장권도 없이 어떻게 들어왔느냐…… 암만 물어도 끝까지 한 마디도 대답을 안 해서 진짜 애먹었다니까요. 하여간, 이제 우리 쪽에서 할 일은 다 끝낸 거니, 이만 가보겠습니다. 수고하십쇼"라고 말한 뒤 재빨리 자리를 떴던 남자는, 나간 지 얼마 되지 않아 다시 사무실 문을 열고 들어왔다. "참, 잊은 게 있어서요, 경장님." 그러면서 그는 예의 그 검은 가방에서 서류 봉투 하나를 꺼내더니, 안에 든 내용물을 접수대 위에 조심스레 쏟아놨다. "아이의 소지품들입니다. 이것도 안 내놓겠다고 버티는 걸, 혹시 신원 확인에 도움이 될까 싶어, 저희가 어쩔 수 없이 뺏었어요. 그런데, 뭐 별건 없더라고요. 하긴 약간 특이한 게 하나 있긴 했는데, 어디서 얻었는지 물었더니 역시나 대답은 안 하더군요. 여하튼, 아이가 가지고 있던 건 이게 다고요. 그럼, 전 이제 진짜로 가보겠습니다. 안녕히 계십시오."

직원이 떠난 뒤, 강승현 경장은 물건들을 찬찬히 살폈다. 금이 가고 깨진 유리구슬이 서너 개. 성냥갑 하나. 안에는 성냥이 열 개 정도 남아 있었다. 그리고 꾸깃꾸깃한 지폐 한 장. 좀 전에 에버랜드 직원이 특이한 물건이라고 말한 건 바로 이걸 가리키는 것 같았다. 실제로, 그건 정말 어디에서도 보기 힘든 지폐였다. '百圜'이라고 한자로 적힌 액수도 그러했고, 심지어 발행 연도는 단기로 표기되어 있기까지 했으니 말이다. 앞면 오른쪽 구석에 그려진 남자의 초상이 당시 대통령이었던 이승만이라는 것과 발행 연도인 단기 4290년이 서기로 치면

1957년에 해당한다는 것을, 강승현 경장은 인터넷 검색을 통해서야 겨우 알아냈다. “이거 누가 준 건지 아저씨한테 말해줄 수 있어?” 하지만, 한쪽 구석에 앉아서 이쪽을 노려보고 있던 아이는, 강승현 경장이 지폐를 흔들어 보이자 괴성을 지르며 달려들었다. “내놔, 내 거야, 내 거란 말이야!” 그러면서 아이는 강 경장의 팔에 매달렸고, 갑자기 그의 손등을 깨물었던 것이다.

아르바이트생의 팔에 선명한 멍 자국을 보며 아까의 소란을 생각하고 있던 그는—아무리 떼어내려고 해도 소년이 떨어지지 않아, 결국 강 경장은 약간의 완력을 쓸 수밖에 없었다. 하지만 억지로 의자에 앉혀진 뒤에도 아이는 계속 숨을 몰아쉬며 그를 노려봤고, 그러다가 마침내 꾸벅꾸벅 졸기 시작했던 것이다— 말소리가 들려오는 바람에 퍼뜩 정신을 차렸다. 학생이 가방을 집어 들며 일어서고 있었다.

“이제 가도 되는 거죠?”

강승현 경장은 고개를 끄덕였다. “그래, 가봐. 정말 고마웠어.” 그러다가 뭔가 생각난 듯 자리에서 벌떡 일어선 그는 유리문을 열고 외쳤다.

“그래서 하는 말인데, 오늘만 특별히 봐주는 거다, 알았냐?”

오토바이 키를 꺼내던 아르바이트생이 의아한 표정을 짓자, 강 경장은 헬멧 쓰는 시늉을 했다. “앞으론 꼭 쓰고 다녀. 다음에 걸리면 절대 안 봐줄 테니까!” 그제야 학생은 씩 웃었다. 한 발을 땅에 디딘 채 시동을 건 그는, 지구대 앞 좁은 주차장을 한 바퀴 돌아 도로로 나가려다 말고 갑자기 멈췄다. “왜? 뭐 할 얘기라도 더 있는 거냐?” 강 경장이 물었을 때, 아르바이트생은 잠깐 망설이더니 이렇게 말했다. “저 녀석, 엄마 꼭 찾아주세요. 그냥, 괜히 신경이 쓰이네요.” 그리고 강승현 경장은 그에게 걱정 말라며 고개를 끄덕여줬던 것이다.

소년은 여전히 깊이 잠들어 있었다.

지구대에 온 뒤로 아이는 아무것도 먹지 않겠다고 버텼다. 그렇지만 배달돼 온 설렁탕을 보더니, 눈빛이 확 달라졌다.

"먹을래?"

강 경장이 재차 물었을 때에야 소년은 못 이기는 척 숟가락을 들었다. 밥 한 공기를 다 비운 아이는, 냉장고에서 꺼내준 두유까지 마시고 나서야 약간 누그러진 표정을 지었다.

"명진 고아원이에요."

돌아서서 커피를 타고 있던 강승현 경장은 처음엔 아이의 말을 잘 알아듣지 못했다. 워낙 뜬금없이 내뱉었기 때문이다. "뭐라고? 지금 뭐라 그랬니?" "명진 고아원에 있었다고요." 그러나 막상 아이는, 그게 어느 도시에 있는 건지, 그리고 거기서 어떻게 여기까지 왔는지에 대해선 대답하지 않았다. 고아원의 이름을 댄 뒤로, 소년은 또다시 고집 센 침묵으로 빠져들었던 것이다.

강 경장은 담요를 덮은 채 자고 있는 아이를 다시 한 번 쳐다보고는 수첩을 펼쳤다. 아이에 대하여 아는 건 오직 세 가지뿐이다. 박성철. 8세. 명진 보육원(고아원?). 이것을 바탕으로 그는, 최대한 빨리 저 애를 원래 있던 곳으로 되돌려 보내줘야 하는 것이다.

2
강림

신이 강림했을 땐 모두가 놀랐다. 놀랄 수밖에 없었다. 여기저기 놀라 쓰러진 사람이 속출했으며, 세상의 모든 응급실은 더 이상 환자를 받을 수 없어서 의사들은 차라리 가운을 벗어 던지고 병원 밖으로 뛰쳐나와 다른 이들처럼 입을 벌리고 하늘을 올려다보았다. 나 역시 마찬가지였다. 저녁에 만나기로 한 챙과의 약속도 잊은 채 멍하니 위쪽만 쳐다보았다. 대체 신이 하늘에서 내려오는 장면 앞에서 어떤 다른 생각을 할 수 있겠느냔 말이다.

그땐 공기 중에 떠돌던 짙은 비린내도 전혀 느끼지 못했는데, 생각해보면 이상한 일이다. 그렇게 지독한 냄새를 어떻게 아무도 알아차리지 못했던 걸까. 여하튼 그날은, 방송국에서 나온 기자들조차도 카메라가 제대로 돌아가는지 챙기지 않은 채 넋을 잃고 하늘만 쳐다봤다. (신들이 강림하는 광경을 담은 자료화면이 거의 남아 있지 않은 이유가 그 때문이라고 어디선가 들은 적이 있다.) 그러다가 꽤 긴 시간이 흘러, 저 높은 곳으로부터 꾸역꾸역 이어지는 신들의 행렬이 당분간은 끝나지 않을 거라는 생각이 들 즈음에야, 우린 위를 쳐다보길 그만뒀다. 사실 뒷목이 너무 아파서 더 이상 보고 있기도 힘들었다. 하지만 그 뒤로도 신들은 계속 내려왔고, 그 기나긴 강림은 저녁이 다 돼서야 끝났던 것이다.

낮에 밖으로 뛰쳐나왔던 사람들은, 밤이 되자 다들 안으로 숨어들었다. 아마 그날 숨지 않은 사람은 챙뿐일 텐데, 그 미친 인간은, 내가 커튼을 모두 내린 집 안에 가만히 틀어박혀 텔레비전 뉴스에 귀를 기울이는 동안 계속해서 전화를 걸어댔다.

챙은 우리 회사 주 거래처인 오케이 마트의 햄, 소시지 구매 담당자였다. 베이징에서 서북쪽으로 300킬로미터나 떨어진 고향 마을을 떠나 무작정 미국으로 건너온 그가 그렇게 큰 마트의 책임자급 자리에 오를 수 있었던 것은, 그저 타고난 성실성과 모든 걸 밀어붙이는 뚝심 덕분이었다는 스토리는, 너무 많이 들어 지겹기까지 하다. 1년에 서너 번 술과 식사를 대접할 때마다 챙은 자신의 입지전적 성공담을 끝도 없이 늘어놨다. “무조건 제일 낮은 가격으로 후려치고 볼 일이야. 너한텐 미안한 말이지만, 영업하는 놈들은 거의 대부분 사기꾼에 게으름뱅이거든. 게다가 겁은 또 얼마나 많다고. 일단 말도 안 되는 가격을 부르고 나면, 어쩔 줄 모르고 벌벌 떨다 결국 그 값에 납품을 해주고 말지. 어떤 멍청한 놈은 나한테 단가를 맞춰주느라 생긴 손해를 자기 돈으로 메우던 끝에 파산까지 했다니까. 하지만 그건 내 잘못이 아니라고. 난 마트에 오는 고객들에게 최고로 값싸고 질 좋은 햄을 제공할 의무가 있으니 말이야.”

어쨌거나, 신들이 내려오던 날 밤 지치지도 않고 50번쯤 전화를 걸어대던 챙은, 욕설이 잔뜩 담긴 메시지를 보냈다.

—이번에도 안 받으면, 네놈과는 거래를 끊겠어!

—맘대로 해, 챙! 신들이 쫙 깔린 마당에 뭘 어쩌라는 거야. 이제 세상은 끝이라고. 정말 모르겠어?

난 빠르게 문자판을 눌렀지만, 잠깐 생각한 끝에 송신 버튼을 누르진 않았다. 말이 안 통하는 인간에게 굳이 뭔가를 설명할 필요는 없으니까. 그가 보낸 마지막 메시지는 거의 절규에 가까웠다.

—이봐, 스티브, 진짜 급하다고. 당장 햄이 필요해. 재고가 얼마 남지 않았단 말이야!

문자를 확인한 뒤 폰을 꺼버리며, 나는 텅 빈 마트 안에서 홀로 진열대를 바라보고 있을 챙을 상상했다. "미친놈." 이건 뭐, 세상의 종말이 와도 사과나무나 심겠다는 사이코와 다를 게 하나도 없지 않은가. 도대체 오늘 같은 날, 어떤 인간이 햄 따위를 사러 마트에 오겠는가. 길이란 길은 온통 신으로 뒤덮여 있는데.

하여간 그날 이후 세상은 엄청나게 조용해졌다. 거리엔 아무도 없었고 자동차는 모두 얌전히 주차되어 있었으며 비행기는 뜨지 않았고 기차나 전철 역시 운행을 멈춰버렸기 때문이다. 도축 공장의 거대한 굴뚝에서 연기가 피어오르지 않은 것은, 이 도시가 생긴 이래 처음 있는 일이기까지 했다. 그리고 그렇게 적막해진 땅을, 오직 신들만이 유유히 걸어 다녔다. 간혹 그들의 긴 그림자가 꼭 닫힌 창을 넘어 집 안으로 드리워질 때면, 사람들은 공포에 몸을 떨었다. 신들의 구부러지고 뾰족한 발톱의 실루엣이 너무나 선명히 보였기 때문이다.

그렇지만 처음엔 정말 아무도 믿지 않았다.

요즘 같은 세상에 신이라니? 그것도 평일 대낮에, 도심 한복판이나 시골의 논과 밭, 또는 너른 들판이나 산꼭대기, 절벽, 계곡, 낭떠러지, 시냇가, 강가, 해안, 심지어는 바다 위, 고속도로, 국도, 샛길, 사막, 적도, 고원지대, 극지방, 국경 등등, 어디든 가리지 않고 떼 지어 내려오다니. 그런 것을 신의 강림이라고 믿느니, 차라리 할리우드 영화사가 지구 전체를 배경으로 블록버스터 판타지 영화를 찍고 있다고 믿는 게 더 나았다. 내 말은, 그게 훨씬 더 앞뒤가 맞아 보였다는 뜻이다.

잠깐. 뭐라고? 신들이 내려오는 걸 보고도 어떻게 믿지 않을 수 있냐고? 그럼 이런 상상을 해보면 어떨까?

자, 지금 당신은 길을 가고 있어. 어느 큰 도시 중심가에서. 그런데 갑자기 하늘이 어두컴컴해지고 어디선가 회오리바람이 불어오는 거야. 중요한 건, 그게 그저 작은 돌풍이지 결코 허리케인급의 바람은 아니라는 사실이야. 희미하나마 이상야릇하고 기이한 소리도 들려. 그건 머나먼 사바나 초원에서 수천 마리의 굶주린 육식동물이 한꺼번에 울부짖는 소리 같기도 하고, 발정기의 공작새 암컷이 수컷을 부르며 외치는 구애의 노래 같기도 해. 아니, 솔직히 말하면, 그냥 낮고 음울한 소리일 뿐이지. 귀에 매우 거슬리는 기분 나쁜 소리. 당신이라면 그럴 때 차분히 멈춰 서서 날짜와 시간을 확인한 뒤, '드디어 예언이 이루어지는군. 바로 지금, 신들이 내려오는 거야'라고 생각할 수 있을 것 같아? 겨우 그 정도 징후로? 적어도 신이 강림한다면, 폭풍우가 몰아쳐 나무와 집이 통째로 날아가고, 쓰나미가 밀려와 해안은 초토화되며, 지진으로 땅이 갈라져 지구 중심까지 들여다보일 듯한 깊은 어둠이 여기저기 입을 벌리는 데다, 세계 곳곳에선 화산이 시뻘건 용암을 마구 내뿜기 시작해야 되는 거 아닌가? 그때 우르릉 쾅쾅 천둥이 치고 어디선가 상서로운 향기가 풍겨오며 검은 하늘이 두 쪽으로 갈라져 눈부신 빛이 쏟아져 나올 때, 자애로우면서도 엄격한 얼굴을 한 신이 천천히 모습을 드러내줘야 하는 거 아니냔 말이야.

물론, 그날이 이미 예고된 날이긴 했다.

몇 년 전부터 신들은, 자기네가 2015년 12월 21일 오후 두 시 정각에 땅으로 내려올 거라고 친절히 일러줘왔으니까.

게다가 그들의 계시啓示는, 노스트라다무스처럼 횡설수설하지도 않았고(그는 태양계의 행성이 십자형으로 늘어설 때 하늘에서 공포의 대왕이 내려온다고 했는데, 그게 무슨 뜻인지 정확히 아는 사람은 아직까지 아무도 없다), 2012년 12월 21일 지구가 멸망한다는 등 헛소릴 해서 인류를 불안에 빠뜨렸던 마야인들의 달력처럼 불완전하지도 않았다. (그러고 보면, 달력을 만들다 말고 죽어버린 고대 마야인 하나 때문에, 인류가 그동안 얼마나 공포에 떨었는지를 생각하면 억울할 지경이다. 이름이 밝혀지지 않은 그 마야인 달력 제작자는 2012년 12월 21일까지의 날짜를 석판에 새기던 중 갑자기 찾아온 심근경색으로 세상을 떠났다. 그리고 그렇게 만들어진 미완성 달력은 나중에 스페인 침략자인 코르테스의 손에 들어갔다. 그가 달력을 챙겨서 나올 때 옆에서 떨고 있던 달력장이의 조수가 이렇게 외쳤다는데, "이봐요, 그건 만들다 만 거예요. 정 달력이 필요하다면 차라리 이걸 가져가는 게 어때요?" 당연히 코르테스는 그 말을 알아듣지 못했다. 알아듣지나 못했으면 그나마 다행인데, 그 잔인한 침략자는 조수가 손가락으로 석판을 가리킨 행동이 불손하다고 생각하여 그를 총으로 쏴버렸고, 그러고도 화가 풀리지 않아 멀쩡한 진짜 달력까지 때려 부수고 말았던 것이다. 멍청한 코르테스 일행이 가져온 마야 달력은 곧 고대문자 전문가에게 건네졌고, 그걸 다 해독한 학자는 떨리는 손으로 이런 글을 휘갈겨 쓴 뒤 스스로 목숨을 끊었다. "마야인들의 신비로운 달력은 2012년 12월 21일에서 끝난다. 즉, 그 이후의 시간은 無인 것이다. 따라서 지구는 그날 종말을 맞을 것이며 우리 인류는 신의 심판에 직면하리라.") 그런데 어떻게 사람들은 단 한 번도 마야인들의 달력이 만들다 만 걸지도 모른다고 의심하지 않았을까. 그러면서 아무 생각 없이 떨며 2012년 12월 21일에 닥쳐올 종말을 기다리고 있었을까. 달력에 얽힌 비밀을 내게 처음 말해준 이는, 로버트 와인버그였다. 그는 나에게만 그런 사실을 알려주는 거라고 했다. "스티브, 이건 비밀인데 말이야……"라고 속삭이며, 누가 엿듣지는 않나 이리저리 두리번대며.

로버트는 정말 모르는 게 없는 사람이었다. 하긴, 세상 여기저기 안 가본 데가 없으니까. 아직 신들이 강림하기 전, 그리고 계시가 내리기도 훨씬 전이던 어느 날, 그가 골방의 잡동사니 더미를 뒤적뒤적하더니 곧 부스러질 듯 보이는 오래된 책 한 권을 가져왔다. 그는 하얀 목장갑을 끼고 조심스럽게 종이를 넘기며 말했다. "자, 여길 보라고. 아니, 거기 말고, 여기." 로버트는 그 날깃날깃한 책이 엄청나게 귀한 거라고 했다. 1994년 멕시코 남부 차파스를 방문했을 때 한 시골 마을 원로에게서 얻었다는 것이다. "거긴 왜 갔어요, 로버트?" 내가 묻자, 일순 그의 얼굴이 창밖 저녁 하늘처럼 어두워졌던 게 기억난다. 잠시 말이 없던 그는, 깊은 한숨을 내쉬더니 중얼거렸다. "끔찍했지…… 멕시코 내전 말이야. 난 그걸 취재하러 갔던 거야. 사실 겨우 살아 나왔다고 보면 돼. 아아, 그곳은 그야말로 피의 땅이었으니까. 아마 지금도 밭을 조금만 깊게 파보면, 총 대신 옥수숫대를 들고 정부군에 맞섰던 농민들의 시체가 줄줄이 나올 거라고." 로버트는 거기서 총에 맞았다. 목이 다 늘어난 헐렁한 티셔츠를 어깨까지 끌어 내리자,

정말로 총탄에 맞은 것 같은 흉터가 하나 보였다. "내가 미국인이라는 건 거기서 아무 도움도 되지 않았어. 쓰러지는 순간 지갑에서 달러란 달러는 모두 꺼내 흔들며 날 기차역까지만 데려다달라고 외쳤는데, 아무도 본 척 않더라고." 나중에 정신을 차려보니 그는 한 촌로의 집에 누워 있었다. "그 노인은 마을 이장이었어. 미국 놈 따윈 죽게 내버려두라는 사람들의 말을 듣지 않고, 날 손수레에 실어 집으로 데려온 거지. 그는 전해오는 비법으로 내 상처를 소독하고 씻어줬어. 그리고 열을 내리는 데 좋다는 약초를 뜯어다 달여 먹였고. 어느 정도 상처가 아물어 그곳을 떠날 때, 난 눈물을 흘렸어. 그리고 고마움의 표시로 신용카드를 줬던 거야. 물론 나도 알아. 그 노인네가 신용카드를 긁을 수 있는 곳은 어디에도 없었단 것을. 하지만 어쩌겠어? 내 목숨을 구해준 은인에게 줄 수 있는 건 그것뿐이었는데? 그런데 신기하게도 노인은 무척이나 좋아하더라고. 그는 카드에 그려진 로고를 손으로 가리키며 내게 뭐라고 말을 했어. 아, 제길, 스페인어를 배워두지 않은 게 그렇게 후회되긴 난생처음이었다니까. 여하튼 난 고개를 끄덕였어. 그게 노인에 대한 예의라고 여겼거든. 그러자 노인은 날 지하실로 데려가더군. 내가 그의 말을 알아들었다고 착각한 거겠지. 사실 지하실은 지하'실'이라고 하기엔 좀 좁은 공간이었어. 그냥 집 아래 뚫려 있는 작은 토굴 정도였다고 해야 할까. 보통 그 동네에선 사람들이 거기에 돼지나 비둘기 같은 걸 키웠고 말이야. 그런데 노인은 그 땅속 공간에 갖가지 물건들을 잔뜩 보관해뒀더라고. 그래, 솔직히 말할게. 난 그것들을 보고 정말 깜짝 놀랐어. 그 작고 음침한 데다 퀴퀴한 냄새까지 나는 토굴엔, 그야말로 없는 게 없었으니까! 황금으로 만든 고대의 가면에서부터 오래된 희귀본까지, 거의 미니 박물관 수준이더라, 이 말이지. 물론 지금도 확신하진 못해. 그게 다 진짜였을지 아니면 그저 노인이 주말마다 열리던 장터에서 관광객에게 팔던 모조품이었는지. 자네도 언젠가 차파스에 가보면 알겠지만, 내전이 있기 전까진 마을로 들어가는 널찍한 흙길 양옆에 온통 그런 민속 공예품을 파는 노점이 쫙 깔려 있었거든. 여하튼 노인은 등을 돌린 채 한참 동안 뭔가를 찾더니 탄성을 지르며 내게 뭔가를 건넸는데, 그게 바로 이 책이었다네. 여기, 이 표지를 보라고. 이걸 쓴 사람이 누군지는 모르지만, 이런 기이한 인장을 새겨놨는데, 그게 공교롭게도 내가 노인에게 준 마스터 카드사의 로고와 같았던 거야." 그러면서 로버트 와인버그가 보여준 그 낡은 책의 표지엔 진짜로 마스터 카드의 로고를 꼭 닮은 그림이 그려져 있었다. "나중에 알고 보니, 그 로고가 원래 멕시코 원주민이 태양신을 숭배할 때 그렸던 그림에서 힌트를 얻은 거였다더군. 이름은 잊어버렸지만, 그걸 처음 도안한 디자이너가 멕시코에 여행을 갔다가 구입한 공예품에서 아이디어를 떠올렸다는 거야." 어쨌든, 로버트 와인버그는 그렇게 해서 노인에게 신용카드를 주고 오래된 책 한 권을 얻었다고 했다. 나는 그 책 뒤표지에 찍혀 있는 출판 연도와 가격이 좀 이상하다고 했다. 희귀본이라고 하기엔 너무 최근의 날짜가 인쇄되어 있었기 때문이다. "이거 봐요, 로버트. 1988년이라니. 이거 진짜 옛날 책 맞아요? 게다가 가격은 또 어떻고요? 6.7달러라니, 그냥 길거리 가판대에서 파는 잡지와 다를 거 없잖아요?" 그렇지만 로버트는 그런 겉모습에 현혹되면 안 된다고 했다. "진짜 중요한 물건엔 위장이 필요한 법이니까, 스티브. (그런 걸 우린 전문용어로 '페이크 친다'고 하지.) 만약 어느 도둑이 책을 훔치려고 내 집에 몰래 들어온다는 상상을 해봐. 그는 과연 뭘 가져갈까? 흔한 싸구려 페이퍼백을 들고 갈까, 아니면 척 보기에도 희귀해 보이는 값비싼 고서를 가방에 쑤셔 넣을까? 아마 그래서일 거야. 누군가가 이

책을 보호하기 위해 길에서 파는 아무 문고본이나 사다가 그 표지를 북 뜯어서, 이렇게 호치키스로 찍어놓은 이유 말일세." 정색을 하며 말하는 그 앞에서, 난 가만히 있었다. 표지에 적힌 '세계의 불가사의'라는 제목에 대해서도 더 이상 묻지 않았고 말이다. 아마 그가 말하는 건 다 맞을 것이다. 아까도 말했지만, 로버트는 정말 모르는 게 없는 사람이기 때문이다. 전직 기자인 그는, 박식하고 세상일에 관심이 많았다. 그에 비하면 난 어떤가? 나는 그저 돼지 잡는 사람일 뿐이었다. 물론 승진을 해서 햄과 소시지를 파는 영업사원이 됐고, 피비린내가 진동하는 도축장 대신 깨끗한 사무실에서 일하게 되었지만, 그래봤자 결국엔 도살꾼에 불과했던 것이다. 그래서 조용히 그의 말에 수긍했다. 그는 내가 고개를 끄덕이자 다시 한 번 속삭였다. "그러니까 스티브, 이건 비밀인데 말이야……."

로버트 와인버그는 바로 그 책에 고대 마야의 달력에 관한 비화가 실려 있다고 했다. 그는, 그 얘기가 당시 모든 상황을 지켜본 한 스페인 병사의 일기를 통해 후대에 전해질 수 있었다는 것도 알려줬다. "그 일기는, 수백 년을 돌고 돈 끝에 노인의 손에 들어왔고, 오랫동안 그 집 축축한 지하 토굴에 처박혀 있었던 거야. 그런데, 스티브, 만약 그때 내가 마스터 카드를 노인에게 주지 않았더라면 어떤 일이 일어났을지 상상이 돼?" 나는 아무런 상상도 떠오르지 않아 고개를 저었다. 슬프게도, 예나 지금이나, 난 상상력엔 젬병이다. 로버트는 그런 나를 한참 동안 쳐다보더니, 다시 말을 이어갔다. 어느새 이마의 주름이 한층 깊어져 있었다. "내가 카드를 건네지 않았더라면, 인류의 위대한 진실 하나가 영원히 빛도 못 본 채 사라져버렸을 거야. 그 노인과 함께 말이야. 왜냐고? 내가 여권을 새로 발급받으려고 자전거를 빌려 타고 읍내에 다녀오는 동안, 그의 집이 정부군의 폭격으로 완전히 재가 되고 말았거든. 오후 늦게 돌아와서 원래 오두막이 있던 자리에 아무것도 남아 있지 않은 걸 보고, 난 한없이 울었다네. 다행히 노인이 준 책은 항상 등에 지고 다니던 배낭에 들어 있었고, 몇 번이나 뒤를 돌아본 다음에야 나는 겨우 마을을 떠날 수 있었지. 집으로 돌아와 제일 먼저 한 일은 스페인어 사전을 사는 거였어. 그러고는 아무것도 하지 않고 틀어박힌 채 이 책을 번역했던 거야. 그렇게 알아낸 고대 마야 달력의 비밀을, 난 유네스코를 비롯한 여러 대학 연구소에 제보했다네. 하지만 그들은 모두 코웃음만 쳤어. 그자들은 내가 가진 책, 차파스의 마을 이장이었던 노인의 단 하나뿐인 귀중한 유산을, 고대 마야인이 만들다 만 석판만도 못하다고 멋대로 단정해버린 거지. 멍청한 놈들. 덕분에 인류는 진실을 알 수 있는 기회를 놓치고 말았다니까. 그래서 하는 말인데 스티브, 세상을 통틀어 이런 비밀을 알고 있는 사람은 이제 우리 단둘뿐이야. 그걸 절대로 잊지 말라고." 하지만, 그랬던 로버트 와인버그도 그 멕시코 노인과 별반 다를 게 없는 신세가 되고 말았다. 내 말은, 그 역시 아무런 흔적도 남기지 않고 세상에서 사라져버렸다는 뜻이다.

대체 어디 있는 거야, 로버트? 당신이 말한 것들은 모두 진짜 현실이 되었는데.

아, 이런. 얘기가 딴 데로 흘러갔다. 지금 로버트 와인버그에 대해 말하려는 건 아니잖아. 난 신들이 어떻게 강림했는지에 대해 말하고 있었어. 물론 이 노트에 적힌 거의 대부분의 이야기엔 그 사라진 전직 기자가 등장하지만, 어쨌든 아직은 아니거든.

그러니까 이걸 읽고 있는 당신—만약 내 모든 계획이 제대로 실행된다면, 누군가는 이걸 읽고 있을 것이기에 하는 말인데—에게 양해를 구할게. 로버트에 대해 더 알고 싶다면 조금만 기다려달라고. 어차피 내 얘긴 그와 떼려야 뗄 수 없는 불가분의 관계에 놓여 있으니까.

그런데…… 정말 궁금해서 그러는데, 세상에 대해 너무 많이 아는 건 과연 좋은 일일까? 혹시, "이건 정말 비밀인데 말이야, 스티브"라는 말로 시작하던 로버트의 그 수많은 이야기들을 내가 듣지 못했더라면 어땠을까? 혹은 들었더라도 그저 미친 노인네의 망상 정도로 치부하고 말았더라면? 그래서 세계의 배후나 미래 같은 건 알지도 못한 채 그냥 햄이나 팔면서 평온하게 살았더라면, 그랬다면 내 삶은 좀 달라졌을까?

하지만 만약 정말로 그랬다면 당신(들)은 이 노트를 구경도 못했을 거야. 왜냐하면 우주의 틈새는 열리지 않았을 테니까. 내가 모든 비밀을 알아낸 덕분에, 그 작고 좁은 균열이 입을 벌렸어. 그리고 거기서 시간과 공간은 다시 태어났지. 우리—나와 당신을 포함해서—도 마찬가지고 말이야. 아, 물론 미안하긴 해. 나 때문에 무無가 되고만 존재들에게는. 그렇지만 어쩌겠어? 다시 태어나는 게 있다면 반드시 죽어야만 하는 것도 있는 법인데. 왜, 이런 말도 있잖아. 얻는 게 있으면 잃는 것도 있다. 어때? 멋지지 않아? 그러고 보면 난 이 말을 아버지에게서 처음 들었어. 낡은 작업복을 입고 석양을 등진 채 느릿느릿 걸어오던 아버지. 얻는 게 있으면 잃는 것도 있다고 입버릇처럼 중얼거렸지만, 정작 아무것도 얻지 못한 남자. 빌어먹을 내 아버지, 박영식. 그래, 그가 아니었다면 난 이따위 노트 같은 건 쓰지도 않았을 거야. 당연히 로버트 와인버그가 들려주는 세상의 비밀 같은 덴 신경도 쓰지 않고, 하루하루 평범하게 살아갔겠지. 별로 만족스럽진 않더라도 크게 불만을 가지지도 않은 채, 저녁엔 텔레비전을 켜고 아침엔 차를 몰고 나가며, 아내와 아이들까지 있는 진짜 제대로 된 삶을.

3
계시

※ 부록 1

새는 조류이며, 조강綱에 속합니다. (……) 그런데 새를 '조강'으로 보는 대신, 그들의 원래적 분류체계에 해당하는 '파충강'으로 보게 되면, 녀석들은 좀 달라 보입니다. 날카로운 부리는, 그들과 진화적으로 가까운 위치에 있는 악어의 뾰족한 이빨을 떠올리게 합니다. 표정이라곤 없는 노란 눈동자 역시, 목을 축이러 물가로 내려온 사슴을 잔인하고 냉혹하게 물어뜯는 악어들의 그것과 꼭 닮았지요. 무엇보다도, 비늘이 변해서 만들어졌다는 깃털은, 가지런할 때조차도 악어나 뱀의 표피를 연상시키는데, 새들이 부르르 떨며 깃을 세울 때에는 더더욱 파충류의 껍질과 유사해져, 보는 이에게 오싹함을 안겨주는 것입니다. 최근 중국 동북부 랴오닝 성에서 잇따라 발견되고 있는 깃털 달린 공룡 화석들은, 그렇기에, 현생 조류의 가장 가까운 친척일 가능성이 높습니다. 그들(깃털 달린 공룡)은 분류상 수각류에 해당하는

데, 잘 아시다시피 여기에 속하는 공룡들은 거의 대부분 두 발로 걸어 다녔고(지금의 새들처럼 말입니다) 몸집은 거대했으며 포악하기 그지없는 육식성 괴수들이었습니다. 수각류의 대표적인 공룡이었던 티라노사우루스만 보아도, 현생 조류의 조상들이 어떤 성격을 가졌을지는 가히 짐작이 가능하지 않을까요? 만약 그들이 멸종하지 않고 새들과 함께 번성했다면, 지금 우리는 깃털 달린 거대 공룡들이 하늘을 날아다니는 모습을 볼 수 있을 것이고, 그중 어떤 놈은 요즘의 비둘기처럼 뒤뚱뒤뚱 땅 위를 걸어 다니며 사람들이 던져주는 과자를 너무 많이 받아먹어 점점 비대해져가고 있을지도 모를 일입니다.

어쨌든 중요한 사실은, 조류의 가까운 이웃들은 오래전 어떤 이유로 인해 다 사라져버렸고, 이제 남은 건 우리가 보통 '새'라고 부르는 동물뿐이라는 것입니다. 그리고 인간은, 부드러운 깃털로 뒤덮인 그 동물들이 우아하게 비행하는 모습을 보며 자기들도 똑같이 하늘로 날아오르고 싶다는 꿈을 꾸게 되었던 겁니다. 급기야 우리, 인류라는 종種은, 새들이 하늘을 자유자재로 날아다닌다는 이유만으로 천사가 그들과 비슷한 날개를 가졌을 거라는 상상에 빠져들기에 이르렀습니다. 자기 몸집보다 더 큰 날개를 양어깨에 매달고 있는 명화 속 수많은 천사들의 모습만 봐도, 우리는 인간이 얼마나 새의 날개—공룡의 앞발이 진화하고 변형되어 만들어진 괴상한 기관—를 부러워하는지 알 수 있지요. 그렇지 않습니까?

그런데, 명화를 그린 화가들은 한 가지 실수를 했습니다. 물론 그것은, 그들이 인간 신체의 생리적 구조와 골격에 대해 잘 알지 못했기에 생긴 일이었겠지만 말입니다. 조토나 라파엘로, 렘브란트 같은 화가들이 잘못 묘사한 것은 바로 천사들의 앞가슴이었습니다. 그들은 천사를 지나치게 미화했어요. 그림 속 천사들의 아름다운 외모를 기억하십니까? 희고 부드러운 피부에 균형 잡힌 손과 발, 흘러내리는 금실처럼 반짝이는 머리칼은 그 자체로 휘황찬란한 후광을 만들어내지요. 하지만, 원래, 인간과 같은 크기와 형태를 가진 생물이 그런 날개를 단 채 하늘을 날려면, 지금의 모습에서 최소 2미터 이상 가슴 부위가 앞으로 튀어나와 있어야 합니다. 그 커다란 날개를 지탱하고 움직이게 하기 위해서는 비정상적으로 발달한 가슴근육이 반드시 필요하기 때문입니다. (그게 바로 새들의 앞가슴이 몸에 비해 상대적으로 커진 이유입니다. 현재의 우리가 닭가슴살을 잔뜩 먹을 수 있게 된 연유이기도 하고요.) 게다가 제아무리 큰 날개를 가졌어도, 평균적 성인과 비슷한 몸집을 가진 천사가 장시간 공중에 떠 있으려면, 가슴근육을 뺀 나머지 부위의 체중은 혹독하리만치 줄어들어야 합니다. (새들의 속이 빈 뼈와 작은 머리, 빈약한 다리를 상상해보십시오.) 즉, 실제의 천사들은 거의 뼈와 가죽만 남은 몸을 가져야 하며, 특히 다리는 가늘면 가늘수록 더 좋습니다. 그래야 가벼운 뒷다리를 몸통에 착 붙인 채 하늘을 신나게 날아갈 수 있을 테니까요. 따라서 실제로 천사는, 다음과 같은 외양을 가졌어야 옳습니다. 몸에서 무게가 가장 많이 나가는 머리는 비행에 방해가 되니 최대한 줄어들어 조두鳥頭에 육박해야 하고, 펼치면 몇 미터에 달할 거대한 날개를 지탱하고 움직이기 위해서는 우람하게 발달한 가슴근육이 새들처럼 앞으로 튀어나와 있어야 하는 겁니다. 육체는 가벼울수록 좋으니 삐쩍 말라 있을 테고, 다리는 비행에 적합하도록 가늘게 퇴화돼 있어야 합니다. 무엇보다도—어쩌면 이게 가장 중요한 것인데— 지금 우리 몸을 덮고 있는 민둥민둥한 피부로는 절대 안 됩니다. 비행 도중 비나 눈이라도 내리면 어떻게 되겠습니까? 피부는 금세 물에 불어 쭈글쭈글해지고 무거워질 것이며 그렇게 빨아들인 습기의 양을 감당 못해 천사들은 빠르게 지상으로 추락해버리고 말 테지요. 그렇기에 천사의 몸은 반드시 깃털로 뒤덮여 있어야 합니다. 새들의 그것처럼 발수 기능이 있는 특수 깃털로 말입니다.

그럼 여기서 한 가지 질문을 드리겠습니다. 지금까지 설명한 천사들의 모습을 한번 상상해보십시오. 무엇이 떠오르는지요? 빙고! 그렇습니다. 그들은 그냥 새일 뿐입니다. 거대한 인간새 말입니다. 모르긴 몰라도, 태초에, 그러니까 아직 지상이 인간이나 그 밖의 다른 동물로 뒤덮이기 전에는, 그런 그로테스크한 존재들만이 떼지어 하늘을 날고 있었을 겁니다. 그들은, 까악까악 기분 나쁜 소리로 울어대며—새처럼 생겼다면 당연히 새와 같은 소리를 낼 수밖에 없습니다. 왜냐하면 성대의 모양과 성질은 그 동물의 신체적 구조에 좌우되는 것이 자연의 섭리니까요— 음산한 날개를 활짝 편 채 공중을 선회했겠지요.

자, 그렇다면 이제 진짜 중요한 의문에 맞닥뜨릴 시간이 도래했습니다. 도대체 왜 신은 굳이 그런 형태의 천사를 고안해냈던 걸까요? 사실 전지전능한 신이라면, 그는 (혹은 그들은) 그저 천사를 사람과 똑같게 만들었어도 충분했을 겁니다. 흉측하리만치 큰 데다 거추장스럽기만 한 날개 따위 없이도 언제든 하늘로 붕 떠올라 마음대로 이리저리 날아다닐 수 있는, 그런 최첨단의 존재로 천사를 설계하는 편이 더 나았을 거라는 뜻입니다. 하지만 신은 그러지 않았습니다. 아니, 어쩌면 그러지 못했던 걸지도 모르지만 말입니다. 하여간, 대체 왜 그랬던 걸까요? 저의 모든 의문은 바로 여기서부터 비롯됐습니다. 그러나 이 논문이 오직 천사들의 신체구조에 대한 궁금증에서만 출발했던 것은 아닙니다. 오래전 나는 한 장의 기괴한 그림을 본 적이 있습니다. 처음엔 아무 생각 없이 지나쳤지만, 그림 속 존재의 신비로운 형상은 이후로도 계속 내 마음에 남아 있었고, 언젠가부터 밤마다 꿈의 형태로 나를 찾아왔습니다. 이젠 그 그림에 대하여 이야기할 시간입니다.

—T 신부의 미발표 원고 『종교와 생물학의 통일장 이론에 관하여』에서

다시 한 번 말하지만, 신의 강림 규모는 대단했다. 지구 위 어떤 장소에서도 신이 하늘에서 내려오는 장면을 목격할 수 있었으니까. 그 엄청난 강림 덕분에 사람들은 신이 세상 어느 곳에나 편재한다는 걸 새삼 깨닫게 되었다. 그 방식이 그동안 인간이 상상해왔던 것과는 많이 달랐지만, 어쨌든 '편재遍在'라는 속성을 만족시키는 새로운 방법임에는 틀림없었다. 그리고 그건, 우리가 막연히 알고 있던 것—하나의 거대한 신이 우주 전체에 깔려 있다는, 단순하면서도 무지막지한 방식—보다 훨씬 효율적이었다. 신들은 세상을 무수히 많은 자그마한 구역으로 나눈 뒤 각각이 하나의 영역을 책임지는 방식으로 지상

에 '편재'했는데, 그런 식의 '분업'이 얼마나 능률적인지는 도축 공정만 봐도 알 수 있는 일이었으니 말이다. 아무리 돼지를 잘 잡는 능숙한 도살꾼이라도 혼자서는 하루에 대여섯 마리밖에 작업하지 못했다. 그러나 숙련공은 아닐지라도 여러 명이 한 줄로 죽 서서, 첫 번째 사람은 목을 따고, 그다음 사람은 가죽을 벗기고, 또 다음 사람은 배를 가르고, 그다음엔 내장을 꺼내고, 이어서 갈고리에 매달고…… 이런 식으로 일을 나누면, 하루에 수십 마리도 거뜬히 해체할 수 있었다. 무엇보다도 분업화된 도축의 진짜 장점은, 정신적 스트레스가 반으로 줄어든다는 데 있었다. 나야 뭐, 한 번도 돼지를 혼자 잡아본 적이 없어서 잘 모르겠지만, 예전엔 도살꾼들이 밤마다 악몽에 시달렸다고 한다. 젊은 시절 시골 농가에 딸린 도축장에서 혼자 돼지를 잡았던 공장장은, 그때의 경험을 떠올리며 머리를 흔들었다. "정말이지, 다시는 생각하고 싶지도 않다니까! 그 찝찝한 기분이라니." 그는, 제일 견디기 힘들었던 게 돼지의 경동맥(귀 바로 아래, 투실투실한 목덜미에서 몸통으로 이어지는 부분을 손끝으로 잘 만져보면 금방 찾을 수 있다)에 칼끝을 올려놓다가 눈이 마주쳤던 순간이라고 했다. "그럼 진짜 미친다니까. 밤새 놈의 눈초리가 머릿속에서 아른대니까 말이야." 잭에 의하면(편의상 공장장의 이름을 '잭'이라 하겠다. 즉, 이게 그의 본명은 아니라는 것이다. 나는 웬만해선 남의 실명을 함부로 언급하지 않는데, 그 이유가 궁금하다면 뒤에 이어지는 〈주註 1〉을 읽어보기 바란다) 돼지처럼 하찮은 짐승도 자기가 죽을 때를 안다는 것이다. 그는, 어떤 돼지가 수송용 트럭에서 내리며 하염없이 눈물 흘리는 걸 본 적이 있다고도 우겼다. 물론 잭의 얘긴 믿거나 말거나 부류에 속한다. 도대체 돼지가 어떻게 자기 미래를 알겠는가 말이다. 인간조차도 그런 건 알 수 없는데! 하여간 잭은, 수십 년 전 '브리티시 미트 앤 컴퍼니'가 시 외곽에 도축 공장을 열었을 때, 가장 먼저 달려가 입사지원서를 냈다. 그리고 수년간 도살업에 종사해온 경력을 인정받아 생산라인의 부매니저 직책을 얻었으며, 덕분에 다시는 살아 있는 돼지의 눈을 보지 않을 수 있게 됐다고 한다. 그러니까 결론은 이런 거다. 뭐든 분업이 좋다는 것. 어렵고 힘든 일일수록 더 그렇다는 것. 그저 기나긴 라인의 한 귀퉁이에 서서 온종일 앞발 하나씩만 잘라낸다면, 매일 수백 마리의 돼지를 처분하는 공장엘 다녀도 아무런 악몽에 시달리지 않고 단잠에 빠져들 수 있다는 것.

오래전 공장장 책이 했던 얘기를 떠올리며, 나는 신 역시 혼자서는 세상을 책임지고 싶어 하지 않는다는 결론에 도달했다. 그러니까 태초에 신은 하나의 거대한 영혼—이라기보다는 '몸체'라는 말이 더 어울릴지도 모르지만—이었는데, 어느 날 완전히 꼬여버린 세상을 내려다본 뒤 마음을 고쳐먹었던 거다. 언젠가 우주의 종말이 닥쳤을 때 "대체 누가 다 망쳐놓은 거지?"라는 질문에서 영원히 자유로울 수 없으리란 걸 알게 된 신은, 독박을 쓰지 않기 위해 뭔가를 하기로 했다. 즉, 지구의 인간들이 발명해낸 가장 멋진 시스템 하나를 받아들이기로 결심한 것. 그는 스스로를 '분업화'했다. 우주를 뒤덮고도 남을 만큼 크고 거대했던 자기 자신을 잘게 쪼갠 다음, 그 조각들의 수數만큼 지상을 작게 나누고 각 구역에 분신을 하나씩 내려 보냈던 것이다. 그리고 그렇게 함으로써 신은, '언제나 어디서나 존재한다'는 편재의 기본 속성까지도 충족시킬 수 있었다.

지상을 빼곡하게 채운 그 무수한 존재들이 유전학적으론 모두 동일하다는 사실은, 좀 더 나중에 과학자들이 밝혀냈다. 용감하게도 (혹은 무모하게도) 신들의 유전자를 채취해 분석할 생각을 처음 한 사람은, 리처드 도킨스라는 동물학자였다. 신들이 강림한 바로 다음 날, 그는 세계 각지의 대학에 흩어져 있던 동료들을 모아 연구팀을 꾸렸는데, 무신론자였던 도킨스의 목적은, 텅 빈 상공에 떼 지어 나타난 저 괴상한 존재들이 신도 뭣도 아닌 그저 하나의 낯선 생물체, 즉 아직까진 학계에 보고된 적 없지만 곧 적당한 학명을 얻은 뒤 백과사전에 기록될 그런 동물종種에 불과하다는 걸 증명해 보이는 것이었다. 그 놀라운 계획은 곧 미디어에 알려졌고, 제프 저커(당시의 CNN 사장)가 엄청난 돈을 주고 방영권을 따냈다. 지금도 기억하지만, CNN이 독점 중계한 생방송 화면 속에서, 연구원들은 화성에서나 입으면 어울릴 법한 방호복 차림으로, 맨 앞에 서지 않으려 서로 밀치며 주춤주춤 신들에게 다가가고 있었다. 난, 전 세계 70억(아니, 80억인가? 잘 모르겠다. 도대체 지구에 얼마나 많은 인간이 살고 있는지는) 시청자들과 함께 손에 땀을 쥔 채 그 광경을 지켜보았고 말이다.

혹시, 지금일까?

아니면 10초 후?

제발, 어떻게 좀 해보라고!

그렇다. 그때 우리는 모두 같은 것을 기다리고 있었다. 신성을 의심하는 오만한 인류에게, 진노한 신들이 본때를 보여줄 순간을.

아마도 저 과학자 놈들은 대가를 치르겠지. 신이 벌을 내릴 테니까. 눈을 멀게 하든가, 귀가 들리지 않게 하든가, 아니면 차라리 죽여버리든가. 하지만 그런 일은 일어나지 않았다. 그들 중 하나가 주머니에서 면도칼 같은 걸 꺼내 가죽을 조심스레 긁어내는데도, 신은 그냥 멀뚱멀뚱 가만히 서 있었다. 그걸 보고 용기를 얻은 다른 연구원들이 일제히 달려들어 신들의 껍질, 아니 피부라고 해야 하나, 여하간 그 비슷한 걸 마구 뜯어내자, 최대한 멀찍이 서서 지켜보던 리포터가 흥분

된 목소리로 외쳤다. "네, 드디어 신들의 유전자 검사를 위한 시료 채취에 돌입했군요!" 그때였다. 신들 중 하나가 갑자기 카메라 쪽으로 몸을 돌린 것은. 난 주먹을 움켜쥐었다. 손바닥이 축축해졌다. 드디어 행동을 취하려는 걸까? 하긴, 신이란 자고로 화가 나면 도시 하나쯤은 아무렇지도 않게 날려버리던, 그런 화끈한 존재 아니던가. 중계하던 스태프들도 놀랐는지 화면은 마구 흔들렸고, 한쪽 구석에선 사색이 된 리포터가 울상을 짓고 있었다. 여기저기서 잡음처럼 "큰일이다! 비상사태야!" 이런 비명 소리가 들려왔다. 그러나 그게 다였다. 역시나 신은 아무 일도 일으키지 않았다. 알고 보니, 그건 그저 해가 더 잘 드는 쪽으로 돌아서기 위해 몸을 틀었던 것에 불과했다. 새로 바꾼 방향이 마음에 들었는지, 신은 작고 무표정한 눈을 가늘게 뜨며 카메라를 쳐다봤다. 그러다가 노란 동공이 세로로 가늘게 좁아지더니, 이내 꾸벅꾸벅 졸기 시작하는 것이었다. 혼비백산 달아났던 연구원들은 다시 하던 일을 마저 했고, 스태프들도 제자리로 돌아왔다. 그다음부턴 지루한 장면이 되풀이될 뿐이었다. 여기저기 서 있는 신들 사이를 돌아다니며 표피를 뜯어내는 단순한 작업. "제기랄." 난 낮게 중얼거리며 텔레비전을 껐다. 물론 나도 안다. 아무 일도 일어나지 않아야 한다는 걸. 지구는 평온해야 하며 인간은 평화롭게 살 권리가 있고, 신이라고 해서 아무렇게나 폭력을 휘둘러선 안 된다는 것까지도 말이다. 하지만 그래도 이건 너무 심하지 않은가. 저런 우둔한 것들이 신이랍시고 하늘에서 내려오다니. 확실히 세상은 말세다. 이젠 별 괴상한 것들이 다 떼 지어 나타나 자기들이 신이라고 우긴다.

유전자 검사 결과를 발표하기로 한 날, 연구소가 있는 옥스퍼드 인근 도로는 이미 만원이었다. 차와 사람이 뒤엉킨 사이로 기자들이 어떻게든 앞으로 나가려 애쓰고 있는데, 그 와중에 땅바닥에 엎드려 머리를 쿵쿵 부딪치며 회개 기도를 올리는 몇몇 사람들이 눈길을 끌었다. 그들이 이마에 피를 철철 흘리면서까지 갈구하는 것은, 신의 용서였다. "저러면 엄청 아플 텐데. 병신들." TV를 보며 중얼거리자, 내 말에 동의라도 하듯 옆에 있던 새장에서 제트가 꽥, 하는 소리를 냈다. (내가 키웠던 새 제트에 대해 알고 싶다면, 몇 페이지 뒤에 있는 〈주 2〉를 참조할 것.)

시간이 되자, 연구소 정면 회전문이 열리며 슈트 차림의 도킨스가 걸어 나왔다. 그는 옅은 금발에 매부리코를 한 약간 나이 든 남자였고 눈매가 날카로웠다. 그런 식의 스포트라이트엔 익숙했던지, 길바닥을 잔뜩 메운 군중을 보고도 눈 하나 깜짝하지 않았다. 곧이어 수많은 질문이 쏟아졌지만, 그는 끝까지 침착함을 잃지 않았고 때론 재치 있는 농담으로 사람들을 웃기기까지 했다. "그렇습니다. 세계 곳곳에 나타난 저 많은 신들—양해해주십시오. 일단 나도 여러분처럼 저 괴상한 존재를 '신'이라고 부를 테니까요. 아직은 딱히 정해진 학명이 없으니 말입니다—은 모두 동일 유전자를 지녔습니다. 쉽게 말해서, 하나이면서 동시에 여럿인 셈이지요." 그런데 이상하게도 그때 이미 내 귀엔 그의 목소리가 들리지 않았다. 화면을 가득 채운 도킨스의 얼굴만 뚫어져라 노려보고 있었으니 말이다. 대단하군. 내가 혼자 중얼거리자, 소파 팔걸이에 앉아 있던 제트가 작은 소리로 또 한 번 꽥, 하고 울었다. 저 사람, 군중 앞에서도 전혀 당황하지 않잖아. 이번에 제트는 푸드덕 날아 천장에 매달린 횃대로 가 앉았다. 아마 나라면 절대 저렇게 못하겠지. 내가 저런 자리에 서 있다면, 식은땀을 줄줄 흘리며 주머니에서 손수건을 꺼내 이마와 양 볼을 연신 문지를 것이다. 손을 비비고 다리를 떨며 눈알을 이리저리 굴린 끝에 갑자기 토할 것 같은 기분을 느끼며 무대 뒤로 달아날지도 모른다. 왜냐하면 난 태어날 때부터 숫기라곤 없는 인간이었으니까. "병신 같은 놈." 아버진 그렇게 말했다. 내가 너무 수줍어한다고. 사내놈이 저래서 뭣에 쓰겠냐고. 하지만 기분이 좋을 때 아버지는 또 이렇게도 말했다. 저렇게 조용하고 얌전한 데다 책 읽기까지 좋아하니 분명 커서 학자가 될 거야. 두고 봐. 난 이 모양 이 꼴이 됐어도 저 녀석만큼은 끝까지 공부시킬 테니까. 그럴 때 아버지는 뭐가 그리도 좋은지 낄낄 웃었다. 너만 생각하면 돼지 목을 따다가도 기운이 벌떡벌떡 난다니까. 그러면서 그는 손에 묻은 돼지기름을 싱크대 수돗물로 씻어내곤 했다. 아버지는 주방용 세제가 그런 걸 닦아내는 덴 제격이라고도 중얼거렸다. 다른 걸론 안 지워지거든. 아, 그러고 보면 한국에서 쓰던 빨랫비누가 역시 최고였지. 거 왜, 무궁화표 비누 있잖아. 서울에선 일하고 돌아오면 그걸로 손을 씻었어. 그러면 시커먼 기름때가 깨끗하게 씻겨 나갔지. 안 그래, 여보? 손을 다 씻고 바지에 대충 물기를 닦으며 아버지는 엄마 쪽을 돌아봤다. 그런데, 그때 엄마가 대답을 했던가? 잘 기억나지 않는다. 이상하게도 엄마는 그렇다. 항상 어딘가 어둠 속, 그림자 같은 곳, 잘 보이지 않는 구석에 가만히 서 있다. 목소리는 어땠나? 냄새는? 아니 가만. 엄마는 지금 어디 있지? 난 머리를 흔든다. 어떨 때 엄마를 생각하면, 갑자기 눈앞에 검은 구름 같은 게 뭉게뭉게 피어올랐다. 그러면서 시야가 흐려지고 어질어질해지는 거다.

"그게 인생이지, 친구." 내가 엄마에 대한 기억을 되살리려 애쓸 때마다, 로버트는 말했다. 한 손엔 담배, 또 한 손엔 싸구려 술병을 든 채로. "기억나지 않는 걸 억지로 떠올릴 필요는 없어. 원래 그런 게 인생이니까." 그렇게 한마디를 툭 던지고 로버트는 또 한참 동안 아무 말도 하지 않았다. 그러다가 천천히 입을 여는 것이었다. "이봐, 스티브, 이건 비밀인데 말이야, 어떻게 인간이 하루하루를 견뎌나가는 건지 가르쳐줄까?" 별로 알고 싶지 않아요, 로버트. 헛소리하지 말고 얼른 욕실에서 두통약이나 좀 가져다줄래요? 머리가 반으로 쪼개지는 것 같거든요. 이렇게 말하는 대신, 난 그냥 고개를 흔들었다. 어차피 이 노인네는 말이 너무 많고 그래서 그를 조용히 있게 할 방법은 없다. 게다가 그놈의 비밀, 비밀, 비밀. 대체 세상엔 뭔 숨겨진 것들이 그리도 많은지. 하여튼 로버트에 의하면, 사람은 모든 걸 잊어야만 살아갈 수 있는 존재였다. "그러지 않으면, 다들 머리가 터져 죽어버릴 테니까!" 물론 내가 로버트의 말을 잘 믿지만, 그리고 그는 모르는 게 없는 사람이지만, 그래도 역시 아닌 건 아니었다. 기억하지 않아야만 살 수 있다니. 이봐요, 로버트. 나도 한땐 책 좀 읽었다고요. 그래요, 그 거지 같은 마약재활병원에선 정말이지 다른 할 일이라곤 아무것도 없었으니까요. 뭣보다도 병동 간호인들은 책만 읽는 착한 환자인 0103번을 좋아했어요. 다들 미치광이처럼 떠들고 발광하고 헛소릴 해대는 그 지옥 같은 장소에서, 나 혼자만 조용하고 부드러웠으니까요. 그들은 내게 몇 가지 편의를 제공해줬는데, 그중 하나가 병원 도서관에서 책을 빌려다 주는 거였어요. 어쨌든, 그래서 하는 말인데, 당시 난 책에서 이런 말을 본 적 있어요. 그때 어찌나 감동했는지, 거기에 밑줄을 긋고—물론 내가 있던 병동에선 환자가 펜처럼 끝이 뾰족한 물건을 소지할 수 없었죠. 하지만 간호인 중 하나가 어느 날 눈을 찡긋하며 내게 빨간 볼펜을 건네줬어요. 당신을 믿습니다, 스티브. 이렇게 말하면서 말이에요— 토씨 하나 틀리지 않게 다 외워버렸다고요. 그게 뭔지 궁금하다고요? 그럼 들어보세요. 나는 눈을 감고 큰 소리로 문장을 읊었다. 정말 오랜만에 외우는 건데도 처음 읽었을 때의 감동이 되살아나 오싹하며 온몸의 털이 곤두섰다. "인간은 그가 가진 기억의 총합이다." 어때요? 정말 멋지지 않아요? 하여튼, 그러니까 내 얘긴 이거예요. 모든 걸 잊어야만 견딜 수 있다는 당신의 말은 틀렸다고요. 오히려 우린 하나라도 더 기억하기 위해 애쓰지 않나요? 온 세상 사람들이 SNS에 올리는 수많은 사진과 동영상을 보세요. 거기에 열심히 적어대는 일기들은 또 어떻고요. 그것만 봐도 알 수 있어요. 누구나 더 많이 기억하기 위해 살아가고 있다는 걸요. 즉, 살아가려면 더 많이 기억해야 한다는 것을요. 그러나 내 말을 들은 로버트는 그저 피식 웃을 뿐이었다. 그는 내가 아직도 애송이이고 삶에 대해 아무것도 모른다고 말했다. "이봐, 젊은 친구. 정말 모르겠어? 그들이 기억하는 대신 지어내고 있다는 걸? 인간은 원래 그런 존재야. 새로운 기억을 만들어내는 능력을 지니도록 진화한 유일한 동물. 그러니 다시 한 번 말하는데, 엄마에 대해 더 이상 새로운 얘길 만들어내려 하지 마. 기억하지 못하는 데엔 다 그럴 만한 이유가 있는 거니까, 그냥 흘러가게 내버려두라고." 그런데 그 순간 흘낏 쳐다본 로버트 와인버그의 얼굴은 무척이나 슬퍼 보였다. 난 그 이유를 묻고 싶었지만, 그때 누군가가 벨을 눌렀고 그래서 우리의 대화는 더 이상 이어지지 못했다.

〈주 1〉 남의 실명을 함부로 언급해선 안 되는 이유

남의 실명을 함부로 밝히는 건 위험한 일이라고, 로버트는 자주 말했다. 그는 글을 쓸 때 가장 주의해야 할 점 중 하나가 '소송에 걸리지 않는 것'이라고 누누이 강조했다. "진실을 밝히고 싶은 욕구가 아무리 앞서더라도 항상 잊지 말아야 해. 알겠어, 스티브?"

로버트는 자기가 기자로 일하던 시절, 정의감에 사로잡혀 등장인물들의 실명을 모두 밝힌 르포를 썼다가 인생을 말아먹을 뻔한 이야기를 수십 번도 넘게 들려줬다. 그건 그가 스물대여섯쯤 됐을 때의 일인데, 어느 날 다른 업무로 들렀던 시골 마을에서 충격적인 광경을 목격하고는 곧바로 취재에 착수했다고 한다. 강은 시커멓게 썩어 있고 물고기들은 허연 배를 드러낸 채 죽어 나자빠져 있었는데, 알아보니 그건 다 상류에 있는 M이라는 화학약품 공장이 폐수를 무단방류한 때문이었다는 것이다. "M이라고 말할 수밖에 없는 내 심정을 이해해주게. 언젠가…… 자네가 내 얘길 옮겨 적게 되는 날, 아무 생각 없이 회사 이름을 밝히는 실수를 하게 될까봐 그러는 거니까." 물론 그때 난 피식 웃으며 고개를 저었다. 내가 무슨 글을 쓰겠어요, 로버트? 게다가 당신 이야길 옮겨 쓰게 될 거라뇨? 말도 안 되는 얘기 그만하고, 얼른 그 파렴치한 회사가 어딘지나 알려달라고요. 그렇지만 로버트는 끝까지 M이 어떤 회사인지 말해주지 않았다. 그는 내가 결국엔 뭔가를 쓰게 될 텐데 왜냐하면 그게 나의 운명이기 때문이라는 둥, 그런 이상한 소리만 중얼거렸다. 뭐, 그렇다고 내가 놀라거나 혹은 정말로 글을 쓰기 위해 연습을 시작했다거나, 그랬던 건 아니다. 로버트의 말은, 그가 내뱉었던 갖가지 믿어지지 않는 예언들 중 하나에 불과했으니까. (물론 이제는 그가 옳았다는 걸 안다. 그의 말대로 신들이 내려왔고, 그들 중 하나가 나에게 특별한 메시지를 줬으며, 그래서 내가 지금 이렇게 공책 한 권을 펼쳐놓은 채 그 모든 사연을 고스란히 옮겨 적고 있으니 말이다.) 여하튼 그는 그 르포 때문에 천문학적인 금액이 걸린 명예훼손 소송의 주인공이 되고 말았다. "결국 나중에 난 그게 모두 픽션이었다고 우겼어. 날마다 골방에 틀어박혀 소설을 썼지만 작가로 데뷔는 안 되고…… 그래서 홧김에 내가 일하던 잡지에 '마치 사실인 양' 기사화했던 거라고 둘러댄 거지. 우연의 일치인지 등장인물들의 이름이 다 실제와 같아졌지만 사실 그들은 모두 허구에 불과하다고 주장할 땐, 왠지 하염없이 눈물이 흘러내리더군. 어쨌든, 그렇게까지 말했음에도 끝까지 내 말을 믿지 않던 그들에게, 난 최후의 변론으로 이렇게 외쳤다네. '생각해보십시오. 어떤 끔찍한 일이 일어날지 뻔히 알면서도 오염된 폐수를 강에다 마구 흘려보낸다는 이야기가, 실제 세상에서 조금이라도 일어날 법한 얘긴가요? 그런 건 상상의 세계에서나 가능한 일 아닌가, 이 말입니다.' 그제야 배심원들도 고개를 끄덕였고, 그런 건 좀비나 외계인, 사설탐정을 다루는 싸구려 문고본에나 어울리는 말도 안 되는 이야기임에 틀림없다고 서로 의견을 나눴네. 재판이 끝난 뒤, M 사의 중역이라는 사람이 내게 다가왔지. 그는 안타까운 듯 내 어깨를 두드리고 한참 동안 손을 잡고 있더니 이렇게 말하더군. '그런 사연이 있었던 거군요. 그래요, 창작의 고통, 저도 잘 압니다. 나도 한때는 소설가 지망생이었으니까요. 그래서 하는 말인데, 인생의 선배로서 감히 충고를 하자면, 이제 앞으로 그런 유의 소설은 쓰지 말라고 하고 싶군요. 당신이 썼다는 그 '소설'은 뭐랄까, 너무…… 음, 어울리는 단어를 찾을 수 없군요. 여하간, 앞으로 작가가 되고 싶다면—그것도 성공하는 작가 말입니다— 좀 더 깊이 있는 글을 쓰라고 권하고 싶군요. 세상을 좀 둘러보십시오. 심금을 울리는 아름다운 이야기들이 얼마나 많습니까? 인간의 내면을 탐구하고 인간이 무엇인지 생각하며 안으로 안으로만 한없이 파고들어가는…… 진정 예술적인 그런 작품들 말입니다!' 나는 알겠다고 했네. 사실 뭐 달리 할 말도 없었어. 이제 와서 그 능글능글한 중역의 얼굴에 대고 '그건 논픽션이라고. 그리고 바로 당신들이 실제로 저지른 짓들이지!' 이렇게 소리칠 수도 없었으니까. 비겁했다고 비난해도, 다 감수하겠네. 뭐, 나도 먹고는 살아야 했으니까. 만약 그때 그렇게라도 둘러대고 위기를 빠져나오지 못했다면, 아마 평생 신용불량자 신세를 면치 못했을 거야." 그러더니 로버트는 또다시 골방으로 들어갔다. 한참 뒤 그가 가지고 나온 건 역시나 낡고 너덜너덜한 한 권의 문고본이었다. "이거라네. 그때 출판한 내 처음이자 마지막 소설. 그 중역은, M 사의 자회사 중 하나였던 작은 출판사에 나를 소개해줬어. 난 고맙다며 그의 제안을 받아들였고. 물론 그가 날 위해 그런 일을 한 건 아니라는 걸 잘 알아. 그는 내가 파헤친 자기네 공장의 사악한 짓거리를 아예 '허구'로 못 박아두고 싶었던 거지. 그리고 난 약간의 선인세를 준다는 말에 혹해서 그만 원고를 넘기고 말았던 거고. 솔직히 그땐 정말 돈이 없었으니까. 어쨌거나, 그 후로는 항상 조심하고 또 조심했다네. 뭔가를 쓸 땐, 실명을 함부로 밝히지 않도록 말이야." 로버트가 준 책을 나는 소중히 간직했다. 아쉽게도 이곳으로 떠나올 때 챙기진 못했지만(짐의 무게를 최대한으로 줄이라는 신의 충고 때문이었다).

〈주 2〉 제트와 나

이곳으로 오기 전, 난 제트란 이름의 새 한 마리를 키웠다. 놈은 꽤나 영리하고 나이 많은 수컷 잉꼬였다. 재활병원에서 나와 도축 공장에 취직한 뒤 처음 주급을 받았을 때, 난 로버트와 술을 나눠 마시고 남은 돈으로 제트를 샀다. 물론 그때 바가지를 썼다는 건 인정한다. 뭐, 내가 하는 일이 언제나 그렇지만. 여하튼 사연은 이렇다. 도축장에서 입을 바지(방수가 되고 발엔 고무장화가 달려 있는 작업용 바지)를 사러 시장에 갔던 나는, 한구석에서 좌판을 벌여놓고 새를 팔던 노파와 눈이 마주쳤다. 그 할망구는 백내장 때문에 뿌옇게 흐려진 눈으로 날 지긋이 쳐다보더니, 마치 다 알고 있다는 듯(그런데 뭘?) 빙긋 웃었다. 그러더니 손짓으로 날 부르는 것이었다. "젊은이, 새가 필요하지 않아?" 그런 경우, 대부분의 사람들처럼 아무 말도 하지 않고 그곳을 지나쳐 갔어야 옳다. 그게 세련된 행동이다. 그런데 멍청하게도 난 대답을 하고 말았다. "딱히 그런 건 아니지만……." 그러자 노파는 뒤쪽으로 몸을 돌리더니, 검은 천으로 덮어 둔 새장 안에서 노란 새 한 마리를 꺼냈다. 그녀는 그게 귀하디귀한 손노리개 잉꼬이고, 그래서 다른 새들보다 훨씬 비싸다고, 무슨 대단한 비밀이라도 되는 양 웅얼거렸다. "손노리개? 그게 뭔데요?" 내가 묻자, 노파는 백탁 때문에 기묘하게 변한 눈으로 나를 또 한 번 힐끗 쳐다봤다. 그러더니 불쑥 새를 내미는 것이었다. "자, 만져보게나, 젊은이. 이놈은 절대 도망가지 않으니까 마음 놓고 다뤄도 돼. 어디든 데리고 다닐 수 있고 새장에 가둘 필요도 없지." 노파는 손노리개가 태어날 때부터 인간의 손에 길들여진 새를 말한다고 일러줬다. "그러니 다른 새들에 비해서 정성이 두 배는 더 들어가는 거야. 왜냐하면 이놈들에게 사람 손이 제 어미라는 생각을 심어줘야 하니까." 난 두 손으로 새를 받았다. 놈은 생각보다 따뜻했고 정말로 도망치지 않았다. 마치 오래전부터 알던 사이이기라도 한 것처럼, 부리를 가슴팍에 파묻은 채 꼼짝도 않고 손가락 위에 가만히 앉아 있었다. 결국 난 남은 돈을 다 털어 그 손노리개 잉꼬를 샀고, 싸게 준다는 말에 넘어가 새장과 모이 그릇, 물통 일체까지 구입했다. "이제부터 네 이름은 제트야. 알겠냐?" 이 말을, 나는 한참 동안 망설인 끝에 새에게 속삭였다. 왜 하필이면 제트라는 이름을 붙여줬는지에 대해선 끝까지 말해주지 않았다. 어차피 그런 건 녀석과는 상관없는 일일 테니까.

잠깐. 그런데 내가 지금 뭘 하는 거지?

도대체 뭣 때문에 새 이야기 따윌 늘어놓고 있는 건지 모르겠군.

솔직히 말해서 난 원래 동물을 키우는 일엔 눈곱만큼도 관심이 없었어. 내 한 몸 추스르기도 힘든데 애완동물이라니, 말이 안 되잖아. 게다가 난 새를 키워야 할 만큼 외롭지도 않았어. 내겐 많은 친구가 있었고(로버트만 해도 정말 친했고…… 앞으로 좀 더 들어보면 알겠지만 그 밖에도 나에겐 셀 수 없이 많은 친구가 있었다고. 어느 먼 도시로 청소부가 되어 떠난 구티에레즈라든가, 전기의자에서 사라져버려 이젠 없지만 언제나 내 마음속에 살아 있는 디디. 그리고…… 그리고 또 누가 있더라? 하여튼 나에겐 친구가 있고 직장도 있었지. 적어도 이런 선택—모든 걸 다 버리고 세상을 구하러 떠나는—을 하게 된 배경에 외로움이나 고독 따위가 있었던 건 아니라는 것을 알아두라는 거야) 하루하루는 활기로 넘쳐흘렀으니까. 따라서 새를 키우게 된 건 순전히 우연이거나 혹은 로버트 와인버그의 말처럼 그저 노련한 장사꾼의 사기에 넘어간 탓이라고 보는 게 옳을 거야. 놀이공원, 제트 열차, 거대한 새장. 이런 너절한 추억들 때문에 잉꼬를 산 건 절대 아니라는 거지.

로버트는 제트와 새장을 번갈아가며 보더니 큰 소리로 웃었다. 그는 내가 시장에서 닳고 닳은 노파에게 보기 좋게 속아 넘어간 거라고 말했다. "손노리개? 그래서 가만히 있는 거라고? 말도 안 되는 소리. 잘 봐, 스티브. 여기, 보이지?" 그는 제트의 배를 뒤집더니 깃털로 가려져 있는 겨드랑이 부분을 조심스레 들췄다. 그런데 암만 들여다봐도 내 눈엔 보이지 않았지만, 로버트는 거기 있는 줄무늬가 새들의 나이를 알려주는 나이테 같은 거라고 했다. "이거 보라고. 이 놈은 완전 노인네라니까. 게다가 이 눈 좀 보라고. 빛이라곤 하나도 없잖아." 시장에서 제트가 내 손가락 위에 가만히 앉아 있던 건 단지 너무 늙고 병들어 기운이 없었기 때문이지, 절대로 손노리개 새였기 때문은 아니라고, 로버트는 신나서 떠들었다. "알았어요, 로버트. 어쨌거나 난 상관 안 해요. 어차피 오래 키울 마음도 없다고요. 곧 죽거나 어디로 도망치겠죠!" 나는 그에게서 새를 빼앗아 집으로 돌아왔고, 될 대로 되라는 심정으로 모이 그릇을 던져줬다. 그렇지만 다음 날 눈을 떴을 때, 제트는 그냥 그 자리에 앉아 있었다. 창이 활짝 열려 있었는데도 밖으로 날아가지 않은 것이다. 그리고 다음 날도 그 다음 날도, 그 후로도 몇 년 동안이나 그 늙은 수컷 잉꼬는 집 안에 머물렀다. 어느 날 갑자기 신들이 내려올 때까지는. 신을 보고 놀란 사람들이 집 안에서 키우던 각종 조류와 거북, 뱀 같은 애완용 파충류를 모두 놓아주던 그 혼란스러운 시기에도, 제트는 꿋꿋이 내 곁을 지켰다. 그리고 나중에, 그러니까 신들이 모두 떠난 얼마 뒤, 내 손바닥을 박차고 날아오르더니 어디론가 멀리멀리 사라져버렸다.

그렇게 사라진 제트가 어디선가 암컷을 만나 수십 마리의 새끼를 낳았다는 걸 알게 된 건, 그로부터 좀 시간이 흐른 뒤였다. 세상을 구하겠다는 결심을 하고, 여행용 가방을 챙겨 헤븐하우스의 현관을 나설 때, 난 보았으니까. 하늘에 나타나 빙빙 맴도는 수십 마리 잉꼬들의 무리를. 그들은 모두 비슷하게 생겼고 그래서 누가 제트고 누가 그의 여자친구인지 알 수 없었지만, 어쨌든 떼 지어 날아온 그 노란 새들은 터미널 앞까지 나를 따라왔고 내가 탄 버스가 출발할 때까지 그곳을 떠나지 않았다.

4
A View To A Kill

로버트를 처음 만난 것은, 마약 재활 치료를 마치고 헤븐하우스에 들어와 살기 시작한 지 1년쯤 지났을 무렵이다. 어느 날 저녁 맥주를 사러 나가다 마주쳤는데, 트루데 뒷골목에서 그런 차림을 한 사람을 보는 게 워낙 드문 일이어서—길고 펄럭이는 트렌치코트에 낡은 중절모까지 쓰고 있었으니까— 나도 모르게 멈춰 선 채 그를 빤히 쳐다보았다. 물론 단지 그런 이유 때문에 내가 로버트 와인버그를 유심히 관찰했던 것은 아니다. 오히려 그가 내 눈길을 잡아끈 이유는, 그날 헤븐하우스 로비에서 보인 수상한 행동 때문이었다고 하는 게 더 낫지 않을까. 그러니까, 상황을 설명하자면 다음과 같다. 즉, 우편함 앞에 서 있던 그 낯선 남자가 나와 눈이 마주치자 황급히 옷자락 속에 뭔가를 숨겼던 것이다. 하지만 너무 서두른 탓인지 코트 아래로 편지 봉투가 툭 떨어졌고, 그것은 마침 열린 문으로 불어 들어온 바람에 휘익 날아올라 내 발 앞에 사뿐히 안착했다. "엇, 이런!"이라고 외치며 남자는 거의 몸을 날리다시피 해서 그 봉투를 주우려 했지만, 내가 조금 더 빨랐다. "여기, 받으세요." 바닥에 떨어진 봉투를 주워 트렌치코트를 입은 남자에게 건네다 말고, 난 멈칫했다. 잠깐. 이거 좀 이상하잖아. 그렇게 중얼거렸던 것 같기도 하다. 그럴 법도 한 게, 그 낯선 남자가 감추려던 봉투는 바로 나에게 배달된 휴대폰 요금 고지서였기 때문이다. "저, 미안하지만, 이건 나한테 온 우편물인데…… 왜 당신이……?" 그러자 트렌치코트의 남자가 갑자기 활짝 웃었다. "아, 그런가? 이거 잘못 봤나 보군. 난 당연히 내 거라고 생각했지. 그나저나, 다시 한 번 잘 보라고. 정말 자네 전화번호가 2015-0666인지? 자네 역시 다른 사람에게 배달된 걸 자기 것으로 착각할 수 있잖아." 그때만 해도, 난 속으로 별 이상한 노인네—아무리 트렌치코트에 중절모를 썼어도 흰 머리칼과 쭈글쭈글한 얼굴을 가릴 순 없었으니까—를 다 보겠다고 생각했다. 그래서 좀 퉁명스러운 목소리로 대답했던 것이다. "걱정 마세요. 그런 걸 잘못 볼 린 없으니까요. 자, 보라고요. 2015-0666, 어때요? 내 것 맞죠?" 내가 휴대폰을 켜 번호를 보여주자, 로버트 와인버그의 눈빛이—아주 잠깐이었지만— 기이하게 변했던 건 확실히 기억한다. 뭐랄까, 못 믿겠다는 표정이랄까, 아니면 엄청난 놀라움, 경이, 공포, 황당함, 이런 걸 담고 있는 것 같다고 해야 할까. "어디, 잠깐만 보여주면 안 되나?" 그는 내 폰을 있는 힘껏 잡아당겼다. "그냥, 맞는지 내 눈으로 확인하고 싶어서." 순간 화가 난 나는 로버트에게서 폰을 뺏어 주머니에 넣었다. "지금 날 의심하는 거예요? 아니, 세상에 어떤 놈이, 미치지 않고서야 남의 휴대폰 요금 고지서를 훔쳐다 자기가 납부하려고 하겠어요?" 그제야 로버트—그때까지만 해도 이름도 모르는 낯선 노인이었지만—는 고개를 끄덕이더니 머리를 긁적이는 것이었다. "이런, 진짜 미안하네. 이래서 나이 들면 죽어야 한다고 하나봐. 내가 뭘 좀 착각했어. 근데, 자네 말이야. 처음부터 계속 이 번호를 쓴 건가? 아, 오해는 말고. 그냥 아는 사람과 번호가 좀 비슷해서 말이야." 마음이 좀 누그러진 나도 휴대폰을 켜 다시 보여주며 고개를 끄덕였다. "아니에요. 저도 실례가 많았죠, 뭐. 그리고 이 번호는 처음 이동전화 개통했을 때부터 쭉 쓰던 거라고 보면 됩니다. 근데 원래 번호 비슷한 사람이야 많지 않나요?"

그러나 중절모를 쓴 그 남자는 내 말엔 대답도 없이, 엄청나게 어두운 얼굴로 먼 하늘을 쳐다보고 있는 것 아닌가. "저기, 그럼, 전 이만 가볼게요." 왠지 좀 머쓱해져 밖으로 나가려는데, 로버트 와인버그가 내 팔을 잡았다. "잠깐. 초면에 미안하지만 한 가지만 더 묻겠네. 혹시…… 앞으로도 계속해서 이 번호를 사용할 생각인지……?" 그때 문득 이런 기사를 본 게 떠올랐다. 그러니까 일주일 전쯤 무슨 잡지에서 얼핏 본 건데, 사람들이 웃돈까지 주고 사는 인기 번호들이 있다는 거였다. 그걸 떠올리자, 처음 본 이 남자가 이렇게도 집요하게 번호에 집착하는 이유가 어느 정도 짐작됐다. 하지만 어림없는 소리. 번호를 넘길 마음 같은 건 털끝만큼도 없었다. 특별한 이유가 있는 건 아니지만, 하여간 그가 물어보면 그렇게 대답할 생각이었다. 그러고 나서도 계속 내 번호에 집착하면, 뭐 그때부턴 당연히 금액을 협상해야 할 테지만 말이다. 어쨌든 그런저런 생각 끝에 난 단호하게 대답했다. "물론이죠! 연락 올 곳도 많은데, 함부로 번호를 바꿀 순 없잖아요. 아마 죽을 때까지 이 번호를 유지하게 되지 않을까…… 생각합니다만." 그러나 기대와 달리, 트렌치코트의 남자는 더 이상 협상을 이어가려 하지 않았다. 도리어 안도하는 표정으로 여러 번 머리를 끄덕일 뿐이었다. "아아, 그래! 그랬던 거야. 그런데 이런 식으로 나타날 줄이야…… 역시 그분의 말씀이 옳았단 말인가……. (그러다가 내 쪽을 힐끗 쳐다보더니) 하여튼, 자네 생각이 맞아. 그럼, 그래야지. 번호란 일종의 아이덴티티인데, 아무 때나 촐싹대고 바꾸는 건 좋지 않지." 왠지 실망해서 이번에야말로 밖으로 나가려는데, 그 낯선 남자가 다시 한 번 나를 잡았다. "어쨌든, 이렇게 만난 것도 인연인데, 우리 통성명이나 하자고." 이렇게 해서, 난 로버트 와인버그와 첫인사를 나누게 되었던 것이다.

그는 내가 한국에서 왔다는 얘길 듣자 반색을 하며 신나게 떠들어댔다. "한국! 내가 잘 아는 나라지! 돌아가신 아버지가 1950년 한국전쟁에 참전했었거든. 게다가 1988년 서울올림픽은 또 어떻고? 사실 내가 기자였던 시절에 올림픽을 취재하러 서울에 갈 뻔했잖아. 하필이면 그때 급성장염에 걸리는 바람에 못 가게 되고 말았지만." 그러면서 그는 로비에 선 채로 아버지의 유품인 은성무공훈장과 오래된 군복, 낡은 군번줄 같은 것들에 대해 떠벌렸다. "하지만 아버지는 결국 돌아오지 못했어. 한반도 중부의 커다란 호수—이름이 '파로호'였던가, 아마?—에서 전사했으니까. 아직 가보진 못했지만, 그 호수 앞엔 기념비가 있는데, 거기 내 아버지의 이름도 조그맣게 새겨져 있다더군. 실은 너무 아쉬워. 88년 서울에 가게 됐을 때, 반드시 하루쯤은 시간을 내어 그 호수를 둘러볼 계획이었거든." 그러더니 남자는 낡은 트렌치코트 소매 깃으로 눈가를 훔쳤다. "이런, 미안해. 초면에 또 바보 같은 모습을 보이는군. 참, 소개가 늦었군. 내 이름은 로버트 와인버그. 전엔 기자였고, 지금은 프리랜서로 일하며 세상의 비밀을 파헤치고 있다네." 난 뭐라 할 말이 없어 가만히 서 있었다. 그러다가 퍼뜩 주머니에 든 주유소 티슈가 떠올라, 그걸 남자에게 내밀었다. "난 스티브라고 해요. 스티브 박. 한국 이름은 성철이고요."

여하튼, 이렇게, 인연이라 하기에도 뭣한 인연으로, 로버트와 나는 가까워졌다. 막상 친해지고 보니, 우린 의외로 잘 통했다. 그는 시간이 날 때마다 나에게 '세상의 비밀'을 귀띔해주거나 듣도 보도 못한 갖가지 희귀한 유물들을 구경시켜줬고, 난 주머니 사정이 안 좋은 그에게 회사(얼마 전 취직한 브리티시 미트 앤 컴퍼니를 말한다. 그때 난 이력서를 제출한 뒤 인터넷에서 면접 잘 보는 방법까지 찾아 열심히 준비했지만, 막상 가보니 그런 건 다 필요 없는 것이었다. 그들은 얼굴도 보지 않고 도축 공장에서 일할 인부를 뽑았다. "그냥 사지 멀쩡하고, 예스, 노, 이것만 할 줄 알면 된다고." 구인 담당이라는 우락부락하게 생긴 남자는 이렇게 말했고, 다음 날부터 입을 하얀색 도축용 작업복과 비닐 앞치마, 허벅지까지 오는 긴 검은 장화를 내줬던 것이다)에서 공짜로 얻어 온 햄과 소시지를 안주로 제공했으니 말이다.

그럼, 다시 우리가 처음 만났던 날 저녁의 이야기로 되돌아가보자. 그날 로버트는, 이렇게 만난 것도 인연인데 같이 술이나 한잔하자며 나를 초대했다. 어차피 별로 할 일도 없던 나는 못 이기는 척 그를 따라 3층으로 올라갔다. 안주를 준비하겠다며 로버트가 햄을 썰고 소시지를 굽는 등 부산을 떠는 사이, 난 책으로 꽉 찬 그의 집을 둘러봤다. 철제 간이침대를 붙여둔 벽면만 빼고는 책장도 없이 그저 바닥부터 천장까지 빼곡하게 책들이 쌓여 있었다. 책들은 모두 낡고 너덜너덜했는데, 그중 한 권을 뽑아 펼쳤더니, 너무 오랜만에 빛을 봐서인지 깜짝 놀란 좀벌레 몇 마리가 사방으로 흩어져 갔다. 알 수 없는 글자들로 뒤덮인 그 책을 원래의 자리에 끼워둔 다음, 난 주방 쪽에다 대고 소리쳤다. "다 되어가요?" 로버트는 앞치마까지 두른 채 뭔가를 볶다 말고 손가락으로 오케이 사인을 보냈다. 알겠다고 한 뒤 고개를 돌리는 순간, 바로 그 책, 『종교와 생물학의 통일장 이론에 관하여』가 내 눈에 띄었던 거다.

그것은 보라색 가죽으로 장정된 데다 금박으로 제목이 새겨진 꽤나 값비싸 보이는 책이었다. 조심스럽게 책을 펼치자, 우아한 필기체로 인쇄된 글자들이 보였다. 테두리의 여백은 정성껏 그린 아라베스크 문양 같은 걸로 장식되어 있었는데, 그 모든 것들이 어우러져 마치 고대의 비밀문서라도 되는 양 기이한 매력을 풍기고 있었다. 자세히 보니 그것은 놀랍게도 인쇄본이 아니라 손으로 직접 쓴 필사본이었고, 암호를 해독하듯 겨우겨우 읽어낸 바에 의하면 그 페이지엔 바로 다음과 같은 내용이 적혀 있었던 것이다.

"(……) 또 다른 증거는 16세기의 성화 전문 화가인 안젤리코 델 지오반니의 그림입니다. 그 자신이 프란체스코회 소속 수사이기도 했던 지오반니는, 자기 몸을 가시 달린 채찍으로 때리는 고행을 해가며 그림을 그린 것으로 유명합니다. 그렇게 신심 깊었던 그의 꿈에 드디어 천사가 현현하여 자신의 영광된 모습을 드러냈을 때, 안젤리코는 기쁨의 눈물을 흘릴 뻔했지요. 하지만 그는 문득 눈물을 멈췄는데, 왜냐하면 그의 꿈으로 친히 찾아온 천사의 모습이 그동안 알고 있던 것과는 너무 달랐기 때문입니다. 그렇습니다. 안젤리코 델 지오반니의 눈앞에 나타난 천사는 한 마리의 거대한 새였습니다. 새의 날개를 달고 있는 인간이 아니라, 진짜 한 마리의 커다란 새. 새는 크고 검은 날개를 퍼덕이며 독수리의 그것처럼 뾰족하게 구부러진 부리를 딱딱 맞부딪쳤습니다."

"이봐, 뭐 하는 거야?"

여기까지 읽었을 때, 로버트가 들어왔다. 한 손엔 안주 접시를 들고, 다른 팔엔 맥주 캔을 한가득 끌어안고 있었다. 그는 내가 그 기이한 책을 읽고 있단 걸 알고는, 한숨을 내쉬며 침대 위에 맥주와 안주 접시를 내려놨다. "어, 미안해요. 허락 없이 책을 꺼내 봐서요." 하지만 로버트는 손을 내저으며 빙긋이 웃었다. 내가 잘못 들었는지 모르지만, 그때 그가 이런 말을 혼자 중얼거렸던 것도 같다. "아니, 괜찮아. 어차피 읽을 사람은 읽게 돼 있거든. 일종의 운명이라고나 할까." 어쨌거나 그는 내게서 보라색 가죽 장정의 책을 돌려받아, 원래 있던 자리에 소중히 끼워 넣었다. 그런 다음 천천히 내 쪽으로 돌아서더니 이렇게 말하는 것이었다. "스티브, 충고 하나 해줄까? 앞으론 책을 읽을 때, 과연 이걸 내가 감당할 수 있을까, 라는 질문을 스스로에게 먼저 던지는 게 좋을 거야. 왜냐하면 어떤 책은 사람의 운명을 바꿔놓기도 하니까. 그래, 이걸 쓴 노인네도 머리가 돌아서 죽어버렸지. 그리고 뭐, 보다시피, 책을 물려받은 나 역시, 꼭 그 때문이라고 할 순 없지만, 이렇게 신세를 망쳤고 말이야." 난 순순히 고개를 끄덕였다. 어차피 책엔 관심도 없었다. 하루 종일 도축 공장에서 돼지 뒷다리를 자르고 돌아와서는 샤워도 제대로 하지 못한 채 곯아떨어지기 일쑤였는데, 도대체 언제 책 나부랭이를 읽을 수 있겠는가 말이다. 하물며 자기 몸을 채찍으로 때려가며 그림을 그렸다는 변태 수도사 이야기 따위는 더더욱 읽고 싶지 않았다.

하지만 그날 밤, 술을 점점 많이 마시고 얼근하게 취하기 시작하자, 로버트는 보라색 가죽 장정의 책에 대한 이야기를 중얼중얼 늘어놓기 시작했다. "어떻게 보면, 그 노인네를 만난 건 내 인생에서 가장 운 나쁜 일이었어. 샤르댕 신부 말이야. 테야르 드 샤르댕. 물론 착한 노인네였어, 살짝 머리가 이상해지긴 했어도. 그런데 스티브, 혹시 자바원인猿人이라고 들어본 적 있어? 아니면 베이징원인은? 그래, 모를 만도 하지. 보통 사람들이라면 자바원인, 베이징원인 같은 데엔 관심도 없을 테니. 나 역시 그랬었고 말이야. 어쨌거나 간단히 설명하자면, 자바원인과 베이징원인은 각각 인도네시아 자바와 중국의 베이징 인근에서 발견된 인류 조상의 유골 같은 거야. 자세히 얘길 하면 끝이 없을 테니, 대충 그 정도로만 알아두라고. 하여간 여기서 기억해둬야 할 건, 그 두 개의 중요한 고고학적 발견을 이끈 사람이 바로 테야르 드 샤르댕이라는 사실이야. 그러니까 쉽게 말해서, 그 노인네는 고고학계의 슈퍼스타 같은 사람이었다, 이 말이지. 뭐, 자바원인과 베이징원인 이전에 샤르댕이 엄청나게 유명해진 또 다른 대사건이 있지만, 그건 나중에 시간이 되면 차차 이야기하기로 하고. 그런데 듣고 보니 좀 이상하지 않아? 인간을 비롯한 우주 만물을 신이 창조했다고 믿어야 할 예수회 사제가 진화생물학과 고고학을 공부하고 원시인류의 유골을 발견하는 일에 앞장섰다니 말이야. 도대체 무슨 꿍꿍이였을까? 하긴, 사람은 어차피 자기가 무슨 일을 하는지 모르고 살아가는 존재니까. 그러니까 내 말은, 우리가 어떤 일을 시작할 때 가졌던 의도는 항상 마지막엔 다른 결과로 흘러가버리고 만다, 이 뜻이야. 내 짐작엔, 처음에 샤르댕 신부는 진화론을 좀 더 깊이 연구해서 그걸 반박할 계획이었던 것 같아. 진화론이 그 안에 내포하고 있을 허점 같은 걸 찾아내 비판하고, 그럼으로써 창조론을 더욱 공고히 함과 동시에 생명체 안에 담긴 신의 은총에 대해 찬양이나 잔뜩 늘어놓을 심산이었으리라는 거지. 그런데 문제는, 이 노인네, 샤르댕 신부가 너무 진지하게 진화론에 접근했다는 사실이야. 뭐든 그것이 내면에 품고 있는 심연을 건드리지 않을 정도까지만 파고들어야 하는 법인데, 샤르댕은 그 선을 넘었던 거지. 반박하기 위해 시작한 일인데 스스로도 점점 그쪽으로 경도되고 있다는 걸 깨닫고는 아마 본인도 무척 당황하지 않았을까? 결국 내가 아까 말한 큰 사건에 휘말린 뒤—필트다운인Piltdown Man 위조 사건이라고, 고고학계에선 꽤 유명한 세기의 사기극이지. 아, 좀 기다려. 차차 들려줄 테니 걱정 말라고— 한동안 조용히 지내던 그는, 심기일전하여 선교도 할 겸, 그리고 화석 연구도 재개할 겸 해서 중국으로 건너가게 된다네. 그런데 거기서 그야말로 세계가 놀랄 발견을 또 하게 된 거야. (사실 이런 거 보면, 세상은 참말로 불공평하단 생각이 든다니까. 대부분은 일생을 화석이 묻혀 있을 단층지대만 쫓아다녀도 변변한 공룡 발자국 하나 못 찾아내는데 어떤 사람은 그냥 땅만 파면 세기의 유골이 와르르 쏟아져 나오니까 말이야. 하긴, 그래서 샤르댕 신부가 나중에 더 많은 의심과 비판의 대상이 된 걸지도 모르지만. 왜냐고? 생각해봐. 도대체 얼마나 운이 좋으면 원시인류의 머리통을 일생에 두 번이나 찾아내는 행운을 누리겠어? 누구나 거기서 '조작'의 냄새가 난다는 의심을 할 법도 하지 않아? 게다가 그걸 찾아낸 이가 고고학계에서 가장 유명한 사기 사건에 휘말렸던 당사자라면? 너라면 어떻게 생각하겠냐고?) 하여튼, 그가 베이징에서 남서쪽으로 약 40킬로미터 떨어진 동굴에서 찾아낸 건, 진화사상 가장 중요한 원시인류의 두개골과 뼛조각들이었어. 근데, 이건 순전히 내 생각인데 말이야, 어쩌면 그 노인네, 베이징원인의 머리통을 발견한 순간, 그걸 산산이 부숴버리고 싶었을지도 몰라. 그렇지 않겠어? 그 사실을 학계에 발표하면 다윈이 옳다는 걸 세상에 공표하는 꼴이 되잖아. 하지만 샤르댕은 숭고한 사람이었어. 창조론이라는 도그마를 지키기 위해 해골을 잘게 부숴버리는 대신, 그냥 정직하게 온 세상에 알리고 말았으니까. 뭐, 고고학계야 당연히 난리가 났을 테지만, 아주 완전히 발칵 뒤집힌 곳이 있었지. 거기가 어디라고 생각해? 그래, 맞아. 바로 바티칸이었던 거야. 열받은 교황청이 나중에 그 불쌍한 노인에게—그땐 아직 노인은 아니었지만— 무슨 짓을 했는지는 차차 말해주기로 하고, 일단은 샤르댕 신부에 대해서 좀 더 이야기하도록 하지. 그래, 그 대단한 발견 이후, 신부는 패닉에 빠졌어. 매일 밤마다 부들부들 떨며 '내가 무슨 짓을 한 건가?'라는 자문을 했지. 하지만 원래 그런 질문엔 정답이 없는 법이잖아. 그런데 말이야, 스티브, 여기부터가 진짜 중요한 얘긴데, 잘 들어봐. 그러니까, 암만 그래봤자, 샤르댕 역시 믿음 깊은 신부에 지나지 않았다는 거야. 그는 사제로서의 책임과 의무를 다하기로 굳게 결심했어. 즉, 자신이 발견한 것들을 토대로 진화론과 신학을 결합시키려는 황당무계한 시도를 하게 된 거지. 그는 조급한 마음으로 수많은 자료들을 뒤졌고, 신학교 동기였던 교황청의 고위 사제를 통해 과거로부터 전해져 온 일급 기밀문서에 접근할 수 있는 허락도 얻어냈어. 그러니까 그 순진한 사제는, 만약 자신이 더 많은 걸 찾아낼 수만 있다면, 결국 진화라는 생물학적 사건도 신이라는 거대한 존재의 품 안으로 수렴시킬 수 있다고 믿었던 거야. 왜냐하면 그의 생각에 '신은 정말로 전능하고 세상과 인류, 우주 만물은 신의 창조물'이기 때문에……. 하지만, 그런 그의 의도와는 달리, 이번에도 모든 게 어긋나기 시작했다네. 그래, 그는 또 너무 깊숙이 파고들어 갔던 거야. 교황청의 지하에 숨겨져 있던 그 그림들, 이상한 문서들, 그리고 '더 많은 것을 알아내기 위하여' 수집한 세상의 각종 자료들. 그것들을 하나하나 꿰어 맞춰가며 신의 전지전능함을 입증하려던 선한 신부의 눈앞에 완성된 퍼즐은 전혀 다른 모습을 가지고 있었던 거지. 잠깐. 그 전에 먼저 이 그림을 좀 보겠어?"

그가 가져온 것은, 좀 전의 바로 그 책이었다. 보라색 가죽 장정에 금박으로 제목이 아로새겨진 신비로운 필사본. 내가 책을 받아 들려고 하자, 로버트가 손을 내저으며 마다했다. "아니, 괜찮아, 스티브. 이건 내가 다룰게. 알다시피, 워낙에 희귀한 물건이라서 말이야……. 조그만 흠집이라도 나면 그야말로 곤란해지거든. 아마 내가 알기론 온 세상을 통틀어 딱 두 권만 존재할 거야." 그러고 보니 그는 어느새 양손에 하얀 목장갑까지 끼고 있었다. 조심스럽게 책을 내려놓은 다음, 로버트 와인버그는 마치 누군가가 엿듣고 있기라도 한 듯 사방을 둘러보더니 내 귀에 속삭였다. "그나저나, 이건 정말 비밀인데 말이야, 스티브, 이 책의 나머지 한 권이 어디에 있는지 알아?" 내가 고개를 젓자, 로버트는 그럴 줄 알았다는 듯 자랑스럽게 웃었다. "그래, 하긴 모르는 게 당연하지. 그럼 내가 말해줄 테니, 이제부터 잘 들어. 세상에 단 두 권뿐인 이 책의 나머지 하나는 바로…… 바티칸의 비밀문서 보관실에 고이 모셔져 있다, 이 말이야. 뭐, 나중에 언젠가는 말해주게 되겠지만, 하여간 여기엔 그야말로 엄청난 내용이 담겨 있거든. 내가 이걸 지키기 위해 얼마나 고생했는지 안다면 자넨 감동해서 눈물까지 흘리게 될걸. 그래, 이런 얘긴 그만하고, 어쨌든 아까 말한 그림부터 보여줄게. 샤르댕은 바티칸에 있던 신학교 동기를 통해 이 그림을 처음 접했고, 천신만고 끝에 복사본을 밖으로 빼내는 데 성공했어. 아마 지구상 거의 대부분의 사람들은 세상에 이런 그림이 존재하는지도, 그리고 안젤리코 델 지오반니라는 화가가 누구인지도 전혀 모르고 있겠지!"

로버트가 하얀 장갑을 낀 손으로 보라색 가죽 장정의 책을 몇 장 넘기자, 빛바랜 흑백사진 같은 그림 하나가 눈앞에 펼쳐졌다. 거기엔 괴상하기 그지없는 생물체들이 우글대고 있었는데, 암만 봐도 그 정체가 뭔지는 도저히 알 수 없었다. 밤의 악몽에나 등장할 법한 그 괴물들을 들여다보던 나는, 결국 궁금증을 견디지 못하고 물었다. "이게 뭔데요? 도대체 뭘 그린 거죠?" "천사들이야. 중세시대 화가인 안젤리코 델 지오반니라는 자의 꿈속에 나타났던 존재들이지." 그러나 그림 속 천사들은, 내가 알고 있던 그런 천사들이 아니었다. 오히려 그들은 악마에 가까웠다. 얼핏 봐선 사람처럼 보이는 얼굴을 가졌지만 자세히 보면 부자연스럽게 튀어나온 뾰족한 입은, 입이라기보다는 차라리 부리에 가까웠다. 머리통은 대머리독수리 같았고 손이 있어야 할 자리엔 날개가 있었는데 그걸 양옆으로 착 접어서 몸통에 꼭 붙이고 있었다. 무엇보다도 괴상한 것은 그들의 가슴뼈와 근육이 앞으로 심하게 돌출되어 있다는 사실이었다. 새처럼 튀어나온 가슴 덕분에, 가만히 서서 신의 보좌를 올려다보는 그들의 모습은 그 자체로 한 마리의 거대한 수탉 같았다. 그 기괴한 존재들이 천사임을 나타내주는 건 단 한 가지, 등 뒤에서 희미하게 빛나는 원반뿐이었다. 머리 위에 빛나는 후광을 달고 있는 존재. 그렇다면 이건 적어도 천사 비슷한 걸 표현하고자 했던 그림임엔 틀림없었다. 오래전의 작품답게 단순하고 평면적인 구도를 지닌 그 그림엔, 그러나 묘하게도 원근법이 적용되어 있었고, 그래서 보는 이의 시선은 정중앙의 어떤 한 점으로 모여들게 되어 있었다. 바로 그 점. 시선이 모여드는 곳. 그림의 초점에 해당하는 위치엔 뭉게뭉게 구름이 피어올랐고, 그 사이로 화려하게 장식된 옥좌 같은 것이 보였다. "잠깐. 거기 말고, 여길 봐봐. 사실, 이 그림의 압권은 바로 이 부분에 있거든." 눈을 가늘게 뜬 채 옥좌의 테두리에 새겨진 문양을 보고 있을 때, 로버트가 손가락으로 그림 속 어느 지점을 짚었다. 거기엔 구름 덩어리에 살짝 가려진 신의 발이 그려져 있었다. "대충 보지 말고, 자세히 보라니까!" 로버트의 말에, 좀 더 눈을 가까이한 순간, 나는 "헉!" 소릴 내며 한 걸음 뒤로 물러섰다. 이건 뭐지? 이게 정말 신이라고? 구름에 휩싸여 신의 몸은 보이지 않았지만, 그 아래로 얼핏 드러난 발은 인간의 그것이 아니었다. 안젤리코 델 지오반니. 나중에 미쳐버린 채 종교재판을 받고 불에 활활 태워졌다는 중세의 화가가 그린 신의 발은, 날카로운 발톱과 구부러진 발가락, 그리고 딱딱하고 윤기 나는 비늘로 뒤덮여 있었다. 차라리 악어나 코모도 도마뱀에 가까운 그 발은, 굳건하게 구름을 디딘 채 공중에 둥둥 떠서 천사들의 경배를 받는 중이었다. 그리고 그 흐릿한 복사본 앞에서 나는, 왠지 그게 낯설지 않다는 것, 분명 예전에 어디선가 이와 비슷한 기괴한 생물체를 본 적이 있다는 사실을 떠올렸다.

"자네가 무슨 생각을 하고 있는지 알아. 나도 처음에 이 그림을 보고 이상한 기시감을 느꼈거든. 그래, 이리 와보겠어?" 그가 나를 데려간 곳은, 좁고 어두운 골방이었다. 낡아 삐거덕거리는 손잡이를 비틀어 열자, 오래된 장소 특유의 서늘한 먼지 냄새가 확 풍겨왔다. 로버트는 문 옆 벽을 더듬더니 스위치를 올렸다. 그것은, 온갖 잡동사니와 낡아빠진 종이 더미로 가득 찬 방 한쪽 벽에 압정으로 대충 고정되어 있었다. "자, 바로 이걸세. 자네도 안젤리코의 그림을 보며 이걸 떠올린 거겠지?" 나는 구식 백열전구의 노란 불빛 아래서, 모든 게 살아 움직이는 듯한 그 거대한 그림을 보며 멍하니 서 있었다. 그런 나를 지켜보던 로버트가 피식 웃으며 말했다. "이런, 이런. 설마 스탕달 신드롬에라도 빠진 건가? 그런데 말이야, 그런 게 다 뭣도 모르는 병신 같은 놈들이 만들어낸 헛소리란 건 알아? 대체 왜 엄청나게 멋진 그림을 보면 심장이 쿵쿵 뛰고 다리가 덜덜 떨리고 환각 증상에 시달리다 푹 쓰러지는 거겠어? 그것도 꼭 여행지의 박물관에만 가면 말이야. 생각해보면 뻔하지. 간만에 먼 곳으로 여행하는 재미에 빠져 피곤한 줄도 모르고 미친 듯이 이리저리 쏘다니다가 '그래, 이제 지적이고 우아한 활동도 좀 해볼까?'라는 마음으로 박물관에 들어간 여행

객에겐 어떤 일이 일어날까? 그래, 맞아. 지칠 대로 지쳐 있어서 머리는 멍한 데다, 계속 걷기만 하다가 잠시 멈춰 서서 그림을 보고 있노라니 다리근육이 갑작스레 풀려 흐물흐물해지는 거지. 그 와중에 돌아다니느라 밥도 제대로 못 챙겨 먹었을 테니, 어질어질해지면서 헛것이 보이다가 풀썩 쓰러진다, 이거야. 어때? 피로와 공복으로 인한 일종의 저혈당 증세. 이게 바로 스탕달 신드롬인가 뭔가 하는 것의 본질이라는 거지. 그래서 하는 말인데, 자네도 나중에 이탈리아의 유명한 박물관에 가려면, 그 전에 먼저 어디 괜찮은 식당에라도 들어가 배부터 든든하게 채우라고. 그래야 누가 그린 건지도 모르는 옛날 그림 하나 보다가 현기증에 쓰러지는 일 따위 일어나지 않을 테니까 말이야. 그나저나, 이건 다 여담이고, 본격적으로 그림에 대해서 얘기해볼까? 잠깐, 그런데 도대체 왜 그러는 거야, 스티브? 얼굴은 왜 그리 창백하고 눈동자는 어째서 풀려 있으며 손발은 뭣 때문에 그렇게 부들부들 떨고 있는 거지, 응?"

사실 나에겐 그 그림이 낯설지 않았다. 어떻게 보면, 그건 오히려 지독하리만치 정겨운—왜냐하면 어린 시절을 떠오르게 하니까—그림이었다.

아버지의 방.

오래전 그가 피바다 속에서 허우적대며 쓰러져 있던 그 작고 어두운 방. 살아 있을 때, 아버지는 간혹 그 방에 들어가 문을 꼭 닫은 채 나오지 않곤 했다. 그런데 그는 도대체 거기 혼자 틀어박혀 무엇을 하며 시간을 보냈던 걸까? 이 역시 영원히 알아낼 길이 없으리라. 왜냐하면 그는 죽었으니까. 어쨌든, 아버지가 문을 닫고 그 안에 있을 땐 아무도 들어갈 수 없었다. 하긴, 나와 동생 성호는 그 방에 들어가는 걸 좋아하지도 않았다. 언제나 퀴퀴한 냄새가 났고 습기 찬 벽엔 푸르스름한 곰팡이가 잔뜩 피어 있었으니까. 게다가 한국에서 가져온, 아직 포장도 풀지 않은 짐들이 그 좁은 방을 가득 채우고 있었다. 작은 창 아래 구석엔 앉은뱅이책상 같은 게 있었고, 그 위에 놓여 있던 '辛라면'이라고 적힌 마분지 상자 하나. 어느 어스름했던 저녁, 엄마의 심부름으로 뭔가를 가지러 그 방에 들어갔을 때, 아버지가 화들짝 놀라며 상자를 치우던 장면도, 나는 여전히 기억하고 있다. 왜냐하면 나중에, 난 몰래 그 상자를 열어봤으니까. 그 안엔 헝겊으로 만든 주머니가 하나 들어 있었고, 주머니를 열자 유리구슬 몇 개가 바닥으로 굴러떨어졌다. 그리고 낡고 오래된 성냥갑과 발행된 지 수만 년은 되어 보이던 지폐……. 아니, 아직은 이런 얘길 할 때가 아니지. 지금 중요한 건 그림에 대한 이야길 마저 끝내는 거니까. 무엇보다도, 모든 스토리엔 순서가 있는 법이니까.

"아니, 괜찮아요, 로버트. 그림을 어디서 본 것 같아서, 그래서 기억을 더듬느라 그랬을 뿐이에요. 생각해보니, 어릴 때 아버지 방 벽에 이것과 똑같은 그림이 붙어 있던 게 떠오르네요. 물론 그땐 어려서 별 관심도 없었지만, 그래도 어쩌다 눈이 갈 땐 두려움에 떨던 기억이 나요. 왜냐하면 저건…… 정말 기분 나쁜 그림이잖아요." 걱정스러운 표정으로 쳐다보는 로버트에게 난 이렇게만 대답했다. 아버지가 하루도 거르지 않고 그 어두컴컴한 방에서 그림을 보며 멍하니 서 있더란 얘기 같은 건 꺼내지도 않았다. 나 역시, 두려움과 공포에 떨면서도 마치 중독된 사람처럼 몰래 그 방에 들어가 벽을 보며 서 있었다는 이야기 또한 하지 않았다. 아니, 아예 처음 그 그림을 봤을 때부터, 그러니까 푸른곰팡이와 습기와 어둠과 먼지, 그 모든 무겁고 축축하게 가라앉는 것들 사이에서 그 기괴한 광경을 접했을 때부터 내가 느낀 건 이상하리만치 정겨운 익숙함이었다는 사실도 난 말하지 않았던 것이다. 그 낯익은 느낌의 이유가 뭔지는 나중에 알았다. 아버지가 그 방으로 들어가는 문턱에 쓰러져 있을 때. 비릿하고 끈적끈적한 피바다 속에서 "새 좀 꺼내다오, 제발" 이렇게 외치고 있을 때. 무섭도록 조용해진 어두운 방 너머로 그 그림을 보며, 난 애초부터 그것이 우리 모두의 운명을 예고하고 있었다는 것을 알게 됐다. 그래, 우리는, 아버지와 엄마와 나와 성호는, 다 같이 손을 잡고 그림 속으로 한 발씩 걸어 들어가고 있었던 거지. 운 좋게도 혹은 지독히 불행하게도, 나 혼자 그 손을 놓아버렸지만, 그럼에도 나는 정확히 알고 있었다. 지금도 저 그림 속 어딘가를 뒤져보면, 마치 살아 움직일 듯 음산한 나무 뒤나 인간을 찌르며 킬킬 웃고 있는 악마의 시커먼 그림자들 사이 어딘가에 아버지와 엄마, 성호가 숨어 있을 거라는 사실을. 아니, 아버지는 숨어 있지 않을지도 모른다. 오히려 그는 그림 속 존재에 완벽히 동화되어, 원래부터 그 안에 살고 있던 것처럼 자연스럽게 자기 역할을 수행하고 있는 걸지도. 반은 물고기이고 반은 사람이거나, 혹은 머리는 새에다 몸통은 사람인 채로 사디즘적 쾌락에 빠져 인간을 찌르고 배를 가르고 끓고 있는 커다란 항아리에 던져 넣는 저 괴이하고 끔찍한 존재들 중 아버지가 껴 있지 않다고 장담할 수 있을까? 그러니까, 어린 시절 아버지의 골방 벽에 붙은 그림을 보며 느꼈던 이상한 익숙함은, 어쩌면 일종의 노스탤지어 같은 거였을지도 모른다. 미래에 내가 도달할 마음의 고향. 우리 가족이 모두 만날 수밖에 없는 마음속의 이상향.

어쨌든, 나는 거기서 진짜 아버지를 찾아내기라도 하겠다는 듯 뚫어지게 쳐다봤다. 그들, 그림 속 존재들은, 10여 년 전과 똑같은 짓을 여전히 되풀이하고 있었다. 고통에 겨워 몸부림치는 인간과 그 사이로 이리저리 걸어 다니는 거대한 새들까지, 모든 것이 하나도 변하지 않았다. 밀림에나 살 것 같은 신비로운 색깔의 그 새들은, 조류 특유의 무표정한 눈으로 인간을 지켜보고 있었다.

"굉장한 그림이지? 혹시 이 그림의 원본을 본 적 있나? 난 오래전 덴버에서 히에로니무스 보스 특별전을 할 때 이 거대한 판넬화의 진품을 봤어. 그래, 그걸 보고 난 뒤로 다른 지옥도는 아예 눈에 들어오지 않게 됐다고나 할까. 그러고 보면 보스 이 인간, 진짜 영리하지 않아? 안젤리코 델 지오반니는 똑같은 걸 그리고도 거기에다 순진하게 '천사'라는 이름을 붙여서 불타 죽었지만, 이자는 그러지 않았거든. 그는 이 괴수들이 뭔지 말하지 않았어. 그 진짜 의미 따위는 알아서 파악하라는 듯, 한쪽 눈을 장난스럽게 찡긋하고는 그만이었지. 물론 지오반니가 보스에게 어떤 영향을 끼쳤는지에 대해선, 현재 남아 있는 기록이 없어서 아무도 알 수 없다더군. 하지만 샤르댕 신부는 분명 어떤 지점에서 그 둘이 서로 만났을 거라고 이 책에 서술하고 있어. 아니, 더 나아가서, 그는 어쩌면 안젤리코야말로 실제로는 히에로니무스 보스가 아니었을까, 추측하기도 했지. 왜냐하면 안젤리코가 화형을 당했다고 전해지긴 하지만 공식적인 기록이 남아 있는 건 아니거든. 그러니까 당대에 그런 일이 흔했듯, 예술의 자유를 애호하는 어느 힘 있는 귀족의 도움으로 피레네 산맥을 넘어 네덜란드로 도피했을 수도 있다는 거지. 거기서 안젤리코 델 지오반니는 히에로니무스 보스라는 새로운 신분을 얻어 살아갔을지도 모른다는 거야. 하여튼 중요한 건, 그가, 그러니까 안젤리코 델 지오반니였을 수도 있는 히에로니무스 보스가, 자기 그림 구석에 아주 조그맣게 이런 글자를 적어뒀다는 거지. '이것이 세상의 비밀이다.' 결국 안젤리코는 네덜란드까지 도망가서도 자신이 보고 들은 신의 비밀을 세상에 까발리고 싶다는 충동을 억누르지 못한 건데…… 다행히 그림을 주문했던 부르고뉴공 필립에게 작품이 배달되기 직전, 화실에서 일하던 제자들이 먼저 그 불경한 문구를 찾아냈어. 그들은 스승의 심부름으로 그림을 운반하기에 앞서, 마구간에 숨어서 글자들 위에 물감을 덧칠해버렸지. 그렇게 해서 히에로니무스는 또 한 번 목숨을 구하게 된 셈이고 말이야. 나중에, 그림을 소장하고 있던 마드리드 프라도 미술관에선, 이상하게 한 부분에만 물감이 덕지덕지 덧칠돼 있는 게 마음에 걸려, 거기에 X-선을 쬐어봤다네. 그리고 그제야 드디어 안젤리코 델 지오반니일 수도 있는 한 네덜란드 화가가 그림에 남겨둔 문구가 세상에 드러난 거고 말이야."

하지만 로버트가 주절주절 떠드는 동안, 난 오직 한 가지 생각에만 사로잡혀 있었다. 사실 저것들이 천사인지 악마인지는 별로 알고 싶지도 않았다. 어차피 다 같은 거니까. 그리고 모두 나와는 상관없는 일일 뿐이니까. 다만 저런 괴물들, 누군가를 혹은 뭔가를 죽이고 고문하고 벗기고 찌르고 두 동강 내는 존재들을, 이젠 어디에서나 마주칠 수 있다는 사실에 새삼 놀랄 뿐이었다. (나 역시 돼지를 자르고 썰고 반으로 가르는 일을 했지만) 텔레비전을 켜면 언제나 거기엔 저들이 있으니까. 길을 가면서도 난 수시로 저들과 마주쳤다. 지구에 산다면, 그 어느 구석에 홀로 처박혀 눈을 감고 있어도 저들로부터 벗어날 수 없는 거였다. 아니, 생각해보니 그 말은 옳지 않다. 사실은 눈만 감으면, 그러니까 볼 수만 없다면, 바꿔 말해서 보이지만 않는다면, 우린 히에로니무스 보스(어쩌면 안젤리코 델 지오반니)의 지옥도 속에서도 충분히 즐겁고 행복하게 살아갈 수 있다. 나와 당신(들), 세상의 모든 이들이 그러듯이.

그런 의미에서, 아버지가 일했던 도축 공장은 참으로 적절한 장소에 있었다. 그곳은 절대 보이지 않는 곳에 있었으니까. 내가 다녔던 브리티시 미트 앤 컴퍼니의 도축 공장 역시 마찬가지였다. 처음 면접을 보러 갔을 때, 나는 눈앞에 보이는 회색의 깔끔하고 커다란 건물이 정말로 도축 공장인지 아닌지 알 수 없어 한동안 두리번거렸다. 거기엔 창문도 없고 간판도 없었으며, 그야말로, 무엇을 하는 곳인지 알 수 있는 표식이라곤 아무 데도 없었다. 다만 공기 중에 떠도는 끔찍한 악취만이 그 건물이 돼지를 죽이고 자르고 포장하는 장소라는 것을 알려줄 뿐이었다. 피비린내와 뭔가가 썩어가는 냄새 속에서, 땅속 어딘가를 흐르고 있을 돼지들의 피와 체액, 내장 같은 것들을 상상하며, 난 공장 앞 공터를 가로질러 정문으로 들어갔다. 하지만 거기서 멀리 떨어진 시내에 사는 사람들, 저녁에 뒷마당에서 숯불 바비큐 파티를 할 맛 좋은 고기와 햄을 사는 사람들은, 결코 그 냄새를 맡을 수 없으리라. 왜냐하면 그곳은 보이지 않는 땅이었고, 설혹 보인다 해도 제대로 눈감는 법만 배우면 굳이 보지 않아도 되는 그런 장소였으니까. 그러니까 그곳은 지상에 있지만 지하에 존재하는 거나 마찬가지였고, 도축 공장보다는 '언더월드'라는 말이 더 어울리는 땅이었다. 따라서 그런 숨겨진 장소, 땅속 가장 깊은 곳, 지하 세계에서 유령처럼 존재해야 했던 아버지가 땅 위로 올라온 것은, 전적으로 그의 잘못이었다. 그렇다. 아버지는 그렇게 멍청하게 자기 자신을 세상에 드러냈다. '인터뷰'라는 미명하에, 악귀 같은 몰골로 피를 뒤집어쓰고 내장과 살점이 덕지덕지 들러붙은 장화를 신은 채, 그러면서도 스스로가 무엇을 하고 있는지 전혀 모르는 사람 특유의 무섭도록 순수한 눈동자로 지상의 인간들을 응시하고 있었던 것이다. 그런 아버지의 사진 위에 인쇄되어 있던 기사 제목은 'A View To A Kill'이었다.

그 인터뷰 사건의 전말은 다음과 같다.

그러니까 그날도 아버지는, 피범벅이 된 앞치마를 두른 채 돼지들을 도살장으로 몰아가고 있었다. 놈들은 미친 듯 꽥꽥대며 버텼고, 평소와 마찬가지로 아버지는 그들을 꼬챙이로 찔렀다. 그러고 보면, 찌르는 것은 아버지의 특기였을까. 오래전 한국에서 총 끝에 달린 대검으로 사람을 찌르던 그때처럼, 도축 공장에서도 몰아의 경지에 빠져 돼지들을 찔렀을 테니까. 어쨌든 그때, 저쪽에서 한 여자가 다가왔다. 지금까지 한 번도 그렇게 잘 차려입은 여자를 본 적이 없었기에, 아버지는 그녀를 멍하니 바라보았다. 여자는 검은색 스커트 위에 흰 우비를 걸치고 장화를 허벅지까지 끌어당겨 신고 있었다. 바닥에 흥건하게 고인 핏물 웅덩이를 이리저리 피해가며 조금 빠른 걸음으로 다가온 그녀는, 아버지에게 밝고 쾌활한 목소리로 인사를 건넸다.

"안녕하세요? 여기서 일하세요?"

생각해보면, 아버지로선 미국에 온 뒤 거의 처음 들어보는 긍정적인 인사였을지도 모른다. 그래선지 그는, 돼지들의 귀를 찢는 듯한 비명에 맞서 무지하게 큰 소리로 "안녕하쇼?"라고 외쳤다. 아버지는 갑자기 나타난 기자의 질문에 성심성의껏 대답했다. "저게 뭐죠?" 여자가 전살대를 가리키면 아버지는 자랑스럽게 설명했다. (잘 안 되는 영어는, 아마 그녀가 알아서 다시 썼겠지.) "전살대라는 거요. 거기에 돼지를 쭉 줄 세워서 들여보내는 거지. 그러면 한 마리씩 전기 충격을 주고, 그러고는 목을 따고, 뭐 그게 또 엄청나게 빠른 속도로 지나가거든. 거의 10초에 한 번꼴로 돼지가 오고, 그럼 놈의 목을 따고, 또 다음 돼지가 오고, 또 따고, 하루에 몇 마리를 따는지는 나도 모르지만. 세어보질 않아서……." "만약 돼지들이 전살대로 가려고 하지 않으면, 그땐 어떻게 하나요?" 그러자 꽤나 대단한 기술을 가졌다는 듯 으스대는 아버지. "그럴 땐 우리만의 노하우가 있소. 사실 저것들은 피 냄새는 귀신같이 맡아서 절대 앞으로 걸어가려고 하지 않거든." 이 대목에서, 아버지는 자기가 들고 있던 피 묻은 꼬챙이를 허공에 휘둘렀다. 신문기사에 의하면 그랬다는 것이다. "그럴 땐 이 꼬챙이로 돼지를 찌르는 거요. 그냥 마구 찔러대고 채찍으로 두들겨 패고, 그럼 지들이 별수 있나. 앞으로 밀려가는 수밖에. 이걸로 돼지의 항문을 쑤셔야 할 때도 있어. 그럼 너무 아파서 미친 듯이 전살대로 뛰어가거든." 그러면서 아버지는 최대한 잔인하게 웃으며 돼지의 몸통을 찌르는 포즈까지 취했다.

아버지의 엽기적인 인터뷰와 잔인무도한 사진은, 며칠 뒤 『트루데 타임스』 1면을 장식했다. 'A View To A Kill'이라는 선명한 헤드라인 아래, 피를 뒤집어쓰고 돼지를 꼬챙이로 찌르며 웃고 있는 도살꾼의 사진은, 악귀 그 자체였다. 공장으로 항의가 빗발쳤고, 동물보호협회는 돼지를 잔인하게 다룬 아버지를 고발하겠다고 선포했다. 채식주의자가 되겠다는 사람들이 순간적으로 확 늘어난 것도 그즈음이었다. 도시 곳곳에서 햄과 소시지 화형식이 거행되기도 했다. 화형식은, 그렇게 끔찍하고 잔인하게 학살된 돼지들의 영혼(이 만약 있다면)을 기리며, 앞으론 가엾은 돼지로 만든 햄을 일체 먹지 않겠다고 다짐하는 시민운동의 일환이었다. 그리고 그 모든 이상한 소용돌이의 한가운데 아버지가 서 있었다, 어리둥절한 얼굴로. 그는 끝까지 사태의 본질을 이해하지 못했고, 여기서 해고당하면 수입이 더 적은 닭 공장으로 가야 한다는 말만 중얼중얼 되풀이했다. 밤마다 찌그러진 소파에 앉아 싸구려 독주를 마셔대며 아버지는 이렇게 말했다. "자신 있다고. 정말이야. 죽이는 데는 이골이 났으니까."

다행히 소동은 그리 오래가지 않았다. 화형식은 심드렁해졌고, 기하급수적으로 늘었던 채식주의자들의 수도 서서히 줄어들었다. 거기에 방점을 찍은 건 어느 티베트 출신 승려의 인터뷰였다. 그는 무슨 토크쇼인가에 나와서 이렇게 말했다. "채소만 먹는다고 해결될 문제가 아닙니다. 왜냐하면 식물도 고통을 느끼기 때문이지요." 순간 방청석은 조용해졌고, 그다음엔 다들 이야기의 주제를 다른 데로 돌려버렸던 것이다.

어쨌거나, 아버지의 인터뷰는 돼지들의 고통을 아주 약간 덜어주는 데 기여했다. 돼지를 전살대로 끌고 가기 전에 먼저 전기충격기로 확실히 기절시켜야 한다는 법안이 통과됐기 때문이다. 맥도날드와 버거킹 같은 패스트푸드 회사들은, 잔인하게 죽인 돼지로 만든 패티를 고객들에게 제공하지 않겠다고 선언했고, 그게 결국 농무부와 육가공 회사를 움직였다. 소동이 가라앉고 몇 달이 지나도록 실직자 신세였던 아버지는, 밤마다 어두컴컴한 거실 소파에 누워 텔레비전만 보았다. 그러다가 문득 생각난 듯 이런 말을 중얼대는 것이었다. "이래 죽이나 저래 죽이나, 어차피 죽이는 건 매한가지 아닌가?"

*

아, 이런. 또 얘기가 길어졌다.

난 진짜 큰일이다. 만날 쓸데없는 말만 하니까.

넌 그게 문제야. 아버지는 내게 말했다. 횡설수설대지 말고 조리 있게 정확히 말하는 버릇을 키우라고. 그는 내가 불안한 듯 눈을 이리저리 굴린다고 욕했다. 똑바로 서서 약 15도 위쪽에 시선을 두라고. 그래, 그렇게. 그게 진짜 군인의 자세지. 예전에 난 어땠는지 알아? 너처럼 멍청한 놈들은 개머리판으로 사정없이 내리쳤다고. 머릿속에 아버지의 목소리가 웅웅대며 울려서, 잠깐 연필을 내려놓았다. 가만, 약이 어디 있더라? 이곳으로 오기 전 짐을 챙길 때, 가장 먼저 넣은 게 아스피린이었다. 툭하면 찾아오는 편두통 때문에, 그 하얀 알약은 내게 밥이나 빵보다 훨씬 더 중요했다. 끔찍한 전조 증상이 시작될 때, 그러니까 눈앞에 불빛이 번쩍이고 어디선가 죽은 사람들의 목소리가 들려올 때면, 약병을 더듬어 알약을 삼킨 다음 커튼을 내린 채 가만히 누워 있었지.

방금 전에도 난 알약을 삼켰다. 하지만 이상하게도 약발이 안 듣는다. 전 같으면 벌써 가라앉았을 두통이 오히려 점점 심해지고 있으니까. 대체 왜 이러는 거지? 장소 때문인가? 어쩌면 이 거지 같은 여인숙의 눅눅한 이불 때문인지도 모른다. 첫날, 언제 빨았는지 도무지 알 수 없는 더러운 이불과 요를 본 순간, 한숨이 절로 나왔다. 난감해하는 날 보더니, 주인은 기다란 막대—나중에 알고 보니 그건 담배를 피울 때 쓰는 도구였다—로 등을 긁으며 하품을 했다. "마음에 안 들면 다른 델 알아보시든가."

"아니, 좋습니다. 이 방으로 하지요." 이렇게 대답은 했지만, 그가 자리를 뜨고 난 뒤 난 창문을 활짝 열고 이불부터 털었다. 작고 살찐 벌레 몇 마리가 방바닥으로 떨어지더니 빠르게 기어 어디론가 사라졌다. 잠깐. 그러고 보니 좀 전에 마신 물도 마음에 걸린다. 미지근하고 텁텁한 데다 비릿한 맛까지 나던 수상한 물. "저기, 이거…… 끓인 물 맞아요?" 내가 물었을 때, 주인 여자는 어색하게 웃으며 말했다. "당연하지. 근데 지하수라 입에 안 맞을 수도 있어." 아까의 그 물맛을 떠올리자, 갑자기 아랫배가 아파왔다. 나는 배를 움켜쥔 채 눅눅한 이불 속에서 최대한 몸을 웅크렸다. 혹시 아메바라도 마셔버린 걸까? 그럼 어떻게 되는 거지? 어쩌면 이대로 죽는 걸지도 몰라. 물을 잘못 먹고 배

탈이 나서. 제길, 그렇다면 세상에서 가장 한심한 결말 아니야? 우주를 구하겠다는 인간이 겨우 설사병에 걸려 죽고 만다면 말이야.

아니, 어차피 이 계획은 이미 실패한 건지도 모른다. 약속한 시간의 절반이 지났는데도 여전히 그를 찾아내지 못하고 있으니까.

난 절망에 빠져 눈을 감는다. 차라리 잠에서 깨어나지 않길 바라며.

(두 시간 후)

나뭇잎이 푸르던 날에 / 뭉게구름 피어나듯 사랑이 일고 / 끝없이 퍼져나간 젊은 꿈이 아름다워 / 귀뚜라미 지새 울고 낙엽 흩어지는 가을에 / 아 꿈은 사라지고 꿈은 사라지고 / 그 옛날 아쉬움에 한없이 웁니다

밖에서 들려오는 구슬픈 노랫소리에 눈을 떴다. 주인 여자가 툭하면 흥얼대는 구슬프고 기이한 가락.

꿈에선 엄마를 만났다. 그녀는 학교에서 돌아온 나에게 깡통에서 꺼낸 햄을 넣어 샌드위치를 만들어줬다. 공부는 열심히 하고 있지? 엄마가 물었을 때 난 고개를 끄덕였다. 그때 갑자기 엄청나게 슬퍼졌는데, 왜 그랬는지는 모른다. 이유를 알기 전에 눈을 떴으니까.

어느새 두통은 가라앉았다. 창으론 햇살도 비쳐 든다.

문득 잘될 거라는 생각이 들어 기지개를 켠다.

그래, 난 그를 찾아낼 것이며 계획은 성공할 것이다. 왜냐하면 모든 것은 운명이니까.

노트 쓰는 일에도 박차를 가해야겠다. 그리고 맨 마지막에 그 애에게 이걸 건네주며 이렇게 외칠 거야. "자, 어서 가렴! 어서!"

5
앱의 출현

이런. 이야기의 순서가 마구 뒤엉키고 있다. 오늘 아침, 노트를 훑어본 뒤 깨달은 사실이다. 원래대로라면, 신이 파충류였고 그들이 하늘에서 내려와 나에게만 말을 걸었다는 얘길 가장 나중에 들려줬어야 하는데. 그래야만 당신(들)이, 내가 이 뜬금없는 시공간에 와 있는 이유를 알 수 있을 테니까. 나는 노트를 든 채 생각에 잠겼다. 어떻게 하지? 처음부터 다시 적어야 하는 건가?

하지만 난 결국 노트를 덮었어. 어차피 이야기는 시작됐고, 이렇게 흘러가고 있으니까 말이야.

물론 나도 잘 알고 있어. 모름지기 세상의 모든 기록은 시간의 흐름에 맞춰 정확하게 작성되어야 한다는 것을. 하지만 좀 이해해줄 수 없을까? 나로선 최선을 다하고 있다는 것을? 고백하자면, 난 희귀한 병을 앓고 있거든. 과거를 현재처럼 느끼거나 혹은 아직 오지 않은 미래를 과거로 착각하는 기이하고도 이상한 질환. 게다가 툭하면 나타나는 환각과 망상, 환청은 또 어떻고? 그런데, 그럼에도 불구하고—그렇게 상태가 안 좋음에도 불구하고— 난 당신(들)을 위해 여기 와 있는 거야. 세계를 존속시키기 위해. 내 모든 걸 버리고 말이지.

그러니 다시 한 번 부탁할게. 이야기의 순서에 너무 연연하지 말아줘. 그냥 받아들이라고. 그리고…… 음, 이건 사실 당신에게만 살짝 알려주는 비밀인데, 어쩌면 사건들은 정말 그렇게 일어났던 걸지도 몰라. 지금 나의 머리에 떠오르는 순서대로 말이야. 즉, 시간엔 원래 과거, 현재, 미래의 구분 따윈 없고 사건은 뒤죽박죽으로 발생하지만, 인간의 기억이 거기에 순차성을 부여하는 거라고. 결과가 원인보다 앞서기도 하는 것—그게 진짜 세상이니까.

*

2012년 12월 21일 오후 두 시, 최초의 계시가 내려졌다. 그때, 세상의 모든 스마트폰에 '계시'라는 이름의 앱이 깔렸던 것이다.

하지만 사람들은 신경조차 쓰지 않았다. 3년 뒤 신이 내려올 거라는 앱의 예언을 아무도 믿지 않았다는 뜻이다. 하긴, 어떻게 보면, 신들이 타이밍을 잘못 잡았던 건지도 모른다. 왜냐하면 그때 지구는 이미 혼돈과 공포에 빠져 있었으니까.

자초지종은 다음과 같다. 즉, 원래 2012년 12월 21일은—아까 말했던, 그 만들다 만 마야 달력 덕분에— '지구 종말의 날'로 알려져 있었다. 거의 대부분의 사람들이 그 말을 믿었고, 그래서 디데이가 다가왔을 때, 부자들은 땅속에 지은 거대한 벙커로 숨어들었고, 광신도들은 전 재산을 바친 뒤 회당에 모여 세상의 마지막 순간을 기다렸다. 벙커에 들어가지도 못하고 몸을 의탁할 회당도 찾지 못한 이들은, 인류에게 닥칠 끔찍한 최후를 상상하며 거리를 배회했고, 그러느라 아무도 폰에 깔린 앱 따위엔 주의를 기울이지 않았던 것이다.

물론 난 달랐다. 마야의 종말론이 욕심 많고 무식한 스페인 군인 때문에 벌어진 해프닝에 불과하다는 걸 잘 알고 있었기 때문이다. 나는 팔짱을 낀 채 창가에 서서, 그 모든 소동을 내려다보았다. 구티에레즈는 그런 나를 걱정했다. 너무 평온해 보이는 게 좀 이상하다는 것이었다. "다들 불안에 떨고 있어. 나도 무서워 죽겠고 말이야. 그런데 넌 뭘 믿고 그렇게 담담한 거야?" 사실 그가 그렇게까지 초조해하는 데엔 좀 다른 이유가 있었다. 그러니까 그 며칠 전, 구티에레즈는 새로 사귄 여자친구와 함께 자동차 극장에서 「2012」라는 재난영화를 보고 왔다. 멍청한 사기꾼 감독이 만든 거지 같은 영화. 거기선 2012년 12월 21일에 진짜로 지구가 멸망하고 인류의 99.9퍼센트는 비참하게 죽음을 맞는다. 하긴, 그런 상황이 꼭 나쁘다고 할 수만은 없지만, 그래도 구티에레즈같이 순진한 애들을 그런 식으로 겁주는 건 좀 그렇지 않나? 어쨌거나, 영화를 보고 나서 구티는 한동안 공포에 떨었다. 그는 최대한 머리를 짜내 살기 위한 방편을 궁리했다. 나에게서 직원용 특별가로 구입한 햄 통조림 수십 개를 침대 밑에 숨겨뒀고, 코펠과 버너, 생수, 밀가루 등을 잔뜩 사서 싱크대 안에 차곡차곡 쌓았다. 급기야는 마트에서 쇼핑카트를 훔치다 들켜서 며칠간 구류를 살기까지 했는데, 경찰서로 면회를 갔을 때 그 바보 같은 녀석은 머리를 긁적이며 이렇게 중얼댔다. "정말이야, 스티브. 지구에 종말이 닥치면, 카트가 꼭 필요하다니까!" 그러면서 그는 쇠창살 너머로 책 한 권을 내밀었다. "얼마 전 읽은 거야. 너도 시간 나면 꼭 보라고. 진짜 중요한 정보가 많이 들어 있거든." 나는 책을 받아 잠시 살펴봤다. 제목은 단지 한 단어, '길The Road'이었는데, 표지엔 나이깨나 들어 뵈는 남자가 어린 소년과 함께 쇼핑카트를 밀며 어디론가 걸어가는 그림이 그려져 있었다. 구티에레즈는 그 책을 읽으며 많은 걸 배웠다고 털어놨다. 주인공인 남자가 지구 멸망 후 아들을 데리고 살 곳을 찾아 떠나는데, 그때 방랑에 필요한 갖가지 생필품을 쇼핑카트에 싣고 다니는 장면이 무척 감동적이었다는 것이다. "그래서 결심했지. 나도 미리 카트를 하나 준비해둬야겠다고 말이야." 사식으로 햄버거와 콜라를 넣어주러 갔다가 그 말을 들었을 때, 난 구티에레즈를 한 대 쥐어박을 뻔했다. "멍청한 새끼. 겨우 그것 때문에 또 도둑질을 한 거야?"라고 소리치며 말이다. 하지만 실제로는 그저 말없이 햄버거와 콜라만 건넸을 뿐이다. 속으로만 이렇게 중얼거리면서. '미안해, 구티. 너에게 마야 달력의 비밀을 알려줄 수 있다면 좋을 텐데. 하지만 난 로버트와 약속했어. 그에게서 들은 모든 이야기들을 절대로 아무에게도 발설하지 않겠다고 말이야.'

어쨌거나, 처음 '계시'가 스마트폰에 나타났을 때, 난 구티에레즈와 통화 중이었다. 그는 잔뜩 겁에 질린 목소리로 전화를 걸어왔다. "어떻게 된 거지, 스티브? 오늘이 2012년 12월 21일인데, 왜 아직 아무 일도 일어나지 않는 걸까?" 그럴 때 보면 구티에레즈는 오히려 지구 종말의 날이 어서 닥치기를 기다리는 사람 같기도 했다. 여하간 난 심드렁한 목소리로 대답했다. "그러게 내가 뭐랬어? 그런 일은 일어나지 않을 거라고 했잖아." 그러나 녀석은 막무가내였다. 그는 자기가 얼마나 꼼꼼하게 준비를 해놨는지, 주방 구석과 침대 밑에 비상식량을 얼마나 많이 숨겨뒀는지에 대해 주절주절 늘어놓더니, 급기야 울먹이기 시작했다. "이걸 다 어쩌라고? 만약 아무 일도 일어나지 않으면 난 끝장이야." 하긴, 그의 심정을 모르는 바는 아니었다. 구티에레즈가 가지고 있던 돈을 모두 그런 데 써버렸다는 걸 잘 알고 있었으니까. 게다가 그는 고가의 고어텍스 등산복과 지팡이, 안나푸르나에서나 필요할 법한 아이젠이 달린 등산화까지 빚을 내서 구입하지 않았던가. 그때만 해도 구티에레즈는, 종말이 닥치면 날씨가 엄청 추워질 테고 따라서 살아남으려면 그런 옷이 꼭 필요하다고 우겨댔지만, 이제는 카드빚에 떨며 차라리 지구가 완전히 사라져버리길 바라고 있는 것이다. 아마 그 순간이었던 것 같다. 웅, 하는 진동음과 함께 스마트폰이 부르르 떨린 것은. 메시지를 확인하고 싶었지만, 구티에레즈는 전화를 끊을 생각이 없어 보였다. 어쩌면 그는 세상이 정말로 망해버리는 순간까지 나와 통화를 계속할 심산인지도 모른다. 챙이 보낸 햄 주문 메시지일지도 모른다는 생각에 점점 초조해진 나는, 몇 번의 진동음이 더 울린 끝에 결국 외치고 말았다. "이봐, 구티, 정말 미안한데, 이따 마저 통화하자. 어차피 벌써 두 시야. 망할 거면 아까 망했겠지. 그러니까 마음 놓고 한숨 푹 자고 있으라고!"

하지만, 애타게 소리치는 구티에레즈를 뒤로하고 전화를 끊었을 때, 문자메시지함은 텅 비어 있었다. 대신, 생전 처음 보는 이상한 앱이 무단으로 깔렸다는 걸 발견했을 뿐이다.

작고 네모난 앱은 신비로운 광휘에 휩싸여 있었다. 잠깐 사이에도 무지갯빛으로 시시각각 색이 변했는데, 그 하단에 뜻을 알 수 없는 단어 하나가 적혀 있는 게 보였다.

Revelatio.

검색해보니, 그건 '계시'란 뜻의 라틴어였다. 그러니까 그 이상한 앱의 이름은 '계시'였던 것이다. 그런데 지금 생각해보면, 그걸 열어볼 때 난 좀 제정신이 아니었던 것 같다. 뭔가에 홀린 듯 아무 생각 없이 오른손 검지로 가볍게 앱을 터치해버렸으니 말이다. 말이 났으니 말이지만, 나는 원래 그런 걸 그리 쉽게 열어보는 사람이 아니다. 1년 전쯤이던가, 무단으로 설치된 악성 어플을 아무 생각 없이 열었다가 폰을 초기화하기까지 했는데—덕분에 모든 연락처를 다 날린 나는, 챙에게 햄과 소시지 배송이 좀 늦어진다는 걸 알리기 위해 오케이 마트까지 직접 운전을 해서 갔다 와야만 했던 것이다— 아무렴 또 그렇게 멍청한 짓을 하겠는가 말이다. 그러므로 다시 한 번 말하지만, '계시'엔 그만큼 기이한 뭔가가 있었다. 접속하지 않고는 견딜 수 없게 만드는 오묘한 힘. 사람의 마음을 사로잡는 강렬한 아우라.

앱을 터치하자, 펑, 하는 소리와 함께 팝업창이 열렸다. 동시에 신나는 음악이 마치 길거리에서 들려오는 캐롤 메들리처럼 요란하게 울려 퍼졌다. 화면 구석구석을 채우고 있는 건 어설픈 천사—처럼 보이는— 캐릭터였다. 그들은 새 부리처럼 생긴 입술을 벌렸다 오므렸다 해가며 일제히 합창을 하고 있었는데, 그러다가 진짜 새처럼 날개를 퍼덕이며 이리저리 날아다니는 것이었다. 잠시 후, 사방으로 쏘다니던 천사들이 한곳으로 모여들어 일렬로 서자, 그 한가운데서 두루마리 하나가 둥실 떠오르더니 위에서 아래로 단번에 펼쳐졌다. 또 한 번 요란하기 그지없는 팡파르가 울려 퍼졌고, 색색의 종이와 금빛, 은빛 리본들이 난무하는 가운데, 명멸하는 궁서체의 정중한 문장이 한 글자씩 나타나기 시작했다.

기.뻐.하.라.경.배.하.라.2.0.1.5.년.1.2.월.2.1.일.그.리.니.치.표.준.시.로.오.후.두.시.에.신.이.하.늘.에.서.내.려.올.것.이.다.

제기랄. 종말론을 믿는 미치광이들조차 문명의 이기를 이렇게나 유용하게 써먹다니.

2015년 12월 21일에 신이 내려온다, 이거지? 병신들. 엿이나 먹으라고 해.

난 욕을 내뱉으며 앱을 닫았다. 하지만 그건 닫히지 않았다. 닫히기는커녕 오히려 무정형의 뭉글뭉글한 형태로 변해가며 스마일 아이콘이 붙은 말풍선을 하나씩 토해내는 것이었다. 한 글자씩 소리 내어 읽다 말고, 나는 그만 피식 웃고 말았다. 혹시 다들 미쳐가는 건가? 하나뿐인 친구는 고어텍스 방한복을 껴입은 채 지구 종말을 기다리고 있고, 내게 모든 걸 가르쳐주던 로버트 와인버그는 벌써 며칠째 연락도 되지 않는다. 그 와중에 기괴한 앱 하나가 나타나 사람을 바보 취급하다니. 말풍선에 뜬 글자들은 다음과 같았다.

"**퀴즈! 지금 바로 당신의 믿음지수를 체크하세요.**"

대체 이런 걸 만드는 놈의 정체는 뭘까? 분명 제정신은 아닐 것이다. 어두컴컴한 방구석에 틀어박혀 킬킬대며 남을 골탕 먹일 궁리에 빠져 있을 어느 미친 해커를 상상하는데, 갑자기 또 다른 글자들이 화면에 떠올랐다. "**지금 바로 시작하시겠습니까?**" 곧이어 '**예**'와 '**아니오**'라는 두 개의 선택항이 반짝였다. 이건 뭐지? 뭘 시작하겠다는 거야? 망설이는 사이 '**예**'에 불이 들어왔고, 뭔가 다른 선택을 할 겨를도 없이 퀴즈가 시작됐다. 첫 번째 질문은 "**당신은 신이 존재한다는 걸 믿습니까?**"였다. 지금 생각하면 순진하게 문제를 풀고 있던 내가 한심하다. 그냥 전원을 꺼버리고 무시하면 그만인데. 하지만 난 멈칫했다.

신……?

신이라니?

사실 신은 내게 완전히 관심 밖이었다. 어린 시절 이후론 쭉 그랬다. 솔직히 말해서, 그런 건 원래 교외의 널찍한 주택에 살며 남아도는 시간엔 SUV를 몰고 쇼핑을 다니는 사람들이나 생각할 문제 아닌가. 그렇지만 뭐라 대답을 하기도 전에 곧바로 다음 질문이 나타났다.

"정.말.로?"

두 번째 질문은 오직 이 세 글자뿐이었다. 그러고 보니 이 퀴즈엔 굳이 답을 입력할 필요가 없는 것 같다. 마치 내 생각을 읽기라도 하듯, 저 혼자 알아서 진행되고 있으니 말이다. 잠깐 멍하니 있는데, "정.말.로?"라는 글자가 다시 한 번 번쩍였다. 뭐야, 이거? 지금 뭘 묻고 있는 거지? 도대체 뭐가 정말이냐는 거야?

문득 긴 한숨을 내쉰 건 그 순간이었다. 이런 질문 앞에서 심사숙고한다는 자체가 멍청하고 한심한 짓이란 걸 깨달았기 때문이다. 이봐, 스티브, 지금 이러고 있을 때야? 좀 이따가 어딜 가야 하는지는 네가 더 잘 알잖아. 깐깐하고 옹졸한 데다 성질까지 더러운 챙을 만나 어떻게든 구워삶으려면, 그래서 이번에도 놈에게 새로 나온 햄과 소시지를 잔뜩 떠안기려면, 얼른 계획을 짜야 한다고. 결국 난 소파에서 벌떡 일어섰고, 그런 다음엔 어플을 삭제했다. 그런데 진짜 문제는 그때부터 일어났다. 아무리 해도 '계시'가 없어지지 않았던 것이다. 일단 "정말로 삭제하시겠습니까?"라는 물음에 '예'를 누르면, 앱은 잠깐 동안 사라져 보이지 않았다. 하지만 채 1초도 지나지 않아 이런 멘트와 함께 '계시'는 다시 나타났다. "시스템 앱은 삭제할 수 없습니다."

"시스템 앱은 삭제할 수 없습니다."

"시스템 앱은 삭제할 수 없습니다."

"시스템 앱은 삭제할 수 없습니다."
"시스템 앱은 삭제할 수 없습니다."
"시스템 앱은 삭제할 수 없습니다."

마침내 나는 분노에 가득 차 고객센터 번호를 눌렀다. 아무나 받기만 하면 욕부터 퍼부을 셈이었다. 시스템 앱이라니? 대체 누구 마음대로 그런 걸 설치한 거야? 그러나 전화는 연결되지 않았다. 모든 회선이 통화 중이라는 안내만 한없이 계속될 뿐이었다.

30분 뒤, 난 통화를 포기했다. 하지만 폰을 내려놓자마자 또다시 요란하게 벨이 울렸다. 제길, 이번에도 구티에레즈였다. 이런 말은 하고 싶지 않지만, 아무리 친한 친구라도 자꾸 이러면 짜증이 나는 법이다. 나갈 준비를 하는 동안에도 벨은 끊임없이 울려댔다. 한심한 놈. 지겨운 새끼. 그러나 떠오르는 온갖 욕을 내뱉으며 통화 버튼을 누르는 순간, 마치 기다리고 있었다는 듯 전화는 뚝 끊겼다. 동시에 문자 메시지 하나가 도착했다.

—스티브, 이거 보는 대로 전화 좀 해줘! 진짜 이상한 앱이 깔렸단 말이야.

메시지엔 구티에레즈가 자기 폰의 바탕화면을 캡처한 이미지 파일이 첨부돼 있었다. 자세히 보니 별별 잡다한 어플들 사이에(그런데 이 녀석 아직까지도 정신을 못 차렸나? 난 그의 폰에 깔린 수십 개의 게임 앱을 보며 혀를 찼다. 뭐, 물론 누군가가 내게 "너나 잘해"라고 한다면, 할 말은 없다. 나 역시 한땐 제정신이 아니었으니까. 하지만 맹세컨대 지금은 그렇지 않다. 이제 난 성실히 일해서 돈을 벌고 있으며—하루 온종일 땀을 뻘뻘 흘리며 햄을 팔러 돌아다니니까— 언젠가 기회가 된다면 조금씩 저축도 할 계획이다. 정말이다) 낯익은 앱 하나가 번쩍이고 있었다. 바로, '계시'였다. 이런, 이런. 아마도 나에게 괴상한 앱을 보낸 그 미치광이 해커 놈이 구티에레즈의 폰에까지 같은 걸 깔아버린 모양이군. 하지만 답장은 하지 않았다. 뭐라고 한마디라도 건네면, 녀석은 또 전화를 걸어와 징징댈 게 뻔했으니까. 무엇보다도 챙과 만나기로 약속한 시간이 점점 다가오고 있었다. 그리고 그건, 내가 지금부터 엄청나게 서둘러야 한다는 걸 의미했고 말이다. (욕하려는 건 아니지만, 진짜 챙은 세상에서 가장 잔소릴 많이 하는 인간이었다. 그는 누군가가 단 1분이라도 늦는 꼴을 못 보기로 유명했다. 소문으로 들은 거지만, 언젠가는 "시간은 금이라고! 어떡할 거야, 이제? 손해 본 내 시간을 뭘로 갚을 거냐고?"라며 하도 못살게 구는 통에, 어느 영업사원이 가방에 들어 있던 거대한 햄 덩어리를 챙의 얼굴에 집어 던지고는 욕을 하며 뛰쳐나간 적도 있다는 거다. 물론 그는 회사에 장문의 시말서를 써야 했고, 마트 한복판에서 무릎을 꿇고 챙에게 싹싹 빌었는데, 그걸로도 모자라 연말보너스를 100퍼센트 삭감당하기까지 했다고 한다. 어쨌든, 그래서 난 오케이 마트에 갈 땐 항상 약속 시간보다 10분 이상 일찍 도착했으며, 혹시 조금이라도 늦는 날엔 마트 건너편 스타벅스에 들러 그가 좋아한다는 '그린티 크림 프라푸치노' 한 잔을 사서 냉장창고 한구석에 있는 챙의 사무실 책상 위에 공손히 올려놓곤 했던 것이다.)

공용 현관으로 뛰어가다 말고, 나는 3층 쪽을 올려다봤다. 로버트는 여전히 집에 없는 걸까? 벌써 며칠째 그는 전화를 받지 않고 있다. 하긴, 그렇다고 걱정이 된다든가, 뭐 그런 건 아니지만 말이다. 원래 로버트는 아무 때나 툭하면 사라졌고, 일주일이나 열흘쯤 지나 뜬금없이 나타나곤 했다. 문득, 그가 폰에 깔린 '계시'를 보면 뭐라 할지 궁금해졌다. 아마 엄청나게 소란을 피우겠지. 잔뜩 흥분해서는 "거봐, 내가 뭐랬어?"라고 외치며, 드디어 예언이 이뤄질 때가 왔으니 준비를 하라는 둥 설레발을 칠 거란 생각도 들었다. 하긴, 그가 했던 말이 모두 사실이라면—그러니까 술주정이 아니라 진짜 맨 정신에 한 얘기들이었다면— 앱은 정말로 신이 우리에게 보내는 계시일 수도 있었다. 믿고 싶진 않았지만, 그리고 솔직히 말해서 믿어지지도 않았지만, 로버트가 언제나 주장하지 않았던가. 곧 신들이 강림할 거라고. 다만 그들이 예고도 없이 불쑥 나타나진 않을 것이며, 내려오기 전에 어떤 식으로든 귀띔을 해줄 터이니 안심하고 기다리기만 하면 된다고.

하지만 안타깝게도 로버트는, 신들이 이런 방식으로—스마트폰에 수상한 앱을 깔아버리는 방식으로— 계시를 내릴 거란 생각은 미처 하지 못했던 게 확실하다. 만약 알았더라면, 무슨 수를 써서라도 스마트폰 한 대쯤 구입해뒀을 테니 말이다. 그는 아직도 구형 2G폰을 쓰는 몇 안 되는 사람들 중 하나였다. 말로는 "난 아날로그적 감성을 추구한다고. 기계에 예속된 하루하루란 생각만 해도 끔찍하니까!"라고 떠들었지만, 나는 그가 왜 그 오래된 구식폰을 버리지 못하는지 알고 있었다. 사실, 그런 건 굳이 묻지 않아도 눈치챌 수 있는 일에 속했는데, 왜냐하면 그의 우편함엔 매번 산더미 같은 고지서가 꾸역꾸역 쌓였기 때문이다. 거기엔 '독촉장'이라는 빨간색 도장이 찍혀 있었고, 어쩌다 우편함 앞에서 마주칠 때면 로버트는 과장된 몸짓으로 껄껄 웃으며 그것들을 주머니에 황급히 쑤셔 넣기 일쑤였다. 그런데 여기서 한 가지 부탁하고 싶은 것은, 그렇다고 해서 나를 남의 우편물이나 엿보는 사람으로 오해하지는 말아달라는 거다. 난 그저 지나는 길에 곁눈질로 한번 쓱 봤을 뿐이니까. 그리고 말이 났으니 말이지만, 원래 그런 건 일부러 보려 하지 않아도 절로 눈에 띄는 법 아닌가? 특히나 이런 낡아빠진 연립주택에선 더더욱 그렇고. 시내 중심가의 고급아파트에서처럼 튼튼한 자물쇠가 채워져 있지도 않은 데다 시뻘겋게 녹이 슬어 서서히 부서져가는, 그래서 얼핏 보면 100년도 더 돼 보이는 그런 오래된 우편함에 편지(혹은 고지서)가 들어 있다면, 그 우편물은 반드시 바닥으로 툭 떨어지게 마련이고, 그러면 그 앞을 지나가던 누군가가 그걸 주워서 자기도 모르게 겉봉에 적힌 글자들을 읽게 되지 않겠는가 말이다. 무엇보다도, 밖에서 보면 한쪽으로 약간 기울어져 마치 피사의 사탑을 방불케 하는 이런 오래된—좋게 말하면 유서 깊다고 해야겠지만— 건물에 모여 사는 사람들은, 좋든 싫든 결국엔 서로의 내밀한 사연을 알게 될 수밖에 없다. 왜냐하면 우린 모두 방음이라곤 전혀 되지 않는 얇은 벽 하나만을 사이에 두고 살았으며, 그렇기에 각자가 언제 일어나는지, 언제 일을 보고 물을 내리는지, 언제 여자를 끌어들여 섹스를 하는지, 언제 밥을 먹는지, 혹은 하다못해 언제 전력 회사에서 나온 요금징수원에게 읍소를 하며 곧 돈을 낼 터이니 전기만은 끊지 말아달라고 애원을 하는지, 다 알고 있었기 때문이다.

계단을 뛰어올라가 307호 문을 두드려봤지만, 아무 대답도 없었다. 굳게 닫힌 철문에 귀를 댄 채 나는 한동안 가만히 서 있었다. 어서 로버트를 만나 수많은 질문을 던지고 싶었다. "이 앱이 당신이 말한 그 계시 맞아요? 그렇다면 이제 곧 신들이 내려온다는 건가요? 그럼 우리는 이제 어떻게 되는 거죠?" 결국 난 포스트잇에 메모를 급히 휘갈긴 다음, 로버트의 집 현관문에 붙여뒀다.

—중요한 일로 상의할 게 있어요. 돌아오는 즉시 연락주세요. 스티브.

(사실 그때만 해도 난 그가 곧 돌아올 거라 믿었다. 어느 날 저녁, 아무렇지도 않게 나타나 문을 두드릴 테고, "정말 끝내주는 걸 찾았다니까!"라고 떠들며 낡고 찌그러진 여행용 가방에서 각종 잡동사니들과 누렇게 바랜 책들을 하나하나 꺼내 보여준 다음, "이건 정말 비밀인데 말이야, 스티브"라고 속삭일 것을 기대했다는 뜻이다.)

6
이상적인 햄에 관한 소고,
그리고 앱의 출현 그 이후

그날 오후엔 '계시' 앱에 신경 쓸 겨를이 전혀 없었다. 챙은 내가 가져간 '그린그린 유기농 웰빙 햄'에 온갖 트집을 다 잡아댔고, 난 그 앞에서 진땀을 흘리며 계산기만 두드렸기 때문이다. 그는 비웃듯 입꼬리를 한쪽으로 슬쩍 올리며 말했다. "스티브, 스티브. 도대체 이 동네에서 누가 이런 햄을 사 먹을까? 초록색 햄이라니? 이게 말이 되냐고. 마트 진열대에 이 시퍼런 햄을 갖다 놓는 순간, 아마 폭동이 일어날걸. 우리에게 제대로 된 햄을 달라, 어쩌구 외치면서 말이야. 이따위 괴상한 햄은 저기 길 건너에 있는 고급 식료품점에나 넘기라고. 왜, 거기 제일 좋은 자리 있잖아. 유기농 식품만 쫙 늘어놓고 파는 진열대. 그럼 아마도 아침마다 조깅을 하고 저녁엔 콩으로 만든 가짜 고기나 질겅질겅 씹어대는 비쩍 마른 인간들이 줄을 서서 사 갈 테니까.” 그의 말에 틀린 구석이 하나도 없었기에, 난 아무 대답도 못하고 종이컵에 든 물만 연거푸 마셨다. 이런 말도 안 되는 햄을 팔라고 내놓은 회사의 개발 담당자들이 원망스러울 따름이었다. 챙은 내가 입도 뻥끗 못하자 더욱 기고만장해져서 외쳤다. “오케이 마트에 납품하려면—잘 알겠지만 우린 너희 회사의 주요 고객 중 하나잖아— 차라리 소금도 더 많이 치고 색깔도 분홍색으로 선명한 옛날식 깡통 햄을 만드는 게 나을 거야. 그걸 싼값에 후려쳐서 박리다매를 노리는 거지. 그러니 가서 내가 말한 그대로 전해. 너희 회사 개발팀 풋내기들한테 말이야.” 난 수첩을 펼치고는 챙의 말을 받아 적는 척했다. 기분 나쁘긴 했지만, 다 맞는 말이었다. 도대체 햄을, 유기농에 웰빙, 그것도 모자라서 시금치와 브로콜리까지 섞어 초록색으로 만들어버리다니. 아마도 이걸 만든 연구원들은 평생 실험실에서 햄에 관한 논문이나 써온 세상 물정 모르는 인간들임에 틀림없었다. 그러니까 진짜 햄은 먹어보지도 못한 사람들. 뭐라더라, 옛날에 그리스에 살던 어떤 노인네가 했다는 말처럼, ‘이 세상에 실제로 존재하는 햄’이 아니라 저기 먼 하늘 어딘가에 둥둥 떠 있을 ‘햄의 이데아’만을 추구해온 사람들. 그들은, 햄을 주로 사 먹는 이들이 누군지, 그 사람들이 왜 나트륨과 색소로 뒤범벅된 분홍빛의 인공적인 고깃덩어리를 장바구니에 집어넣는지에 대해 전혀 알지 못하는 게 확실했다.

말이 나온 김에 하는 얘기지만, 몇 년 전부터 햄과 소시지 소비량은 급격한 하향 곡선을 그리고 있었다. 특히 우리 회사의 주력상품이었던 깡통에 든 다진 돼지고기 햄—보통 ‘스팸’이라고들 부르는 것—의 판매량 감소는 눈에 띌 정도였는데, 챙의 말에 의하면 그게 다 ‘그놈의 웰빙 바람’ 때문이라는 것이었다. 그는, 이제 웬만큼 먹고살 만한 사람들은 그런 쓰레기 같은 음식은 입에도 대지 않는다고 했다. 맥도날드의 두툼한 치즈버거나 빅사이즈 코카콜라가 팔리지 않는 것도 같은 이유라며, 챙은 어두운 얼굴로 팔짱을 끼곤 했다. 그런 그의 얼굴이 살짝 밝아지는 건, 매장 한구석에서 푸드 스탬프를 들고 서성이는 사람들을 발견할 때뿐이었다. "그래도 당분간은 안심이야. 저런 놈들이 있으니 말이지." 그가 가리키는 곳에선 추레한 차림의 사람들이 삼삼오오 모여 열심히 햄 무더기(커다란 플라스틱 바구니에 싸구려 햄이 잔뜩 쌓여 있고 그 앞엔 '세일 : 2+1' 같은 종이가 붙어 있는 것)를 뒤적이고 있었다. 일가족같이 보이기도 하고, 혹은 서로 전혀 모르는 사이처럼 보이기도 하는 그 사람들에겐 단 한 가지 공통점이 있었는데, 모두 한쪽 손에 정부가 발행한 '푸드 스탬프'를 꽉 움켜쥐고 있었다는 사실이다. 그리고 회사는 그들을 좋아했다. 그들이야말로 깡통에 든 싸구려 햄의 마케팅 타깃이었고, 브리티시 미트 앤 컴퍼니를 비롯한 트루데(내가 사는, 아니 살았던 도시의 이름. 내겐 마음의 고향 같은 곳이다. 비록 도시 전체에 끔찍한 비린내가 켜켜이 쌓여 있고 강물은 시커멓게 썩어 있는 데다 죽은 동물의 내장이 둥둥 떠 있었을지라도 말이다. 만약, 트루데에 대하여 더 알고 싶다면 몇 페이지 뒤에 이어질 〈주 3〉을 보기 바란다. 궁금하지 않다면 굳이 읽지 않아도 되지만)의 수많은 정육 가공 회사 직원들의 밥줄이었으니까. 푸드 스탬프를 지급받아야만 겨우 먹고사는 그 '선량한' 사람들은, 웰빙이나 유기농 같은 단어엔 관심조차 없었다. 햄에 색소가 얼마나 들었는지, 나트륨의 함량은 어느 정도인지를 깐깐하게 따져 물으며 사람을 귀찮게 하는 기분 나쁜 인간들과는 완전히 달랐다는 뜻이다. 그리고 우린, 그러니까 내가 다니던 회사인 브리티시 미트 앤 컴퍼니는 그런 이들에게 일종의 구세주였다. 예전 같으면 상상도 못했을 최고의 고기를—아마 중세였다면, 아니 그렇게까지 오래전으로 거슬러 올라갈 것도 없지. 그냥 한 세기 전만 해도 웬만한 사람들은 평생 입에도 대지 못했을 맛있고 질 좋은 고기를— 단돈 몇 달러만 내면 실컷 먹을 수 있게 해주니까. 솔직히, 직원 연수 시간에 공장장 잭이 갖가지 그래프가 즐비한 스크린 앞에서 이런 말을 할 때면 나도 모르게 어깨가 으쓱할 정도였다. "따라서 자네들은 자부심을 가져야 한다고. 알겠어? 옛날 같으면 시커먼 빵에 텁텁한 석회수나 겨우 마실 가난뱅이들이 저렇게 실컷 먹어 피둥피둥 살찌게 된 건, 다 우리 회사 같은 훌륭한 기업 덕분이니 말이야!" 그의 말을 수첩에 받아 적으며, 난 고개를 끄덕였다. 왜냐하면 나 역시 그런 햄—네모난 깡통에 꽉꽉 다져 넣은 분홍빛 고깃덩어리—의 수혜자니까. 듣기론, 어떤 미치광이 알코올중독자는 자기 혈관을 흐르는 피의 90퍼센트는 술이라 했다 하고, 또 누군지는 모르지만 꽤 유명한 시인 한 사람은 자기를 키운 건 8할이 바람이라고 했다는데, 그런 식으로 따진다면 나의 100퍼센트는 방부제에 절인 돼지고기 햄으로 이루어져 있었던 거다.

그리고 엄마.

갑자기 엄마가 떠오른다.

엄마는 언제나 집에 없었지. 매일 새벽 멀리 떨어진 세탁소까지 걸어갔고 거기서 하루 종일 빨래를 했으니까. 학교에서 돌아오면, 어두운 거실 구석, 스프링이 망가진 소파에선 아버지가 러닝셔츠 바람으로 자고 있었어. 난 발뒤꿈치를 들고 조심조심 걷는다. 그를 깨우면 안 되니까. 아버지는 지난밤 내내 공장에서 돼지 목을 땄고, 그래서 푹 자야 한다. 그때 제이미가 문틈으로 내다본다. 제이미, 성호. 내 동생. 밖에 나가기엔 너무 허약했던 너는, 언제나 내가 돌아올 시간만 기다렸지. 형, 왔어? 넌 입 모양으로만 말한다. 아버지가 '끙' 소릴 내며 돌아눕지 않도록 최대한 조심하면서. 난 고개를 끄덕인다. 조금만 기다려. 이제 곧 샌드위치를 만들어줄 테니. 냉장고엔 항상 엄마의 메모가 붙어 있었다. 손부터 씻고 햄 꺼내서 빵에 끼워 먹으렴. 숙제 먼저 해놓고 놀아라. 엄마가. 난 말을 잘 듣는 착한 소년이었고, 그래서 발돋움을 해서 싱크대 위 수납장을 연다. 거기 가지런히 쌓여 있는 스팸, 스팸, 스팸들. 조심스레 캔 뚜껑을 열면, 분홍색의 기름진 고깃덩어리가 도마 위로 툭 떨어졌지. 넌 입맛을 다시고 난 커다란 식칼을 꺼내 햄을 두툼하게 썰어. 식빵 사이에 그 짭조름한 고기를 끼워 먹으며 우린 텔레비전을 보았다. 소리를 죽인 채. 그때 네가 물었던가. 형, 저 새는 뭐라고 말하는 걸까. 난 고개를 저었어. 들리지 않았으니까. 「세서미 스트리트」의 노란 새가 거대한 미트볼을 굴리며 마구 뛰어가도 우리의 세상은 온통 고요할 뿐이었지. 그래, 네가 그때 웃지 않았다면, 그래서 아버지가 잠에서 깨지 않았다면, 아니 차라리 너와 내가 식빵 사이에 그 짜고 부드러운 분홍빛 햄을 끼워 먹지 않았다면, 그러면 모든 것이 달라졌을까?

"이봐, 뭐 하는 거야? 내 말 안 들려?"

퍼뜩 정신을 차린 건 챙의 짜증스러운 목소리 때문이었다. 그러고 보면 이 인간도 꽤 쓸모가 있다. 만약 그가 깨우지 않았다면, 난 다시 그날로 되돌아갔을 테고, 또다시 그 악몽을 되풀이해야만 했을 테니까. 그 기분 나쁘고 끔찍한 꿈을.

"아, 아니에요. 잠깐 졸았나 봐요. 어젯밤 잠을 못 자서 그런가……?"

"한심한 놈. 일찍 자고 일찍 일어나야 성공하는 법이라고. 아직도 모르겠어?" 잔소리를 하면서도 챙은, 다음 주까지 들여올 햄과 소시지의 목록을 큰 소리로 읽어줬다. "자, 이게 다야. 날짜 지키는 거 잊지 말고!" 그는 주문서에 사인을 해서 내게 건넸다. 고맙게도 '그린그린 유기농 웰빙 햄'이 두 박스나 주문 목록에 끼여 있었다. "이번 한 번뿐이라고! 네 사정이 하도 딱해서 팔아주는 거야." 나와 눈이 마주치자, 그가 일부러 냉정한 표정을 지으며 말했다.

집에 오는 길에 폰을 열어보니, 구티에레즈가 보낸 문자메시지 수십 개가 쌓여 있었다. 스티브, 제발 전화 좀 해줘!(14:35), 지금 어디 있는 거야?(14:36), 이상한 앱이 아무리 해도 삭제되질 않아. 너무 무서워(14:42), 왜 아직도 모든 게 멀쩡한 거지?(15:25), 그런데…… 아무래도 오늘은 아닌가봐. 종말은커녕 세상이 잘만 돌아가고 있는걸(15:27), 아아, 이제 난 끝장이야. 등산복값은 어떻게 갚지? 저 많은 통조림들은 다 어쩌고?(15:29), 차라리 다 망했으면 좋겠어. 지구고 뭐고, 모두 다 말이야(15:36), 진짜, 스티브, 너무하는 거 아니야? 이렇게까지 하는데도 연락 한 번 없다니(15:37), 그래, 알았어. 이제 끝이다, 이거지? 그래, 안녕. 그동안 고마웠다!(15:42) 등등. 잠시 망설이다가 구티에레즈의 번호를 눌렀지만, 그는 전화를 받지 않았다. 속좁은 녀석. 난 피식 웃으며 다시 한 번 전화를 걸었다. 그러나 구티에레즈는 끝까지 받지 않았다. 그런데도 그땐 그의 침묵이 이상하다는 걸 전혀 느끼지 못했다. 녀석은 바로 위층에 살았는데, 뛰어 올라가서 벨을 눌러봐야겠단 생각도 당연히 하지 못했고 말이다. 그러고 보면 난 언제나 뒷북만 쳤던 것 같다. 즉, 뭐든 일이 벌어진 뒤에야 그 진짜 의미를 깨닫는다는 뜻이다.

전자레인지에 데운 피자를 테이블에 내려놓고 텔레비전을 켜자, 왠지 낯익은 동양인 남자가 인터뷰를 하고 있었다. 마치 자기가 죽은 스티브 잡스라도 되는 양 검은 터틀넥 스웨터에 낡은 청바지를 차려

입고 한 손을 주머니에 찌른 채 뭐라고 떠드는 저 남자. 어디서 봤더라? 문득 언젠가 챙의 사무실에서 얘기를 나누고 있을 때, 그가 실수로 놓치기라도 한 듯 꾸깃꾸깃한 신문지 한 장을 떨어뜨리던 장면이 떠올랐다. 제목이 보이도록 교묘하게 바닥에 쫙 펼쳐진 그 신문은 뜻밖에도 『파이낸셜타임스』였다. 반쯤 벗은 여자들 사진과 시베리아 어딘가에 출몰한다는 설인 얘기 같은 걸로 뒤덮인 타블로이드지가 아니고 말이다. 1면엔, 창백한 낯빛에 다크서클이 잔뜩 낀 동양인 남자의 얼굴이 커다랗게 실려 있었다. '떠오르는 IT업계의 샛별' 어쩌고 하는 타이틀과 함께. "어라, 이런 것도 읽어요?" 그러자 챙이 커피잔을 내려놓으며 별거 아니라는 듯 웃었다. "아, 그거? 당연하지. 경제를 알아야 성공하는 법이니까." 아직도 영어가 어눌해서 손짓, 발짓을 섞어가며 말하는 챙이 이런 어려운 신문을 읽고 있다는 사실에 난 놀란 표정을 지었다. 그런 나를 보더니, 챙은 점점 더 의기양양해져 신나게 떠들었다. "스티브, 언제까지 이런 촌구석에서 햄이나 팔며 살아갈 생각이야? 어서 돈도 모으고 집도 사고 결혼도 해야지. 그러려면 무엇보다도 경제를 잘 알아야 하고 말이야. 날 봐. 이런 걸 읽으며 정보를 틈틈이 챙긴 덕에 마트 구매 담당까지 된 거 아니겠어? 아, 그러고 보니, 이 사람 누군지 모르겠구나? 후배 레이쥔이야. (그러면서 그는 신문에 실린 남자의 얼굴을 손가락으로 가리켰다.) 자, 읽어봐. 나랑 동향인데—정확히는 초등학교 한 학년 후배고, 매년 연하장을 주고받는 사이이기도 하지. 작년 겨울에도 '형님, 언제 한번 우리 별장이 있는 말리부로 놀러 오세요'라며 카드를 보냈더라고—오늘 신문에 대문짝만 하게 났기에 일부러 가지고 있던 거니까. 참, 한 가지 덧붙이자면, 이 녀석도 나처럼 자수성가했어. 그야말로 엄청나게 훌륭한 사람이라는 뜻이지." 그제야 난 『파이낸셜타임스』 1면에 있는 남자의 얼굴을 자세히 들여다봤다. 이렇게 유명한 사람이 내가 거의 매일 만나는 햄 구매 담당과 친한 사이라니. 세상은 정말 좁기도 하구나. 대충 읽어보니, 그는 무슨 스마트폰 회사를 만들어 단숨에 세계 최고의 부자가 된 사람이라고 했다.

그때의 기억을 떠올리며 나는 손뼉을 쳤다. 그래, 레이쥔!

그러니까 지금 뉴스에 나오고 있는 저 남자, 한 손을 주머니에 찌른 채 정면을 응시하며 "걱정 마십시오. 우린 긴밀한 협조를 통해 최대한 빠른 시일 내에 그 이상한 앱의 정체를 밝힐 예정이니까요"라고 말하는 사람은, 바로 그 레이쥔이었던 것이다. 난 곧바로 챙의 번호를 눌렀다. "지금 뉴스 보고 있어요? 거기 당신 후배가 나오고 있어요." 그러나 챙은 내 말을 알아듣지 못하고 횡설수설했다. 발음이 꼬이는 걸 보니 술에 취한 듯도 싶었다. "지금 레이쥔이 나온다니까요!" 그러자 전화기 너머에선 한동안 아무 소리도 들리지 않았다. "뭐라고? 레이쥔……? 그게 누군데? 그나저나, 스티브. 왜 한밤중에 전화해서 난리를 치는 거야? 계시인가 뭔가 때문에 가뜩이나 심란한데 너까지 왜 그러냐고?" 그러더니 챙은 전화를 끊었고, 그다음엔 아예 전원을 꺼버렸다. 하긴, 챙이 레이쥔을 기억하지 못해도 이상할 건 없다. 지금은 깊은 밤이고 그는 완전히 술에 취해 있으니까.

다시 텔레비전을 보니, 어느새 레이쥔의 인터뷰는 끝난 뒤였다. 아나운서가 심각한 얼굴로 온 세상 모든 사람들의 폰에 깔린 기괴한 앱에 관해 논평하고 있었다. 그에 의하면, 전문가들은 그 앱을 어느 사악한 해커 집단이 벌인 소행으로 결론지었다는 것이다. 종교적 내용이 담긴 걸로 봤을 때 가장 의심 가는 집단은 종말론을 믿는 광신도들이라는 아나운서의 멘트를 들으며, 난 이상한 안도감에 빠져들었다. 어쨌거나 중요한 건, 그 괴상한 어플리케이션이 나와 구티에레즈의 폰에만 설치된 게 아니라는 사실이었으니까. '계시'는 그야말로 전 세계 모든 이들의 폰에 깔린 것이다. 3G인지, 4G인지, 기종이 뭔지, 어느 회사 제품인지, 어떤 통신사를 이용하는지 가리지 않고, 모두에게 전부 다. 그야말로, **공평하게**.

갑자기 기분이 좋아져서, 나는 다시 한 번 폰을 꺼냈다. 낮에 풀다 만 퀴즈가 떠올랐기 때문이다. '계시'는 여전히 화면 한가운데서 빛을 내뿜으며 반짝이고 있었다. 앱을 터치하자, 새를 닮은 천사들의 무리가 소란스럽게 퍼덕였고, 곧이어 문제가 적힌 말풍선이 하나씩 나타났다가는 사라졌다. 질문은 총 스물다섯 개였는데, 이번엔 정성껏 한 문제씩 답을 생각했다. 마지막 문항까지 풀자, 두둥, 하는 요란한 북소리와 함께 '당신의 스코어'가 화면을 가득 채웠다. 겨우 17점이었다. 무슨 근거로 산출된 건지 모르겠지만, 그리고 몇 점 만점에 17점이라는 건지도 알 수 없었지만, 점수에 이어 나타난, 마치 핏물이 주르륵 흘러내리는 것처럼 보이는 새빨간 글씨가 인상적이었다.

"이런, 당신은 지옥행이로군요!"

제기랄. 나는 폰을 집어 던졌다.

문득 로버트를 떠올린 건 그 순간이었다. 그는 지금 세상에 무슨 일이 벌어지고 있는지 알기나 할까? 스마트폰도 없는데. 하긴, 로버트 와인버그는 뉴스조차 못 보고 있을 게 확실하다. 이번에도 페루나 과테말라의 어느 오지에 틀어박혀 뭔가를 뒤지고 있을 테니.

잠깐. 그러고 보니, 그가 며칠 전 불안한 얼굴로 뭐라고 중얼대며 거실을 왔다 갔다 하던 것이 기억난다. 아니, 생각해보니 그건 꿈이었어. 그래, 꿈일 거야. 낮술을 마신 다음 눅눅한 침대에서 웅크리고 잠들 때만 꿀 수 있는 불쾌한 꿈.

※ 참고 : 로버트 와인버그에 대한 꿈

배경은 로버트의 집, 시간은 깊은 밤. 등장인물은 로버트 와인버그 한 사람. 꿈을 꾸는 당사자인 '나'는 마치 유령처럼, 거기에 없는 사람처럼, 혹은 커튼 뒤에 숨어 엿보는 관음증 환자처럼, 가만히 서 있다. 숨을 죽인 채.

와인버그는 자지 않고 있다. 뭔가 불안한 일이 있는지 이리저리 좁은 거실을 서성인다. 사실 집 안은 너무나 지저분하다. 며칠 전 내가 맥주를 사서 들렀을 때보다도 한층 더 더러워진 느낌이다. 곧 이사라도 갈 사람처럼 갖가지 물건과 책, 노끈, 가위, 청테이프, 마분지 상자, 이런 것들이 여기저기 널려 있다. 그때 갑자기 전화벨이 울린다. 그 소리에 와인버그가 화들짝 놀란다. 그는 전화를 받아야 할지 말아야 할지 망설인다. 어쨌든 새벽 두 시가 넘었으니까. 이런 시간에 걸려오는 전화는 아주 급한 사연을 담고 있거나, 아니면 거의 장난전화일 가능성이 많다. 그러나 전화벨은 끊임없이 울린다. 결국 와인버그는 신경질적으로 전화를 받는다. 그러나 그가 막상 전화기를 들어 귀에 댔을 때, 그 너머에선 조용한 적막만이 감돌 뿐이다. 누구야? 이런 제길. 전화를 했으면 말을 해야 할 거 아니야? 로버트 와인버그가 욕을 하며 전화를 끊으려는 순간, 낮고 음울하여 마치 깊고 깊은 우물 밑에서 울리는 듯한 남자의 목소리가 들려온다. 끊지 마십시오, 미스터 와인버그. 끊으면 어쩔 건데? 로버트가 빈정대자, 전화선 너머의 남자는 말이 없다. 그는 한숨을 한번 내쉬고는 점잖게 말한다. 장난치자는 게 아닙니다, 와인버그 씨. 그러면서 남자는 자신이 교황청의 비밀문서를 담당하는 추기경이라고 말한다. 로버트는 피식 웃는다. 이봐, 당신이 추기경이면 난 달라이 라마지. 그는 이렇게 말하고는 전화를 끊으려 한다. 사실 밤이 깊어지면 낮에 멀쩡하던 인간들도 갑자기 확 돌아버리곤 한다. 그래서 사람은 밤에 일찍 자야 하는 것이다. 안 자고 깨어 있으면, 로버트 그 자신이 '밤의 마력'이라고 이름 붙인 괴상한 분위기에 말려들 수 있기 때문이다. 밤의 마력에 빨려든 사람들은, 그때부터 동이 틀 때까지 사방에 전화를 걸어 헛소리를 해댄다. 야간 콜센터, 911 핫라인, 24시간 자살예방센터 등등, 그런 미치광이들이 전화를 걸어

횡설수설할 수 있는 곳은 아주 많다. 불쌍하게도, 이 전화기 너머 어딘가에 있는 남자 또한 그렇게 돌아버리고 만 것이다. 그는 아마도 무척이나 외로운 사람일 테고, 기왕이면 섹시하고 허스키한 목소리를 가진 여자가 전화를 받길 꿈꿨겠지. 하지만 바티칸의 추기경이라는 남자는, 조용히, 한 치의 흔들림도 없이 말을 이어간다. 그럼, 이렇게 말하면 믿을 겁니까? 우린 당신이 샤르댕 신부의 마지막 원고를 가지고 있다는 걸 알고 있습니다. 순간, 로버트 와인버그가 멈칫한다. 그는 수화기를 다른 쪽 귀로 옮긴 다음, 갑자기 축축해진 손바닥을 바지에 문지르며 대답한다. 아니, 그런 건 본 적도 들은 적도 없소. 샤르댕 신부라니, 그런 이름 역시 생전 처음이고. 게다가 난 책이라곤 한 줄도 읽지 않는 무식한 늙은이일 뿐이지. 그나마 아버지의 유산으로 물려받은 몇 권의 책은 킬로그램 단위로 무게를 달아 가져가는 헌책방에 모두 넘겼고, 그러고도 남은 건 낱장으로 뜯어서 벽지 대신 발라버렸거든. 커튼 뒤에서, 난 불안해진다. 로버트, 다 거짓말이잖아요. 당신의 골방에 가득 쌓인 그 희귀한 고대의 문서들은 다 뭔가요? 그리고 내게 보여준 보라색 가죽 장정의 책은 또 뭐고요? 하지만 이상하게도 목소리가 안 나온다. 그냥 꺽꺽대는 숨소리만 낼 수 있을 뿐. 좋습니다, 미스터 와인버그. 어쨌든 난 당신에게 한 가지 제안을 할 거요. 얼마를 부르든 좋으니 그걸 우리에게 넘기시오. 어차피 사본은, 우리도 가지고 있소. 온 세상을 다 뒤지다시피 해서 모두 찾아냈으니까. 이제 남은 건 당신이 가진 원본뿐이고, 우린 그 문서가 세상에 알려지기 전에 없애버릴 의무가 있소. 왜냐하면, 그건—이때부터 남자의 목소리 역시 조금씩 커진다. 그는 점점 흥분하는 것 같고 어떻게 들어보면 화를 내는 것 같기도 하다— 불온하고도 불경한 내용을 담고 있고, 사람들에게 쓸데없는 불안과 불신을 안겨줄 것이기 때문이오. 자, 마지막 제안이오. 지금 당장 그걸 누런 각봉투에 담은 뒤 3M 테이프로 잘 봉하시오(왜냐하면 그게 제일 접착력이 강하니까). 다 봉했으면 검은색 배낭에 담아 등에 멘 뒤 버스터미널 물품보관함 제321번에 넣어두시오. 우리가 물건을 확인하면, 정확히 24시간 후 같은 보관함에 돈을 넣어두겠소. 어떤가, 구미가 당기지 않소? 지금 당신이 처한 상황을, 우리는 누구보다도 잘 알고 있거든. 청구서는 쌓이고 월세는 밀렸지. 건강보험료도 못 내서 밤마다 치통으로 고생하면서도 치과 문 앞에도 못 가보는 데다, 그 좋아하는 미디움레어로 구운 스테이크를 맛보지 못한 지도 오래되지 않았소? 무엇보다도, 개나 소나 다 가지고 다니는 스마트폰 하나 못 사고 있잖아? 로버트는 한동안 말이 없다. 그는 팔짱을 낀 채 거실을 왔다 갔다 한다. 눈동자가 불안하게 흔들린다. 차라리 유혹에 넘어가고 싶어 몸부림치는 것 같기도 하다. 하지만 마침내 그는 외친다. 엿이나 먹어. 난 절대 넘기지 않을 거야. 그리고 곧 모두에게 발표할 거야. 인간은 신의 비밀을 알 권리가 있으니까. 전화기 너머 남자는 한층 차가워진 목소리로 말한다. 그래? 이런 멋진 제안을 거절하다니, 안타까운 일이로군. 하지만 와인버그 씨, 당신은 이제 기자가 아니오. 도대체 어디에다 그걸 알릴 예정이지? 어떤 매체가 그런 헛소릴 실어줄까? 그러자 와인버그가 기다렸다는 듯 대답한다. 걱정 마. 내겐 인터넷이 있어. 난 거기에다 쓸 거야. 내 블로그에. 뭐, 아직은 방문자가 하루 열 명도 안 되지만, 그런 것쯤은 노력하면—그러니까 요리나 여행, 패션, 이런 사진들을 많이 찍어 올리면— 늘릴 수 있을 거야. 그래, 이참에 아예 파워블로거가 돼보는 것도 괜찮겠군. 그러니 나한테 헛소리하지 마. 난 그 문서를 결코 넘기지 않을 테니까. 전화기 너머 남자가 내쉬는 한숨이 커튼 뒤의 나에게까지 들려온다. 알겠소. 그럼 마지막으로 이 말 한마디만 하고 끊으리다. 몸조심하시오. 밤길을 조심하란 뜻이지. 지금껏 수천, 수만 가지 비밀을 감춰오는 데 성공한 우리가, 그깟 문서 하나 쥐도 새도 모르게 없애지 못할 것 같소? 전화가 끊어지자 로버트는 갑자기 골방으로 달려간다. 한참 뒤 나오는 그의 품에 보라색 가죽 장정의 책이 안겨 있다. 프랑스의 어느 신부가 썼다는 기괴한 문서. 아아, 그걸 읽고 나 역시 얼마나 많은 악몽을 꾸었던가. 여하튼 로버트는 초조한 듯 사방을 두리번거린다. 그러더니 싱크대 서랍에서 비닐봉지를 꺼낸다. 책을 비닐로 꽁꽁 싸매고 테이프로 겹겹이 붙인 그는, 마치 우주에 혼자 남겨진 마지막 인류라도 되는 양 비장한 표정으로 거실 한가운데 서 있다.

그런데 왜 지금 그 꿈이 기억나는 거지?

이 더러운 기분은 또 뭐고?

난 소파에서 일어나 기지개를 켰다. 계속해서 '계시' 앱에 대해 떠들고 있는 텔레비전을 끈 다음 윗옷을 걸쳤다. 3층으로 올라가자 굳게 닫힌 로버트의 집 문이 보였다. 포스트잇 역시 그대로 붙은 채였다. 하지만 혹시나 하는 마음에 손잡이를 돌렸을 때, 문은 스르르 열렸다.

"돌아온 거예요, 로버트……?"

그의 이름을 부르며 천천히 문을 열었지만 집 안은 깜깜했다. 벽을 더듬어 스위치를 올렸을 때 내가 발견한 건, 텅 비어버린 거실과 바닥에 굴러다니는 몇 개의 마분지 상자들이었다. 골방을 들여다보니, 그 많던 책들은 간데없고 낡은 목장갑 한 켤레가 떨어져 있을 뿐이었다.

그날 밤, 난 로버트의 집 거실에 오래도록 가만히 서 있었다. 영원히 떠난 건가? 이제 어떡하지? 이런 말을 중얼거렸던 것도 같은데, 사실 잘 기억나진 않는다.

다음 날도, 그다음 날도 로버트는 돌아오지 않았다.

세상은 점점 시끄러워졌고—'계시' 앱은 아무리 해도 삭제되지 않았으니까— 난 꼭 만나야 할 구매 담당자들에게만 들른 뒤 집에 틀어박혔다. 챙이 앱을 보여주며 욕을 하는 것도 대충 흘려들었고, "스티브, 넌 몇 점이야? 난 49점이라는데, 좀 간당간당해. 어떻게 하면 점수를 올릴 수 있을까?" 이러면서 난리 치는 것도 못 들은 척했다. 오늘쯤은 돌아오지 않았을까? 너무 피곤해서 나한텐 인사도 못한 채 텅 빈 거실 바닥에 쓰러져 자고 있는 건 아니야? 그런 생각들을 하며 틈틈이 307호의 문을 열어봤지만, 달라진 건 아무것도 없었다.

우편함에서 발신인의 이름과 주소가 적혀 있지 않은 누런 각봉투를 발견한 건, 그로부터 정확히 일주일 뒤였다.

〈주 3〉 도시의 역사

로버트에 의하면, 트루데를 세운 사람은 윌리엄 와인버그 3세라는 이름을 가진 시카고 출신의 목사였다고 한다. ("하지만 나와는 아무 관계없는 사람이야." 내가 묻지도 않았는데, 로버트는 손까지 내저으며 극구 부인했다. "그러니까 내 할아버지의 할아버지의 할아버지, 뭐 그런 사이가 절대 아니라는 거지." 난 알겠다고 했다. 당신이 이 괴상한 도시를 세운 목사의 먼 후손이든 아니든 상관 안 해요. 나야말로 이렇게 대꾸하고 싶었지만, 그러는 대신 그냥 맥주 한 캔을 더 땄을 뿐이다.) 그가 처음 목회 활동을 한 곳은, 그 유명한 유니온 스톡야드에서 가까운 어느 빈민가였다는데, 그것만 봐도 이 도시의 운명은 이미 처음부터 정해져 있던 걸지도 모른다. 유니온 스톡야드를 모르는 사람들을 위해 간단히 설명하자면, 그곳은 한때 미국과 시카고의 정육산업 중심지로 이름을 날렸다. 어마어마하게 거대한 도축장과 햄, 소시지 공장이 줄지어 늘어서 있던 곳. 거기서 목사 일을 하던 윌리엄 와인버그 3세에게 계시가 내린 건, 그의 나이 35세 때의 일이다. 신은 꿈속에 나타나 친절하게도 지도까지 보여주며 상세하게 설명했다고 한다. 이곳으로 가서 새로운 산업을 개척하라. 땅끝까지 뻗어나가는 것이 너의 임무 아니더냐. 이런 식으로 말이다. 눈을 뜨자마자, 그는 마침 옆에 놓여 있던 아메리카 전도全圖를 펼쳐 들고 신이 알려준 장소를 찾아냈다. 그로부터 3일간 먹지도 자지도 않고 기도를 올린 끝에, 드디어 윌리엄의 머릿속에 어떤 철자들이 서서히 떠올랐다. 처음엔 '트'가 떠올랐고, 다음으론 '루'가 떠올랐으며, 마지막 날엔 '데'가 눈에 보였는데, 그걸 차례로 종이에 적자 '트루데'란 이름이 되었다. 그런데 도시를 건설하기 위해 추종자들을 이끌고 서쪽으로 서쪽으로 한없이 이동하면서도 그는, 그 이름이 어딘지 모르게 낯익다는 걸 깨닫지 못했다. 계시를 받기 며칠 전 밤, 비몽사몽간에 읽다가 집어 던진 책인 어느 이탈리아 작가의 소설에 동명의 도시가 등장한다는 사실 같은 건 까맣게 잊고 말았던 것이다. 결국 윌리엄 와인버그 3세는 거기 다음과 같은 문장들이 있다는 것도 떠올리지 못했는데, 따라서 그것이 그가 앞으로 세우고자 하는 도시의 본질과 속성을 결정짓게 될 거란 사실 또한 예측하지 못했음은 당연하다.

왜 트루데에 온 것일까? 저는 자문해보았습니다. 저는 벌써 떠나고 싶어졌습니다.

"원할 때면 언제라도 다시 비행기를 탈 수 있습니다."

사람들이 제게 말했습니다.

"하지만 당신은 트루데와 완전히 똑같은 또 다른 트루데에 도착하게 될 겁니다. 세상은 시작도 없고 끝도 없는 하나의 트루데로 뒤덮여 있을 뿐이고 단지 공항의 이름만 바뀔 뿐입니다."

그 이탈리아 작가의 이름이 '이탈로 칼비노'라는 건, 나중에 구글 검색을 통해 알아냈다. 책의 제목이 '보이지 않는 도시들'이란 것도.

그런데 트루데 중심가에서 멀리 떨어진 시립도서관 지하의 자료 보관실엔 '도시의 역사'란 코너가 있는데 거긴 좀 다른 이야기가 기록돼 있었다. 그러니까 원래 '트루데'란 도시의 이름은 이 지역 원주민이었던 아라파호족 인디언들의 말로 '천국'이란 뜻이었다는 거다. 그리고 로버트 와인버그의 말과는 달리, 이 도시를 세운 사람은 목사가 아니라 유니온 스톡야드를 근거지로 활동하다가 세력 다툼에서 밀려난 남부 이탈리아 출신의 마피아들이었다. 그들은 식솔과 떨거지들을 이끌고 산과 황무지를 넘어 이 고원지대까지 들어왔다. '천국'이라는 뜻도 마음에 들었고, 무엇보다도 그 발음이 왠지 남유럽에 있는 고향 땅에 대한 향수를 불러일으켰기에, 마피아들은 한 치의 망설임도 없이 도시의 이름을 '트루데'라고 명명했다. "이후 이곳은 서부 내륙의 축산업 중심지가 되었다. 그러나 1980년대 비용 절감을 목표로 한 축산기업들의 대규모 인원 감축으로 인해 원래의 거주민이었던 남유럽계 백인들이 거의 대부분 여길 떠났고, 그때부터 세계 각지에서 몰려온 저임금 노동자들이 이 도시로 모여들기 시작했다. 그들 덕분에 트루데의 산업은 다시 굴러갔고 축산기업들은 다시 부흥할 수 있었다." 덧붙이자면, 자료실의 마이크로필름 보관실에서 이 기사를 읽던 날, 난 우리 가족이 왜 무엇 때문에 이 낯설고 황량한 땅으로 흘러들어 와야만 했는지를 비로소 이해하게 되었다.

#7
다람쥐 탈을 쓴 아르바이트생

시간 : 현재

장소 : 경기도 용인시 기흥구 구갈동의 반지하방

깊은 밤, 아르바이트생이 사전을 뒤적이고 있다. 이제야 하는 얘기지만, 그는 한때 초벌번역 일을 해서 약간의 용돈을 번 적도 있을 만큼 꽤 괜찮은 영어 실력을 갖추었다. (굳이 귀띔을 하자면, 그는 경기도의 모 대학교 영문과에 적을 두고 있는 휴학생이다. 그런데 이 말을 이렇게 작은 소리로 속삭이는 이유는, 그가 자신의 현재 상태—그러니까 졸업을 점점 미루면서 아르바이트에 매달려 살아가고 있는 상태—를 밝히지 말아달라고 부탁했기 때문이다. 무슨 이유에선지, 그는 자기 자신을 감추고 싶어 하고, 어떻게 보면 부끄러워하고 있는 것처럼 보이기도 한다.) 어쨌든 아까부터 그는 공책에 뭔가를 열심히 적고 있다. 요즘 젊은이답지 않게 그는 워드프로세서 대신 볼펜으로 글을 쓴다. 특별한 이유가 있어서라기보다는, 집에 컴퓨터가 없기 때문이다. (노트북이 하나 있긴 했지만 지난여름 비가 많이 왔을 때 방에 물이 넘쳐 망가지고 말았다.) 미친 듯이 써 내려가다가 잠깐 멈추고는 한동안 벽을 응시하고 그런 다음엔 다시 또 빠르게 손을 놀리는 모습은 마치 프로 작가처럼 엄숙해 보인다. 너무 꾹꾹 눌러쓰느라 팔이 아픈지 볼펜을 내려놓고 손목을 주무르기도 한다. 기지개를 켠 다음엔 일어서서 초조한 듯 방 안을 빙빙 돌기도 하지만, 곧 뭣에 쫓기는 사람처럼 허둥지둥 책상으로 돌아간다.

조금 더 가까이 가보면, 책상 왼편에 알파벳이 빽빽한 노트 한 권이 펼쳐져 있다는 걸 알 수 있다. 누군지는 모르지만, 이 노트를 쓴 사람 역시 시간에 쫓겼던 게 틀림없다. 하도 휘갈겨 써놓은 탓에, 아무리 오래 들여다봐도 글자를 알아보기 힘들기 때문이다. 게다가 잘 살펴보면 노트는 중간에 한두 페이지씩 뜯겨져 나갔고, 그나마 남아 있는 부분은 군데군데 번져 있기까지 하다. 아무 생각 없이 넘기다 보면 어디선가 오려낸 신문이나 잡지 쪼가리, 혹은 인터넷 기사를 프린트한 종이 같은 것들이 툭 떨어지기도 한다. 쉽게 말해서, 노트는 그야말로 총체적 난국이다. 어디서부터 손을 대야 할지를 결정하느라, 아르바이트생은 한동안 고민했었다. 처음엔 나름대로 순서를 짜 맞춰보려고도 했으나 곧 포기했다. 그건 거의 불가능한 일이었고, 도대체 여기 기록된 일에 정말로 시간적 순서가 존재하기는 하나, 라는 의문에서 벗어나기도 힘들었다. 결국 그는, 그냥 노트에 적힌 그대로 모든 걸 옮겨 적기로 결심했다. 스크랩 기사나 프린트물은 '부록'으로 따로 정리한 뒤 원래 있던 페이지와 최대한 가까운 곳에 배치하리라. 비록 맥락과는 별 상관없어 보이는 위치에서 투둑 떨어진 종이들이긴 해도, 그게 그 자리에 끼워져 있던 데에는 다 이유가 있을 거라는 게 그의 생각이었다.

자, 이제는 책상 오른편을 보자. 거기엔 단정하긴 하지만 좀 어린애 같은 글씨체로 뭔가가 빼곡하게 적힌 공책이 펼쳐져 있다. 지금 이 순간 아르바이트생이 써나가고 있는 바로 그것. 우리가 보고 있는 동안에도 공책은 계속해서 빠르게 채워진다. 흰 바탕에 파란색 글씨로. 사실 그는 검은색보다는 파란색 필기구를 선호하는 편이다. 언젠가는 여자친구에게 이렇게 말했던 적도 있다. "파란색으로 쓰면 기분이 좋아지거든." 그러나 여자친구는 별다른 대꾸를 하지 않았다. 아마 곧 헤어질 마음의 준비를 하느라 그랬던 걸지도 모른다. 아니나 다를까, 그로부터 며칠 후 아르바이트생은 그녀에게서 문자메시지 한 통을 받았다. 다들 짐작했겠지만, 이별을 통보하는 짧고도 간결한 인사였다. 그리고 아르바이트생은 문자를 읽은 뒤 마치 아무 일도 없었던 듯 다람쥐 탈을 머리부터 뒤집어쓴 채 뙤약볕 아래로 걸어 나갔던 것이다.

그런데 여기까지 쓰고 보니, 우린 이 아르바이트생에 대해 아는 게 너무 없다. 처음부터 그의 얼굴은 다람쥐 탈 뒤에 가려져 있었고 그래서 암만 상상해봐도 어떻게 생겼는지 짐작조차 할 수 없다. 게다가 그는 자기 이름도 밝히지 않았다. 어쩌면 끝까지 그는 익명으로 남을지도 모른다.

어쨌거나 좀 전에 그는 이런 문장을 옮겨 적었다. "하지만 만약 정말로 그랬다면 당신(들)은 이 노트를 구경도 못했을 거야. 왜냐하면 우주의 틈새는 열리지 않았을 테니까. 내가 모든 비밀을 알아낸 덕분에, 그 작고 좁은 균열이 입을 벌렸어. 그리고 거기서 시간과 공간은 다시 태어났지." 마침표를 찍은 다음, 아르바이트생은 볼펜을 내려놓고 약간은 혼란스러운 표정으로 창밖을 본다. 창이라고 해봤자 지나가는 사람들의 구두만 보이는, 지상으로 뚫린 작은 틈에 불과하지만.

그는 노트를 쓴 사람이 제정신은 아닐 거라고 생각한다. 그렇게라도 믿지 않으면, 정말로 자기 자신이 '다시 태어난 우주'에 살고 있는 것처럼 느껴지기 때문이다. 요컨대 그는 노트에 적힌 이상한 이야기에 완전히 빠져들었다. 그건 모두 사실이고 실제로 일어난 일이며 자신은 그 이후 새로 만들어진 현실에 존재한다.

이럴 줄 알았으면, 소년에게 그냥 돌려주는 건데. 밤마다 노트의 내용을 우리말로 옮겨 적느라 다른 일은 완전히 작파한 지 사흘째 되던 날, 그는 처음으로 후회를 했다. 사실 노트를 돌려주기 위해 지구대 앞까지 갔던 적도 있긴 했다. 그래, 어차피 이건 그 아이 거니까. 그는 에버랜드 나무 앞에서 갑자기 솟아난 소년이 품에 이 공책을 꼭 안고 있던 모습을 떠올렸다. 하지만 노트 안쪽 표지에 적혀 있던 단 한 줄이 그의 마음을 흔들었다. "부탁입니다. 제발 이걸 번역해주십시오. 그런 다음 그 번역본을 아이에게 전해주길 바랍니다." 결국 그는 노트를 들고 자기의 반지하방으로 다시 돌아왔던 것이다.

그날 밤, 아르바이트생은 꿈을 꾼다. 꿈속에서 그는 비행접시처럼 생긴 뭔가를 그리고 있다. 그런 다음엔 그걸 잘 접어서 풀로 붙이고 아홉 개의 봉투에 차례로 넣는다. 주소를 적으려다가 퍼뜩 눈을 뜨니 스마트폰에 다운받아둔 영화가 거의 끝나가고 있다. FBI 요원인 남자(폭스 멀더)가 동료인 여자(스컬리)를 살리고 나서 사막 한복판에 나타난 UFO의 빛 속으로 사라지는 장면.

스컬리 : (손을 흔들며) 아무도 믿지 말아요.

멀더 : (쓸쓸히 고개를 저으며) 나는 믿고 싶소.

그러면서 천천히 페이드아웃fade-out.

'아, 이거였구나.' 다시 잠들며, 아르바이트생이 비몽사몽간에 중얼거린다.

*

어느 깊은 밤, '이번에 아르바이트생은 PC방 안쪽 구석 자리에 앉아 있다.' 오른손으로 빠르게 마우스 스크롤을 내리는데, 뭐가 그리 초조한지 연신 다리를 떨고 있다. 어깨를 잔뜩 웅크리고 글자가 빼곡한 화면을 노려보던 그가 주머니에서 담배와 라이터를 꺼내더니 밖으로 나간다. 아마 그는 한참 뒤에나 들어올 것 같다.

얼핏 들여다보니, 모니터엔 다음과 같은 글이 떠 있다.

◆ **첫 번째 포스트**

- 제목 : T 신부의 비밀문서

- 형식 : 회고록

만약 신이 파충류라는 사실을 이해하고 받아들인다면, 우리는 그동안 우리를 괴롭혀왔던 수많은 신학적, 철학적, 윤리적 문제들에 대한 명쾌한 해답을 얻게 될 것입니다. 가장 큰 의문이자, 그렇게도 긴 시간 동안 답을 갈구해온 의문은, 바로 지상에 존재하는 인류에게 드리워진 크나큰 고통에 관한 것이었습니다. 도대체 신은, 왜 그리도 자주 인간을 고통 속으로 밀어 넣으셨던 걸까요? 게다가 그 고통은 언제나 아무런 이유도 없이 찾아왔습니다. 엄청난 해일이 밀려와 수만 명의 사람들이 숨졌을 때, 나는 기도하고 또 기도했습니다. 단지 아프리카에서 태어났다는 이유만으로 기아에 시달리다 죽어가는 수많은 어린 영혼들 앞에서도, 나는 그저 기도하고 또 기도했지요. 혹은 대홍수가 휩쓸고 지나간 진흙땅의 폐허 위에서 멍한 눈초리로 허공을 응시하던 가여운 이들의 눈동자 앞에서도, 내가 할 수 있는 것은 오직 기도뿐이었습니다. 아아, 그것 말고도 이 세상엔 너무나 많은 고통이 존재하여, 그들의 영혼이 미친 듯이 울부짖는 소리에, 나는 단 하루도 깊고 편안한 잠을 이룰 수 없었던 것입니다. 그런데 과연 신은 어땠을까요? 그는 단 1분 1초라도 평안한 시간을 보낼 수 있었을까요? 갖가지 고통으로 허우적대는 인간들의 울부짖음으로 가득한 이 시끄러운 우주에서, 도대체 신은 어떻게 귀도 막지 않은 채 지낼 수 있었을까요? 그런 의문들의 끝에서, 나는, 만약 신이 더 이상 눈 뜨고 볼 수 없을 이 끔찍한 지상의 지옥도를 아무렇지도 않게 태연히 내려다볼 수 있다면…… 그렇다면, 그는 어쩌면 그간 우리가 생각하고 상상해온 것과는 완전히 다른 속성을 지닌 존재일지도 모른다는 생각을 하게 되었습니다. 그 수많은 기도와 통곡 속에서도 꿈쩍 않는 신. 모든 소리를 다 들으면서도 그렇게 담담히 지상을 바라만 보고 있는 신. 순간, 평생 연구해온 진화론과 고생물학 사이에서 어떤 답이 보이기 시작했습니다. 그것은, 신이 파충류일 수도 있다는 지극히 당연한 생각이었지요. 물론 처음에는, 그런 불경한 상상을 했다는 사실만으로도 회개하고 뉘우치며 고행을 하고 금식기도를 드렸습니다. 신이 자신의 모습을 본떠서 우리를 지으셨다는 것은, 누구나 알고 있는 진리입니다. 그런데, 파충류라니요? 하지만 그 생각에서 벗어나려고 하면 할수록, 세상의 모든 증거들은 오직 그 한 가지 사실만을 가리키는 것이었습니다. 그것을 부정하기 위해 수없이 많은 문헌을 연구하면 할수록 '신은 파충류다'라는 믿음은 점점 확고해져만 갔습니다. 그렇습니다. 신이 자신의 형상대로 우리를 지었다는 말의 진짜 의미는 사실 다른 데 있었던 겁니다. 말 그대로 신은 그 자신의 형상대로 우리를 창조했습니다. 그러나 그 '형상'이라는 것이, 존재의 외관이 아니라 내면을 뜻하는 것일 수도 있음을, 그동안 우리는 왜 한 번도 생각해보지 못했던 걸까요? (23쪽)

—T신부의 미발표원고 『종교와 생물학의 통일장 이론에 관하여』에서

위 글의 저자는 예수회 신부이자 고생물학자이며 동시에 진화론자였던 테야르 드 샤르댕이다. 그런데도 굳이 저자의 이름을 'T 신부'라고 적은 데에는, 약간의 사

정이 있다. 즉, 나는 오래전 별생각 없이—아니, 실제로는 오직 진실만을 밝히겠다는 일념으로— 어떤 르포를 쓰면서 사건 주체들의 실명을 정확히 언급한 적이 있다. 여러분도 이미 짐작했겠지만, 그 결과는 끔찍했다. 명예훼손 소송의 주인공이 된 나는, 1년이라는 기나긴 시간을 법정에서 허비한 끝에 빚쟁이 신세로 전락하고 말았기 때문이다. 설상가상으로, 소송으로 인한 스트레스로 담배를 하루 두 갑씩 피웠고 매일 밤마다 싸구려 독주를 마셨던 탓인지 몸도 엄청나게 안 좋아졌다. 그 모든 것은 내게 큰 상처가 되었으며, 마침내 난 글 쓸 힘을 모두 잃고 완전한 절필 상태로 빠져들었다. 한때는 위키리크스의 설립자인 줄리안 어산지마저도 내게서 정보를 얻어 갈 정도였는데, 그런 식으로 모든 걸 포기하고 나니 재기 같은 건 꿈도 꿀 수 없었던 것이다. 나는 고향인 트루데로 돌아왔고 뒷골목에다 누추한 방을 하나 얻었다. (아이러니하게도 내가 지내게 된 거처의 이름은 '헤븐하우스'였다.)

동굴처럼 음울한 그곳에서 나는 서서히 망가져갔다. 매일 술을 마셨고 나를 이런 구렁텅이로 몰아넣은 T 신부를 원망했다. 그 노인네만 안 만났어도 내 인생이 이렇게까지 무너지진 않았을 테니까. 돈이 떨어지면 트루데를 떠나 짧게는 일주일에서 길게는 한 달까지 정처 없이 떠돌았다. 주로 서부 쪽으로 갔는데, 거기선 언제나 오렌지 따는 인부를 필요로 했기 때문이다. 농장에서 돈이 모이면 트루데로 돌아왔고, 빈털터리가 될 때까지 다시 술을 사서 마셨다. T 신부가 내게 했던 마지막 부탁 같은 건 깡그리 잊은 채였다. 하긴, 기억하고 있다 해도 지킬 마음은 없었다. "자네가 막아주게, 세상의 종말을." 깡마른 두 손으로 날 부여잡고 노인은 눈물을 흘렸었다. 하지만 알 게 뭐람. 세상이 망하든 말든, 어차피 나와는 상관없는 일 아닌가. 난 그냥 사과나무만 심으면 그만이다. 아니, 이건 농담이고, 난 그저 술이나 마시고 잠이나 푹 자면 그만인 것이다.

그런데 그때 성철(이건 그의 한국식 이름이다. 우린 그를 스티브라고 불렀다)이 나타났다. 게다가 그는 예언처럼 정확히, 제 발로 나를 찾아왔다. 어떤 사연으로 인해 그의 전화번호를 듣게 된 나는, 모든 퍼즐이 한꺼번에 맞아떨어진다는 것을 알고 깜짝 놀랐다. 그렇다. 성철, 아니 스티브를 만난 뒤에야 나는, 왜 T 신부가 내게 그 책을 넘겨줬는가를 이해하게 되었던 것이다. 그 전에는, 난 모든 것을 그저 우연이나 혹은 재수가 없어서 일어난 재앙 정도로만 여겼다. 사실 그럴 수밖에 없었던 게—변명처럼 들리겠지만— 그런 임무—신과 우주의 비밀을 간직하고 세상을 종말로부터 구해내는 것—를 혼자 떠맡는다는 건, 그야말로 고되고 어려운 일이었기 때문이다. 누군가가 책을 훔쳐 가진 않을까 언제나 전전긍긍해야 했고, 전화벨 소리가 들려오면 깜짝 놀라 부들부들 떨며 수화기를 들어야 하는 일이 부지기수였다. 게다가, 밤길을 걷다 보면 복면을 한 남자가 갑자기 튀어나와 내 옆구리에 총구를 겨누고는 "자, 어서 T 신부의 비밀문서를 내놓으시지"라며 협박할지도 모른다는 공포에서, 나는 단 하루도 벗어나지 못했다. 때로—실은 이게 가장 힘든 일이었는데— 그들은 나에게 도저히 거부하기 힘든 당근을 내밀며 유혹했다. 주로 내가 돈이 떨어져갈 때쯤, 누구인지 알 수 없는 사람들이 전화를 걸어와 상상조차 하기 힘들 정도의 큰돈을 제시하며 그 책을 요구해왔다. 그들이 제안한 엄청난 돈을 받기 위해 내가 할 일은, 그저 골방 구석에 숨겨둔 보라색 가죽 장정의 책을 약속된 장소에 갖다 놓기만 하면 되는 것이었다.

"어떤 식으로 돈을 건네줄 거요?" 내가 물으면, 얼굴을 드러내지 않는 그들은 석회암 동굴처럼 깊고 어두운 목소리로 이렇게 대답하곤 했다. "당신도 알고 있겠지만, 우린 무소불위의 힘을 휘두르고 있는 거대한 조직이야. 따라서 보상 역시 절대 꼬리가 밟히지 않을 기묘한 방식으로 이뤄지겠지. 예를 들자면 이런 식은 어떨까? 즉, 그 책을 우리에게 넘기고 난 뒤, 곧바로 편의점에 가 복권을 사는 거야. (우린 당신이 최근 새로 생긴 체인인 '에브리타임 에브리웨어'의 단골이 되었다는 걸 이미 알고 있거든. 왜냐하면 거기서 밤마다 프랑크 소시지를 하나 사서 전자레인지에 데운 다음 맥주 한 캔을 곁들여 저녁을 때우는 모습을 자주 지켜봤으니까.) 뭐, 잘 알겠지만 그다음은 모든 일이 일사천리로 흘러가게 돼 있어. 우리의 뛰어난 능력 덕분에, 당신이 산 복권은 1등에 당첨될 테니까. 이제 알겠어? 어떤 식으로 보상이 이루어질지? 잘 생각해보라고. 별것 아닌 낡은 책 한 권만 넘기면 평생을 놀고먹으며 지낼 수도 있다고! 그야말로 남는 장사 아닌가?"

이런 유혹에 전혀 흔들리지 않았다면, 그건 거짓말이리라. 솔직히 말해서, 흔들렸다. 그것도 엄청 많이. 사실, 그간 나는 헛된 노력을 해왔던 셈이다. 인류를 위해 동분서주해가며 수많은 정보를 모아왔지만 아무도 나의 그런 노력을 알아주지 않았고, 도리어 비웃음과 멸시의 대상이 되고 말았으니 말이다. 거기에다 정체를 알 수 없는 기이한 신부에게 엮여서 말도 안 되는 고생을 하고 있기도 했다. 무엇보다도, 난 점점 늙어가고 있었다. 발간 부수도 얼마 되지 않는 잡지에 어쩌다 글 하나씩 싣고 받는 쥐꼬리 같은 원고료나 서너 달에 한 번씩 캘리포니아의 오렌지 농장에 가서 벌어 오는 돈으로는, 고혈압 치료제를 처방받아 먹기도 빠듯할 지경이었다. 게다가 집주인은 툭하면 '내용증명'이라는 빨간 도장이 찍힌 등기우편물을 보내와 나를 괴롭혔다. '모월 모일 모시까지 집을 비우시오. 그렇지 않으면 당장 쫓아낼 테니까.' 이런 무시무시한 협박이 적혀 있는 편지를 받은 날이면, 나는 밤새도록 잠들지 못하고 거실을 왔다 갔다 하며 담배를 피워댔다. 그런데 돈이라니. 그것도 평생 쓰고 남을 정도의 큰돈이라니.

지금에서야 하는 얘기지만, 어느 깊은 밤엔가는 진짜로 배낭에 책이 든 누런 봉투를 넣고 공용 버스터미널까지 달려간 적도 있었다. 그러고는 아무도 없는 대합실 의자에서 다리를 덜덜 떨며 한 시간 동안이나 앉아 있었던 것이다. 그러나 마침내 나는 자리에서 일어섰고, 배낭을 그대로 멘 채 집으로 돌아왔다. 내게 책을 넘기던 늙은 신부의 쭈글쭈글한 얼굴, 비쩍 마른 양 볼, 나무토막처럼 거칠거칠하던 그의 손. 제기랄, 난 그 모든 것들을 기억에서 지울 수 없었던 거다.

특히나 그는 이렇게 말하지 않았던가. "형제여, 잊지 말게나. 자네가 세상을 구하는 데 일조하게 될 거라는 걸. 물론 그 전에 먼저 구원자를 찾아야겠지. 구원자가 누구냐고? 글쎄, 신께선 아직 나에게 그 정도까지 보여주시진 않는군. 내가 조사한 모든 자료에도 구원자의 자세한 신상정보는 나와 있지 않아. 다만 확실히 알 수 있는 건, 그가 희생양이 될 거라는 사실이야. 세상 전체의 존속을 위해, 아니 더 정확히는 우주 전체의 재생을 위해, 자기 자신을 던지게 될 거라는 말이지. 그리고 자네는 그 과정에서 일종의 메신저가 될 걸세. 구원의 메시지를 희생양이자 구원자가 될 누군가에게 전달하는 역할을 맡게 될 거란 말이지. 말하자면, 그의 임무를 일깨워주고 그가 그것을 해낼 용기를 갖도록 북돋아줘야 한다, 이걸세. 이런, 이런. 부정하지 말고 받아들이게나. 운명은 말 그대로 운명이어서, 자기 마음대로 바꾸거나 회피할 수 있는 게 아니니까 말일세." 그러면서 늙은 신부는 좁은 창을 통해 저녁 어둠이 서서히 차오르는 광경을 바라봤는데, 그 모습이 어찌나 숭고하던지 나는 그만 굳게 약속해버리고 말았던 것이다. "알겠습니다, 신부님. 제 임무를 다하겠습니다. 그러니 걱정 마시고, 오늘은 좀 편히 주무십시오." 그러자 T 신부는 조용히 고개를 끄덕였다. "고맙네. 정말 고마워. 이젠 마음 편히 눈을 감을 수 있을 것 같아." 오랜 대화에 피곤했는지, 잠시 후 노인은 잠이 들었고 난 집으로 돌아가기 위해 여기저기 흩어져 있던 메모지와 타이프라이터를 챙겼다. 그런 다음 살그머니 현관문을 나서는데, 문득 신부의 목소리가 들려왔다. "형제여, 아직 거기 있는가?" 신발을 신다 말고 안쪽을 들여다보니, 어둠 속에서 실루엣만 보이는 노인이 내게 손짓을 하고 있었다. "그만 깜빡하고, 자네에게 이걸 주는 걸 잊고 있었지 뭔가." 그가 건네준 건 딱지 모양으로 여러 번 접은 메모지였다.

"잘 간직하게나. 거기엔 구원자를 찾아낼 아주 중요한 힌트가 적혀 있으니까. 물론 나도 그 의미가 정확히 뭔지는 몰라. 몇 번이고 생각해봤지만 짐작조차 할 수 없었다네. 그래, 어쩌면 내가 자네에게 너무 큰 숙제를 떠넘기는 걸지도 모르겠군. 하여간, 그걸 내게 건네주며 레오니드 몰로디노프 박사—언젠가 말한 적 있지? 창조과학 세미나에서 만났던 소련 출신 심리학자 말일세. 우연히 옆자리에 앉았던 우리가 지루한 세미나 자리를 피해서 복도로 나와 커피를 마시며 담소를 나눴고, 그러다가 서로의 관심사가 같다는 걸 알게 되어 순식간에 친해졌다는 것도, 자네는 기억하고 있을 거야. 무엇보다도 그는 나에게 2015년 12월 21일에 관한 비밀을 처음

일러준 사람이기도 하다는 걸, 잊지 말아야 해—는 이렇게 말했다네.

「신부님께 모든 걸 다 말해줄 수 없어 미안합니다. 제 곁엔 언제나 스파이가 따라붙으니까요. 지금 저기서 딴청을 피우며 커피를 마시고 있는 남자, 보이시지요? 그는 사실 나를 감시하고 있는 정보국의 요원입니다. 그러니, 간단히만 알려드리겠습니다. 자, 이게 힌트예요. (그러면서 그가 내민 것은 의문의 숫자들이 적힌 종이 한 장이었네.) 오래전, 그러니까 정확히는 1958년에, 소련 우주국의 위성안테나에 외계로부터의 신호가 잡혔습니다. 이상한 문자와 숫자, 음조 등이 조합된 그 신호는 당시 우리가 지구 밖으로 쏘아 올렸던 스푸트니크 3호를 통해 전달된 거였지요. 우린 그걸 해독하는 데 엄청난 노력을 기울였고, 마침내 그 뜻을 알아냈습니다. 그래요, 그 소름 끼치는 목소리는 지구인 남성의 것과 유사했습니다. 그는, 혹은 그 초현실적 존재는, 정확하고도 또렷한 어조로 인류에게 경고하고 있었습니다. 2015년 12월 21일 신들이 지구에 내려오고, 그로부터 얼마 지나지 않아 우주엔 종말이 닥친다, 라고요. 그러더니 약간의 욕설 같은 걸 내뱉으며 자기가 인류의 구원자이자 세계를 재생시킬 장본인이라고 중얼거리더군요. 얼마 후, 잠깐의 침묵과 고요가 흐른 뒤, 문득 괴이한 노랫소리가 흘러나오기 시작했습니다. 그건 뭐랄까, 너무나 구슬픈 곡조여서 듣고만 있어도 이상하게 마음이 아파오고 심장이 텅 비어버리는 것 같은, 그런 기기묘묘한 음악이었습니다. 언어학자의 도움을 받아 우린 그 가사를 해석했는데, 역시나 노래의 내용은 슬프고도 암울했습니다. 언젠가 도래할 신의 강림과 지구의 종말을 암시하는 듯 들리는 그 노래 가사를 읽으며, 우리는 또 한 번 눈시울이 붉어져오는 것을 느꼈지요. 한번 들어보시겠습니까? *'나뭇잎이 푸르던 날에 / 뭉게구름 피어나듯 사랑이 일고 / 끝없이 퍼져나간 젊은 꿈이 아름다워 / 귀뚜라미 지새 울고 낙엽 흩어지는 가을에 / 아 꿈은 사라지고 꿈은 사라지고 / 그 옛날 아쉬움에 한없이 웁니다.'* 자, 어떠신지요? 정말 슬프지 않습니까? 여기엔 이상하리만치 사람의 심금을 울리는 힘이 있어서, 당시 우주국에서 근무하던 직원들은 무의식적으로 그 곡조를 흥얼거렸고 마침내는 노래 가사를 모두 외워버리기에 이르렀던 것입니다. 그래서 저 역시 아직까지도 이걸 기억하고 있는 거고요. 하여튼, 음악이 끝나자, 위성에 잡힌 신호에서는 또다시 그 알 수 없는 목소리가 반복됐고, 곧이어 가슴을 쥐어뜯는 흐느낌 같은 게 들려왔습니다. 아마도 그 존재는 지구와 인류가 처할 운명에 깊은 슬픔을 느꼈던 게 확실합니다. 우리들 역시 비통함과 비애감에 젖어 그 소릴 듣고 있었지요. 그 순간이었어요. 단말마의 끔찍한 비명이 울려 퍼진 것은. 그렇습니다. 그건 구원자의 목소리였습니다. 그는 "안 돼! 안 돼! 이건 정말 아니잖아! 제발, 다시 켜지라고!"라고 외치고 있었지요. 우리는 공포에 떨며 서로를 쳐다보았습니다. 누군가가, 혹은 뭔가가 구원자에게 커다란 위해를 끼친 것이 틀림없었으니까요. 그런데 아쉽게도, 그로부터의 신호는 비명 소리와 함께 영원히 사라져버렸습니다. 아무리 기다리고, 기다리고, 또 기다려봐도, 다시는 그 목소릴 들을 수 없었으니까요. 다만 마지막 비명과 함께 이런 숫자들이 전송되었는데…… 글쎄요, 우린 이것이 구원자가 지구로 보낸 어떤 암호가 아닌가, 생각하고 있습니다. 종말에서 벗어날 방법이 담긴 메시지 말입니다. 물론, 우린 암호를 해독하지 못했습니다. KGB의 암호해독요원 전체가 달려들었지만 실패하고 말았지요. 그러나 포기해선 안 된다는 게 제 생각입니다. 그래요, 이게 무엇인지는 어쩌면 현재의 과학 수준으로는 도저히 알아낼 수 없을지도 모르지요. 그러나 시간이 흐르면, 구원자가 단말마의 비명과 함께 사라지며 우리에게 보내준 이 마지막 힌트, 이 소중한 암호의 뜻을 알아낼 수 있을 거라고, 나는 확신합니다. 그러니 신부님, 이걸 잘 간직해주십시오. 저는 이제 먼 곳으로 떠나지만, 당신은 이곳에 남아 있을 테고, 앞으로 어떤 일이 벌어질지 모르지만, 우린 서로 같은 곳을 보며 나아가는 동지 아니겠습니까?」

이런 말을 남기고 레오니드 몰로디노프 박사는 세미나가 열리고 있던 건물 밖으로 빠르게 걸어 나갔다네. 그는 쿠바로 간다고 했어. 거기 자기가 할 일이 남아 있다나? 어쨌든, 문이 닫히자마자, 난 마음을 가라앉히고 심호흡을 한 뒤 그가 건네준 쪽지를 펼쳐봤다네. 그러고는 누가 볼세라 재빨리 종이를 구겨서 주머니에 집어넣었지. 그런 다음 테이블 위에 놓여 있던 식은 커피를 마셨는데, 암만 기다려도 손의

떨림이 가라앉지 않는 거야. 왜냐고? 거기 적힌 숫자가 너무 놀라웠으니까! 내가 몸담고 있는 분야에선 거의 금기시하는, 그런 거라고나 할까? 하여간, 종이컵을 쓰레기통에 던져 넣은 다음, 난 바로 몰로디노프 박사의 뒤를 따라 뛰어나갔어. 그러나 이미 밖엔 아무도 없더군. 그래, 그는 그렇게 사라졌고, 그 후론 한 번도 소식을 듣지 못했지. 아아, 어쩌면 그는 이미 이 세상 사람이 아닐지도 몰라. 그렇게도 집요하게 스파이들이 따라다니고 있었으니 말일세. 그런 의미에서 우리, 잠시 눈을 감고 박사의 영혼을 위해 기도할까?"

어쩔 수 없이 난 신부와 함께 기도를 올려야만 했다. 어디서 그런 기운이 넘치는지, 다 죽어가던 늙은 성직자가 묵주를 돌리며 한도 없이 긴 기도를 하는 바람에, 끝났을 땐 다리가 저려서 겨우 일어설 수 있을 정도였다. 그러나 기도를 마친 뒤 그 딱지 모양의 종이를 펼쳐보려는 순간, 신부가 내 손을 잡았다. "아니, 아직은 펼쳐보지 말게. 미리 알아서 좋을 건 하나 없으니까. 그리고 무엇보다도 그건 자네 것이 아니라, 언젠가 나타날 구원자의 것이라네. 그걸 잊지 말라고. 그러니 지금 그 종이를 어서 가방에 넣게. 소중히 잘 간직해뒀다가 그를 찾아내면, 반드시 잊지 말고 전달해 주게. 뭐라고? 도대체 구원자를 어떻게 찾아내라는 거냐고? 아니, 이런. 자네 아직도 내 말의 진정한 의미를 이해하지 못하고 있구먼. 구원자는, 자네가 찾아내는 게 아니야. 오히려 그가 자네를 찾아낼 걸세. 때가 되면 제 발로 걸어와 자네 앞에 모습을 드러낼 거라, 이 말이지. 자, 그럼, 오늘은 이만 가보게나. 그래, 그래. 알고 있어. 내일부턴 본격적으로 자네가 듣고 싶어 하는 이야기들을 들려줄 예정이니까. 걱정 말라고. 오래전 그날 필트다운에서 어떤 일이 있었는지, 사건의 전말은 어떻게 된 거였는지 모두 들려줄 테니, 그만 좀 보채라고."

나는 메모지를 잘 접어 가방 맨 앞에 달려 있던 작은 주머니에 넣고 밖으로 나왔다. 솔직히 그때만 해도 샤르댕 신부의 이야기를 흘려들었고, 그저 대충 장단이나 맞춰주자는 생각뿐이었다. 어차피 난 그에게 잘 보여야 할 필요가 있었는데, 왜냐하면 그 당시 쓰고 있던 신부의 회고록만 제대로 완성된다면, 최고의 논픽션 작가로 유명해질 게 확실했기 때문이다. 아마도 유수의 출판사들이 거액의 계약금을 제시하며 내 원고를 확보하려고 달려들겠지. 그런 상상을 할 때마다 내 기분은 점점 하늘로 날아올랐다. 세계 구석구석 오지를 누비며 취재해온 나의 기사를 멸시하고 비웃던 예전 동료들. 마지막 기사가 타이핑된 원고를 구겨서 면전에 집어 던지며 "당장 이곳에서 나가주시지. 그리고 이젠 정신 좀 차리라고, 로버트!"라고 외치던 편집장. 그 모두가, <퓰리처상> 논픽션 부문 수상자가 되어 단상으로 걸어 올라가는 나를 보며 시기와 질투, 후회 때문에 몸부림칠 것을 상상하자, 그만 난 미친 사람처럼 킬킬 웃고 말았다. 마침 계단 옆으로 빠르게 스쳐 지나가던 피자 배달부가 이상하다는 듯 힐끗 쳐다봤지만, 개의치 않았다. 그럼 그렇지. 지금 내가 회고록을 받아 적고 있는 저 노인이 누구란 말인가. 베이징원인과 자바원인을 처음으로 발견했으며, 한때 고생물학계를 발칵 뒤집어놨던 희대의 사기극인 '필트다운인 위조 사건'*을 처음부터 끝까지 지켜본—그랬음에도 마지막까지 일언반구도 없이 침묵을 고수해온— 역사의 산증인 아니던가. 그런 그가 어떤 이유에선지 심경의 변화를 일으켰고, 나에게 먼저 회고록 집필을 요구해왔다. 내 번호는 어떻게 알아냈는지 모르지만, 집으로 직접 전화를 걸어와 이렇게 물었던 것이다. "혹시 당신이 로버트 와인버그 기자요?" 나는 그렇다고 대답했고, 우리의 인연은 그렇게 시작됐다. 고생물학계 최대의 스캔들이었던 기괴한 사건의 비밀을 모두 알고 있는 늙은 신부와 오직 진실을 밝혀내겠다는 열정으로 활활 불타고 있던 언론인의 만남으로.

그러나 우리의 마지막은 비극으로 마무리됐다. 그리고 이제 나는 이 블로그에 모든 전말을 밝힐 결심이고 말이다. 두렵지 않으냐고? 물론 두렵다. 그렇지 않다고 한다면 거짓말이겠지. 따라서 이건 그냥 블로그가 아니라, 목숨을 건 모험일 수도 있다. 저들은 이 블로그를 발견하는 순간 나를 찾아내 입을 막으려 들 것이고, 어쩌면 나는 소리 소문도 없이, 그야말로 쥐도 새도 모르게 어딘가로 영영 사라져버릴지도 모르니까. 하지만 나에겐 당신(들)이 있다. 내 글을 링크하거나 스크랩해서 널리 퍼뜨려줄 수많은 당신들. 그러니 제발 이 블로그를 그냥 지나치지 말아달라. 포스트

맨 아래 있는 '공감' 버튼을 눌러주고, 여기저기 이 글을 퍼다 나름으로써 세상 모두가 신의 비밀과 우주의 구원에 대하여 알 수 있게 해주기를! 오직 그것만이 나의 마지막 소망인 것이다.

어쨌거나, 아까 하던 이야기로 되돌아가자면, 그날, 그 운명의 날, 난 회고록을 완성하여 <퓰리처상>을 타게 될 거라는 공상에 빠져 정신없이 계단을 뛰어 내려왔고, 그래서 결국 신부의 죽음을 막지 못하고 말았다. 그때 내 곁을 스치듯 뛰어 올라가던 그 피자 배달부. 비록 그가 볼로냐소시지 모양의 커다란 배지를 달고, 손에는 맛있는 냄새가 피어오르는 납작한 피자 상자를 들고서 거의 완벽하게 진짜 피자 배달부 흉내를 내고 있었지만, 나중에 노인의 죽음을 알리는 전화를 받고 나서, 난 무릎을 쳤다. 아아, 그때 내 옆으로 휙 지나갔던 그놈이야말로 가엾은 신부를 없애버리기 위해 누군가가 고용한 암살단의 일원이었구나!

시체공시소에서 본 T 신부의 얼굴은 평온하기 그지없었다. 나는, 그가 두 손을 모으고 잠자듯 누워 있는 스테인리스 선반 옆에서 무릎을 꿇고 흐느꼈다. 물론, 도대체 왜 그리도 슬피 울었던 건지는 나 자신도 알 수 없었다. 거의 반년을 매일 만나 이야기를 주고받던 노인의 죽음이 슬펐던 건지, 아니면 이제 세기의 회고록 따위는 물 건너가버렸다는 사실이 슬펐던 건지, 헷갈렸다는 뜻이다.

* **필트다운인 위조 사건** : 필트다운인이란, 1912년 찰스 도슨이라는 영국인이 잉글랜드 이스트석세스 주의 필트다운에서 현생 인류 이전의 인류 화석을 발견했다고 보고하여 유명해진 조각난 뼈들의 모음이다. 당시 대영 박물관의 지질학 담당이었던 아서 스미스 우즈워드가 이를 인정하여 학계에 보고하였고 '에오안트로푸스 도스니'라는 학명을 부여받았다. 1953년 이 조각뼈들이 현생 인류의 머리뼈와 오랑우탄의 아래턱뼈, 침팬지의 송곳니를 짜 맞춘 것이라는 사실이 밝혀졌지만, 누가 어떤 의도로 위조했는지는 아직까지 제대로 밝혀지지 않았다. (참고 : 위키피디아)

그런데 이 긴 글을 다 읽도록 아르바이트생은 돌아오지 않는다. 따라서 어쩌면 우린, 이어지는 두 번째 포스트까지도 빠르게 훑어볼 수 있을 것이다. 조금만 조심스럽게, 스크롤을 아래로 내리면.

◆ 두 번째 포스트

- 제목 : T 신부의 눈물, 그리고 그 이유
- 형식 : 소설, 전지적 작가 시점

그날도 노인의 구술을 받아 적기 위해 들른 로버트 와인버그는, 평생을 학문과 기도, 화석 연구에 바친 그 인자한 신부가 슬피 우는 것을 보자 걱정스러워 견딜 수가 없었다. 물론 신앙심 깊은 이 늙은 예수회 사제가 눈물을 흘리며 우는 일은 원체 잦았다. 그러나 그것은 거의 대부분 신의 은총에 감격하여 흘리는 기쁨의 눈물이었다. "이보게, 형제여. 신이 창조하신 세상의 아름다움을 보게나. 그분은 어디에나 계시고, 언제나 우리를 지켜보신다네." (물론 로버트는 그분, 즉 신이 '어디에나' 계시고 '언제나' 우리를 지켜본다는 신부의 말의 진정한 의미를 오랜 뒤에야 깨닫게 된다. 하지만 그때 그는 그 말이 무슨 뜻인지 몰랐고, 무엇보다도 신 따위엔 관심조차 없었다. 그의 관심은 오직 하나, 지금 노인의 입에서 나오는 말을 열심히 받아 적어가며 만들고 있는 회고록뿐이었다.) 어쨌든, 샤르댕 신부는 그렇게 말하며 자주 눈물을 흘렸다. 하지만 그럴 때마다 와인버그는 불안한 표정으로 사방을 두리번거려야만 했다. 대체 신이 어디 있단 말인가? 게다가, 만에 하나라도, 언제든 어디서든 숨어서 자신의 일거수일투족을 지켜보는 존재가 있다면, 그건 또 얼마나 불쾌하고 짜증나는 일이란 말인가? 하지만 로버트는 노인 앞에서 그런 내색을 하지 않았다. 그저 좀 속수무책인 기분으로 의자에 앉아 무릎에 타이프라이터를 올려놓은 채, 늙은 신부가 어서 울음을 그치고 화석을 발견하던 때의 이야기를 들려주기만을 기다렸다. 사실 그는 초조했다. 노인은 최근 급격하게 기력이 떨어져가고 있었다. '하긴,

100살이 다 됐으니, 언제 간다고 해도 이상할 건 없지.' 하루가 다르게 쇠약해져가는 신부의 얼굴을 보며, 로버트 와인버그는 속으로 혼자 중얼거리곤 했다. 그러면서 어떻게든 이 노인을 잘 구슬려 '필트다운인 위조 사건'의 숨겨진 전말을 밝혀내리라는 굳은 결심을 되풀이하는 것이었다.

어쨌거나, 그날도 노인은 하염없이 눈물을 흘렸다. 처음에 로버트 와인버그는 노인이 또 같은 이유로—어디에나 편재하며 우리를 지켜보고 있다는 신의 자비로움에 감동받아— 울고 있다고 생각했다. 그래서 길고 지루한 한숨을 내쉰 뒤 멍하니 창밖을 내다보고 있었던 것이다. 그러나 잠시 후 다시 보니, 노인이 우는 모습은 평소와 많이 달랐다. 그러니까, 정말로 슬픔에 겨워 비탄에서 헤어날 길 없는 사람처럼 흐느껴 울고 있었던 거다. 로버트는 깜짝 놀랐다. 혹시 어디가 많이 아픈 건가. 그 생각을 하자 덜컥 겁이 났다. 신부가 앓아눕기라도 하면 큰일 아닌가. 여기서 회고록 쓰는 일이 중단된다면, 그가 꿈꿔온 미래 역시 단번에 사라지는 것이다. "신부님, 괜찮으세요?" 그는 늙은 사제의 어깨에 떨리는 손을 얹었다. 그제야 울음을 그친 노인이 천천히 고개를 들었다. 그런데 그 얼굴에 너무나 깊은 체념이 서려 있어서 로버트 와인버그는 당황했다. 아니, 자세히 보니 노인의 눈에 담긴 것은 체념만이 아니었다. 그건 공포와 두려움에 더 가까웠다.

"당분간 회고록 구술을 그만둬야겠네. 양해해주게." 순간 로버트의 심장은 쿵, 소리를 내며 가라앉았다. 드디어 올 것이 왔구나. 이렇게 생각하며 뭐라 대답해야 할지 머리를 쥐어짜내는데, 신부가 느릿느릿 말을 이었다. "아주 그만두겠다는 게 아니야. 당분간만 쉬겠다는 거지. 아마 아무리 길게 잡아도 한 달이면 충분할 걸세. 그동안 꼭 써야 할 책이 하나 있어. 그리고 내가 발견한 사실을 바티칸에 보고해야 하기도 하고 말이야." 와인버그가 작업을 계속하자고 암만 설득해도, 노인은 고집을 꺾지 않았다. 그의 눈에 담긴 두려움이 점점 커져가는 것을 보고, 결국 로버트는 고개를 끄덕였다. 뭔지는 모르지만, 이 노인네는 지금 엄청난 공포에 압도당하고 있어. 그가 내린 결론이었다. 그 정체가 뭔지, 도대체 왜 그러는 건지 캐묻고 싶었지만,

노인은 고개를 저었다. "모르는 게 나아. 알면 자네 역시 온전한 삶을 살아갈 수 없을 테니까."

결국 로버트는 타이프라이터와 원고 뭉치를 챙겨 밖으로 나왔다. 정류장 쪽으로 가다가 문득 노인이 살고 있는 3층을 올려다보니, 어느 틈에 검은 새 서너 마리가 창틀에 앉아 무표정한 눈으로 그를 내려다보고 있었다. "뭐야, 기분 나쁘게. 까마귀잖아." 로버트는 더욱더 불길한 예감에 사로잡힌 채 집으로 돌아왔다. 하루가 지나고 이틀이 지나고…… 어느덧 한 달이 지났지만, 신부는 연락을 해오지 않았다. 와인버그의 가슴에 싹튼 불안은 점점 커져 결국 그를 완전히 짓눌러버리기에 이르렀다. '그 노인네, 완전히 변심해버린 거 아니야? 그러고는 지금까지 그래왔듯 신분을 감춘 채 어딘가로 사라지겠지.' 초조와 불안을 이기지 못한 그는 한달음에 노인의 아파트로 뛰어갔다. 검은 깃털과 새똥이 여기저기 흩어져 있는 계단을 미친 듯이 뛰어올라가 현관문을 두드렸지만, 안에선 아무 대답이 없었다. "신부님, 계십니까? 접니다, 문 좀 열어주세요!" 하지만 아무리 외쳐도 집 안은 쥐죽은 듯 조용했고, 노인은 여전히 문을 열지 않았다. 끔찍하고 불길한 상상들이 그의 머릿속을 빠르게 스쳐갔다. 아무도 돌봐주지 않는 가운데 홀로 외로이 죽어간 사람들. 기자 일을 하며 그는 얼마나 자주 그런 광경을 봐왔던가. 담배를 입에 문 채 카메라를 들고 들어서면, 구급대원들이 얼굴을 찡그린 채 머리를 설레설레 흔들며 걸어 나오고 있었지.

그때의 광경을 떠올리던 로버트 와인버그는, 마침내 복도 끝까지 걸어가서는 주먹을 불끈 쥐었다. 그런 다음 있는 힘껏 달려와 노인의 집 현관문에 온몸을 부딪쳤다. "쾅!" 하는 소리와 함께 낡고 오래된 문이 부서졌고, 로버트 와인버그는 뻥 뚫린 구멍을 통해 벽을 보고 돌아앉아 있는 노인의 뒷모습을 보았다. "신부님!" 그는 달려가서 노인의 차갑게 식은—그러나 막상 만져보니 아직은 따뜻한— 몸에 손을 얹으려 했다. 그러나 신부 쪽이 더 빨랐다. 노인이 갑자기 벌떡 일어서는 바람에, 로버트 와인버그는 그의 어깨에 손을 얹는 대신 벽 쪽으로 미끄러지며 앞으로 철퍽 넘어지고 말았던 것이다. "신부님……? 무사하시군요." 바닥에 쓰러진 채 신음하듯 내뱉자, 노인이 온화한 미소를 지으며 손을 내밀었다. "자네, 왜 이렇게 성질이 급한가, 응? 기도를 다 마치고 바로 전화할 생각이었어. 다시 작업을 시작하자고. 그런데 그새를 못 참고 남의 집 문을 저렇게 해놓나?" 미안하다고 사과하면서도, 로버트는 한 달 사이에 갑자기 변해버린 노인의 분위기에 적응을 못해 우물쭈물했다. 그걸 눈치챘는지, 신부는 다시 한 번 부드럽게 웃었다. "그래, 지난번 내 꼴불견은 다 잊어주게. 이젠 다 끝난 일이야. 모든 것은 받아들이기 나름이라는 걸, 이제야 깨달았다네. 겉모습이 어떻든 그게 무슨 상관이겠나? 신은 신일 뿐인걸. 어쨌든, 그간 알아낸 걸 여기에 모두 적었다네. 난 이걸 딱 두 권만 제본했어. 그래서 하나는 바티칸에 급송으로 보냈고, 나머지 하나는…… 원래 내가 보관하려고 했었지만, 자네에게 맡기기로 마음을 바꿨지." 그러더니 노인은 침대 옆 테이블에 달린 작은 서랍에서 보라색 가죽으로 장정한 책 한 권을 꺼내 그에게 내밀었다. 표지엔 금박 글씨로 다음과 같은 제목이 적혀 있었다. '종교와 생물학의 통일장 이론에 관하여'.

책을 건네받으려는데, 갑자기 신부가 정색을 하며 말했다. "여기 적힌 내용을 믿고 안 믿고는, 순전히 자네 자유일세. 다만, 만약 이걸 읽을 생각이라면, 먼저 마음의 준비를 단단히 하는 게 좋을 거야. 그리고…… 또 한 가지. 사실은 이게 가장 중요한 건데, 자네가 내 대신 위업을 달성해주게나. 그걸 약속한다면, 이 책의 소유권을 영원히 자네에게 넘길 수도 있어." 그렇게 말하는 신부의 표정이 너무나 엄숙하여, 로버트 와인버그는 순간적으로 내밀었던 손을 움츠렸다. 뭔가 엄청나게 위험한 일을 해내야만 할 것 같은 기분이 들었기 때문이다. 그는 떨리는 목소리로 물었다. "제가 해야 할 일이 뭔가요, 신부님?" 그러자 노인이 빙긋 웃었다. "자네, 겁먹었군. 그럴 것 없네. 정말 어찌 보면 별로 힘든 일은 아니니까 말이야. 어쨌든, 내가 원하는 것이 뭔지는, 일단 책을 다 읽고 오면 그때 말해주기로 함세. 자 자, 그렇게 움츠리지 말고 어깨를 펴게나, 로버트. 어서 서둘러야지. 방금도 말했지만, 내겐 남은 생이 얼마 없고, 들려줄 이야기는 한도 끝도 없이 많단 말일세."

그날 밤. 집 안의 불을 모두 끄고 침대 옆 전등만 밝힌 채 로버트 와인버그는 그보라색 가죽 장정의 책을 읽었다. 별로 두껍진 않았지만, 의미가 모호한 문장들이 너무 많아 읽는 데 시간이 좀 걸렸다. 다 읽고 났을 때, 와인버그는 뭐라 말할 수 없는 이상한 기분을 느꼈다. 아마 신심이 깊은 이들이라면, 그것을 신성모독적인 느낌이라고 말할 것이다. 그러나 그는 신자가 아니었기에 신성모독적인 느낌이 어떤 건지 알지 못했다. 다만 그저 풍랑이 몰아치는 바다 위에서 작은 돛단배 한 척에 몸을 의지한 듯 기묘한 현기증 같은 걸 느꼈을 뿐이다. 여하간, 책을 협탁에 내려놓으며 로버트 와인버그는 중얼거렸다. "그럴 리 없어. 이건 정말, 말도 안 되잖아." 하지만 무조건 부정하기엔 책의 내용이 너무나 논리정연했다. 거기엔 어떤 허점도 없었고, 이런 스타일의 글을 자주 쓰는 삼류 어중이떠중이들과는 달리 어조는 차분하고 우아하고 지적이었다. 게다가 노인은 책 속에 엄청나게 많은 주석과 참고자료, 각종 도해, 희귀한 그림들을 제시하며 자신의 주장을 전개해나가고 있었다. "하지만 그래도 역시 이건 아니잖아." 그는 다시 한 번 나직이 중얼대며 냉장고 문을 열고 차가운 맥주를 꺼내 병째 마셨다. 찬 기운이 목을 타고 내려가자 약간은 기분이 나아졌고 머리도 맑아졌다.

신이 파충류라니. 명색이 사제인 노인이 주장하는 게 바로 그런 것이었다. 게다가 그 신들은 어떤 이유로 인해 2015년 12월 21일에 이 지구에 강림하도록 되어 있다. 그런 결론에 도달하기 위해 노인이 이용한 자료들은 수없이 많았다. 그는 마야력을 비롯한 고대의 달력과 이집트 쿠푸 왕의 피라미드 계단 통로에 새겨져 있는 상형문자, 페루의 고산지대에서 발견된 이상한 석판 등등을 일일이 분석했고, 일목요연하게 정리했다. "나는 이 계산을 수없이 되풀이했습니다. 하지만 아무리 결과를 부정하고 새로이 계산을 해도, 결국 나타나는 답은 같았습니다. 2015년 12월 21일, 신의 강림과 지구의 종말. 뜨거운 눈물이 볼을 타고 흘러내렸습니다. 예전에 소련의 심리학자 한 사람이 나에게 같은 예언을 들려준 적이 있었지요. 어리석게도 그때 나는 그의 말을 반신반의했습니다. 그러나 이제는 그 모든 것이 진실임을 압니다. 그날이 오면, 세상은 스스로의 임계점에 도달할 것이고, 그러면 마치 포화 상태인 용액에서 용질이 결정화結晶化되듯, 그렇게 신들이 모습을 드러내겠지요."

그러면서 신부는, 신들의 강림이 왜 세계의 멸망을 초래하는가에 관해 용액과 용매, 용질의 예를 들어가며 장황하게 설명하고 있었다. 그러나 그런 분야에 별다른 배경지식을 가지고 있지 않았던 로버트 와인버그는, 노인이 말하는 게 정확히 무슨 의미인지 도무지 이해할 수 없었다. 다만, 그저 신이 내려오면 인류는 멸망할 거라는 단순한 사실을 깨달았을 뿐이었다. "하지만 희망은 있습니다. 이런 식의 강림이 지금까지 수없이 여러 번 있었지만, 그때마다 세상엔 의인이 나타나 자기를 희생함으로써 지구와 우주, 인류를 재생시켜왔으니까요. 이제 우리에게 남은 과제는, 그 의인을 찾아내는 것입니다."

마지막 문단을 다시 한 번 읽으며, 로버트는 설레설레 고개를 저었다. 아침이 오려는지 창밖이 희뿌옇게 밝아오고 있었다. 그는 그 기분 나쁜 책을 침대에서 최대한 먼 곳에 던져두고 이불 속으로 파고들었다. 춥지도 않은데 이상하게 떨려오는 손을 꽉 누르다 어느새 잠이 든 로버트 와인버그는, 긴 발톱에 갈퀴처럼 구부러진 신의 손가락이 그를 가리키는 꿈을 꿨다.

8
그리고 아무도 남지 않았다

"이게 뭐지? 대체 누가 보낸 거야?"

떨리는 손으로 누런 각봉투를 뜯어보니, 안엔 더 작은 봉투가 들어 있었다. 조심스레 그 봉투를 열었더니, 이번엔 좀 더 작은 봉투가 나왔다. 그러니까 각봉투의 행렬은 계속됐던 것이다. 다음과 같은 식으로, 아홉 번째 봉투를 열 때까지.

각봉투⊃각봉투⊃각봉투⊃각봉투⊃각봉투⊃각봉투⊃각봉투⊃각봉투⊃가장 작은 각봉투

아홉 번째 봉투는 보라색이었고, 앞의 여덟 개와는 달리 직접 종이를 접어 풀로 붙인 수제품이었다. 입구는 단단히 봉해져 있었는데, 그걸 억지로 뜯어내자 안에서 딱지 모양으로 접은 종이 한 장이 툭 떨어졌다. 얼른 주워서 펼쳐보니, 한가운데에 메모 한 줄이 덩그러니 적혀 있었다.

— Every time Everywhere(언제나 어디서나)

순간 튀어나온 말은 "대체 어떤 놈이 장난친 거야?"였다. 솔직히 그때만 해도 그게 로버트 와인버그가 보낸 메시지일 거란 생각은 전혀 하지 못했다. 당연히, 거기 중요한 정보가 담겨 있을 거란 상상도 하지 못했고 말이다.

(문득 이 노트를 읽고 있을 당신의 목소리가 들리는 듯하다. 아마 이렇게 비웃고 있겠지. "이봐, 스티브. 혹시 바보 아니야? 척 보기에도 그 메모는 로버트가 보낸 거잖아. 그렇게 뻔한 사실을 왜 눈치채지 못하는 거지? 생각 좀 해보라고. 분명 앞장에서 로버트 와인버그는 홀연히 사라졌어. 아무런 흔적도 없이, 인사말조차 남기지 않고 말이야. 그러고 나서 정확히 일주일 후, 우편함에 의문의 봉투가 도착했다……. 그렇다면 정황상, 아니, 이야기의 흐름상, 그건 당연히 로버트 와인버그가 보냈어야만 하는 거 아니냐고?" 물론 당신의 말에도 일리는 있다. 하지만 그럼에도 이 질문에 대한 나의 대답을 원한다면 몇 장 뒤에 나올 〈주 4〉를 읽어볼 것.)

어쨌든, 난 우편함 앞에 선 채 종이를 유심히 살폈다. 뭔가 느낌이 이상했기 때문이다. 확실히 평소 만지던 A4 용지가 아니었다. 복사지로 많이 쓰이는 일반적인 종이의 무게는, 아무리 두꺼워봤자 6그램을 넘지 않는다. 좀 얇은 축에 드는 건 4그램 정도밖에 안 되고. 그런데 암만 봐도 누런 각봉투 안에서 나온 종이는 좀 달랐다. 거의 10그램은 훌쩍 넘는 것 같았으니 말이다. 물론 누구나 종이 한 장의 무게를 정확히 구분하고 느낄 수 있는 건 아니다. 그러나 나에겐 특별한 감각이 있었다. 다른 사람에 비해 중량의 미세한 차이에 예민하게 반응하는 능력을 가졌다고나 할까. (어쩌면, 눈치 빠른 사람은 이미 알아챘겠지만, 나의 특수한 능력은 오래전 내가 좀 막살던 시절에 얻은—절대로 지금은 아니다. 이제 난 개과천선했고 더 이상 마약을 사러 뒷골목을 헤매지도 않는다. 그건, 금단증상으로 눈이 시뻘겋게 변한 채 자전거를 타고 쿠바식 음식을 전문으로 내는 식당의 뒷문을 두드리러 가지 않아도 된다는 걸 뜻하며, 또한, 그 문을 쾅쾅, 쾅쾅쾅, 쾅쾅, 이렇게 박자를 맞춰 두드린 다음 녹슨 철문이 끼익, 소릴 내며 열리길 기다렸다가 그 안에서 수염이 텁수룩한 요리사가 기름때에 전 앞치마 주머니에서 조그만 봉지를 꺼내 흔들어 보이며 "잠깐. 먼저 돈부터 확인하고"라고 거들먹거리는 꼴을 더 이상 보지 않아도 된다는 걸 뜻하기도 한다—일종의 훈장 같은 것이었다. 왜냐하면 그 독특한 능력은, 나 같은 사람들, 즉 약이 떨어지면 이유를 알 수 없는 불안과 슬픔에 빠져들어 정신을 못 차리는 사람들이, 하얀 가루가 든 조그만 비닐봉지를 건네받을 때 꼭 필요한 감각이었으니까. 나는 봉지를 슬쩍 쥐어보기만 해도 거기에 몇 그램의 하얀 가루가 들어 있는지 정확히 맞힐 수 있었다. 그리고 그건…… 그 세계에선 꼭 필요한 능력에 속했다.)

해가 비치는 쪽으로 종이를 비춰본 나는, 고개를 끄덕였다. 역시 그건 그냥 단순한 종이가 아니었다. 누군가가 두 장의 종이를 교묘하게 맞붙여 한 장처럼 보이게 만든 것이었다. 손톱으로 한 귀퉁이를 조심스럽게 뜯어내자, 종이가 천천히 분리됐다. 그리고 맞닿은 두 장의 종이를 완전히 펼치자, 드디어 그 안에 숨어 있던 진짜 메시지가 모습을 드러냈다.

.

.

.

"제길, 이게 뭐야?"

하지만 막상 종이를 펼쳤을 땐 이런 말을 내뱉을 수밖에 없었다. 솔직히, 이거 말곤 달리 할 말도 없었는데, 아마 내 생각엔 다른 누구라도 그랬을 것 같다. 한번 상상해보라. 장장 아홉 개나 되는 풀로 떡칠된 봉투를 힘겹게 뜯은 다음, 도무지 뭔 말인지 알 수 없는 메모 한 줄이 덩그러니 적힌 종이를 발견하고, 그걸 다시 두 쪽으로 분리하여 펼쳤더니 나타난 게 겨우 이거라면? 당신(들)은 어떤 반응을 보일지?

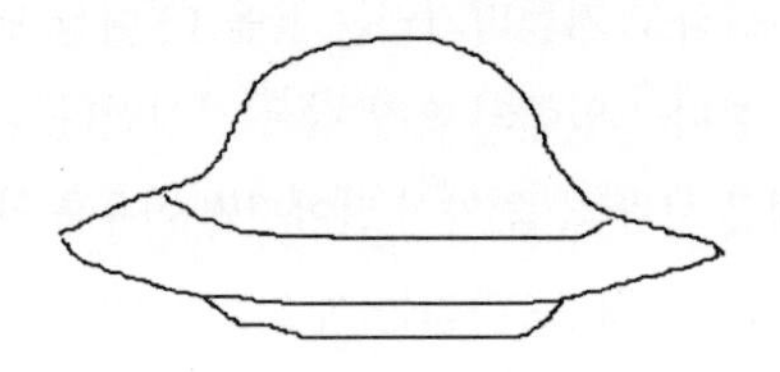

Q : Trust no 1.

A : I want to believe.

그러니까 거기엔, 비행접시 하나가 그려져 있을 뿐이었다. 하긴 어쩌면 그건 맥고모자를 쓴 사람의 얼굴이거나 또는 코끼리를 삼킨 보아뱀이었던 걸지도 모른다. 혹은 보는 이의 심리 상태에 따라 다르게 보인다는 로르샤흐 테스트의 일종일 수도 있겠고. 하지만 나에겐 그저 비행접시였다. 그것도 엄청나게 못 그린. 그 아래엔 의미를 알 수 없는 짧은 문장 두 줄이 휘갈긴 글씨체로 적혀 있었다.

한참을 들여다보던 나는, 결국 종이를 대충 구겨 주머니에 쑤셔 넣었다. 사실은 그냥 바닥에 집어 던지고 싶었지만, 그러기엔 약간 마음에 걸리는 게 있어서—마치 오래전 이와 비슷한 그림 앞에서 '나는 믿고 싶어'라고 중얼거린 적이 있던 것 같은 기분이라고나 할까. 로버트는 그런 느낌이 '기시감'이라고 했는데, 그는 그것이 '세상의 모든 시간과 공간이 서로 맞닿아 있기에 일어나는 일'이라고 설명해줬었다. 물론 난 그 말의 진정한 의미를 여전히 알지 못하지만 말이다— 어쩔 수 없이 챙긴 거였다. 하지만 주머니에 넣은 바로 그 순간 비행접시가 그려진 종이와 뜻 모를 문장 따위는 완전히 잊고 말았고, 따라서 그건 꽤 오랜 시간이 흐른 후에야 다시 내 앞에 나타나게 될 터였다.

보낸 사람의 이름이 적혀 있지 않은 아홉 장의 봉투는 잘 펴서 차곡차곡 겹친 다음, 공용 현관 옆에 있는 쓰레기통 옆에 얌전히 쌓아뒀다. 혹시 관리인 노파가 어딘가 숨어서 감시하고 있을지도 모른다는 불안감 때문이었다. 반지하층에 살며 관리인 노릇을 하고 있는 그 중국인 노파는, 입주민이 쓰레기를 아무 데나 버리는 꼴을 눈 뜨고 못 보기로 유명했다. 그 할망구는 지상 30센티미터 정도 높이까지만 뚫려 있는 자기 집 창을 망루처럼 이용해 바깥을 감시했다. 사실 그렇게 좁은 틈으로 어떻게 모든 걸 다 관찰할 수 있었는지는, 지금 생각해도 의문이지만 말이다. 거기서 보이는 거라곤 오직 지나가는 이들의 구두뿐이었을 텐데. 노파가 잠수함에서나 쓸 법한 기다란 잠망경을 갖고 다니는 걸 봤다는 사람도 몇 있긴 했다. 그들은 그 중국인 노파가 커튼 뒤에 몸을 숨긴 채 잠망경의 끝부분을 땅 위로 내밀고 입주민을 감시한다고 했다. 한술 더 떠서 그들은, 노파가 젊었을 때 엄청난 미인이었는데, 그 미모를 이용해 2차 대전 당시 연합군 장교에게서 군사기밀을 빼내는 스파이 노릇을 했다는 말도 안 되는 주장을 펼치기도 했다. 장교는 그녀에게 자신이 근무하던 잠수함의 비밀정보를 넘겨줬지만—잠망경 역시 그때 얻은 거라고 했다— 나중에 그 여자가 트랜스젠더였다는 걸 알고는 권총으로 자살해버렸다는 것이다. 이 짧은 에피소드의 결론은, 관리인 노파가 실제로는 '할머니'가 아니라 '할아버지'일 수도 있다는 건데, 뭐, 난 아무래도 상관하지 않는다. 어두컴컴한 지하에 살며 잠망경을 눈에 대고 쓰레기통 주변을 매일 감시하는 노인이 남자든 여자든, 그게 나와 무슨 관계가 있단 말인가? 오히려 중요한 것은, 그날 아홉 개의 봉투를 잘 접어 버리는 데 신경 쓰느라 우편함 바닥에 편지가 하나 더 있다는 걸 알아차리지 못했다는 사실 아닐까?

다음 날, 편지를 집으로 가져다준 이는 관리인 노파였다.

감기 기운이 있어 조퇴를 하고 돌아와 오후 내내 악몽에 시달리던 나는, 어디선가 들려오는 까마귀 소리에 눈을 떴다. 꿈에선 생전 처음 보는 놀이공원에서 성처럼 높게 솟은 롤러코스터를 타고 있었다. 그 롤러코스터의 이름은 '제트 열차'였는데, 땅과 거의 수직을 이루며 하강하는 열차 안에서 난 이상하리만치 천천히 돌아가는 지구를 보고 있었다. 시간과 공간이 어찌나 느리게 흘러가던지, 저 멀리 보이는 공원의 간판을 한 글자씩 차례로 읽을 수 있을 정도였다. "자……연……농……원." 그 공원의 이름은 '자연농원'이었다. 디즈니랜드도 아니고 판타지월드도 아닌, 그저 자연농원이라니. 하긴, 어쩌면 내가 잘못 본 걸지도 모른다. 원래 꿈속에선 뭐든 정상인 게 없는 법이니까. 그래서 그런지, 문득 정신을 차려보니 내가 타고 있던 제트 열차도 한없이 아래로, 아래로만 추락하고 있었다. 밑에 보이는 것은 지상이 아니라 그 끝과 깊이를 알 수 없는 검은 구멍이었다. 좀 전까지 천천히 돌아가고 있던 지구도, 어느 순간부터인가 미친 듯이 빠르게 돌아가 마치 1년이 1초, 아니 그보다 훨씬 짧은 찰나로 느껴졌다. 그러니까 난 이 롤러코스터 위에 올라앉아 수만 년의 시간을 흘려보낸 셈이다. 갑자기 공포가 엄습해왔다. 휙휙 스쳐 가는 바람 소리가 폭풍처럼 귀를 때렸고 난 있는 힘을 다해 소리쳤다. 내려줘, 내려달란 말이야. 그때 저쪽에서 머리는 새 모양에 몸통은 공룡처럼 생긴 짙은 회색의 거대한 구름이 하늘 전체를 뒤덮으며 빠르게 다가왔다. 순간 세상은 온통 어두워졌는데, 그 칠흑 같은 어둠 속 어딘가에서 "재밌지? 성철아, 정말 재밌지 않아?" 이런 소리가 들려왔다. 소리는 계속해서 내게 말을 걸었다. "무서우면 눈을 감아. 그럼 괜찮을 거야." "정말요?" "그럼, 당연하지." 하지만 눈은 감기지 않았고, 나는 하늘에 떠 있는 무지막지하게 커다란 새(혹은 공룡?)를 보며 광속으로 하강하는 롤러코스터 위에서 덜덜 떨고 있을 뿐이었다. 그때였다. 구름이 가운데부터 열어지더니 서서히 사방으로 흩어지기 시작한 것은. 거기서 강렬한 빛 한 줄기가 지상에 내리꽂혔고, 태풍의 눈처럼 맑게 갠 하늘 가득 한 남자의 얼굴이 떠올랐다. 아버지였다.

"아빠!"

어린애같이, 난 꿈속에서 그를 '아빠'라고 불렀다.

그것도 엄청나게 큰 소리로, 거의 울부짖듯이.

그러나 아버지는 대답 대신 까악, 까악, 까마귀처럼 울어댔다. 그의 입이 노랗고 두툼한 부리로 변했고 언제나 헝클어져 있던 머리칼은 순식간에 검고 윤기 나는 깃털이 되었다. 그러더니 마지막엔 하늘 전체를 뒤덮는 새가 되어 푸드덕 날아오르는 것이었다. 아빠, 뭐 하는 거예요. 어디 가는 거냐고요. 그러자 아버지는, 아니 거대한 까마귀는, 공중을 선회하며 서서히 사라져갔고 점점 더 작아지는 소리로 뭐라고 외치며 울었다. 그런데 잘 들어보니, 그건 까마귀의 울음소리가 아니라 어떤 단어였다. 아버지는 나에게 뭔가를 계속 말하고 있었다. 뭐라고요? 못 알아듣겠어요. 아빠는 항상 그랬잖아요. 뭐라는지 알아들을 수 없는 말만 중얼거렸다고요.

그때 좀 더 정확한 목소리가 들려왔다. 쾅쾅, 문 두드리는 소리와 함께. "아, 얼른 문 좀 열어보라고!" 그 소리가 현실 속 어딘가에서 들려오고 있다는 걸 깨달은 건 그로부터 10분쯤 지난 뒤였다.

"문 열라고! 안에 있는 거 다 알아!"

누구지, 이건? 여전히 비몽사몽인 채 나는 생각했다.

아버지인가? 아니, 그럴 리가 없잖아. 그는 이제 세상에 없다고. 그는 죽었어. 자기가 매일 때려잡던 돼지들처럼 그렇게, 마룻바닥에 흥건히 고인 피바다 속에 널브러져서.

잠에서 깼을 땐 온몸이 땀에 흠뻑 젖어 있었다. 비틀비틀 걸어가 문을 열자, 가면처럼 우글쭈글한 얼굴이 불쑥 나타나는 바람에, 난 흠칫 놀라며 뒤로 물러섰다.

"뭘 그렇게 놀라? 나야, 나. 미스 왕."

젠장, 빌어먹을 노인네 같으니라고. 남자인지 여자인지 알 수 없는 저 노파는 항상 스스로를 '미스 왕'이라 불렀다. 난 바지를 추켜올리며 문틈으로 인사를 했다. "아, 웬일이세요? 뭐 잘못된 거라도 있나요? 관리비는 다 낸 걸로 아는데. 그리고 지난번 맥주병이랑 비닐봉지들도 다 제자리에 버렸고 말이에요." 그러자 노파가 듬성듬성한 앞니를 드러내며 낄낄 웃었다. "알아, 젊은이. 알고말고. 관리비도 안 밀렸고 쓰레기도 제대로 버렸지. 사실 말이 났으니 말이지만, 여기 사는 놈들 중 자네만 한 사람이 어디 또 있겠어?" 순간, 퍼뜩 어떤 생각이 떠올랐다. 그래, 맞아. 이 노인네는 지금 불우이웃돕기 모금을 하러 다니는 거야. 그렇지 않고서야 굳이 나한테 요즘 젊은이들답지 않다는 둥, 그런 말도 안 되는 칭찬을 할 이유가 없지. 매년 이맘때쯤이면 구역 책임자라는 노인들이 마분지 상자를 하나씩 들고 돌아다니는 걸 본 기억도 났다. 잠깐, 그러고 보니 이 할망구, 등 뒤에 뭔가를 숨기고 있잖아. 아까부터 왼쪽 손을 뒤로 하고 있는 걸 보면 거의 확실했다. 어림도 없지. 난 속으로 중얼거렸다. 누굴 호구로 보는 거야? 남한테 줄 돈 따윈 한 푼도 없다고. "저어, 별다른 일 없으면 전 이만 들어갈게요. 급히 나가볼 데가 있어서요." 얼른 돌려보낼 생각으로 문을 확 잡아당기자, 노파가 전광석화처럼 빠른 동작으로 발을 문틈에 밀어 넣었다. "왜? 뭐가 그리 바빠? 난 아직 할 얘기가 남았는데?" 그때 문득, 그녀가 2차 대전 당시 스파이 노릇을 했다는 소문이 사실일지도 모른단 생각이 처음으로 들었다. 100살도 더 되어 보이는 노인네가 이런 엄청난 순발력을 발휘하다니. 하여간 노파는, 그렇게 한쪽 발로 문을 지탱한 채, 핏줄이 툭툭 불거진 나무토막 같은 손을 안으로 들이밀었다. 갈퀴같이 휘어진 손가락이 움켜쥐고 있는 것은 하얀 편지 봉투였다. "자, 받아. 자네 집 우편함 바닥에 떨어져 있더라고. 이 동네에선 제때 안 찾아가면 언제 없어질지 모르잖아." 뜻밖의 전개에 약간 머쓱해진 나는, 노파가 내민 봉투 한끝을 조심스럽게 잡았다. 하지만 내가 봉투를 잡는 순간, 미스 왕은 마치 줄다리기라도 하듯 그걸 자기 쪽으로 팽팽하게 잡아당겼다. 동시에 열린 문틈으로 얼굴을 쑥 들이밀었는데, 그 순간 니코틴과 은단 향이 섞인 입김이 확 끼치는 바람에 난 움찔하며 한발 뒤로 물러섰다. "볼일이 한 가지 더 있어." 노파는 호기심 어린 눈초리로 집 안을 이리저리 둘러보며 말했다. "젊은이, 위층에 사는 로버트 와인버그, 알지? 전직 기자인가 뭔가 하는 사람. 내가 보기엔 둘이 꽤 친한 것 같던데. 하여간 그 사람 만나면 좀 들르라고 전해줘. 벌써 몇 달째 전기 요금을 안 내고 있거든. 이건 뭐 전화도 안 되고, 어딜 그렇게 싸돌아다니는지 집에도 없는 것 같더라고. 지난주에도 벨을 눌렀는데, 아무도 없었어. 하긴, 안에 숨어서 없는 척하는 걸지도 모르지만, 어쨌든 자네랑은 그래도 자주 볼 거 아니야? 그래서 하는 말인데, 자꾸 이런 식으로 나오면 공동 열쇠로 문 따고 들어가는 수가 있다고, 그 인간한테 꼭 전해야 해, 알았지?" 그때 난 하마터면 노파에게, 로버트 와인버그가 짐을 모두 챙겨 떠나버린 걸 아직도 모르냐고 물을 뻔했다. 나 역시 그를 찾고 있지만 어디에도 그의 흔적이 없더란 말까지 덧붙여서 말이다. 하지만 곧 마음을 고쳐먹고는 고개를 끄덕였다. 어쩌면 당분간은 관리인 노파에게 모든 걸 비밀로 해두는 편이 나을지도 모른단 생각이 들어서였다. 물론 며칠 안 가 그녀는 결국 공동 열쇠로 로버트의 집 문을 열고 쳐들어가겠지만, 그리하여 그가 밀린 전기 요금도 내지 않고 어디로 튀었다는 걸 알게 되겠지만, 여하간, 아직은 아니었다. 나는 노파가 찾아온 이후 처음으로 착하게 웃었다. "알겠어요, 할머니. 사실은 나도 며칠 동안 로버트를 못 봤는데, 내 생각엔 아마 어디 취재 여행이라도 간 게 아닐까 싶네요. 어쨌든 돌아오면 꼭 전할게요. 말씀하신 거 그대로, 토씨 하나 안 빼고 말이에요." 그제야 관리인 노파는 씩 웃으며 그때까지 꽉 잡고 있던 봉투를 슬그머니 놓았다. 그러고는 돌아서서 절뚝거리며 지하로 향한 계단을 천천히 내려가는 것이었다.

발소리가 더 이상 들리지 않게 되었을 때, 난 문을 닫았다.

그런 다음엔 천천히 걸어가 스프링이 망가진 가죽 소파에 털썩 주저앉았다. 어느새 땀은 식고, 창으로 불어 들어오는 미지근한 저녁 바람에 살짝 오한이 느껴졌다. 노파가 주고 간 하얀 봉투를 테이블에 내려놓고, 냉장고 문을 열었다. 판촉용으로 지급받았다가 남은 햄이 가득 쌓여 있었다. 이름도 제각각인 각종 햄을 죽 훑어보던 나는, 햄, 소시지 영업사원이라면 반드시 한 번쯤은 먹어봐야 한다는 이상한 의무감에 사로잡혀 '그린그린 유기농 웰빙 햄'을 꺼냈다. 도마엔 먼지가 뽀얗게 내려앉아 있었다. 키친타월로 대충 닦아내고, 보기만 해도 기분이 나빠지는 초록색 햄을 썰어서 접시에 담았다. 소파로 가는 동안 한 조각 집어서 입에 넣었는데, 그 순간—한때 최우수 영업사원 표창까지 받았던 내가 이런 말을 해선 안 된다는 건 잘 알지만— 진짜로 토할 뻔했다. 강렬한 시금치와 브로콜리 향, 기괴한 버섯 냄새 같은 게 코를 찔렀기 때문이다. 이것도 곧 망하겠군. 난 중얼거렸다. 아마 이 거지 같은 햄은 앞으로 1년도 지나지 않아 시장에서 자취를 감출 것이다. 연구소의 미치광이 개발 담당자들이 그동안 출시했던 갖가지 신제품 햄, 소시지 들처럼 말이다. 그들은, 토마토가 세계 10대 장수식품으로 선정됐을 땐 토마토햄을 만들었고, 콩을 많이 먹으면 늙어서 전립선암 발생률이 줄어든다는 연구 결과가 발표됐을 땐 콩으로 범벅이 된 햄을 만들었다. 그리고 그럴 때마다 우리는, 현장에서 뛰는 영업사원이란 이유만으로 그 끔찍한 햄을 맛봐야 했고 보고서를 써내야 했으며 파워포인트로 판매촉진안을 만들어 발표해야만 했던 것이다. 게다가 주 거래처—그러니까 오케이 마트 같은 곳 말이다—에서 판촉 도우미가 필요하다고 요청해오기라도 하면, 새빨간 토마토나 거대한 강낭콩 같은 걸로 분장한 채 마켓 앞에서 하루 온종일 우스꽝스러운 춤까지 춰야만 했다. 하지만 지금까지의 그 모든 멍청한 햄들을 다 합한다 해도 이 '그린그린 유기농 웰빙 햄'만큼 끔찍하진 않았다. 입에 넣고 씹는 순간, 연구소를 폭파하고 싶은 충동을 느낀 건 이번이 처음이었으니까.

테이블엔 노파가 주고 간 하얀 봉투, 왠지 정말로 읽고 싶지 않은—이유는 알 수 없지만— 마치 세상에서 가장 기분 나쁘고 우울한 소식이 들어 있을 법한 편지 한 통이 놓여 있었다.

나는 일부러 그쪽을 쳐다보지 않았다. 대신 리모컨을 들고 텔레비전 채널을 이리저리 돌리며 우물우물 햄을 씹었다. 겨우 일주일 전 세상을 강타했던 '계시' 앱도, 이젠 한물간 사건에 불과한 것 같았다. 뉴스에선 천재 해커라는 수염이 텁수룩한 남자가 나와 신나게 떠들고 있었다. '계시'가 정말로 신들의 작품이라고 생각하느냐고 묻는 앵커에게, 그는 오만한 웃음을 지어 보였다. "그런 것쯤은 나도 사흘이면 만들 수 있어요. 진짜 별거 아니거든요." "정말입니까? 그렇다면 그동안 왜 아무도 그런 시도를 하지 않은 걸까요?" 앵커가 짐짓 놀라는 표정을 지으며 묻자, 해커는 어깨를 으쓱했다. "글쎄요. 뭐, 별로 흥미가 없어서 그런 게 아니었을까요? 나부터도 굳이 그런 걸 만들어봐야겠단 생각은 안 했으니까요. 사실 귀찮기도 하고요." 그러면서 그는, 자기가 '화이트 해커'이며—그의 말에 의하면 '화이트 해커'란 선의의 목적을 가지고 해킹 기술을 이용하는, 일종의 회개한 죄인 같은 존재들이라는 거다— 자신이 속한 국제적인 화이트 해커 그룹이 오직 인류를 위한다는 목표 하나로 똘똘 뭉쳐 '계시' 앱에 대한 해결책을 개발 중이라고 자랑했다. "이제 완성 단계에 접어들었으니 아마 적어도 일주일 내에 배포할 수 있지 않을까 싶어요. 아, 물론 무료로요. 그러면 어느 놈이 한 짓인지는 모르지만, 그 기분 나쁜 앱은 당연히 제거될 겁니다." 듣고 보니, 확실히 그 해커의 말이 맞는 것 같았다. 하긴, 그만이 아니라 다른 사람들도, 그러니까 좀 알려진 IT 전문가들이라면 누구나 그렇게 말하고 있었다. 그건 절대로 신이 보낸 게 아니라고. 도대체 무엇 때문에 신이 그런 유치한 짓을 하겠느냐고. 종교계는 아예 입을 닫고 있었다. 이런 말도 안 되는 사태는 굳이 대응할 가치조차 없다고 여기는 듯했다. 실제로, 지난 며칠간 세상을 혼란에 빠뜨렸던 '계시'는 이제 대부분의 폰에서 '사용하지 않는 앱' 목록에나 올라 있었다. 내 것 역시 마찬가지였고 말이다. 그날 이후로 난 두 번 정도 더 퀴즈를 풀어봤고, 결국 점수를 조금 높이는 데 성공하긴 했다. 마지막엔 32점까지 나왔는데, 그래봤자 "이런, 당신은 지옥행이로군요!"라는 메시지가 없어진 건 아니었다. 결국엔 폰을 집어 던졌고, 그 뒤론 아예 앱을 열지도 않았던 것이다. 앵커는 천재 해커에게 판에 박힌 멘트를 던지며 뉴스를 끝맺었다. 뭐, 이런 인사들. "당신 같은 사람들이 있으니 세상은 아직 살 만한 곳이란 생각이 드는군요. 그럼, 건투를 빕니다!"

광고가 나오고 저녁 드라마가 시작될 때까지도 난 텔레비전만 노려보고 있었다.

고개를 옆으로 돌리면, 그 하얀 봉투가 눈에 띌 것 같아서였다.

드라마가 끝난 다음엔 무슨 쇼를 봤고, 다시 또 뉴스를 시청했으며, 나중엔 완전히 피곤해져 눈을 감은 채 멍하니 앉아 있었다.

하지만 더는 버틸 수 없었다.

나는 리모컨을 내려놓고 봉투를 집어 들었다.

그건 흰색의 평범한 규격봉투였고, '브라이튼 아담스 카운티 교도소'라는 소인이 선명하게 찍혀 있었다. 발신인란에는 '유정숙'이라는 이름이 한글로 적혀 있었다. 봉투를 쓴 사람은 꽤나 악필인 게 확실했다. 아니면 아직 제대로 글쓰기를 배우지 못한 초등생이거나. 왜냐하면 한글 이름 옆에 괄호를 치고 서명한 영문명이 애처로우리만치 서툴렀기 때문이다. 거기엔 '제니스 박'이라고 적혀 있었는데, 난 그 봉투를 들고 한참 동안 가만히 앉아 있었다. 어쨌든, 이건 잘못 온 편지임이 분명했다. 비록 수신인에 내 이름이 적혀 있고, 그 옆에 한글로 '박성철'이라는 세 글자가 또박또박 적혀 있다 해도, 그리고 주소가 '헤븐하우스 107호'라고 정확히 기재되어 있다 해도, 이게 나한테 온 편지일 리는 없었다. 그렇지 않고서야 어떻게 죽은 엄마의 이름이 여기 있을 수 있겠는가. 만약 봉투에 적힌 이름이 정말 '유정숙'이라면—철자를 잘못 적은 게 아니라— 결론은 둘 중 하나였다. 즉, 첫째는, 어딘가에—아마도 브라이튼 아담스 카운티 교도소라는 곳에—죽은 내 엄마와 같은 이름을 가진 사람이 있다는 것. 그런데 그건 생각해보면 그리 놀랍지도 않은데, 왜냐하면 70억이나 되는 인간들 중 이름이 같은 사람이 없다면 오히려 그게 이상한 일일 테니까. 따라서, 엄마와 동명이인인 '유정숙'이라는 여자가 어떤 우연의 일치 혹은 말도 안 되는 실수로 인해, 나와 같거나 비슷한 이름을 가진 데다 주소까지 비슷한 누군가에게 편지를 썼으며, 그게 우리 집으로 잘못 배달됐다는 게 첫 번째 가설의 결론이었다. 두 번째는—내 생각엔 이쪽이 좀 더 신빙성 있어 보이는데— 누군가가 날 놀리기 위해서—그러니까, 엄마를 잊지 못하는 내게 상처를 주기 위해서— 완벽하게 위조한 가짜 편지를 우체통에 던져 넣었을 거라는 추측이다. 그래, 역시 확률적으로 가능성이 떨어지는 첫 번째 가설은 뭔가 어설펐고, 이 두 번째 생각이 내 마음에 꼭 들었다. 날 골탕 먹이려는 어떤 인간의 음모. 물론 난 지금까지 착하게 살아왔지만, 그래도 세상 어딘가에는 반드시 적이 있게 마련인 거다. 왜냐하면 인간이란 별다른 목적 없이도 타인과 다른 생명체를 괴롭힐 수 있는 유일한 동물이니까. (왠지 철학적인 느낌마저 드는 이 말을 나에게 들려준 사람은 내 친구 디디였다 — 그런데, 디디, 내가 널 얼마나 그리워하는지 알고 있니?— 아마 디디 역시 어디서 주워들은 말이겠지만, 그래도 헐렁한 바지를 엉덩이 중간에 걸친 채 손으로 직접 말아서 만든 대마초를 피우며 담벼락에 기대 그런 말을 할 때의 녀석은 엄청나게 멋있어 보였다.)

어쨌든, 초록색 햄을 우물우물 씹으며, 나는 그게 누구일지 곰뜰히 생각했다. 그리고 마침내 이런 짓을 할 놈은 구티에레즈뿐이라는 결론에 도달했던 것이다. 그렇다. '계시' 앱이 깔렸던 그날 이후, 내 전화와 문자를 모두 씹고 있는 속 좁은 구티 녀석이야말로 이런 짓에 딱 어울리는 인간 아니던가. 어딘가, 여기서 그리 멀지 않은 곳—어쩌면 바로 위층에 있는 자기 집—에서 고소하다는 듯 낄낄 웃고 있을 구티의 얼굴을 떠올리자 분노가 치솟았다. 죽은 엄마의 이름을 이딴 식으로 써먹다니. 대체 어떻게 그런 생각을 해낼 수 있지? 난 편지를 봉투째 마구 구겨 최대한 멀리 던져버렸다. 안에 뭐가 적혀 있을지는 알고 싶지도 않았다. 하긴, 궁금했더라도 결코 열어보지 않았을 테지만 말이다. 어차피 어디서 주워 온 이면지 뒷장에 삐뚤삐뚤한 글씨로 "메롱, 속았지? 바보야" 이런 멍청한 말이나 적어놨을 게 뻔하니까.

(하지만 잠시 후 주인공은 자리에서 일어선다. 그는 천천히 걸어가 구겨진 하얀 봉투를 집어 들어 잘 편다. 그런 다음, 거실 한구석에 있는 낡고 오래된 철제 책상의 맨 아래 서랍을 연다. 그냥은 열리지 않고, 녹슨 열쇠 구멍에 열쇠를 넣고 힘껏 돌려야만 하는 그런 구식 책상이다. 서랍엔 방금 전 그가 받은 것과 비슷하게 생긴 하얀 봉투들이 가득하다. 거기엔 모두 같은 주소, 같은 이름이 적혀 있고, 구겨졌다 펴진 자국까지도 서로 닮아 있다. 주인공은

봉투를 그 위에 조심스레 내려놓는다. 서랍을 닫기 전, 그는 오래도록 가만히 서 있다. 그러나 곧 머리를 흔들고 손을 턴 다음 서랍을 닫는다. 열쇠를 돌려 잠그고 나서는 그것을 주방 싱크대 한쪽 벽에 있는 못에 걸어둔다. 자리로 돌아와 다시 리모컨을 집어 든 주인공이 갑자기 무릎을 세게 친다. 그러면서 어찌나 크게 웃는지, 솔직히 말해서 약간 광적으로 보일 정도다.)

그런데 티브이를 보다 생각해보니, 그런 짓을 한 구티를 이해 못할 바도 아니었다. 영어도 서툴고 여전히 손짓 발짓으로만 이런저런 대화를 나누는 그에게, 난 거의 유일한 대화 상대나 마찬가지였다. 우리는 연립주택의 위아래 층에 사는 이웃이었으며 한때는 도축 공장의 동료이기도 했다. 그가 후지 절단부에서 열심히 칼질을 할 때 난 전지 절단부에 서서 땀을 흘리고 있었다. (참고로 말하자면, '후지'는 돼지의 뒷다리, '전지'는 돼지의 앞다리를 말한다. 도축 공장에선 절대로 고기가 될 동물들을 원래의 이름으로 부르지 않는다. "그건 쓸데없는 감정의 낭비를 불러일으키지"라고 공장장 잭은 말했다. "자, 생각해봐, 스티브. 네가 만약 트럭에서 내리는 돼지들을 도축장 전살대로 몰고 오는 일을 맡았다고 상상해보라고. 저기 살아 있는 돼지가 왔어, 라고 말하는 것이 낫겠어, 아니면 저기 '생돈'이 도착했어, 라고 말하는 게 속 편하겠어? 어차피 이런 데서 일할 거면, 놈들을 최대한 '고깃덩어리' 그 자체로 대하는 게 좋아. 안 그랬다간 돌아버릴 수도 있으니까.") 무엇보다도 우린 일주일에 서너 번씩이나 같이 술을 마시던 절친한 친구 사이였다. 그랬던 구티에레즈와 조금씩 멀어지기 시작한 건, 로버트 와인버그와 가까워진 즈음부터였다. 그는 내가 이상한 말을 너무 많이 한다고 했고, 마치 선지자라도 된 듯 구는 꼴이 눈에 거슬린다고도 불평했다. 그러면서 그게 다 새로 이사 온 이상한 노인네 때문이라고 투덜댔다. 하루는 어디서 구했는지 너덜너덜한 신문 쪼가리를 들고 득달같이 달려온 적도 있었다. 인력사무소의 소개를 받고 일하러 갔던 폐기물 처리장에서 주웠다는 그 오래된 신문엔 (자그마치 10년도 더 전의 날짜가 찍혀 있었는데), 어느 중년 남자의 조그마한 흑백사진이 하나 실려 있었다. "이게 뭐?" 내가 묻자, 구티에레즈는 의기양양한 목소리로 말했다. "잘 봐, 스티브. 이 사람 누군지 정말 모르겠어?" 내가 모르겠다고 하자 그는 화를 냈다. 일부러 모른 척하는 거 아니냐고 다그치기도 했고 말이다. "아, 진짜 모른다니까. 그게 누군데? 다 구겨진 데다 너무 흐려서 알아보기도 힘들잖아." 그러자 구티에레즈는 그 사진 속 남자가 로버트 와인버그라고 우겨대는 것이었다. "여길 좀 봐, 스티브. 지금은 저 노인네가 많이 늙어서 잘 안 보일지도 모르는데, 내가 전에 지나가다 슬쩍 봤을 때 분명 목 한가운데에 커다란 점이 있었거든. 그런데 사진 속 남자를 좀 보라고. 여기 이 점, 네 눈에도 보이지? 그리고 조금만 더 자세히 들여다보면, 이목구비도 똑같다니까. 살이 쪄서 많이 달라 보이는 거지, 봐, 눈, 코, 입. 어디 하나 다른 데가 없잖아?" 전에도 한번 말한 적 있지만, 구티에레즈는 끈질긴 녀석이다. 일단 뭔가를 믿어버리면 그 뒤론 눈에 뵈는 게 없는 놈이라고나 할까. 하여간 그는 흐릿한 사진 한 장을 들고 와서 그게 로버트라고 우기며, 내가 그 노인과 절대 가까이해선 안 된다고 충고했다. "기사 제목 좀 보라고. 고문서 위조범 뉴욕에서 잡히다. 여긴 또 뭐라고 나와 있는지 알아? 그동안 갖가지 문서들을 위조하여 소더비, 크리스티 등의 유명 경매에 내다 팔아 짭짤한 수익을 올려온 상습 위조범이 검거됐다. 거봐, 내가 뭐랬어? 그 노인네 좀 이상하다고 했잖아?" 난 그가 코앞까지 들이민 신문을 손으로 확 밀쳤다. "그러지 마, 구티. 로버트는 훌륭하고 배울 점이 많은 사람이야. 그리고 위조라니. 절대 그럴 리 없어. 그거 하난 내가 보장한다니까." 그러자 구티에레즈는 신문을 마구 구겨 짓밟더니 내 앞에 휙 던졌다. "그래, 마음대로 해, 스티브. 그놈 때문에 네 인생이 망해도 나와는 상관없는 일이니까." 어쨌든, 그 후로 구티에레즈는 더 이상 로버트 와인버그에 대해 시비를 걸진 않았지만, 나와도 말을 잘 하지 않았다. 어쩌다 계단에서 마주치면 고개를 외로 꼰 채 못 본 척 어깨를 부딪치며 슥 지나갔고, 당연히 전화는 받지도 않았다. 결국 며칠 뒤 퇴근하는 길에 난 편의점에 들러 술과 안주를 샀고, 그걸 들고는 구티에레즈의 집 문을 쾅쾅 두드렸다. 물론 그는 안에서 아무 대답도 하지 않고 가만히 버텼다. 난 다시 한 번 더 문을 두드렸고, 그가 내다보고 있을 게 분명한 유리 구멍 앞에 대고 술병을 흔들었다. "미안해, 내가 잘못했어. 앞으로 잘 지내보자고." 잠시 망설이는 듯한 숨소리가 안에서 들리더니, 철컥 소리와 함께 문이 열렸다. 여전히 삐친 듯 부루퉁한 얼굴을 하고 있었지만, 콧수염 밑에서 입술이 실룩대는 걸 보고 난 녀석이 이미 화가 풀렸음을 알았다. 그렇게 우린 화해했고 그 후론 어느 정도 사이좋게 잘 지내왔던 것이다.

사실, 알고 보면 구티는 정말 좋은 친구였다. 그는, 툭하면 엄습하는 악몽에서 날 깨워줬고, 식은땀을 흘리며 멍하니 앉아 있을 땐 차가운 맥주 캔을 건네며 빙긋 웃었다. "걱정 마. 꿈은 꿈이고 현실은 현실이니까"라고 중얼거리며. 그런데 난 그를 어떻게 대했던가. '계시' 앱이 깔리던 날 불안과 공포에 떠는 구티에게 나는 아무 도움도 주지 못했다. 1분 단위로 도착하던 그의 문자메시지를 모두 무시한 채 그저 챙에게 조금이라도 더 많은 햄을 팔 궁리에만 빠져 있지 않았던가. 그렇다면 그날 밤에라도 그를 찾아가봤어야 하는데, 난 그것마저도 하지 않았다. 그즈음 어디론가 사라져버린 로버트 와인버그 때문에 걱정이 되어 그랬던 거라고 해야겠지만, 이게 핑계가 되지 못한다는 건 내가 더 잘 알고 있었다. 왜냐하면 진짜 친구란 가장 힘들고 괴로울 때 손을 내밀어줄 수 있는 사람이어야 하기 때문이다. (이 끝내주게 멋있는 말 역시 죽은 디디가 담벼락에 기대선 채 한 말이었다. 그러고 보면, 그 시절, 우린 거의 매일 해가 잘 드는 담벼락에 기대서 있었던 것 같다. 그를 회상할 때마다 함께 떠오르는 배경이 항상 낡고 칠이 벗겨진 담벼락인 걸 보면 말이다.) 게다가 구티가 빚까지 얻어가며 각종 아웃도어 용품을 사들일 때에도 제대로 된 충고 한마디 하지 않았다. 그럴 필요가 없다는 걸 알고 있으면서도—그러니까 종말의 날은 2012년 12월 21일이 아니라는 것을 알고 있으면서도— 마치 아무것도 모르는 사람처럼 행동했던 것이다. 그런 생각들을 하자, 갑자기 엄청난 회한이 밀려왔다. 그래, 내가 구티였더라도 진짜 화가 났을 테고 무지하게 서운했을 것이며, 그리하여 결국에는 이런 식으로라도—친구의 죽은 엄마 이름으로 장난 편지를 쓰는 것— 복수하고 싶어졌을 것이다.

놀라운 건, 그렇게 구티에레즈를 이해하고 나자, 미칠 듯이 뛰던 내 심장도 서서히 가라앉기 시작했다는 사실이다. 나 원 참, 정말 별것도 아닌 일로 괜히 불안해하고 걱정했잖아. 이런 말을 혼자 중얼거리며 거실을 이리저리 걸어 다녔고, 그러다가 왠지 기분이 좋아져 천장을 쳐다보며 킬킬 웃기도 했다. 그러고 보면 인간이란 얼마나 멍청한 존재란 말인가. 발신인의 이름이 죽은 사람이라는 이유만으로 공포와 두려움에 빠져들다니.

잠깐, 내가 이러고 있을 때가 아니지.

나는 잠바를 걸치고 싱크대 서랍에서 지폐 서너 장을 챙겼다. 그런 다음 발걸음도 가볍게 편의점으로 향했다. 그래, 내가 먼저 사과하고 달래줘야겠어. 구티에레즈 녀석, 비록 옹졸하긴 하지만, 그래도 진짜 착한 놈이잖아.

그 편의점을 발견한 것은, 한 블록쯤 걸어 모퉁이를 돌았을 때였다. 어라? 언제부터 이게 여기 있었지? 나는 가게 안을 들여다봤다. 유리문은 손자국 하나 없이 깨끗했고, 물건들은 깔끔하고 가지런하게 진열돼 있었다. 최근에 새로 생긴 곳임이 확실했다. 하긴, 그러고 보면, 그동안 여길 못 보고 지나쳤다 해도 하등 이상할 건 없다. 대형 마트를 돌며 햄과 소시지 영업을 하는 만큼, 생필품도 웬만해선 그런 곳에 들렀을 때 한꺼번에 구입해 오곤 했으니 말이다. 따라서 나에게 편의점이란, 정말 급할 때만 어쩌다 이용하는 특별한 장소였다. 한밤중에 담배가 떨어지거나 혹은 지금처럼 갑자기 친구와 화해하기 위해 차갑게 식힌 맥주가 필요할 때.

유리문을 밀고 들어가니, 텅 빈 매장 구석에서 아르바이트생이 바코드 스캐너를 든 채 물건을 정리하고 있었다. 그는 나를 힐끗 보더니 다시 자기 앞에 산더미처럼 쌓인 감자칩 봉지 쪽으로 고개를 돌렸다. 술은 안쪽 냉장고에 진열돼 있었는데, 문득 이상한 기분을 느낀 건 거기서 수십 가지 맥주들을 구경하고 있을 때였다. 뭐랄까, 누군가의 강렬한 시선이 내 등에 내리꽂히는 것 같았다고나 할까. 그러니까 어쩌면 지금 아르바이트생은 (무슨 이유에선지) 등 뒤에서 날 노려보고 있는 것이다. 일단, 나는 아무것도 모르는 척 태연하게 맥주를 골랐다. 이럴 때 섣불리 뒤를 돌아보는 건 게임에서 자기 패를 먼저 내보이는 거나 마찬가지니까. 일부러 휘파람까지 불며 냉장고 문을 열고 맥주를 꺼내던 나는 속으로 '지금이야!'라고 외치며 휙 돌아섰다. 아니나 다를까, 하던 일까지 멈춘 채 이쪽을 보고 있던 아르바이트생은 갑작스레 돌아선 나와 눈이 마주치자 너무 놀란 나머지 바코드 스캐너를 툭 떨어뜨렸다. 잠시 동안 멍하니 서서 어찌할 바를 모르던 그는, 안경을 올려 쓰더니 헛기침을 한번 하고는 다시 일을 시작했다. 하지만 꽤 당황했는지 아까 다 찍어서 한쪽에 가지런히 쌓아둔 감자칩 봉지에 두서없이 바코드 단말기를 눌러대는 것이었다. 난 맥주 다섯 캔과 육포 두 장을 들고 최대한 천천히 입구 쪽으로 걸어갔다. 카운터에 그걸 던지고 낮게 휘파람을 불자, 그때까지 머리를 푹 숙이고 단말기로 감자칩 봉지만 찍고 있던 아르바이트생이 손을 멈췄다. 가무잡잡한 얼굴에 고수머리를 한 그는 '싱'이라고 새겨진 명찰을 달고 있었다. "야, 너 혹시 나한테 무슨 불만 있냐?" 내가 묻자, 아르바이트생이 쭈뼛대며 고개를 들었다. "아뇨. 불만은 무슨." 그러면서 마치 아무 일도 없다는 듯 맥주와 육포 값을 계산했지만, 난 그런 그의 손끝이 미세하게 떨리는 걸 놓치지 않았다. 갑자기 분노가 치밀었다. 어쩌면 이놈은 날 의심하는 건지도 모른다. 한밤중에 편의점이나 털러 다니는 삼류 절도범으로. "그럼 아까부터 왜 계속 쳐다보는 건데? 내가 『플레이보이』라도 훔칠까봐 그러는 거냐고?"

하지만 말을 내뱉자마자 난 곧바로 후회했다. 이런 병신 같으니라고. 꼭 여기서 그런 말을 해야만 했냐? 사실 『플레이보이』를 훔쳐 달아나다 잡힌 건 진짜 기억도 거의 나지 않을 만큼 어릴 때의 일이고, 그나마도 디디가 훔치고 난 망을 본 것에 불과했는데 말이다. 당황해서 싱을 쳐다보자, 그도 나를 한참 동안 뚫어지게 쳐다보더니 천천히 고개를 저었다. "그건 오해예요. 게다가 『플레이보이』라뇨? 여긴 그런 거 취급도 안 하는걸요." 하긴, 당연하지. 그게 언제 적 일인데. 게다가 이 아르바이트생은 그때 디디를 잡아서 머리통을 마구 후려치던 그 뚱뚱한 한국인 아줌마도 아니잖아. 그 우악스러운 여자는 디디를 실컷 패고 나선 옆에서 우물쭈물하던 내 귀를 움켜잡고 우리 집까지 질질 끌고 갔다. 마침 낮잠을 자고 있던 아버지가 러닝셔츠 바람으로 나오자, 여자는 날 획 집어 던졌다. 아버지는 무슨 일이냐며 잠이 덜 깬 얼굴로 배를 긁었다. 그에게서 도축장의 비린내가 확 풍겼다. "이 새끼가 또 도둑질을 했어. 그러게 애 좀 잘 가르쳐. 돼지 잡고 닭 잡는 것들은 다 이 모양이야?" 그 순간 아버지는 배를 긁던 손을 딱 멈췄다. 그러더니 문 옆에 세워둔 야구방망이를 집어 들며 외치는 것이었다. "뭐라고? 지금 뭐라고 했는지 다시 말해봐, 이 돼지 같은 여편네야. 뭐? 돼지 잡는 것들? 네년 가죽도 좀 벗겨줘볼까? 내가 못할 것 같아서 그래? 한국에서 내가 이 손으로 가죽을 벗겨버린 인간이 몇이나 되는지 알기나 하냐고!" 순식간에 눈이 시뻘겋게 변한 아버지를 보더니 여자는 한발 뒤로 물러섰다. "왜 이래, 박 씨? 미쳤어? 농담이야, 농담. 뭐, 우린 예전에 닭 모가지 치는 일 안 했나? 다 그렇게 해서 돈 벌고 가게도 내고, 그러면서 차차 자리도 잡고 그러는 거지. 그리고 오해하지 마. 난 그냥 성철이가 걱정돼서 한 말이었어. 다른 뜻은 없다고. 하여간, 난 이만 가볼게." 그런 다음 그 뚱뚱한 한국인 아줌마는 뒤도 안 돌아보고 가버렸다. 물론 그날 난 거의 죽도록 맞았다. 마지막엔 야구방망이가 부러졌는데, 그렇지 않았더라면 진짜로 그날 죽었을지도 모른다.

"아무도 믿지 마."

편의점 카운터 앞에서 별로 생각하고 싶지도 않은 어린 시절의 기억에 빠져 있을 때, 이런 목소리가 들려왔다.

"아무도 믿지 마."

"뭐라고?"

또 한 번 같은 목소리가 들리기에 퍼뜩 고개를 들어보니, 싱이 바코드 스캐너를 든 채 나를 똑바로 쳐다보며 낮게 웅얼거리고 있었다.

"아무도 믿지 말라고."

하, 이 새끼가 미쳤나? 그 순간 든 생각이었다. 그러고 보니 놈의 눈빛이 정상은 아닌 것 같았다. 아까는 몰랐는데, 지금 보니 확실히 그랬다. 어딘지 모르게 너무 번들번들하고 음산했으니 말이다. 하긴 언젠가 이와 비슷한 상황을 본 적이 있다. 그래, 몇 년 전 구티에레즈와 함께 갔던 심야극장에서 본 공포영화였지. 그 영화의 제목은 '피의 편의점'이었는데, 어둡고 깊은 밤 외진 곳에 있던 편의점을 찾은 사람들이 연쇄살인마 아르바이트생에게 차례로 살해당하는 내용이었다. 다시 싱을 힐끗 보니, 영화 속 살인마와 그리 다르지도 않았다. 두 개의 눈, 각각 한 개씩인 코와 입. 여하간, 그 영화의 기분 나쁜 장면들을 떠올리자 오싹해졌다. 당장이라도 싱이 카운터 아래 숨겨뒀던 전기톱을 들고 덤벼들 것만 같아 온몸이 떨려왔다. 난 속으로 심호흡을 하며 최대한 침착하게, 아무렇지도 않은 듯 물었다.

"저기, 이거 다 합해서 얼마지……?"

그랬더니 싱은 그 깊고 빨아들일 것 같은 검은 눈동자로 나를 오래도록 빤히 쳐다보았다. 그러고는 고개를 갸우뚱하더니, 긴 한숨과 함께 고개를 천천히 젓는 것이었다. 순간 그의 표정은 다시 평범해졌고 눈빛도 정상으로 돌아왔다. 세상에 널린 수많은 편의점, 그 안에 서 있는 이름도 얼굴도 구분되지 않는 무한한 수의 아르바이트생들과 꼭 같은 모습으로.

그는 차분하게 대답했다.

"12달러 50센트요."

난 지폐와 동전을 섞어서 카운터 위에 던지고 최대한 빠르게 그곳을 벗어났다.

문을 열고 나올 때 그가 다시 한 번, 거의 부르짖듯 "아무도 믿지 마"라고 외치는 걸 들은 것도 같은데, 글쎄 나도 잘 모르겠다, 내가 들은 게 맞는지. 그땐 그저 그 기괴한 편의점에서 얼른 멀어지고 싶다는 생각뿐이었으니까.

뛰다시피 걷다 뒤를 돌아보니, 편의점은 아주 멀리 까마득해 보일 정도로 멀어져 있었다. 그리고 어두운 저녁 하늘을 배경으로 혼자서만 환하게 빛나는 그 간판은 왠지 망망대해의 등대처럼 외로워 보였다. (이렇게 쓰고 나니, 사실 기분이 이상하다. 난 배船의 입장이 되어 망망대해에서 등대를 본 적이라곤 한 번도 없는데, 이런 말도 안 되는 표현을 하다니. 이거야말로 거짓이 아니고 뭐란 말인가. 하지만 예전에 로버트 와인버그는 이렇게 충고한 적이 있었다. "이봐, 스티브, 이건 꼭 알아둬야 할 일인데 말이야, 그러니까 글쓰기에 관한 아주 중요한 팁이라고나 할까. 하여튼, 글 사이사이에 뭔가 의미가 있어 보이는 말들을 반드시 끼워 넣도록 하라는 거야. 실제론 아무 의미 없는 말이라도 괜찮아. 중요한 건, '의미가 있는 듯 보여야' 한다는 거니까. 음, 예를 들자면 이런 말들 있잖아. 높이 나는 새가 멀리 본다, 같은 거. 생각해봐, 이런 건 조금만 심사숙고해보면 그저 뻔하고 별다른 의미도 없는 그렇고 그런 말에 불과하거든. 왜냐하면 높이 나는 새가 더 멀리 보는 건 당연한 거고, 굳이 먼 데를 봐봤자 특별히 나아질 것도 없으니까 말이야. 그럴 때 우리 같은 사람들은 '높이 날면 뭐? 어쩔 건데?'라고 묻지만, 대부분은 그렇지 않거든. 으음, 하며 감동 어린 표정으로 고개를 끄덕이기 일쑤지. 아, 맞다, 또 이런 말도 있어. 인생은 야구다. 사실, 진짜 우스운 말이지. 인생은 야구다…… 이런 공허한 말들의 진짜 특성은 '야구'라는 단어 대신 그 어떤 걸 집어넣어도 문장이 성립된다는, 치환의 무한성에 있어. 한번 들어보겠나? 인생은 농구다. 인생은 배구다. 인생은 축구다. 인생은 배드민턴이다. 인생은 탁구다. 인생은 피아노 연주다. 인생은 그림 그리기다. 인생은 요리다. 인생은 빵 굽기다. 그래, 이것도 가능하겠군, 인생은 스모다, 혹은 씨름이다. 어때, 진짜 웃기지 않아?" 내가 낄낄대며 웃자, 와인버그는 잠시 조용히 있더니 왠지 가라앉은 목소리로 이렇게 말했다. "그래, 사람들은 스스로를 위로해주고 자기 자신을 동화시킬 수 있는 단 한 줄을 찾아 헤매는 거야. 그럴 때 문장의 진짜 의미가 뭔지는 하나도 중요하지 않아. 아니, 오히려 모호하고 애매할수록 더 좋아하겠지. 왜냐하면 그들이 원하는 건 진실이 아니라 오히려 그걸 옅은 파스텔 톤으로 덧칠해주고 부드럽게 가려줄 반투명의 휘장 같은 거니까.")

어쨌든, 공포의 편의점으로부터 완전히 멀어졌다는 생각을 하자 다시 기분이 좋아졌고, 헤븐하우스 앞에 다다랐을 즈음엔 나도 모르게 콧노래까지 부르고 있었다. 집에 들어오자마자, 구티에게 전화를 걸었지만 그는 받지 않았다. 그저 이런 안내 멘트만이 계속해서 반복될 뿐이었다. "지금 거신 전화번호는 없는 번호이오니, 확인 후 다시 걸어주시기 바랍니다." 뭐야, 구티. 지금 장난하는 거야? 아니면 또 폰을 바꾼 거야? 난 결국 옆에 내려놨던 편의점 비닐봉지를 들고 한걸음에 위층으로 달려 올라갔다. 벨은 망가진 지 오래였기에, 문을 쾅쾅 두드리면서 정다운 친구의 이름을 불렀다. "구티, 나야, 나. 어서 문 열어. 안에 있는 거 다 안다고. 대체 언제까지 삐쳐 있을 생각이야?" 하지만 여전히 문 뒤에선 아무 소리도 들리지 않았다. 옹졸한 녀석. 속으로 욕을 하며 문손잡이를 잡고 비트는데, 뒤에서 누군가가 어깨에 손을 얹었다. "어디 갔다 이제 온 거야?" 반가움에 큰 소리로 외치며 뒤를 돌아보니, 처음 보는 남자가 한 손엔 열쇠를 다른 손엔 햄버거 봉지를 든 채 날 노려보고 있었다. "이봐, 남의 집에서 뭐 하는 거지?" 난 문에서 얼른 손을 뗐다. "……여긴 내 친구 구티에레즈의 집인데, 너야말로 여기서 뭘 하는 거야?" 그러자 남자가—아마도 러시아 출신인 듯 허여멀건 얼굴에 블라디미르 푸틴처럼 날카로운 눈매를 가졌는데— 열쇠를 다른 쪽 손으로 옮기며 말했다. "하여튼, 지금은 내가 살고 있어. 네 친구가 누구든 그건 내 알 바가 아니고 말이야. 그러니 좀 비켜주겠어? 이 열쇠로 저 문을 열 생각이거든." 내가 머뭇대자, 그는 진짜 푸틴 같은 표정으로 나를 내려다봤다. "자꾸 얼쩡대면, 좀 안 좋은 일이 생길 수도 있어. 게다가 난 식어빠진 햄버거 먹는 걸 제일 싫어하는 사람이란 말이야." 결국 난 옆으로 슬그머니 비켜섰다. 남자는 문을 열더니 안으로 들어서다 말고 나를 다시 한 번 쳐다봤다. "아래층에 살지? 지나가다 한 번 본 적 있어. 난 이고르. 그쪽은?" 내가 더듬대며 이름을 말하자, 그가 햄버거 봉지를 든 채로 말했다. "안됐지만 네 친구는 적어도 일주일 전에 여길 떠난 것 같군. 왜냐하면 내가 이 집에 들어와 산 지 딱 일주일 됐으니까. 여하간, 난 이만 들어갈게. 햄버거가 점점 식어가고 있어서 말이야."

난 터덜터덜 계단을 내려왔다. 구티가 이곳을 떠났다니.

이제 헤븐하우스엔, 아니, 이 도시엔 아무도 없다. 오래전 디디가 죽었고, 그다음엔 로버트 와인버그가 사라졌으며, 거의 동시에 구티에레즈마저 내게 인사도 없이 이사를 가버렸다. 지금 나에게 남은 건 보기도 싫은 챙과 공장장 잭, 그리고 늙어빠진 수컷 잉꼬 제트뿐이다.

반지하층으로 내려가 벨을 누르자, 노파가 문을 열더니 의아한 표정으로 올려다봤다. 뭘 먹고 있었는지 연신 입을 우물거리고 있었다. 그녀는 내가 아무 말도 못하고 가만히 서 있는 동안 별다른 불평

없이 그저 문손잡이를 잡고 기다렸다. 겨우 숨을 고르고 나서 나는 질문했다.

"구티, 언제 이사 갔어요?"

하지만 관리인 노파는 대답 대신 나를 한참 쳐다보더니 이렇게 물었다.

"이봐, 자네 혹시…… 울었어?"

나는 아니라고 대답했다. 이런 계절이면 항상 앓는 알레르기성 결막염이 도졌을 뿐이라고도 설명했고 말이다. 그러자 노파가 말했다. "아마 12월 22일 아침일 거야, 아니, 생각해보니 그 전날 밤에 떠난 걸지도 모르겠네. 야반도주하듯 떠났으니 말이야. 확실한 건, 22일 아침에 우유를 사려고 나왔을 때 쪽지 한 장이 문틈에 끼워져 있었다는 거야. 거기엔 이렇게 적혀 있었지. '죄송해요. 사정이 있어서 떠납니다. 그동안 밀린 월세는 제 보증금에서 다 제하세요. 계산해보니까 얼추 맞아떨어지더라고요. 그럼, 안녕히 계세요. 혹시 나중에 성공하면 다시 찾아뵙겠습니다.' 아, 뭐, 당연히 이렇게 철자와 맞춤법이 다 맞았던 건 아니고. 그냥 내용이 대충 이랬다는 거지."

"알겠어요. 깊은 밤에 죄송합니다."

내가 인사를 하고 힘없이 계단을 올라가는데 노파가 뒤에서 외쳤다. "나도 나중에 들은 얘긴데, 구티에레즈가 빚이 많았대. 거의 파산 직전이었다나? 뭘 그리도 흥청망청 써댔는지 카드빚이 엄청났다는 거야. 그래서 도망친 거라는데, 요즘 젊은것들은 정말 왜 그러는지 몰라." 그러고는 곧이어 철문 닫히는 소리가 쾅, 하고 들렸다.

〈주 4〉 세상은 허구가 아니다

어쩌면 당신들의 말이 옳을지도 모른다. 그러니까 내가 지금 쓰고 있는 이 노트가 한 편의 소설이나 영화에 불과하다면, 그리고 '나' 자신이 그 이야기의 주인공이라면 말이다. 그럼 스토리 속의 '나'는 곧 알아챘겠지. 그 봉투를 누가 보낸 거고, 왜 보낸 건지를. 그런 식의 꾸며낸 이야기 속에선 모든 것이—아주 작은 에피소드까지도— 하나의 줄거리를 중심으로 빈틈없이 펼쳐지니까. 별것 아닌 소품들조차도 앞으로 벌어질 사건을 암시하는 중요한 역할을 맡으며, 등장하는 모든 인물은 제각각 임무를 가진 채 '이야기'라는 무대 위에서 자신의 배역을 연기한다, 이거지. 그런 '픽션들' 속에선 의외의 인물이란 결코 나타나지 않으며, 따라서 누군가가 아무것도 적혀 있지 않은 편지 봉투를 발견한다면, 그는 충분히 예측 가능한 몇몇 사람들 속에서만 발신인을 찾아내면 된다는 거다. 하지만 그게 '픽션'이 아니라면? 즉, 지금 내가 쓰고 있는 이 노트처럼, 오직 실제로 일어난 일들만의 기록이라면? 그래서 이 공책 사이사이마다 켜켜이 들어차 있는 배경이 '진짜 세상'이고 페이지마다 흘러가는 시간이 '지금 이 순간'이라면? 그렇다면, '나'에게 이름을 적지 않은 봉투를 보낼지도 모르는 사람의 수는 그야말로 거의 무한—지구 전체의 인구를 70억 정도로만 잡아도 발신인을 단번에 알아맞힐 확률은 70억분의 1로 뚝 떨어지니까—에 가까워진다. 사실 현실 세계란, 수십 억의 인간들이 모여 살며 어떤 식으로든 서로 연결되어 있기에, 어느 날 내가 뜬금없이 당신에게—그렇다, 바로 당신. 지금 이 글을 읽고 있는— 익명의 편지를 보낸다 해도 하등 이상할 것이 없는, 그런 기이한 공간을 의미하기도 한다. 즉, 결론은 다음과 같다. 내가 그날 우편함에서 발견한 누런 각봉투의 발신인을 전혀 눈치채지 못했던 건 지극히 자연스러운 일이었다는 것.

그런데 솔직히 털어놓자면, 나 역시 그런 유혹을 아예 느끼지 않았던 건 아니야. 내 활약상(이 노트에 계속해서 적어나갈 기나긴 스토리. 신들이 세상의 모든 스마트폰을 통해 계시를 내리고, 그로부터 3년 후 정말로 이 땅에 강림하였으며, 마침내 나에게만 특별한 메시지를 전달함으로써 세상을 구하게 만들었다는 일종의 모험담, 혹은 고백록)을 추리소설 속 천재 탐정이나 하드보일드 액션물의 다크히어로처럼 꾸미고 싶어서, 하루에도 몇 번씩 연필을 입에 문 채 망설였다는 얘기지. 하긴, 누군들 그렇지 않을까. 자기 이야기를 낱낱이 적어 내려갈 때, 더 나은 모습의 '나'를 꿈꾸지 않는다고, 누가 장담할 수 있겠는가 말이다. 어차피 마지막으로 남을 게 이 노트 한 권뿐이라면, 난 그 안에서라도 정말 괜찮은 놈이 되고 싶었다. 세상에서 가장 멋진 인간. 누구에게도 부끄럽지 않을 그런 사람. 용기와 정의, 박애, 지혜, 그 밖의 모든 좋은 거란 좋은 건 다 갖춘 인류의 영웅. 하지만 난 그 유혹을 이겨냈어. 왜냐하면 처음 이 노트를 적기 시작했을 때부터, 그러니까 '1958년의 용인'이라는 낯설고 기이한 시공간에 도착했던 그 순간부터 결심했으니까. 진실만을, 오직 진실만을 기록하겠다고. 그리하여 언젠가 그 아이를 찾았을 때, 아무런 망설임도 없이 이 공책을 건네주겠다고 말이야.

9
0.5초의 신

그날 밤, 나는 엄청난 통증 때문에 잠에서 깼다. 오른쪽 어깨가 욱신거렸고 욕실에 가서 거울을 보니 왼쪽 턱도 퉁퉁 부어 있었다. 어깨 통증이야 예전에 총에 맞았던 것 때문에 그런 거지만(그렇다. 아주 오래전, 난 길거리에서 총에 맞았고 구사일생으로 살아났다. 그때 나 대신 죽은 사람이 누군지 당신들은 짐작도 못할 거다. 하긴, 나도 몰랐으니까. 혼수상태에서 깨어나 침대 옆에 있던 싸구려 주간지를 펼쳤을 때에야, 나는 내가 죽지 않고 살아난 이유를 알게 되었다. 물론, 이런 사연들은 앞으로 차차 들려줄 예정이니, 잠시만 기다리도록), 턱이 그렇게 많이 부은 이유는 알 수 없었다.

입을 벌리고 들여다보니 어금니 쪽 잇몸이 빨갛게 부어있었다. 제길. 그놈의 사랑니가 또 말썽인 거다. 예전에 큰맘 먹고 들렀던 치과에선 이를 뽑아야 한다고 했다. 그러지 않을 거면 잇몸을 절개하는 수술이라도 해야 한다나. 하지만 나는 괜찮다고 했다. 아플까봐 겁이 나서 그런 건 아니었다. 사실대로 말하면, 돈이 없었다. 진료도 겨우 받으러 간 건데, 만약 이를 뽑거나 수술을 하고 약까지 처방받는다면, 내 통장은 텅 비어버릴 게 뻔했으니 말이다.

진료실 문을 닫고 나와서는 잠시 의자에 앉아 있다가, 아무도 안 볼 때 재빨리 테이블 위에 있던 잡지 한 장을 북 뜯었다. 처음 대기실에서 기다릴 때부터 눈여겨봐둔 기사가 있었기 때문이다. 뜯어낸 잡지를 대충 접어 주머니에 쑤셔 넣고는, 아무 일도 없었던 듯 조용히 계단을 내려왔다. 집에 오는 길엔 마트 철물 코너에 들러 펜치를 하나 샀다. 들어오자마자 주머니칼을 라이터로 달궈 소독했고, 거울을 보며 입을 있는 대로 크게 벌렸다. 원래는 그 칼로 잇몸을 좀 잘라내고 직접 이를 뽑을 계획이었다. 도축 공장의 동료들은 다들 그렇게 했다. 개중엔 세균에 감염되어 온몸이 퉁퉁 부어버리는 경우도 있었지만, 대부분은 며칠 앓다가 감쪽같이 나아버리는 것이었다. 하지만 거울 앞에서 한동안 덜덜 떤 끝에, 난 그냥 입을 다물었다. 제 손으로 이를 뽑는 게 돼지 목을 따는 것보다 훨씬 끔찍한 일이라는 건 그때 알았다. 펜치를 서랍에 던져두고 나서, 낮에 입었던 잠바에서 구겨진 종이를 꺼내 다리미로 눌러 폈다. '0.5초의 신'이라는 제목이 잘 보이도록 냉장고 문 한가운데에 붙인 다음, 뒤로 물러서서 가만히 바라봤다. 아무리 생각해도 마음에 드는 타이틀이었다.

아스피린을 입에 문 채 냉장고 문을 열다 보니, 그 종이도 이젠 누렇게 바래 있었다. 기름때와 먼지에 잔뜩 절어 '0.5초의 신'이라는 글자도 겨우 보일 정도였으니까. 뭐, 내용은 별것 아니었다. 벤자민 리벳이라는 신경학자가 1970년대에 했던 어떤 연구에 대한 짧은 기사였으니까. 그리고 내가 그걸 다 이해한 것도 아니었고. 여하간 그는, 사람들의 머리와 손가락에 전극을 붙인 다음 뇌파를 측정하는 실험을 하나 고안했다. 실험 참가자들에게는 아무 때나 전극이 연결된 손가락을 들어 올리게 했는데, 손가락을 들어야겠다는 생각이 처음 떠오르는 순간 다른 손으로 옆에 있는 버튼을 누르라고 지시해뒀다. 그런데 이상한 일이 벌어졌다. 모든 사람들이 자기가 손가락을 들기로 '결정'했다는 생각이 떠오르기 0.5초 전에—즉 그들이 버튼을 누르기 0.5초 전에— 이미 뇌에선 손가락을 들어 올리라는 전기신호가 먼저 만들어져 신경계를 자극했던 것이다. "우리에겐 자유의지란 없습니다." 실험결과에 대해 리벳은 이렇게 말했다. "다들 자기가 자유의지를 가졌다고 착각하지만, 그 '자유의지'란 게 생기기 0.5초 전에 이미 모든 건 결정돼버리는 거니까요." 그걸 결정하는 게 무엇이라고 생각하느냐는 질문에, 리벳은 씁쓸하게 웃으며 대답하고 있었다. "글쎄요, 적어도 신은 아니라고 봅니다만." 한동안 나는 냉장고 앞을 오갈 때마다 거기 인쇄되어 있는 커다란 뇌 해부도를 자세히 들여다보곤 했다. 자유의지에 앞서 0.5초 먼저 인간을 움직인다는 그 뭔가가 도대체 어디에 들어 있을지 궁금했기 때문이다.

잠깐. 그깟 0.5초 따윈 아무것도 아니라고?

그럼 한번 이렇게 생각해보자. 즉, 도축장에서 내가 돼지 목덜미 바로 아래 있는 경동맥을 칼로 찌른다. 그런데 그건, 돼지의 목을 칼로 찌르겠다고 결심하기 0.5초 전에 이미 내 머릿속에서 시작된 행동이다. 디디가 약에 취해 라스베이거스 거리를 헤매다 방아쇠를 당겼을 때, 녀석의 머릿속에선 0.5초 전에 이미 방아쇠를 당기라는 전기신호가 흘러나오고 있었다. 아마 아버지가 한국에서 사람들을 총검으로 찌르기 0.5초 전에도, 이미 머릿속엔 그 빌어먹을 명령이 전달되어 있었겠지. 그래, 그런데도 0.5초가 별거 아니라고 할 수 있을까? 나와 디디, 그리고 아버지의 운명을 바꾼 0.5초, 대체 그건 누가 책임져야 하는 거냐고?

나중에 무슨 책을 읽다가, 난 그 0.5초 빠른 신호가 어디서 시작되는지 알게 됐다. 그건 '파충류의 뇌'였다. 인간의 머릿속 아주 깊은 곳, 물렁한 두부처럼 생긴 대뇌를 지나 시상하부와 해마보다 더 깊숙한 구석에 틀어박혀 있는 조그만 기관. 분노, 복수심, 공포, 살의. 이 모든 원초적 감정을 만들어내는 복숭아씨 형태의 작은 덩어리. 오래전 인간이 아직 파충류 수준에 머물던 시절부터 전혀 진화하지 않고 태곳적 모습을 그대로 간직하고 있는 이 기관의 이름은 편도체였다. 공포와 스트레스 반응을 주로 관장하는 편도체를 '파충류의 뇌'라고 부르기도 한다는 건 위키백과에서 알게 됐지만, 그게 그 기능과 얼마나 잘 어울리는 별명인지 깨닫게 된 것은, 그 후로도 꽤 오랜 시간이 지나서였다. 바로 신들이 세상에 강림하여 그들의 모습을 드러낸 직후.

아, 이런. 내가 왜 파충류의 뇌 따위에 대한 얘길 하고 있지?

0.5초는 또 뭐고?

그냥 난, 구티에레즈가 사라졌던 그날 밤, 얼마나 마음이 아팠는지를 말하려던 것뿐인데. 하지만 확실히 0.5초는 대단했어. 그것 때문에 우린 모두 이 모양 이 꼴이 된 거니까. 만약 내게 그 0.5초를 좌우할 수 있는 힘이 주어졌다면, 난 내가 하는 일의 의미를 좀 더 깊이 생각할 수 있었을 거야. 그럼 내 인생은 완전히 달라졌을 테고. 디디 역시 마찬가지야. 방아쇠를 당기기 전 0.5초만 먼저 깨달았어도 녀석은 사람을 죽이지 않았을 거고, 그저 평범한 배관공이 되어 하루하루 평온한 나날을 살아갔을 테니까. 그러고 보면, 그 0.5초가 가장 필요했던 사람은 아버지였을지도 모른다. 아버지야말로 자신이 뭘 하는지도 모른 채, 한국에서도 이곳에서도 밤낮없이 칼만 휘두르다 죽었으니까. 아버지 머릿속에서 일어나는 정체불명의 신호는 항상 0.5초 빨리 그를 움직였다. 총검으로 사람들을 찌르기 전엔 총검으로 그들을 찌르라는 0.5초 빠른 지시가 떨어졌고, 칼을 들어 돼지 목을 따기 전엔 칼을 들라고 0.5초 먼저 명령이 내려왔으며, 돼지를 반쪽으로 가르고 그 안에서 시뻘겋게 피에 물든 내장을 끄집어내기 전엔 망설임 없이 그렇게 하도록 0.5초 빠르게 그를 몰아갔다. 마침내 아버지는 거기에 완전히 굴복했다. 아마 처음엔 어쩔 수 없이 따랐겠지만, 중요한 건, 나중에 그가 그 일, 그러니까 0.5초 먼저 시작되는 뇌 속의 전기신호에 따르는 일에 완전히 빠져들었다는 사실이다. 아버지는 돼지의 투실투실한 목 바로 아래 있는 경동맥을 따거나 배를 갈라 창자를 꺼내는 일을 무아지경으로 해치웠고 저녁이면 재미있다는 듯 돼지 잡는 얘길 늘어놨다. 때로 그는 부엌칼을 가져와 쿠션을 들고 직접 보여주기도 했다. 자, 이렇게, 이렇게 하는 거야. 목은 여길 따고 배는 이렇게 가르지. 내장은 또 얼마나 따뜻한지. 그걸 움켜쥐면 몸이 부르르 떨린다니까. 동생은 입을 벌린 채 그 얘길 들었다. 엄마는 아버지의 이야길 듣지 않았다. 알 수 없는 노랠 중얼거리며 설거지를 하고 있었으니까. 나는 귀를 막고 있었다. 아니 코를 막고 있었던가. 암만 환기를 시켜도 좁고 어두컴컴한 집 안엔 언제나 피비린내가 감돌았고, 아버지의 헛소린 참을 수 있어도 냄새만큼은 견디기 어려웠으니까.

물론 아버지도 때론 기분이 좋았다.

그런 날이면 그는, 텔레비전에서 본 미국의 어느 집을 흉내 내고 싶어 했다. 아버지는 우릴 데리고 나가 좁은 뒷마당에서 야구를 했다. 나와 동생은 일부러 큰 소릴 내어 웃으며 이리저리 뛰어다녔다. 어쨌거나, 행복하다는 걸 보여주는 게 중요했으니까.

그 일요일도 아버지는 우리에게 공을 던졌고 동생이 글러브를 끼고 공을 받았다. 나는 배트를 들고 기다렸다. "자, 어디 한번 쳐봐라, 성철아." 공을 던지며 아버지가 외쳤다. 그는 반드시 내 한국식 이름만을 불렀다. 동생도 절대 제이미라고 부르지 않았다. 항상 성호였다. 하긴, 아버지는 영어를 못했으니까. 그는 겨우 몇 마디의 말만 더듬거리며 내뱉었다. 문장이 되지 못하고 따로따로 흩어지는 단어들로만 이루어진 아버지의 말은, 때로 일종의 랩처럼 들렸다. 나는 아버지가 '스캣맨 존'처럼 더듬대며 영어로 길을 물을 때면 애써 무심한 척 딴데를 봤고, 마치 모르는 사람인 양 이어폰을 꽂은 채 몸을 흔들었다.

어쨌든, 그날 나는 아버지의 공을 쳤다. 홈런이었다. 그 좁아터진 뒷마당에서의 홈런.

공은 멀리 날아가 옆집 창을 산산조각 냈다. 성호는, 아니 제이미는 겁에 질려 내 뒤로 왔다. 아버지는 잠시 가만히 서 있었다. 침묵을 깬건, 옆집 남자였다. 그는, 멕시코인, 푸에르토리코인, 아시아인들이 모여 사는 이곳의 유일한 백인이었다. 그런 사람을 우린 '백인 쓰레기'라고 불렀지만, 그 정확한 의미를 알고 있었던 건 아니다. 여하간, 남자는 욕을 퍼부으며 우리 쪽으로 다가왔다. 아버지는 고개를 숙였다. 그러고는 서툰 영어로 마치 랩이라도 하듯 더듬더듬 말하는 것이었다. 죄……죄송합니다. 유리는 벼……변상해 드릴게요. 아……아이가 실수를 했어요. 그러나 남자는 욕을 멈추지 않았고 오히려 점점 더 목소릴 높였다. 그나마 말을 좀 낫게 하는 내가 나섰다. "공은 제가

쳤어요. 죄송해요. 이분은 우리 아버지입니다. 유리는 보상해 드리겠대요." 솔직히 말해서, 그다음엔 잘 기억이 나지 않는다. 그냥 엄청나게 아팠다는 것뿐. 남자는 거대한 주먹으로 내 얼굴을 후려갈겼다. 눈앞에 불빛이 번쩍했고, 나는 비틀대며 바닥에 넘어졌던 것 같다. 그가 또 한 대 치려고 손을 들어 올리는 순간, 엄마의 째지는 듯한 비명이 들려왔다.

"정말 왜 그래요? 참아요, 제발!"

현관에서 뭔가를 들고 달려 나오는 아버지를 본 순간, 그 쓰레기조차 주먹을 치켜든 채 멍하니 서 있었다. 아버지는 칼을 들고 있었다. 그것도 그냥 식칼이 아니라 길고 날카로운 도살용 칼. 그걸 아버지는 오른손에 틀어쥐고 있었다.

그 손의 교묘한 모습.

나중에 브리티시 미트 앤 컴퍼니 도축 공장에 취직하고 나서, 나는 베테랑 돼지 도살꾼들이 그렇게 칼을 쥐고 돼지 목을 차례로 정확히 찌르는 것을 보았다. 돼지들은 컨베이어 벨트에 주렁주렁 매달려 6초당 한 마리라는 경이로운 속도로 밀려왔는데, 그 도살꾼은 6초에 한 번씩 정교하고도 정확하게 손을 놀려 놈들의 경동맥을 찌르는 것이었다.

어쨌든, 칼을 든 아버지 앞에서 남자는 천천히 뒷걸음질 쳤다. 겁먹은 눈초리였다.

"너 같은 놈 목 하나 따는 건 일도 아니야!"

그 쓰레기 앞에서 아버지가 한국어로 외쳤다. (그래서 사실 그 새끼가 그 말을 알아들었는지는 나도 모른다. 다만 아버지의 시뻘겋게 충혈된 눈 자체가 이미 공포 그 자체였던 건 확실하다.)

"한국에선 진짜 사람 목도 땄다고. 놈들은 살려달라고 울며불며 매달렸지. 그런데 말이야, 난 그런 꼴을 보면 더 분노가 치밀거든. 그렇게 죽기가 싫었으면 길거리로 뛰쳐나오지도 말았어야지. 병신들. 그 정도 각오도 안 하고 그런 짓을 하나? 그것들이 광장에서 우왕좌왕하던 모습이 아직도 생생해. 일렬로 서서 단검을 꽂은 총을 겨누며 서서히 포위망을 좁혀 들어갔을 때, 두려움에 질려 벌벌 떨던 그 한심한 꼴이라니. 그건 마치 돼지를 도살장으로 밀어 넣는 거랑 비슷했어. 그러고 보면 인간이나 돼지나, 제가 곧 죽을 걸 알아차리는 데는 귀신들이라니까."

아버지는 계속해서 뭐라고 중얼거리며 남자에게 다가갔다. 우린 얼음처럼 굳어 있었지만, 한편으로 나는 묘한 기대감에 빠져 있었다. 매일 술이나 퍼마시고 툭하면 우릴 두들겨 패기나 하던 아버지, 아무짝에도 쓸모라곤 없어 보이던 그가, 드디어 쓰레기 같은 백인 놈의 목을 따려는 순간이었기 때문이다. 남자는 실제로도 돼지와 비슷했다. 뒤룩뒤룩 찐 살에 불룩하게 튀어나온 배, 드러난 팔은 털투성이였고 눈은 반쯤 풀려 있었으니까. 아마 아버지는 완벽한 솜씨로 단칼에 그의 숨통을 끊어놓으리라. 그러면 놈의 목덜미에서 피가 분수처럼 솟구치겠지.

그러나 나의 기대는 무참히 허물어졌다. 아버지가 총에 맞았기 때문이다. 총을 쏜 사람은, 겨우 열두 살밖에 안 된 남자의 아들이었다. 아버지는 도살용 칼을 움켜쥔 채 옆구리에서 피를 뿜으며 쓰러졌고, 곧이어 구급차와 경찰이 도착했다. 그는 허름한 시립병원에서 수술을 받았다. 그곳은 트루데에서 가장 못사는 부랑자, 거지, 마약중독자들이 가는 곳이었다. 그 병원에 들어가면 살아 나올 확률보다 죽어서 실려 나올 확률이 더 높았지만, 아버지는 끈질기고 강인한 의지로 살아남았다. 퇴원하던 날, 그는 무슨 훈장이라도 되는 양 아직 붕대와 반창고가 감겨 있는 자기 옆구리를 자랑스레 내보였다.

집으로 돌아온 아버지는, 거실 소파를 침대 삼아 누워서는 온갖 불평불만을 늘어놨다. 툭하면 소릴 지르고 욕을 했으며, 아픈 사람을 이렇게 막 대해도 되는 거냐고 짜증을 냈던 것이다. 마침내 붕대를 풀고 다시 일을 하러 나갔을 때, 나와 성호는 이상한 해방감에 젖어 멍하니 의자에 앉아 있었다. "형, 그냥 아버지가 죽었으면 어땠을까?" 한동안 가만히 앉아 텔레비전을 보던 동생이 물었을 때, 나는 아무 말도 하지 않았다.

그런데 지금 와서 생각해보면, 아버지가 완전히 맛이 가버린 건 아마 그즈음부터였던 것 같다. 옆구리가 다 나은 뒤 도축 공장에 다시 나갔을 무렵. 그는 자주 조퇴했고, 급기야는 결근을 밥 먹듯 하기에 이르렀다. "제길, 총에 맞은 자리가 아파서 아무것도 못하겠단 말이야." 어린애처럼 징징대며 이렇게 중얼거렸고, 낮부터 술을 마시다가 쿠션을 끌어안은 채 잠들기 일쑤였다. 공장에서 전화가 오면, 아버지는 한껏 몸을 웅크리곤 내게 속삭였다. "너무 아파서 전화 못 받는다고 해. 알았지?" 무슨 꿈을 꾸는지, 어두운 거실 소파에 누워 잠꼬대를 하며 흐느꼈고, 그러다가 깨어나서는 퀭한 눈으로 사방을 둘러보던 아버지. 하루는 나를 부르더니 평소와는 달리 작고 부드러운 목소리로 물었다. "성철아, 너도 알고 있니?" 내가 영문을 모르겠다는 표정으로 쳐다보자, 땀에 젖어 번들대는 얼굴의 아버지가 두려움에 가득 차 곁눈질을 하며 말하는 것이었다. "저기, 저 골방 말이야. 거기 어떤 미친놈이 숨어 있다고." 나는 고개를 저었다. 사실 골방은 들여다보고 싶지도 않았다. 거기엔 아버지의 낡아빠진 군복과 함께 그 기분 나쁜 그림이 걸려 있었으니까. "아뇨. 방에 누가 있다니, 말도 안 되잖아요." 그러자 아버지는 끙, 소리를 내며 돌아누웠다. 그러고는 저녁을 먹으라고 깨워도 들은 체도 하지 않고 고집스레 눈을 감고 있는 것이었다.

*

나뭇잎이 푸르던 날에 / 뭉게구름 피어나듯 사랑이 일고 / 끝없이 퍼져나간 젊은 꿈이 아름다워 / 귀뚜라미 지새 울고 낙엽 흩어지는 가을에 / 아 꿈은 사라지고 꿈은 사라지고 / 그 옛날 아쉬움에 한없이 웁니다

라디오에서 또 이 노래가 흘러나온다. 제목은 '꿈은 사라지고'. 들리는 대로 가사를 적어봤지만, 솔직히 무슨 뜻인지는 잘 모른다. 아마 대충 짐작하건대, 여름에 누군가를 사랑하게 됐다가 가을에 헤어졌다는 내용 아닐까. 하여간 주인 여자는 이 노래를 좋아한다. 마당에서 빨래를 하거나 부엌에서 쌀을 씻을 때, 혹은 툇마루에 앉아 담배를 피우면서도(그녀는 직접 종이에 담배를 말아서 피운다. 엊그제였던가, '풍년초'라고 적힌 누런 봉투에서 가루담배를 꺼내 능숙한 솜씨로 말고 있는 걸 본 적이 있다. 나와 눈이 마주치자, 여자는 한 대 필요하냐고 묻기도 했다) 툭하면 이 구슬픈 곡조를 흥얼거린다. 무슨 라디오 드라마 주제가라는데, 그래서 그녀가 연속극을 듣고 있을 땐 절대 말을 걸면 안 된다. 그때 주인 여자는 모든 일을 작파한 채 낡은 트랜지스터라디오에 귀를 대고 있다. 그러다가 잘 안 들리거나 잡음이 섞여 들면 욕을 하며 고무줄이 칭칭 감긴 라디오를 손으로 쾅쾅 친다. 물론 그런다고 해서 잘 들릴 리는 없다. 그러면 여자는 너무나 아쉬운 표정으로, 마치 곧 세상에 종말이 닥칠 거라는 소식을 들은 사람마냥 멍하니 허공을 쳐다본다.

좀 전엔 마당에 나가서 하늘을 올려다봤다. 드문드문 돋기 시작하는 별 사이로 스푸트니크 3호가 빛을 내며 빠르게 휙 지나갔다. 할 수만 있다면 저 라디오라도 빌려 주파수를 맞춰보고 싶었다. 그럼 나는, 인류 역사상 세 번째로 만들어진 인공위성이 지구로 보내오는 '지직지직' 소리를 들을 수 있었을 텐데.

1957년에 소련은 최초의 인공위성인 스푸트니크를 쏘아 올렸다. 잘 알려진 사실이지만, 그건 지구를 빙빙 돌며 몇 가지 임무를 완수한 뒤 대기권으로 진입해 불타버렸다. 두 번째 인공위성엔 개가 한 마리 타고 있었는데, 아마 내가 좀 더 빨리 이곳에 왔더라면—그러니까 신들이 그들의 일정을 몇 달 만이라도 더 서둘렀더라면— 볼 수 있었을지도 모른다. 세계 최초로 우주여행에 나선 개가 외로이 앉아 있던 인공위성을. 다행인지 불행인지 모르지만, 녀석은 그리 오래 외롭진 않았다. 지구 밖으로 나간 지 얼마 되지 않아 엄청나게 뜨거워진 선체 내부의 온도를 견디지 못하고 죽어버렸으니까. 다음 해인 1958년, 소련은 또다시 한 대의 인공위성을 쏘아 올렸다. 이번엔 아무것도 태우지 않은 그냥 커다란 강철 덩어리였다. 무게는 약 1300킬로그램. 지구자기장을 관측할 수 있는 여러 장비들을 잔뜩 싣고 있던 그 인공위성이, 바로 좀 전에 내가 본 스푸트니크 3호이다. 고도를 낮게 띄웠기에, 소련이 올려 보낸 인공위성들은 모두 맨눈으로 관측할 수 있었다. 그런데 지금 당신(들)은 약간 의아해하고 있겠지? 갑자기 우주여행 전문가라도 납셨나, 하는 의문에 빠져서? 사실 지금 말한 것들은 내가 원래 알고 있던 게 아니다. 수첩에 적어 온 걸 그냥 읊어본 거니까. 신들의 특별한 제안을 받아들인 다음, 난 여행 준비를 철저히 했다. 내가 도착할 시간과 장소에 대해 검색했고, 그때 일어났던 중요한 역사적 사건들을 수첩에 기록했다. 그런 과정이 힘들거나 어려웠던 건 아니다. 구글엔 세상의 모든 지식이 있고, 난 그저 엔터 키를 치거나 스크롤을 올리고 내리기만 하면 됐으니까. 하지만, 식탁에 노트북을 올려놓고 이런저런 자료를 조사하면서도 별생각이 없었던 걸 떠올리면, 절로 욕이 나온다. 그때까지도 내가 하려는 일이 얼마나 엄청난 건지 제대로 실감하지 못하고 있었으니까. 그러니까 쉽게 말해서 난 병신이었던 거다. 말도 안 되는 일에 뛰어든 멍청이. 자칭 신이라고 주장하는 파충류 공룡 새끼들에게 속아 넘어간 한심한 인간. 그렇다. 그건 처음부터 불가능한 일이었던 거다. 이런 낯선 시공간에서 이름만 알고 있는 한 소년을 찾아야 하다니. 그러고 보면 아무래도 그때 난 미쳤었던 게 틀림없다. 아니면 어릴 때 나이퀼 시럽을 너무 마셔서 뇌 한구석이 마비돼버렸거나. 그렇지 않다면 아무리 신의 말이라 해도, 그런 제안을 덥석 받아들이진 않았을 거다. 좀 더 생각해보고 이성적으로 따져본 뒤 최종적으로 결정을 내렸겠지. 그래서 하는 말인데, 청소년기엔 절대 약 같은 걸 하면 안 된다. 그럼 나처럼 되는 거니까. 아무 생각도 없이 일을 저지르고 나서 눈물 흘리며 후회하는 덜떨어진 놈. 하지만 나이퀼은 진짜 끝내주는 약이었어. 한 병만 마셔도 모든 걸 잊고 한 큐에 잠들 수 있었지. 약장에 나이퀼 없냐? 이런 말을 한 건 디디였다. 왜? 내가 묻자 디디는 마치 어른처럼 내게 설명해줬다. 그게 진짜 끝내주거든. 기침약인데, 마시면 한 방에 간다고. 나중엔 시럽 대신 그냥 알약(약 이름은 러미라였다)을 구해서 한꺼번에 갈아 삼켜버리기도 했다. 순수한 덱스트로메토르판. 내 인생 최초의 환각제. 디디와 함께 러미라를 50알이나 갈아 마신 날 밤, 나는 밤

새도록 하늘을 날며 별들 사이를 여행했다. 머리 위에선 태양의 흑점이 팡팡 터지고 수억 개의 은하가 빙글빙글 돌며 빛보다 빠른 속도로 스쳐 지나갔지. 그러다 정신을 차려보니 어느새 난 바다 밑을 유영하는 중이었다. 부드러운 물결이 기분 좋게 귓가를 어루만지고 나는 심해의 가장 아래쪽에 있다는 납작한 물고기의 등에 손가락을 대봤다. 그때 저쪽에서 거대한 아귀가 입을 쩍 벌린 채 다가오는 거야. 도망쳐야 해. 있는 힘껏 외쳤지만, 내 머리통은 이미 아귀의 이빨 아래서 우드득우드득 소릴 내며 부서져갔다. 아아, 너무 아파. 울부짖으며 눈을 떴을 때 난 폐허가 된 건물 구석에서 철근이 삐져나온 콘크리트 덩어리에 머리를 부딪치며 몸부림치고 있었다. 디디는 여전히 곯아떨어져 있었는데, 아직도 바다 밑을 돌아다니는지 웅얼웅얼 잠꼬대를 하며 빙긋이 웃는 것이었다. 갑자기 한심하단 생각이 든 건 그때였어. 입가에 침을 질질 흘리는 디디의 멍청한 얼굴을 본 순간. 더 이상 이렇게 살긴 싫다는 생각도 퍼뜩 들더군. 그래, 새 출발을 하자. 다시는 약에 손대지 말고, 착하게, 정상적으로 살아보자고. 난 자리에서 일어섰어. 디디는 혼자 뒹굴든가 말든가 맘대로 하라지. 깨질 것같이 머리가 아픈 걸 겨우 참으며 돌아서서 나가려다, 나는 잠깐 주춤했어. 디디가 좀 이상했기 때문이야. 야, 일어나. 녀석을 흔들었지만 아무 대답도 없었어. 그러고 보니 입가엔 흘러나온 침이 말라붙어 있고 눈을 까뒤집어보니 동공이 커다랗게 확대돼 있더군. 덜컥 겁이 나 디디의 코에 손가락을 대봤어. 미약하지만 아직 숨기운은 느껴졌어. 난 미친 듯이 디디를 흔들었지. 일어나. 일어나라고. 거의 울먹이고 있을 때 디디가 눈을 번쩍 떴어. 바보, 놀랐냐? 디디는 장난을 쳤던 거야. 내가 화를 내자, 녀석이 사과했어. 콘크리트 덩어리 위에 앉아 반쯤 남은 생수병의 물을 마시며, 우린 이런저런 얘길 나눴지. 그는 자기도 겁난다며, 이러다 죽을 수도 있다는 생각을 한두 번 했던 게 아니라고 털어놓더군. 역시, 디디와 나는 생각이 통했던 거야. 결국 그날, 우린 약을 끊기로 약속했어. 내일부턴 학교에도 잘 나가자. 아마 이런 얘기도 나눴던 것 같아. 남아 있던 알약을 모두 하수구에 던져버린 다음, 우린 갈림길에서 헤어졌어. 서로 손을 흔들며, 희망에 가득 차서. 뭐? 그래서 어떻게 됐냐고? 새 출발을 해서 새사람이 되었냐고? 당연히 그러지 못했지. 만약 그때 새로운 인생을 시작했다면, 내가 여기 이러고 있진 않을 테니까. 이런 황당한 시간, 황당한 장소에서 풍년초 담배나 말아 피우는 늙은 여자를 멍하니 보고 있진 않을 거라는 말이지. 그래, 솔직히 말하면 더 나아지는 대신 난 점점 더 나빠져만 갔어. 아마 갈 데까지 갔다고 하면 어울릴까? 그런데 한 가지 변명하자면, 그게 나 때문만은 아니라는 거야. 새사람이 되지 못한 게 내 의지 부족 때문만은 아니라는 거지. 그러니까 내 말은, 이젠 정신 좀 차려야겠다고 정말로 결심한 그 순간, 바로 그 사건이 터졌다는 뜻이야. 혹시 당신도 신문을 검색해보면 알게 될지도 몰라. 엘름 가街 1408번지 한국인 가족 몰살 사건. 아니, 잠깐만. 또 얘기가 딴 데로 새고 있잖아. 나는 진짜 이게 문제라니까. 자꾸 이랬다저랬다 하는 거. 그런데 좀 전까지 무슨 이야길 하고 있었더라? 나이퀼? 러미라? 디디? 덱스트로메토르판? 아, 이제 기억났다. 스푸트니크 3호에 대해 말하고 있었지. 반앨런대Van Allen Belt를 발견한 소련의 인공위성. 반앨런대가 뭐냐고? 글쎄, 나도 적어 온 건데 말이야, 음, 어디 보자. 여기 있군. '반앨런대 : 행성자기장에 의해 지구 주위에 묶인 대전된 입자의 2층 구조를 말한다. (출처 : 위키피디아)' 자, 수첩에 적힌 건 이게 다야. 더 자세히 알고 싶다면, 당신들도 위키백과에 들어가봐. 거기 엄청 길게 설명돼 있으니까. 잘만 읽으면 누구나 반앨런대의 전문가가 될 수 있다고.

하여간, 내가 원래부터 말하고 싶었던 건 바로 이거야. 지금, 1958년의 우주는, 앞으로 다가올 그 어느 순간보다도 고요하다고. 지구 바깥에 인간이 만들어낸 건 아무것도 없어. 아까 나에게 반짝, 하는 신호를 한 번 보내고 빠르게 사라져간 스푸트니크 3호 외엔.

*

그나저나, 노트를 좀 더 빨리 적어야겠어. 시간은 부족하고—변명 같지만, 이걸 쓸 수 있는 건 저녁의 몇 시간뿐이니까. 낮엔 소년을 찾아다니느라 눈코 뜰 새 없이 바쁘다고— 무엇보다도 공책이 얼마 안 남았거든.

이럴 줄 알았다면, 그들의 말을 들을걸. 사실 보리스와 아르까지(수많은 신들 중 특별히 나와 메시지를 주고받았던 신들에게 내가 붙여준 이름이다. 왜 그런 이름을 붙여줬는지 알고 싶다면, 뒤에 끼워둔 〈신과의 대화 I〉이라는 부록을 먼저 읽어보는 것도 괜찮을 거야)는 이렇게 말했거든.

—스티브, 그곳으로 떠날 때 될 수 있는 한 두꺼운 노트를 준비해 가는 게 좋을 거야.

—굳이 그럴 필요가 있을까? 솔직히 말해서, 나에 관해선 별로 할 얘기도 없다고. 기껏해야 마약에 빠져 있다가 새사람이 됐다는 것 정도? 아마 암만 길게 늘여 써도 열 페이지도 못 채우게 될걸.

—이봐, 우리가 아무리 네가 생각했던 신과 다르게 생겼다 해도, 어쨌든 신은 신이야. 그건 잊지 않았겠지? 따라서 나는(혹은 우리는—어쨌든 우린 하나이면서 여럿이니까, 이런 경우 뭐라고 스스로

를 칭해야 할지 좀 헷갈리는군) 과거로부터 미래에 이르기까지 일어날 모든 일을 다 알고 있다고. 그래서 하는 말인데, 넌 그곳으로 간 뒤 의외로 쓸 게 많다는 사실에 놀라게 될 거고, 노트를 좀 더 챙겨 오지 못한 것을 후회하게 될 거야. 그러니 다시 한 번 충고하는데, 노트와 펜을 충분히 가져가라고. 어찌됐든 간에, 소년은 **너와 자기 자신**에 대해 알아야 할 의무가 있어. 그리고 세계 역시 너의 희생을 기억해야 할 책임이 있고 말이야. 그러기 위해선 상세한 기록이 반드시 필요한데, 막판에 노트가 모자라서 그 일을 완수해내지 못하면 얼마나 허무하겠어?

—하지만 보리스, 아니 아르까지, 어차피 내가 1958년의 용인으로 돌아가 그 일을 해낸다면, 세상이 완전히 바뀔 거라며? 그러면 노트 역시 사라지는 게 아닐까? 우주 자체가 뒤바뀌어버리는데, 그깟 종이에 끼적인 글 하나가 어떻게 남을 수 있겠냐고?

—스티브, 단언하는데, 네가 쓴 글은 남을 거야. 물론 운이 나쁘면 수천수만 년을 땅속에 파묻힌 채 영겁의 시공간을 떠돌지도 모르지만…… 그래도 결국엔 누군가에게—설령 그게 지구인이 아닐지라도— 발견될 거라고. 정말이야. 약속할 수 있어.

그때 내가 뭐라고 답장을 보냈는지는 기억나지 않는다. 다만, 보리스와 아르까지의 충고를 무시하고 보통 두께의 스프링 노트를 샀던 걸로 보아, 아마도 별다른 대꾸를 하지 않았던 게 아닐까, 추측할 뿐이다.

그런데 한 가지 궁금한 건, 지금 살고 있는 세상이 누군가에 의해 완전히 새로 태어난 것이라는 사실을 알게 된다 해도, 과연 당신(들)은 신경이나 쓸까? 오히려 그런 걸 알려준 이를 미친 사람 취급하지 않을까? 그러니까 내 말은, 이 노트가 소년과 함께 시공간을 벗어날 수 있다 쳐도, 여기 담긴 이야기를 진실로 받아들일 사람은 이 세상에 아무도 없을 거라는 뜻이다. 그리고 만약 그렇다면, 굳이 이런 작업—모든 걸 기록하는—을 할 필요가 없을지도 모른다. 쉽게 말해서, 지금 난, 그야말로 헛된 짓에 시간과 노력을 낭비하고 있을지도 모른다는 것이다. 솔직히 말해서, 그런 생각이 들면 힘이 쭉 빠진다. 갑자기 우울해지고 모든 게 허무하다는 생각에 빠져들고 마니까. 그래서 하는 말인데, 누군가—그래, 이걸 읽고 있는 당신 말이야— 혹시 내 얘기가 진짜라고 믿어진다면, 지금 당장 휴대폰으로 내게 문자를 보내주지 않겠어? 아직은 전원이 꺼지지 않았거든. 물론 이런 말을 하는 나를 미친놈이라고 여길지도 몰라. 도대체, 2015년—아니 당신이 이걸 읽을 땐 2016년이 되어 있으려나? 하긴, 노트가 너무 오랜 뒤에 발견된 나머지 세상은 벌써 3015년에 접어들었을지도 모르지만—에 보낸 문자가 1958년의 나에게로 전달될 거라 믿는 자체가 이미 살짝 돌아버린 증거 아니냐고 반문하면서 말이야. 하지만 잘 들어. 오래전 나는 어떤 책에서 이런 말을 읽은 적 있어. **때로 어떤 전파는 시공간을 뛰어넘어 전달되기도 한다고.** 그래서 어느 깊은 밤 갑자기 어디선가 또는 자기 머릿속 같은 데서 낯선 문자나 이미지, 출처를 전혀 알 수 없는 이야기 등등이 떠오른다면, 그건 다른 시공간의 누군가가 보내온 메시지임이 확실하다고.

그러니 제발 나에게 메시지를 보내줘.

나와 당신의 시공간이, 맞닿은 거품처럼 겹쳐지는 그 순간. 그때 하늘엔 스푸트니크 3호가 반짝이며 허공을 가로지를 테고, 당신은 '발신' 버튼을 누르기만 하면 되니까.

(참고로, 번호는 노트 맨 앞장에 적힌 그대로라는 걸 알아둬.)

오늘 밤이라도 내 꺼져가는 폰에 어떤 문자가 떠오른다면, 난 기운을 낼 수 있을 거야. 그러고는 좀 더 열심히, 좀 더 생생하게, 이 노트에 모든 걸 기록하겠지. 한층 밝아진 기분으로 말이야.

기다릴게. 당신의 메시지를.

※ 부록 2. 신과의 대화 I : 나는 왜 신들에게 그런 이름을 붙였나

신들이 내려온 이후, 나는 중생대 백악기로 시간여행을 온 건 아닌가, 하는 느낌에 자주 사로잡혔다. 거리는 그토록 그로테스크했다. 마치 어릴 적 읽었던 공룡도감*('덧붙임' 참조할 것)의 한 페이지를 펼치고 그 속으로 뛰어든 듯했으니까. 어디로 눈을 돌려도 가만히 서 있거나 느릿느릿 걷고 있는 신들이 보였다.

때 아닌 호황을 맞은 곳은, 애완용 파충류를 파는 가게였다. 사람들은, 오래전 집안에 성상을 모셔뒀던 것과 똑같은 이유로 파충류를 키우고자 했다. 갖가지 파충류들이 날개 돋친 듯 팔려나갔다. 신들과 가장 비슷하게 생긴 이구아나는 며칠 만에 완전히 동이 나버렸다. 하긴, 얼핏 보면 이구아나는 정말 신들의 미니어처 같았다. 좀 다른 점이 있다면 신들은 꼿꼿이 서 있던 반면 이구아나들은 엎드린 채 기어 다녔다는 것뿐. 나 역시 이구아나를 사 와야 하나 몇 번을 망설였다. 그러나 전화번호부를 뒤져 가장 가까운 파충류 가게에 전화를 걸었을 때, 주인은 난감해하며 웅얼웅얼 대답했다. "이구아나는 다 팔렸어요. 도마뱀도 매진이고요. 남아 있는 건, 어디 보자, 그래요, 뱀, 뱀이 몇 마리 있네요. 거북이도 서너 마리 있긴 하지만, 그건 좀 그렇고요. 그런데, 뱀을 사 가는 건 어떠세요? 강요하는 건 아니지만, 잘 아시다시피, 원래 인간은 옛날부터 뱀을 신으로 숭배해왔거든요. 내 생각엔 굳이 이구아나가 아니더라도, 뱀이면 충분할 것 같은데……." 주인이 말을 다 끝내기도 전에 나는 수화기를 내려놨다. 솔직히, 뱀을 키우면서까지 신들에게 잘 보이고 싶은 마음은 전혀 없었다.

그즈음, 나는 출근을 하지 않고 있었다. 회사에서 나오지 말라고 한 건 아니지만,

나뿐만이 아니라 거의 대부분의 사람들은 절대 집 밖으로 나가지 않았다. 꼭 필요한 때—예를 들어, 집 안에 두고 숭배할 파충류를 사러 간다든지 혹은 생수나 라면, 빵 같은 생필품을 구입하러 가는, 그런 특수한 경우—를 제외하곤 말이다. 생필품 얘기가 나왔으니 말인데, 난 평소에도 비상식량을 잘 갖춰두는 편에 속했기 때문에 티라노사우루스처럼 생긴 신들이 떼 지어 내려오는 사태 앞에서도 결코 당황하지 않았다. 싱크대 위쪽 찬장엔 깡통에 든 햄과 소시지, 물, 맥주가 가지런히 정리되어 있었는데, 3차 세계대전이 일어난다 해도 한동안은 살아남을 수 있을 만큼 넉넉한 양이었다.

내가 비상식량을 준비하기 시작한 건, 당연히 첫 번째 '계시' 앱이 깔린 직후였다. 대다수의 사람들이 모두 비웃어 넘기며 별거 아닌 일로 간주했을 때, 난 통조림과 물, 맥주 같은 걸 하나둘씩 사들여 쟁여뒀던 것이다. 한번은 챙에게도 비상식량을 모아두라고 진지하게 충고한 적도 있었다. 그러자 그는 냉소적으로 웃으며 말했다. "만약 그런 사태가 생기면, 어차피 모두 다 죽어. 다만 차이가 있다면 누가 좀 더 오래 버티느냐일 뿐이지. 음, 그리고 난 그런 일이 생긴다면 차라리 빨리 죽는 편을 택할래. 다른 사람들이 고통스럽게 죽어가는 걸 보면서까지 오래 살아남고 싶진 않다고." 공장장 잭 역시 비슷한 반응을 보였지만, 챙보다는 좀 더 심각했다. 그는 내가 비상식량을 준비해두라고 하자, 어두운 얼굴로 오래도록 날 쳐다봤다. 그러더니 오른손 검지와 엄지로 턱을 문지르며 말하는 것이었다. "이봐, 스티브. 자네 정말 괜찮은 거야? 내 생각엔 병원에 가봐야 할 것 같은데." 난 괜찮다고 대답했다. 물론 그에게는 내가 정기적으로 시립병원 정신과에 들른다는 것을 비밀로 하고 있었다. 굳이 숨길 필요까진 없었지만, 그래도 다른 이들에게 미친놈 취급을 받고 싶진 않았기 때문이다. 하여튼, 괜찮다는 내 말에 잭은 또 한 번 턱을 문질렀다. "그래……? 잘 알겠지만 요즘 벌어지는 이런저런 문제들 때문에, 난 자네가 상담을 받아보면 어떨까, 생각하는데. 만약 병원에 가기 꺼려진다면 회사의 카운슬러를 소개해줄 수도 있고 말이야. 어때?" 나는 부드럽게 웃으며 잭에게 걱정하지 말라고 했다. 하지만 속으론 '멍청한 놈. 지금 남 걱정할 때가 아닐 텐데. 앞으로 무슨 일이 닥칠지도 모르면서'라고 중얼거렸음은 물론이다. 비단, 저런 건 잭에게만 국한된 문제가 아니었다. 아마도 인류 전체가 관련되어 있는 일이라고 보는 게 타당하리라. 그러니까 곧 닥칠 거대한 재난을 목전에 두고도, 아무렇지도 않게 하루하루를 보내는 사람들 말이다.

지금 와서 생각해보면, 그 당시 다들 어떻게 그렇게 태연할 수 있었는지 궁금하다. 이제 곧 신이 내려온다는데, 아무도 두려워하거나 당황해하지 않았으니 말이다. 그러고 보면 인간이란 꽤나 멍청한 존재인지도 모른다. 그리고 그것은, 과거에 일어난 역사적 사건들을 대충 훑어보기만 해도 알 수 있는 일이고. 예전부터 인간은, 그 어떤 재난에 대한 경고나 계시 앞에서도 준비라곤 하지 않았다. 폼페이의 화산이 터질 때만 해도 어땠다던가. 폭발하기 한참 전부터 화산은 할 수 있는 한 많은 경고를 인간에게 날렸다. 역사적 기록을 보면 그렇게 적혀 있다. 베수비오 화산에선 계속해서 검은 연기와 불꽃이 피어올랐고 그 주변의 땅은 들썩거렸다. 정신이 제대로 박힌 인간이라면, 화산이 보내는 계시를 심각하게 받아들였어야 옳다. 그러니까 재빨리 짐을 꾸려 최대한 빨리 뒤도 돌아보지 말고 미친 듯이 달려 그 도시를 떠났어야 한다는 뜻이다. 그러나 태평하기 그지없던 폼페이의 주민들은 그러지 않았다. 오히려 재난이 닥쳐올 거라고 경고하는 사람들의 입에 재갈을 물리고, 아무 일도 일어나지 않을 게 확실하다는 듯 여유로운 모습으로 자기들 생의 마지막 밤을 즐겼던 것이다. 그리고 결과는…… 우리가 알고 있는 그대로다. 그들은 모두 죽었다. 그것도 뜨거운 용암에 파묻힌 채로. 그런 식으로 화석이 되어버린 사람들 중엔 꽉 끌어안은 채 그대로 굳어버린 남녀도 있었는데, 어떤 이들은 그걸 보고 죽음을 뛰어넘은 사랑입네 뭐네, 하며 찬양하지만, 내가 보기엔 한심한 한 쌍일 뿐이다. 불을 뿜으며 경고하는 베수비오 화산을 본 즉시 그들은 멀리 떠났어야 했다. 그렇게 자연이 주는 계시에 귀를 기울였더라면, 그들은 지금 사람들 앞에서 벌거벗은 채로 굳어버린 돌멩이가 된 채 구경거리로 남는 대신 오래도록 행복하게 살았을 것이며 꽤 많은 자손도 세상에 남길 수 있었으리라.

잠깐. 그러고 보면 잊고 있었는데, 신과 나는 인간 특유의 그런 어리석음에 대해 다음과 같은 대화를 나눈 적이 있다.

신 : 요즘 우린 이런 생각도 해. 인간은 이미 그런 종류의 위협이나 경고에 너무 자주 노출된 나머지 완전히 둔감해져버린 걸지도 모른다고. 너는 그때 아직 태어나지도 않아서 잘 모르겠지만, 1960년대만 해도 어땠는지 알아? 온 세상 사람들이 지하벙커에 각종 통조림을 숨겨둔 채 곧 닥쳐올 핵겨울을 대비하며 벌벌 떨었다고.

나 : 아아, 그 일이라면 나도 알고 있어요. 도축 공장에서 영업사원으로 승진한 지 얼마 지나지 않았을 때, 회사의 연혁에 대해 특강을 들은 적이 있거든요. 강사는 물론 공장장 잭이었는데요, 그는 우리 회사가 갑자기 성장한 때가 바로 그즈음이라고 말해줬어요. 핵무기로 인한 지구 문명의 종말, 그 뒤 닥쳐올 핵겨울에 대한 공포. 정부에서는 핵전쟁이 나면 모든 것이 불탈 테고 그다음엔 엄청나게 추운 겨울이 올 거라고 엄포를 놨다더군요. 그들은 자기들이 먼저 솔선수범해서 지하벙커를 만들었고 거기에 갖가지 저장식품들—대표적인 게 바로 우리 회사에서 나온 햄 통조림이었죠—을 챙겨놨대요. 그걸 본 시민들은 너도나도 덩달아 마당을 깊이 파고 시멘트를 발라 대피시설을 만들었고, 정부 고위인사들처럼 햄 통조림을 잔뜩 사서 쟁여놨던 거지요. 웃긴 건, 회사의 임원들이 모두 그 시절을 그리워하고 있다는 사실이에요. 그들은 세상이 다시 핵 공포로 떨게 되길 원해요. 그럼 또 엄청난 양의 통조림이 팔릴 테니까요. 이건 비밀인데, 우리 회사 임원들의 집무실 벽 한쪽엔 이런 표어까지 붙어 있다고요. '핵겨울의 공포를 다시 한 번!' 어때요, 믿어지세요?

어쨌든, 그때 챙이나 공장장 잭이 뭐라고 하든 나는 아랑곳하지 않고 찬장에 통조림들을 차곡차곡 쌓아나갔다. 그리고 덕분에, 신들이 구부러진 발톱을 세우고 이리저리 돌아다니는 위험한 거리를 굳이 돌아다니지 않아도 됐고 말이다. 난 헤븐하우스 2층에 꼼짝 않고 처박힌 채 커튼을 모두 내리고 저장해뒀던 햄과 물, 맥주를 마시며 버텼다. 바깥세상의 소식은 유튜브로 보는 길거리뉴스나 유명인들의 SNS 만으로도 충분히 알 수 있었다. (놀랍게도 사람들은 그 와중에도 자기들의 페이스북이나 인스타그램에 갖가지 사진들을 올려댔다. 내가 자주 들어가던 SNS 계정의 주인은 '즈웨데 틸루'라는 사람이었는데, 프로필엔 뜬금없게도 '신 전문가'라는 네 글자가 적혀 있었다. 어쨌거나, 그는 꽤 재미있는 글을 올리는 편이었고, 사진도 볼만했다. 언제인가는 '#신과함께'라는 해시태그가 달린 셀카 사진을 하나 올렸는데—거기서 즈웨데 틸루는 멀리 신들이 보이는 풍경을 뒤로한 채 브이를 그리며 웃었고, 뉘엿뉘엿 지는 석양빛이 그들 모두의 머리 뒤로 자연스러운 후광을 만들어주고 있었다— 난 그걸 내 폰에 저장해두고 생각날 때마다 꺼내 보곤 했다.)

그러나 생각보다 신들은 오래 머물렀고, 쌓아뒀던 식량은 차차 줄어들었다. 매일매일 햄만 먹은 나머지 더 이상 느끼함을 견딜 수 없게 됐다는 것도 큰 문제였다. 이럴 줄 알았다면 파인애플 통조림이라도 몇 개 사두는 건데. 기름이 주르륵 흐르는 통조림 캔을 딸 때마다 후회했지만, 소용없는 일이었다. 찬장을 열고, 생수가 얼마나 있나 세어보니 정확히 두 병 남아 있었다. 아끼고 아낀다면 사나흘 정도는 더 버틸 수 있겠지만, 그다음은 힘들 게 확실했다. 틀 때마다 벌건 녹물이 줄줄 흘러나오는 수돗물을 그냥 마신다면 훨씬 더 오래 버틸 수도 있겠지만, 그건 상상만 해도 몸서리가 쳐지는 끔찍한 방법이었다. 녹이 잔뜩 섞인 벌건 물은 볼 때마다 도축장 바닥에 고인 돼지 피를 떠올리게 했고, 그래서 난 신들이 강림하기 전에도 이를 닦을 때조차 생수를 사용하곤 했던 것이다. 찬장을 닫고 나서, 나는 긴 한숨을 내쉬며 중얼거렸다.

"제길, 드디어 세상의 종말이 오려는 건가?"

그런데 그때 바로 그 목소리가 들려온 것이다.

누구의 목소리냐고? 당연히 신들의 목소리지, 뭐겠는가? 신이 나에게, 황송하게도 직접 말을 걸어준 것이다. 그리고 정확히 기억하는데, 그때 그들은 이렇게 말했다.

"종말이라니? 그럴 리가 없지. 세상이 끝날 때까진 아직 76억 년이나 남았다고."

물론 처음엔 잘못 들었으려니 했다. 어떤 미친놈이 문밖에서 떠드는 거라 여겼고, 그래서 신경도 쓰지 않았으니 말이다. 실제로 언젠가 한번 와보면 알겠지만, 사람이 살기엔 정말 어울리지 않는 거지 같은 거리 한가운데 우리 집, 일명 '헤븐하우스'가 떡하니 버티고 있었다. 피사의 사탑처럼 오른쪽으로 살짝 기울어진 데다 벽엔 굵은 금이 쩍쩍 가 있는 쓰러지기 일보 직전의 3층짜리 아파트 '헤븐하우스'는, 이 동네 토박이들의 말에 의하면 오래전엔 꽤 잘나가는 고급 주택이었다고 한다. 물론 그들의 말이 순 거짓말이라는 것은 내가 더 잘 알고 있었다. 여기에 진정한 토박이란 있을 수 없다는 게 그 첫 번째 이유였고, 그다음엔, 아무리 오래전이라고 해도 이런 이상한 구조를 가진 집이 고급 주택이었을 리 없다는 게 그 두 번째 이유였다. 마치 건물의 외벽만 먼저 대충 만든 뒤 그 안에다 벽과 방, 각종 공간을 얼기설기 엮은 듯, 아파트의 내부 구조는 괴이하기 짝이 없었다. 특히나 계단이 압권이었는데, 원래 위아래 층 사이로 오르내릴 일 같은 건 없다는 듯, 곧 부서질 듯한 나무 사다리 하나가 층과 층 사이의 허공에 덩그러니 놓여 있었던 것이다.

하여튼, 그런 곳이었기에—그리고 당연히 고급 주택에나 있는 현관 비밀번호라든가 경비원 같은 건 없었기에— 헤븐하우스 계단참엔 오갈 데 없는 노숙자들이 들어와 잠을 청하기 일쑤였다. 관리인 노파는 그들을 내쫓기 위해 항상 바삐 돌아다녔지만, 미로 같은 내부 구조 덕분에 노숙자들은 구석구석 잘도 숨어 있었다. 그래서 나 역시 처음 들려온 신의 목소리를 문밖 복도에 숨어 있던 부랑자들의 잡담 소리 정도로 여겼고 말이다. 어쨌든, 노숙자가 있다면 쫓아낼 요량으로 난 문을 열었다. (이런 나를 인정 없는 놈이라고 욕하진 말아주길 바란다. 놈들이 그냥 얌전히 잠만 자고 간다면 나도 굳이 그렇게까지 할 마음은 없었다. 하지만 그들은 복도 아무데나 용변을 봤고 음식물 찌꺼기를 마구 버려서 파리가 들끓게 만들었다. 하루는 꼬챙이로 문을 따려고 시도하다 마침 돌아온 나에게 들켜 도망친 적도 있었다. 그러니 어떻게 그들이 복도에서 죽치고 있도록 놔둘 수 있겠는가.) 하지만 밖엔 아무도 없었다. 그야말로 정적뿐이었던 것이다. "뭐야? 그새 도망쳤나?" 중얼대며 문을 닫는 순간, 또다시 목소리가 들려왔다.

"현관문은 왜 열어보는 거야? 우린 여기 있는데."

순간 난 화가 났다. "도대체 누구야? 장난치지 말라고. 걸리면 죽여버릴 테니까."

그러자 낄낄 웃는 소리가 들리더니 다시 한 번 대답이 돌아왔다.

"지금 당장 커튼을 열어봐. 그럼 우릴 볼 수 있을 거야."

속는 셈치고 창가로 조심스레 다가간 나는, 벽 뒤에 몸을 붙인 채 커튼을 살짝 들춰봤다. 그러고는 "아악!" 소릴 지르며 뒤로 펄쩍 뛰어 물러났다. 창밖에선 노랗고 포악한 눈에 비늘로 덮인 거대한 머리를 가진 티라노사우루스 두 마리가 나란히 유리에 얼굴을 붙인 채 이쪽을 들여다보고 있었던 것이다. 난 창에서 최대한 멀리 떨어진 채 부들부들 떨며 외쳤다.

"왜, 왜 이래? 아니, 왜 이러십니까? 가까이 오지 마세요, 제발."

그러자 두 마리의 티라노사우루스가 동시에 씩 웃었다. 그러더니 내 머릿속에서 또다시 그들의 목소리가 들려오는 것이었다.

"겁내지 마, 인간. 우린 널 해치러 온 게 아니니까. 정말이야. 해칠 거면 벌써 해쳤지, 이러고 웃으면서 들여다보겠어? 그러니 이리로 좀 와봐. 인사라도 나눠야 하지 않겠어?" 결국 난 주춤주춤 그쪽으로 다가갔다.

그게 신들(보리스, 아르까지)과 나의 첫 만남이었다.

가까이 다가가자, 티라노사우루스, 아니 신들은 다시 한 번 씩 웃었다. 비늘로 뒤덮인 딱딱해 보이는 얼굴 피부가 한껏 뒤로 당겨지더니, 날카로운 이빨이 쫙 드러났다. 내가 여전히 불안해하고 있다는 걸 눈치챘는지, 둘 중 한쪽이 윙크를 했다. 그는 좀 전과 똑같이, 전혀 입술을 움직이지 않는 상태로—마치 복화술사처럼— 내게 말했다. "다시 한 번 말하지만, 두려워하지 말라고. 우린 너흴 해치기 위해 이 땅에 온 게 아니라 구원하기 위해 온 거니까. 자, 일단 통성명부터 하자고. 넌 스티브. 맞지? 우린, 이미 알겠지만, 신들이야. 아니, 정확히는 그냥 단수형의 '신'이라고 하는 게 옳지만, 그런 시시콜콜한 부분은 대충 넘어가기로 하자." 내가 고개를 끄덕이자, 이번엔 다른 한쪽이 말했다. "그렇게 얼어 있지만 말고 너도 뭐라고 얘기 좀 해보는 게 어때? 태어나 처음으로 신을 만났는데, 그리도 할 말이 없나?" 꽤 오랫동안 생각한 끝에, 난 신들에게 물었다. (사실 저 질문 외엔 당장 아무 할 말이 없기도 했다.) "저어, 신이시여, 아까 세상이 끝나려면 아직 76억 년이 남았다고 하셨는데, 그게 무슨 뜻입니까? 어떤 근거로 그런 말씀을 하신 건지……?"

그러자 두 마리의 티라노사우루스는 서로를 쳐다보며 고개를 갸우뚱했다. 그러더니 둘이서 합창이라도 하듯 이렇게 말하는 것이었다. "좋아, 그 질문에 답하기 전에 먼저 네가 우릴 어떻게 부를 것인가부터 정하기로 하자. 아무래도 '신이시여'라고 하니 너무 낯간지러워서 말이야. 어때? 좀 괜찮은 호칭 뭐 생각나는 것 없나?" 난 재빨리 주위를 둘러봤다. 아니, 도대체 '신'을 '신'이라고 부르지 않는다면, 뭐라고 해야 한단 말인가. 그때 거실 구석에 꽂혀 있던 책 한 권이 눈에 띄었다. 오래전 어느 집 정원에서 어린아이 둘이 벼룩시장을 열고 있을 때 사 가지고 온 책. 맨 위에 놓여 있던 데다 애들이 너무 천진난만해서 사긴 했지만 지금껏 들춰보지도 않은 그 책의 제목은 '세상이 끝날 때까지 아직 10억 년'이었다. 그래, 저거야. 뭔가 지금 우리가 나누는 대화와도 일맥상통하잖아. 이런 생각을 하며, 책등을 살펴보니, 놀랍게도 작가는 두 명이었다. 보리스 스뜨루가츠키와 아르까지 스뜨루가츠키. 혹시 저 둘은 쌍둥이일까? 아니면 형제? 여하간, 난 여전히 유리에 커다란 얼굴을 붙인 채 이쪽을 들여다보는 신들에게 이렇게 외쳤다. "당신은 보리스, 그리고 당신은 아르까지. 어때요? 이 호칭이 마음에 드나요?" 그러자 신들, 아니 보리스와 아르까지는 만족스러운 듯 눈을 반달 모양으로 만들며 미소를 지었다.

그러더니 그들 중 한 명이—아마도 보리스였던 것 같은데— 길고 구부러진 손을 들어 올리더니 내 뒤쪽 어딘가를 가리켰다. "으음? 뭐라고 하는 건지……?" 내가 의아히 여기자, 그는 또 한 번 휘어진 발톱이 달린 손가락으로 거실 구석 어딘가를 가리키는 것이었다. 그 순간 소파 위에 놓아뒀던 폰이 진동하며 문자가 왔음을 알리는 벨이 '딩동' 하고 울렸다. 뒤를 돌아 스마트폰을 보자, 보리스와 아르까지는 그제야 고개를 끄덕였다. 폰을 여니, 거기엔 장문의 메시지가 도착해 있었다. 지금도 내 폰에 저장되어 있는 그 MMS 메시지의 내용은 다음과 같다.

「일단 첫 번째 질문에 대한 답을 들려줄게. 알다시피 지구는 태양 주위를 돌고 있어. 그런데 앞으로 76억 년이 지나면, 여러 가지 이유로—이에 대한 설명은 네겐 너무 어려우니까 패스하기로 할게— 태양은 점점 크게 부풀어 올라 적색거성이란 게 되고 말지. 그리고 그때 지구는 커다래진 태양에 뒤덮여 한순간에 타올라 사라져 버리는 거고. 우린 그때를 세상의 진정한 종말로 보고 있어. 왜냐하면 너희 인간이나—만약 인류가 그 먼 미래까지 살아남는다고 가정할 때— 우리 신들이나, 거대 태양 앞에서 꼼짝없이 안녕을 고해야 하니까. 어쨌거나, 그런 의미에서 스뜨루가츠키 형제는 틀렸어. 그들은 겨우 10억 년밖엔 예상 못했으니까. 하지만 그렇다고 해서 네가 우리에게 지어준 이름이 마음에 들지 않는다는 건 아니니, 너무 신경 쓰지 말라고. 자, 이제 의문이 풀려? 우리가 왜 세상이 끝나려면 아직 76억 년이 남았다고 한 건지?

다음으론, 너와 우리 사이에 새로운 약속이 만들어졌다는 것에 대해 알려주고 싶어. 방금 전 우린 어쩔 수 없이 공기의 진동, 즉 '소리'라는 수단을 이용했지만 이제부턴 원래대로—우리가 의사소통을 해온 방식대로— 스마트폰을 이용하여 너와 교신할 생각이야. 뭐, 너도 이걸 훨씬 편하게 생각할 거라 믿는데, 어때? 우리 생각이 틀렸나? 어쨌든 중요한 건, 우리의 만남이 결코 우연이 아니라는 사실이야. 그냥 잡담이나 나눌 생각으로 네게 말을 건 게 아니라는 거지. 앞으로 차차 알게 되겠지만, 너의 운명은 태곳적부터 정해져 있었어. 'Key(열쇠)'를 찾아내 지구를 구할 일종의 '구원자'로서 말이야. 물론 앞으로 76억 년이 지나면 어차피 모든 게 끝나겠지만, 그 전까진 어떻게든 살아남아봐야 할 거 아니야? 그래, 알아, 안다고. 네가 지금 어떤 심정으로 이 문자를 읽고 있을지. 아마도 기가 막히겠지? 혹은 우릴 비웃고 있을 수도 있겠군. 말도 안 되는 얘길 한다고 생각하면서 말이야. 하지만 너는 차차 이해하게 될 거야. 왜 너에게 이런 운명이 주어졌는지. 그리고 네가 데려올 '열쇠'가 과연 누구인지. 또한 단언하는데, 그걸 모두 이해하게 되면 넌 임무를 수행하기 위해 모든 걸 내려놓을 용기도 얻을 수 있을 거야. 암, 그렇고말고. 여하튼 오늘은 여기까지만 하자. 나머진 내일 얘기하기로 하고. 참, 생수 같은 건 사러 나가도 좋아. 겁내지 말란 뜻이지. 도대체 다들 우릴 왜 이렇게 겁내는 걸까? 강림한 뒤로 지금까지, 그 어느 누구도 해친 적 없는데 말이야.」

<덧붙임> : 공룡도감

지금도 기억나는데, 공룡도감(내 기억에 그건 아마도 『소년중앙』이라는 잡지의 특별부록이었던 것 같다. 한국에서 마지막으로 샀던 책이 그거였으니까. 평소 같으면 절대 사주지 않을 책이지만, 그날따라 아버지는 이상하게 마음이 약해 보였다. 아마 낯선 땅으로의 이민을 앞두고 꽤나 심란해져 있던 탓이었겠지만, 하여간, 그는 날 데리고 광화문의 큰 서점엘 가더니 아무거나 읽고 싶은 걸 하나 고르라고 말했다. 그때 단번에 집어 든 책이 바로 특별부록으로 공룡도감을 준다는 『소년중앙』이었던 것이다)의 마지막 장엔 두 마리의 티라노사우루스가 피가 뚝뚝 떨어지는 생고기를 뜯어 먹다 말고 깜짝 놀란 표정으로 머리 위를 올려다보는 삽화가 그려져 있었다. 놈들의 주위를 둘러싸고 있는 것은 수십 미터까지 자란 양치류들이었는데, 그 너머 하늘에선 활활 타오르는 빨간 불덩어리 같은 게 곧장 이쪽으로 날아오는 중이었다. '지구로 돌진해 오는 소행성을 보고 놀라는 육식공룡들.' 그 그림엔 친절하게도 이런 설명이 붙어 있었다. 생각해보면, 그림을 그린 이는 꽤나 상상력이 풍부했던 것 같다. 아직까지도, 놀란 듯 두려운 듯 혹은 망연자실한 듯 자기들을 향해 날아오는 불덩어리를 보고 있던 공룡들의 표정이 이렇게 생생히 기억나는 걸 보면 말이다.

물론 지금 내겐 그 책이 없다. 사실 한국을 떠날 때, 난 가방에 그 책부터 챙겨 넣었다. 그러나 아버지의 생각은 달랐다. 미국에 가면 더 좋은 책이 많고, 무엇보다도 스미소니언 박물관이라는 곳에 가면 그림 따위와는 비교도 안 될 만큼 멋진 진짜 공룡의 뼈대를 볼 수도 있을 거라며, 그런 건 다 두고 가라는 것이었다. "암, 뭘 해도, 여기보단 나을 거야. 낫고말고." 뭐가 그리 좋은지, 아버지는 흥겨운 목소리로 중얼대며 짐을 쌌다. 마당으로 나가는 좁은 현관 입구엔 버리고 갈 물건들이 산더미처럼 쌓여 있었다. 나는 숨을 죽이고 살그머니 걸어 나가 그 잡동사니들을 뒤졌다. 공룡도감을 다시 찾기 위해서였다. 꽤 두꺼운 책이었기에, 그건 곧 눈에 띄었다. 책을 가지고 들어와 다시 내 가방에 넣었을 때, 벌컥, 방문이 열렸다. 빛을 등지고 선 검은 실루엣. 아버지였다. 그가 낮은 목소리로 말했다. "분명 버리라고 했을 텐데. 이리 내놔."

공룡도감을 받아 든 아버지는, 그 자리에 선 채 말없이 책장을 넘겼다. 어쩌면 그때 한두 페이지만 넘겨본 뒤 던져버렸어도, 그 일은 일어나지 않았을 거다. 하지만 이상하게도 아버지는 그날 책을 찬찬히 살폈다. 한국이라는 땅을 영원히 떠난다는 생각에 기분이 너무 좋아서, 무조건 집어 던지는 대신 차분하게 훑어보는 쪽을 택했던 건지도 모른다. 어쨌든, 그가 책을 툭 떨어뜨리더니 갑자기 부들부들 떨기 시작한 건 잠시 후였다. "이놈이야. 이놈들이었어. 확실해. 난 봤다고." 정확히 기억나진 않지만, 아버지는 덜덜 떨며 이런 말을 중얼거렸다. "왜요, 아버지. 뭘요? 뭘 봤다는 거예요?" 순식간에 몸을 뒤로 꺾으며 흰자위를 드러내는 아버지 쪽으로 주춤주춤 다가갈 때, 부엌에서 엄마가 달려왔다. "안 돼. 거기 가만히 있어. 성호 좀 데리고 들어가. 문 닫고!" 엄마가 다급하게 외쳤고 난 방문을 닫았다. 마루에선 아버지가 여전히 몸을 흔들며 뜻 모를 말을 쏟아내고 있었다. 이놈들이야. 정말이라고. 그날 우리 머리 위에서 빙빙 돌던 것들. 완전군장을 한 채 트럭에 올라탔을 때, 그래, 물론 소주 몇 병을 까긴 했어. 그렇다고 해서 헛것을 볼 정도는 아니었거든. 하여튼 트럭 짐칸에 서로 어깨를 맞대고 웅크린 채 밤새 달리다가 겨우 잠들었는데…… 그때였어. 하늘을 뒤덮으며 놈들이 나타난 것은. 처음엔 꿈이라고 생각했어. 사실 말이 안 되잖아. 그렇지, 여보? 당신도 한번 생각해봐. 어디서 갑자기 그런 게 나타나겠어.

달도 없고 별도 없는 시커먼 밤하늘에 말이야. 놈들은…… 새 같기도 하고 박쥐 같기도 한 괴상한 동물들이었어. 처음엔 이상한 소리가 들려 눈을 떴지만, 아무것도 없었어. 제길. 난 욕을 하며 다시 눈을 감았지. 그러고는 앞으로 돌려 안고 있던 소총을 더듬어본 다음 다시 잠들었던 거야. 그런데 어디선가 또 그 소리가 들려오는 거야. 왜 있잖아, 날카로운 쇠붙이로 철판을 득득 긁을 때 나는 것 같은, 그런 끔찍한 소리. 눈을 떠보니 트럭은 여전히 달리고 있었어. 다들 아무것도 안 들리는지 세상모르고 자고 있더군. 그때였어. 푸드덕대는 날갯짓 소리가 들려온 것은. 난 하늘을 올려다봤지. 그리고…… 놈들과 눈이 마주쳤던 거야. 그 노랗고 기분 나쁜 눈. 날개는 어찌나 큰지 이 끝에서 저 끝까지 쫙 펼치면 세상이 온통 어두워질 정도였어. 그런데 내가 그놈들 얼굴에서 뭘 봤는지 알아? 그건 사람이었어. 정말이야. 새처럼 생긴 사람. 아니, 사람처럼 생긴 박쥐였나. 하여튼, 그것들은 웃고 있었어. 날 비웃는 것 같았다고. 킬킬대고 웃으면서 쇠 긁는 소릴 냈고, 그러다가 또 미친 듯이 날개를 퍼덕이며 머리 위를 빙빙 맴도는 거야. 흐흐 내가 미쳤다고 생각하지? 그런 거지? 아니, 아니라니까. 난 제정신이었어. 술에 취해 있었지만 미치진 않았다고. 그래, 정 하사도 놈들을 봤어. 정말이야. 그나저나 그 새끼, 난 그놈이 정말 그렇게 될 거라곤 생각지도 못했는데. 당신도 알지? 우리 집에 몇 번 놀러왔던 그 순둥이 같은 자식 말이야. 어쨌든, 난 그 괴물 새 떼를 보고 옆에서 세상모르고 자던 정 하사를 깨웠어. 처음엔 안 일어나더라고. 결국 내가 따귀를 쳤지. 일어나, 이 새끼야. 지금 자고 있을 때가 아니야! 그러자 정 하사가 눈을 떴어. 여전히 꿈인지 생시인지 모르겠다는 듯 주위를 두리번대더니 옷소매로 침을 닦더군. 다 왔습니까? 난 아니라고 했어. 아직 가고 있다고. 그런데 지금 하늘에 이상한 것들이 나타났다고. 그러면서 새 떼를 손가락으로 가리켰지. 정 하사는 멍하니 위를 올려다보더니 깜짝 놀랐어. 도대체 저게 다 뭡니까? 박쥐…… 아니, 부엉이 같은데, 맞습니까? 난 피식 웃었어. 그러고 보니 넓데데한 얼굴에 새 몸뚱어리를 하고 있는 꼬락서니가 부엉이를 닮은 것 같기도 하더군. 그런데, 잠에서 덜 깬 정 하사와 마주 보며 히죽대다 보니, 문득 화가 치밀더라고. 이 새끼가 미쳤나. 어딜 봐도 저것들은 평범한 박쥐나 부엉이 같은 거랑은 거리가 먼데, 그따위 헛소릴 지껄이다니. 난 버럭 소릴 질렀어. 잘 봐, 눈깔 똑바로 뜨고 잘 보라고! 정 하사 놈, 그제야 표정이 심각해지더군. 어깨를 잔뜩 움츠린 채 칠흑같이 어두운 밤하늘을 노려보더니, 갑자기 와들와들 떨기 시작했으니까 말이야. 어, 어, 저건…… 저건. 하긴, 정 하사가 그때 이런 말밖에 내뱉을 수 없었다는 건 나도 이해해. 왜냐하면 그것들은 정말로 흉측했으니까. 그가 덜덜 떨고 있는 걸 봤는지, 놈들은 이번엔 정 하사 주위로 우르르 모여들었어. 푸드덕푸드덕 날갯짓을 하며. 정 하사가 두려워하며 두 팔로 얼굴을 가리자, 괴물들은 신이 난 것 같았어. 마치 놀리기라도 하듯 쏜살같이 아래로 내려왔다가 순간적으로 방향을 바꿔 하늘로 치솟길 거듭했으니까. 놈들은, 그러면서도 연신 킬킬대고 웃었어. 그래, 맹세할 수도 있다고. 그 징그러운 새들이 샛노란 부리 사이로 혓바닥을 날름대며 우릴 약 올렸다는 걸 말이야. 정 하사가 완전히 돌아버린 건 그 순간이었을 거야. 갑자기 옆에 있던 소총을 움켜쥐더니 새 떼에게 겨눌 때만 해도, 난 그 새끼가 장난치는 줄 알았어. 아니, 그냥 위협이나 하다 말겠지, 생각했다고. 정말이야. 이건 알아줘야 해. 그때 내가 말리지 않은 건…… 그래서였다고. 아니, 아닌가……? 아, 머리가 아파. 너무 아파서 죽을 것 같아. 차라리 누군가가 도끼로 확 찍어주면 좋겠어. 해골을 반으로 가르고 안을 후벼 파보면 그때 들어온 그 새를 찾을 수 있을지도 몰라. 그래, 그러지 말고, 당신이 해줘. 손을 머릿속에 집어넣고 뒤져봐달라고. 뭐라고? 그게 무슨 소리냐고? 아, 진짜 모르겠어? 그날, 내가 멍하니 정 하사를 보고 있을 때, 그러다가 갑자기 그 미친 새끼가 총질을 시작했을 때, 총알을 피해 날아든 괴물 새 한 마리가 내 몸뚱어리를 뚫고 들어왔다는 걸? 새가 들어왔을 때 난 일순 숨이 막혔어. 당연하지. 놈은 뱃가죽을 찢으며 훽 들어왔으니까. 난 얼른 배 속으로 손을 집어넣었어. 후비적, 후비적. 내장과 갈비뼈 사이를 미친 듯이 뒤졌지만, 그새 놈은 어디론가 숨어버렸어. 다시는 찾을 수 없었다고. 그때였어. 총소리가 들려온 건. 피 묻은 손을 군복 바지에 문지르고 있을 때. 그제야 난 정신을 차리고 위를 올려다봤어. 정 하사, 그 새끼가 달리는 트럭 위에서 소총을 휘두르며 서 있더군. 미친놈. 자기가 람보라도 되는 줄 아는 것 같았어. 으아아아, 괴성을 지르며, 그놈은 사방팔방에 총을 갈겼어. 꽤애애액, 귀청을 찢는 듯한 소릴 내며 새들이 하늘에서 한도 없이 떨어져 내렸지. 아아, 얼마나 통쾌하던지. 그대로 보고 있을 수만은 없어서, 나도 소총을 주워 들었어. 아직도 총알을 요리조리 피해가며 킬킬대는 새들이 많았으니까. 그중 한 놈이 멀리 날아가는 걸 보고, 난 그놈에게 총구를 겨눴어. 그런 다음 방아쇠에 손가락을 걸었지. 그때 또 한 마리가 날아와 내 눈앞을 맴돌았어. 그는 사람처럼 판판한 얼굴에 이상하게 우울한 표정을 짓고 날 빤히 쳐다보더군. 뭘 봐, 이 새끼야. 내가 외치자, 새가, 아니, 사람이, 아니 부엉이가, 아니, 잠깐 뭐였지? 하여간 그 괴물이 내게 말을 했어. 정말이야. 정말이라고. 아무도 믿어주지 않지만, 진짜 정말이라고. 그래, 그 괴물은 자기가 신이라고 했어. 웃기지 마, 새끼야. 내가 대답하자, 놈은 더 울적한 표정을 짓더군. 그러더니 믿지 않아도 상관없다는 거야. 다만, 이라고 하고는 뜸을 들이기에, 난 물었어. 다만, 뭐? 뭐 어쩌라고? 그러자 자칭 신이라던 그 새 새끼가 또박또박 말했어. 자기도 어쩔 수 없었다고. 하여간 알아서 하라고. 난 진짜 화가 나서 놈의 주둥이를 개머리판으로 내리쳤어. 뭘 어쩔 수 없었다는 건지, 그리고 도대체 뭘 알아서 하라는 건지. 적어도 간단한 설명 정도는 해줄 수 있는 거 아닌가? 응? 얼굴이 판판한 그 새는 아픈지 주둥이를 손으로 문질렀어. 그러더니 눈썹을 찌푸리고는 이렇게 말하더군. 그래봤자 소용없어. 어쨌든 모든 건 너의 선택이니까. 지금 머릿속에 들어 있는 그 새도 사실은 네가 원해서 불러들인 거야. 어떤 인간들은 신이 뭐든 다 할 수 있다고 착각하지. 하지만 그게 아니거든. 우린 단지 조금 더 많이 알 뿐이야, 그게 전부라고. 그러더니 그 자칭 신이라는 새끼가 휘익, 하늘로 날아올랐어. 놈을 쏴. 놈을 쏴. 놈을 쏴. 놈을…… 쏘라고. 도대체 누구였을까. 그 순간 내 귀에다 대고 미친 듯이 떠들어댄 존재는. 그 소린 점점 커졌고 나중엔 귓속에서 엄청나게 큰 종이 뎅뎅, 울리는 것 같았어. 알았어, 알았다고. 그러니까 그만해. 난 그가 가리키는 방향을 향해 무턱대고 총질을 했어. 접니다. 저라고요. 벌집이 된 정 하사가 쓰러지면서 한 말은 그거였어. 뭐라고? 내가 정 하사를 쐈냐고? 아니야. 아니야. 아니라고! 분명히 말하지만, 정말 아니야. 새들이 먼저 시작했어. 뭐? 내가 정 하사를 쏘면서 모든 게 시작됐다고? 어느 미친 새끼가 그런 말을 해? 난 그냥 도망치는 새를 겨눴을 뿐이야. 그런데 재수 더럽게 없던 정 하사가 쓰러진 거라고. 그 새끼, 얼굴이 아예 없어진 거 알아? 눈알은 나중에 내 바지에서 발견됐지. 터진 머리통에서 튄 뇌수는, 자다가 깨서 트럭 구석으로 몸을 숨기며 우왕좌왕하던 병사들 머리 위로 우박처럼 후두둑 떨어져 내렸어. 그때였어. 내 머릿속에서 또다시 목소리가 들려온 것은. 저기 정 하사를 죽게 만든 새가 날아가고 있어. 어서 총을 겨눠. 그리고 방아쇠를 당기라고. 무자비하게, 한 치의 망설임도 없이. 자, 어서. 지금, 당장! 난 어깨에 총을 얹었어. 그런 다음 한쪽 눈을 지그시 감았지. 개천 건너편에서 새는 빙글빙글 웃고 있었어. 쏠 수 있으면 쏴봐. 쏴보라고. 꽤애애액. 그 미친 새는 이렇게 날 놀려댔지. 내가 못할 줄 알아? 못할 줄 아냐고? 난 아마 이렇게 외쳤던 거 같아. 방아쇠를 당기면서 말이야. 총구에서 튀어나온 총알이 천천히, 아주 천천히, 긴 포물선을 그리며 날아가는 동안 어느덧 아침이 지나고 해가 머리 위를 스쳐 가더니 오후가 됐어. 그래, 정말이야. 시간이 이상하게 흘러가더라고. 마치 우리가 타고 있던 트럭 주위에서만 왜곡되는 듯. 그리고 펑, 그 새의 머리통이 터졌을 때, 난 소총까지 집어 던지며 소리쳤어. 됐어! 내가 죽였다고! 그런데, 그런데 말이야, 도대체 무슨 일이 벌어진 건지. 분명 날개를 길게 펼친 커다란 검은 새가 쓰러져 있어야 할 자리에, 웬 소년이 누워 있더라고. 사방은 죽은 듯 고요한데, 아까부터 점점 더 느려지던 시간은 이제 완전히 멈춰 있었지. 트럭도 달리던 모습 그대로 서 있고, 병사들 역시 누군가는 총을 든 채로, 또 누군가는 총을 어깨에 얹은 채로, 혹은 트럭 바닥에 잔뜩 웅크리고 머리를 다리 사이에 숨긴 채로, 그대로 정지해 있었어. 신기하게도 개천을 흐르던 물까지도 완전히 멈춘 세상을, 나 혼자 천천히 헤치며 걸어가자 곧 건너편 기슭에 당도했지. 흐흐, 그래…… 그 새 새끼들이 날 완전히 엿 먹였다는 걸 알아차리기까진 그리 오랜 시간이 걸리지 않았어. 난 완전히 속아 넘어갔던 거야. 새인 줄 알고 있던 것들은, 제길, 사람이었어. 그것도 어린애들. 웃통까지 벗고 물에서 놀고 있던 소년들. 한 놈은 머리가 터지고, 어떤 놈은 배가 뚫렸어. 밑바닥부터 피가 차오르더니, 시간도 움직임도…… 모든 게 완벽하게 멈춘 그 세상 전체가 새빨간 물속으로 잠겨 들었어. 나 역시 마찬가지고. 코로, 입으로, 귓구멍으로 피가 콸콸 스며들었고, 난 허우적대며 거길 빠져나와 트럭에 올라탔어. 자, 출발해. 어서. 그리고 너, 김 일병은 지금 상부에 보고하고. 뭐, 뭐라고 하면 좋겠습니까? 아직 애송이 같은 통신병이 초점 잃은 눈으로 날 올려다보며 물었을 때에야 나는 정신을 차렸지. 그제야 이 모든 일들의 진상을 파악했으니까. 그러니까 그건…… 그래, 그건, 모두 다 처음부터 계획돼 있던 것이었어. 그들이, 그러니까 가슴에 훈장을 주렁주렁 매단 그 새끼들이 은근한 표정으로 우리에게 소주를 몇 병씩 나눠주며, 필요하면 사살해도 좋다고, 마치 선심이라도 쓰듯 속삭이던 그 순간부터 말이야. 한번 피 냄새를 맡으면 결코 충동을 억제할 수 없는 흡혈귀들처럼, 우린 말려들었던 거야. 아니, 아닌가? 그 뭐더라, 자칭 신이라고 하는 부엉이 새끼가 했던 말처럼, 그저 모든 건 내 선택이었던 건가? 사실 나는 그게 물놀이하는 애들이란 걸 알고 있었던 건가? 아니야. 그럴 리가 없어. 내가 왜 뭣 때문에 어린애들에게 총을 쏴댔겠어. 미치지 않고서야. 그래, 그래. 물론이지. 미쳤던 걸 수도 있어. 하지만 그렇다고 해도 그게 내 탓은 아니야. 말했잖아. 갑자기 뱃가죽을 뚫고 들어온 검은 새가 있었다고. 그놈이 머릿속에서 자꾸 뭐라 뭐라 중얼댔다고. 어쨌든 나는 뭔가 대답을 해야 했어. 발목까지 차올라 출렁대는 핏물 속에서 부들부들 떨고 있던 그 병신 같은 통신병에게. 그때 날 구해준 게 정 하사야. 하아, 그 새끼. 끝까지 날 도왔다니까. 머리가 터진 정 하사의 몸뚱어릴 본 순간 영감이 떠올랐으니까. 놈의 시체를 보며 난 말했어. 개천 너머에 숨어 있던 폭도들이 선제공격을 해왔다고 보고하도록. 하……하지만, 그건. 통신병은 뭔지 모를 소릴 웅얼거리며 또다시 날 올려다봤어. 아, 그 새끼. 안경만 안 썼어도 덜 보기 싫었을 텐데. 그렇지만 불쌍하게도 놈은 안경을 쓰고 있었어. 난 그 새끼 면상을 발로 걷어찼고, 얼굴을 움켜쥔 채 뒹구는 놈의 머리에 권총을 겨눴어. 그러고는 펑! 뭐, 그

다음은 어떻게 됐는지, 말 안 해도 알겠지? 발로 놈의 몸뚱이를 밀어낸 뒤, 질퍽한 뇌수와 피바다 속에 쭈그리고 앉아 재빨리 무전을 날렸어. ……들리나? 알았다, 오버. 그렇다. 폭도들은 사제 총으로 무장을 하고 있었다. 그러고는 냇가의 바위를 엄호물 삼아 숨은 채 우리에게 총을 쏴댔다. 물론, 당연하다. 끝까지 대응사격을 자제하며 정세를 살폈지만, 그러나 정 하사가 그들이 쏜 총에 맞아 쓰러지는 걸 본 순간, 더 이상 참고 있는 건 아무 의미가 없다는 생각이 들었던 거다. 나는, 나는, 잘 기억나진 않지만 아마도 발포를 허용했던 것 같다, 아니, 어쩌면 전우의 죽음을 옆에서 지켜본 누군가가 먼저 총을 쐈던 걸지도……. 모르겠다. 도대체 어디서부터 어떻게 일이 진행된 건지. 다만 중요한 건, 개천 건너편에 숨어 있던 폭도들이 그냥 민간인이 아니었다는 사실이다. 그들은…… 아, 맞다, 그들은 인공기까지 가지고 있었으니까. 흐흐, 그런데 말하다 보니, 진짜 신기하더라고. 입에서 술술 이야기가 만들어져 나왔으니 말이야. 소설 쓰는 새끼들의 심정을 알 것 같기도 했는데, 음, 그러니까 그건 이런 거였어. 처음엔 거짓말로 시작하지만 입 밖으로 나오는 순간 모든 건 진실이 되고, 나는 그걸 믿어버리게 되는 거야. 그래, 지금처럼 말이야. 나는 나중에도 증언했지. 아니, 내 말은, 따라서 이게 진실이라는 거야. 냇가 바위 뒤에 숨어 있던 빨갱이 폭도 새끼들이 우릴 공격했고, 그래서 어쩔 수 없이 대응사격을 했는데, 놈들은 모두 도망치고 애꿎은 중학생이 몇 죽게 됐다는 거. 그래, 뭐 어쩔 거야? 그렇게 개죽음당하기 싫었으면, 애초부터 그런 곳에 나와 어슬렁대지 말았어야지. 대체 시국이 어떤 시국인데 한가하게 물놀이나 하고 있냐고. 아니, 생각해보니 다 잘못됐어. 내가 제대로 기억하지 못하고 있었다는 뜻이야. 나는 소총도 쏘지 않았고 새도 못 봤어. 정 하사란 인간은 아예 세상에 존재하지 않았어. 그는 가공의 인물, 허구야. 당연히 통신병도 없었지. 다 가짜고 다 거짓이었던 거야. 그런 일은 일어나지도 않았어. 그해 5월, 우린 정해져 있던 훈련을 하기 위해 남도로 내려갔고, 별일 없이 다시 올라왔어. 세상은 너무 평온해서, 중학생이 마을 냇가에서 수영하다 지나가던 군인들 총에 맞아 죽는 일 따윈 아예 일어날 수도 없었지. 생각해봐, 그게 진짜 일어났던 일이라고 생각해? 몇 년 뒤에 올림픽이 열릴 나라에서? 만약 정말로 그런 끔찍한 일들이 일어났다면, 그 사람들, 잘사는 사람들, 선진 국민들, 인권을 목숨보다 소중히 여기는 사람들, 우리보다 훨씬 많이 배운 수많은 외국 귀빈들이 여기 발이라도 디뎠을 것 같아? 그리고 또 다른 사람들은 어떻고? 이 땅에 살던 다른 사람들 말이야. 아침에 출근해서 저녁에 퇴근하는 사람들, 저녁밥을 먹으며 텔레비전 뉴스란 뉴스는 하나도 빼놓지 않고 보는 사람들, 자기 자신에게 일어나는 일보다 남에게 일어나는 일에 더 깊은 관심을 보이는 대부분의 사람들. 그들은 어땠겠어? 만약 그런 일이 실제로 일어났다면, 왜 다들 가만히 있지? 마치 아무 일도 없었다는 듯 아침을 맞고 다시 저녁이면 잠자리에 들었잖아. 악몽 하나 꾸지 않고 말이야. 그러니까 그건 모두 허구야. 어떤 할 일 없는 인간이 어느 구석에 숨어서 소설을 썼겠지. 그러고는 여기저기 퍼뜨렸을 거야. 아무도 모르게, 아주 작은 책자나 신문 쪼가리, 혹은 찌라시나 구석탱이 벽에만 붙어 있는 대자보 따위로 만들어서. 그리고 그런 거짓말에 우리는, 그래, 당신까지 포함해서 모두가 속아 넘어간 거라고. 흐흐, 웃기지 않아? 웃기지 않냐고? 어떻게 그런 걸 믿을 수가 있지? 알 만한 인간들이. 나? 내 뱃가죽을 뚫고 들어간 새는 뭐냐고? 아하, 그거? 그거야 당연히 허구지. 내가 꾸며냈다, 이 말이야. 도대체 말이 돼? 어떻게 새가 배 속으로 들어가 머리에 둥지를 틀어? 멀쩡한 하늘에 뭐 때문에 괴물 새 떼가 나타나겠냐고? 어휴 미련한 여편네 같으니라고. 지금껏 내 말을 다 믿었던 거야. 아, 됐어. 이제 그만할래. 진짜 피곤하다고. 내일 떠나야 하는데, 여기서 뭘 하는 거냐고!

(곧이어, 갑작스러운 음소거)

그날 밤, 늦도록 잠을 이루지 못하다가 마루에 나가 보니, 공룡도감이 내팽개쳐져 있었다. 누군가가—아마도 당연히 아버지겠지만— 마구 찢었는지 사방에 뜯긴 낱장들이 흩어져 있었는데, 특히 익룡이 그려져 있던 페이지는 알아볼 수도 없을 만큼 잘게 찢겨 있었다. 처음엔 종잇조각들을 긁어모아 테이프로 붙여보려 했다. 하지만 그게 성공할 리 없었다. 공룡도감의 마지막이 어땠는지는, 이제 기억나지 않는다. 아마 현관 입구에 쌓여 있던 버리고 떠나야 할 물건들의 목록에 추가됐겠지.

덧붙이자면, 우린 스미소니언 박물관에 가지 못했다. 미국으로 건너간 지 얼마 되지 않아 처음이자 마지막으로 떠났던 워싱턴 관광에서 아버지는 길을 잃었고, 결국엔 스미소니언 대신 어느 음침한 뒷골목 갤러리에서 전시하는 이상한 화가의 그림만 실컷 보다 돌아왔기 때문이다. 그건 히에로니무스 보스라는 네덜란드 사람의 그림이었는데, 진품은 아니었고, 누군가가—거기엔 그런 명화를 그대로 베껴 그리는 걸 업으로 삼은 화가들이 많다는 거다— 원작을 그대로 따라 그린 모사화들이었다. 전시장 자체도 어두컴컴하고 퀴퀴한 냄새까지 날 정도로 음습했지만, 뿌연 조명 아래 걸려 있는 거대한 그림이 너무 끔찍해서 나와 성호는 그 자리에 못 박힌 듯 가만히 서 있었다. '지상의 환락의 정원—지옥 편'이라는 제목의 그림 속에서, 벌거벗은 남녀는 서로 뒤엉켜 고통과 환희, 쾌락과 공포에 가득 찬 비명을 지르고 있었고 새도 아니고 박쥐도 아닌, 몸의 절반은 새이고 나머지 절반은 인간처럼 생긴 괴물이 귀밑까지 찢어진 입을 한껏 벌린 채 킬킬 웃으며 그들의 몸을 깁고 뾰족한 꼬챙이로 마구 찌르고 있었다. 하늘엔 신처럼 보이는, 그렇지만 결코 신이라곤 할 수 없는 흉측하게 생긴 짐승이 옥좌에 앉아 있었고, 그 주위를 빙빙 맴도는 것은 까마귀를 닮은 새들의 무리였다. 내 키보다도 훨씬 크고 벽면 하나를 다 차지할 만큼 옆으로도 넓은 그 그림을 멍하니 바라보다가 고개를 돌렸을 때, 난 경배라도 드리듯 외경심에 가득 찬 얼굴로 어딘가를 우러러보는 아버지를 발견했다. 그렇다. 이건 정말 정확한 기억인데, 그때 아버지는 옥좌에 앉아 있는 그 기괴한 생물을 바라보며 거의 두 팔을 벌리다시피 하고 있었던 것이다. 난 성호를 데리고 다음 전시실로 빠르게 걸어갔다. 왠지, 거기 더 이상 있으면 안 될 것 같은 예감이 들었기 때문이다. 얼마나 시간이 흘렀을까, 아버지가 우리 쪽으로 천천히 걸어왔다. 얼굴은 붉게 상기돼 있었는데, 기분이 꽤 좋아 보였다. 그는 갤러리 입구에 있는 기념품 가게에 우릴 데리고 들어갔다. "자, 마음대로 골라봐라. 어쨌든 워싱턴까지 왔으니 뭐 하나 사가야지.” 하지만 그곳에 우리가 살 만한 건 아무것도 없었다. 모든 게 다 히에로니무스 보스인가 뭔가 하는 화가의 그림처럼 음침했기 때문이다. 아버지는 보스 그림의 복제화를 샀다. 그런 다음 기념품 가게 직원에게 신문지를 몇 장 얻어 그림을 둘둘 말아 잘 포장했고, 집으로 돌아올 때까지 엄청 소중한 물건인 양 품에 꼭 안고 내려놓질 않았다.

10
Talk about you

어젯밤 꿈에 디디가 나왔다.

디디는 웃고 있었다. 게다가 여전히 어렸다. 그는 약간 구부정한 자세로 지면에서부터 약 30센티미터 정도 높이의 공중에 둥둥 떠 있었다. 난 반갑게 말을 걸었다. 여어, 오랜만이야. 그동안 대체 어디 가 있던 거야? 그러자 디디가 빙긋이 웃더니 고개를 갸우뚱했다. 아마도 나이든 내 모습을 이상하게 여겼던 걸까? 하여튼, 그렇게 머리를 한쪽으로 기울인 채 디디가 대답했다. 목소리가 저 멀리 구름 위에서 들려오는 듯 기이하게 웅웅 울렸다. 어이, 친구. 나야 항상 네 곁에 있었지. 정말? 이렇게 대답하는데 이상하게 눈시울이 뜨거워졌다. 그런데 디디, 그거 알아? 네가 없는 동안 정말 별별 일이 다 일어났다는 거? 디디는 공중에 뜬 채로 팔짱을 끼더니, 또다시 고개를 저었다. 글쎄,

무슨 일이 있었는데? 사실은 말이야, 신들이 내려왔었어. 그들은, 음, 우릴 심판하러 온 게 아니었어. 오히려 우주와 지구, 인류를 멸망에서 구해주기 위해 온 거라고 하더군. 하지만 디디는 별로 놀라지도 않았다. 오히려 원래부터 다 알고 있었다는 듯 씩 웃을 뿐이었다. 놀랍지 않아? 내가 묻자 디디가 또 고개를 갸우뚱했다. 뭐가? 신들이 내려왔다는 거. 그리고 나한테 이런 말도 안 되는 임무를 맡겼다는 거. 아니. 전혀 놀랍지 않아. 왜냐하면 난 알고 있었으니까, 아주 오래전부터. 그렇지 않다면, 뭣 때문에 너 대신 죽었겠어?

그때 갑자기 구름이 흔들렸다. 점점 흐려지는 하늘에서 디디는 판판한 2차원 평면으로 변해갔고, 어느새 나는 벽거울 앞에 선 채 그 모든 광경을 들여다보고 있었다.

*

1999년 9월 13일, 라스베이거스 그랜드 호텔 앞 사거리에서 잘나가는 래퍼 핫블랙이 죽었다. 자기 차 안에서 갱스터가 쏜 총에 맞은 그는 바로 병원으로 후송됐지만, 도착했을 땐 이미 숨이 끊어진 뒤였다.

사실 핫블랙은 전에도 여러 번 목숨의 위협을 받은 적이 있었기에 언제나 재킷 안에 방탄조끼를 입고 다녔다. 그런데 그날따라 그의 매니저였던 자블라토는 그에게 방탄조끼를 벗으라고 권했다. 너무 덥다는 것이 그 이유였다. 그러면서 자기는 방탄조끼를 벗지 않았고, 그래서 무려 열두 발의 총탄 세례 속에서도 털끝 하나 다치지 않았다. (이게 그가 지금까지도 핫블랙 살해의 배후로 의심받고 있는 이유이기도 한데, 실제로 그는 수십 번이나 연방수사국에 불려 갔다고 한다.

그때마다 자블라토는 눈물을 흘리며 울부짖었고—다음과 같이 말이다. "대체, 내가 왜 뭣 때문에 그런 짓을 하겠어요? 핫블랙이야말로 내 밥줄인데! 나야말로 이제 망했다고요."—결국은 숱한 의혹만 남긴 채 무죄 인정을 받았다.) 그런데 핫블랙은 왜 그날만 방탄조끼를 벗었을까? 만약 그가 방탄조끼를 입고 있었다면 사건은 그저 어느 맛이 간 마약쟁이의 헛소동으로 끝나고 말았을 텐데. 정말로 그랬다면, 디디 역시 전기의자에서 죽지 않았을 거고, 마약재활병원에서 교정치료를 받은 뒤 새 삶을 살게 됐을지도 모른다. 하지만 운명은 이미 정해져 있던 법. 그날 밤, 디디는 약에 잔뜩 취해 길거리에서 총질을 했고, 유명한 래퍼가 그 자리에서 피를 쏟으며 죽었다.

그리고 놀라운 우연의 일치지만—물론 지금은 그게 우연이 아니라 세상의 구원과 재생을 위한 필연이었음을 알지만—핫블랙이 죽던 날 밤, 나 역시 총에 맞았다. 라스베이거스에서 수천 킬로미터 떨어진 트루데 뒷골목에서 총을 맞은 나는 피가 흐르는 어깨를 움켜쥔 채 쓰러졌고, 시립병원의 낡아빠진 침상에서 가까스로 눈을 떴다. 입원실 한쪽 구석엔 신문이 한 장 놓여 있었는데, 성한 쪽 손으로 그걸 집어 들고 읽으며, 난 디디가 결국 일을 저지르고 말았다는 것을 알았다. 약에 취해 몽롱해진 녀석이 경찰에 끌려가며 이런 말을 외쳤다는 것까지도. "정말이야. 난 놈이 누군지도 몰랐어. 그냥 머릿속에서 목소리가 들렸을 뿐이라고. 저놈을 쏘라는 목소리. 그래야 세상을 구할 수 있다는 간절한 속삭임 말이야. 그래서 시키는 대로 했어, 그것뿐이라고!" (아주 오랜 세월이 흐르고 나서야, 난 그의 말이 모두 진실이었음을 알게 됐다. 그가 핫블랙을 죽이지 않았다면, 지금 당신—이 노트를 읽고 있는—이 살아가고 있는 이 세상은 더 이상 존재하지 않았을 테니까. 왜냐고? 그거야말로 앞으로 설명하고자 하는 얘기니까 조금만 참고 기다리도록.)

다시 한 번 말하지만, 1999년 9월 13일 밤, 난 어깨를 관통당하는 총상을 입었다. 그건 정말로 끔찍한 경험이었지만, 종국엔 내게 일종의 행운을 가져다준 사건이 되었다. 왜냐하면 그날 그 시간, 핫블랙은 나 스티브 대신 그의 생명을 내놓고 이 땅에서 영원히 사라져버린 거니까. 그러니까 내 말은 이런 거야. 세상엔 매 순간마다 반드시 죽어야 할 사람의 수가 정해져 있다는 것. 만약 그때 핫블랙이 죽지 않았더라면, 그 대신 다른 누군가가 반드시 죽어야 했다는 거지. 그리고 그 '다른 누군가'는 분명 나였을 게 확실해. 왜냐하면 바로 그 순간, 난 멀리 떨어진 도시에서 어깨에 총을 맞은 채 괴로워하고 있었으니까. 쉽게 말해서 신은 그저 주사위를 던져서 1999년 9월 13일 밤 열한 시에 죽어야 할 인간의 수만 정하는 거야. 그게 누가 되든 머릿수만 채워지면 끝나는 그 황당한 게임 속에서, 나는 살고 핫블랙은 죽은 거지. 그리고 그 사이에 디디라는 연결고리가 있었던 거고. 무슨 말인지 알겠어?

부스러진 어깨뼈가 도로 붙을 때까지 나는 약 두 달간 병원에 있었고, 상처가 다 아문 뒤엔 마약재활원으로 보내졌다. 솔직히, 그날 밤 약에 취한 부랑자가 총을 겨눴을 때 난 이미 죽은 목숨이나 마찬가지였고, 그래서 재활원 침대에 누워 창밖 하늘을 보면 새 생명을 얻은 듯 가슴이 벅차올랐다. 이 지긋지긋한 구렁텅이에서 벗어나 뭔가 다른 삶을 살아보고 싶다는 생각을 절실히 해본 것도 그때가 처음이었다. 나는 재활원이 마련한 프로그램을 잘 따랐고 직업훈련 과정도 수강했다. 덕분에 퇴원한 지 얼마 되지 않아 직장엘 다니게 됐고(비록 도축장에서 허드렛일을 하는 거였지만) 그럼으로써 마약에 전 채 길거리에서 죽을 운명을 피할 수 있게 됐던 것이다. 그러니까 핫블랙은 날 위해 죽었고, 그를 쏜 디디는 내게 새 삶의 기회를 주었다. 그들 대신 살아남은 나는 신과 조우했으며, 마침내 이렇게, 세상을 구하기 위해 여기 와 있는 거다.

이제 알겠는가? 디디, 핫블랙, 세상의 현존. 이 세 가지 사이에 어떤 관계가 있는지를?

하지만, 디디의 나머지 생은 불행했다. 그는 총을 쏜 그 자리에서 경찰에 체포됐고, 몇 번의 재판을 거친 끝에 사형을 선고받았다. 교도소에서 사형을 기다리는 동안에도, 디디는 갖은 협박에 시달렸다. 핫블랙의 팬들은 자기들의 우상인 힙합의 신이 그렇게 비루하게—마약에 취한 무명의 갱스터가 쏜 총에 맞아서— 죽었다는 사실을 믿지 않으려 했다. 그들은 핫블랙이 좀 더 핫블랙다운 죽음을 맞았어야 한다고 믿었고, 그래서 그를 평범한 죽음으로 내몬 디디를 증오했다. 분노한 팬들은 교도소 정문 앞에서 시위를 했고, '언젠가는 네놈을 죽일 거야! 각오하라고. 전기의자에 앉기 전에 먼저 손봐줄 테니까' 등의 욕설이 적힌 쪽지나 썩은 계란, 밀가루 같은 걸 담장 너머로 던져 넣었다. 그중에서도 압권은 '핫추모'('핫블랙의 죽음의 진실을 추구하는 사람들의 모임'이라는 단체의 약자) 회원들의 제안이었는데, 그들은 교도소에 들어앉아 입을 꾹 다물고 있는 디디 대신 그의 아버지에게 접근했다. 트루데 뒷골목에서 배관공으로 일하고 있던 '술주정뱅이 짐'(예전에 우린 모두 디디의 아버지를 그렇게 불렀다. 물론 당연히 본명은 모른다. 알아도 여기에 밝힐 생각은 없지만— 왜냐하면 로버트 와인버그는 남의 실명을 함부로 언급하지 말라고 충고했으니까)을 찾아내 설득하는 방법을 택했던 것이다. 그런데 정작 짐의 마음을 움직인 건, 어울리지 않게 검은 양복을 차려입은 핫추모 운영진들의 공손한 자세나 말투가 아니라, 그들이 들고 간 검은 비닐봉지였다. 아니 정확히는, 그 봉지 안에 들어 있던 다섯 병의 최고급 자메이카산 럼주와(놀랍게도 그들은, 짐의 고향이 자메이카라는 것까지도 사전에 철저히 조사해뒀다) 안주로 먹을 한 무더기의 육포였던 것이다.

"그 사람들, 내게 이런 부탁을 하더라고. 기자회견을 열고—혹시 회견을 요청하기가 여의치 않으면 자기들이 손을 써주겠다고도 했어— 거기서 '핫블랙의 죽음에 얽힌 진실'에 대해 발표해달라는 거야. 그러면서 원고를 한 장 건네줬는데, 나는 그걸 그냥 읽기만 하면 된다고 하더군." 디디가 사형당하기 얼마 전 마지막으로 찾아갔을 때, 짐은 한 병 남은 술을 컵에 따르며 말했다. "참, 자네도 한잔할 텐가?" 난 괜찮다고 했다. 앞니가 다 빠진 노인네와 마주 앉아서까지 술을 마시고 싶진 않았으니까. 내가 고개를 젓자, 짐이 음흉하게 웃었다. "하긴, 그런 일을 겪고도 술을 또 마신다면…… 안 될 말이지." 나는 고개를 번쩍 들었다. "무슨 일 말인데요, 아저씨?" 내가 묻자, 짐은 당황해하며 얼른 육포 한 조각을 뜯어 입에 넣었다. "아, 아니야. 내가 괜한 말을 했어. 넌 기억하고 싶지도 않을 텐데. 그래, 그런 건 빨리 잊을수록 좋지." 나는 아무 말도 하지 않고 그가 잔을 비우기만 기다렸다. 병을 들어 다시 컵을 채워주자, 짐 역시 별다른 얘기 없이 술을 마셨다. 하긴, 이 동네 사람들은 모두 그 이야길 꺼내고 싶어 안달일 것이다. 엘름 가 1408번지 한국인 가족 몰살 사건. 거기서 혼자만 살아남은 불쌍한 소년이었던 내 앞에선 더더욱 그렇겠지.

술잔을 다 비운 짐이 문득 눈시울을 붉힌 건 그때였다. 그는 나를 보니 디디가 생각난다며 옷소매로 눈가를 훔쳤다. 순간 난, 짐이 디디를 무척이나 사랑했던 걸로 착각하고 같이 눈물 흘릴 뻔했다. 하지만 내가 어떻게 디디를 잊을 수 있을까? 툭하면 온몸에 시퍼런 멍이 든 채 학교에 왔던 디디. 굳이 말하지 않아도 난 그가 왜 그렇게도 집에 들어가길 싫어하는지 잘 알고 있었다. 짐은 공사장에서 주워 온 강화 플라스틱 수도관으로 자기 아들을 때렸다. "아마 쇠 파이프였다면 난 벌써 죽었을걸." 디디는 맞아서 퉁퉁 부은 얼굴로 유령 타워 한구석에 흩어져 있던 철근 콘크리트 더미에 쭈그리고 앉아 중얼거렸다.

각자의 아버지에게 흠씬 맞은 날이면, 우린 마치 약속이라도 한 듯 유령 타워로 나왔고 여기저기 널려 있는 폐자재들 사이에 숨어서 담배를 피웠다. 재수가 좋은 날은 나이퀼 시럽을 병째 마시기도 했는데, 그럴 때면 죽은 로저의 유령이 우리들 앞을 스르륵 지나가기도 했다—물론 난 못 봤지만 말이다. 로저 코먼의 유령을 보는 건 언제나 디디 쪽이었다. 그는 자기 할아버지가 자메이카의 유명한 심령술사였다고 주장했고, 그래서 자신도 망령을 보는 눈을 가지게 된 거라고 우겼는데, 내가 그걸 믿었던 건 아니다. 지금 생각해보면, 디디는 어려서 너무 많이 맞은 탓에 이미 살짝 맛이 가 있던 걸지도 모른다. 아니면, 빈민굴 옆 강가에 거대한 쇼핑몰을 짓다가 파산한 뒤 목매 죽은 건축주의 유령을 보는 편이, 하루도 빠지지 않고 두들겨 맞아 퉁퉁 부은 채 지내야 하는 현실보다 더 리얼하게 여겨졌던 걸지도 모르고 말이다. 어느 날이던가, 디디는 주머니에서 뭔가를 꺼내 보여줬다. 손잡이 부분에 쇠사슬이 달려 있는 군용 접이식 칼이었다. "이것 봐." 그때 그 폐허 같은 건물의 어둠 속으론 딱 한 줄기의 햇빛이 비쳐 들고 있었는데, 마침 그게 디디가 펼친 칼날에 반사되어 엄청 눈이 부셨던 기억이 난다. "언젠가는 이걸로 보기 싫은 새끼들의 목을 다 따버릴 거야." 디디는 그렇게 말하며 칼끝을 자기 바짓단에 문질렀다. 난 그걸 받아 들고 이리저리 만져봤다. 칼날이 푸르스름하게 빛나고 있었다. 내 부러운 표정을 눈치챘는지, 디디가 말했다. "갖고 싶으면 가져.

난 하나 더 구할 수 있으니까." 하지만 나는 고개를 저었다. 한 번만, 아주 가볍게, 스윽 긋기만 해도, 누군가의 경동맥이 단숨에 끊어지리라는 걸 너무나 잘 알고 있었기 때문이다. 몇 번이고 칼을 접었다 폈다 한 끝에, 결국 난 디디에게 칼을 도로 건네줬다. 그때 디디가 괜찮다며 "받아, 스티브. 내 친구들한테 가면 이런 칼은 한 다스도 더 넘게 구해 올 수 있어. 그중엔 정말로 사람을 한번 찔렀던 진짜배기도 있다니까"라고 말한 건 사실이지만, 그래서 나도 잠깐 망설이며 그 군용 접이식 칼의 날카로운 날에 손가락을 대본 것도 사실이지만, 그래도 마지막에 나는 그걸 돌려줬다. (이건 정말 확실하다. 나중에 디디도 그렇게 증언했으니까. 그때 나는 보호시설에서 심리 치료를 받으며 머물고 있었는데, 그들은—동정 어린 표정을 짓고 있던 카운슬러나 간호사들—내가 두고두고 트라우마에 시달릴 거라고 자기들끼리 속삭였다. "비록 아무것도 기억하지 못한다 해도, 어쨌거나 사랑하는 가족의 죽음을 지켜봤잖아요. 게다가 범인이 하필이면……." 거기까지 나를 취재하러 왔던 기자가 떠들어대자, 옆에 서 있던 카운슬러가 손가락을 입술에 대며 "쉿. 애가 듣고 있어요"라고 말하는 장면을 보기도 했다. 그런데…… 내가 들으면 안 되는 얘기란 대체 뭐였을까? 하긴, 그러고 보면 사람들은 나에게 숨기는 게 많았다. 담당 형사만 해도 끝까지—사건이 종결될 때까지도— 나를 못마땅하다는 눈초리로 쳐다봤는데, 그가 왜 그랬는지는 오랜 뒤까지도 풀리지 않은 의문으로 남아 있었다.)

*

이런. 또 쓸데없는 이야기를 주절주절 늘어놓고 있다. 사실 카운슬러와 기자가 나눈 대화 따윈 굳이 적을 필요도 없는 건데. 아까도 말했지만 노트는 얼마 남지 않았고, 무엇보다도 시간이 너무 부족하다.

―기억해두라고. 너에게 주어진 시간은 정확히 일주일이라는 것을.

이곳으로 떠나오기 전, 신은 나에게 이렇게 경고했다.

―그 안에 모든 것을 완수하지 않으면, 문은 닫힐 거야. 그다음엔 우리도 방법이 없다고.

그때 난 신에게 소리쳤다.

―무슨 신이 그따위야? 왜 우주와 시간을 자기 마음대로 다루지 못하는 거냐고?

그러자 신은 슬픈 표정의 이모티콘과 함께 이런 메시지를 보내왔다.

―그렇기 때문에 우리가 신인 거야. 아직도 모르겠어?

참고로, 문자를 보낸 건 보리스였다. (어쩌면 보리스가 아니라 아르까지였을지도 모르지만, 상관없다. 어차피 둘은 너무나 똑같이 생겼고, 그래서 누가 보리스이고 누가 아르까지인지 구분하는 건 불가능했으니까. 솔직히 말하자면, 그들이 다시 하늘로 올라가던 순간까지, 난 둘을 정확히 구별하지 못했다.) 덧붙이자면, 난 그들―완전히 똑같이 생기고 지상을 뒤덮은 무수한 보리스와 아르까지들―이 영혼까지도 공유하는지 무척 궁금했다. 하루는 신들에게 그에 관해 질문한 적이 있는데, 처음엔 아무 대답도 없더니 며칠이 지난 후에야 다음과 같은 장문의 메시지가 도착했다.

―스티브, 우린 네 질문의 의미 자체를 이해하지 못했어. '하나의 영혼'은 뭐고 '각각의 영혼'은 또 뭔지. 우리에겐 하나나 각각이 동일

한 개념이고, 무엇보다도 영혼이라는 게 뭔지도 모르니까. 그러니까, 그 '영혼'이라는 것은 뭐랄까, 너희 인간들 각자의 머릿속에 들어 있는 비非물질적 사념의 덩어리 같은 걸 말하는 건지? 눈에 보이지는 않지만 존재하는 어떤 것? 예를 들자면 라디오 안테나에 흘러들어 와 소리를 내도록 만드는 마이크로웨이브 같은 것? 하여튼, 지금 말해줄 수 있는 건 이게 전부야. 만약 그런 게 정말 '영혼'이라면, 우리에게도 그 비슷한 뭔가가 있다는 것. 즉 우리는 모두 일종의 광역 주파수대 비슷한 걸로 연결되어 있고, 그걸 통해 서로가 서로의 생각과 감정을 읽고 공유하니까.

*

오래전 디디의 얼굴—맞아서 퉁퉁 부어 있던—을 떠올리자, 내 앞에 앉아 럼주를 홀짝이고 있는 자메이카 출신 노인이 좀 다르게 보였다. 저 음험하고 사악한 얼굴. 뭔가를 숨기는 듯 내리뜬 눈초리. 어디 하나 선하게 보이는 구석이라곤 없다. 그나저나, 이 노인네, 대체 뭔 생각이지? 이제 와서 아들이 그립다며 눈물을 흘리다니? 그래, 처음부터 여긴 오지 말았어야 했어. 하긴, 디디만 아니었어도 이런 술주정뱅이의 집에 올 일은 없었을 텐데. 면회를 갔을 때, 디디는 유리창 너머로 말했다. "트루데에 가면 우리 집에 좀 들러줘." 그 말에 난 물었다. "뭐야? 갑자기 아버지가 보고 싶어지기라도 한 거야?" 그러자 디디가 흰 이를 드러내며 씩 웃었다. "그럴 리가. 그냥 궁금할 뿐이야. 아니, 실은 나도 잘 모르겠어. 내가 왜 이런 부탁을 하는지. 글쎄, 아마 언젠간 너도 알게 되지 않을까? 내가 어떤 기분인지 말이야." 난 바닥에 침을 뱉었다. "제길, 말도 안 돼. 그런 아버지 따위. 게다가 너도 알잖아. 우리 아빠 이미 죽었다고. 누군가에게 살해당해서 말이야." 그 순간 디디의 얼굴이 이상하게 변했다. 그는 뭔가 할 말이라도 있는 듯 머뭇대며 저쪽 구석에 앉아 있는 교도관을 힐끗 쳐다봤다. 그러더니 어깨를 으쓱하고는 알 수 없는 미소를 짓는 것이었다. "미안. 네가 힘든 일을 겪었다는 걸 잠시 잊었어. 여하간, 트루데에 가면 아버지한테 꼭 가봐줘. 그냥 가보기만 하면 돼." 결국 난 알겠다고 약속했고, 그래서 어쩔 수 없이 짐의 집 문을 두드리게 된 거였다.

짐은 내가 무슨 생각을 하는지 전혀 눈치채지 못한 듯했다. 간만에 말동무가 생겨 신난 듯 그저 주절주절 떠들어댈 뿐이었다. "핫추모 말이야, 거기 총무인가 뭔가 하는 사람이 날 조용한 구석으로 부르더니 봉투를 하나 내미는 거야. 약간의 수고비라나." 그러더니 짐은 문득, 자기가 해서는 안 될 말을 했다는 사실에 깜짝 놀란 듯 손사래를 쳤다. "아, 그러니까 내 말은, 그래서 난 그걸 극구 사양했다, 이거지. 아들이 감옥에서 죽을 날만 기다리는데 그런 거나 받으면 안 되잖아. 하여간 난 그 사람들이 건네준 원고만 받았어. 사실 그것도 싫다고 거절했는데, 그래도 한번 읽어나 보고 결정하라고 하도 졸라대는 바람에……." 짐은 럼주가 반쯤 남은 컵을 탁자 위에 내려놓더니, 서랍을 뒤졌다. "아, 여기 있군. 한번 읽어볼래?" "아저씨, 혹시 이거 한 부 정도 더 복사해놓은 건 없어요?" 나중에 읽어볼 생각으로 물었더니, 짐이 고개를 저었다. "그런 건 없어. 하지만 필요하다면 가져가도 좋아. 어차피 다 외워버린 지 오래니까."

자리에서 일어서기 전에, 난 마지막으로 물었다. "그래서 어떻게 할 건가요?" 짐은 무슨 말인지 모르겠다는 듯 나를 멍하니 쳐다봤다. 술에 취했는지 눈이 반쯤 풀려 있었다. "핫추모가 해달라는 기자회견, 할 거냐고요?" 순간, 갑자기 짐의 얼굴이 단호하면서도 엄숙하게 변했다. 그는 컵을 내려놓더니, 두 주먹을 꽉 쥐고는 먼 하늘을 쳐다봤다. "네가 원고를 안 읽어봐서 모르겠지만, 참 신통하더라고. 핫추모인가 뭔가 하는 자들이 그런 걸 어떻게 다 알아냈는지. 사실 이제야 하는 말이지만, 디디가 그렇게 형편없는 놈은 아니거든. 아무 생각 없이 사람이나 쏴 죽일, 그런 녀석은 아니라는 거야. 그래, 내 아들 디디는 어려서부터 비범했어. 어딘지 모르게 남달랐다고. 너도 알지? 우리 집안에 자메이카의 유명한 주술사의 피가 흐른다는 거 말이야. 아마도 내 생각엔, 디디가 그 재능을 이어받았던 것 같아. 처음엔 몰랐는데, 핫추모 사람들이 준 원고를 읽다가 난 깨달았지. 그 녀석이 어릴 때부터 좀 이상했던 건, 다 그 타고난 영적 능력 때문이었던 거야. 여하간, 그래서 하는 말인데, 난 기자회견에 나가기로 했어. 그렇다고 내가 이깟 럼주 몇 병이나 봉투에 들어 있던 수표 서너 장 때문에 그들의 제안을 받아들인 건 아니야. 암, 그렇고말고. 이 짐이 겨우 그 정도에 아들을 팔아넘길 사람은 아니지. 다시 한 번 말하지만, 난 오직 디디를 위해 그들의 제안을 받아들이기로 한 거야. 디디의 진실을 입증해주기 위해서 말이야!"

그때 얻은 '핫추모'의 원고는, 그 후로도 오랫동안 내 침대 머리맡 서랍장 안에 소중히 놓여 있었다. 내 영혼의 친구이자, 나를 죽음으로부터 구해준 디디의 마지막 유품으로 말이다. 원고의 내용은 황당했는데, 만약 당신(들)이 그걸 읽는다면 왜 핫블랙이 죽은 지 십수 년이 흐른 지금까지도 그의 죽음에 대한 음모론이 사라지지 않는지 이해하게 되리라 믿는다. 그런데 이상한 것은, 처음부터 그 모든 게 광기어린 팬들의 머릿속에서 만들어진 가짜 이야기에 불과하다는 걸 알면서도, 나 역시 그 괴상한 허구에 점점 더 빠져들게 되었다는 사실이다. 솔직히 말해서 지금은, 원고에 적혀 있던 것이야말로 진짜 사실이고—혹은 적어도 진실에 근접해 있고—우리가 알고 있던 사건의 진상은 그저 꿈이나 환상 또는 내 자신이 만들어낸 허상에 지나지 않을 거라는 생각까지 들 정도다. 그러니까, 나도 믿고 싶은 거다. 디디가 한 일이 정말 그런 것이었기를. 그리하여 이제는 그도 천국—과연 그런 곳이 있다면 말이다—에서 편히 쉬고 있기를, 간절히 바란다는 거다.

어쨌거나, 이런저런 소동 끝에 핫블랙의 죽음은 드디어 신화가 됐다. 짐은 기자회견에 나갔고, 거기서 의외로 말을 잘한 덕분에 갑자기 유명해졌다. 처음엔 핫추모가 써준 원고를 앵무새처럼 반복하는 수준에 불과했지만, 방송에 출연할 때마다 점점 더 솜씨가 늘더니, 나중엔 완전히 새로운 이야기를 만들어내는 경지에 이르렀다. 그의 이야기 속에서 디디는 역사라는 무대에서 어쩔 수 없이 악역을 맡은 희생양의 이미지로 등장했다. 그러니까 그건 이런 식의 스토리였다. 먼저 욕설로 뒤범벅된 랩으로 세상의 위선과 부조리에 저항하던 핫블랙이라는 래퍼가 있었다. 그는 랩으로 인간을 정화하기 위해 신이 보낸 구세주 같은 존재. 그런 그가 진정한 영웅이자 성자로 거듭나기 위해 필요한 것은, 그 명성에 어울리는 '위대하고 유니크한 죽음'이었다. 결국, 핫블랙이 자기 운명의 완성을 위해 필요로 한 것은 디디였다. 당사자는 교도소에 있어서 아무 말도 못했지만, 그의 마음과 정신을 대변한다는 아버지 짐이 나타나 이렇게 말했다. "운명이 내 아들을 보낸 거지. 핫블랙의 신성을 완성하기 위한 저격수로. 따라서 그 애는 죄가 없다고. 신이 정해준 배역을 연기했을 뿐이니까. 그래, 개는 오래전의 빌라도나 유다 같은 인물일 뿐이지. 생각해보라고. 만약 빌라도나 유다가 없었다면, 예수가 십자가에 못 박힐 수 있었을까?" 사실 이 부분에선 대부분의 방청객들이 일순 할 말을 잃었다. 뭐라고 대답해야 할지 알 수 없었기 때문이다. 그러면 짐은 회심의 미소를 지으며 두 주먹을 불끈 쥔 채 이렇게 외치곤 했다. "그래, 예수가 그때 십자가에서 죽지 않고 그냥 백세장수했다면 어땠을까? 여기 있는 사람들 중 단 하나라도 예수그리스도를 믿고 있는 이가 있겠느냐, 이 말이야."

"그럼, 당신은 디디가 아무 죄도 짓지 않았다고 주장하는 거요? 사람을 죽이고도 면죄부를 얻을 수 있다, 이 말이냐고?" 누군가가 벌떡 일어서서 이런 질문을 던졌을 때, 짐은 게슴츠레한 눈으로 그를 쏘아보더니 한 음절씩 또박또박 끊어서 말하는 것이었다. "디.디.에.겐.면.죄.부.가.필.요.없.어.지.은.죄.라.곤.아.무.것.도.없.으.니.까.죄.가.있.다.면.그.건.신.의.잘.못.이.지.애.초.부.터.누.가.그.런.역.할.을.떠.맡.기.래?"

예상했던 대로, 사람들은 짐의 이야기에 열광했다. 그들은 "내가 디디다"라는 문구가 프린트된 티셔츠를 입고 다녔고, "누가 죄인인가?"라고 적힌 플래카드를 들고 그의 석방을 요구하는 시위를 벌였다. 그럴수록 짐의 인기도 높아만 갔는데, 아마도 그의 전성기는 「오프라 윈프리 쇼」에 출연했던 2001년 9월 10일이 아니었을까 싶다. 당시 이미 사형반대주의자들의 모임인 '뉘우친 마음'이라는 단체의 명예고문으로 추대되어 있던 짐은, 오프라 윈프리 앞에서 슬픔에 잠긴 아버지 역할을 훌륭히 수행하여(다음 날 디디의 사형이 예고돼 있었기에) 그녀를 펑펑 울게 만들었다. "우리 부자는 서로를 너무나도 사랑했다오. 내가 수도관을 고치러 나갈 때면 디디는 그 조그만 어깨에 공구상자를 멘 채 나를 따라오곤 했으니까. 우리가 얼마나 마음이 잘 통하는 사이였는지 당신은 모를 거요. 내가 아무 말도 없이 손을 내밀어도 디디는 스패너면 스패너, 드라이버면 드라이버, 이런 식으로 척척 알아서 건네주곤 했으니까." 그런 다음 그는 잠시 말을 멈추고 먼 하늘을 올려다보더니, 갑자기 두 손으로 얼굴을 감싼 채 흐느껴 울기 시작했다. 오프라 윈프리는 아무 말 없이 그의 들썩이는 어깨에 손을 얹었는데, 그건 모든 사정을 다 아는 나조차도(왜냐하면 내가 알기론, 짐은 스패너나 드라이버로 디디의 머리를 내리친 적밖에 없으니까) 절로 눈물을 흘릴 만큼 감동적인 장면이었다. 하지만 아쉽게도 딱 거기까지였다. 짐의 급작스러운 인기 말이다. 그런 식으로 유명해진 사람들이 흔히 그렇듯, 그 역시 단숨에 추락했다. 그러니까 디디가 죽고 나서 더 이상 그를 부를 필요가 없어졌을 때, 아니 더 정확히는 무명의 살인범의 사형 따위와는 비교도 되지 않을 만큼 엄청난 사건이 2001년 9월 11일 뉴욕을 강타했을 때, 짐은 그야말로 빛보다 빠르게 잊혀졌다. 더 이상 텔레비전 쇼에 출연하지 않게 된 그는, 각계각층에서 보내온 성금으로 수도파이프 도매업을 시작했다가 망했고, 그 이후로 서너 번의 사기를 더 당한 끝에 마지막 남은 돈은 도박으로 깨끗이 날려버렸다. 그러다가 어느 날 영영 사라졌는데, 누군가는 그가 트루데를 가로질러 흐르는 강 상류 절벽에서 마치 몸이라도 던질 듯한 자세로 엉거주춤 서 있는 걸 봤다고도 했고, 또 다른 누군가는 그가 고향인 자메이카에서 교주 행세를 하며 잘 살고 있더라는 풍문을 전하기도 했다. 나는 당연히 후자를 믿는 편인데, 왜냐하면 술주정뱅이 짐은 그런 사람이기 때문이다. 어떤 상황에든 적응하여 끈질기게 살아남는 사람.

*

질문 : 그래서 어땠습니까? 디디가 죽은 뒤 어떤 기분을 느꼈냐는 거지요.

대답 : 슬펐어요. 죽도록 슬펐다고요. 그런데 이상한 건, 그런 와중에도 내가 일말의 안도감 같은 걸 느꼈다는 거죠. (잠깐. 내가 지금 무슨 소릴 하는 거지? 안도감이라니. 디디가 죽은 다음에 왜 내가 안도감을 얻어야 하지?) 아니, 방금 전의 말은 실수였어요. 그러니까 그건 기록에서 삭제해주세요.

그러나 의사는(기분 나쁘게도 그는, 오래전 그 사건이 일어난 날 밤 나와 마주 앉아 있던 형사—이름이 존 D. 맥도날드였던가—와 꼭 닮은 얼굴을 하고 있었다) 기록을 지우는 대신, 고개를 들더니 나를 빤히 쳐다봤다. 마치 모든 걸 꿰뚫어버리겠다는 듯 의미심장한 눈초리였다.

질문 : 스티브, 정말로 디디가 죽고 나서 안도했습니까? 혹시 그에게 뭔가 약점이라도 잡혔었나요?

나는 한동안 아무 말도 하지 않았다. 그러고는 옆에 놓여 있던 잔을 들어 물을 몇 모금 마시고는 정신을 가다듬었다. 제길. 왜 여기서 이런 헛소리를 한 거지? 병신 같은 놈. 넌 그래서 안 된다니까.

대답 : 아니요. 안도감을 느꼈다니, 말도 안 돼요. 난 디디가 사형당했을 때, 세상을 다 잃은 듯 슬피 울었다고요. 정말이에요. 하물며 약점이라니요. 물론 녀석이 내 비밀을 몇 가지 알고는 있겠죠. 하지만 그건, 어릴 적 친구라면 누구나 공유할 만한, 그런 하찮은 것들에 불과하다고요.

그러자 의사는 다시 한 번 나를 똑바로 쳐다보더니 뭔가가 빼곡하게 적힌 종이 한 장을 내밀었다. "그럼 이건 뭐죠? 이거에 대해선 뭐라고 설명할 겁니까?" 난 그걸 받아 들었다. 맨 위에 '참조 : 디디(?)의 진술'이라는 제목이 휘갈겨 쓴 글씨체로 적혀 있었다. 작성자는 존 D. 맥도날드였고, 작성일은 생각하고 싶지도 않은 그날, 엘름 가 1408번지에서 한국인 가족이 몰살당한, 바로 그날이었다.

*

노트에 적힌 내용을 팔이 아프도록 열심히 옮겨 적던 아르바이트생이 멈칫한다.

그는 볼펜을 내려놓고, 혹시 빠진 페이지가 어딘가에 끼워져 있지 않나 싶어, 공연히 노트를 흔들어보기까지 한다. 하지만 그런 종이는 어디에도 없다. 그는 고개를 흔들며 한동안 고민에 잠긴다. 어차피 시간 순서대로 전개된 노트도 아니지만, 그래도 이건 좀 너무 불친절하잖아. 속으로 혼자 중얼거리지만, 그렇다고 수십 년 전 과거에 머물러 있다는(그런데 진짜로?) 노트의 저자에게 그의 불평이 들릴 리는 만무하다.

그러니까 문제는 이거였다. 즉, '디디의 진술'이 있어야 할 칸을, 노트의 저자인 스티브가 매직으로 온통 시커멓게 칠해버린 것이다. 그것도 얼마나 힘껏 문질렀는지, 잉크에 젖은 종이가 너덜너덜해져 있을 지경이었다. 공책을 들고 전등 불빛에 비춰본 다음, 아르바이트생은 원래 거기에 뭔가가 엄청 빼곡하게 적혀 있었다는 걸 알게 됐다. 하지만 아무리 눈을 가느다랗게 뜨고 봐도, 본래 무엇이 적혀 있던 건지는 알 수 없었다. 그러다가 그는, 어디서 이와 비슷한 시커먼 뭔가를 본 적 있다는 걸 떠올렸다. 스마트폰으로 검색을 한 끝에 아르바이트생은, 카지미르 말레비치라는 러시아 화가의 「검은 사각형」이란 그림을 찾아낸

다. 온통 새까맣게 칠한 사각형 하나. 사실 그는 그런 걸 진짜 '그림'으로 생각하지는 않는다. 아르바이트생이 생각하는 '그림'이란, 보기에도 좋고 아름다우며 보는 이에게 크나큰 감동을 자아내는 고전적인 명화들이다. 그럼에도 스마트폰 화면으로 보는 검은 사각형엔 사람의 마음을 잡아끄는 뭔가가 있었다. 시커멓게 칠한 붓질이 어딘가 스티브의 검은 매직을 연상시켜서, 아르바이트생은 화면을 손가락으로 문질러보기까지 했다. 좀 더 나중에 그는, 왜 말레비치의 「검은 사각형」이 스티브가 새까맣게 지워버린 디디의 진술서를 떠오르게 했는지 알게 됐다. 그러니까 우연히 다른 기사를 보다가 읽게 된 건데, 그 시커먼 사각형을 그린 러시아 화가는, 원래 그 캔버스에 다른 그림을 그렸다는 것이다. 그런데 무슨 이유에선지 몇 년 뒤 그 위에 온통 까만 칠을 해버리고, 제목도 '검은 사각형'이라고 바꿔버렸다. 뭐, 그게 현대 미니멀리즘의 효시라는 둥, 그런 얘기들이 적혀 있었지만, 아르바이트생이 관심 있어 한 건 오직 이 한 줄뿐이었다. 원래 있던 그림을 다 덮어버린 검은 사각형.

어쨌든, 그는 이 검은 공백을 일단 넘어가버리기로 작정한다. 어차피 자기가 꾸며서 쓸 수도 없는 노릇이니까. 그리고 무슨 특별한 장비가 있어서, 스티브가 덧칠해버린 매직 아래 적혀 있던 내용을 알아낼 수 있는 것도 아니니 말이다.

종이가 찢어질 정도로 새카맣게 칠한 노트를 서너 장 넘기자, 다시 남자의 기록이 나타났다. 매직을 문지르며 마음을 가다듬기라도 했는지, 이후 이어지는 이야기는 좀 더 깔끔한 글씨체로 또박또박 적혀 있다. 문득 아르바이트생은 손가락 끝으로 공책을 만져본다. 저자가 얼마나 공을 들여 꾹꾹 눌러썼는지, 종잇장은 글자의 요철을 따라 온통 울퉁불퉁하다. 새삼, 그는 이 노트가 신비롭게 느껴진다. 하나의 물리적 실체가 어떻게 시간과 공간의 한계를 뛰어넘어 이렇게 자신에게 전달될 수 있었는지, 아무리 생각해도 알 수 없기 때문이다. "그 비밀을 캐려고 하지 마." 저자는 노트 맨 앞에 빨간 펜으로 몇 줄의 주의사항을 적어뒀다. "나 역시 알 수 없으니까. 그러니 당신은—그게 누구일지 나는 아마 영원히 알 수 없을 테지만—그저 옮겨 적기만 해줘. 내게서 이 노트를 건네받은 소년은, 내가 알기론, 영어를 모르거든. 성인이 된 후에도 그는, 영어를 모국어로 사용하는 사람들 앞에서 언제나 머뭇댔고, 긴장한 나머지 자신의 피 묻은 비닐 앞치마에 황송한 듯 두 손을 문지르곤 했단 말이야. 그러다가 겨우 입을 열 때면 마치 말더듬이들이 랩을 하듯 더듬거렸고, 마침내는 말이 통하지 않는다는 걸 깨닫곤 고집스레 입을 다물어버리곤 했던 거야. 그러니 다시 한 번 부탁할게. 만약 이 노트를 발견한다면, 그 아이가 읽을 수 있도록 모국어로 옮겨 적어줘. 세상을 구하기 위해 이런 큰 희생을 치른 나에게, 적어도 당신(들)이 그 정도 수고는 해줄 수 있겠지?"

물론 아르바이트생은 그런 일 따윈 일어나지 않았다는 걸 안다. 세상을 구하다니? 그것도 단 한 사람이? 그럼에도 불구하고 또한 아르바이트생은, 이 노트가 완벽히 진실만을 말하고 있다는 것도 안다. 그는 이 두 가지 사실, 노트의 불가능성과 가능성, 혹은 허구와 실재가 서로 양립할 수도 있다고 믿는다. 논리적으로 설명해보라고 한다면 할 말이 없겠지만, 원래 그런 건 '그냥 알 수 있는' 것에 속하는 법이다. 그렇지 않은가?

11
3년의 낮과 밤
(2012. 12. 21~2015. 12. 21)

아무리 해도 없어지지 않던 '계시' 어플리케이션을 처음으로 삭제할 수 있게 된 건, 앱이 처음 깔린 지 약 2주 정도 지났을 때였다. '화이트 해커 그룹'이 내놓은 프로그램은 다행히 제대로 작동했다. 그들은 거기에 'Anti-Revelatio(반反-계시)'라는 이름을 붙여서 무료로 배포했다. 해커들의 리더라는 남자는 이번에도 뉴스에 나와 자신만만하게 떠들었다. "일단 우리가 만든 '반-계시' 어플을 다운만 받으십시오. 그러면 그게 다 알아서 해줄 겁니다."

나 역시 구글 플레이스토어에서 '반-계시'를 다운받았다. 그건 뭐랄까, 별다른 색조도 없는 칙칙한 디자인의 음산한 앱이었는데, 설치가 끝난 뒤 아이콘을 터치하자 갑자기 화면 전체가 시커멓게 변하면서 그 중심에서 깊이를 알 수 없는 블랙홀 같은 게 떠올랐다. 스마트폰 한가운데 나타난 블랙홀은 시계 반대 방향으로 회전하며 기이한 소용돌이를 만들어내더니, 잠시 후 '계시' 어플을 빨아들여 꿀꺽 삼켜버리는 것이었다. 나는 그렇게도 골치를 썩이던 앱이 꾸르륵꾸르륵 하는 잡음을 내며 깊고 어두운 심연 속으로 사라지는 모습을 멍하니 지켜보았다. 그때였다. '계시'를 빨아들인 소용돌이 바깥쪽으로 날아오르려 애쓰며 푸드덕대는 뭔가가 보인 것은. 그것은 새의 몸통에 사람의 얼굴을 한 바로 그 천사들이었다. 그러나 '반-계시'의 길고 휘어진 팔은 그 자그만 괴물들을 한 마리도 놓치지 않았다. 거대한 아나콘다가 길고 붉은 혀를 내밀어 먹잇감을 한입에 삼켜버리듯, '반-계시'는 그 수십 마리의 조그만 천사, 아니 새들을 모두 끌고 가더니, 자기 안에 형성된 어둠 속으로 무자비하게 밀어 넣었다. 천사들은 마지막으로 사라져가며 "꽤액!" 하는 끔찍한 비명을 질렀는데, 그 소리가 어찌나 귀에 거슬리던지, 난 그것들이 모두 없어질 때까지 귀를 막은 채 가만히 앉아 있었다.

사람들은 일상으로 되돌아왔다. 하긴, 그깟 앱 하나 때문에 일상이 무너졌던 것도 아니지만 말이다. 하지만 그사이 나에겐 엄청난 변화가 생긴 셈이다. 로버트 와인버그와 구티에레즈, 가장 가까웠던 이 두 사람이 동시에 사라져버렸으니까. 한동안 나는 우편함 앞을 지날 때마다 걸음을 멈추고는, 그들에게서 온 소식이 없나 기웃댔다. 또는 구티에레즈의 전화번호를 누른 뒤, "지금 거신 전화번호는 없는 번호이오니, 확인 후 다시 걸어주시기 바랍니다"라는 멘트가 나오는 걸 멍하니 듣고 있기도 했다.

"세월이 약이지." '계시' 앱이 사라진 이후 왠지 축 처져서 지내던 챙은—그 전엔 오직 전화를 걸고 받는 일에만 스마트폰을 사용하던 그는, '계시' 앱에 엄청난 흥미와 집착을 보였었다. 하루도 거르지 않고 믿음지수 체크 퀴즈 문제를 풀었고, 조금씩 올라가는 점수를 보며 거의 열정에 가까운 기쁨을 드러냈던 것이다. 햄과 소시지 주문을 하다가도 툭하면 "이봐, 스티브. 나 어제 드디어 80점대에 진입했어. 아무래도 천국에 갈 것 같지 않아?" 등등의 얘길 하며 활짝 웃었는데, 아마 나중에 챙이 명목상으로나마 교회에 나가게 된 건, '계시' 앱을 보며 매일 천국에 관해 골똘히 생각했기 때문이 아닐까 싶기도 하다— 이렇게 말했다. "구티 같은 녀석이야 어딜 가서도 살아남을 놈이라고. 그러니 걱정하지 마. 차라리 전화위복의 계기로 삼는 게 어때?" 그러면서 그는 만약 구티에레즈처럼 대책 없는 인간을 계속 가까이했더라면, 오히려 내가 큰 손해를 입었을지도 모른다고 충고했다. "그런 놈은 반드시 뒤통수를 치게 마련이니까." 하지만 챙은 로버트 와인버그에 대해선 뾰족한 답을 내놓지 못했다. 혼자 살던 노인이 말없이 사라지는 일은 워낙 흔하기 때문에 특별한 코멘트를 주기가 쉽지 않다는 것이었다. "좋게 생각해, 스티브. 그 노인네 전직 기자라며? 아마 어디로 취재 여행이라도 떠났나 보지. 그런데 혹시 뭔가 남긴 건 없어? 그 뒤로 아무 연락도 없었고? 예를 들면 의문의 쪽지나 편지 같은 거 말이야." 순간 내 머릿속에 떠오른 건, 그동안 까맣게 잊고 있던 바로 그 누런 봉투였다. 동시에, 안에 동봉되어 있던 어설픈 비행접시(모자였을지도 모르지만) 그림도 함께 떠올랐고 말이다. 그런데 챙에게 굳이 그런 걸 털어놓을 필요가 있을까? 어차피 뾰족한 수가 있는 것도 아닐 텐데.

이런저런 생각에 빠져 있는데, 챙이 전표 정리를 하다 말고 나를 빤히 쳐다봤다. 그러더니 피식 웃으며 고개를 설레설레 젓는 것이었다. "왜요, 챙? 내 얼굴에 뭐라도 묻었어요?" 내가 묻자 챙은 다시 한 번 음울하게 웃었다. "스티브, 전에 얘기한 적 있던가? 내가 살던 동네는 베이징에서 300킬로미터나 떨어진 어마어마한 시골이었다고. 사실 이젠 안 간 지 하도 오래되어 가물가물하지만, 내 기억에 그곳은 기암괴석으로 이루어진 드높은 절벽으로 둘러싸인 작고 조용한 산골 마을이었어. 거기선 하다못해 열이 펄펄 끓어 약이라도 한 첩 먹으려면 환자를 둘러업고 천길 낭떠러지 사이를 가로지르는 흔들다리를 위태위태하게 건너 마을 밖으로 나가야 했지. 그래, 그래서였어. 내가 고향을 탈출하기로 마음먹었던 이유 말이야. 만약 그러지 않고 거기 눌러살았더라면, 아마 서른도 되기 전에 허리춤엔 대나무로 엮어 짠 바구니를 하나 차고 손엔 석이버섯 몇 개를 움켜쥔 채 떨어져 죽은 시체로 발견됐겠지. 대부분의 내 친구들처럼 말이야. 왜냐하면 그 동네에서 나 같은 남자가 먹고살 길은 오직 절벽에 매달려 버섯을 딴 뒤 수십 킬로미터 떨어진 장에 내다 파는 것뿐이었으니까. 아, 하여간 내가 하려던 얘긴 이거야, 스티브. 어린 시절 그 거지 같은 마을에서 배운 건 그나마 그거 딱 한 가지인데, 그게 알고 보니 꽤 쓸모가 있더라고. 그래, 난 사람을 관찰하여 그의 미래와 과거, 현재를 점치는 법을 배웠어. 보통 중국에선 그걸 '팔괘'라고 부르지. 어쨌든 그래서 하는 말인데 스티브, 지금 네 팔괘는 그리 좋지 않아. 게다가 나에게 뭔가를 숨기고 있기도 하고. 그걸 말하지 않으면 앞으로 흉한 일이 생길 거라고, 너의 팔괘가 예언해주고 있어. 그러니 이제 털어놓는 게 어때? 도대체 나한테 뭘 숨기고 말을 못하는 거지?"

결국 나는 챙에게 우편함에 들어 있던 의문의 누런 봉투에 대해 털어놓았다. "저어, 종이 있으면 한 장만 줄래요?" 챙은 서랍을 뒤지더니 앞면에 양배추와 햄, 스테이크용 고기 같은 것들이 가득 찍혀 있는 마트 광고지 하나를 찾아냈다. "자, 여기 있어. 이면지라도 상관없지?" 난 종이 뒷면에 그림을 그렸다. "이런 거였어요. 비행접시 같기도 하고, 모자 같기도 한. 밑에는 이런 말이 적혀 있었고요." 챙은 종이를 받아 들고 눈썹을 찌푸린 채 한참 동안 들여다봤다. 그러더니 마침내 입을 열기에, 난 최대한 주의를 집중하고 그의 말에 귀를 기울였다. "Trust no 1. I want to believe……라, 흠, 암만 생각해도 모르겠는걸." 내가 실망하려는 찰나, 챙이 말을 이어갔다. "그렇지만 스티브, 정말 이상해. 분명 이것과 닮은 그림을 어디서 본 것 같거든. 게다가 이 말도 그렇고. 아무도 믿지 말라, 나는 믿고 싶다……." 그 말에 나도 열심히 고개를 끄덕였다. "맞아요, 챙. 나도 이걸 보고 기시감을 느꼈어요." 오랫동안 생각에 잠겨 있던 챙은 손목시계를 보더니, 종이를 잘 접어 주머니에 넣었다. "창고 온도 점검 시간이라 가봐야 해. 이건 내가 가지고 있어도 되지? 만약 뭔가 알게 되면 바로 전화해줄게." 그는 팔괘의 기본 원리와 나의 타고난 운명을 잘 조합하여 연구한다면, 이 종이에 그려진 그림과 문자의 정체를 밝혀낼 수 있을 거라고 장담했다. 난 그러라고 심드렁하게 대답했다. 팔괘가 뭔지도 모르거니와 챙의 얘기도 왠지 앞뒤가 맞지 않는 듯했기에, 아무 기대도 하지 않았던 것이다.

그 뒤에, 나는 또다시 모든 걸 잊고 말았다. 너무 바빴기 때문이다. '그린그린 유기농 웰빙 햄'이 의외의 히트를 친 바람에, 난 하루 종일 도시 일대의 마트와 슈퍼마켓을 돌며 주문을 받고 햄을 배달했다. 그러고 보면 다른 건 몰라도, 챙의 말 중 이거 하나는 진짜로 맞아떨어진 거다. 세월이 약이라는 것. 그런 식으로 바삐 하루하루를 보내면서, 난 구티에레즈를 점차 잊어갔다. 로버트 와인버그도 마찬가지였다. 물론 어쩌다 술이라도 마시고 들어오는 날이면 우편함 앞에 잠깐 서 있었지만, 그게 다였다. 그가 나에게 했던 말들도 점점 기억에서 희미해져갔다. 어느 정도 시간이 흐르자, 내가 정말 로버트 와인버그라는 사람을 알기나 했던 건가, 하는 의문마저 들기 시작했다. 검색을 해봐도, 그런 이름의 전직 기자는 나오지 않았다. 만약 그가 진짜로 존재했었다면, 어딘가에, 그러니까 구글 같은 데에, 예전에 썼던 기사 하나쯤은 뜰 법도 하지 않은가. 그러고 보면 로버트 와인버그야말로 정말 사기꾼일지도 모른다. 전에 구티에레즈가 신문 쪼가리 하나를 들고 뛰어와 내게 보여준 적도 있지 않은가. 비록 너무 오래되어 누렇게 빛이 바래버린 탓에 알아보긴 힘들었지만, 그때 구티는 분명 이렇게 말했다. “스티브, 암만 봐도 이 사람 너네 집 위층에 사는 그 노인네 같지 않냐?” 그 모든 것들을 떠올리자, 문득 로버트의 작고 어두운 골방이 눈앞에 펼쳐졌다. 세계 각지를 돌며 천신만고 끝에 입수했다던 희귀 문서들. 과연 그는 어디서 그 많은 문서들을 찾아냈던 걸까? 월세도 못 낼 정도로 가난하던 그가 대체 무슨 돈으로 그런 걸 살 수 있었지? 눈을 감고 기억을 되새기자, 골방 한쪽 구석에 있던 움푹한 벽감이 떠올랐다. 그래, 찬찬히 생각해보자. 거기 뭐가 있었지? 제본을 할 때 필요한 노끈과 일부러 낡아 보이게 만든 골판지와 빛바랜 종이들…… 가짜 문서를 작성할 때 꼭 필요한 구식 깃털 펜과 잉크…… 이런 것들이 놓여 있진 않았던가? 물론, 솔직히 말해서, 그 벽감에 뭐가 있었는지는 하나도 기억나지 않았다. 다만 언젠가 로버트 와인버그가 그 움푹하게 파인 벽감 구석에서 얼기설기 만들어진 마트료시카 인형을 하나 꺼내서 보여줬던 것만 어렴풋이 떠오를 뿐이었다. “조심해서 다뤄, 스티브.” 그는 내가 그 조악한 나무 인형을 이리저리 돌려 보자, 안절부절못하며 말했다. 그는 그게 제정 러시아의 마지막 황제인 니콜라이 2세의 막내딸이었던 아나스타샤의 유품이라고 주장했다. “그렇게 귀한 걸 어디서 구했어요?” 내가 물었지만, 로버트는 대답 대신 인형의 몸통 한쪽에 있는 낯선 문자를 가리켰다. "자, 여길 보라고. '나의 사랑하는 아나스타샤에게—아버지 니콜라이 알렉산드로비치 로마노프가'라고 적혀 있잖아. 아, 그러고 보니 자넨 이걸 읽을 수 없겠군. 그래, 이건 러시아 사람들이 쓰는 키릴 문자야. 뭐, 나야 아무래도 각종 희귀 문서와 유적들을 조사, 발굴하려면 여러 분야에 기본적인 지식을 쌓아둬야 하니까, 이 정도는 알아둘 수밖에." 그때 가스레인지에 올려둔 주전자에서 물 끓는 소리가 들리자, 로버트는 황급히 밖으로 뛰어나갔다. "이것 좀 저 벽감 제일 안쪽에 잘 놔둬줘." 이렇게 부탁하면서. 그걸 올려놓기 위해 발돋움을 하다, 난 마트료시카 인형의 바닥에 찍힌 고무인을 보고 말았다. '메이드 인 차이나'라는 글자가 흐릿하게 지워져가고 있는 것을.

역시, 그랬군. 뭐가 그랬다는 건지는 정확히 알 수 없었지만, 난 로버트 와인버그에 대해 더 이상 생각하지 않기로 결심했다. 그래, 그냥 윗집에 살던 말 많은 노인네에 불과했던 거야.

그 후로, 난 더욱더 일에 몰두했다. 낮에는 열심히 햄을 팔았고, 저녁엔 일찌감치 집에 들어와 제트에게 먹이를 준 다음, 텔레비전을 보거나 잠을 잤다. 하루는 돼지 뒷다리가 주렁주렁 걸려 있는 숙성실 앞을 지나는데 공장장 잭이 불러 세웠다. "스티브, 요즘 실적이 좋더군. 앞으로도 열심히 노력해주길 바라네. 안 보는 것 같아도 내가 자넬 언제나 주시하고 있다는 거 잊지 말고." 그는 얼마 안 있으면 숙성 라인의 팀장을 새로 뽑게 될 거라고도 넌지시 일러줬다. "난 자네를 추천할 생각이야. 일단 그 일을 맡으려면 실무 경험이 필요한데, 자넨 도축과 햄 제조 및 포장의 전 과정을 꿰고 있으니 분명 잘해낼 거야. 게다가 영업직으로 뛰면서 현장 경험까지 쌓았으니, 금상첨화지. 다만, 팀장이 되려면 시험을 통과해야 하는데, 그건 미리 공부해두는 게 좋을 것 같네. 나한테 소스가 있으니까, 이따 퇴근할 때 사람들 눈을 피해 사무실에 좀 들르게나." 유리 칸막이 너머로 붉고 기름진 돼지 뒷다리들이 연기 속에서 숙성되어가는 것을 보며 나는 한동안 가만히 서 있었다. 심장이 쿵쿵 뛰었기 때문이다. 만약 이번에 팀장이 된다면, 나야말로 브리티시 미트 앤 컴퍼니의 입지전적 인물이 되는 거 아닌가. 최하급 도축 보조로 들어와 사무실의 중간 간부로 승진하다니.
그날 저녁, 복도에 아무도 없는 걸 확인하고 나서 잭의 사무실 문을 두드리자, 안에서 낮게 "들어와"라는 대답이 들려왔다. 문을 열고 들어선 나는, 호화로운 분위기에 압도당해 잠깐 동안 어찌할 바를 몰랐다. 그러니까 공장장의 사무실은 그동안 내가 보아온 브리티시 미트 앤 컴퍼니의 일반적인 사무실과는 완전히 달랐다. 회색 벽에 회색 바닥, 회색 철제 책상들이 즐비하고 그 사이사이에 회색 칸막이가 설치되어 있는 차갑고 휑뎅그렁한 우리들의 사무실과 달리, 공장장의 사무실은 품위 있고 따뜻해 보이는 브라운 색조를 띠고 있었다. 벽은 티크 목재로 둘러져 있었고(물론 자세히 보니 그런 무늬의 벽지를 바른 것에 불과했지만) 나무로 만들어진 책상은 크고 묵직했다. 바닥엔 비록 때가 타긴 했지만 카펫도 깔려 있었고, 푹신한 데다 사방으로 빙글빙글 돌릴 수 있는 안락의자가 중앙에 놓여 있었다. 무엇보다도 내 눈길을 잡아 끈 건 그의 자리 뒤쪽 벽에 걸려 있는 거대한 돼지머리 박제였다. 내가 보고 있다는 걸 안 잭이 자랑스럽게 웃었다. "우리 공장에서 가장 많이 도살되는 잡종 교배종의 머리야. 빨리 자라고 살이 많은 요크셔종을 어미로 하고, 육질이 쫄깃하고 맛이 좋은 랜드레이스종을 아비로 해서 만들어진, 햄과 소시지에 최적화된 돼지라고나 할까." 내가 의자에 앉자 그는 서랍에서 호치키스로 철을 한 서류 한 부를 꺼내 건네줬다. "자, 이게 소스야. 알았지? 혼자만 보라고. 여기 나와 있는 건 자다가도 중얼거릴 정도로 열심히 외워. 그러면 시험은 식은 죽 먹기로 통과할 테니까." 맨 앞장엔 '햄, 소시지의 제조—제품별 배합비와 제조법'이라는 제목이 큰 글씨로 타이핑되어 있었다. 나는 그걸 미리 준비해 간 투명 파일에 끼워 소중히 가방에 넣었다. "공장장님, 괜찮으시다면 오늘 저녁은 제가 사겠습니다." 잭은 기다리고 있었다는 듯 활짝 웃으며 옷장에서 코트를 꺼내 걸쳤다. 그날 밤 우린 시내에 있는 태국 음식점에서 저녁을 먹고, 2차로는 가라오케가 딸린 일본식 사케바에 가서 거나하게 마셨다. 계산서를 봤을 땐 순간적으로 손이 떨렸지만, 팀장으로 승진해 주급이 오른다면 그 정도 적자는 금방 메울 수 있을 거라는 생각을 하자, 마음이 가라앉았다. 완전히 취해버린 공장장을 택시에 태워 보내고, 나는 비틀비틀 걸어서 헤븐하우스로 돌아왔다. 현관 로비로 들어설 때 관리인 노파를 얼핏 본 것도 같았지만, 그리고 그녀(혹은 그)가 '쯧쯧' 하고 혀 차는 소리를 들은 것도 같았지만, 다음 날 눈을 떴을 땐 아무것도 기억나지 않았다. 그냥 머리만 깨질 듯 아플 뿐이었다. 시계를 본 나는 깜짝 놀라 출근 준비를 하려다가 그날이 토요일이라는 걸 깨닫고는 곧바로 소파에 털썩 주저앉아버렸다. 어지럽고 구토가 날 것 같아 더 이상 서 있을 수 없었기 때문이다. 두 번째 '계시' 어플을 발견한 건 바로 그 순간이었다.

날짜를 계산해보니, '계시'는 첫 출현 이후 정확히 세 달 만에 다시 나타난 것이었다. 화이트 해커 그룹의 '반-계시'는 전혀 작동하지 않았다. 그러니까 이번에 깔린 '계시'엔, 아예 처음부터 '반-계시'를 무력화시키는 기능이 탑재된 것 같았다. 그건 앱을 터치했을 때 확실해졌다. 전과 똑같이 화려한 빛깔로 번쩍이는 어플이 열리자, 새의 몸통에 사람 얼굴을 한 천사들이 나타나 이리저리 날아다니는 사이로 웅장한 음악과 함께 펼쳐진 두루마리엔 이런 문장이 적혀 있었기 때문이다.

좀 더 강력하고 화끈해진 '계시 II'!

방어 프로그램을 완벽하게 차단하는 새로운 기능이 추가됐습니다. 안심하고 사용하세요.

그런 다음에 차례로 나타난 글자는 당연히 이거였다.

기.뻐.하.라.경.배.하.라.2.0.1.5.년.1.2.월.2.1.일.그.리.니.치.표.준.시.로.오.후.두.시.에.신.이.하.늘.에.서.내.려.올.것.이.다.

이번엔 별로 기분이 나쁘지 않았다. 왠지 올 것이 왔다는 느낌이었다고나 할까. 어쩌면 나를 비롯해 우리는 모두 이 두 번째 계시를 기다리고 있던 걸지도 모른다. 아니나 다를까, 잠시 후 전화벨이 울렸다. 챙이었다. 그는 약간 흥분해 있었고 어찌 들어보면 행복해 보이기까지 했다. "스티브. 네 폰에도 깔렸어?" 난 그렇다고 대답했다. 그는 벌써 믿음지수 체크 퀴즈를 풀어보았다며 즐거워하고 있었다. 하지만 전화를 끊을 즈음 갑자기 심각해진 어조로 챙이 말했다. "그런데 스티브, 좀 이상하지 않아? 신들이 자기들의 강림을 예고하는 방식 말이야. 이건 완전히 스팸 문자 같은 거잖아. 이 세상 모든 스마트폰에 깔리는 스팸 앱이라……. 좀 빈티 나지 않아? 하긴, 가장 낮은 곳으로 임하려고 그러는 건가?"

챙의 말대로, 신들의 강림을 예고하는 '계시' 어플은 이후로도 계속해서 스팸 문자처럼 우리를 찾아왔다. 두 번째 앱이 깔렸을 땐 유수의 스마트폰 회사 중역들과 기술팀이 모두 모여 이 괴상한 어플에 공동으로 대처할 것을 결의했다. 그들은 무단으로 설치된 불법 앱에 대해 연구하고 의견을 나눴으며, 더 강력하고 확실한 방어 프로그램을 개발하기 위해 전력을 다했다. 그러나 도대체 어떤 세력이 무슨 마음을 먹고 이런 짓을 하고 있는 건지는 아무도 알아내지 못했다. 처음엔 아랍의 테러리스트들 짓이 아니냐는 의혹이 제기되기도 했지만, 황당해하기는 테러 단체들 역시 마찬가지였다. 그들은 억울하다며, 자기들이 가지고 있던 최신 스마트폰에도 똑같은 '계시' 앱이 설치됐음을 소리 높여 주장했다. 상원 군사위원회가, '계시'를 만들어 배포한 걸로 추정되는 신종 IT 테러단체인 '디지털형제단'의 본거지(모로코의 어느 작은 도시였다)를 폭격하기로 결의했을 때, 그들은 세계만방에 모습을 드러내는 모험까지 감행했다. 알자지라 방송국으로 보내진 약 15분 분량의 비디오테이프 속에서, '디지털형제단'의 고위 간부라는 열 명의 남자들은, 온통 검은 옷에 검은 천으로 얼굴을 가린 채 각자의 스마트폰을 내보이고 있었다. 카메라가 점점 더 가까이 다가가 그들의 폰 화면을 클로즈업하자, 한가운데 낯익은 아이콘이 빛나는 게 보였다. '계시' 앱이었다. '디지털형제단'은 그게 가짜가 아니라는 걸 보여주려는 듯, 모두가 동시에 손가락을 들어 앱을 터치했다. 열 개의 스마트폰에서 한꺼번에 앱이 실행되면서 시끄럽고도 웅장한 음악과 함께 새처럼 생긴 천사들이 나타나 날갯짓을 하는 장면은, 마치 20세기 한때 유행했던 비디오아트처럼 현란하고 화려하면서도 텅 비어 보였다. 하지만 그들의 노력은 수포로 돌아갔다. 국토안보부는 '디지털형제단'이 보여준 쇼는 일종의 페이크에 불과하며, 실제로는 그들이 모로코의 어느 사막 한구석에 거대한 서버를 숨겨두고 처음엔 '계시'라는 앱을 통해서, 그리고 나중엔 그 앱이 깔린 스마트폰과 연결된 세상의 모든 컴퓨터들을 통해서 지구 전체의 통신망을 교란시킨 뒤 세계를 전복하려 했던 증거가 확보됐다고 발표했다. 곧이어 그 작은 도시 전체에 대한 파상 공격이 시작됐다. 그런데, 뻔한 귀결이겠지만, 폭격이 모두 끝나고 완전히 초토화된 도시 어느 곳에서도 서버는 발견되지 않았다. 나중에 군인들은 부서진 집과 거리의 잔해 속에서 '디지털형제단'의 본거지였던 땅굴을 찾아냈다. 거기엔 거대한 슈퍼컴퓨터와 서버 대신, 윈도우 XP로 힘겹게 돌아가는 세 대의 컴퓨터와 검게 타버려 작동하지 않는 무선 인터넷 공유기 한 대가 놓여 있을 뿐이었다. "땅을 더 파봐. 그 밑에 뭔가가 있을 테니까." 어쨌거나 이렇게까지 한 이상 뭔가를 보여줘야 한다는 압박감에 시달리며 장교가 소리쳤지만, 포클레인과 굴착기까지 동원하여 수십 미터나 더 판 끝에 왠지 용암층에 가까워진 듯 뜨거운 열기가 올라오는 곳까지 내려갔어도 그들은 결국 아무것도 찾아내지 못하고 말았다. 그렇다고 해서, 신문이나 뉴스를 보며 우리가 분개했던 건 아니다. 당연히 누군가는 분개했고, 그 도시에 사는 사람들의 인권과 안위, 이런 것들에 대해 의견을 발표했지만, 언제나 그렇듯, 모든 건 서서히 사람들의 기억 속에서 잊혀져갔다. 다행히 그 폭격 사건이 끝났을 즈음, 새로운 방어 프로그램이 개발됐다. 그걸 다운받아 스마트폰에 깔자마자, '계시'는 또다시 검고 어두운 심연 속으로 사라졌다. 이번에도 새의 몸통에 사람의 얼굴을 한 천사들이 단말마의 비명을 질렀지만, 두 번째 들어서인지 그 소리마저 귀에 거슬리지 않을 정도였다.

그로부터 세 달 뒤 세 번째 '계시'가 내려왔다. 이번엔 그야말로, 아무도 놀라지 않았다. 챙조차도 심드렁한 반응을 보였다. 그는 이미

100점에 도달했다며 믿음지수 체크 퀴즈도 풀지 않았다. 네 번째 계시가 내렸을 땐 사람들은 그저 조금 황당해했고 "뭐야? 또 깔렸어?"라며 피식 웃을 뿐이었다. 어떤 이들은 아예 계시를 삭제할 생각도 하지 않았다. 어차피 그건 폰에 별다른 영향을 끼치지도 않았고, 그렇다고 기능상의 결함을 초래하는 것도 아니었다. 정보가 사라진다거나 해킹이 이루어진다는 증거도 없었다. 그러니까 '계시'는 그저 때가 되면 설치되고, 신이 내려온다는 시간과 날짜를 알려주고, 식상하기 그지없는 '당신의 믿음지수는?'이라는 질문을 반복할 뿐이었던 거다. 그때까지도 침묵을 고수하던 종교계 인사들이 한데 모여 '공식입장'을 발표한 것은, 다섯 번째 계시가 내린 뒤였다. 사람들은 흥미로워하며 종교 지도자들이 기나긴 마라톤 회의 끝에 내린 결론을 발표하는 뉴스에 채널을 고정시켰다. 대변인이라는, 검은 양복 차림에 음울한 얼굴을 한 비쩍 마른 남자가 단상으로 걸어 올라와 떨리는 목소리로 발표문을 읽기 시작했을 때, 나는 볼륨을 높였다. "우리 인류는 현재, 악마의 소행이라고밖엔 볼 수 없는 이상하고도 기이한 현상에 직면해 있습니다. 누구인지는 모르나, 이 사건의 범인들은 신의 거룩한 이름을 빙자해 우리를 시험에 빠뜨리고 스스로 악의 하수인이 되길 자처하고 있는 것입니다. 세상의 수많은 신실한 백성들에게 간곡히 고하노니, 부디 흔들리지 않는 굳건한 믿음으로 이 사태를 잘 헤쳐 나가길 바랍니다. 아무리 어둠이 크다 하여도 결국 신의 영원한 빛은 온 세상을 덮습니다. 그리고 그때 '계시'라는 이름을 가진 악마의 앱은 영원히 자취를 감추게 될 것입니다."

식상한 내용이었다. 발표가 끝나자마자, 곧바로 새로 출시된 스마트폰 광고와 함께 빠르고 경쾌한 일렉트로닉 댄스 뮤직이 흘러나왔다. '계시'를 비롯한 모든 불법 무단 어플을 방어하는 프로그램이 탑

재되어 있다는 그 새로운 폰의 이름은 '솔라'였다. 다른 채널에선 은빛으로 번쩍이는 우주복 같은 걸 입은 남자가 나와 연설을 하고 있었다. 그는 외계인이 인류를 창조했다고 믿는 이상한 종교단체의 대변인이었다. 남자의 말의 요점은, 이런 식의 예언이야말로 발달된 테크놀로지를 가진 창조주들에게 꼭 어울리는 일이며, 따라서 자기들은 이번 '계시' 앱을 환영하며 강력히 지지한다는 것이었다. 연설의 말미에 그 은빛 우주복을 입은 남자는 선글라스를 벗더니 감동으로 붉게 상기된 얼굴로 이렇게 말했다. "따라서 신의 강림이 있을 2015년 12월 21일은 피조물인 인류와 창조주인 외계인이 만나는 역사적인 날이 될 것이며, 우리는 그날을 진심으로 고대하며 기다리고 있습니다." 하품을 하며 채널을 돌리던 나는, '스피리추얼(영성)TV'라는 케이블 방송에서 늙은 존 트라볼타가 웃고 있는 장면을 보았다. 그 앞에 모인 군중들은 무슨 축문 같은 걸 외치며 환호하고 있었는데, 그들이 신봉한다는 사이언톨로지 교단 역시 비슷한 의견을 내놓는 참이었다. 즉, 우리에게 '계시' 앱을 보낸 존재들이야말로 사이언톨로지가 줄곧 주장해온 죽지 않는 인간 영혼의 실체적 구현이라는 것이었다. "나는 그런 신들이 내려와 인간과 조우하여 지구를 영원한 복락이 계속되는 낙원으로 만드는 내용의 블록버스터 영화를 제작할 예정입니다." 하지만 이미 사이언톨로지 관련 영화로 몇 번이나 폭삭 망해버린 경험이 있는 존 트라볼타가 이렇게 말했을 땐, 사실 그렇게까지 분위기가 좋진 않았다. 옆에 서 있던 몇몇 배우와 프로듀서들이 그와 약간의 거리를 두려는 듯 두 발짝쯤 뒤로 물러섰고, 모여 있던 사람들 속에선 "헉!" 혹은 "또?" 같은 탄식이 들려왔기 때문이다.

그러니까 바야흐로, 이상한 스팸 앱 하나 때문에 온 세상에 멋진 코미디가 펼쳐지고 있었던 거다.

12
여전히 계속되던 낮과 밤

하지만, 그러거나 말거나 난 그저 열심히 일만 했다. 숙성 라인의 팀장이 될 수도 있다는 희망이 내 머릿속 잡생각을 깡그리 몰아내준 덕분이었다. 공장장 잭을 면담한 뒤론, 갑자기 사라진 로버트 와인버그에 대한 그리움도, 말도 없이 떠나버린 구티에레즈에 대한 걱정도 더 이상 나를 괴롭히지 않았다. 하루는 오케이 마트 냉장창고에 햄 두 상자를 내려놓고 돌아서는데 갑자기 코에서 뜨거운 것이 주르륵 흘러내렸다. 코피였다. 웬일인지 챙은 그런 나에게 손수건을 덥석 건네줬다. "자, 얼른 지혈부터 하라고. 이 미련한 친구야." 대충 피를 닦아낸 다음 서둘러 차로 돌아가려는데, 챙이 잡았다. "잠깐, 할 얘기가 있어, 스티브." 난 배달이 밀렸으니 빨리 끝내달라고 부탁했다. 그러자 그 중국인 창고 담당은 긴 한숨을 내쉬더니 팔짱을 꼈다. "이봐, 정말로 승진이 가능하긴 한 거야? 내가 듣기론 너희 공장 숙성 라인 팀장엔 이미 다른 사람이 내정돼 있다던데?" "무슨 소리예요? 분명 몇 달 전 저녁 먹을 때 공장장이 약속했다고요. 날 후임 팀장으로 추천하겠다고 말이에요." 겉으론 아무렇지도 않은 듯 피식 웃으며 대꾸했지만, 목소리가 떨리는 걸 감출 순 없었다. 실은 나 역시 얼마 전 그와 비슷한 얘길 들은 적 있었기 때문이다.

귀띔을 해준 사람은 후지(돼지 뒷다리를 말한다) 절단부에서 일하는 한국인 정 씨였다. 그는 몇 달 전 도축 공장에 새로 들어온 초짜였는데, 내가 한국인이라는 걸 알더니 반색을 하며 알은척을 해서 날 당황하게 만들었다. 물론 그렇다고 해서 그와 특별히 가까워졌다거나, 그런 건 아니다. 오히려 난 그를 피했다. 수상쩍은 신입들과 친하게 지내봤자 좋을 거 하나 없다는 게 평소의 내 신념이었기 때문이다. 그들은 자꾸 이것저것 부탁을 해서 사람을 귀찮게 했고, 어쩌다 친해지더라도 곧 이민국 직원들에게 걸려 추방당하기 일쑤였다. 잠깐. 그런데 한마디 덧붙이자면, 오해는 하지 말아줬으면 한다. 나를 불법체류 외국인 노동자들을 비하하거나 멸시하는 사람으로 생각하진 말아달라는 뜻이다. 사실, 난 그런 이들을 누구보다도 잘 이해하는 편이었다. 죽은 내 아버지도 처음엔 그런 신세였는데, 왜 모르겠는가. 그 역시 모든 걸 버리고 자기가 태어난 땅을 도망치듯 떠나 이곳으로 숨어들었다. 그 여정이 그리 성공적이진 않았지만, 아니, 정확히는 완전히 실패작이었지만—왜냐하면 아버지는 이 머나먼 타지에서 끔찍하고 비극적으로 죽었으니까. 게다가 혼자서만 지옥문을 열고 들어가기가 억울했던지, 엄마와 동생까지도 그 억센 손아귀로 움켜쥔 채 다 같이 끌고 가지 않았던가 말이다— 그렇기에 난 더더욱 그들에게 무심할 수 없었다. 불법체류자라고 불리는 자들. 존재 자체가 불법인 사람들. 세상의 가장 어두운 곳, 맨눈으로는 결코 찾아낼 수 없는 그늘지고 음침한 구석, 보통 사람들이라면 딱 한 번 보기만 해도 인상을 쓰며 코를 움켜쥐고 눈을 돌릴, 그런 장소에서 묵묵히 일하는 사람들. 특히나 도축 공장엔 그런 자들이 더 많았다. 도살장이야말로 세상에서 가장 어두컴컴한 곳이었으니까. 거기선 1년 365일 내내 붉고 비릿한 수증기가 피어올랐고, 그래서 특수 고글을 쓰지 않으면 앞에 누가 서 있는지도 제대로 알아보기 힘들었다. 그 고글은 렌즈의 편광 효과를 이용하여 붉은색을 청색으로 보이게 해주는 도살 전용 안경이었는데, 일본의 어느 벤처 기업가가 발명한 아이디어 상품이었다. 그러니까 그건 오래전 행해졌던 어느 심리학 실험의 결과에 바탕을 두고 만들어진 것이었는데, 그 실험은 각각 색깔이 다른 두 개의 방에 범죄자를 수용한 뒤 그들이 보이는 정신적 변화를 측정하는 방식으로 이루어졌다. 한 방은 천장부터 사면의 벽, 바닥까지 온통 새빨간 색으로 칠했고, 다른 방은 반대로 온통 파란색으로 칠한 뒤 각각의 방에 범죄자를 가둔 다음, 하얀 가운을 입은 심리학자들이 수시로 그들의 정신상태를 점검했다. 때론 그들의 머리에 전극을 연결한 뒤 여러 가지 자극에 뇌파가 어떤 반응을 보이는지에 대한 검사도 병행됐는데, 결과는 그야말로 놀라웠다. 빨간 방에 갇혀 있던 범죄자는 점점 더 포악해졌고 나중엔 거의 미쳐버렸다. 자해를 일삼고 심리학자를 공격했으며 마지막엔 설문조사용 볼펜으로 자기 목을 찌르고 말았던 것이다. 그에 반해 파란 방의 범죄자는 차차 유순해졌다. 그는 면담 때마다 평온하고 온순한 얼굴로 고분고분 대답했고 자신이 지은 죄를 진심으로 뉘우쳤으며 나중엔 거의 명상가 수준에까지 도달하여 가부좌를 튼 채 벽을 향해 가만히 앉아 있을 뿐이었다. 그 이후 파란 방의 범죄자가 어떻게 되었는지는 알 수 없지만, 실험으로 인해 밝혀진 사실은, 빨간색은 인간의 정신을 혼돈과 분노, 포악의 상태로 몰아넣고 파란색은 그 반대라는 것이었다. 그리고 일본의 벤처 기업가는 그런 사실을 이용하여 도살업 종사자들에게 착용시킬 특수 고글을 만들었고 말이다. (소문엔 그 고글이 원래는 군납품용으로 만들어졌던 거라고 하는데, 사실인지 아닌지는 나도 모르겠다. 어쨌거나) 그걸 쓰면 도살장의 피바다는 금세 푸르게 변했고, 그래선지 때로 마음만 먹으면, 내가 도살장에서 돼지 몸통을 가르고 거꾸로 매달아 피를 빼내는 대신, 청색 파도가 넘실대는 대양에서 거대한 포경선에 올라 고래를 잡고 있다고 상상하는 게 가능했다. 갈고리에 매달린 채 끝없이 밀려오는 돼지의 몸통은 고래나 황다랑어로 상상하면 그만이었고, 바닥에 고인 채 김을 내며 부글부글 끓어오르는 피와 내장 찌꺼기들은 그물에 덩달아 걸려들어 갑판 위에서 뛰노는 작은 물고기와 불가사리들로 생각할 수도 있었다.

하여간, 나는 그런 작업장의 선배로서, 또 무엇보다도 도축장에서 영업 부문으로 초고속 승진한 입지전적 인물답게, 그들 불법체류 도살꾼들에게 진심 어린 조언을 마다하지 않았다. 때로 일이 늦게 끝나는 날이면 공장 앞 주차장에서 떼 지어 몰려나오는 멕시코인들과 마주쳤는데, 그럴 때 난 그들의 어깨를 두드리며 이렇게 말하곤 했다. “어때? 일은 할 만해? 힘들진 않고?” 간혹 난 그들과 함께 술집에도 갔다. 거기서 데킬라 잔을 기울이며 내가 해줬던 충고는 주로 다음과 같은 것들이었다. “어쨌거나, 절대 남의 눈에 띄지 않게 조심하라고. 알겠지? 나도 너희들과 똑같은 데서 일했었기에 잘 아는데 말이야, 우리 같은 사람들은 반드시 어둠 속에 머물러야 한다고. 섣불리 밝은 장소로 걸어 나왔다가는 어떻게 되는지 알지?” 그러면서 난 손날을 세워 목에 대고는 ‘켁’ 하는 소릴 냈고, 그러면 그들은 무슨 말인지 알겠다는 듯 왁자지껄하게 웃으며 잔에 든 술을 단숨에 입에 털어 넣는 것이었다. 그들이 잔을 내려놓고 앞에 놓인 안주를 하나씩 집어 입에 넣길 기다렸다가, 나는 항상 이 마지막 조언을 덧붙였다. "그리고 진짜 중요한 건 이건데 말이야……," 이러면서 잠시 뜸을 들이면, 불법체류자인 도살꾼들은 호기심을 가지고 이어질 다음 말에 귀를 기울였다. "앞으로 살아가면서, 절대로 인터뷰 같은 건 하지 마. 알았지? 이건 정말 내 경험에서 우러나온 엄청나게 중요한 충고니까 잊으면 안 된다고. 기자나 르포라이터 같은 놈들은 반드시 뒤통수를 치거든. 그러니까 예를 들자면 이런 식이지. 하도 친절하고 살갑게 구는 데다, 취재원의 모든 비밀을 지켜주겠다고 맹세에 맹세를 거듭하고, 게다가 한술 더 떠 담배도 한 갑 통째로 건네주고 밤엔 데킬라라도 서너 잔 사주면, 거기 넘어가 헤벌쭉하면서—도축장에서 일어나는 일에 관해— 뭔가 아주 작은 얘기라도 털어놓으면, 놈들은 그걸 수백, 수천 배로 부풀려 자그마치 신문 한 쪽을 다 덮을 만큼 긴 기사를 쓴다, 이 말이야. 그런 줄도 모르고 다음 날이면 평소와 똑같이 거리를 걷던 너희들은 신문 가판대에 자기 얼굴이—물론 얼굴은 뿌옇게 모자이크 처리되어 있을 거야. 하지만 그럼에도 불구하고 널 아는 대부분의 사람들, 그리고 심지어는 네가 누군지 모르는 타인들조차 그 사진 속에서 피에 물든 비닐 앞치마를 두르고 거대한 손도끼를 든 채 서 있는 도살꾼이 바로 '너'라는 걸 단숨에 알아차릴 거라고— 대문짝만하게 실려 있고, 그 아래 'A View To A Kill' 따위의 타이틀이 떡하니 적혀 있는 걸 보게 될 테지. 예전에 내 아버지가 그랬던 것처럼 말이야." 내가 이런 얘길 할 때면, 대부분의 사람들은 딴청을 피우며 술집 천장에 붙어 있는 텔레비전 화면 속 쇼에 눈길을 빼앗긴 척하곤 했다. 하지만 개중엔 간혹 모든 걸 경청한 뒤에 이런 질문을 던지는 애들도 있었다. "그럼 당신 아버지도 도살장에서 일했다는 건가요? 그가 도대체 어떤 인터뷰를 했는데요?" 그럼 난 기다렸다는 듯 잠바 안주머니에서 빛바랜 신문지 조각 하나를 꺼내 그들 앞에 내밀었다. "자, 봐. 이거야. 아버지는 이 인터뷰를 한 다음 날 회사에서 잘렸어. 덕분에 우린 개고생을 해야 했고 말이야." 하지만 막상 상대방이 신문 조각을 받아 읽으려고 하면, 난 그걸 재빨리 낚아채 주머니에 도로 집어넣었다. 아버지의 꼴사나운 모습—공교롭게도 그건 그의 죽기 전 마지막 사진이 되고 말았다. 그리고 아버지 입장에서 그건 그야말로 엄청나게 우울한 일이었을 텐데, 왜냐하면 세상 그 어느 누구도 피에 젖은 비닐 앞치마에 내장 쪼가리가 덕지덕지 붙은 장화를 신고 도축용 칼을 어깨에 둘러멘 모습을 자신의 영정 사진으로 쓰고 싶어 하진 않을 것이기 때문이다. 결국 아버지의 장례식에서 교회 사람들은 그의 영정에 오래전 공수부대에 입대할 때 찍은 증명사진을 세워놓을 수밖에 없었다. 즉, 그는 죽음에 이르러서야 가장 젊고 생기 있는 얼굴로 되돌아갈 수 있었던 것이다—을 아무에게도 보여주고 싶지 않았기 때문이다.

그럼에도 불구하고, 즉 내가 불법체류자 신세로 매일 돼지 목이나 따고 있던 도살꾼들을 아무 편견 없이 대했음에도 불구하고, 유독 정 씨만을 피했던 데엔 사실 다른 이유가 있었다. 그는 도대체 눈치라곤 없는 사람이어서, 내가 자길 싫어한다는 것도 모른 채 항상 먼저 알은척을 했다. 복도에서 마주치면 "어이, 성철. 그동안 잘 지냈지? 집에 한국에서 보내온 된장이 있는데, 언제 와서 좀 가져가지 않을래?" 이런 식의 인사를 건네면서 말이다. 결국엔 성화에 못 이겨 그의 집에 저녁을 먹으러 갔는데, 정 씨는 내가 살고 있던 헤븐하우스보다도 더 좁고 낡은 연립주택 반지하방에서 혼자 살고 있었다. "어서 와. 좀 누추하지만, 그래도 깨끗이 치워놨다고." 그가 현관문을 열자, 안에서 이상하고 퀴퀴한 냄새가 확 풍겼다. 코를 킁킁거리자 정 씨가 환히 웃으며 말했다. "어때, 고향의 냄새지? 실은, 청국장을 좀 끓였어. 자네가 좋아할 것 같아서 말이야."

제길, 난 청국장 따위 좋아한다고 말한 적 없는데. 사실 미국으로 온 뒤엔 한식을 거의 먹지 않았다. 어떤 사람들은 냄새 때문에 일부러 먹지 않는다고도 했지만, 우리 식구 같은 경우엔 그런 이유 때문이 아니었다. 엄마는 새벽부터 밤늦게까지 세탁소에서 일을 했고 아버지는 2교대 근무로 도축 공장에 나갔기 때문에, 제대로 된 음식을 만들어 먹을 시간 자체가 없었던 탓일 뿐이었다. 식탁에 올라오는 건 주로 햄과 식빵, 그리고 콜라나 장기보관용 멸균 우유였다. 그나마도 다 같이 모여 앉아 밥을 먹은 적은 거의 없었고, 각자 시간이 될 때 비닐봉지에서 빵을 꺼내 햄을 끼워 대충 먹은 뒤 자기 방으로 되돌아가곤 했던 것이다.

어쨌든 그날 난 정 씨의 집에서 그가 차린 상을 마주하고 함께 밥을 먹었다. 그는 아직 식탁을 사지 못했다며 침대 옆 좁은 공간에 작은 접이식 상을 펼치더니 밥을 차렸다. 바닥엔 눅눅한 전기장판이 깔려 있었는데, 그는 굳이 날 그 위에 앉게 했다. "막상 끓이려니 넣을 게 별로 없어서……." 그러면서 그가 들고 온 냄비에는 두부로 보이는 하얀 것들이 몇 조각 둥둥 떠 있었다. 말없이 밥을 먹고 있을 때, 싱크대 장에서 소주를 꺼내 온 정 씨가 술을 따르며 말했다. "가만있자, 자네 아버지가 1980년에 7공수에 있었다고 했지, 아마?" 순간 난 숟가락을 든 채 한동안 굳어 있었다. 뭐야, 이 인간. 어떻게 그런 걸 다 알고 있지? 설마 지난번 회식 자리에서 내가 얘기했던가? 아니, 그럴 리가 없어. 아무리 술을 많이 마셨다 해도, 내 입으로 아버지에 관한 이야길 했을 리가 없다고. 내 당황한 표정을 눈치 못 챘는지, 정 씨는 밥을 한 숟갈 가득 입에 떠 넣고는 우물대며 말했다. "아니, 별거 아니고, 혹시 아버지가 내가 알던 그 사람이 아닌가 해서 말이야. 실은 나도 그때 광주에 있었거든." 결국 나는 숟가락을 내려놨다. "글쎄요. 잘못 알고 계신 것 같네요. 한국에 있을 때 아버진 청계천에서 시계방을 했어요. 7공수니, 광주니, 그런 건 처음 들어보는 얘긴데요." 그러자 정 씨가 정색을 하며 말했다. "그래? 거참, 이상하네. 이 사진을 보고 난 단박에 알아봤는데. 아, 이거 그때 그 박 중사구나, 이러면서 말이야." 그가 구석에 있던 서랍장을 뒤져 나에게 내민 건 한국에서 발행된 주간지 한 면을 프린트한 종이였다. 아마 인터넷을 검색해서 출력한 것이리라. 얼핏 봤지만, 거기엔 아버지의 얼굴이 정면으로 실려 있었다. 장례식에도 썼던 바로 그 사진. 대문짝만하게 적힌 기사의 타이틀은 '비극으로 끝난 아메리칸드림. 한국인 일가족 몰살 사건의 전말'이었다. 아무리 좋게 보려고 해도, 흥미 위주로 아무렇게나 써 내려간 기사임을 한눈에 알 수 있게 해주는 제목이었다. 일가족 몰살 사건의 전말, 이라니. 그래, 거기엔 또 내 얘기가 줄줄이 적혀 있겠지. 평소 아버지에게 개처럼 두들겨 맞던 장남. 수상쩍게도 온 가족이 죽었는데 오직 그 애 혼자만이 살아남았다? 대체 그건 뭘 의미하는 거지? 쉿, 조용히 해, 그 아이 역시 희생자니까. 말조심하라고. 하룻밤 사이에 아버지와 동생을 한꺼번에 잃은 불행한 아이잖아. 그래도 뭔가 좀 이상하지 않아? 어떻게 그 와중에 혼자만 살아남을 수 있었던 거지? 사람들은 그렇게 떠들다가도 멀찍이서 내가 다가오는 게 보이면 하나같이 입을 다물었다. 마치 처음부터 아무런 얘기도 나누지 않았던 것처럼. 그러나 난 귀가 밝았다. 내 등 뒤에서 들려오는 아주 작은 속삭임까지도 다 들을 수 있을 만큼. 숨을 죽이고 최대한 낮게 내뱉는 이런 말들. 하여튼 불쌍한 애야. 아마 평생 잊을 수 없겠지? 그래, 어떻게 그걸 잊을 수 있겠어? 과연 제대로 클 수나 있을까? 저런 애들이 크면 사이코패스가 된다던데.

정 씨가 A4 용지에 인쇄해둔 그 기사를 보는 순간, 머릿속에서 또 다시 그들의 웅성거림이 들려오기 시작했다. "가봐야겠어요. 생각해보니 오케이 마트에 가져다주기로 한 물건이 있어서." 벽에 걸려 있던 윗옷을 꺼내 걸치자 정 씨가 깜짝 놀라며 따라 일어섰다. "그래도 조금만 더 있다 가면 안 돼? 아직 밥도 다 안 먹었잖아." "미안해요. 아마 챙이 무척 화가 나 있을 거예요." 신발을 신다 말고 나는 정 씨에게 말했다. "그리고 아저씨, 그런 이상한 기사는 버리세요. 아까도 말했지만, 아버진 공수부대에 복무한 적도 없어요. 강원도 고성이었든가, 하여간 무지하게 추운 전방에서 상병으로 전역했다고 들었거든요." 정 씨는 무언가 긴히 할 얘기라도 있다는 듯 나를 한참 동안 쳐다봤지만, 결국 아무 말도 하지 않았다. 그러더니 갑자기 너털웃음을 터뜨리며 이렇게 말하는 것이었다. "그래? 역시 내가 잘못 본 게야. 나야말로 미안해, 스티브. 난 그분이 꼭 내가 알던 박 중사님일 거라고 생각했거든. 그래서 반가운 마음에 그만……. 하여간 놀러와줘서 고마워. 여기 온 뒤론 매일 혼자 밥을 먹었는데, 오늘 저녁은 자네 덕분에 사람 사는 집 같았지 뭐야." 그러면서 그는, 큰길까지 바래다주겠다며 군이 잠바를 걸치고 내 뒤를 따라 걸었다. 한국에서 건너와 도축장에서 일하는 사람들이 흔히 그러듯, 정 씨는 자기가 서울에 있을 땐 꽤 잘나갔다고 걷는 내내 떠벌렸다. 하룻밤에 술값으로만 수표 몇 장을 쓸 정도로 넉넉했다는 것이다. "그놈의 IMF가 문제지. 그거만 아니었으면, 여기 와서 이런 고생도 안 할 텐데 말이야." 하지만 난 그저 귓등으로 흘려들었다. 잘나가던 중소기업 사장이 하루아침에 돼지 멱따는 인간으로 전락하는 것은, 사실 여기선 너무나도 흔해빠진 일 중의 하나일 뿐이었다. 무엇보다도 난 그의 인생 여정에 신경 쓸 여력이 없었다. 아까 그가 가지고 있던 프린트된 신문 쪼가리. 오직 그것에만 온통 관심이 쏠려 있었으니까. 혹시 정 씨가 뭔가를 눈치챘나? 아니, 그럴 리가 없지. 그걸 아는 이는 아무도 없다고. 잠깐. 그런데 내가 지금 무슨 생각을 하는 거지? 그가 눈치를 채다니. 도대체 뭘? 난 잘못한 일도 없는데 말이야. 어쨌거나, 이 인간 어딘지 모르게 수상해. 곁에 두고 지켜봐야겠어.

그 주 금요일, 정기검진 차 병원에 갔을 때, 난 의사에게 정 씨에 대해 이야기했다. "공장에 이상한 놈이 하나 들어왔어요. 그 자식, 자꾸 날 의심하는 눈초리로 쳐다본다니까요." 그러나 의사는 별다른 대답도 없이 종이에 뭔가를 적으며 그저 내 말을 듣기만 했다. 그러더니 한참 동안 차트를 뒤적이다가 고개를 들고는 천천히 말하는 것이었다. "스티브, 당신은 여전히 트라우마에서 벗어나지 못하고 있어요. 피해망상과 편집증이 점점 더 심해지고 있으니 말이에요. 정 씨라는 한국인이 당신에 대해 뭘 알겠어요? 기껏해야 신문에서 찾아낸 기사 한두 개 정도겠지요. 아니, 설사 뭘 좀 안다 쳐도, 그럼 어떻습니까? 어차피 당신은 숨기는 것도 없잖아요. 그냥 마음을 편히 가져요. 쓸데없는 생각이 떠오르면 심호흡을 하고 눈을 감으란 말입니다. 어쨌든 이번에도 약은 한 달 치 처방할게요. 안정제의 양을 조금 늘릴 텐데, 만약 부작용이 느껴지면 바로 병원으로 전화하도록 하세요. 알겠죠?" 난 체념하며 고개를 끄덕였다. 어차피 이놈의 의사 새끼는 한 번도 도움 되는 말을 해준 적이 없었다. 도대체, 툭하면 정 씨가 나타나 자꾸 헛소릴 해대는데 어떻게 심호흡이나 하며 견디란 말인가.

그런데, 이건 정말인데, 내가 의사 말처럼 단지 피해망상 때문에 정 씨를 의심했던 건 아니다. 확실히 그는 좀 이상했다. 즉, 영업을 마치고 도축장 옆 복도 하나 건너에 있는 사무실로 들어가다가 간혹 뒤통수에 기이하고 끈끈한 시선 같은 걸 느낄 때가 있었는데, 그럴 때 잽싸게 뒤를 돌아보면 언제나 정 씨가 저 끝 모퉁이에 서 있곤 했으니 말이다. 마치 어둠 속 그림자처럼 복도 구석에 서 있던 그는, 나와 눈이 마주치면 재빨리 표정을 바꾸며 약간 비굴해 보이는 웃음을 지었다. 그러면서 멀리서도 들리게끔 엄청나게 큰 소리로 인사를 건넬 때면, 나 역시 어쩔 수 없이 그에게 손을 흔들어줘야 했던 것이다. "어이, 요즘 햄 영업은 잘돼? 언제 한번 또 놀러 와야지. 내가 이번엔 진짜 제대로 된 청국장을 대접할 테니 말이야!"

하긴, 이 노트를 읽고 있는 당신(들) 역시 날 이상하게 생각할지도 모른다. 괜한 의심과 피해망상 때문에 이역만리 타국에서 만난 반가운 고향 사람을 멀리한 건 아니냐고. 하지만, 분명히 말하는데, 정 씨는 언젠가 날 협박한 적도 있었다. 그러니까 그날, 우린 도축 공장 길 건너에 있는 멕시코 음식점에서 회식을 했는데, 술에 얼근히 취해 있던 정 씨가 데킬라 병을 들고 내 옆으로 오더니 충혈되어 번들번들해진 눈으로 이렇게 속삭였단 말이다. "스티브, 난 네 아버지를 잘 알아. 왜냐하면 그날 새벽 우린 다 같이 그 새들을 봤으니까. 그 끔찍한 날갯짓 소리가 아직도 밤마다 내 귀에 들리는걸. 그래, 어떻게 그걸 잊을 수 있겠어. 그 기괴한 광경을." 순간 나는 들고 있던 술잔을 떨어뜨릴 뻔했다. 새라니. 어쩌면 이자는 정말 아버지에 대해 잘 알고 있는 걸지도 모른다. 왜냐하면 아버지 역시 죽기 얼마 전 나에게 새에 대해 얘기했으니까.

그랬다. 오래전 그날, 몇 병씩 나눠준 독한 소주를 다 비운 뒤 군용 트럭에 올라탔던 아버지가 잠에서 깬 건, 거의 새벽이 다 되어갈 즈음이었다고 한다. "그때 난 분명히 들었어. 푸드덕대는 날갯짓 소리를. 위를 올려다보니 어둡고 시커먼 하늘에 박쥐같이 생긴 거대한 것들이 떼 지어 날고 있었지. 처음엔 꿈인 줄 알았어. 그렇지만 군복 위로 허벅지를 아무리 꼬집어봐도, 난 깨어날 수 없었던 거야. 왜냐하면 그건 진짜 현실이었으니까. 흐흐, 너 혹시 내가 미쳤다고 생각하는 거냐? 아니, 난 그때 미치지 않았어. 술에 떡이 돼 있긴 했지만 미치진 않았다고. 그러니 내가 본 것도 정말 확실해. 노란 눈에 검은 날개, 거기에 사람의 얼굴을 한 기괴한 것들이 푸드덕푸드덕 날개 소릴 내며 우리 트럭을 따라오고 있었다고." 죽기 얼마 전, 어두컴컴한 거실 한 구석에 쪼그리고 앉아 왠지 겁먹은 눈초리로 자꾸 주위를 두리번거리며, 아버진 이런 얘길 중얼중얼 늘어놨다. 사실 그때 난 그가 드디어 돌아버린 거라고 생각했다. 아니, 아버지는 오래전 그때, 광주로 내려가는 트럭 안에서부터 이미 제정신이 아니었던 걸지도 모른다. 맨 정신이었다면 절대 그런 짓을 할 순 없었을 테니까.

하지만 디디는 랩을 하듯 몸을 흔들며 내 말에 반대했다.

"아니, 그럴 때 사람은 절대 미치지 않아
오히려 정신이 더 말똥말똥해지지
그러니까, 잡생각은 완전히 사라지고
오직 머릿속엔 피와 살덩이 튀는 소리뿐인 거야
푹 찌르고 쑥 빼내서
또 찌르고 쑥 빼내는 거지
그러면서 앞으로 걸어가는 거라고

한 발, 한 발
우리 삼촌 샘 알지? 샘이 말해줬어
베트남에서 자기도 그랬다고
정말이지 그때만큼 정신이 또렷했던 적도 없었다는 거야
애새끼를 안은 여자가 살려달라고 울면
그럼 어떻게 하느냐고? 빙고!
당연히 찌르는 거야. 가슴을 도려내는 거지
애 엄마는 아이 앞에서 죽이는 게 제격이거든
그리고 마을 전체를 불태우는 거야
왜냐고? 그것들은 그때 이미 사람이 아니래
짐승이라더군. 돼지나 소 같은
아주 악다구니 같은 것들이라
죽이면 또 일어나 덤비고
죽이면 또 일어나 덤비는데
그게 사람을 아주 짜증나게 한다는 거야
그러니 씨를 말려야 한다고, 대장이 말해줬대
그런데 샘은 그랬어
대장이 시키지 않았어도 자긴 그것들을 쑤셔댔을 거라고
그래서 내가 물었지. 왜냐고.
하지만 샘은 대답하지 않았어
그저 엄청나게 맑은 정신으로
끝없이 찌르고 불태우며
앞으로 걸어갔단 말 이외엔."

하긴, 디디의 말이 옳을지도 모른다. 아버지는 맑고 또렷한 정신으로 그날 사람들을 돼지 잡듯 잡았을 것이다. 그렇지 않다면, 어떻게 모든 것을 그리도 생생하게 기억할 수 있을까?

그러나 다음 날 공장에서 마주쳤을 때, 정 씨는 아무 일도 없었던 듯 웃는 얼굴로 내게 인사를 했고, 숙취해소 음료까지 한 병 건넸다. 병에는 나무뿌리 같은 게 그려져 있었는데, 그는 그게 요즘 한국에서 유행하는 헛개나무 엑기스라고 설레발을 치며, 지금 당장 마시라고 권하는 것이었다. "아저씨, 어제 한 말은 뭐였어요? 그날 새벽 새를 봤다니, 그 얘기 좀 다시 해봐요." 헛개나무 음료를 한 손에 든 채 내가 물었을 때, 정 씨는 금시초문이라는 듯 멍한 표정을 지으며 어색하게 웃었다. "글쎄 무슨 소릴 하는 건지 모르겠네? 아마 술에 취해 주정을 한 것 같은데, 정말 미안하게 됐어."

그 뒤로 정 씨는 다시는 새에 대한 얘길 하지 않았고, 전처럼 자주 인사를 건네지도 않았다. 그러던 그가 심각한 얼굴로 날 찾아온 건, 그로부터 한 달 정도 지났을 즈음이었다. 그는 주위를 둘러보더니, 작은 소리로 속삭였다. "소식 들었어, 스티브?" 월말 수금을 앞두고 예민해져 있던 난 약간 귀찮아하며 대답했다. "무슨 소식이오?" 그러자 정 씨는 정색을 했다. "지금 이러고 있을 때가 아니야. 얼른 잭한테 가보라고. 그 사람이 자네한테 숙성 라인 팀장 자릴 주기로 약속했다며?" 그제야 난 전표 더미에서 고개를 들었다. 공장장은 발령이 날 때까지 모든 걸 비밀로 하라고 했는데, 언제 정 씨 귀에까지 들어간 거지? 의아해하며 올려다보자, 그가 더욱 낮고 음침한 목소리로 속삭였다. "그거, 완전 물 건너간 것 같아. 아까 들었는데, 영업2부 사사키 알지? 거 왜, 아버진 일본인이고 엄마가 브라질 사람이라는, 스모 선수같이 생긴 재수 없는 놈 말이야. 그자가 다음 달부터 팀장 자릴 맡게 됐다고 떠들고 다니던데? 벌써 승진 축하 턱까지 냈다는 걸 보니,

아마 확실할걸? 그래서 하는 말인데, 아직 정식 발령이 난 건 아니니, 오늘이라도 공장장한테 가서 담판을 지으라고. 우리 도축장 사람들이야 당연히 자네를 응원하고 있다는 거 잊지 말고. 말이 났으니 말이지만, 그 돼지 같은 인간이 공장에서 거들먹거리며 돌아다니는 꼴을 어떻게 보냐고." 그 말을 들은 순간, 전자계산기를 누르던 내 손이 미세하게 떨리기 시작했다. 일단 가장 먼저 떠오른 건 아직도 할부로 갚고 있는 공장장과의 술값이었고, 그다음으로 떠오른 건 분노와 배신감이었다. "그럴 리가요? 분명 잭이 약속했는데…… 무슨 오해가 있겠죠. 하여튼 알려줘서 고마워요. 이따 확인해볼게요."

그러나 난 공장장 잭을 만나지 못했다. 그와 면담하기 위해 점심시간마다 짬을 내어 찾아갔지만, 잭은 이상하게 바쁜 척하며 나중에 보자고만 할 뿐이었다. 결국 며칠 후, 난 공장장에게 문자를 보냈다. 영업2부의 사사키가 숙성 라인 팀장이 될 거라는 소문이 사실인지를 묻는 기나긴 문자였는데, 새벽이 될 때까지 답장은 오지 않았다. 울적한 기분으로 외근을 나왔을 때, 오케이 마트 앞에서 코피를 흘렸고, 그때 챙이 또 한 번 그 이야길 꺼냈던 것이다.

13
유령 타워의 추억,
혹은 결코 끝나지 않을 이야기

결국 나는 시동을 끄고 도로 돌아왔다. 숙성 라인 팀장 자리에 다른 사람이 내정돼 있다는 얘기에 동요를 보이자, 그 순간을 놓치지 않고 챙이 이렇게 말했기 때문이다. "그래서 하는 말인데, 스티브. 네 미래와 관련해서 좀 상의할 게 있으니까 내 사무실에 잠깐 들르지 않을래? 거기서 커피도 한잔하고 말이야." 종이컵에 커피를 타면서, 챙은 공장장 잭이 원래부터 교활한 놈이었단 얘기를 늘어놨다. 나에게 했던 식으로, 툭하면 직원들에게 군침이 돌 만한 미끼를 던지고는 그걸 빌미 삼아 끝까지 노예처럼 부려먹는다는 것이었다. "그런데 왜 갑자기 나한테 그런 얘길 하는 거예요, 챙?" 내가 묻자, 그의 얼굴에 묘한 웃음이 떠올랐다. 언제 저렇게 친절했던가 싶을 정도로 따뜻한 표정을 지으며, 그 자그마한 체구의 중국인 남자는 갑자기 내 두 손을 꽉 잡았다. "그래, 왜 안 물어보나 했어." 그러더니 그는 잡았던 손을 얼른 내려놓고는 뒤쪽에 있던 조그만 철제 캐비닛에서 종이 한 장을 꺼내 내 앞에 내밀었다. "자, 읽어봐. 일종의 투자 계획서인데…… 워낙에 좋은 기회라 너한테 소개해주지 않고는 배길 수가 없더라고." 그는 내게, 도대체 언제까지 그 거지 같은 햄, 소시지 공장의 영업사원 노릇이나 할 거냐며 핀잔 섞인 충고를 건넸고, 그다음엔 지금 이 기회야말로 내가 큰돈을 만져볼 수 있는 유일한 길이라고 강력하게 주장했다. "그래서요, 챙, 대체 어디에 뭘 투자하라는 거예요?" 점점 길어지는 잔소리를 듣다못해 물었더니, 그제야 그는 다른 쪽 손에 말아 쥐고 있던 또 한 장의 서류를 내 앞에 펼쳐놓았다. 그의 말에 의하면, 이번에 오케이 마트가 도시 동남부에 두 번째 매장을 오픈하기로 결정했다는 것이었다. "알지? 네가 어릴 때 살던 동네 뒤쪽, 강가에 있는 그 유령 타워. 그걸 우리 사장이 사들였어."

순간 나는 너무 놀라 들고 있던 종이를 떨어뜨렸다. 그런 걸 사는 미친 인간이 있다니. 그곳엔 죽은 옛 건축주인 로저 코먼의 원혼이 밤이나 낮이나 떠돌고 있었다. 목매달아 죽어서 얼굴이 푸르딩딩하게 부풀어 오르고 혀는 길게 빼물고 있다는 로저 코먼의 유령을 실제로 본 적은 없지만, 오래전 디디는 툭하면 이런 말을 하곤 했다. "잠깐, 가만히 있어봐, 스티브. 무슨 낌새 안 느껴져?" 난 아무것도 느껴지지 않는다며 고개를 흔들었지만, 디디는 끈질겼다. 그는 정말 겁에 질린 듯 내 어깨 너머를 쳐다보며 부들부들 떨었고, 그러면서 이렇게 외쳐댔다. "진짜 모르겠다고? 지금 죽은 로저가 네 어깨에 손을 얹고 있는데도?" 그는, 억울하게 죽은 로저의 원혼을 달래줘야 한다고 우겨서 날 난처하게 만들기도 했다. "그럼 너 혼자 달래주면 되잖아, 디디." 그러나 디디는 그렇게 간단한 문제가 아니라며 고개를 저었다. "죽은 로저가 노리는 건 네 영혼이야. 우리가 여기 올 때마다 혀를 길게 빼문 채 네 등 뒤에 계속해서 가만히 서 있잖아. 그러니까 내 말은 이거야. 원혼을 달래는 의식을 치러야 할 사람은 내가 아니라 바로 너라는 거." 시럽병을 바닥까지 탈탈 털어 마신 다음 한껏 즐거워진 기분으로 나는 말했다. "마음대로 하라고 해, 디디. 어차피 나한텐 아무것도 안 보이니까. 아, 그래, 그거 좋겠다. 네가 대신 로저에게 전해주는 거야. 날 원하면 가져가라고. 난 아무래도 상관없으니까 말이야!" 그러자 디디는 화를 냈다. 그는, 그런 말은 함부로 하는 게 아니라며 지금 당장 취소하고 원혼에게 사과하라고 하여 나를 웃겼다. 게다가 한술 더 떠서 내일 여기 올 땐 의식에 쓸 살아 있는 닭 한 마리를 가져오라고까지 하는 것이었다. (아아, 그때 디디의 표정을 당신들도 봤어야 하는데! 그는 자기가 정말로 심령술사라도 되는 양 눈을 부릅뜨고 있었고, 오른손 검지로는 나를 가리키며 삿대질까지 하고 있었다.) 물론 우린 원혼을 달래는 의식 같은 건 치르지 않았다. 살아 있는 닭을 구한다는 것 자체가 어차피 불가능한 일이었고—나중에 약간 두려워진 내가 냉동 닭으로 대신하면 안 되겠냐고 물었을 때 디디는 단호히 안 된다고 대답했다. 원래 원혼은 생피를 좋아한다나 뭐라나 하면서— 웬일인지 다음 날부터 로저 코먼의 유령도 더 이상 나타나지 않았기 때문이다. "이상하다. 어디로 간 거지?" 내가 물으면 디디는 자기도 모른다며 딴청을 피웠다. 그는 로저가 아마 천국에 간 걸지도 모른다고 했고, 그러다가도 약에 취했을 땐 내 뒤에 로저의 얼굴이 보인다는 둥, 이상한 헛소릴 해서 기분을 찜찜하게 만들곤 했다. 그런데, 이건 정말 비밀인데, 나는 그로부터 얼마 지나지 않아 내 인생에서 처음이자 마지막으로 로저의 유령을 보게 된다. 그러니까 엘름 가 1408번지 한국인 가족 몰살 사건이 일어나던 날 밤, 집 바로 앞 가로등 아래에서. 사실 난 지금까지 이 이야길 아무에게도 한 적이 없다. 어차피 나도 내가 본 걸 믿지 않았으니까. 게다가 그런 얘길 들으면 누구나 비웃을 게 확실했다. 아마 로버트 와인버그라면 심각한 표정으로 내 눈동자를 들여다보며 "이봐, 스티브. 너 기가 허해진 거 아니야? 비타민이라도 좀 먹고 정신 차리는 게 어때?"라고 충고했을 것이다. 구티에레즈 녀석이야 더 말할 것도 없고 말이다. 그 녀석은 겁쟁이니까 유령 얘기만 나와도 꽁지가 빠지게 달아나겠지. 하긴, 난 이 얘길 디디에게조차 하지 않았다. 그래봤자 이런 비아냥이나 들을 게 뻔했으니까. "거봐, 스티브. 내가 뭐랬어? 원혼의 저주를 풀어줘야 한다고 했잖아. 결국 놈의 저주가 너에게 내린 거야. 그래서 너희 가족이 그렇게 된 거라고!" 아니, 잠깐. 생각해보니, 이건 내 상상이 아니었어. 디디는 실제로 그런 말을 했던 거야. 그 사건이 일어나고 며칠 뒤, 그는 보호센터에 있는 나를 만나러 왔다가, 주위에 아무도 없는 걸 확인하더니 낮은 목소리로 이렇게 속삭였었지. "이건 저주야, 스티브. 넌 아무 잘못이 없다고. 봐. 유령은 지금도 네 등 뒤에 딱 붙어서 음흉하게 웃고 있어. 조커처럼 쫙 찢어진 빨간 입을 크게 벌린 채 말이야. 제길, 정말 후회된다. 이럴 줄 알았더라면, 어떻게든 살아 있는 닭을 구해 왔을 텐데. 그나저나, 엄마 소식은 들었어?" 그 질문에 난 뭐라고 대답했지? 그냥 못 들은 척했던가? 아니, 사실은 어렴풋이 기억난다. 난 침대에 누운 채 벌컥 화를 냈지. "우리 엄만 죽었어. 그날, 우리 식구 모두 다 죽었다고. 너도 알잖아, 디디. 그런데 왜 너까지 그런 걸 묻는 거야? 왜 다들 나만 보면 엄마 얘길 하지 못해 안달이지?" 순간 눈앞에 마지막으로 본 성호의 모습이 떠올랐다. 누군가가 휘두른 야구 방망이에 성호의 머리통은 한쪽이 완전히 내려앉아버렸다. 일그러지고 움푹 꺼진 동생의 얼굴이 웃고 있는 것처럼 보여, 난 부들부들 떨며 피 때문에 미끌미끌한 마루 위에 가만히 서 있었지. 어디선가 엄마의 목소리가 들려왔다. 괜찮아. 넌 가만히 있어. 내가 다 알아서 할게. 괜찮아. 넌 가만히 있어. 내가 다 알아서 할게. 집은 너무 어두웠고, 난 엄마를 찾기 위해 이 방, 저 방, 문을 열어보며 돌아다녔다. 그러느라 내 양말은 피에 흥건히 젖었고, 그때 내가 그 작은 골방 입구에서 발견한 건…… 한 남자의 왜소하고 굽은 몸뚱이였다. 뭔가 날카로운 것에 귀 바로 밑 동맥이 단숨에 끊긴 남자는, 별 고통 없이 죽어서 그런지 평온한 미소를 짓고 있었다. 자, 봐라, 성철아. 돼지를 고통 없이 죽이려면 이렇게 해야 하는 거야. 그는 나에게 수도 없이 여러 번 돼지 목 따는 법을 가르쳐줬다. 칼은 이렇게 쥐고. 그래, 바로 그거야. 그런 다음 한 번에 날쌔게 그어버리는 거지. 그러더니 결국 남자는, 그러니까 내 아버지 박영식은, 스스로 그런 죽음의 대상이 되었다. 고통 없는 죽음. 자기가 죽는 줄도 모른 채 사라지는 것. 누군가가 한 번에 빠르게 그어버린 그의 목은 턱 아래에서 뒷덜미까지 활짝 열려 있었고, 처음엔 콸콸 쏟아졌을 피도 그땐 거의 멎은 상태였다. 내가 기절해버린 건 아마 그때였을 거다. 아버지의 열린 목을 보던 순간. 거기서 아무렇게나 솟아 나온 검붉은 핏줄 다발을 보던 바로 그 순간. 아버지는 그렇게 목이 거의 잘려 덩경덩경하는 채로, 이상하게 끽끽대는 쉰 소리를 내며 나에게 말을 걸었다. 성철아, 아직 거기 있니. 난 고개를 끄덕였다. 그런데 아버지, 아직 살아 있는 거예요? 죽은 거 아니었어요? 그러자 아버지는 힘겹게 빙긋 웃었다. 이 정도로는 죽지 않아. 너, 그건 알아야 한다. 사람은 원래 그렇게 쉽게 죽는 동물이 아니라는 거 말이야. 하여간, 성철아. 아직 거기 있다면, 부탁 하나만 들어줄래? 난 덜덜 떨며 그러겠다고 말했다. 지금 너무 답답해. 숨이 막힌다고. 미칠 것만 같아. 내 목을 벌리고 그 안에 뭐가 있는지 살펴봐라. 아마 새가 있는 것 같은데, 그것 때문에 이런 거야. 다 그놈의 새 때문이라고. 그러더니 죽은 아버지는 자기 가슴을 치기 시작했다. 처음엔 약하게 쳤지만, 아버지는 점점 더 세게 가슴을 내리쳤다. 쾅. 쾅. 쾅. 쾅. 그때마다 아버지 목의 길게 열린 상처에서 핏방울과 살점이 튀어 올라 사방으로 흩어졌다. 어서. 새를. 꺼내. 달라고. 아마 그는 이렇게 말했을 테지만, 그게 내 귀엔 그저 깍, 깍, 새 짖는 소리로만 들렸을 뿐이다. 결국 난 팔을 걷었다. 그리고 그의 목에 생긴 거대한 상처에 손을 집어넣었다. 그런데, 이럴 수가. 그 상처는 말도 못하게 크고 깊었다. 내 팔 하나가 다 들어가고도 아버지 상처의 맨 밑바닥에 가닿지 못했던 것이다. 결국 난 새빨간 상처 안쪽으로 머리를 밀어 넣었고, 마지막엔 내 몸 전체를 집어넣었다. 허우적대며, 피와 살과 뜯겨 나간 혈관 사이에서 나는 오직 새를 찾아 헤맸다. 아버지는 그 새만 꺼낸다면 편안히 눈을 감을 수 있을 거라고, 계속해서 중얼거렸다. 그때였다. 저쪽, 아버지의 몸 안 가장 깊은 곳, 가장 어두운 곳에 뭔가가 빠르게 지나가고 있지 않은가. 난 붉고 미끌미끌한 핏속을 가로질러 그쪽으로 조용히 다가갔다. 갈비뼈와 심장에서 뻗어 나온 동맥들의 어지러운 그물망 사이로 새의 검은 꽁지가 나타났다가 사라졌다. 손을 뻗어 움켜쥐는 순간, 새는 온 힘을 다해 울부짖었다. 꽥액. 살려줘. 날 죽이지 말란 말이야. 이래 봬도 내가 네 아버지라고. 미친놈. 난 새의 목을 틀어쥔 채 중얼거렸다. 이게 다 너 때문이었어. 네놈이 아버지를 저 모양으로 만들어버린 거라고. 새는 세상에서 가장 애처로운 눈초리로 날 올려다봤지만, 그래봤자 놈은 조류에 불과했다. 노랗고 동그란 눈에 표정이라곤 없는 까만 눈동자. 난 전혀 망설이지 않고 새의 목을 비틀었다. 뚝. 가느다란 뼈가 산산조각 나는 소리가 들렸고, 꺄악, 하는 비명이 들려 뒤를 돌아보니, 저 멀리 어둠 속에 엄마가 서 있었다. 엄마, 엄마. 난 서둘렀다. 어쨌거나, 아버지는 이제 만족한 듯 보였으니까. 그는 비록 말없이 마룻바닥에 누운 채 휘둥그레 뜬 눈동자로 날 바라보고 있었지만, 난 침묵 속에서 들려오는 아버지의 목소리를 듣고 있었다. 고맙다, 고마워. 성철아. 네가, 해냈구나. 네가 나를 살려줬어. 나는 떨리는 손으로 아버지의 눈을 감겨줬다. 이번엔 엄마 차례야. 난 속으로 중얼거렸다. 엄마를 구해줄 차례라고. 아니나 다를까, 엄마는 또 신을 찾으며 뭔가 알 수 없는 기도문을 웅얼거리고 있었다. 태초부터 지금까지 아무 대답도 해주지 않았던 그 지긋지긋한 족속들에게 눈물 흘리며 애원을 하고 있는 거다. 그놈의 기도 소리. 주여. 저 아이를 긍휼히 여기소서. 제길, 한없이 중얼대는 엄마를 구하기 위해 난 달렸다. 아버지에게서 빠져나오기 위해 허우적대며. 하지만 한번 들어온 아버지의 몸은 의외로 빠져나가기가 쉽지 않았다. 들어올 땐 그렇게나 크고 넓던 아버지의 상처가 이젠 거의 보이지도 않았기 때문이다. 그때 저 멀리서 한 가닥 빛이 비쳐 들었다. 실처럼 가느다란 그 빛은 초승달 모양으로 열린 아버지의 상처로부터 스며들고 있었다. 아, 찾았다. 내가 그 실낱같은 틈으로 머리를 내미는 순간, 거대한 충격이 나를 때리고 지나갔다. 갑자기 눈앞에 엄청나게 많은 별들이 반짝였고 내 몸은 앞뒤, 좌우로 미친 듯이 흔들렸는데—지금 생각해보면, 어쩌면 그때 정말로 대지진이 일어났던 걸지도 모른다. 환태평양조산대에서나 생긴다는 지각 대변동이, 트루데에서 일어나지 말란 법은 없으니까. 하긴 그래서 그런지, 어디선가 소와 돼지, 닭, 그 밖의 수많은 동물들이 울부짖는 소리 또한 길게 들려왔다. 마치 대규모 브라스밴드의 단원들이 한꺼번에 자기들의 관악기를 아무렇게나 불어대듯이. 미안해, 어쩔 수 없었어. 괜찮아. 넌 괜찮을 거야. 모두 내가 알아서 할 테니까. 놀랍게도 지각변동의 브라스밴드는 이런 가사를 소리 높여 연주하고 있었다. 그러니까 넌 모른다고 해. 아무것도 기억하지 말란 말이야, 제발. 어지러운 가운데 피로 미끌미끌한 마룻바닥을 기어갈 때, 노랫소리는 점점 작아지더니 서서히 고요와 침묵 속으로 잦아들었다. 좁아터진 거실은 어느새 운동장만큼이나 넓어져 있었고, 그 어둠의 맨 끝 쪽에 엄마가 보였다. 엄마. 난 그녀를 구하기 위해 있는 힘을 다해 기었다. 의문의 남자를 본 건 그때였다. 누군지도 알 수 없고, 오직 실루엣만 보였던 장신의 남자. 그는 엄마 뒤에서 양팔을 쫙 펼친 채 서서히 다가오고 있었다. 잠깐. 저건 어디서 많이 본 거잖아. 그래, 아까 아버지에게서 겨우 꺼내 목을 비틀어 죽인 그 새. 그 새가 어느새 저렇게 커져서 검고 거대한 날개를 펼치고 있는 거다. 엄마, 조심해. 아마도 난 마지막으로 이런 말을 외쳤던 것 같다. 그리고 그다음으론 전혀 기억이 없다. 정신을 잃었기 때문이다.

깨어났을 때 난 사방이 하얀 벽으로 둘러쳐져 있는 커다란 침대 위에 누워 있었다. 팔을 움직일 수 없었는데, 그 이유는 나중에야 알았다. 그들—보호센터의 사람들—은, 큰 충격을 받은 내가 언제 발작을 할지 몰라 침대에 몸 전체를 고정시켜둔 상태였다. 내가 있는 곳이 어딘지도 한참 뒤에야 알게 됐다. "여긴 일종의 치료시설이야. 알겠니? 범죄 피해자 가족들이 입은 트라우마를 치유해주는 곳이지." 사람들은 그렇게 말하며 안됐다는 듯 나를 쳐다봤다. 하지만 눈을 감고 잠든 척하면, 사방에서 이런 목소리들이 두런두런 들려왔다. 정말 무서운 사건이죠. 그 어린애는 단 한 방에 목숨을 잃은 것 같더라고요. 물론 끔찍하게도 두개골이 함몰됐지만……. 그래도 고통 없이 눈을 감은 게 어딘가요. 그렇지 않아요? 쉿. 잠깐. 저 애가 깬 것 같아요. 그리고 조용히 다가오는 발소리. 살그머니 이불을 들춰보는 손길. 괜찮네요. 진정제 덕분인지 잘 자고 있어요. 눈을 뜨자, 그렇게 속삭이던 이들 중 하나가 내게 물었다. "그런데 얘야, 넌 정말 아무것도 기억하지 못하는 거니?" 아무 생각 없이 고개를 끄덕이다 말고, 난 갑자기 감전이라도 된 듯 몸을 떨었다. 생전 처음 보는 갖가지 영상들이 내 눈앞에 휙휙 떠올랐기 때문이다. "아, 생각났어요. 뭔가, 뭔가 이상한 것들이 내 앞에 보여요!" 그러자 저쪽 구석에서 꾸벅꾸벅 졸고 있던 남자가 벌떡 일어서더니 내 곁으로 다가왔다. 그는 자기가 이번 사건의 담당 형사라고 했다. "그래? 그렇다면 기억나는 걸 다 말해보렴. 이건 정말 잔인한 사건이고, 네 증언은 수사에 무척 유용할 거다." 나는 눈을 감고 가만히 그때를 떠올렸다. 처음엔 사방이 어두웠고 아무것도 보이지 않았지만, 서서히 가운데 부분이 밝아지면서 뭔가가 보이기 시작했다. 그래요, 얘기할게요. 그날은 늦게까지 집에 들어가지 않았어요. 왜냐고요? 당연히 아버지 때문이죠. 네, 낮에 흠씬 두들겨 맞았으니까요. 아니요. 잘못한 건 없어요. 그는 원래 그런 사람이었을 뿐이에요. 그건 엄마가 해준 말이에요. 아버지는 원래 그런 사람이야. 어쩔 수 없어. 너희들이 이해해야 해. 이렇게요. 하여간, 그날은 낮 내내 디디와 함께 유령 타워에 있었어요. 어딘지 아시죠? 강가에 있는 그 짓다 만 쇼핑몰 말이에요. 정말이라니까요. 그래요, 디디에게 물어보세요. 디디가 증언해줄 거예요. 내가 그날 밤이 늦어서야 집에 갔다는 걸 말이에요. 거기서 우린, 음, 그냥 장난을 치고 놀았어요. 약이요? 그런 건 안 해요. 정말이에요. 담배 좀 피우고 감기약을 나눠 마신 게 전부라고요. 어쨌든 나와 디디는 아무 말도 하지 않고 콘크리트 덩어리 위에 가만히 앉아 있었어요. 어쩌면 꾸벅꾸벅 졸았는지도 모르죠. 그러다가 퍼뜩 정신을 차려보니 어느새 밤이 되었더라고요. 강에선 썩은 내장과 돼지 피 냄새가 섞인 미지근한 바람이 불어왔고, 하늘엔 별이 가득했어요. 난 디디에게 저 별 중엔 이미 세상에서 사라져버린 것도 있다고 말했어요. 그런데 그 멍청한 녀석이 내 말을 안 믿는 거예요. 디디는, 없어진 별이 어떻게 우리 눈에 보일 수 있냐며 거짓말하지 말라고 화를 냈어요. 난 며칠 전 내셔널지오그래픽 채널에서 본 거라고 말했지만, 녀석은 막무가내였어요. 그러다가 삐쳤는지, 디디가 집에 가겠다고 하더군요. 너무 늦었다고 걱정을 했던 것도 같아요. 아니, 생각해보니 그럴 리가 없어요. 디디가 집에 들어오든 안 들어오든, 걔네 아버지는 신경도 안 쓰니까요. 어쨌거나 우린 자리에서 일어섰어요. 옷에 묻은 먼지를 털고는 유령 타워 앞 삼거리에서 서로 헤어져 반대 방향으로 걸어갔지요. 집에 오는 길은 유난히 어두웠어요. 평소에도 가로등이 깨져 있어서 어둠침침했지만, 그날은 더 그랬던 것 같아요. 난 넘어지지 않으려고 조심조심 천천히 걸었어요. 왠지 오싹한 기분이 든 건 그때예요. 글쎄요, 이유는 모르겠어요. 아니, 곧 알게 되지만, 하여간 그때는 몰랐단 뜻이에요. 집 앞 모퉁이를 도는데, 저쪽 건너편, 가로등 밑에 누군가가 서 있는 게 보였어요. 그래요, 그것 때문에 난 미리부터 오싹함을 느끼고 있었던 거예요. 남자는 고개를 푹 숙이고 있었고 키는 별로 크지 않았어요. 술에 취했는지 몸을 앞뒤로 천천히 흔들고 있었죠. 잠깐. 형사는 내 말을 끊었다. 그의 눈이 번뜩이고 있었다. 그러니까 네 말은, 수상한 사람을 봤다는 거냐? 네, 형사님. 내 생각엔 그가 진짜 범인이라니까요. 아마 디디도 내 말이 옳다고 해줄 거예요. 그러자 형사는 잠시 생각에 잠겼다. 디디라…… 그래, 그 애 얘긴 나중에 하기로 하고, 일단은 네가 봤다는 남자의 인상착의를 좀 더 자세히 들려주겠니? 알겠어요. 남자가 가로등 밑에 서 있었는데 몸을 흔들흔들하고 있었다는 건 말했죠? 난 갑자기 무서워졌어요. 머리가 쭈뼛 서더라고요. 그런데도 왠지 그 남자에게 가까이 다가가보고 싶은 호기심을 억누를 수 없었어요. 덜덜 떨면서 한 발 한 발 그쪽으로 갔을 때, 난 그만 비명을 질렀어요. 그래? 혹시 주위에 그 소릴 들은 사람이 있니? 거기까진 나도 몰라요. 아마 있겠죠. 좁은 길이니까요. 그렇지만 아저씨, 우리 동네에선 누가 비명 좀 지른다고 내다보거나, 그러진 않아요. 그건 알아두셔야 해요. 그런 일이 워낙 자주 있기 때문에 아무도 신경 쓰지 않는 거죠. 그래, 알았다. 그런데, 비명을 지른 이유는 뭐지? 그건…… 그 남자가 로저 코먼이란 걸 알았기 때문이에요. 로저 코먼? 그게 누군데? 혹시 아는 사람이니? 안다면 안다고도 할 수 있고 모른다면 모른다고도 할 수 있는 남자죠. 그런데 아저씨는 로저 코먼을 모르세요? 저 강가에 있는 유령 타워를 짓다가 파산한 다음 거기서 목매달아 죽은 사람 말이에요. 그러자 형사가 화를 냈다. 그는 엄한 목소리로 나에게 말했다. 너, 장난치면 안 된다. 죽은 남자가 왜 거기 있어? 가뜩이나 정신없는데, 네 헛소리까지 받아줄 여력은 없다고. 아니에요. 그건 진짜 로저 코먼의 유령이었어요. 혀를 길게 빼물고 얼굴은 어둠 속에서도 보일 만큼 푸르딩딩하게 부풀어 있었어요. 멀리서 그가 몸을 흔드는 것처럼 보였던 건, 가로등에 매달린 채 이리저리 흔들리고 있었기 때문이고요. 형사가 깊은 한숨을 내쉰 건 그 순간이었다. 그는 수첩을 탁 소리 나게 덮더니 의자에 깊숙이 몸을 파묻으며 팔짱을 꼈다. 역시 충격을 많이 받은 모양이구나. 좀 더 정신을 차린 다음에 이야기하는 게 낫겠다. 난 이만 가볼 테니, 언제든 말할 기분이 들면 부르렴. 그가 나가는 걸 보고 있다가 난 다시 한 번 외쳤다. 아저씨, 정말이에요. 거기 있던 건 로저 코먼이고, 범인도 로저 코먼이 확실해요! 아니, 어쩌면 그 유령은 로저가 아닐지도 몰라요. 생각해보니 로저가 아니라 정 하사였던 것 같아요. 정 하사? 그건 또 누구지? 아아, 그건 몰라요. 지금 머리가 너무 아프거든요. 여하간 확실한 건, 놈이 유령이라는 거예요. 못 믿겠으면 디디한테 물어보세요. 그 애는 언제나 원혼 얘길 했으니 잘 알 거예요. 밖으로 나가려던 형사가 갑자기 걸음을 멈춘 건, 내가 디디 얘길 꺼냈을 때였다. 그는 열었던 문을 다시 닫고는 돌아서더니 이렇게 말했다. 디디? 그래, 알고 있어. 너와 그 애가 얼마나 가까운 사이인지. 그런데 말이다, 얘야, 디디는 너와 좀 다른 얘길 했어. 나이가 어린데다 횡설수설해서 증거로 채택되긴 힘들겠지만 말이야. 여하간, 나중에 네가 좀 나으면 디디의 진술을 보여주마. 그걸 읽어보면 뭔가 떠오르는 게 있을지도 모르니까. 그럼, 푹 쉬렴. 혹시 시간이 된다면, 대체 너의 엄마는 어디서 뭘 하고 있을지 한 번쯤 생각해보는 것도 좋을 거야. 형사는 모자를 벗어 옆구리에 끼더니 문을 닫고 나가버렸다. 난 그 닫힌 문에 대고 다시 한 번 외쳤다. 거짓말! 거짓말하지 말라고요. 디디가 무슨 말을 했다는 거죠? 좋아요. 나중에 디디를 만나면 다 알 수 있겠죠. 아저씨가 한 말이 맞는지, 내 말이 맞는지.

눈을 뜨자, 챙이 근심 어린 얼굴로 내려다보고 있었다.

"이제 정신이 좀 들어?"

나는 자리에서 벌떡 일어섰다. "여기가 어디지? 형사는 어디 있고? 디디는?"

그러자 챙이 혀를 찼다. "스티브, 아무것도 기억 못하는 거야?" 내가 의아한 표정으로 쳐다보자, 그는 고개를 절레절레 젓더니 황금색 액체가 담긴 작은 잔을 가져왔다. "자, 마셔. 국화차야. 어릴 때 고향에선 열에 들떠서 헛소릴 하는 사람들에게 말린 국화를 달여 먹였지. 이 꽃의 찬 성질이 열을 내려주거든. 너도 이걸 마시면 정신이 좀 들 거야." 차고 씁쓸한 국화차가 목으로 넘어가자 서서히 머리가 맑아졌다. 그래, 내가 뭘 하고 있었더라? 분명 유령 타워에 대한 얘길 하고 있었던 것 같은데. 챙은 전표 뭉치를 정리해서 서랍에 넣더니, 내 쪽으로 돌아앉았다. 그는 내가 갑자기 발작을 일으켰다고 했다. "진짜 놀랐다고. 눈이 확 뒤집히더니 입에서 거품을 흘리면서 막 뭐라고 중얼거렸으니 말이야. 다행히 여기 나 혼자 있었기에 망정이지, 다른 사람들이 봤으면 큰일 날 뻔했다니까. 그런데 스티브, 도대체 유령 타워에서 무슨 일이 있었던 거야? 로저 코먼은 또 누구고. 형사는 왜 그렇게 찾는 건지. 아, 미안. 물론 나도 네게 있었던 일을 대충은 알고 있어. 하긴, 이 동네에서 네 가족 얘기 모르는 사람이 어디 있겠냐마는…… 어머니가 그렇게 된 것도 정말 유감이고 말이야. 하지만 네가 하도 고래고래 소릴 지르니, 이 얘길 안 할 수가 없잖아. 발작 내내 넌 자기가 아무 잘못이 없다고 소리치더니, 급기야는 눈물까지 흘리더라고. 하여간 그러다가 서서히 조용해지더니 잠이 들기에, 겨우 들어 올려서 이 소파에 대충 눕혀놓은 거야. 그나저나 스티브, 기분 나빠하지 말고 들어. 요즘 병원은 다니고 있는 거야? 사실은, 네가 정신과 치료를 받고 있다는 것도 다른 사람들을 통해 들어서 알고 있었거든. 나도 잘은 모르지만, 그런 약은 먹다가 끊으면 오히려 증세가 악화되기도 한다는데, 혹시 그런 게 아닌가 해서 하는 말이야." 나는 빈 잔을 챙에게 돌려주며 빙긋이 웃어 보였다. "미안해요, 챙. 괜한 걱정을 끼쳤네요. 약은 잘 먹고 있어요. 그러니 신경 쓰지 않아도 돼요. 아, 그리고 내가 발작 상태에서 했던 헛소린 다 잊어버려요. 사실 그런 상황에서 제대로 된 말을 하는 사람이 어디 있겠어요. 아니, 그냥 우리 이런 우중충한 얘긴 이제 그만하고요, 아까 그거나 마저 들려주세요. 오케이 마트가 매장을 하나 더 연다고 했던가요?" "정말 괜찮겠어? 아까도 괜히 유령 타워 얘길 꺼냈다가 그런 일이 생겨서 말이야." 난 괜찮다는 뜻으로 미소를 지어 보였다.

그러자 챙은 예의 그 우쭐해하는 말투를 되찾더니, 캐비닛에서 무슨 차트 같은 걸 꺼내 벽에 걸어놓고는 열정적으로 떠들기 시작했다. 그는 오케이 마트 사장이야말로 사업의 귀재이며, 이번에도 모든 위험 가능성—항간에 떠도는 저주받은 건물이라는 소문에 대해서까지도—을 다 고려한 끝에 그런 결정을 내린 거라고 설명했다. "두고 보라고, 스티브. 유령 타워는 이 도시 최대의 쇼핑몰이 될 거야." 그러더니 챙이 갑자기 목소리를 확 낮추며 나에게 한 가지 제안을 하는 것이었다. "나중에 쇼핑몰이 완공되고 오케이 마트 2호점이 문을 열면, 네가 정육부를 맡아주지 않겠어? 사장한테는 내가 추천서를 써줄 테니 걱정 말고. 너 같은 베테랑이 온다면, 그도 좋아할 거야." 솔직히 말해서 그 순간 내 심장은 터질 듯이 뛰었다. 나의 동요를 눈치챘는지, 챙이 더욱 낮은 목소리로 속삭였다. "급여는, 당연히 지금보다 훨씬 좋아질 거야. 다만……." 그는 한참 동안 뜸을 들이더니, 이런 얘기를 했다. "돈 좀 모아둔 거 있으면 쇼핑몰 사업에 투자하라고. 뭐, 쉽게 말해서 너도 주주가 되라는 거지. 정육부를 맡는 것과는 별개로 쇼핑몰에 투자까지 하면 네 입지도 확고해져서 좋고, 나중에 배당을 계속 받을 테니 자산도 늘고…… 얼마나 좋아? 실은 나도 그간 모은 돈을 전부 투자할 계획이야. 그러니까 우린 이제 영업사원과 고객이라는 관계가 아니라, 서로 동등한 투자자이자 주주라는 상호관계를 맺게 되는 거지." 너무나 구미가 당기는 제안이라서 하마터면 그 자리에서 계약서에 사인을 할 뻔했다. 그나마 직전에 마신 국화차 덕분에 정신이 들었는지, 서명을 하려다가 얼른 만년필 뚜껑을 닫으며 좀 더 생각할 시간을 달라고 했다. 챙은 아쉬운 듯 입맛을 다시더니 투자 제안서를 도로 캐비닛에 집어넣었다. "그래, 아무래도 깊이 생각한 뒤에 결정을 내리는 게 좋겠지. 암, 그렇고말고. 그런데 말이야, 스티브, 이게 아무 때나 오는 기회가 아니라는 걸 알아줬으면 해. 즉, 너무 오래 뜸을 들이면 모든 게 한꺼번에 다 날아가버릴 수도 있다는 걸 기억해두라는 거지."

사무실을 나오는데, 갑자기 생각났다는 듯 챙이 말했다. "참, 스티브. 그거 알아냈어?" 무슨 말인지 몰라 머뭇대자, 그가 혀를 찼다. "그러고 보니, 사실 너 거기엔 별로 관심도 없구나? 여하간, 잠깐 기다려봐. 내가 굉장한 걸 알아냈으니까." 냉장창고 한구석에 있는 사무실로 돌아가서 챙이 가져온 건, 둘둘 말려 있는 커다란 종이 한 장이었다. 어울리지 않게도 진보랏빛 리본으로 곱게 묶여 있는 그 두루마리를 나에게 건네며, 챙은 어깨를 으쓱했다. "이거 때문에 꽤 힘들었다고. 나중에 한턱내야 해, 알았지?" 리본을 풀려고 하자, 그가 얼른 내 손을 잡았다. "잠깐. 여기선 펴보지 않는 게 좋을 것 같아. 이따 집에 가서, 아무도 없을 때 몰래 보라고." 뭔지는 모르지만 일단 고맙다고 인사를 한 뒤, 난 주차장으로 돌아왔다. 시동을 걸며 뒤를 돌아보니, 챙은 이미 자기 사무실로 들어갔는지 보이지 않았다. 그러고 보니, 황량하고 드넓은 주차장은, 이상하리만치 기괴한 정적에 빠져 있었다. 여러 번 주위를 둘러보았지만, 지나다니는 사람은 아무도 없었다. 멀리 떨어진 곳에서 조그만 소형차 한 대가 서더니, 검은 옷을 입은 남자가 황급히 뛰어나와 마트 옆 주유소에 딸린 화장실로 달려간 게 전부였다. 나는 잠시 망설이다 챙이 건네준 두루마리의 리본을 천천히 풀었다. 종이를 펼치자, 흐릿한 전나무숲 위로 온통 청회색뿐인 하늘이 보였다. 그리고 그 가운데에 바로 그 그림이 있었다. 로버트 와인버그가 사라진 후 일주일이 지났을 때 우편함으로 배달됐던 의문의 누런 각봉투. 총 아홉 개나 되는 크기가 각각 다른 봉투를 뜯었을 때, 맨 마지막에 들어 있던 다음과 같은 그림.

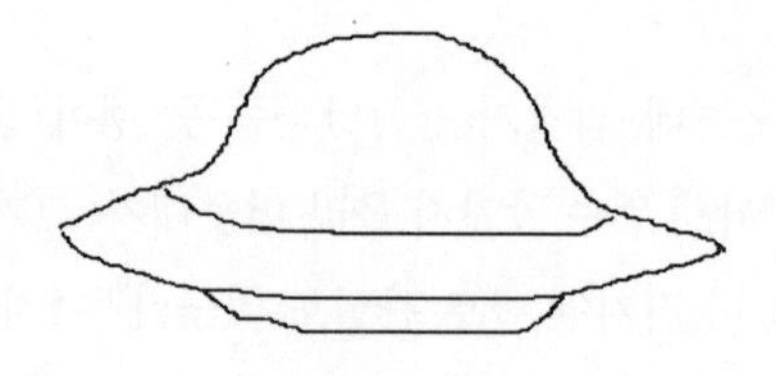

다른 점이 있다면, 챙이 건네준 종이에 그려진 비행접시가 좀 더 신비롭고 아득해 보인다는 것뿐이었다. 무엇보다도 그것은 사람이 손으로 서툴게 그린 그림이 아니었다. 그건 사진이었는데, 정말로 하늘에 떠 있는 유에프오를 찍은 건지, 아니면 설정인지는 알 수 없었다. 잘 보면 무슨 영화 포스터 같기도 한 그 그림 아래엔 고딕체의 진한 글씨로 이런 문장이 인쇄되어 있었고, 그 아래엔 빨간 매직으로 다음과 같은 챙의 메모가 휘갈겨져 있었다.

I WANT TO BELIEVE.

→ 스티브, 그때 넌 이렇게 말했어야 했어. 지금이라도 늦지 않았으니 얼른 가보라고!

14
진실은 저 너머에

뭐야? 이게 도대체 뭐지? 늦지 않은 건 뭐고, 또 어디로 가보라는 거냐고.

챙에게 전화를 해봐야 하나 생각하는데, 발밑으로 뭔가가 툭 떨어졌다. 바닥을 더듬어 주워보니, 딱지 모양으로 접은 종이였다. 단단하게 접힌 종이를 펼치자 한 치의 빈틈도 없이 빼곡하게 적은 글자들이 눈에 들어왔다. 발신인의 이름은 없었지만, 척 보기에도 챙이 쓴 편지라는 걸 알 수 있었다. 그는 곧 버려질 전표에 햄과 소시지의 개수를 대충 적을 때조차도 오른손 새끼손가락을 살짝 구부린 채 한껏 멋들어진 필기체로 숫자를 그리곤 했으니까. 다시 한 번 주위를 둘러본 다음—여전히 주차장엔 아무도 없었다. 오직 저쪽 건너편에서 아까 화장실로 급히 뛰어 들어갔던 남자가 물 묻은 손을 바지에 닦으며 걸어

나오는 게 보일 뿐. 볼일을 해결한 뒤라 마음이 편안해졌는지 걸음걸이는 한결 여유로웠고, 그래서 그가 입은 검은 옷이 신부들의 사제복이라는 것도 알아볼 수 있었다— 나는 천천히 편지를 읽기 시작했다. (물론 여기에 편지의 전문을 소개할 생각은 없다. 그럴 시간도 없거니와, 무엇보다도 그 전부를 기억하지도 못하기 때문이다. 여하간, 떠오르는 대로 적어보자면, 그건 대강 다음과 같은 내용이었다.)

일단, 챙은 편지의 서두를 자기 자랑으로 시작하고 있었다. 첫 줄부터 자신이 얼마나 호기심이 풍부하고 끈기와 인내심이 강한 사람인가에 대해 구구절절 설명을 늘어놓던 챙은, 그런 성격 탓에, 내가 그에게 털어놨던 이야기를 대충 넘기지 못했노라고 고백했다. "너희 집으로 배달된 의문의 편지와 거기 그려진 그림, 적혀 있던 메모, 그리고 네가 그즈음 만났던 편의점 직원의 기이한 언행, 비슷한 시기에 사라져버린 로버트인가 뭔가 하는 전직 기자. 난 그것들 사이에 분명 어떤 연관관계가 성립한다고 확신했어. 생각해봐, 스티브. 우리가 그저 우연으로 여기거나 혹은 서로 전혀 관계가 없을 거라 믿고 넘어가버리는 사건들 이면에 사실은 얼마나 많은 필연이 존재할지에 대해서 말이야. 그런 비밀스러운 관계들은 한시도 눈을 감지 않고 세계의 뒷면을 뚫어지게 응시하는 사람에게만 모습을 드러내게 마련이지. 대부분의 단순한 인간들은 그 모든 것들을 한낱 음모론이나 망상 정도로만 치부하고 말겠지만, 난 그렇지 않아. 그러니까 내 말은, 나야말로 잠시도 쉬지 않고 세상사의 구석구석을 관찰해온 사람이다, 이거야. 하긴, 너도 나와 같은 환경에서 자랐다면, 그렇게 됐을지도 모르겠다. 하루 종일 서로가 서로를 감시하며, 할 수 있는 일이라곤 오직 버섯 따기뿐이었던 작은 마을에서 태어났더라면 말이야. 아침부터 저녁까지 마오쩌둥에 대해서만 이야기하고 그의 유훈을 암송하는 일로 하루를 시작해서 자아비판과 반성으로 그날을 끝맺는 삶을 단 1년이라도 살아본다면, 아마 세상을 보는 눈이 많이 바뀔걸? 그런 데선 아주 하찮은 표식이라도 엄청나게 중요한 의미를 담고 있는 경우가 많고, 그와는 반대로, 진짜 대단한 의미를 가진 듯 보이는 걸지라도 알고 보면 아무것도 아닌 경우가 비일비재하니까. 그런데 스티브, 미국으로 혈혈단신 건너온 뒤, 난 이곳 역시 그 좁아터진 버섯 마을과 그리 다르지 않다는 걸 깨달았어. 다만 그 규모가 좀 클 뿐, 여기서도 사람들은 모두 같은 생각으로 아침을 시작하고 똑같이 저녁에 잠자리에 들며, 서로가 서로에게 겉과 속이 완전히 다른 의미들을 전달하며 살아가고 있다는 것을 알게 됐다는 거지. 이런, 내가 지금 무슨 말을 하는 거지? 너에게 중요한 사실을 알려주기 위해 펜을 들었으면서도 별것도 아닌 얘길 늘어놓는 데 시간을 낭비하고 있다니. 그럼, 각설하고, 아까 하던 이야기로 되돌아가볼까? 그래, 그날 밤—네게서 모든 이야길 들었던 바로 그날 밤— 집으로 돌아온 나는 소파에 쓰러지듯 주저앉은 뒤 아무 버튼이나 눌러 텔레비전을 켰어. 아, 그렇다고 오해하지는 말아줘. 내가 종이 도시락에 든 중국요릴 전자레인지에 데워 허겁지겁 퍼먹으며 외로움을 잊기 위해 아무 생각 없이 텔레비전을 켰던 거라고는 말이야. 오히려 그 행위—무의식적으로 텔레비전을 켠 것—에는 대단히 중요한 의미가 담겨 있었다고 볼 수 있으니까. 너도 알지? 예로부터 인간은 우연히 혹은 무의식적으로 일어나는 일들로부터 중요한 삶의 지표를 얻어왔다는 것을. 식탁 위에 흘린 홍차 몇 방울로 미래를 점치는 찻잔점, 테이블에 펼쳐진 종이 몇 장을 무작위적으로 뒤집어 운명을 읽는 카드점, 또는 우리가 흔히 예지몽이라고 부르는 독특하고 기이한 꿈들…… 이런 것들이 모두 그러한 범주에 속하지. 물론, 어떤 이들—주로 젠체하는 과학자들이 그럴 텐데—은 이 모든 것들을 싸잡아 미신이라고 비웃기도 해. 하지만 스티브, 과연 이것들이 정말로 그렇게 비합리적이고 어리석은 미신에 불과한 걸까? 왜 우린 굳이 합리적인 것만을 추구하려 하지? 어차피 세상은 비합리와 우연에 의해 굴러가고 있는데 말이야. 우주의 첫 시작이었던 빅뱅도 그렇고 지구에 생명체가 처음으로 탄생했던 과정도 그렇고……. 그런데도, 그러한 우연의 산물인 우리들은 끊임없이 합리와 이성만을 향해 나아가고자 한다니. 이거야말로 어불성설 아니겠냐고? 하여튼, 그래서 하는 말인데 스티브, 너에게서 그 의문의 편지에 대한 이야길 들었던 밤, 눈을 감고 마음을 가라앉힌 다음 텔레비전을 켰던 것은 바로 그걸 위해서였어. 과거로부터 인류가 삶의 크고 중요한 문제에 직면했을 때 지혜와 해답을 구하기 위해 해온 행위를 되풀이하기 위해서 말이야. 다른 이들이 카드점이나 찻잔점을 치듯, 난 텔레비전에 모든 판단을 위임해버렸던 거라고. 그런데 놀랍게도 나의 그런 믿음은 틀리지 않았어! 정말로 아무 생각 없이, 그야말로 오른손이 멋대로 움직이도록 내버려뒀는데, 그렇게 선택한 채널에서 의미심장한 영화 한 편이 방영되고 있었으니까! 게다가 마침 보이는 장면은 또 어찌나 시의적절하던지, 그걸 보는 순간 어디선가, 마치 머나먼 피안 같은 데서 들려오듯 내 머릿속에 이런 소리가 울려 퍼지더군. '아, 이거였구나.' (정말이야. 그건 내 목소리가 아니었어. 마치 저 바깥에 누군가가 있어서 나에게 힌트를 주고자 노력하는 것 같았지!) 하여간, 흥분을 가라앉히고 차근차근 말해볼게. 일단 화면이 밝아지자, 이야기를 나누는 두 남녀가 보였어. 배경은 뭐랄까…… 어떤 황량한 사막 같아 보였는데, 멀리 지평선 부근에 UFO가 한 대 서 있더군. 한데 그게 한눈에 보기에도 네가 받은 편지에 그려져 있던 바로 그 우주선과 꼭 닮았지 뭐야. 남자는 키가 크고 잘생겼지만 엄청나게 음울해 보였는데, 그가 UFO 쪽으로 무작정 뛰어가자 여자가 안타까워하며 이렇게 외치는 거야. '아무도 믿지 말아요!' 어때, 놀랍지 않아? 뭐라고? 무슨 말을 하는 건지 모르겠다고? 어휴 이봐, 스티브. 여자가 한 말은, 네가 보여준 발신인 불명의 편지에 적혀 있던 바로 그 문장이잖아. 기억이 나지 않으면 그걸 꺼내서 다시 한 번 읽어보라고. 거기 적혀 있던 'Trust no one'이라는 문장을. 어쨌거나, 더 놀라운 일은 그 후에 일어났어. 사막의 끝에 있는 우주선을 향해 가던 남자가 갑자기 걸음을 멈추더니, 무지하게 슬픈 눈초리로 여자를 오래도록 쳐다본 다음에 말이야. 마치 소금기둥이라도 된 듯 가만히 서 있던 그 남자가 문득 천천히 고개를 저었어. 아아, 그때 왜 그리도 마음이 아파오던지. 무슨 영화인지, 어떤 줄거리인지 전혀 모르면서도, 난 남자의 서글픈 제스처에 완전히 압도당하고 말았어. 어떻게 설명해야 할까. 그의 슬프고도 절망적인 몸짓을. 삶의 모든 희망과 기대를 깡그리 포기한 사람만이 지을 수 있는 그런 어둡고도 결연한 표정으로 남자는 이렇게 외쳤어. '나는 믿고 싶소.' 그리고 그 대사를 듣는 순간, 난 머리를 망치로 한 대 맞은 듯 깊은 충격에 사로잡혔던 거야. 자, 이쯤 되면 거의 기적 아닌가, 응? 남자의 대답 역시 네가 보여준 그림 아래 두 번째 줄에 적혀 있던 거니까! 기억나지? 'I want to believe'라는 문장. 나는 재빨리 스마트폰을 열고 지금 나오는 영화가 뭔지 찾아봤어. 그건 'X-파일'이라는 제목을 가진 기괴한 미스터리 영화더군. 세상 모든 일의 배후에 비밀스러운 음모가 숨어 있다고 믿는 어느 FBI 요원의 활약상을 그린 이야기. 결국 그날 밤 난 한숨도 자지 못했어. 왜냐고? 당연하잖아. 그 의문의 편지에 대한 실마리를 얻은 이상, 좀 더 확실한 뭔가를 알아내고 싶었기 때문이야. 그러기 위해선 이번에도 우연의 일치라는 신비스러운 현상에 기대는 수밖에 없다는 결론을 내렸고, 그래서 난 곧바로 유튜브에 접속하여 예전에 방영됐던 「X-파일」 시리즈를 있는 대로 찾아냈어. 그런 다음, 싱크대 서랍 깊숙이 보관해뒀던 말린 녹차잎을 꺼내 양은주전자에 물과 함께 붓고 펄펄 끓인 뒤 커다란 머그잔에 따라 조금씩 나눠 마시며, 밤새도록 그걸 시청했던 거야. 그리고 마침내 동이 터올 때쯤, 가장 중요한 마지막 힌트를 발견하게 되었던 거지! 물론 드라마 자체가 워낙 재밌었기에 잠도 안 자고 눈이 새빨개지도록 봤다는 것도 인정은 해. 하지만, 다음 날 일찍 출근해야 하는데도 불구하고 시리즈를 모두 시청했던 가장 큰 이유는, 편지에 담긴 미스터리를 풀고자 하는 나 자신의 근원적 욕망 때문이었다는 걸 알아주면 좋겠어. 나란 사람은 원래 그렇거든. 무엇이든 궁금하면 반드시 그 끝을 보고야 마는 의지의 인간형. 그런 불굴의 끈기와 노력이 내 자수성가의 밑거름이 되었다는 건, 그동안 하도 자주 이야기해주었기에 너도 잘 알고 있으리라 믿는다. 어쨌든 여기서 중요한 것은, 두 번째 실마리 역시 우연히 날 찾아왔다는 사실일 거야. 그럼, 이제부터 그것에 대해 들려줄게. 어떻게 너에게 온 의문의 편지와 사라진 로버트, 편의점 아르바이트생 사이에 숨겨져 있던 마지막 연결고리를 찾아냈는가에 대해서 말이야. 솔직히 말해서, 녹차를 세 번이나 더 우려내어 마시며 드라마를 봤는데도 아무런 성과가 없자, 모든 걸 포기하고 싶어지더군. 잠도 안 자고 연달아 모니터를 들여다본 덕분에 다크서클이 깊게 져버린 눈으로 창밖을 보니, 어느새 동녘이 훤히 밝아오고 있었어. 젠장. 난 그만 욕을 내뱉고 말았어. 도대체 이게 뭐 하는 짓이지? 이렇게까지 해서 익명의 편지에 얽힌 비밀을 알아낸들, 그게 나한테 무슨 도움이 된다고 이러고 있는 거냐고? 그런다고 햄과 소시지의 매출이 늘어날 것도 아니고 내 주급이 올라가는 것도 아니잖아. 갑자기 한심하단 생각이 들어 노트북을 닫으려는 순간, 바로 그 광고가 내 눈에 들어왔던 거야. 그래, 그건 「X-파일」 다섯 번째 시즌 중 세 번째 에피소드인 「미래로부터의 전언」 편에 삽입돼 있었는데, 사실 평소라면 별다른 감흥 없이 건너뛰고 말았을 게 분명한, 그런 평범하고 시시한 편의점 광고였어. 하지만 그땐 다르더군. 이상하게도 거기서 눈을 뗄 수 없었고, 나중엔 놀라움에 몸을 떨며 거의 3분에 달하는 그 기나긴 광고를 끝까지 보고 말았던 거야. 대체 어떤 광고이기에 그랬냐고? 좋아, 지금부터 설명해줄 테니, 잘 들어봐. 일단 광고의 배경은 검고 막막하며 무한히 넓은 우주 공간이야. 그런데 그 분위기가 어떤가 하면, 음…… 어디 보자, 영화 「스타워즈」 알지? 그 첫 장면에서 별과 은하로 가득한 우주가 점점 내 앞으로 빠르게 다가오고 우린 그 광대무변한 어둠 속으로 빠져들잖아. 광고도 마찬가지였어. 그렇게 덮쳐오는 공간을 홀린 듯 보고 있노라니 마치 우주여행이라도 하는 듯 아득한 기분에 잠겨들었지. 게다가 흘러나오는 음악은 또 어찌나 웅장한지, 난 거의 트랜스 상태에 이르렀지. 그런 식으로 얼마나 시간이 흘렀을까, 갑자기 우주 정중앙 아득히 먼 곳에 작고 빛나는 점이 하나 나타나. 처음에 그건 아주 작은 점에 불과하지만 빠른 속도로 가까워지면서 우린 그게 지구를 향해 다가오는 소행성이라는 것을 알게 돼. 쉽게 말해서 광고가 보여주려는 것은, 지구의 종말이야. 아니, 정확히는 지구 생태계의 종말이겠지. 오래전 백악기였던가, 하여간 중생대 후기의 어느 아침에 멕시코에 있는 유카탄 반도에 뚝 떨어져 공룡 전체를 멸종시켰다는 그 소행성처럼, 이번에도 그 정체불명의 돌덩어리는 인류 전체를 멸망시키기 위해 빠르게 날아오고 있었지. 잠깐. 그런데 내가 그 장면을 처음 봤을 때 뭘 떠올렸는지 알아? 그래, 바로 맞혔어. 난 폰에 깔린 '계시' 어플을 떠올렸어. 거기선, 신인지 아니면 그저 미치광이 해커인지는 모르겠지만, 하여간 뭔가가 계속해서 떠들잖아. 2015년 12월 21일 신들이 하늘에서 내려올 거라고 말이야. 물론, 신이 내려온다는 게 곧 인류의 멸망을 가리키는 건 아닐지도 몰라. 어쩌면 신들은 너무 무료하고 심심한 나머지, 말 그대로 그냥 내려와서 한번 휘익 둘러보고 돌아가려는 건지도 모르니까. 하지만, 그럼에도 불구하고, 이상하게도 우린 신의 강림이 인간사史의 종말을 의미한다고 속단해버리곤 하잖아. 헌데, 그때 퍼뜩 이런 깨달음이 섬광처럼 뇌리를 스치더라고. 혹시…… 우리 인간이라는 종은…… 모두 그날만을 고대하며 기다리고 있는 건 아닐까, 하는 생각. 결국, 사람들이 신의 강림을 빙자하여 꿈꾸고 있는 건 지구 종말의 순간이라는 거지. 하긴 솔직히 말하자면, 나 역시 그날을 기다리고 있는 건지도 몰라. 매일 밤 소행성과 정면충돌하여 두 쪽으로 갈라지는 지구를 바라보며 숨이 넘어가도록 낄낄 웃어대는 꿈을 꾸는 것만 봐도, 전혀 그렇지 않다고 말할 순 없겠지. 그러니 스티브, 사실대로 말해봐. 너도 그렇진 않은지. 네가 살아 있는 동안에 신들의 강림을 보고 지구와 우주의 종말까지 목격한 뒤 깔끔하게 생을 마감하는 것도 꽤 괜찮은 아이디어라고 생각하진 않느냐는 거야. 아, 이런, 이런. 이번에도 이야기가 이상한 방향으로 흘러가고 말았군. 그래, 지구가 종말을 맞든, 아니면 반대로 인류가 점점 더 번성하든, 그런 게 과연 우리와 무슨 상관이 있겠어? 지금 당장 우리 둘 중 하나가 이 세상에서 영원히 사라진다 해도 우주는 아무 탈 없이 굴러갈 텐데 말이야. 그러니까 그냥 아까 하던 얘기나 마저 할게. 그 광고에 대한 이야기. 근데 내가 어디까지 말했더라? 맞다, 소행성에 대해 얘기하고 있었지? 먼 우주로부터 날아오는 반짝이는 작은 점. 그렇게 지구를 향해 빠르게 돌진하는 천체를 보여준 다음, 장면은 바뀌어서 지상의 어느 거대한 도시가 나와. 아마 뉴욕이나 베이징, 혹은 도쿄나 서울, 또는 뉴델리나 상파울루 같은 곳 중 하나가 아닐까 싶은데, 중요한 건, 거기서 사람들이 미친 듯이 울부짖으며 우왕좌왕하고 있다는 사실이야. 그들은 곧 닥쳐올 지구의 종말 앞에서 패닉에 빠져 있어. 아아, 너도 그 광고를 봤어야 하는데. 그 장면을 보고 있노라면 절로 불안, 초조를 느끼게 되고 급기야는 공포와 두려움에 사로잡혀 온몸을 덜덜 떨게 되니까 말이야. 근데 그 순간 갑자기 음악이 바뀌어. 심장을 쥐어짜는 듯 끔찍하고 긴박한 곡조에서 너무나 조용하고 잔잔한 나머지 듣기만 해도 마음이 편안해지는 그런 평화롭고 아름다운 멜로디로. 그리고 장면은 또 한 번 바뀌더니, 드디어 문제의 그 편의점이 나와. 그래! 편의점에선 아르바이트생들이 평소와 다름없이 열심히 일하고 있어. 밖에서 지구가 망하든, 소행성이 돌진해 오든, 3차 세계대전이 일어나 온 하늘에 버섯구름이 가득해지든 말든, 그 어떤 것에도 상관하지 않고, 그저 자기 할 일만을 묵묵히 수행하는 거지. 지금은 이렇게 담담하게 네게 편지를 쓰고 있지만, 사실 그 광경을 봤을 때 난 정말 마음 깊이 감동했어. 그런 것이야말로 내가 원하고 추구하는 진짜 삶의 모습이니까. 기왕 말이 나왔으니 말인데, 내 인생의 모토가 뭔지 알아? 바로 '내일 세상의 종말이 올지라도 한 그루 사과나무를 심겠다'는 거지. 아니, 잠깐. 사과나무가 아니고 배나무였던가? 하긴, 어떤 나무를 심든 무슨 상관이 있겠어? 진짜 중요한 건 나무를 심겠다는 그 마음가짐이 아닐까? 여하간, 광고 속 편의점 직원들은 정말 대단했어. 그들은 소행성과의 충돌을 앞두고 갈팡질팡하는 사람들 속에서 한 치의 흔들림도 없이 물건을 배송하고 가격표를 찍고 판매대를 정리하더군. 그때 심금을 울리는 음악과 함께 다음과 같은 자막이 천천히 흘러가. '그 어떤 순간에도 당신을 위해 열려 있습니다. 세계 최대 편의점 체인, Every time Everywhere(언제나 어디서나)!' 아아, 스티브, 너도 언제 시간이 되면 그 광고를 한번 보라고. 예전에 사람들은 인격을 도야하고 정신을 수양하기 위해 격언집이나 위인전 같은 걸 읽었지만, 난 이제 광고가 그 자릴 대신한다고 생각해. 정말이지, 어떤 광고는 그 짧은 순간에 엄청난 교훈을 전해준다니까! 방금 말한 그 편의점 광고처럼 말이야. 어쨌거나, 이제 가장 중요한, 이 글의 포인트에 해당하는 이야길 할 때가 되었어. 하긴, 어쩌면 너도 지금쯤은 이미 눈치챘을지도 모르겠다. 로버트 와인버그라는 기자가 사라진 뒤 너희 집 우편함에 배달됐다는 의문의 편지 말이야. 봉투 겉엔 분명 이런 말이 적혀 있었다고 했지? 'Every time Everywhere(언제나 어디서나)'. 자, 그럼 잘 생각해봐. 모든 파편적 사건들이 하나로 엮이는 신비로운 순간을 경험해보라고! 어때? 느낌이 오지? 그 편지를 받은 날 밤 네가 찾아갔던 편의점. 음산한 목소리로 너에게 '아무도 믿지 마'라고 외친 인도인 아르바이트생. 그 편의점 이름이 뭐였는지 기억나? 빙고! 바로 맞혔어. 내가 구글맵으로 검색해본 바에 의하면, 너희 동네 모퉁이에 새로 생겼다는 그 편의점은 '에브리 타임 에브리웨어'였던 거야! 자, 설명은 여기까지만 하도록 할게. 사실 이렇게까지 힌트를 줬는데도 아무것도 알아차리지 못한다면…… 나도 어쩔 수 없는 거니까. 중국엔 이런 속담도 있거든. '당나귀를 강가로 끌고 갈 수는 있어도 억지로 물을 먹일 순 없다.' 하지만 그럼에도 불구하고 딱 한마디만 덧붙이자면, 그때 넌 그 인도인 아르바이트생에게 이렇게 대답했어야 해. '나는 믿고 싶어'라고 말이야. 그 대화가 뭘 의미하는 건진 나도 잘 몰라. 다만 한 가지 떠오르는 건, 고대 희랍신화의 한 장면이지. 테세우스라는 불세출의 영웅이 아버지인 아이게우스 왕을 찾아갈 때, 그는 오래전 아버지가 어머니에게 남겨줬던 깨진 거울의 반쪽을 들고 가잖아. 그 거울 조각을 맞춰봄으로써 둘은 서로가 혈육임을 알아보게 되니까. 난 우주선 그림 아래 적혀 있던 두 줄의 대화도 그런 게 아니었을까 싶어. 즉, 누군가가 너와 인도인 아르바이트생 사이에 남겨둔 일종의 암호 조각 같은 것. 그러니 이제라도 그 편의점에 다시 가보도록 해. 분명—이름이 '싱'이라고 했던가?— 그는 아직도 거기서 널 기다리고 있을 거야. 그리고 네가 유리문을 열고 들어서면 기쁨과 반가움에 어찌할 바를 모르며 다시 한 번 이렇게 외치겠지. '아무도 믿지 마!'라고. 그런데, 과연 너희 둘의 암호 조각이 서로 맞아떨어질 때 거기서 무엇이 나올까? 이거 무척이나 궁금해지는걸. 하여튼, 이젠 정말로 그만 쓸게. 잠깐이라도 눈 좀 붙여야겠어.

〈P.S.〉 참, 이건 읽는 즉시 없애버리도록 해. 왠지는 모르지만, 그 힌트를 알아낸 뒤 네게 줄 영화 포스터를 인쇄하고 편지를 쓰는 내내, 전에 없이 불길한 기운이 주위를 맴돌았거든. 처음 보는 검은 옷의 남자—자세히 보니 사제복 같기도 했는데—도 냉장창고 주변에 출몰했고 말이야. 엊그제였던가, 점심을 먹은 뒤 평소처럼 스타벅스로 프라푸치노를 사러 갔는데 그날따라 줄이 너무 긴 거야. 내 차례가 올 때까지 서 있고 싶었지만 창고를 오래 비운 걸 알면 사장이 싫어할 거란 생각이 들어 그냥 돌아올 수밖에 없었지. 그런데 글쎄, 창고로 돌아와 사무실 문을 여는데, 천장까지 쌓여 있는 햄 상자 사이로 사람의 그림자 같은 것이 휙 지나가지 뭐야. 난 '누구야?'라고 외치며 그쪽으로 달려갔어. 남자는 빠르게 도망쳤지만 이래 봬도 내가 어릴 때부터 절벽 사이를 뛰어다니며 버섯 따기로 단련된 몸이잖아. 놈은 나에게 금방 잡혔어. 처음엔 파란색 등산복 잠바를 껴입고 있어서 몰랐지만, 내게서 도망치려고 몸부림치는 와중에 저절로 웃옷 지퍼가 뜯겼고, 그 틈으로 신부의 검은 사제복이 살짝 엿보였던 거야. 웬만했으면 벌써 한 대 날렸겠지만, 성직자에게는 그럴 수가 없어서 최대한 공손한 목소리로 '여기서 뭘 하시는 겁니까?'라고 물으니, 그제야 더듬더듬 변명을 하더라고. 길을 잘못 들었다나. 주차장에 잠깐 차를 세우고 화장실에 가려 했는데, 바로 앞에 가건물이 하나 보이기에 그냥 들어왔다는 거야. 어쨌든 난 '화장실은 저쪽에 있습니다, 신부님' 이렇게만 말하고 그를 보내줬어. 그런데 왠지 이상하게 기분이 찜찜하더라고. 왜냐하면 스티브, 너도 알다시피 내가 엄청 꼼꼼하잖아. 아무리 가까운 델 가더라도 캐비닛이나 서랍을 열어두고는 절대 나가는 법이 없다고. 한데 신부가 나가고 난 다음 사무실에 들어가 보니, 서랍도 두 개나 열려 있고 캐비닛 문고리는 옆으로 돌려져 있는 거야. 다행히 없어진 물건은 없었지만, 아무래도 그 신부라는 작자를 의심하지 않을 수가 없었지. 전엔 단 한 번도 괴한이 창고에 들어온 적이 없었는데, 네 편지의 비밀을 밝혀낸 지 얼마 되지 않아 이런 일이 생기니…… 어떤 기분이 들겠어? 여하간, 아무도 안 보는 데서 몰래 읽으라는 건 그래서 하는 말이니 꼭 명심하라고. 다 읽은 편지는 잘게 찢어서 변기 같은 데 넣고 물을 내려버리는 게 좋을 거야. 그럼 이만. 내일 보자고."

길고 긴 편지를 다 읽은 다음, 그걸 대충 접어 주머니에 넣으며 나는 괜스레 주위를 두리번거렸다. 다행히 밖엔 아무도 없었다. 좀 전에 화장실에서 나오던 사제복 차림의 남자가 떠오른 건 그 순간이었다. 조용히 차 문을 열고 밖으로 나간 다음 주차장 구석구석을 잘 살폈다. 아까의 그 소형차는 여전히 그 자리에 세워져 있었지만, 남자는 보이지 않았다. 대체 그는 어디 있는 걸까? 혹시 어느 구석에 숨어서 나를 지켜보고 있는 걸까? 그나마 다행인 건, 챙의 글씨가 엄청나게 작다는 사실이었다. 비록 그 남자가 어디선가 이쪽을 훔쳐보고 있었다 치더라도, 초고배율 망원경 없인 편지 내용을 엿보진 못했을 테니 말이다. 차에 올라타 시동을 건 뒤 내가 향한 곳은, 당연히 예전의 그 편의점이었다. 구티에레즈에게 줄 맥주를 사러 갔던 기괴한 가게. 평일 오후라 길은 막히지 않았지만, 나는 수시로 클랙슨을 울려댔다. 단 1분이라도 늦어지면, 그 인도인 아르바이트생이 어디론가 영영 사라져 버릴 것 같아 초조했기 때문이다. 왜 진작 좀 더 자세히 알아보지 않았을까? 챙처럼 전혀 관계없는 사람도 텔레비전 한 번 보고 알아내는 암호의 진실을, 나는 우편물을 받은 지 그렇게나 오래되도록 눈치조차 채지 못했던 거다. 그런데 그건 정말로 로버트 와인버그가 보낸 것일까? 만약 그가 편의점 아르바이트생을 통해 나에게 중요한 정보를 전달하려 했던 거라면 어떻게 하지? 어쩌면 이미 늦어버린 건지도 모른다. 그런 생각을 하면 할수록 손에는 땀이 나고 브레이크와 액셀을 번갈아 밟는 내 발은 덜덜 떨려왔다. 드디어 저 앞에 편의점이 있는 모퉁이가 보이자, 심장은 더 빠르게 미친 듯이 뛰기 시작했다. 사거리에선 신호가 바뀌기 일보 직전이었는데, 제길, 내 앞의 왜건이 너무 느린 게 아닌가. 차는 털털거리는 소리까지 내며 마치 경운기처럼 느릿느릿 교차로를 향해 기어가고 있었다. 아, 좀 빨리 가라고. 난 클랙슨을 마구 울렸다. 하지만 그러면 그럴수록 구형 왜건의 속도는 점점 더 느려지더니 거의 정지 수준으로까지 떨어지고 말았다. 좋아, 그렇다면 어쩔 수 없지. 난 핸들을 획 돌려 그 거북이 같은 차를 추월했다. 그러면서 뒤돌아봤을 때, 그 짧은 순간, 그러니까 아마도 10억 분의 1초 정도에 해당하는 찰나였을 텐데, 그때 본 것은 오래전 그 형사의 얼굴이었다. 여전히 낡은 맥고모자를 쓰고서, 그는 운전대 앞에서 내게 미소 짓고 있었다. 그러면서 나에게 입 모양으로만 이렇게 외치는 것이었다. "다 알고 있어, 스티브. 이쯤에서 털어놓는 게 어때?" 나는 있는 힘을 다해 소리쳤다. "뭘 알고 있다는 거지? 헛소리 집어치우고 어서 꺼지라고!" 그러자 형사가 낄낄대고 웃기 시작했다. 곧 숨이 넘어갈 듯 운전대까지 쾅쾅 치며 웃어대던 그가 갑자기 정색을 하더니 나를 똑바로 노려봤다. "네 엄마가 어디 있는지 궁금하지 않아? 끝까지 모른 척할 거냐고." 순간, 난 손잡이를 미친 듯이 돌려 차창을 내렸다. 그런 다음 머리를 밖으로 쑥 내밀고는 고래고래 소리를 질렀다. 말도 안 되는 소리 하지 마. 엄마는 죽었어. 죽었다고. 그날, 그 거지 같던 밤, 내 동생, 아버지와 함께 지옥으로 떠났다니까. 그러다가 난 갑자기 비명을 질렀다. 형사의 얼굴이 이리저리 흔들리며 서서히 일그러져가고 있었기 때문이다. 이런. 알고 보니 그는 로버트 와인버그였다. 아니, 그는 구티에레즈였고 공장장 잭이었으며 동시에 정 씨였다. 그러더니 디디의 얼굴로 바뀌고 마지막엔 술에 취해 벌겋게 달아오른 아버지로 변해 있지 않은가. 그런데 놀랍게도 아버지는 천주교 사제의 검은 옷을 입고 있었고, 가장 최후의 순간에 그의 얼굴은 늙은 수컷 잉꼬 제트가 사람의 탈을 쓴 것과 같은 형태로 변해버리더니 킬킬 소리 내어 웃는 것이었다. 누구야? 당신 대체 누구냐고? 내가 이런 말을 중얼거렸던가. 사실 그다음은 잘 기억나지 않는다. 왜냐하면 내 앞으로 돌진해 온 거대한 덤프트럭에 정면으로 부딪히고 말았기 때문이다.

15
아무도 모르게

◆ **세 번째 포스트**

- 제목 : 세계의 비밀과 거대한 덤프트럭

- 형식 : 희곡

1. 시간 : 세상의 모든 스마트폰에 '계시' 앱이 깔린 얼마 뒤
2. 장소 : 교황청 문서 담당관인 B 추기경의 사무실
3. 등장인물 : B 추기경 — 교황청 문서 담당관. 전임자가 의문의 교통사고(고향으로 가던 도중 갑작스레 중앙선을 넘어온 거대한 덤프트럭에 치여 사망했음)로 세상을 떠난 후 문서 담당관이라는 중책을 맡게 된 인물. 바티칸에 보관되어 있는 모든 비밀문서를 관리, 감독한다.

   C 추기경 — 신앙교리성 장관. '신앙교리성 장관'의 옛 명칭이 '이단

심문관'이라는 것을 알면, 그의 역할이 무엇인지 쉽게 이해할 수 있을 것이다. 연극의 앞장에서 그는, 몇몇 몬시뇰(바티칸의 고위 성직자를 이르는 말)들과 함께 '계시' 앱에 대하여 회의를 했으며, 그 기이한 앱이 오래전 T 신부가 쓴 책인『종교와 생물학의 통일장 이론에 관하여』와 깊은 연관이 있다는 결론을 내렸다.

안토니오 수사 — B 추기경의 비서

전화 속 남자 — 목소리로만 등장한다.

의문의 목소리 — 이것이 누구의 목소리인지는 관객이 알아서 판단할 일이다.

문서 담당관의 방은 소박하면서도 정갈하다. 정면을 보게 배치된 떡갈나무 책상엔 원고 더미가 가득하고, 양쪽에 놓인 은촛대엔 촛불이 흔들리며 타오르고 있다. 거기서 사제복을 입은 B 추기경이 열심히 뭔가를 쓰는 중이다. 그때 밖에서 천둥, 번개가 치고, 갑자기 어디선가 웅성대는 소리, 한탄하는 소리, 한숨 쉬는 소리 같은 게 들려오다가 서서히 사라지면, 음산한 음악과 함께 C 추기경이 등장한다. 허둥지둥 뛰어온 그는, 잠시 숨을 고른 뒤 문서 담당관 앞으로 다가간다. 잠시 후 인기척을 느낀 B 추기경이 고개를 든다. 앞에 서 있는 C를 보더니 자리에서 벌떡 일어나 두 팔을 벌린다.

B : 이런, 언제부터 거기 계셨습니까?

C : 미안합니다. 너무 열심히 글을 쓰고 계시기에, 차마 말을 걸 수 없었습니다. 그나저나, 뭣 때문에 그리 바쁘신지?

B : 아, 내일까지 마감해야 할 원고가 있어서요. 신문사에 보낼 칼럼인데…… 잘 아시겠지만, 제가 다른 건 몰라도 마감 날짜는 반드시 지킨다는 신념으로 살아온 사람이라 말입니다. 그런데 무슨 일로 이 늦은 시각에 여길 찾아오셨는지?

C : 혹시 바쁘지 않다면, 문서 대출기록을 좀 확인해줄 수 있습니까? T 신부의 그

불경한 문서…… 아아, 입에 담기도 싫지만 그래도 말할 수밖에 없으니, 『종교와 생물학의 통일장 이론에 관하여』를 누군가가 빌려 갔던 적이 있는지 알고 싶어서 말입니다.

B : 그런 거라면, 바로 대답해드릴 수 있습니다. 왜냐하면 제가 이 일을 맡은 뒤론 어느 누구도 대출을 신청한 적이 없으니까요. 하긴, 문서의 존재 자체가 비밀인데, 도대체 누가 그걸 빌리겠습니까?

C : 그렇다면 다행이지만, 그래도 혹시 모르니 한 번 더 확인해주시겠소? 전임자 때는 어땠는지도 알아야겠기에 말입니다.

B : 흠, 그렇다면 잠시 기다리십시오. 기록을 좀 살펴봐야 하니까요. (그러면서 그는 구석에 있는 철제 캐비닛을 열고 전임 문서 담당관의 대출장부를 살핀다. 그때 안에서 낡고 오래된 명함이 툭 떨어지는데, B 추기경은 재빨리 그걸 옷소매 속에 숨긴다.) 아하, 여기 있군요. 찾았습니다. 그런데, 역시 예상했던 대로예요. 아무도 그 불경한 문서를 대출한 사실이 없어요.

(그러자 C 추기경의 얼굴은 급격히 어두워진다. 그는 오른손으로 턱을 문지르며 한동안 가만히 서 있더니, 가볍게 목례를 하고 밖으로 나가려 한다. 그런 그를 B가 잡는다.)

B : 그런데 말입니다, 대체 왜 지금 굳이 그런 걸 확인하려 하시는 건지…… 실례가 되지 않는다면 여쭈어도 될까요?

C : ……사실은 이 모든 게 다 그놈의 앱 때문입니다.

B : 앱이라면……? 혹시 그 '계시'를 말씀하시는 겁니까?

C : 그렇습니다. 세상을 혼란에 빠뜨린 음험하고 기이한 앱. 그런데 그것이 가리키는 정황이나 신이 강림한다는 날짜 같은 게 모두, T 신부의 문서에 적힌 내용과 놀랍도록 일치하거든요. 아니, 물론 그렇다고 해서 우리가 그 불경한 책에 적힌 걸 모두 신뢰한다거나, 뭐 그런 건 절대 아닙니다. 그런 일은 있을 수가 없지요. 암, 그렇고말고요. 다만 우리는, 누군가가 그 문서를 몰래 본 건 아닌지, 그리하여 어느 사

악한 조직이 거기 있는 내용을 바탕으로 이런 기괴한 앱을 만들어 사람들을 혼란케 하는 건 아닌지 알아내고자 했던 겁니다. 여하간, 그게 밖으로 유출된 적이 없다니 그나마 다행이지만……. 그렇다면 도대체 앱을 만든 자들은 어디서 그런 정보를 얻은 걸까요? (깊은 한숨을 쉬며) 당신도 알다시피, 그 책은 세상에 딱 두 권 존재했었습니다. 하나는 지금 이곳 지하에서 철통같은 보안하에 보관되어 있고, 나머지 하나는…… 그게 좀 애매하긴 한데, T 신부가 죽었을 때 유품을 물려받은 어느 전직 기자가 가지고 있을 거라는 게 중론이었지요. 하지만 나중에 모든 정보망을 총동원하여 알아본 결과, 그 신문기자—제 기억엔 아마도 그의 이름이 로버트 와인버그인가, 그랬던 것 같은데요—의 수중엔 문서가 없다는 게 확인됐습니다. 어떻게 알아냈는지는, 너무 긴 얘기니 차후에 들려드리기로 하지요. 어쨌든, 결국 우리는 나머지 한 부를 T 신부가 죽기 직전 스스로 태워버렸을 거라는 결론을 내렸습니다. 물론 그가 자신의 필생의 역작을 그런 식으로 취급할 리 없다는 반론이 제기되기도 했지만, 우린 T 신부의 양심을 믿는 편을 택했거든요. 그게 무슨 뜻이냐고요? 그렇습니다. 이 역시 잘 알고 있는 일이겠지만, 그는 한때 누구보다도 신심이 깊은 예수회 수사였어요. 그가 신의 섭리를 지키기 위해 필트다운에서 행한 일은, 그야말로 위대한 업적이었지요. 아아, 아직도 기억에 생생합니다. 어느 깊은 밤, 필트다운으로 향하는 길목 중간에 있는 조그만 여인숙에서 T 신부를 만나, 원숭이 뼈를 건네주던 일 말입니다. 그때 나는 아직 견습수사였지만, 신성한 교회의 수호에 일조한다는 자부심으로 충만해 있었지요. 주임사제의 명을 받고, 그 깊은 밤 어두운 시골길을 달릴 때, 머릿속엔 오직 한 가지 생각뿐이었습니다. 이 원숭이 턱뼈를 T 신부에게 잘 전달해야 한다, 그렇지 않으면, 인간이 신의 고귀한 창조물이 아니라 그저 원숭이나 개 혹은 땅바닥을 기어 다니는 뱀이나 보기에도 흉측한 도마뱀 같은 것들로부터 나왔다고 주장하는 사악한 족속들의 득세를 막지 못할 것이다. 나에게 보자기에 싼 원숭이 뼈를 건네주며, 주임사제는 이렇게 말했습니다. 힘들게 구한 귀한 물건이다. 아프리카에서 구해 온 원숭이 뼈를 잘 말린 다음 갖가지 가공을 가해 마치 수만 년 전에 만들어진 화석처럼 보이게 했으니까. 네가 이걸 잘 전달하면, T 신부는 아무도 모르게 필트다운 유적지에 숨어 들어가 인간의 두개골 사이에 턱뼈를 끼워 넣을 거다. 당연히 그 유골은 인류 진화의 잃어버린 고리라며 엄청난 주목을 받을 테고, 발견자들은 영웅 대접을 받을 게야. 하지만 곧 모든 게 사기임이 밝혀지고— 왜냐하면 결국 그건 인간의 두개골이 아니라 원숭이 턱뼈라는 사실이 들통 날 테니까— 그들 진화론자들은 웃음거리로 전락할 거야. 그 말을 듣고 있던 나는 주임사제에게 물었습니다. 그렇게 해서 우리가 얻는 건 무엇입니까? 그러자 그분은 빙긋이 웃으며 대답하더군요. 진화론이라는 학문을 사기의 온상이자 거짓덩어리로 만드는 게 우리의 목표다. 물론 정공법을 쓰지 않는 점에 대해선 뭐라 변명할 말이 없다만, 때론 목적이 수단을 정당화해주기도 하는 법이니까. 분명 신께서도 우리의 충정을 이해해 주시리라 믿는다. 뭐, 그다음에 벌어진 일은 추기경님도 잘 알고 계시겠지요? 그렇습니다. 계획대로 화석을 발견한 이들은 웃음거리로 전락했고, 그 사건을 계기로 다른 진화적 발굴마저도 의심의 눈초리로부터 자유로울 수 없게 되었지요. 그래요, 처음엔 정말이지 모든 것이 계획대로 잘 흘러가는 듯 보였던 겁니다. 하지만…… 그때 세운 공로를 인정받아 큰 상을 받게 돼 있던 T 신부가 시상식 장소에 나타나지 않았을 때, 우린 뭔가 조금씩 잘못돼가고 있다는 느낌을 받기 시작했습니다. 그러고 보니 그가 나에게서 원숭이 턱뼈를 받아 갈 때 이런 말을 나직이 중얼거리던 것이 기억나더군요. 이런다고 진실을 가릴 수 있을까? 역시 잘 알고 있겠지만, 결국 T 신부는 우리를 배신했습니다. 베이징에서 인류 화석을 발굴해내는 작업에 앞장서더니, 그것으로도 모자랐는지 말도 안 되는 내용으로 뒤덮인 불경한 문서를 집필하기에 이르렀으니까요. 급기야 그는 중국 랴오닝 성 인근에서 비밀리에 진행되던 깃털 달린 육식공룡의 발굴에 뒷돈을 대기까지 했습니다. 아마 그걸 찾아내면 자기 책에 등장하는 '새를 닮은 천사들'의 시조가 바로 그 괴물들이라 우길 계획이었겠지요. 그래서 그랬던 겁니다. 마침내 우리가 결단을 내려 그 미치광이 외골수 노인네를 처치하기로 의견을 모았던 이유 말입니다……. 아니 잠깐, 그런데 내가 지금 무슨 말을 하는 거지? 시간도 없는데……. 너무 경황이 없다 보니 그만 헛소리 늘어놓은 것 같군요. 용서하십시오.

어쨌거나, 내가 하려던 말은 이거였습니다. 즉, 인간은 누구나 마지막 순간에 이르면 자기의 과오를 뉘우치게 된다는 것. 그건 아마도 곧 닥쳐올 신의 심판에 대한 두려움 때문일 텐데…… 그 어떤 악인일지라도 예외 없이 적용되는 그 법칙은 당연히 T 신부에게도 똑같이 작용했고…… 결국 그는 크나큰 죄책감과 회한에 사로잡혀 단 한 권 남아 있던 자기 책을 벽난로 불길 속에 던져 넣었을 게 확실하다는 것입니다. 그렇기에 아무리 찾아도 그 남은 한 권의 책이 나타나지 않았던 걸 테고요. 사실 우린 막대한 자금을 풀어 세상의 모든 희귀문서 수집가와 그 대리인들, 소더비나 크리스티의 전문가들에게 수소문까지 해봤어요. 하지만 암만 뒤져도 그 책은 없었습니다. 따라서 이 세상에 위험한 문서는 단 한 부, 이곳 바티칸의 지하 비밀금고에 있는 것—처음 책을 썼을 때, T 신부가 교황성하께 직접 바친 거지요—이 유일합니다. 또한 그런 이유로 인하여, 우리는 '계시' 앱을 만들어 배포한 집단이 어떤 식으로든 그 문서를 몰래 훔쳐봤을 거라는 의심을 하게 된 것이고요.

아, 이런. 얘기가 너무 길어졌습니다그려. 이제 그만 가봐야겠어요. 아직도 회의실에선 다른 분들이 기다리고 있으니까요. 시간 내주셔서 고맙소. 나중에라도 그 문서에 관해 뭔가 생각나는 게 있다면 그 즉시 알려주길 바라며, 이만 물러가리다.

(C가 총총걸음으로 무대 뒤편으로 사라지자, 문서 담당관이 고개를 설레설레 젓는다.)

B : 음흉한 인간 같으니라고. 그런 식으로 둘러대면 내가 모를 것 같아? 지금 당신들이 두려워하는 게 뭔지 나는 알고 있어. 그래, 이제 얼마 후면 신의 정체가 만천하에 드러날 거란 생각에 밤잠을 설치고 있겠지. 그렇게도 오랫동안 숨겨온 신의 진짜 모습 말이야.

(그러다가 그는 퍼뜩 생각난 듯 주머니를 뒤진다. 아까 장부 안에서 발견한 뒤 급히 숨겨뒀던 명함을 찾기 위해서다. 대체 전임자는 왜 이런 걸 끼워뒀을까? 그는 별

다른 호칭이나 주소도 없이, 오직 낯선 이름과 사서함 번호만이 적혀 있는 그 명함을 오래도록 들여다본다. 그때 황급히 뛰어 들어오는 안토니오 수사.)

B : 무슨 일인데 그리 허둥대는 것이냐?

안토니오 : 추기경님, 지금 라디오에 중요한 뉴스가 나오고 있습니다! 그러니까, 그 뭐라더라, 계시라는 앱 말입니다. 그것에 대해서 무슨 발표가 있었다고 합니다.

(안토니오 수사가 책상 위에 놓여 있던 라디오를 틀자, 마침 아나운서가 이렇게 말하고 있다. "바티칸을 비롯한 종교계의 모든 수장들은 그 기묘한 앱이 결코 신의 계시일 리 없다는 데 의견의 일치를 보았습니다." 뉴스가 끝나자, 문서 담당관이 고개를 끄덕이며 중얼거린다.)

B : 그래, 이렇게 될 줄 이미 알고 있었어. 결국 모든 걸 감추겠다는 것이로군.

안토니오 : 아아, 신부님, 앞으로 세상은 어떻게 되는 걸까요?

B : 글쎄다…… 도대체 그 어느 누가 신의 의지를 짐작할 수 있겠느냐. 그저 기다리는 수밖에.

(불안한 얼굴로 안토니오가 창밖을 본다. 점점 어두워지고 있는 하늘. 문득 그는 자신이 떨고 있다는 걸 깨닫고 두 팔로 몸을 감싼다. 순간 뎅뎅 소리를 내며 괘종시계가 저녁 아홉 시가 됐음을 알린다.)

B : 이런. 시간이 벌써 이렇게 되었구나. 그럼 너는 먼저 들어가보아라. 나는 써야 할 원고가 있으니 좀 더 있다 나가겠다.

안토니오 : 그래도…… 일 끝내실 때까진 제가 옆에 있는 것이…….

B : 어허, 먼저 가보래도. 나는 괜찮다. 목이 마르면 알아서 차도 타 마실 터이니, 걱정 말고 들어가보래도.

(결국 안토니오가 먼저 자리를 뜬다. 못내 아쉬운 듯 뒤를 돌아보며 무대 뒤편으로 사라지는 안토니오. 잠시 뒤 무대 전체가 어두워졌다가 다시 불이 들어오면, 촛불을 밝힌 책상에서 문서 담당관이 열심히 뭔가를 쓰고 있다. 그때 적막을 깨고 들려오는 전화벨 소리. B가 수화기를 들자, 전화선 너머로 음성변조기를 거친 듯 가늘

고 기괴한 목소리가 들려온다.)

전화 속 남자 : B 추기경님……?

B : 그렇습니다만, 이 야심한 시각에 누구신지…….

남자 : 이런, 목소리가 덜덜 떨리는 것이…… 여기까지 당신의 불안이 전해집니다.

B : 아니, 그렇지 않소. 난 떨고 있지 않아요.

남자 : 굳이 그렇게 변명하실 필요는 없습니다. 다 알고 있으니까요. 그런데 추기경님, 절대 불안해하지 마십시오. 나는 당신을 해칠 마음이 없으니까요. 정말입니다.

B : 허허, 정말 불안하지 않다니까요. 그나저나, 당신은 누굽니까? 대체 누구이기에 아무에게도 알려지지 않은 이 번호로 전화를 건 거요?

남자 : 내가 누구인지 알고 싶다면…… 이렇게밖에 드릴 말씀이 없군요. 전임 문서 담당관의 캐비닛에 들어 있던 명함의 주인공이라고……. 그리고 한 가지 더 알려드리자면…… 비극적인 죽음을 맞이한 T 신부의 마지막을 지킨 사람…… 정도?

(순간 B가 휘청하며, 수화기를 떨어뜨릴 뻔한다.)

남자 : 사실 이 전화를 드리기 전 나 역시 한참 동안 고민했습니다. 왜냐하면 전화를 하는 것 자체가 오히려 득보다는 실이 될 위험이 있기 때문입니다. 그러나 인류의 미래를 위해서, 그리고 무엇보다도 내가 아끼는 한 가엾은 젊은이를 위해서, 난 힘겨운 결정을 내렸어요. 그러니 부탁컨대 전화를 끊지 마십시오. 아무 말도 안 해도 되니, 그저 끝까지 들어만 달라, 이 말입니다. 어떠신지요? 계속 통화를 할 의향이 있으십니까?

(B 추기경은 수화기의 송신부를 손으로 가린 채 깊은 생각에 빠져든다. 그의 마르고 길쭉한 얼굴엔 어둠과 의심이 가득하다. 얼마나 시간이 흘렀을까. 마침내 결심한 듯 B가 입을 연다.)

B : 미안하지만 당신의 이야기를 들어줄 수 없겠소. 이곳엔 비밀이라곤 없으니까. 지금 이 짧은 대화조차 누군가 엿듣고 있을 수 있고……. 그러니 이만 전화를 끊

겠소. 당신이 걱정하는 인류의 미래, 그리고 방금 말한 가엾은 젊은이에게 신의 가호가 있기를!

남자 : 아니, 이보십시오, 신부님! 끊지 말고 잠깐만 들어보시라니까요.

(남자가 절규하자, B 추기경은 멈칫대며 전화를 끊지 못한 채 귀에 대고 있다.)

당신들이 세상을 종말에 이르게 하기 위해 그 가엾은 젊은이에게 어떤 짓을 하려고 하는지 난 다 알아냈습니다. 지난번 편의점에서 소시지와 맥주를 먹다 말고 아무 생각 없이 주위를 둘러봤을 때, 난 평소 날 따라붙던 검은 옷의 남자들 말고도 또 다른 이들이 주변을 서성이고 있다는 걸 눈치챘어요. 게다가 그중 한 명은 낯이 익기까지 했습니다. 아아, 그래요. 내가 그의 얼굴을 어찌 잊을 수 있겠습니까? 오래전, 그러니까 T 신부가 죽던 날 그 집 계단에서 마주쳤던 의문의 피자 배달부와 너무도 닮은 그 얼굴을! 여하간, 처음에 난 그들이 나를 더더욱 옥죄기 위해 감시 인원을 늘렸을 거라고만 생각했습니다. 그도 그럴 수밖에 없는 것이, 최근 들어 누군가가 한밤중에 전화를 걸어와 보라색 가죽 장정의 '그 책'을 내놓으라고, 그렇지 않으면 너의 목숨을 가져갈 수도 있다고 음산한 목소리로 중얼대는 일이 점점 잦아졌으니까요. 물론 난 그런 이들을 용감하게 비웃어줬습니다. 그래요, 적어도 세상에 단 두 권밖에 없는 책을 지키려면 그 정도 배짱은 필요하지 않겠습니까? 그런데 그때 전화선 너머의 목소리가 이렇게 속삭였던 것입니다. '좋아, 만약 끝까지 고집을 꺾지 않겠다면, 우린 플랜 B를 가동시키는 수밖에. 그래, 두고 보라고. 이제 속칭 '구원자'라는 놈에게 어떤 일이 생기는지 말이야. 넌, 그 뒤에 처치해도 늦지 않겠지!' 그 전화를 떠올리고 퍼뜩 정신을 차린 나는, 서둘러 주위를 살폈습니다. 그런데 방금 전까지 편의점 앞을 서성이던 수상한 인간들이, 모두 사라지고 없더군요.

순간 난 비명을 질렀습니다. '이런, 큰일 났어! 어떻게 찾아낸 사람인데!' 그 청년을 처음 만났던 날, 그의 폰 번호를 듣고는 엄청난 환희로 가슴이 터질 듯했던 기억이 생생히 되살아나더군요. 그렇습니다. 돌아가시기 전에 T 신부님은 제게 말씀하셨거든요. '힌트는 2015-0666이라는 숫자일세. 이 번호를 가진 사람을 찾아(아니—그 전에 물론 그가 제 발로 걸어와 자네 앞에 나타나겠지만 말이야). 하지만 로버트, 오래전 소련 우주국의 과학자로부터 이 숫자를 넘겨받았을 때, 나는 한편으론 깊은 두려움을 느꼈다네. 어쩌면 이 번호를 가진 자야말로 진정한 악惡의 후손일 수도 있다는 직감이 들었기 때문이야. 그래, 자네도 알겠지? 저 유명한 요한의 묵시록에 나오는 공포의 숫자, 입에 담기조차 오싹한 그 기분 나쁜 숫자 말이야. 그 긴 세월 동안 '구원자'에 대해 함구했던 건 바로 그런 이유일세. 그러나 마침내 난 결심했지. 설사 그 존재가 악의 후손일지라도 인류를 위해 뭔가를 행한다면 그는 결국 선한 자이다, 라는 깨달음을 얻게 되었거든. 토라Torah에도 나오지 않던가. 한 사람의 생명을 구하는 자는 온 우주를 구하는 자이다. 그렇다면? 인류 전체를 구하는 자는—어디 보자, 지금 지구 위 인구가 70억이니—70억 개의 우주를 구한 자라 할 수 있겠지. 그렇다면 그 사람이야말로 세상에서 가장 선한 자가 아니고 뭐겠는가, 말일세.' 그러다가 신부님은 잠시 말을 멈추고 숨을 가다듬었습니다. '어쨌든 이제 내 생은 얼마 안 남았어. 세계가 종말의 위기를 극복하고 다시 태어나는 것을 보지 못하고 죽는다는 게 아쉽긴 하지만, 그래도 그리 슬프진 않다네. 내가 눈을 감은 뒤에도 모든 것이 지속되리라는 강한 믿음이 있으니까. 다만 자네에게 부탁하고 싶은 것은, '구원자'를 찾아내 그가 용기를 잃지 않고 자신의 임무를 수행할 수 있도록 도와달라는 것뿐이야. 약속할 수 있겠나? 세상을 종말로 이끌고 싶어 하는 자들로부터 그 가엾은 젊은이를 지켜주겠다고 말이야.'

그때 나는 눈물을 흘리며 T 신부와 손가락을 걸었던 겁니다. 그런데 이제 그 '구원자'가 위험에 처하게 되다니. 아니나 다를까, 헤븐하우스로 달려가보니 아까 편의점 주위를 서성이던 이들이 이번엔 우편함을 뒤지고 있었습니다. 난 그들이 뭘 찾으려고 하는지 금방 눈치챘지요. '뭣들 하는 거야? 그만 멈추지 못해? 도대체 언제까지 지구를 멸망시키려는 자들의 하수인 노릇이나 할 건데? 좋아, 정 그렇다면 날 데려가라고! 나야말로 2015-0666번을 쓰고 있으니까. 네놈들이 찾는 건, 이 번호를 쓰는 사람 아니었어?' 그러자 그들 중 한 명이 가방에서 장부 같은 걸 꺼내 확인하더니, 고개를 갸우뚱했습니다. '아닌 것 같은데요? 사진이랑 너무 다르잖아요. 여하간, 오늘은 그른 것 같으니 그만 철수합시다!' 그러고는 다들 공용 현관 밖으로 나가려는 것을, 나는 딱 가로막았습니다. '못 가. 못 간다고. 차라리 날 밟고 지나가.' 하지만 그들은, 현관에 드러누운 날 차례로 뛰어넘어 어디론가 가버리고 말았습니다.

남자들이 사라지고 난 다음, 난 고민에 잠겼어요. 어떻게 하면 T 신부의 유언을 지킬 수 있을까. 다행히 난 아직 '구원자'에게 그의 임무를 일깨워주지 않은 상태였어요. 물론 가장 안전한 방법은 그의 전화번호를 바꾸라고 충고하는 것일 테지만…… 그렇게 되면 계시의 기본적인 조건 자체가 흔들리는 것이니, 그럴 수도 없었습니다. 결국 고심 끝에 나는 결론을 내렸어요. 내가 미끼가 되자. 어딘가로 영원히 사라져, 놈들이 날 찾아다니게 하는 거야. 그러면 당분간 구원자는 안전할 테니까. 그가 앞으로 해나가야 할 일에 대해선, 아무도 모르게 메시지를 전달하면 되겠지.

(그때 전화선에서 이상한 소리가 들려온다. 마치 누군가가 엿듣고 있는 듯 섞여드는 기이한 잡음. 화들짝 놀란 문서 담당관이 두려운 얼굴로 주위를 둘러보며 전화를 끊어버리자, "제발 끝까지 들어주십시오, 제발!"이라고 외치는 남자의 목소리는 메아리가 되어 서서히 사라진다. 동시에 무대 전체가 어두워지고 사무실 안은 적막에 잠긴다. 수화기를 내려놓은 뒤 멍하니 서 있던 문서 담당관이 벽을 더듬으며 책상 쪽으로 다가간다. 뭐라고 혼자서 중얼대고 있지만, 관객들은 알아들을 수 없다. 그때 어디선가 들려오는 엔진 소리. 그것은 점점 커지더니 나중엔 거의 천둥소리처럼 극장 내부에 서라운드로 울려 퍼진다. 깜짝 놀란 문서 담당관이 두리번거리고 있을 때, 뒤편 무대 벽이 와장창 부서지며 거대한 덤프트럭 하나가 돌진해 온다. 끽 소리도 내지 못한 채, 트럭 바퀴 밑으로 빨려 들어가는 문서 담당관을 향해 의문의 목소리가 들려온다.)

의문의 목소리 : 친구여, 종말이 온다고 해서 모두 나쁜 건 아니라네. 어차피 세상은 이미 완전히 썩었어. 아무도 신을 공경하지 않고, 타락과 죄악의 소굴이 되어 그 자체의 임계점에 도달하고 말았다, 이 말일세. 따라서 우리는 모든 걸 끝내고 완

전히 새로 시작하길 바라게 되었지. 썩어 문드러진 세상에 종말이 와야 그 잿더미 속에서 새로운 우주가 탄생할 테니까. 한 점 죄 없는 정결한 땅 위에 번성하게 될 지고지순한 인류를 상상해보게나. 얼마나 가슴이 벅찬가? 그래, 그래서 그랬던 걸세. T 신부를 처단한 것, 구원자를 없애버리려는 것, 그리고 너무 많은 걸 알게 된 자네까지 보내버리는 것. 하지만 이것 한 가지만은 알아주길 바라네. 이럴 수밖에 없는 내 마음의 고통도 엄청나게 크다는 것을.

16
언제나 어디서나

"이제 정신이 좀 드나?"

눈을 뜨자, 누군가가 나를 내려다보고 있었다. 세상 전체가 뿌옇게만 보여서 처음엔 그가 신인 줄 알았다. 말로만 듣던 신. 아버지가 미치광이처럼 돌변할 때마다 엄마가 목 놓아 부르던 그 신. 어두컴컴한 거실 벽 한구석엔 언제나 '신'의 초상화가 걸려 있었지. 그림 속에서 그는 엄청나게 슬픈 표정을 한 채 하얀 튜닉 같은 옷을 입고 있었는데, 지금 나를 내려다보는 남자 역시 흰옷을 걸치고 있다. 숨결이 느껴질 만큼 그가 내 눈앞으로 가까이 다가오자, 드디어 남자의 이목구비가 보이기 시작했다. 그런데 그는……. 잠깐. 뭐지? 이 사람이 왜 여기 있는 거야?

그러고 보니 여긴 내 방도 아니다. 침대건 벽이건 지나치게 하얗고 깨끗하잖아.

"정 씨……?"

그제야 기억이 났다. 이 남자는 얼마 전 공장에 새로 들어온 신참이잖아.

언제였던가, 그는 회식 자리에서 술을 병째 들이켜고는 내게 이상한 말을 중얼거렸지. 무슨 괴물 새를 봤다던가. 그 후로도 그는 끈질기게 나를 따라다녔다. 영업을 마치고 돌아와 사무실로 가고 있노라면, 어느 틈에 정 씨가 스르륵 나타나 말없이 내 옆에서 걸어가곤 했으니 말이다. 그는 마치 온종일 나의 일거수일투족만을 감시하기 위해 공장에 나오는 사람처럼 행동했다. 복도의 막다른 코너 뒤에서 쓰윽 나타나거나, 혹은 기둥과 기둥 사이에서 불쑥 튀어나와 "짠! 놀랐지?"라고 외치는 일도 부지기수였다. 그러다가 문득 종종걸음으로 다가와 이렇게 속삭이는 것이었다. "난 알고 있어. 모든 걸, 하나도 빼놓지 않고, 낱낱이 다 알고 있다고."

어느 날 나는 더 이상 참지 못하고, 걸음을 멈췄다. "이봐, 미쳤어? 대체 왜 그러는 거야? 나이 좀 많다고 봐줬더니, 누굴 병신으로 아나?" 그런데 놀랍게도 그 순간 정 씨의 몸이 양옆으로 마구 흔들리더니 얼굴이 기괴하게 변하기 시작했다. 목에서부터 턱까지 쭉 베어진 상처가 생기더니, 그 틈으로 너덜너덜한 핏줄 다발이 솟아올랐고 어느새 머리 위쪽은 아예 사라져 있었다. 그런 몰골로 그가 턱을 흔들흔들하며 중얼거렸다. "왜 이래, 디디? 아니 스티브던가? 정말 날 모르는 거야? 우리 초면이 아니잖아, 응?" 점점 가까이 다가오는 그를 피해 뒷걸음질 치던 내가 그의 뜯겨져 간당거리는 목을 두 손으로 움켜쥔 건 바로 그때였다. 완전히 코너에 몰려 더 이상 피할 곳이 없어졌을 때. 움켜쥔 손에 힘을 주어 비틀자 갈라진 상처에서 피가 뿜어져 나와 잠바를 흠뻑 적셨지만, 상관하지 않았다. 어차피 이곳은 도축장. 이런 데선 옷에 피 좀 묻었다고 누가 신경 쓰지도 않는다. “너 같은 놈은 여기서 죽여버려도 그만이야. 다진 고기로 만들어버리면 쥐도 새도 모르게 없앨 수 있다고. 알겠어? 그러니까 입조심해. 내 앞에서 헛소리 나불대지 말란 말이야!” 이렇게 소리치며, 난 정 씨의 목을 점점 더 세게 졸랐다.

“살려줘! 이 미친 자식이 날 죽이려고 해!” 정 씨가 고래고래 외치는 소리를 듣고, 여기저기서 사람들이 뛰어왔다. 그들은 나를 떼어놓으려 애쓰며 소리쳤다. “스티브, 진정해. 대체 왜 그러는 거야? 말로 하라고. 이러다 큰일 나겠어!” 하지만 난 그들에게 팔을 잡힌 상태에서도 발길질을 하며 미친 듯이 날뛰었다. “이거 놔, 놓으라고! 정 씨, 저놈이 자꾸 헛소릴 하잖아. 벌써 몇 번이나 입 닥치라고 경고했는데도 듣지 않고 말이야!” 순간, 내 팔을 잡고 있던 멕시코인 동료들이 갑자기 손을 놨다. 그중 한 녀석이(아마 내 기억엔 헤븐하우스 뒤쪽 판자촌에 살던 호세였던 것 같은데) 날 빤히 쳐다보더니 의아하다는 듯 물었다. “……지금 정 씨라고 했어? 이봐, 스티브. 어떻게 된 거 아니야? 아니면 낮술을 마셨나? 방금 네가 목 졸라 죽이려고 했던 사람이 누군지, 정말 모르는 거야? 잘 보라고. 네가 무슨 짓을 했는지.” 그러면서 호세가 한 발 뒤로 물러서자, 주위에 둘러서 있던 동료들도 그를 따라 비켜섰다. 복도 구석 사물함 옆에 한 남자가 쭈그리고 앉아 숨을 헐떡이고 있었다. 자꾸 시야가 흐려지는 것 같아 눈을 비비고 다시 보니, 그는 새로 숙성 라인 팀장이 된 사사키 아닌가. 직원 하나가 물수건으로 그의 이마를 닦아주고 있었다. “스티브, 자꾸 이러면 다들 널 어떻게 생각하겠어? 팀장 자리 뺏기더니 눈이 뒤집혔다고 욕할 거 아니야?” 난 고개를 저었다. 뭐가 어떻게 된 건지 도무지 이해할 수 없었다. "호세, 내 말 좀 들어봐. 방금 내가 목을 조른 건 분명 정 씨였다고. 사사키가 아니고 말이야. 정 씨 그놈이 자꾸 이상한 소릴 하며 날 못살게 굴었거든."

그때 쭈그리고 있던 정 씨, 아니, 사사키가 비틀거리며 일어섰다. 그는 꽉 끼는 와이셔츠 단추를 겨우 풀더니, 비웃는 듯한 표정으로 나를 쳐다봤다. 여전히 얼굴이 새빨갰다. "잘 들어, 스티브. 난 네 자릴 가로채지 않았어. 사실 그런 거 관심도 없었다고. 어차피 여기서 평생 일할 마음도 없으니까. 하여간, 이번엔 그냥 넘어가주겠어. 하지만 다음에 또 이러면, 그땐 같이 경찰서에 가야 할 거야, 알았어? 제길, 퉤." 바닥에 침을 뱉고 나서 복도 반대편으로 걸어가는 사사키를 보며, 나는 멍하니 서 있었다. 그가 코너를 돌아 보이지 않게 되었을 때, 호세가 조심스럽게 다가왔다. "그런데 스티브, 전부터 묻고 싶은 게 있었는데…… 도대체 정 씨가 누구냐? 그자가 누군데 자꾸 이런 헛소릴 하는 거냐고? 공장장도 다 알고 있어. 네가 요즘 아무나 붙들고 시비를 걸며 정 씨 어쩌고 한다는 거 말이야." 난 아무 대답도 하지 않았다. '지금 이놈이 뭔 말을 하는 거지?' 속으로 이런 생각을 했을 뿐이다. 자기도 바로 며칠 전에 정 씨와 함께 술을 마셨으면서 이렇게 시치미를 떼다니. 그나저나, 사사키는 어떻게 된 거란 말인가. 분명 내 옆에서 걸으며 말도 안 되는 얘길 지껄인 건 정 씨였어. 그런데 그가 왜 사사키로 바뀌어 있는 거지? 그때 호세가 좀 더 나지막하게 속삭였다. "요새 공장에 무슨 말이 도는지 알아? 영업부의 스티브가 귀신을 본다는 소문이 자자하다고. 네가 아무도 없는 데서 허공을 보며 떠드는 걸 봤다는 사람이 한둘이 아니야. 그러니 조심 좀 하라고. 점점 안 좋은 얘기가 돌면, 잭도 더는 못 참을 거 아니야? 듣기론 숙성 라인 팀장 자리도 그래서 사사키한테 넘어간 거라던데."

하긴, 지금 생각해도 그때 내가 잘못한 건 맞다. 정 씨 문제의 진위가 뭐든 간에, 날 생각해서 그런 충고를 해준 호세에게 고맙다는 인사는커녕 욕을 퍼부었으니 말이다. 하지만 당신(들)도 생각해보라. 나는 분명히 정 씨와 얘기도 하고 밥도 먹고 술도 마셨는데, 난데없이 호세 같은 녀석들이 와서 내가 귀신을 본다는 둥, 정 씨라는 사람은 아예 존재하지도 않는다는 둥, 말도 안 되는 소릴 하면 기분이 어떻겠는가. 그래서 그랬던 거다. 이야기를 마치고 내 어깨를 두드려주던 그의 손을 뿌리친 것은. "젠장, 맘대로들 씹으라고 해. 난 상관 안 할 테니까." 그러자 호세는 한동안 가만히 서 있더니 고개를 설레설레 저으며 긴 한숨을 내쉬었다. "이봐, 스티브. 그러지 말고 회사 카운슬러에게 상담을 좀 받아보지 그래? 나도 저번에 교육받으며 알게 된 건데…… 우리 같은 일을 하는 사람들 중에 그런 문제를 겪는 경우가 많다고 하더라." 그 말에 난 피식 웃었다. 그놈의 정신적 문제. 왜 모두들 돼지 잡는 사람은 머리도 이상할 거라고 생각하는 거지? 보다시피 이렇게 멀쩡한데 말이야. "아하, 그래. 알겠어. 이젠 내가 미쳤다는 거로군. 좋아, 곧 상담을 받아보도록 하지. 그러니 걱정 말고 네 일이나 알아서 잘하라고. 그럼, 난 먼저 간다." 그때 난 이렇게 소리치고는 호세를 밀치며 사무실로 돌아갔던 것이다.

그런데 지금, 어딘지도 모르는 장소에 내가 누워 있고 눈앞엔 그놈의 정 씨가 또 얼굴을 들이밀고 있는 거다. "정말 아무것도 기억 못하는 거야, 응?" 그는 일그러진 듯 기괴한 미소를 띠며 다시 물었다. 누운 채로, 난 고개를 저었다. 그러고 보니 손과 발이 이상했다. 마치 거대한 누에고치 안에 갇혀 있는 것 같았다고나 할까. 힘겹게 눈을 굴려 아래를 보니, 하얀 천에 덮인 내 몸이 다른 사람의 것처럼 보였다.

목소리가 나오지 않는다는 사실을 깨달은 것도 그 순간이었다. 말은 할 수 있었지만, 그건 오직 내 머릿속에나 들리는 소리들이었던 거다. '뭐지? 대체 나에게 무슨 일이 생긴 거냐고?' 신기하게도 정 씨는 나의 소리 없는 질문을 다 알아듣는 것 같았다. 여전히 기괴한 미소를 띤 채로 그가 느릿느릿 설명했다. "넌 사고를 당했어. 덤프트럭이 네 차를 덮쳤다고. 챙이 너에게 준 두루마리, 기억나? 그걸 들고 편의점으로 가다가 그런 일을 당한 거야. 그런데 맹세코, 이번에도 난 아무 짓도 하지 않았어. 정말이야. 난 그저, 네가 어떻게 지내나 궁금해서…… 이 세계를 떠나기 전 마지막으로 널 찾아왔던 것뿐이라고. 참, 말이 나온 김에 하는 얘기지만, 네 가족에게 일어난 일에 대해선 나 역시 마음 아프게 생각하고 있어. 그리고 맹세컨대, 그날 일은 내가 벌인 게 아니야. 물론, 그날 네가 본 그 수많은 원혼들의 짓도 아니고 말이야. 사실 우리에겐 그럴 힘도 능력도…… 아무것도 없으니까. 우린 그저 영원히 계속될 슬픔과 고통 속에서 이승과 저승 사이를 떠도는 불행한 존재일 뿐이지. 그럼, 그날 엘름 가 1408번지에서 일어난 그 끔찍한 사건의 진실은 뭐냐고? 글쎄, 이런 말 하긴 뭣하지만, 그 해답은 네가 가장 잘 알고 있지 않을까? 안 그래, 디디?"

그의 이야길 들으며 난 속으로 쓴웃음을 지었다. 역시 이 인간은 제정신이 아니다. 나에게 계속 디디라고 하다니. 그걸 아는지 모르는지, 정 씨는 계속해서 중얼거렸다. "아, 미안해. 아직 몸이 안 좋을 텐데, 너무 길게 떠든 것 같군. 그러니 요점만 단도직입적으로 얘기하도록 하지. 실은 오늘 내가 여기 들른 건, 저세상으로 영원히 떠나기 전 네게 아주 중요한 걸 알려주기 위해서였어. 아, 알고 있어. 죽은 자가 산 자의 삶에 껴들면 안 된다는 것쯤은. 하지만…… 비록 악연이었다고는 해도…… 수십 년을 붙어 지낸 너에게 이 정도는 해줘도 되지 않을까? 그래, 난 그렇게 생각하기로 했어. 그래야 마음이 편해질 테니까. 하여간 그래서 해주는 얘기니, 잘 들으라고." 하지만 내가 알겠다고 고개를 끄덕인 뒤에도, 정 씨는 한동안 말이 없었다. 두 손으로 얼굴을 문지르며 천장을 올려다보던 그가 마침내 입을 연 것은, 거의 10여 분 정도가 지난 뒤였다. "역시 디디 얘기부터 시작하는 게 좋겠군. 자, 그 전에 먼저, 첫 번째 질문. 너…… 정말 디디가 누군지 모르는 거야? 그러니까 내 말은, 알면서 모르는 척하는 건지 아니면 진짜 아무것도 모르고 있는 건지, 진실을 알려달라는 뜻이지."

난 멍하니 그를 쳐다봤다. 이 인간, 대체 지금 뭔 소릴 하는 거지? 디디가 누구냐니? 그걸 몰라서 묻는 거야? 디디는 내 친구였고…… 나 대신 생명을 내놓은 불쌍한 녀석이었어. 그래, 디디는 나를 살려준 사람이야. 난 그 덕분에 생명을 보전했고 약물중독에서도 벗어났으니까. 다시 한 번 말하는데, 그는 나의 은인이야. 생명의 은인.

그러자 정 씨가 깊은 한숨을 내쉬더니 천천히 이야기를 시작했다. 그런데 듣고 있는 사이 그의 형체가 점차 반투명하게 변해가는 것 같아, 나는 몇 번이나 눈을 깜빡여야 했다. 어쩌면 이 모든 게 꿈일지도 모른다는 생각이 얼핏 스쳐 갔다. "흠, 생각보다 심각하군. 아무것도 모르고 있는 걸 보니 말이야. 그렇다면 혹시 나 역시 기억하지 못하고 있는 거 아닌가? 그날—너희 가족이 몰살당하던 날— 골방 앞에서 그리 오래 대화를 나누고도, 공장에선 전혀 몰라보더라니…… 결국 이런 이유 때문이었던 건가? 잠깐, 혹시 이러면 날 기억해낼 수 있지 않을까? 자, 보라고." 그러더니, 그때쯤엔 거의 완전히 투명하게 변해 있던 정 씨가 몸을 좌우로 흔들기 시작했다. 폰이 진동하듯 부르르 떨리던 그의 몸은 점점 더 격렬하게 흔들렸고, 그러다가 마침내 빠르게 앞뒤로 빙글빙글 돌아가기 시작했다. 그리고 마침내 회전이 멈췄을 때, 눈앞엔 정 씨 대신 머리통이 반쯤 잘려 나간 기괴한 몰골의 남자 하나가 서 있었다. 그는 피에 젖은 군복을 입었는데, 가슴 한쪽에 뚫린 커다란 구멍은 총에 맞은 듯 너덜너덜했다. 누구야? 당신 누구냐고? 두려움에 덜덜 떨며 소리치자, 그가 이번엔 반대 방향으로 빙글빙글 돌아가는 것 아닌가. 그렇게 회전을 하며 그 끔찍한 형상의 뭔가는 서서히 다시 낯익은 모습으로 되돌아왔다. 다 늙어서 도축 공장에 입사한 뒤 하루도 쉬지 않고 열심히 일만 하던 남자, 정 씨로. 그는 주머니에 손을 찌른 채 엄청나게 슬픈 눈빛으로 오래도록 나를 내려다봤다.

"정말 아무것도 기억하지 못하는군. 그렇다면 디디가 누구인지 말해주는 것도 아무 의미가 없겠는걸. 어머니의 편지에 대해서도 그렇고 말이야. 그래, 난 이쯤에서 입을 다물게. 어차피 마지막엔 모든 걸 알게 될 테니까. 스스로 해내든, 혹은 다른 누군가의 힘을 빌리든 말이야. 다만 한 가지, 이것만은 알려주고 떠날게." 정 씨는 한층 목소리를 낮추더니 내 귀에 속삭였다. "조심하라고. 넌 지금 감시당하고 있어. 놈들의 정체는 모르지만, 그간 쭉 지켜봐왔기에 얼마나 위험한지는 잘 알고 있지. (다행히 그자들은 내가 자기들의 존재를 눈치챘다는 걸 몰라. 이래 봬도 내가 유령이잖아. 그러니 그들 눈엔 내가 보이지 않았던 거야.) 하여간, 내 생각에, 그자들은 분명 사악하고 비밀스러운 조직의 일원임에 틀림없어. 하는 짓을 보면 알 수 있다니까. 너를 트럭으로 덮쳐버린 것도 놈들이야. 내 두 눈으로 똑똑히 봤거든. 그들은 피 흘리며 신음하는 널 보고도 눈 하나 깜짝하지 않았어. 그저 미친 듯이 차 안을 뒤질 뿐이었지. 그리고 그 순간 난 알아차렸어. 그 검은 옷의 남자들이 찾으려 하는 게 뭔지 말이야. 그건 바로, 챙이 건네준 두루마리였어. 하지만 놈들은 그걸 절대 찾을 수 없었지. 왜냐고? 당연하잖아. 내가 먼저 두루마리를 딴 데 숨겨뒀으니까. 그 자식들, 결국 온갖 욕을 내뱉으며 어딘가로 황급히 사라지더군. 구급차가 와서 널 싣고 응급실로 달릴 때, 난 두루마리를 꼭 안은 채 네 곁에 쭈그리고 앉아 있었어. 그리고 여기선 이렇게 매일 옆에 머물며 네가 깨어나기만을 기다렸고 말이야."

이야기를 하는 동안에도 정 씨는 점점 투명하게 변해갔다. 나중엔 그의 몸을 관통해 뒤쪽 광경까지 훤히 볼 수 있을 정도였다. 거기선 의사와 간호사들이 뭐라고 외치며 분주히 뛰어다니고 있었다. 그때 정 씨가 벽에 걸린 시계를 힐끗 보더니 말했다. "이런. 벌써 이렇게 됐군. 그래, 이제 진짜로 헤어질 시간이야. 참, 두루마리는 네 침대 밑에 숨겨놨어. 나중에 정신 차리면 꺼내보라고. 내 마지막 선물이라고 생각해주면 더 고맙겠고 말이야. 자, 그럼 안녕! 끝으로, 한마디만 더 해도 될까?" 내가 고개를 끄덕이자 정 씨가 묘한 미소를 지었다. "내 과거를 부탁할게. 무슨 말인지 모르겠다고? 상관없어. 어차피 언젠가는 알게 될 테니까. 왜냐하면 그게 네 운명이기 때문이지." 말을 마친 정 씨가 완전히 투명해지더니 아예 사라져버리는 걸 보며, 나는 스르르 눈을 감았다.

그래, 이건 꿈일 거야. 당연하지. 다시 잠들었다가 눈을 뜨면, 헤븐하우스 2층에 있는 우리 집 소파에서 깨어날 테니까. 늙은 수컷 잉꼬제트가 횃대 위에서 졸고 있고 텔레비전에선 지루한 다큐멘터리가 나오고 있는 곳. 자, 스티브, 눈을 감아. 다시 잠들라고. 아니, 잠깐. 생각해보니 오래전 누군가가 내게 말했어. 꿈인지 생시인지 헷갈리면 볼을 꼬집어보라고. 그게 누구였더라. 난 오른손을 천천히 들어 올렸다. 비록 붕대로 만든 고치 속에 갇힌 신세지만, 온 힘을 다한다면 볼에 닿게 될지도 모른다.

그때였다. 갑자기 거대한 폭풍이 휘몰아친 건. 그것은 내가 누워 있던 공간 전체를 뒤흔들며 지진처럼 몰려왔다. 공기가 이리저리 휘어지고 굽어지더니 굉음이 되어 심장을 때렸고, 동시에 몸이 공중으로 붕 떠올랐다가 털썩, 하고 떨어졌다. "한 번 더! 가망이 있어요. 살 수 있다고요!" 어디선가 이상한 소리들이 들려왔고, 눈앞이 아득해져왔다. 안 돼. 지금 난 볼을 꼬집어봐야 한다고. 자메이카의 유명한 주술사였던 할아버지가 내게 해준 얘기니까. 뭐라고? 나한테 그런 할아버지가 있었다고? 모르겠어. 여하간 살아 있는지 아닌지 먼저 확인해야 해……. 미친 듯 요동치는 공간 속에서 나는 마지막 남은 힘을 쥐어짜냈다. 드디어 오른손 검지가 까딱, 하고 움직였다. 됐어. 조금만, 조금만 더. "됐어요. 의식이 돌아왔어요!" 누군가가 외치는 소리를 들으며, 나는 부들부들 떨리는 손을 들어 올렸다. 하지만 그걸로 끝이었다. 다시 눈이 감겼고, 어둠이 사방을 뒤덮었다.

완전히 의식이 되돌아온 것은, 그로부터 약 한 달 정도 지난 즈음이었다. (의사가 내게 그렇게 말해줬다.) 몸을 움직일 수 있게 되자마자, 난 침대 밑부터 뒤졌다. 한참을 더듬은 끝에 두루마리를 찾아냈고, 남들의 눈을 피해 그걸 펼쳤다. "넌 그때 이렇게 말했어야 했어!" 아직도 챙의 목소리가 들리는 것 같았다. 그래, 편의점으로 가자. 그런데 아르바이트생은 아직도 거기 있을까? 언젠가는 그를 찾아올 누군가와 다음과 같은 암호를 주고받길 기다리며?

Q : 아무도 믿지 마.

A : 나는 믿고 싶어.

그날 밤, 간호사가 체온과 혈압을 체크하고 나간 다음, 난 재빨리 일어나 병실을 빠져나왔다. 복도 구석 기둥 뒤에 숨어 있다가 아무도 없을 때 1층으로 내려왔고, 시트를 잔뜩 실은 손수레 옆에 몸을 착 붙인 채 정문을 통과했다. 마음은 급했지만 다리가 말을 듣지 않아 생각만큼 빠르게 달릴 순 없었다. 숨이 턱까지 차오를 즈음, 드디어 멀리 편의점 간판이 보였다.

—로버트, 조금만 기다려요. 당신이 남기고 간 전언을 이제야 볼 수 있게 됐군요. 그런데 그동안 나에겐 많은 일이 있었어요. 언젠가는 그 모든 걸 웃으며 얘기할 수 있게 될까요? 전처럼 햄을 안주 삼아 맥주를 마시며 말이에요.

편의점은 그대로였다. 어둡고 음산한 거리 한구석을 밝히며 등대처럼 거기 서 있었다는 뜻이다. 멀찍이서 유리문 안쪽을 들여다본 나는, 오래전의 그 아르바이트생이 아직도 일하고 있단 걸 알고는 깜짝 놀랐다. 이름이 뭐였더라. 그래, 싱. 싱이었지.

전봇대 뒤에서 지켜보니 그새 싱은 좀 나이를 먹은 것 같았다. 아니, 정확히는 살이 찐 것 같다고나 할까. 하지만 잘 먹고 편안해서 찐 살이라기보다는, 거의 매일 계속되는 야간근무와 불규칙한 식사 때문에 부은 듯, 어딘지 모르게 푸석해 보였다. 그는 기계적으로 가격표를 찍고 있었는데, 그러면서도 천장 구석에 매달린 텔레비전에선 한시도 눈을 떼지 않았다.

군데군데 거미줄이 쳐져 있고 눈과 비에 젖어 거무스름한 회색으로 변해버린 간판엔 빛바랜 빨강과 노랑이 뒤섞여 더욱 조잡해 보이는 글씨체로 다음과 같은 상호명이 적혀 있었다. 'Every time Everywhere'(언제나 어디서나)

한동안 가만히 서 있던 나는, 천천히 편의점을 향해 걸어갔다. 환자복 차림이라는 게 마음에 걸렸지만 어쩔 수 없었다. 정 씨인가 뭔가 하는 인간(혹은 유령?)은 챙의 두루마리만 침대 밑에 넣어뒀지, 갈아입을 옷은 하나도 챙겨두지 않은 채 떠나버렸던 것이다. 싱은 여전히 텔레비전에 시선을 고정한 채 산더미처럼 쌓아놓은 과자 봉지에 열심히 가격표를 찍고 있었다. 유리문 옆으로는 긴 플라스틱 테이블이 놓여 있고, 코너엔 먼지가 뽀얗게 쌓인 커피머신과 소시지 같은 걸 간단히 데울 수 있는 전자레인지가 보였다. 이젠 복권도 취급하는지, 번호 뽑는 기계가 카운터 앞에 세워져 있었다. 만약 구티에레즈가 이 동네를 떠나지 않았더라면, 저걸 뽑으려고 뻔질나게 드나들었겠지.

나도 모르게 "헉!" 소릴 낸 건 그때였다. 종적을 감춰버린 구티를 생각하며 편의점 안을 기웃대던 바로 그 순간 말이다. 카운터 밑에서 뭔가를 꺼내느라 몸을 굽힌 싱의 등 너머 벽에 낯익은 그림이 한 장 붙어 있었다. 그것은, 커다랗게 확대 복사한 「X-파일」 포스터였다. 그리고 내 생각에, 싱은 일부러 그걸 거기 걸어둔 게 확실했다. 지나가던 그 누구라도 조금만 주의해서 안을 들여다본다면, 거대한 우주선과 청회색의 뿌연 하늘, 시커먼 전나무 숲을 한눈에 알아볼 수 있게 하기 위해서. 그림 하단엔, 챙이 내게 건네줬던 두루마리에서와 똑같이 'I WANT TO BELIEVE'라는 문구가 인쇄되어 있었다.

그랬다! 역시 싱은 나를 기다리고 있던 거였다. 저렇게 보란 듯이 포스터를 붙여두고서. 밤이나 낮이나, 저 우중충한 가게에서 가격표를 찍으며. 그러다가 내가 나타나면 약속된 암호를 주고받은 뒤 로버트 와인버그가 남겨주고 간 중요한 비밀을 알려줄 계획으로. 그렇다면 이제 더 망설일 이유가 어디에 있단 말인가. 난 목발을 오른쪽 겨드랑이에 잘 끼운 다음, 최대한 빠르고 당당하게 편의점 문 앞으로 걸어갔다.

유리문 손잡이를 밀자, 끼이익, 하는 소리가 났다. 내가 들어갔는데도, 싱은 여전히 텔레비전에서 눈을 떼지 않았다. 확실히 예전에 비해 불친절했고 전반적으로 모든 상황에 무관심해진 것 같았다. 하긴, 이해한다. 매일 똑같은 일을 반복해서 하다 보면—예를 들어 1년 내내 돼지 다리만 자르거나 혹은 1년 내내 과자 봉지에 가격표만 찍는다면— 신경의 가장 가늘고 섬세한 끝부분이 서서히 마모되고 무감각해질 테니까. 그런데 사실 그렇게라도 되지 않는다면 하루하루를 견디기 힘들 테니, 그건 어쩌면 생존의 한 방식일 수도 있다. 이상한 상상이지만, 그래서 내 생각엔, 미래의 모든 인류는 끝이 닳아 뭉툭해진 신경을 가진 문어 같은 존재로 진화할 것만 같다. 어떤 상황에도 흔들리거나 동요하지 않을 법한 민둥민둥한 생명체.

그런 공상에 빠진 채 멍하니 편의점 입구에 서 있을 때, 아르바이트생의 기계적인 목소리가 들려왔다.

"뭐 찾으시죠?"

"어, 저어…… 생수 어디 있어요?"

하아, 이런 병신 같으니라고. 원래 난 들어가자마자 멋지게 외칠 생각이었다. "암호를 말해보시지!"라고. 하지만 막상 편의점에 들어오자, 환자복 차림이라는 게 마음에 걸렸고 돈을 한 푼도 가지고 있지 않다는 사실에 기가 죽고 말았던 것이다. 싱은 말없이 손가락으로 안쪽 냉장고를 가리켰다. 목발을 짚은 채 느릿느릿 걸어가 생수를 가져오자, 고개도 들지 않은 채 그가 말했다. "2달러요."

지금이야. 자, 어서. 외치라고.

하지만 말은 나오지 않았고, 째깍째깍, 시간은 점점 흘러갔다.

마침내 싱이 고개를 들었다. 그는 처음엔 깜짝 놀란 듯 보였다. 내가 누군지 모르는 눈치 같기도 했다. 오히려 밤 시간에 편의점이나 털러 다니는 좀도둑으로 오해했는지 잔뜩 경계하는 표정으로 조심스럽게 손가락을 비상벨 쪽으로 움직였으니 말이다.

"아니, 그게 아니고…… 저기, 저거……." 웅얼대며, 난 그의 등 뒤에 붙어 있는 포스터를 가리켰다. 뒤를 돌아본 싱이 다시 내 쪽을 쳐다보기까진 거의 영겁의 시간이 흐른 것 같았다.

천천히 라벨기를 내려놓은 그가 긴 한숨을 내쉬며 팔짱을 끼는 동안, 나는 생수병을 든 채 엉거주춤하게 서 있었다. 자세히 보니 싱의 새까만 눈동자에 눈물이 그렁그렁했다. 왠지 미안한 마음이 들어 뭔가 얘기라도 하려는 순간, 드디어 그가 입을 열었다. "왜 이제야 왔어요? 얼마나 기다렸는데. 기다리느라 다른 데로 옮기지도 못했고, 그러는 사이에 달이 가고 해가 갔다고요."

그냥 다른 데로 가버렸어도 되잖아. 늙은 기자의 부탁쯤은 없던 걸로 치고 말이야. 그런데 무엇 때문에 이렇게 오래도록 기다린 거지? 이렇게 묻고 싶었지만 차마 입이 떨어지지 않아 우물대는 나에게, 마치 속마음을 들여다보기라도 한 듯 싱이 말했다.

"왜냐하면…… 약속은 지키라고 있는 거니까요. 안 그래요?"

그러더니 또다시 팔짱을 낀 채로, 오래도록 가만히 서 있는 것이었다.

사방은 고요했고, 밖엔 아무도 없었다. 차도, 사람도, 하다못해 개나 고양이조차 없는 텅 빈 거리에 나뭇잎 몇 장이 바람에 날려 가는 게 보였다. 그래. 오래전 언젠가, 로버트는 저 어두운 거리를 지나 여기 들렀을 것이다. 아마도 창가에 있는 긴 플라스틱 테이블에 앉아 소시지와 맥주를 먹었겠지. 그런 다음 쭈뼛대며 싱에게 다가와 우주선이 그려진 포스터를 내밀었겠지. 오직 나를 위하여. 나에게 세계의 비밀을 전해주기 위하여.

그때였다. 갑자기 싱이 큰 소리로 암호를 외친 것은.

"아무도 믿지 마!"

거의 조건반사 수준으로, 내 입에서도 대답이 터져 나왔다.

"나는 믿고 싶어!"

그제야 싱은 빙긋 웃으며 손을 내밀어 악수를 청했다.

"확실하군요. 당신이 바로 그 사람이에요!"

내 손을 잡고 격렬하게 흔들던 싱이 문득 바깥을 살폈다. 아무도 없다는 걸 확인하더니, 그는 나지막하게 속삭였다. "잠깐 기다려요. 곧 가지고 나올 테니까." 편의점 안쪽 창고로 걸어 들어간 싱이 한참 후 들고 온 것은, 구형 노트북이었다. 먼지가 가득 쌓여 있는 걸 보니, 꽤 오랜 시간 방치되어 있던 게 분명했다. "자, 받으세요. 그 아저씨가 당신에게 전해주라고 했어요. 이 안에 모든 게 다 들어 있다고, 그렇게만 얘기하면 된다고 하더군요. 참, 패스워드는 2015-0666이라고 했어요. 이걸 매일 암기하느라 얼마나 고생했는지 알아요? 다른 데 적어뒀다가 '그들'(이 누군지는 모르지만)이 엿보기라도 하면 큰일 난다고, 그 아저씨가 하도 걱정하기에 그냥 외워버렸거든요. 뭐라고요? 그 아저씨의 마지막 모습이 어땠냐고요? 음, 글쎄요. 너무 오래전이라 기억이 가물가물한데, 여하간 어디 먼 곳으로 떠나려는 차림이었던 건 확실해요. 낡은 등산복에 큰 배낭을 메고 있었으니까요. 아, 그런데 잠깐. 저기 밖에 보여요? 전봇대 옆에 말이에요. 아무래도 벌써 놈들이 따라붙은 것 같은데…… 안 되겠다, 어서 가요. 여기 있어봤자 좋을 거 하나 없으니까요. 무조건 조심해야 한다고요!" 재빨리 유리문 밖을 보니, 길 건너편, 아까 내가 숨어 있던 전봇대 아래에 두 남자가 서성이고 있었다. 검은 가죽 잠바 주머니에 손을 찌른 채 이쪽을 힐끗대던 그들은, 나와 눈이 마주치자 헛기침을 하더니 골목 안쪽으로 스르륵 사라져버렸다.

"고마워. 어떻게 사례를 해야 하지?"

내가 묻자, 싱이 나가라는 손짓을 하며 빠르게 중얼거렸다.

"그런 거 바라고 한 거 아니에요. 그냥 고객과의 약속만은 칼처럼 지키고 싶었던 것뿐이니까요. 자랑은 아니지만, 1년이 지나 택배를 찾으러 오는 손님에게조차도 난 정확히 물건을 전달해준다고요. 그게 우리 편의점의 모토이기도 하고…… 무엇보다도 처음 교육받을 때 그렇게 배웠으니까요. 하여간, 그러니 신경 쓰지 말고 어서 가세요. 가서……." 그러더니 그는 잠시 말을 멈추고 침을 꿀꺽 삼켰다. 내가 잘못 들었던 걸지도 모르지만, 어쨌든 그렇게 목소릴 가다듬은 싱이 차분하고 엄숙하게 속삭였다. "……가서 세상을 구하라고요."

노트북을 안고 나오는데, 그가 다시 나를 불렀다.

"잠깐만요. 그러면 너무 눈에 띄니까, 여기 넣어서 들고 가세요."

싱이 건넨 것은 커다란 검은색 비닐봉지였다.

헤븐하우스는 어둠에 잠겨 있었다.

오랜만이라 그런지 그새 더 옆으로 기울어진 듯 보이는 낡은 연립주택의 계단을 힘겹게 오르는데, 누군가가 뒤에서 어깨를 탁 잡았다. "누구야!" 반사적으로 노트북 봉지를 끌어안으며 뒤를 돌아보니, 관리인 노파가 손전등 불빛에 얼굴을 일렁이며 서 있었다. 그 모습이 너무 유령 같아서 나도 모르게 그만 이런 말을 내뱉고 말았다. "아…… 아직 살아 계시네요?" 그러자 노파는 잇몸을 드러내며 씩 웃었다. "그럼, 당연하지. 살아 있어야 월세를 받을 거 아니야? 그나저나 자네야말로 그동안 대체 어디 있다 온 거야? 옷은 왜 그 모양이고? 어라? 이제 보니 목발까지 짚고 있구먼?" 노트북을 더욱 힘껏 껴안으며 나는 한 발 뒤로 물러섰다. "어, 그게…… 일이 좀 있었어요. 교통사고를 당해서 시립병원에 입원해 있었거든요." 내 말을 듣고도 노파는 한마디 위로도 하지 않았고, 좀 어떠냐고 묻지도 않았다. 그간 어디서 뭘 했든, 일주일 안에 밀린 월세만 해결하면 된다고 하더니, 잰걸음으로 계단을 내려갔을 뿐이다. 그러다가 갑자기 멈춰 서더니 홱 돌아서서는 이렇게 외치는 것이었다. "이따 와서 새 찾아가. 빈집에서 굶어 죽게 생긴 걸, 내가 데려다 키우고 있었다고!"

집에 들어와 문을 잠근 다음, 노트북에 전원을 연결했다. 드드드드, 하는 요란한 소리와 함께 모니터에 푸르스름한 빛이 들어왔다. 사용자 패스워드를 입력하는 란에 '2015-0666'을 치자, 윈도우98의 익숙한 로고가 떠올랐다. 깨끗하게 정리된 바탕화면엔 네 개의 문서가 있었는데, 그 각각엔 '첫 번째 포스트' '두 번째 포스트' '세 번째 포스트' '네 번째 포스트'라는 제목이 붙어 있었다. 약간 특이한 점이 있다면, '네 번째 포스트'에 "☞ 가장 먼저 읽으시오"라는 지시어가 추가된 것뿐.

네 번째 포스트는, 로버트 와인버그의 편지였다.

한 글자씩 읽어 내려가는데 갑자기 목이 메어왔다. 바로 곁에 그가 서 있는 것 같았기 때문이다. 목이 다 늘어난 티셔츠를 입은 채, 빙긋이 웃으며.

◆ 네 번째 포스트 (비공개)

- 제목 : 25minutes
- 형식 : 서간문

드디어 여기까지 왔군. 축하하네! 난 자네가 해내리라는 걸 알고 있었어.

정말 반가워. 옆에 있다면 등이라도 두드려줬을 텐데 말이야.

뭐라고? 우리가 실제로 만난 건 아니니, 그런 소리 하지 말라고?

아니, 그렇지 않아. 지금 이 순간, 우린 이 '글'을 통해서 시간과 공간을 뛰어넘어 대화하고 있으니까. 누구더라…… 하여간 이름은 잊어버렸지만 어떤 유명한 작가도 그렇게 말한 적 있거든. 글쓴이와 읽는 이는, 활자를 통해 서로 대화하고 있는 거라고. 그러니 이제 눈을 감아보게. 어떤가? 우리가 이야기를 나누고 있다는 게 느껴지지 않나?

그런데 스티브, 사실은 이런 얘길 하며 노닥거릴 여유가 없다네. 아쉽게도 나에겐 단지 25분의 시간이 남았을 뿐이니까. 지금 난, 어디론가 멀리 떠나기 위해 짐을 꾸리고 있어.

작별인사도 없이 이렇게 가는 걸, 용서해주게. 아마 잠시 동안은 서운하겠지만 결국엔 이해해주리라고, 난 믿어 마지않네. 왜냐하면 이 모든 게 다 자네와 인류의 미래를 위해서 한 일이었다는 걸, 언젠가는 알게 될 테니까.

솔직히 말해서 난 무척이나 두렵다네.

놈들이 자네까지 노리고 있다는 걸 알게 됐기 때문이야.

좀 전에 편의점에 들렀다가 난 그 모든 걸 눈치챘어. 먹던 소시지를 대충 쓰레기통에 버리고 헤븐하우스로 달려오니, 아니나 다를까, 그들은 자네의 우편함을 뒤지다가 나에게 딱 들키고 말았던 거야. 일단은 엄포를 놔서 쫓아버렸지만, 그런다고 포기할 놈들이 아니라는 건, 누구보다도 내가 잘 알고 있다네.

집으로 올라와 나는 고민에 잠겼어.

어떡해야 할까? 어떻게 해야 T 신부의 유언을 지키고 자네도 보호할 수 있을까? (아아, 시간이 있다면 좀 더 많은 이야기를 할 수 있을 텐데. 하지만 이걸 쓰는 동안에도 시곗바늘은 재깍재깍, 빠르게 움직이고 있다네. 그러니 양해해주게. 그간의 사연은 나머지 포스트에 다 적어뒀으니, 차차 읽어보게나. 무엇보다도 자넨, 결국 스스로 자신의 운명을 깨닫게 될 테고 말이야.)

어쨌든, 마침내 내린 결론은, 종적을 감추자는 거였어. 나만 사라지면, 당분간 그들이 할 수 있는 일은 아무것도 없을 거라는 게 내 생각이었지. 왜냐하면, 오직 나만이 자네와 T 신부(를 비롯한 미래, 신의 계시 등등 모든 것들) 사이의 유일한 연결고리니까. 특히나 그들은, 내게 그 책이 없다고 믿고 있어. 하지만—이건 자네에게만 알려주는 비밀인데 말이야— 난 이미 그걸 세상에서 가장 기상천외한 장소에 숨겨두었지. 아마 자네도 전혀 상상하지 못했을 텐데, 이제 그 희귀한 문서, T 신부가 목숨을 걸고 지켜낸 책이 보관되어 있는 장소를 일러주도록 하겠네. 잘 듣게나. 그건…… 자네 집 화장실 변기 뒤 수조에 들어 있어. 그래, 그곳밖엔 세상에 안전한 장소란 없다고 생각했으니까. 거기에 책을 숨기기 위해 나는 여러 장의 비닐봉투와 스카치테이프를 구입한 다음, 놈들이 눈치채지 못하도록 트렌치코트 안쪽에 숨겨서 집으로 돌아왔다네. 문을 잠그고 커튼까지 내린 뒤, 물 샐 틈 없이 꽁꽁 책을 포장했지. 그러고는 자네와 술을 마시던 어느 밤, 화장실에 가는 척하며 수조 맨 아래 그걸 넣어뒀던 거야. (어떤가? 깜짝 놀라지 않았나?)

그러니 첫 번째로 할 말은, 책을 부탁한다는 거네. 스티브, 제발 나 대신 그걸 지켜줘. 그것만이 T 신부의 유언을 따르는 길일 테니까.

두 번째 당부는, 앞으로 무슨 일이 생기더라도 이 말을 잊지 말아달라는 거네. 그래, 내가 자네에게 해주고 싶은 말은 바로 이거야. "스스로를 믿게나." 자기 자신을 믿고 자기가 본 것을 믿고 자기가 경험한 것, 만지고 느낀 것, 꿈꾼 것, 맛보거나 냄새 맡은…… 그 모든 것들을 믿으라는 말이지. 앞으로 '임무'를 수행하다 보면, 수많은 거짓 존재들이 나타나 자네를 혼돈으로 몰고 갈 텐데…… 그때마다 절대 흔들리지 말고, 내가 해준 이 말을 수천 번, 수만 번이라도 되뇌란 말일세. 그렇게만 한다면, 준비된 길이 열리고 운명은 약속한 대로 흘러가게 될 거야.

세 번째로 스티브, 이건 사실 말해야 할지 말아야 할지 무척 오래 고민한 끝에 하는 얘긴데, 언젠가 세상에 강림할 신들…… 그자들을 완전히 믿지는 마. 물론 그들의 이야기는 거의 진실에 가깝겠지만, 그렇다고 해서 오로지 진실로만 이뤄진 건 아니니까. 왜냐하면 어차피 순도 100퍼센트의 진실이란 존재하지 않고…… 무엇보다도 세상엔 신조차 알 수 없는 것들이 너무 많거든. 그러니까 내 얘긴…… 신이 제시하는 길만이 유일한 길은 아니라는 걸 명심하라는 뜻일세. 하긴, 자넨 지금 내가 무슨 말을 하나, 싶을 거야. 이 노인네가 시간에 쫓기더니 헛소릴 늘어놓는 게 아닌가, 의심이 들기도 하겠지.

하지만 스티브, 가장 마지막 순간에 자넨 내 말의 의미를 깨닫게 될 거야.

그래, 다시 한 번 말하지만, 길은 하나가 아니라고. 여러 갈래야.

그중 직접 걸어온 길만이 나중에 돌아봤을 때 유일했던 걸로 여겨지는 것뿐.

시간을 여행하는 방법 역시 마찬가지일세. 내가 좋아하는 어느 물리학자는 이렇게 말했지. "인간이 미래로 갈 수 있는 유일한 방법은, 그저 하루하루 살아가는 것뿐이다." 그러니 살아가게. 살아가라고. 그러면 마침내 알게 될 거야. 결국 자네가 다른 길을 찾아냈다는 것을.

아, 이런. 벌써 시간이 이렇게 됐군.

더 이상 지체할 수가 없네그려. 놈들이 따라붙기 전에 이곳을 떠나야 하니까.

그럼, 잘 있게. 아마 운이 좋다면, 우리 언젠가는 다시 만날 수 있지 않겠나, 응?

그땐 맥주와 햄을 실컷 먹으며 그간의 회포를 풀어보자고.

17
스푸트니크 3호의 가능성

담배를 다 피운 아르바이트생이 PC방으로 돌아온다. 그러나 곧장 자기 자리로 가는 대신, 계단 입구에 서서 스마트폰을 만지작거린다. 고민이라도 있는 듯 깊은 한숨을 내쉬던 그가 문득 고개를 들고 골목길 위의 비좁은 하늘을 올려다본다. 물론 거기에 별이 가득하다거나, 혹은 가느다란 초승달이 애잔하게 떠 있다거나 하는 따위의 일은 없다. 그저 검고 막막한 공간만이 끝없이 펼쳐져 있을 뿐이다. 그런데 그 순간, 아르바이트생의 눈에 서쪽에서 동쪽으로 하늘을 가로지르며 빠르게 휙 지나가는 뭔가가 들어온다. 잠깐. 저게 뭐지? 그는 속으로 중얼거리지만, 곧 자신이 헛것을 본 걸지도 모른다는 생각에 사로잡힌다. 음성이 들려온 건 그때였다. 그 목소리는 너무 작아서 잘 들리지도 않지만, 왠지 그에겐 무척이나 낯익다. 뭐라고? 잘 들리지 않아. 다시 한 번만 말해주겠어? 얼마나 시간이 흘렀을까. 이번엔 좀 더 또렷한 음성이 머릿속 어딘가 깊은 곳에서 울리듯 들려온다. *그건, 스푸트니크 3호야. 1950년대 후반 소련이 지구 밖으로 연달아 쏘아 올렸던 여러 개의 인공위성 중 하나지.* 말도 안 돼. 아르바이트생은 고개를 젓는다. 사실, 얼마 전 그는 스푸트니크 3호에 대해 검색해본 적이 있다. 노트에 계속해서 구소련의 그 인공위성이 언급되기 때문이다.

하긴, 우연히 손에 들어온 그 이상한 공책이 아니었더라면 그는 그런 이름의 위성이 있었다는 사실조차 모른 채 살아갔을 게 틀림없다. 세상은 오직 1등만을 기억한다고 외치던 어느 기업의 오래된 광고 카피처럼, 처음 발사됐던 스푸트니크 1호 외엔 아무것도 알지 못했을 거라는 뜻이다. 따라서 그 노트가 없었다면 그는 또한, '스푸트니크'가 러시아어로 '동반자'라는 뜻을 가졌다거나, 혹은 그 우주선이 지구 밖에 머물던 내내 지상으로 "삐— 삐—" 하는 단조로운 신호를 보냈다는 사실도 당연히 몰랐을 것이다. 그러나 그는 그 기이한 노트를 손에 넣었고, 그리하여 생각지도 못했던 것들을 꽤 많이 알게 됐다. 예를 들자면, 그가 태어나기도 훨씬 전 이 땅의 어느 도시에서 벌어졌던 학살극 같은 것들. 노트를 읽기 전 아르바이트생은, 그 사건이 실제일 거라고 생각해본 적이 없었다. 그에게 그것은, 믿고 안 믿고의 문제가 아니라, 믿어지느냐 믿어지지 않느냐의 문제였다. 그러니까 교과서나 역사책, 혹은 어쩌다 돌리는 채널에서 방영되는 다큐멘터리에서나 언급되는 사건일 뿐, 현실적으로는 아무 감정도 느껴지지 않는 흘러가버린 과거에 불과했다는 뜻.

그러나 이제는 역사책의 종잇장 위에나 적혀 있던 그 일이, 입체적인 형태를 띠고 그에게 다가왔다. 왜냐하면 모든 것은 실제로 일어났던 일들이기 때문이다! 그걸 알았을 때, 아르바이트생은 두려움에 떨었다. 노트 속 남자의 아버지가 그곳에서 저지른 끔찍한 짓들은, 초현실적인 공포 그 자체였으니까. 그는 사람을 죽였다. 그것도 아주 많이. 아무 이유 없이. 어떤 죄책감도 가지지 않고. 그러고도 모자라 스스로를 반인반수의 괴물 새에게 제물로 바쳤고, 마침내는 가족 모두를 이끌고 지옥으로 향하는 붉고 어둠침침한 문을 통과했던 것이다. 따라서 스티브가 내린 결단은 어쩌면 최선이었을지도 모른다. 망가져버린 과거를 바로잡기 위하여 그가 신들과 했던 거래를 생각하며, 아르바이트생은 다시 한 번 긴 한숨을 내쉬었다. 과연 그는 성공했을까? 그러다가 갑자기 아르바이트생은 머리를 흔들었다. 지금 내가 뭐 하는 거지? 노트에 적힌 건 진짜가 아니라고. 그런 일이 일어났을 리 없잖아. 신들이 내려오고 인간에게 메시지를 보낸다? 이게 말이 되냐고. 그는 자기가 너무 오래 혼자서만 틀어박힌 채 공상에 빠져 지내왔다는 사실을 인정했다. 이젠 뭔가 좀 달라질 시간이었다. 그렇지만 그러기 전에, 즉 완전히 달라지기 전에, 그에겐 해야 할 일이 하나 있었다. 이 번역본을 아이에게 전해주는 것. 노트를 쓴 남자의 마지막 소원은 그거였다. "제발 이걸 전해줘. 그래야만 아이가 알게 될 테니까. 자신의 지나가버린 미래를." 그러므로 이야기가 진짜든 그렇지 않든, 그는 이걸 소년에게 가져다줄 생각이었다. 노트를 믿고 안 믿고는 이제 아이의 몫이 될 테고, 그는 이 지긋지긋한 일에서 손을 떼게 될 터였다. "야, 정신 차려. 그따위 짓에 허비할 시간이 있으면 알바라도 하나 더 뛰는 게 어때?" 몇 안 되는 친구들 중 하나가 반지하방에 찾아왔다가 이런 충고를 한 적도 있지만, 그는 요지부동이었다. 그리고 훗날, 그 친구는 이렇게 말하며 깊은 한숨을 내쉬게 된다. "녀석의 고집은 정말 아무도 못 말렸어요. 도대체 그깟 노트가 뭐라고……."

스푸트니크 3호에 대한 얘기로 되돌아가자면, 아르바이트생은 위키백과 덕분에 1.3톤이나 되는 거대한 강철 위성의 말로에 대해 많은 지식을 가지게 됐다고 할 수 있다. 백과에 의하면, 그 커다란 인공위성은 그래도 꽤 오랫동안 지구 주위를 공전했다. 기껏해야 6개월 정도 버티다가 추락해버린 다른 위성들과는 확연히 달랐던 것이다. 그러나 뭐든 시작이 있으면 끝도 있는 법. 당연히 스푸트니크 3호에도 최후의 시간은 다가왔다. 1960년 봄, 소련 우주국의 과학자들은 벌써 만 2년째 일정한 시간마다 삐— 삐— 하는 신호를 지구로 보내오던 인공위성의 움직임이 눈에 띄게 오락가락한다는 것을 발견했다. 그들은 서로를 쳐다보며 어깨를 으쓱했다. 때가 된 것이다. 그로부터 며칠 뒤, 스푸트니크 3호는 우주에서 영원히 사라졌다. 대서양 어딘가에 떨어지긴 했지만 정확히 어느 지점인지 밝혀지지 않은 건, 아마도 별것 아닌 일조차 온통 극비사항으로 치부해버리곤 했던 소련 특유의 비밀주의 때문일 거라고 위키백과의 편집자는 덧붙이고 있었다.

하지만 그럼에도 불구하고, 그날 밤, PC방 골목 위의 좁아터진 하늘을 올려다보던 아르바이트생의 눈에 띄었던 그 뭔가는 분명 스푸트니크 3호였다. 처음엔 믿지 않았지만, 잠시 후 한 번 더 그 반짝이는 것이 휙 스쳐 지나갈 때 아르바이트생은 보고 말았다. 인공위성의 강철 몸체 오른쪽 구석에 그려진 소련 국기—빨간 바탕에 낫과 망치가 엇갈리게 놓여 있는—를. 말도 안 돼! 아르바이트생은 이렇게 외쳤는데, 중요한 건, 그 순간 또다시 목소리가 들려오기 시작했다는 사실이다. 이번에 그 소리는 한층 더 엄숙했으며, 동시에 환상적이고 부드러웠다. 마치 귓가에 누군가가 입술을 갖다 대고 속삭이는 것처럼, 목소리가 나지막하게 중얼댔다. *맞아. 그건 스푸트니크 3호야.* 아르바이트생은 다시 한 번 고개를 저었다. 그럴 리가. 스푸트니크 3호는 1960년에 추락했어. 내가 찾아봐서 잘 안다고. 그러자 목소리가 다시 대답했다. *세상은 그렇게 단순한 곳이 아니야. 그러니까 내 말은, 한 가지 사건에 한 가지 시간의 흐름만이 존재하는 것은 아니라는 뜻이지.* 그게 무슨 말인가요? 도저히 모르겠어요. 요 며칠, 저놈의 노트 때문에 난 폐인이 됐어요. 그런데 이젠 수십 년 전 추락한 인공위성이 저기 떠 있다는 것까지 믿으라고요? 그러자 목소리가 깊은 한숨을 내쉰다. *너는 정말 모른 척할 생각인 건가?* 뭘 말인데요? 아르바이트생이 다시 물었지만, 목소리는 아무 대답도 하지 않는다.

그는 귀를 기울인 채 소리가 들려오길 기다린다. 그러나 사방엔 오직 정적뿐. 그럼 그렇지. 마침내 아르바이트생이 고개를 끄덕인다. 역시 이번에도 환청이 들려온 것이다. 다람쥐 탈을 쓰고 일을 한 얼마 뒤부터 그는 이상한 증세에 시달려왔다. 갑자기 어지러워지면서 귓속에서 수많은 사람의 말소리, 속삭이거나 웃는 소리, 돌 굴러가는 소리, 바람 부는 소리, 노랫소리, 때론 폭풍우 몰아치는 소리 같은 게 시도 때도 없이 들려오기 시작했던 것이다. 그나마 아직까진 환각을 본 적이 없다는 사실이 아르바이트생에겐 유일한 위안이었다. 하지만 에버랜드 입구에 서 있는 플라스틱 나무 아래에서 소년이 솟아나는 걸 본 순간, 그 마지막 믿음마저 무너져 내렸다. 단단하고 견고하던 내면의 한 부분이 허무하게 부스러졌다고나 할까. 만약 이 노트가 아니었더라면, 그는 벌써 병원을 찾아갔을 것이다. 소년을 발견했던 다음 날 아침, 아르바이트생은 뒤숭숭한 꿈속에서 눈을 떴고, 머리맡을 더듬어 생수병을 찾아 벌컥벌컥 물을 마신 다음, 서둘러 옷을 챙겨 입었다. 병원에 가서 모든 걸 털어놓고—최근 시달리고 있던 각종 이상한 증세에 대하여— 약을 처방받아 온 뒤 며칠이라도 쉴 계획이었던 것이다. 그렇지만 건강보험증을 찾아 주머니에 넣고 신발을 신던 그의 눈에 노트가 들어왔다. 처음엔 당연히 노트에 대해 아무것도 기억하고 있지 못했다. '이게 뭐지?' 그는 현관 바닥에 떨어져 있던, 낡고 오래된 데다 물에 젖었다 말랐는지 울퉁불퉁하게 변해 있는 공책을 한 장씩 넘겨봤다. 그러다가 그게 전날 나무 밑에서 나타난 소년이 품에 안고 있던 거라는 사실을 떠올렸다. 몇 줄을 읽다 말고, 그는 자기도 모르게 신발을 벗었고, 노트에서 고개도 들지 않은 채 좁은 자취방으로 도로 들어왔던 것이다.

물론, 아르바이트생이 처음부터 자기가 본 걸 믿지 못했던 건 아니다. 그는 자신이 제대로 봤다고 믿었고, 그렇기에 미아보호소와 지구대 사무실에서 똑같은 증언을 했다. 그러나 그날 밤 늦게 집으로 돌아와 스마트폰을 들여다보던 그는, 퍼뜩 낮의 일을 떠올리고는 고개를 갸우뚱했다. 이거 좀 이상하잖아. 도대체 어떻게 사람이 나무 밑에서 솟아날 수 있지? 아르바이트생은 눈을 감고 낮에 본 광경을 초 단위로 끊어서 회상했다. 그래, 화장실에서 나왔을 때 갑자기

회오리바람이 일었고, 그 속에서 아이가 스르르 솟아났지. 그런데 내가 본 게 정말 확실한 걸까? 혹시 아이는 원래부터 그냥 거기 서 있던 게 아닐까? 아니, 그보다도, 지금 내가 깨어 있긴 한 건가? 혹시 그 선배처럼 꿈속을 헤매고 있는 거 아니야?

동물 탈을 쓴 채 너무 오래 버티다가 탈수와 현기증 때문에 정신을 잃었던 선배의 이야기를 떠올리며, 아르바이트생은 부르르 몸을 떨었다. “오늘부터 새로 일하게 됐어요.” 그가 인사를 했을 때, 마침 입고 나갈 동물 의상을 손질하고 있던 선배는 손을 내저으며 말렸다. “야, 지금이라도 그만둬. 진짜 힘들거든. 그냥 탈 쓰고 춤만 춘다고 되는 일이 아니야.” 실제 나이보다 훨씬 들어 보이는 얼굴을 가진 그 선배는—선배에겐 미안한 얘기지만, 아르바이트생은 그가 적어도 30대 중반은 됐을 거라 믿었다. 나중에 알고 보니, 그는 겨우 20대 중반에 불과했다— 자기 노안老顔의 이유가 다 이 아르바이트 때문이라며 씁쓸히 웃었다. “난 동물 탈을 쓴 채 20대 초반을 다 보냈어. 사실, 처음엔 이렇게 될 거라곤 상상도 안 했지. 말이 되냐? 이런 털옷 속에서 그 긴 시간을 보낸다는 게? 그런데 너, 내가 이 일 하면서 몇 번 쓰러졌던 거 아냐?” “그래요? 왜요?” 그가 묻자, 선배는 별일 아니었다는 듯 담담한 어조로 말을 이어갔다. “헌데 진짜 겁나는 게 뭔지 알아? 그건, 내가 쓰러지고도 쓰러진 줄을 전혀 몰랐다는 사실이야. 난 쓰러진 채로 노래하고 춤도 추고 밥도 먹고, 하여간 할 건 다 했어.” “에이, 그게 말이 돼요? 어떻게 그럴 수가 있죠?” 믿어지지 않아 재차 되묻자, 선배가 킬킬 웃었다. “어디서 들은 건데, 열사병으로 정신을 잃으면 현실과 똑같은 꿈을 꾼다더라고. 하긴, 나도 쓰러지던 순간 아무것도 몰랐으니까. 내가 여전히 토끼 탈 속에서—그땐 토끼로 분장한 채 아르바이트를 하고 있었거든— 춤추고 노래하고 있다고 믿었던 거지. 환상 속에서 난 수학여행 온 학생들 사이에 껴서 손으로 브이를 그린 채 사진을 찍기까지 했어. 다만, 평소와 달랐던 점이 한 가지 있다면…… 이상하게 몸이 가벼웠다고나 할까. 그래, 진짜 진공 속을 떠다니는 것 같았어. 어쩌면 그래서 더 신이 났던 것도 같아. 다른 땐 매일 물먹은 솜처럼 축 처져 있었는데, 몸이 솜털처럼 가벼우니 얼마나 즐거웠는지 몰라. 이런 컨디션이라면 투잡도 거뜬하겠다는 생각에 갖가지 희망적인 계획도 세워봤으니까. 하여간 환상 속에서 난 신나게 뛰어다녔어. 그때 누군가가 날 잡고 마구 흔드는 거야. 처음엔 그 손을 그냥 뿌리쳤어. 너도 앞으로 해보면 알겠지만, 탈을 쓰고 있으면 그야말로 별별 놈들이 다 와서 건드리거든. 심지어 주먹으로 배를 치고 가는 인간도 있고 말이야. 어떡하긴 뭘 어떡해. 참아야지. 친절이 우리 모토라는 거, 잊진 않았겠지? 어쨌거나, 그래서 난 그때도 웬 미친놈이 날 못살게 구는 거라 여겼을 뿐이야. 이봐, 학생, 눈 좀 떠봐. 어렴풋이 이런 말도 들려왔는데 난 아랑곳하지 않았어. 하지만 놈은 집요하게 날 흔들었어. 결국 더 이상은 참을 수 없게 된 내가 외쳤지. 아, 씨발, 대체 어떤 새끼야. 그때 내 앞에 갑자기 낯선 얼굴이 보이더라고. 그는 하얀 가운을 입고 음울한 표정으로 날 내려다보고 있었어. 깜짝 놀라 주위를 둘러보니, 거긴 놀이공원도 아니었어. 난, 사방이 새하얀 벽으로 막혀 있는 데다 아무 소리도 들리지 않는 조용한 방에 누워 있었던 거야. 팔에 주삿바늘이 꽂혀 있다는 걸 알아챈 것도 그때였어. 당신 누구야? 여긴 어디고? 난 몸을 일으키려고 애쓰며 물었어. 하지만 가운을 입은 남자는 아무 말도 하지 않았어. 다만 주머니에서 조그만 펜 같은 걸 꺼내더니 딸칵 소릴 내며 내 눈앞에 불빛을 비출 뿐이었지. 그것 좀 꺼줄래요? 너무 눈 부시다고요. 그렇지만 역시 남자는 한마디 말도 하지 않았어. 그저 고개만 한 번 끄덕이더니, 뒤에 있는 누군가에게 이렇게 말하더군. 이제 의식이 돌아왔습니다. 그날은 저녁 늦게까지 그 방에 누워 있었어. 가운 입은 남자가 나가고 난 뒤 들어온 간호사가 내게 간단히 설명해줬지. 여자는 내가 토끼 탈 속에서 땀을 너무 많이 흘린 끝에 쓰러졌던 거라고 했어. 뭔가를 물으려 하자, 간호사가 고개를 젓더군. 아마 말할 힘도 없을 거예요. 어쨌든, 오늘은 링거를 맞으며 푹 쉬세요. 염화나트륨 수액과 포도당을 섞은 거니, 좀 기운이 날 거예요. 난 힘없이 고개를 끄덕였어. 그래서 어떻게 됐냐고? 뻔하잖아. 다음 날부터 아무 일도 없었다는 듯 다시 토끼 탈을 쓰고 일했지. 그런데, 사실 이런 얘긴 안 하려고 했는데 말이야…….” 한참 동안 떠들던 선배는 갑자기 말을 멈추더니 옆에 있던 생수병의 물을 벌컥벌컥 마셨다. “후우…… 이건 너한테만 하는 얘기니까 그냥 웃어넘겨도 좋아. 속으로 미친놈이라고 생각해도 상관없고. 솔직히 말해서, 난 그 일 이후로 한동안 좀 기분 나쁜 증세에 시달렸어. 진짜 깨어 있는 건지, 아니면 여전히 쓰러진 채로 꿈을 꾸고 있는 건지 도무지 구분이 안 됐거든. 아, 그래, 마음껏 비웃으라고. 그렇지만 이런 느낌, 겪어보지 않은 사람은 절대 모르거든. 좀 더 쉽게 설명하자면, 그건 이런 기분이라고 생각하면 돼. 마치 영원히 깨어나지 않을 자각몽 속에 빠져 있는 느낌? 그러다가 하루는 진짜 오싹한 경험을 하게 됐는데, 한번 들어볼래? 그러니까 그 일—토끼 탈을 쓴 채 쓰러졌던 일—을 겪은 지 한 달 정도 지났을 즈음이었는데, 어느 날 밤 꿈속에서 난 내가 꿈을 꾸고 있는 중이라는 걸 깨달았지. 즉, 자각몽을 꾸게 됐다는 뜻이야. 너도 그런 꿈을 꿔봤는지 모르지만, 사실 그게 굉장히 신나는 경험이거든. 현실에선 불가능한 일들을 꿈에선 마음껏 해볼 수 있는 데다, 몸도 자유자재로 움직일 수 있으니까 말이야. 하여간 그날도 꿈속에서 난 멋대로 이리저리 막 뛰어다니고 지상으로부터 수 미터 높이까지 붕붕 날아올랐어. 트램펄린 위에서 뛰는 것처럼 몸이 가볍더라고. 그때 내 앞에서 갑자기 길이 끊긴 거야. 조심스레 걸어가 아래를 내려다보니, 깎아지른 듯한 절벽 밑에 시퍼런 파도가 철썩철썩 몰아치고 있지 뭐야. 처음엔 멈칫했어. 아무리 꿈이라고 해도, 그 정도로 검푸르고 깊은 물을 보면 본능적으로 겁을 먹게 마련이니까. 그러다가 문득 생각해보니, 그런 내가 너무 바보 같은 거야. 난 혼잣말로 외쳤어. 그래, 한번 해보자고. 어차피 꿈속인데 겁먹을 필요가 어디 있어? 난 심호흡을 하고 두 팔을 위로 들어 올렸어. 그래, 네 생각대로야. 난 그때 벼랑에서 망망대해를 향해 날아오를 계획이었던 거지. 하늘을 자유롭게 날아다니는 건 자각몽을 꿔본 사람이라면 누구나 가장 선망하는 일이니까 말이야. 그때였어. 누군가가 뒤에서 날 잡아당기는 거야. 돌아보니, 웬 얼굴이 쭈글쭈글한 노인네가 내 옷을 잡고 있었어. 여기서 뛰어내리면 죽는다고 소리치더군. 비록 꿈속이었지만 난 화가 났어. 할아버지, 도대체 왜 이러세요? 그냥 두라고요. 어차피 꿈이라 상관없다는 거, 모르세요? 그런데 노인이 갑자기 내 따귀를 친 거야. 와, 진짜 깜짝 놀랐어. 다 늙은 노인네가 어디서 그런 힘을 냈는지, 눈에 불이 번쩍하더라고. 너무 아파서 얼굴을 감싸 쥐고 있자, 노인이 말했어. 젊은이, 혹시 이런 말 기억하나? 꿈에선 꼬집거나 때려도 아픈 걸 느끼지 못한다고. 하지만 자넨 지금 아파서 어쩔 줄 모르고 있어. 그렇다면, 이건 꿈인가, 생시인가? 응? 그제야 난 정신을 차렸어. 뭐라고요? 이게 꿈이 아니라고요? 뒤를 돌아보자, 천 길 낭떠러지가 펼쳐져 있고 그 아래선 검푸른 물결이 넘실대고 있더군. 순간 난 온몸이 굳어버렸어. 한동안 부들부들 떨다가 거의 기다시피 해서 거기서 나왔지. 겨우 안전한 곳까지 오자 팔다리의 힘이 쭉 빠지더군. 난 주저앉은 채 내 볼을 다시 한 번 꼬집어봤어. 진짜 엄청나게 아프더라고. 너무 얼얼해서 눈물이 핑 돌 정도였다니까. 그리고 그제야 나는 내가 있는 장소를 알아차렸어. 난 천호대교 난간 앞에 서 있었던 거야. 글쎄, 모르지, 어떻게 거기까지 갔는지는. 중요한 건, 가는 내내 내가 꿈을 꾸고 있다고 확신했고, 그래서 그 마지막 순간에도 정말 아무렇지도 않게 뛰어내릴 준비를 하고 있었다는 사실이야. 문득 날 구해준 노인이 떠올라 주위를 두리번거렸지만, 이미 보이지 않았어. 그러고도 한참 동안 더 가만히 앉아 있다가, 일어서서 옷에 묻은 흙먼지를 턴 다음, 터덜터덜 걸어서 집으로 돌아왔어. 아마 그때부터였을 거야. 내가 점점 더 두려움에 휩싸이게 된 것은. 뭘 해도 내 주위를 둘러싼 공기를 믿을 수 없었고, 꿈을 꾸게 될까봐 겁나서 잠도 거의 잘 수 없게 되었지. 어때, 오싹하지 않아?" 선배는 빈 생수병을 찌그러뜨리더니 벌떡 일어섰다. "이제 가봐야겠다. 어차피 넌 내가 말려도 이 일을 할 테고, 그러니 조심해. 물 꼭 챙기고. 언제든, 뭔가 좀 이상하다, 내가 꿈을 꾸고 있는 건지 아닌지 헷갈린다, 이런 기분이 들면 뒤도 돌아보지 말고 관두라고. 알았냐?" 그때 아르바이트생은 얼떨결에 고개를 끄덕였지만, 막상 다람쥐 모양의 털옷을 입었을 땐 생수를 챙긴다든가 하는 일을 모두 잊고 말았다. 의외로 옷이 타이트해서 생수병을 넣어둘 만한 공간도 없었을뿐더러, 첫날부터 정신없이 바빠서 그런 걸 챙길 겨를이 없었기 때문이기도 했다. 토끼 탈을 쓴 선배에 대해서도 까맣게 잊고 지냈는데, 아르바이트를 시작한 지 일주일 정도 지났을까, 오전 일을 마치고 점심을 먹으러 가는 길에 건너편에서 누군가가 손을 흔들기에 보니, 희고 거대한 토끼 한 마리가 거기 서 있었다. 그는 그게 선배일 거라고 확신했다. 두 손을 들고 흔들자, 토끼는 잠깐 동안 가만히 있더니 서둘러 자기 갈 길을 가버렸다. 선배의 소식을 마지막으로 들은 것은 그다음 날 저녁이었다. 그날 역시 일을 마치고 파김치가 되어 땀에 젖은 면 티셔츠를 선풍기 바람에 말리고 있는데, 옆에 있던 동료가 기린 탈을 벗으며 말을 걸었다. "너 창식이 형 소식 들었어?" 무슨 일이 있냐고 묻자, 동료가 대답했다. "어젯밤 PC방 옥상에서 뛰어내렸다더라. 그래서 오늘 안 나왔대. 그것 때문에 저쪽 팀은 완전 비상이라, 팀장님이 직접 탈을 뒤집어쓰고 하루 종일 쇼를 했다는 거야." "창식이 형은? 괜찮대?" 아르바이트생이 깜짝 놀라 벌떡 일어서자, 동료가 고개를 저었다. "괜찮을 리가 있어? 4층 높이에서 뛰어내렸는데. 죽진 않았는데, 심각한가봐. 아직까지도 의식이 없다는 걸 보니 말이야." 그 뒤로 아르바이트생은 선배를 더 이상 보지 못했다. 한 번인가, 문병을 다녀온 팀장에게 들었는데, 그는 여전히 의식을 되찾지 못하고 있으며 의료진도 거의 포기한 상태라는 것이었다. 하지만 아르바이트생은 팀장이 문을 닫고 나가며 중얼거린 말을 지금까지 기억하고 있었다. "그런데 얼굴은 진짜 행복해 보이더라, 이거야. 거참 이상하지?"

문득 아르바이트생은 선배의 말을 듣지 않고 이 일을 하기로 마음먹었던 걸 후회한다. 생각해보니 언젠가부터 그 역시 자꾸 현실과 환상을 헷갈리고 있다. 마치 그날 오후 소년을 발견했을 때처럼 말이다. 머릿속에 떠오른 생각이 타인의 목소리처럼 들려오기도 하고, 혹은 그저 상상에 불과한 일들이 뇌 한구석에 새로운 기억처럼 새겨지기도 한다. 게다가 더 당황스러운 건, 그렇게 자리 잡은 기억들이 마치 실제처럼 작동한다는 사실이었다. 가짜 기억들은 그의 해마를 거쳐—언제던가, 한밤중에 자지 않고 텔레비전을 보다가, 그는 '뇌는 어떻게 기억을 저장하는가'라는 제목의 다큐멘터리를 본 적이 있었다. 신기하게도 반쯤 졸면서 봤던 그 프로그램을 모두 기억할 수 있었는데, 그에 의하면, 밤마다 뇌는 낮의 경험들을 장기기억과 단기기억으로 분리하는 복잡한 작업을 수행한다는 것이었다. 대뇌와 간뇌, 소뇌 사이에 위치한 자그마한 기관인 해마가 그 일을 해내는 중요한 장소였는데, 그곳을 통해 분류된 기억들은 각각 자신들에게 할당된 카테고리로 가서 '기억'의 일환으로 저장된다는 게, 그 다큐멘터리의 주된 내용이었다— 대뇌 어딘가에 단단히 자리를 잡았다. 그에겐 담배를 피우거나 술을 마시며 과거를 회상하는 버릇이 있었는데, 최근 들어서는 그 모든 것들이 그가 정말로 겪거나 알고 있던 건지, 아니면 단지 상상과 환상, 허구—그런 상상과 환상, 허구 중엔 그 이상한 노트로부터 나온 것들도 꽤 많았다—에 의해 이차적으로 만들어진 것인지 알지 못해 애를 먹는 일이 잦았던 것이다.

정말로 모른 척할 생각인가? 좀 전까지 자기에게 말을 걸어오던 존재가 환청—아마도 아르바이트 때문에 생겨난 만성 탈수와 미네랄 결핍에서 유래한 것이 확실한—으로 인한 망상임에 틀림없다는 결론을 내린 아르바이트생이 고개를 저으며 뒤돌아서는 순간, 또다시 그 목소리가 들려오기 시작한다. 도대체 왜 이러는 거야? 제발 입 좀 닥치라고. 이제 더 이상 네 말—네놈이 누구든 간에—은 듣고 싶지 않으니까. 그리고 잘 들어둬. 그 노트는 내다 버릴 예정이야. 아니, 아예 불태워버릴지도 모르지. 이게 다 그 공책 때문에 생긴 일이니까! 자기도 모르게 허공에 대고 소릴 지르던 아르바이트생은, 문득 계단참에 선 채 그를 빤히 올려다보던 초등생과 눈이 마주친다. "뭘 봐?" 그가 눈을 부릅뜨자, 아

이는 얼른 계단을 뛰어올라 PC방 안으로 사라진다.

아르바이트생은 초등생의 뒷모습을 물끄러미 쳐다보다가 두 손으로 관자놀이를 누른다. 그래, 내일이라도 당장 그만둬야겠어. 돈을 조금 덜 받더라도 열사병 같은 건 걸리지 않을, 그런 일자리를 구해야지. 이상한 노트 따윈 갖다 버리고, 이제 완전히 새롭게 살아보는 거야. 그만뒀던 공무원 시험 공부를 다시 시작하는 건 어떨까? 하지만 그 순간, PC방 건물과 다닥다닥 붙어 있는 고만고만한 지붕들 사이로, 뭔가 반짝이는 것이 또 한 번 휙 가로지른다. 문득 어릴 때 읽었던 『뉴턴』 한국어판의 한 문단을 떠올린 아르바이트생은—거기엔 우리가 유성流星이라고 믿고 있는, 밤하늘을 가로지르는 발광체의 거의 대부분이 사실은 인공위성이라는, 당시로서는 무척이나 놀라운 내용이 적혀 있었다— 자기도 모르게 그 빛나는 뭔가에 손을 흔들었는데, 그때 놀라운 일이 벌어진다. 인공위성이 성층권과 대기권을 뚫고 순식간에 눈앞으로 다가오더니 투박하면서도 우아한 자신의 몸체를 드러냈기 때문이다. 아르바이트생은 깜짝 놀라 한 걸음 뒤로 물러서면서도 강철로 만들어진 위성의 옆면에 새겨진 다음과 같은 문자를 놓치지 않는다.

спутник Ⅲ

구글 검색을 하도 자주 했던 통에, 그는 그게 '스푸트니크 3호'라는 뜻을 가진 키릴문자라는 것도 이미 알고 있다.

하여간 아르바이트생이 인공위성과 조우했던 시간은 그리 길지 않았다. 아니, 더 정확히는, 거의 찰나와도 같았다. 그럼에도 불구하고 그는 그 짧은 순간에 생각을 바꿔버린다. 결심이라도 한 듯 긴 한숨을 한 번 내쉰 다음, 아르바이트생은 주머니에서 스마트폰을 꺼내 든다.

18
어젯밤에 생긴 일

※ 부록 3

신이 파충류라는 사실은 21세기 벽두에 사상 최대의 혼란을 불러일으켰다. 적어도 지구 차원에선 그랬다. 신이, 척추동물문門에서도 포유류, 그중에서도 호모 사피엔스 사피엔스를 닮았을 거라고 믿어 마지않았던 인간들에게, 신이 파충류라는 사실은 그야말로 충격적이리만큼 황당한 사건이었다. 그들은 지구를 뒤덮은 거대한 파충류 무리가 신이 아님을 증명하기 위해 노력했다. 그러나 그것은, 양서류나 어류가 신이 될 수 없음을 증명하는 것과 마찬가지로 불가능한 명제였다. 사실, 신이 파충류여서는 안 될 특별한 이유가 없다는 것이 가장 큰 문제였다. 게다가, 만약 신이 파충류가 아님을 증명하는 데 성공한다 해도, 결국 신이 곤충이나 갑각류, 혹은 하다못해 연체동물문이 아님을 증명해야 할지도 모른다는 불안감이, 그간 신은 호모 사피엔스를 닮았을 거라고 추호도 의심치 않고 믿어왔던 자들을 엄습했다. 그런 의미에서 21세기는 불안의 시대였다고도 할 수 있다.

지금 생각하면 이상한 일이지만, 지구에서 인간이라는 종이 번성하여 온 땅을 뒤덮기 시작하던 어느 순간부터, 그들은 무슨 연유에선지 신 또한 자기들과 같은 얼굴과 손과 발을 가졌을 거라고 당연하게도 추측해버렸다. 자신들 역시 단 한 번도 신의 얼굴과 손과 발을 본 적이 없음에도 불구하고 말이다. 신이 호모 사피엔스 사피엔스일 거라고 간절히 믿기 위하여 그들은 기이한 역설을 하나 만들어냈는데, 그것은 신이 자신과 닮은 모습으로 인간을 창조했다는 가설이었다. 그러나 신은 또한 알고 있었다, 인간들이야말로 스스로와 닮은 모습으로 신을 만들어냈다는 사실을.

— 즈웨데 틸루* 著, 『신들의 기억』 서문에서

(전략) 그들은 그동안, 그러니까 그 오랜 세월 동안 인류가 상상해왔던 것과는 많이 달랐지만, 어쨌든 신은 신이었다. 그리고 그들이 나타남으로써 지구의 종교, 과학, 철학적 패러다임엔 엄청난 변화가 일어났다. 아니, 일어날 수밖에 없었다. 그게 좀 더 좋은 쪽이었는지 좀 더 나쁜 쪽이었는지는 후대의 역사가들이 판단할 문제이긴 하겠지만 말이다. 여하튼, 신의 현현으로 인해 가장 큰 변화가 생긴 건 역시나 식량 분야였다. 사람들은 갑자기 나타난 신 앞에서 보란 듯이 선행을 베풀었고—가까운 곳에 굶주리는 자들이 없으면, 그들은 비행기나 배를 타고 허위허위 먼 곳으로 이동해서라도 그런 이들을 찾아냈고 환히 웃으며 자신이 가진 걸 내놓으려 했다—결국 언제나 모자라던 식량은 급기야 남아도는 지경에까지 이르렀던 것이다. 고질적인 식량 부족과 기아, 그로 인한 제3세계의 치명적인 영아 사망률 같은 것들이 거의 대부분 해결되거나 사라지자, 세상 또한 거짓말같이 조용해졌다. 왜냐하면 그와 함께 덩달아 갖가지 국지전, 테러리즘, 전쟁의 공포, 이런 모든 것들이 자취를 감췄기 때문이다. 물론 이런 문제가 해결된 것에 대해 모두가 환영하고 좋아했던 것만은 아니다. 전 세계에 각종 무기를 공급하며 전쟁을 부추겨온 록히드마틴이나 보잉 같은 거대 군수업체들, 몬산토나 플랜트파워처럼 세상 모든 씨앗의 특허를 보유

하고 있던 다국적 종자회사들, 곡물의 수확량을 미리 점친 뒤 돈을 투자하는 수법으로 앉은 자리에서 웬만한 나라의 한 해 예산에 맞먹는 돈을 벌던 국제적 선물 투자가들(늙은 조지 소로스는 식량 문제가 완전히 해결된 다음 날 저녁, 자신의 사무실에서 정수리에 권총을 겨눈 채 부들부들 떨다가 발견됐다. 그는 비서들에게 끌려나가면서도 "날 죽게 내버려둬!"라고 소리쳤지만, 막상 아무도 말리지 않게 되자 슬그머니 총을 내려놓은 뒤 돌아앉아 어깨를 들썩이며 흐느꼈다고 하는데, 그러고 보면 세계 이곳저곳에 엄청나게 비싼 값에 밀을 공급하게끔 만들어 수많은 아이들의 생명을 예사로이 빼앗던 그 헤지펀드 투자가도 자기 목숨 하나를 날려버릴 용기는 끝까지 내지 못했던 게 확실하다), 식량 생산과 분배의 권한을 손에 쥐고 흔들던 몇몇 강대국의 수장들 및 빈곤과 기아 문제를 이슈로 삼아 책을 팔아먹던 일명 '구도자'들(그들은 배고픔과 공포로 눈이 퀭해진 채 멍하니 카메라를 응시하는 사람들의 사진을 찍은 뒤 거기에 '성스러운 눈빛'이라든가 '따뜻한 고통' 따위의 제목을 붙여 출판한 이들이었다), 그리고 경력을 쌓기 위해선 구호단체에서의 봉사활동이 필수였던 엘리트 젊은이들의 모임이나 할리우드 유명 배우들(굶주림과 빈곤에 시달리는 자들의 손을 한번 잡아주며 사진을 찍을 때마다 그들의 인기는 점점 치솟았으니까—그리하여 그들이 받는 말도 안 되는 출연료에 대한 의구심이 눈 녹듯 사라지곤 했으니까), 거기에 더하여 각국의 그리 유명하지 않은 정치인과 연예인들(만약 그 뼈만 남은 아이들이 모두 사라진다면, 도대체 어디 가서 눈물을 흘리며 그들을 꼭 끌어안고 있는 감동적인 영상을 찍어 내보낼 수 있단 말인가)까지 모두 나서서 눈앞에 나타난 '신'을 부정했고, 이 말도 안 되는 현상 뒤에 숨은 진실이 무엇일지 생각해보라고 공공연히 떠들었다. 그것은 무척이나 특이한 장면이었는데, 항상 세간의 관심과 주목의 대상이었던 그들(일군의 신 반대론자 무리들)이 이젠 전全지구적 규모의 아웃사이더로 전락하여 피켓이나 플래카드 같은 걸 들고 행진하는 모습은, 독특하다 못해 안쓰러워 보이기까지 했기 때문이다. 어쨌든 중요한 것은, 그러거나 말거나 신들은 별다른 동요를 보이지 않았으며 여전히 그 무심한 눈초리로 허공을 응시했을 뿐이라는 사실이다. 그들은 태곳적부터 지켜온 그 고집스러운 침묵을 고수했으며, 아마도 그것은 영원히 계속됐을 것이다. 만약 그들이 다시 승천하지 않았더라면 말이다.

— 같은 책, 본문 173-174페이지

* **즈웨데 틸루** : 탄자니아 잔지바르 출신의 과학사가 겸 신학자이다. 그가 남긴 유일한 저서인 『신들의 기억』은, 21세기 초반 지구를 휩쓴 거대한 신학적 혼란이 극복되고 신과 인간 사이의 관계가 새로이 정립되는 과정을 담은 역작이라 할 수 있다.

※ 부록 4. 칼럼 (2016년 1월 15일자 『위클리포커스 트루데』)

최근 SNS에 신들의 사진을 올리는 사람들이 화제다. 그들은, 식료품을 사기 위해 머리엔 두건을 뒤집어쓰고 여차하면 사용할 요량으로 뭔가 길고 뾰족한 무기가 될 만한 물건을 품에 지닌 채 밖으로 나갔던 용감한 이들이다. 오래전 미지의 대륙을 찾아 바다를 건너갔던 모험가들처럼, 그들은 온통 신으로 뒤덮인 거리나 논길, 밭길, 혹은 산길을 지나 가장 가까운 편의점까지 달려가 여러 가지 생필품을 사 왔다. 그러는 와중에 그들은, 신이 별다른 위협을 가하지 않는다는 걸 알게 됐고, 차츰차츰 그 괴이한 존재에게 가까이 다가갔으며, 마침내는 아주 가까이서 사진을 찍기에 이르렀던 것이다.

그런데 여기서 반드시 짚고 넘어가야 할 것은, 그보다 훨씬 용감한 사람들이 우리 곁에 있다는 사실이다. 비록 신의 강림을 다룰 역사책이나 각종 연구서엔 기록되지 못할지도 모르지만, 이 혼돈의 시절 시민들의 삶을 지켜주는 파수꾼이라고도 할 수 있을 그들은 바로, 편의점 아르바이트생과 배송 직원들이다. 신들이 떼를 지어 내려와 거리를 배회하든 말든, 그리하여 모든 이들이 집 안에 숨어서 절대 나오지 않든 말든, 그들은 커다란 탑차에 갖가지 생필품을 싣고 전국으로 달렸으며, 아침마다 편의점 유리문을 걸레로 닦으며 오지도 않는 손님을 기다렸던 것이다. 물론 그들이 과연 자발적으로, 그러니까 '우리라도 이곳을 지키지 않으면 안 된다'는 영웅적 책임감에 그런 일을 했던 건지, 아니면 잠시라도 쉴 경우 얼마 안 되는 시급마저 제대로 받을 수 없을 거라는 두려움이 너무 큰 나머지 그런 상황에서조차 출근을 감행해야 했던 건지는, 알 수 없지만 말이다. 대표적인 24시간 편의점 체인 '에브리 타임 에브리웨어'에서 3년간 근무해왔다는 한 아르바이트생(싱, 21세)은 "이런 상황에서 당신들을 일터로 나가게 해주는 원동력은 과연 무엇입니까?"라는 질문에 그저 어깨만 으쓱하더니 별다른 대답을 하지 않았다. 그러고는 매장 내 CCTV 쪽을 한번 쳐다본 뒤, 얼른 바코드 스캐너를 집어 들고 하던 일을 마저 하는 것이었다.

어쨌거나 중요한 것은, 신이 강림한 후 공포에 떨며 집 안에만 틀어박혀 있던 사람들이, 문이 열린 편의점이 있다는 걸 알게 된 뒤 차차 밖으로 나오기 시작했다는 사실이다. 처음엔 혹시라도 있을지 모를 신들의 공격에 대비해 무기가 될 만한 뭔가를 들고 나왔던 이들도 나중엔 그냥 빈손으로 편의점에 갔고, 거기서 갖가지 식료품과 생활용품을 구입했다. 비닐봉지에 여러 가지 물건을 가득 담아 들고 집으로 돌아오면서, 그들은 자기도 모르게 주머니에서 스마트폰을 꺼내 신들과 사진을 찍었고, 그걸 각자의 SNS에 올렸다. 놀라운 것은, 신들이 사진을 찍히는 일에 전혀 반발하지 않았다는 사실이다. 반발은커녕 오히려 신들은 인간과 사진 찍기를 즐기는 것처럼 보였다는 게, SNS에 사진을 올린 사람들의 공통된 의견이었다. "신은 내가 가까이 다가가자 약간 오른쪽으로 몸을 틀었어. 그건 마치…… 얼짱 각도로 사진을 찍기 위해 살짝 고개를 옆으로 돌리는 것처럼 보였지." 자기들의 계정에 '#신'이라는 해시태그가 붙은 사진을 올리며, 그들은 이런 말을 적어놓곤 했는데, 그런 견해에 대하여 저명한 신학자인 즈웨데 틸루는 다음과 같은 논평을 가하였다. "신과 함께 사진을 찍는 이들이 가장 많이 하는 오해가 바로 그것이다. 그들은 자신들이 셀카봉을 들고 사진을 찍을 때 신들이 그 거대한 몸을 카메라 쪽으로 살짝 돌리는 것에 대하여, 지극히 인간 중심적인 해석을 내린다. 하긴, 그런 이들을 뉘라서 탓할 수 있으랴. 애초부터 인간의 두뇌란, 모든 상황을 자신이 아는 한도 내에서만 받아들일 수 있도록 세팅되어 있는 기관인데 말이다. 다만 신학자이자 신 전문가로서 한마디 하자면, 우리는 왜 신들이 그런 포즈를 취하는지 영원히 알 수 없으리라는 것이다. 왜냐하면, 사진을 찍을 때마다 몸을 15도 각도로 뒤트는 이유는 오직 신의 뜻이며, 그것은 인간 인식의 한계 저 너머에 존재하기 때문이다." 물론, 이렇게 말한 즈웨데 틸루조차도 자신의 인스타그램에 먼 배경에 신들이 두엇 서 있는 사진을 하나 걸어두긴 했다. 사실 그건 어떻게 보면 무척이나 신비롭고 매력적인 사진이다. 거기서 신들은 한 덩어리의 검은 실루엣으로만 나타나 있고 뉘엿뉘엿 지는 석양은 그들의 머리에 자연스레 후광을 만들어주고 있기 때문이다.

그러나 이런 일부의 용감한 무리를 제외한 거의 대부분의 사람들은, 거대한 육식공룡을 닮은 신들이 돌아다니는 바깥세상으로 절대 나가려 하지 않는다. 물이 떨어지면 빗물을 그냥 받아 마시고 비누가 떨어지면 세수를 하지 않으며 쌀이 떨어지면 라면 부스러기나 건빵으로 버틸지언정, 결코 문밖으로 발을 내딛지 않는 것이다. 하긴, 어쩌면 그런 이들이야말로 인류 생존의 비밀을 움켜쥐고 있는 자들일지도 모른다. 쓸데없는 위험에 몸을 맡기지 않는 것. 언제 진노하여 커다란 입을 쫙 벌리며 바로 앞에 서서 셀카를 찍고 있는 인간을 꿀꺽 삼켜버릴지 알 수 없는 존재들 앞에 얼쩡대지 않는 것. 누군가는 인류문명의 발달이 그 종種 특유의 '파이어니어 정신'에 기인한다고 하지만, 기실 알고 보면 인간은 지구상의 그 어떤 동물보다도 안전제일주의자에 속한다. 그러한 성향이야말로 인류의 끝없는 번식과 생존을 가능케 해준 보루이자 성채였으니까. 따라서, 현재 각국 정부가 추진하고 있는 일종의 유사계엄령 상태에 대하여, 시민들은 동요하거나 불만을 가지지 말고 기꺼이 협조해야 할 것이다. 그들, 스스로 신이라고 칭하는 자들, 어스름 저녁이면 길고 음산한 그림자를 창밖에 드리운 채 길거리를 배회하는 저 수상한 존재들이 '선善'의 편에서 있음이 확실해질 때까진, 결코 마음을 놓거나 무모한 행동을 해서는 안 되리라는 것이다.

*

어젯밤 드디어 폰이 꺼졌어.

배터리가 다 닳아버렸다는 거지. 여분의 배터리 따윈 챙겨 오지도 못했어. 그럴 시간이 없었거든. 아니, 솔직히 말하면 깜빡하고 안 가져온 거지만. 물론 여기서 폰을 사용할 수 있을 거라고 생각한 적은 없어. 가장 원시적인 형태의 휴대폰이라도 손에 넣으려면, 적어도 40년은 더 기다려야 할 테니까. 하긴, 처음엔 아예 스마트폰을 짐에 챙겨 넣지도 않았었어. 신들도 내게 몇 번이나 충고했거든. 필요하지 않은 건 모두 버리고 가라고. 가벼우면 가벼울수록 더 잘 통과할 수 있다고.

그래, 신들의 조언대로 짐을 최소한으로 줄인 다음, 그걸 낡은 여행용 가방에 쑤셔 넣고 나서, 난 헤븐하우스 현관을 천천히 걸어 나왔어. 정말이야. 그때까진 아무것도 손에 들고 있지 않았다고. 그런데 마지막으로 그 오래된 연립주택을 뒤돌아본 순간, 갑자기 가슴 한구석이 말도 못하게 아파오는 거야. 어찌나 아픈지 숨을 쉬기도 어려울 정도였지. 오른손으로 심장 부근을 꽉 누르며, 난 정든 집을 올려다봤어. 지붕 너머로 펼쳐진 무겁고 눅눅한 황토색 하늘과 도축 공장의 거대한 회색 굴뚝들, 거기서 뭉게뭉게 피어오르는 비릿한 연기도 한참 동안 바라보았고. 과연 난 트루데를 잊을 수 있을까? 영원히 이곳을 떠난 뒤에도? 그때였어. 도저히 이렇게는 떠날 수 없다는 생각이 퍼뜩 든 것은. 결국 난 미친 듯이 계단을 뛰어 올라갔어. 녹슨 열쇠를 구멍에 넣고 돌리자, 철컥 하는 정겨운 소리와 함께 문이 열리더군. 폰은 아직도 여전히 그 자리에 있었어. 아까 내가 던져놨던 그 가죽 소파 위, 찌그러진 쿠션 옆에 말이야. 난 폰을 부드럽게 쓰다듬은 다음

소중히 주머니에 집어넣었어. 그런데 놀라운 건, 그 순간 심장이 찢어지는 듯했던 아픔이 모두 사라져버렸다는 사실이야. 게다가 갑자기 용기까지 마구 치솟더군. 정말이지, 이제는 아무런 두려움 없이 출발할 수 있을 것 같았어. 신들이 일러준 그 장소, 그 시간으로. 그를 찾으러.

「스마트폰을 챙겨 나오던 주인공이 갑자기 현관 앞에서 멈칫한다. 그는 마치 얼음이라도 된 듯 굳어서 신발을 신다 말고 그 자리에 가만히 서 있다. 주머니에 손을 찌른 채, 열쇠를 만지작거리며. 그러다가 크게 심호흡을 한 뒤, 뒤돌아선다. 주인공은 곧장 똑바로 걸어가 거실 한구석에 있는 낡고 오래된 철제 책상 앞에 멈춰 선다. 그러고도 한참을 망설이던 그는, 열쇠 꾸러미에서 가장 작은 열쇠를 골라낸다. 맨 아래 서랍을 열자, 거기엔 하얀 봉투들이 그득하게 쌓여 있다. 겉봉엔 모두 '브라이튼 아담스 카운티 교도소, 유정숙'이라는 발신인의 이름이 적혀 있다. 그는 편지를 잘 모아서 노끈으로 소중하게 묶는다. 그러면서 뭐라고 중얼거린 것도 같은데, 너무 작은 소리라 알아들을 수가 없다. 하여간, 그는 그렇게 묶은 편지 뭉치를 잠바 안주머니에 쑤셔 넣고는, 지퍼를 목까지 올려 채운다. 서랍을 도로 닫은 다음, 주인공은 드디어 밖으로 나간다. 마음이 편안해졌는지, 현관문을 잠그는 그의 얼굴이 평온해 보인다. 심지어는 열쇠를 돌리며 빙긋이 미소 짓기까지 한다.」

다시 밖으로 나와 문을 잠글 때, 마침 계단을 올라오고 있던 관리인 노파와 마주쳤지. 그녀는 날 보고 반가운 듯 웃더군. "뭐 기분 좋은 일이라도 있어? 아주 즐거워 보이는구먼." 열쇠를 지갑에 넣은 다음, 난 노파를 향해 세상에서 가장 친절하고 따뜻한 미소를 지어줬어. 어차피 저 할망구와도 영원히 이별이니까. 그런데 진짜 웃긴 게, 툭하면 잔소리나 퍼붓고 욕이나 날리던 그 노인네도, 앞으론 다시 볼 수 없을 거라 생각하니 괜히 서글픈 마음이 들더라는 거야. 그래서 난 이렇게 대답했지. "그러게요, 오늘은 이상하게 기분이 좋네요. 아, 그리고 미스 왕, 건강하세요! 앞으로도 오래오래 사시란 뜻이에요!" 내가 자기를 '미스 왕'이라고 불러주자, 노파가 활짝 웃었어. 새빨간 립스틱이 세로로 난 입술 주름을 따라 여기저기 번져 있었지만, 그날만큼은 그리 혐오스럽지 않더군. 자세히 보니, 턱과 인중은 푸르스름하고 수염까지 듬성듬성 돋아 있었는데, 그제야 난 그(혹은 그녀)가 정말 남자라는 걸 알게 됐어. 그렇다면 그/그녀가 진짜 트랜스젠더 스파이였다는 사실도 이젠 믿어야 하는 걸까? 그런 생각들을 하다가, 난 피식 웃었어. 아무려면 어때? 사람은 누구나 100퍼센트 완전하게 설명할 수 없는 불가해한 과거를 가지게 마련이잖아. 하여간 난 미스 왕에게다가 그/그녀의 비쩍 마른 볼에 입을 맞췄어. 그야말로 마지막 작별의 키스였던 셈이지. 노인은 잠시 어리둥절해하더니, 곧 활짝 웃으며 내 어깨를 두드렸어. "그래, 그래. 잘 다녀오게. 아마 모든 일이 잘 풀릴 거야. 그렇게 믿으라고." 솔직히 말해서, 관리인 노파가 그때 내게 왜 그런 말을 했는지는 나도 몰라. 마치 내가 이제부터 어디로 떠나 무엇을 할 건지 이미 다 알고 있다는 듯한, 그런 말. 물론 별 의미 없는 인사말이었겠지만, 그래도 진짜 중요한 건, 그/그녀의 말이 이상하리만치 마음을 따뜻하게 해줬다는 사실이야. 뜬금없이 목이 메어와, 난 대답 대신 고개만 끄덕였어. 그러고는 현관에 있던 트렁크를 끌고 최대한 빠르게 밖으로 걸어 나왔지. 왠지 조금만 더 꾸물댔다가는 영원히 출발할 수 없을 것 같은 기분이 들었기 때문이야.

여기 온 뒤론 최대한 배터리를 아꼈어. 사진을 보거나 메모장에 뭔가를 적을 때 빼곤 전원을 꺼두었지. 하지만 때론 나도 모르게 폰을 켜고는, 구티에레즈나 공장장 책의 전화번호를 누른 다음 귀에 꼭 붙이고 멍하니 앉아 있기도 했어. 신호가 가지 않을 것을 뻔히 알면서도 말이야. 전에도 말했지? 어떤 전파는 시공간을 뛰어넘어 전달되기도 한다고. 분명히 어느 책에선가 읽은 적이 있다고. 그래, 여기서 난 매일 밤마다 스마트폰을 귀에 댄 채, 그런 말도 안 되는 기다림에 빠져들곤 했던 거야. (그래서 하는 말인데, 언젠가—당신들 중 단 한 사람이라도— 허공을 가득 채운 그 수많은 소리와 사연들 중 가장 낯선 것, 어디서 왔는지 도무지 알 수 없지만 이상하게도 마음이 끌리는 이야기 하나를 떠올린다면, 그거야말로 내가 이곳에서 보낸 거라고 생각해도 좋아. 폰이 꺼지던 그 순간까지 계속해서 날려 보냈던 **신호, 신호들.**)

그러나 지금은, 죽어버린 폰이 내 머리맡에 있어.

난 우주에 혼자 떠 있는 기분이고.

아래, 위, 오른쪽, 왼쪽…… 어디를 둘러봐도 검고 텅 빈 공간뿐인.

*

〈덧붙임〉 : 나쁜 소식과 좋은 소식, 더 좋은 소식

어디서 본 적이 있는데, 세상엔 두 종류의 사람이 있다고 한다. 뭐든 두 종류로 나누는 사람과 그러지 않는 사람. 물론 나는 당연히 전자에 속한다. 우리들 대부분이 그렇듯이. 사실, 뭔가를 둘로 나눠 생각하는 것은, 그렇게 하지 않는 것보다 여러 가지 면에서 효율적이다. 지금 같은 경우처럼 말이다. 즉, 내가, 이 노트를 읽고 있을 누군가에게 이런 질문을 던질 때. "여기 좋은 소식과 나쁜 소식이 있어. 둘 중 어떤 것을 먼저 들을래?"

다시 한 번 말하지만, 그렇기 때문에 세상엔 두 종류의 인간이 존재한다. 좋은 소식을 먼저 듣고 싶어 하는 쪽과 나쁜 소식부터 들으려는 쪽.

역시 어디서 본 건데, 이런 경우, 나쁜 소식을 먼저 듣고 싶어 하는 사람이 그렇지 않은 사람에 비해 좋은 학교에 입학하고 연봉이 높은 직장엘 다니며 마침내는 성공하여 부자가 될 확률이 더 높다고 한다. 그 이유는, 나중을 위해 더 좋은 걸 남겨두는 쪽은 아무래도 그렇지 않은 쪽보다 참을성도 많고 인내심도 끝내주기에, 뭘 해도 참고 또 참으며 열심히 노력하여 성공하게 되기 때문이라는 거다. 믿기 싫은 사람도 있겠지만, 스탠포드인지 하버드인지, 하여간 엄청나게 유명한 대학교에서 장장 수십 년에 걸쳐 추적 조사한 끝에 얻은 결과라니 사실일 가능성이 높다. 그리고 이쯤 되면 다들 짐작하겠지만, 난 좋은 소식을 먼저 들어버리는 쪽에 속했다. 아마 그래서일 거다. 내가 좋은 학교도 들어가지 못하고 연봉이 높기는커녕 먹고살기에도 빠듯한 햄 공장에서 일하다가 결국 이런 낯선 시공간까지 흘러와 떠돌고 있는 이유 말이다.

어쨌든 중요한 건, 지금 내가 두 가지 소식을 가지고 있다는 사실이다.

지금 당장 당신(들)에게 들려주고 싶은 두 개의 뉴스.

문제는, 그중 하나는 좋은 소식이고 나머지 하나는 그렇지 않다는 건데, 자 이제 골라주면 좋겠어. 무엇을 먼저 듣고 싶은지.

(효과음 : 똑딱똑딱…… 시곗바늘 가는 소리)

그래? 역시 그럴 줄 알았어. 나쁜 소식을 먼저 듣겠다고 하는군. (성공하고 싶어서?) 그런데 이거 미안해서 어쩌지? 솔직히 털어놓자면, 아까 한 말은 다 농담이었거든. 나쁜 소식을 먼저 듣고 싶어 하는 쪽이 잘 먹고 잘산다는 얘기 말이야. 생각해봐. 도대체 그게 말이 되냐고? 어쨌거나, 그래도 골랐으니 나쁜 소식 먼저 들려주지. 이어서 좋은 소식. 그다음엔 뭐냐고? 글쎄, 나도 잘 모르겠어. 아마 가장 중요한 것들부터 차례로 적어가지 않을까? 아니, 생각해보니 내가 말하는 방식은 '슈뢰딩거의 고양이' 방식이야. 그러니까 상자를 열어야만 고양이가 죽어 있는지 살아 있는지 결정되는 것처럼, 나의 이야기 역시 일단 여기에 적은 다음에야 중요한 거였는지 아니었는지 알 수 있다는 거지.

【나쁜 소식】

믿어지지 않겠지만, 어젯밤 문자를 받았어.

메시지가 도착했음을 알리는 벨 소리를 들었을 땐 깜짝 놀랐지. 왜냐고? 당연하잖아. 어떻게 여기—1958년의 용인이라는 시공간—에서 스마트폰의 신호가 잡힐 수 있지? 허겁지겁 잠금 화면을 풀어보니, 진짜로 문자메시지가 도착해 있었어. 누군지 알 수 없는 미지의 번호가 발신자 표시란에 또렷이 떠 있고, 떨리는 손으로 봉투 모양의 아이콘을 터치하자 낯익은 푸른색 창이 열리며 거기 이런 글자들이 나타나는 거야.

—세상은 여전히 건재해요. 당신은 성공한 거죠! 그러니 돌아오세요. 바보 같은 선택은 하지 말란 말이에요. 그리고 안심하세요. 부탁은 들어줄 테니까.

난 문자를 읽고 또 읽었어.

갑자기 액정 위로 물방울 하나가 툭 떨어지더군. 비가 새나? 위를 올려다봤지만, 그럴 필요가 없다는 건 잘 알고 있었어. 왜냐하면 그건 내 눈에서 떨어진 눈물이니까. 옷소매로 눈가를 훔치며, 난 서둘러 자판을 터치했어.

—그럼 소년은요? 거기 잘 도착한 건가요?

하지만 '보내기'를 누르는 순간, 폰이 꺼지고 만 거야.

"안 돼! 안 된다고! 이럴 순 없어!" 난 비명을 질렀어. 배터리를 분리했다가 다시 끼워보기도 하고 주먹으로 쳐보기도 했지만, 한번 죽어버린 폰은 결코 다시 켜지지 않았어. 아아, 그에게 답장을 보내줘야만 하는데. 누군가, 머나먼 시공간에서 나에게 메시지를 보내준 고마운 존재에게. 내가 외치는 소릴 듣고 달려온 주인이 밖에서 문을 두드리더군. "무슨 일이우?" 처음엔 가만히 숨을 죽이고 있었어. 하지만 주인은 점점 더 세게 문을 두드렸고, 결국 난 미닫이문을 열고 억지웃음을 지어 보였지. "별일 아닙니다. 걱정 마세요. 뭘 좀 하다가 다쳐서요." 일부러 손을 움켜잡고 말했더니, 그제야 주인은 안채로 돌아갔어. 난 문에 귀를 대고 발소리가 완전히 사라지길 기다린 다음 다시 한 번 폰을 꺼냈지. 그러고는 간절한 마음으로 있는 힘을 다해 전원 버튼을 눌렀어. 눈을 감은 채 "제발……"이라고 기도하는 것도 잊지 않았고. 하지만 폰은 꿈쩍도 하지 않았어.

그리고 그렇게 끝나버리고 만 거야. 미지의 존재와의 대화는.

자, 어때? 충분히 나쁜 소식이지?

수십 년의 시공간을 건너 도달한 문자에 답장조차 못했으니 말이야.

【좋은 소식】

어쨌든 간에, 문자메시지를 받았다는 사실 자체가 가장 좋은 소식 아닐까?

누군가가 나에게 문자를 보냈다는 건, 결국 이 노트를 읽은 사람이 어딘가에 존재한다는 것일 테니까. 그래, 나도 알아. 만약 챙이 옆에 있었다면 "멍청한 소리 하지 마, 스티브"라고 핀잔을 줬겠지. "세상 그 어떤 인공위성도 수십 년 전의 시간으로 전파를 되돌려 보낼 순 없다고." 그는 정색을 하며 이렇게 말할 거야. "그럼, 이 문자메시지는 뭐죠? 이 내용이 모든 걸 말해주고 있지 않나요? 미지의 발신인은 나에게 분명히 이렇게 말했어요. 세상은 건재한다고. 그러니 돌아오라고 말이에요. 그래요, 문자를 보낸 사람은 내가 앞으로 내릴 선택까지 다 알고 있다고요!" 갑자기 챙의 냉소적인 얼굴이 떠오른다. 그는 어딘지 모르게 비웃는 듯 보이는 미소를 지으며 말하겠지. "이봐, 스티브. 그건 차라리 폰의 기능 이상이라고 보는 편이 옳을 거야. 오래전 받았다가 삭제한 뒤 잊고 있던 메시지가 다시 떠오른 것에 불과하다고."

하지만, 누가 뭐라 해도, 나는 믿을 것이다. 메시지는 이 노트를 읽은 누군가가 보내온 거라는 것을. 그건 노트가 그 '누군가'에게 전해졌음을 의미하며, 또한 그것은 소년이 그곳에 무사히 도착했음을 뜻한다는 사실도.

갑자기 기분이 좋아져서, 난 큰 소리로 웃었다. 문틈으로 주인 내외가 이쪽을 손가락질하며 수군대는 게 보였지만, 상관하지 않으리라. 어차피 이제 곧 주어진 시간은 끝날 테고, 그러면 나도 이 우울한 장소에 영원한 안녕을 고하게 될 테니까.

【그리고, 마지막으로 가장 좋은 소식이 기다리고 있다】

소년을 데려올지도 모른다.

그것도 당장, 늦어도 내일이나 모레쯤엔.

예전에 그는 자기가 구세군이 운영하는 고아원에 있었다고만 말했고, 나 역시 거기서만 그를 찾았는데, 아이는 어느새 제대로 된 절차도 거치지 않고 다른 시설로 이송돼 있었던 것이다. (사실 구세군 고아원에 대한 얘기조차 겨우 한두 번 정도밖에 듣지 못했다. 그나마도 지나가는 말로. 그는 어린 시절에 대해 얘기하는 걸 극도로 싫어했고, 엄마를 기억하느냐는 질문엔 끝까지 아무 대답도 하지 않았다. "미친 여자야." 한 번인가, 난 그가 자기 엄마에 대하여 이렇게 말하는 걸 들은 것도 같지만, 그게 어떤 맥락에서 나온 얘기였는지는 기억하지 못한다. 그리고 이건 꿈인지도 모르지만, 어느 저녁, 어스름 해가 지던 어둠 속에서, 그가 골방 구석에 있던 낡은 마분지 상자에서 오래된 동전과 지폐를 꺼내 오래도록 들여다보는 광경을 본 적이 있기도 하다. 그걸 꿈일지도 모른다고 생각하는 이유는, 그때 분명 그가 아주 작고 낮은 소리로 이렇게 중얼거리는 걸 들었기 때문이다. "엄마.")

물론 그동안 찾아갔던 세 군데의 고아원에서 관계자들이 그런 걸 세세히 설명해주지도 않았다. 비좁고 너저분한 사무실엔, 사실 책임자라고 할 만한 사람 자체가 없었다. 삐걱대는 철제 의자에 앉아 한참을 기다리면, 누군가가 들어왔고, 내 용건을 말하면—한 소년을 찾는다는— 미심쩍은 눈초리로 한참 동안 쏘아본 끝에 이렇게 묻는 것이었다. "그 아이를 왜 찾는 거요? 혹시 부모라도 됩니까?" 그들은 이런 저런 핑계를 대며 아무에게나 아이를 보여줄 수 없다고 했고, 그러다가 도저히 안 되겠으면 그제야 어디론가 사라지곤 했다. "잠깐 기다려요, 애를 데려올 테니까." 그렇게, 녹슨 철제 의자에 앉아, 이제 곧 소년을 만나게 될 거라는 두려움 섞인 기대에 빠져 있을 때, 문이 열리며 아까의 그 남자가 홀로 들어왔다. 그는 손을 비비며 내 시선을 피했다. "착오가 있었네요. 아이는 처음부터 여기 오지 않았던 것 같아요. 서류에도 없고. 하긴, 잠깐씩 머물다 가는 애들—예를 들자면 일시적으로 미아가 됐지만 곧 부모를 찾는 경우나 혹은 다른 시설로 정식 수용되기에 앞서 임시로 머무는 경우 같은 게 해당되지요—은 아예 기록도 남기지 않으니까. 그나저나, 한 가지 알려주고 싶은 게 있어요. 당신에겐 슬픈 소식이 될지도 모르지만, 그래도 알고 가는 편이 나을 것 같아서…… 그러니까 내 말은 이겁니다. 어차피 이런 데선 서류와 실제 사실이 제각각 따로 존재한다는 거요. 서류에 이름이 적혀 있다고 해도 아이는 거기 없을 수 있고, 반대로 서류엔 없지만 그곳에 있는 아이들도 부지기수지요. 왜 그리도 모든 게 엉망이냐고 묻는다면, 나도 뭐라 대답해야 할지는 잘 모릅니다. 어쨌든, 잘 가시오. 그리고 아이는 꼭 찾을 수 있길 바랍니다. 그럼, 이만."

이게 오늘 낮까지의 일이었고, 난 절망적인 기분에 빠져 그곳을 나온 다음, 그대로 산길을 따라 한참을 걸었다. 내게 주어진 시간 중 벌써 절반 이상이 흘러갔고, 만약 남은 사흘 안에 그를 찾아내지 못한다면, 모든 건 허사가 되고 세상은—나와 함께— 물거품처럼 사라질 것이다. 그런 생각을 하고 있자니 지독한 후회가 밀려왔고, 갑자기 저쪽 세계에 두고 온 그 많은 사람들—비록 그들은 내가 사라진 줄도 모르고 있겠지만—이 미치도록 그리워졌다. 하다못해 공장장 잭이나 영업2부의 사사키마저도 보고 싶어지는 것이었다. 아아, 지금 스마트폰을 켤 수 있다면. 그럼 나는 사진첩에 들어가 정든 얼굴들을 보고 또 볼 텐데. 그 건물을 발견한 건 그 순간이었다. 그런 생각을 하며 땅을 보고 걷다가 무심코 고개를 들었을 때.

그것은, 우거진 잡초 사이로 난 오솔길 끝에 있는 나지막한 단층 슬레이트 가옥이었다. 얼핏 봐선 개인 주택처럼 보이지만, 어깨 높이쯤 오는 회색 담장과 그 위로 죽 둘러쳐진 가시철조망이, 그곳이 보통 집이 아니라는 걸 말해주고 있었다. 담 너머 먼지투성이 공터엔 아이들이 꽤 여럿 있었다. 작은 애들은 삼삼오오 모여 흙장난 같은 걸 하거나 담벼락에 기대선 채 햇볕을 쬐고 있었지만, 좀 큰 애들은 등에 나무로 만든 뭔가를 지고 시멘트 벽돌을 나르는 중이었다. 머리를 짧게 깎고 모두 비슷한 옷을 입은 그 아이들은, 멀리서 보면 한꺼번에 움직이는 하나의 커다란 덩어리처럼 뿌옇고 흐릿했다. 이곳 역시 오갈 데 없는 애들을 수용해둔 곳인가. 여기 온 뒤 고아원을 방문할 때마다 마주치던 그 낯익은 광경을 좀 더 자세히 보기 위해 발걸음을 옮기던 순간, 문득 내 눈에 어떤 장면이 들어왔다. 아니, 정확히는, 한 아이가 들어왔다고 하는 게 옳으리라. 그러니까 그 아이는, 공터의 가장 후미진 곳, 어느 누구의 눈에도 띄지 않을 컴컴하고 음습한 구석에 혼자 쭈그리고 앉아, 땅바닥에 그림을 그리고 있었다. 그리고 놀랍게도, 난 그 아이를 한눈에 알아봤다. 그렇게 멀찍이서 최대한 몸을 작게 웅크리고 앉아 있는데도, 마치 바로 앞으로 줌인Zoom in하기라도 한 듯, 아이의 모든 것이 선명하고 또렷하게 내 눈에 들어왔다는 것이다. 그 애가 내가 찾던 바로 그 소년임을 확인하기 위해 주머니에 넣고 다니던 빛바랜 흑백 사진을 굳이 꺼내볼 필요조차 없었다.

잠깐. 그런데 소년을 만나면 뭐라고 하지?

그를 어떻게 불러야 할까?

무엇보다도, 과연 저 아이는 내 말을 믿고 나를 따라와줄까?

미친 듯이 뛰는 심장을 억누르며, 난 아이를 좀 더 잘 보기 위해 철조망이 쳐진 담장을 따라 비탈 아래로 뛰어 내려갔다. 올라오던 쪽에선 보이지 않았지만, 비탈 반대편엔 신작로로 향하는 좁고 경사진 흙길이 있었고, 이 집의 커다랗고 녹슨 철문은 그쪽을 향해 나 있었다. 혹시나 하는 마음에 둥근 고리 모양의 손잡이를 잡아당겨봤지만, 문은 꿈쩍도 하지 않았다. 철문 사이 틈으로 안을 들여다보니, 소년은 여전히 그 자리에 앉아 있었다.

난 그의 이름을 나지막하게 불러봤다.

나예요. 내가 왔다고요. 우리, 결국 여기서 다시 만나게 되는군요.

그때 누군가가 내 어깨를 툭 쳤다.

"여기서 뭘 하시우?"

헐렁한 잠방이 차림에 체구가 단단해 보이는 남자가, 목에 건 수건을 잡아당겨 이마에서 흘러내리는 땀을 닦고 있었다. 그의 뒤로, 여기 사람들이 리어카라고 부르는 손수레가 경사진 길 위에 요령 좋게 세워져 있는 게 보였다. "아니, 그냥…… 지나가다가 잠깐 구경하는 겁니다." 그는 나를 위아래로 훑더니, 이번엔 목덜미의 땀을 닦으며 물었다. "이 동네 사람이 아닌가 보우?"

의아해하며 쳐다보는 남자의 얼굴을 보자, 그동안 수없이 되풀이해온 레퍼토리를 또다시 들려줘야 한다는 생각에 짜증이 났지만, 어쩔 수 없는 노릇이었다. 이방인에 대한 그들의 경계심과 의심 어린 눈초리를 무마하려면, 그게 최선이었으니까. 일단 얘기를 듣고 나면, 사람들은 내 어눌한 말투라든가 이상한 옷차림(제길, 구글에서 그렇게도 열심히 '1950년대 의상'을 검색한 뒤 시장을 샅샅이 뒤져 준비한 옷이었지만, 막상 여기 오니 그건 그저 외계인이나 입을 법한 기괴한 차림새에 불과했다. 첫날, 난 번쩍이는 공단 바지와 술이 주렁주렁 달린 가죽 잠바를 걸친 채 어깨를 잔뜩 움츠리고 마을을 돌아다녔다. 결국 도착한 지 3일째 되던 날, 읍내까지 걸어가 군복에 검은 물을 들여 만든 평범한 바지와 겉옷을 사 입은 다음에야 제대로 얼굴을 들고 다닐 수 있게 되었던 것이다)을 자연스럽게 받아들였다. 어쨌거나, 나는 심호흡을 한 뒤 '이야기'를 시작했다. 너무 자주 반복한 탓에 어느

덧 스스로도 진실로 믿어버리게 된 우리 집안의 내력에 관하여.

"맞습니다. 바로 보셨어요. 난 원래 이곳 사람이 아니에요. 오래전 내 할아버지의 아버지가 여기 살았었죠. 그는 젊을 때 이 땅을 떠나 하와이로 갔어요. 그곳 사탕수수 농장에서 일을 하면 돈을 많이 벌 수 있다는 미국인 선교사의 말을 믿었으니까요. 물론 할아버지의 아버지는 다시는 고향 땅을 밟지 못했습니다. 한여름에도 두꺼운 솜옷을 겹겹이 껴입고 일해야 하는 그곳에서—왜냐하면, 그렇게 하지 않으면 부상을 입고 말았거든요. 혹시 사탕수수 잎을 본 적 있으세요? 그 이파리가 얼마나 날카롭고 딱딱한지 알고 있느냐, 이 말입니다— 열사병에 시달리다 돌아가셨으니까요. (이쯤에서 옷소매로 눈물을 닦으면, 고개를 끄덕이며 열심히 듣고 있던 상대방이 '쯧쯧' 혀를 차며 진심으로 안타까워하기 시작한다. 그러면 난 속으로 '빙고!'를 외치고. 그들의 그런 반응…… 그건 내 얘기가 먹혀들고 있다는 증거나 마찬가지였으니까) 결국 어머니마저 풍토병으로 잃고 홀로 남겨진 저의 할아버지는, 고된 삶에 지쳐 하와이를 탈출하는 한인들 틈에 끼어 미 서안으로 향하는 배에 올라타게 됩니다. 그리하여 도착한 낯선 땅에서, 그분은 날품팔이든 뭐든 가리지 않고 닥치는 대로 일했고, 그렇게 악착같이 돈을 모아 자리를 잡았어요. 일종의…… 자수성가라고나 할까요. 여하튼, 어린 시절 할아버지는 용인에 대한 이야길 자주 들려주셨습니다. 그러면서 그리움에 가득 차 긴 한숨을 내쉬곤 하셨지요. 아마도 그때 난 결심했던 것 같습니다. 언젠가는 반드시 고향 땅을 방문하여 할아버지의 한을 풀어드리리라, 라고 말입니다. 그런데 세상은 참 이상하지요. 뭐랄까, 돌고 돈다고 해야 하나. 아니면 그저 가만히 있어도 순리대로 움직이는 것이 세상이라고 하는 편이 어울릴지도 모르겠군요. 아, 그러니까 제 말뜻은 이겁니다. 고등학교를 졸업할 즈음 우연히 복도를 지나다가 해외에 주둔할 신병을 모집한다는 공고를 보게 됐던 거지요. 게다가 그곳은 마침 내 할아버지의 아버지가 태어났던 땅인 한국이기까지 했어요. 나는 그 자리에서 지원을 결심했습니다. 지금은 부평의 미군부대에 있는데, 이번에 휴가를 얻어 할아버지의 아버지의 고향이었던 용인을 방문하게 된 거지요. 요 며칠 마을에 있는 여인숙에 머물며—그나저나, 이곳엔 여인숙이라곤 거기밖에 없나요? 솔직히 이부자리며 식사며 다 마음에 들지 않아서 말이에요— 오래전 제 선조들께서 살았던 흔적을 찾아다니는 중이고 말입니다."

말을 마치며 곁눈으로 슬쩍 보니 남자의 얼굴에 감동의 빛이 역력했다. 한동안 말없이 고개만 끄덕이던 그는 겨우 입을 열더니, 내 어깨를 두드렸다. "그래, 잘했네, 잘했어. 당연히 고향을 찾아봐야지. 암, 그렇고말고." 그런 다음 우린 서로 악수를 하며 괜스레 큰 소리로 웃었는데, 그때를 놓치지 않고 내가 물었다. "그런데 말입니다, 저긴 뭘 하는 곳인가요? 마을에 온 지 꽤 됐지만 산속에 이런 집이 있다는 건 오늘 처음 알아서요. 암만 봐도 그냥 평범한 가정집은 아닌 것 같고…… 지나다가 궁금해서 기웃대던 참입니다." 리어카 바퀴 아래 괴어뒀던 돌멩이를 빼내다 말고, 남자가 고개를 들었다. "어, 저기? 고아원이야. 거 왜, 부모 없는 애들 모아놓고 먹여주고 입혀주는 곳. 저 앞에 간판이 있는데 못 봤나 보구먼." 그가 가리키는 쪽을 보니, 녹슨 철문 옆 시멘트를 대충 발라 만든 기둥에 나무로 된 문패 하나가 걸려 있었다. 가까이 다가가자, 검은 페인트로 쓴 다음과 같은 글자가 내 눈에 들어왔다.

'명진 자애원'

그래, 여기였구나. 그가 있는 곳.

그런데 어떻게 난 그를 단박에 알아볼 수 있었던 걸까? 마치 어느 누구의 눈에도 띄지 않겠다는 듯 구석에 홀로 앉아 있던 소년을.

그때, 건물 오른쪽 뒤편에서 머리에 수건을 두른 여자가 나타났다. 그녀가 빠른 걸음으로 다가오는 걸 보고 얼른 기둥 뒤로 몸을 숨겼는데, 확실히 그건 잘한 행동이었다. 왜냐하면 여자는 철문 앞에서 일단 멈추더니 주위를 경계하듯 이리저리 살피고 난 다음에야 빗장을 풀었기 때문이다. 철컹, 하는 소리와 함께 문이 열리자, 남자가 리어카를 밀며 안으로 들어갔다. 그는 여자가 안 보는 틈을 타서 나에게 뭔가 신호를 보냈는데—손가락으로 땅바닥을 가리키고 입으로는 연신 뭐라고 중얼거리는 것— 솔직히 말해서 난 하나도 알아들을 수 없었다. 전혀 모르겠다는 표정을 지어 보이며 고개를 저었더니, 남자는 실망한 듯 어깨를 축 늘어뜨리고 여자를 따라 건물 뒤편으로 사라지는 것이었다.

두 사람이 보이지 않게 된 뒤에도, 난 꽤 오랫동안 기둥 옆에서 나오지 않았다.

거기 선 채 '명진 자애원'이라고 적힌 문패를 보고 또 봤을 뿐이다.

그렇다. 이제 저기서 소년을 데리고 나오기만 하면 되는 것이다.

하지만 어떻게?

만약 내가 저 검은 철문을 밀고 당당히 걸어 들어가 이렇게 말한다면, 그들은 믿어줄까?

"박영식이란 아이를 데리러 왔습니다. 왜냐하면 그는 나의 아버지니까요."

갑자기 그의 마지막 모습이 떠올라 난 한쪽 손으로 기둥을 짚었다.

어지러움과 구토가 동시에 몰려왔다. 어쩌면 이건 꿈일지도 몰라. 그런 생각이 든 것도 그 순간이었다. 그러니까 난 그냥 헤븐하우스의 낡고 눅눅한 침대 위에 누워 있고, 거실에선 늙은 잉꼬 제트가 꾸벅꾸벅 졸고 있는 어느 일요일 오후의 악몽. 신 따위는 내려온 적도 없고 세상은 아무 일 없이 조용히 흘러가고 있지. 방금 전엔 관리인 노파가 와서 한바탕 잔소릴 늘어놓고 내려갔어. 미스 왕인지 미스터 왕인지 알 수 없는 괴상한 노인네. 잠깐, 그 전엔 뭘 하고 있었더라? 그래, 맞아. 꿈을 꿨지. 한국을 떠나기 전 마지막으로 가족여행을 떠났을 때, 우린 자연농원에서 롤러코스터를 탔으니까. 성호가 들고 있던 건 파란색 풍선이었던가. '제트 열차' 앞에서 엄마는 웃으며 손을 내저었다. 동생은 무서워서 싫다고 했고, 결국 제트 열차를 탄 사람은 나와 아버지뿐이었다. "겁내지 마. 무서우면 눈을 꼭 감으라고." 아버지는 나에게 이렇게 말했었다.

하필 새 이름이 제트가 뭐냐? 구티에레즈는 내 작명 실력을 비웃었다. 그러면서도 우리 집에 올 때마다 제트가 좋아하는 견과류를 잔뜩 사 오곤 했지. 물론 난 구티에게도 제트 열차 얘기 같은 건 하지 않았어. 어린 시절 얘기나 떠벌리는 건, 뭐랄까, 정말 병신 같은 짓이니까. 그래서 구티에레즈는 끝까지 제트라는 이름의 진짜 의미를 알지 못했다. 그는 내가 제트기를 너무 좋아해서 새에게까지 그런 이름을 붙였다고 믿으며 멀리 떠나버렸지.

자, 그러니까 이제 눈을 뜨라고.

넌 지금 헤븐하우스에 누워 있는 거야.

아니 그런데 알고 보니 그것 역시 꿈속의 꿈일 뿐.

너는 사실 엘름 가 1408번지의 그 어둡고 좁은 거실 소파에 쭈그리고 앉은 채 잠에 빠져 있어. 아직 아버지는 돌아오지 않았고. 왜냐하면 그는 이번에 주간 근무조이고 그래서 깊은 밤이 되어서야 돼지 비린내를 풍기며 들어올 테니까. 성호는 아마 방에서 혼자 뭔가를 중얼거리고 있을 거야. 품에 쿠션을 안은 채, 그걸 칼로 북북 그어서 솜털을 온 방 안에 흩날리며 말이야. 엄마는? 엄마는⋯⋯ 세탁소에서 아직 안 왔겠지. 그러다 너는 눈을 뜬다. 어두컴컴한 거실. 불빛이 새어 나오는 방. 그 너머에 어른거리는 그림자. 소파에서 일어서며 너는 옷이 땀으로 흠뻑 젖어 있다는 걸 알게 돼. 실은, 너는 정말로 무서운 꿈을 꿨으니까. 네 사랑하는(그런데 정말로?) 가족은 모두 죽고 그로부터 얼마 뒤 하늘에서 신들이 내려오는 꿈. 그들 중 한 놈이, 아니 두 놈이던가, 여하간 그들은 네게 다가와 거래를 제안해. 모든 걸 다시 되돌리는 대가로, 바로 너 자신을 원하는 거지. 아아, 그때 너는 뭐라고 대답해야 할까?

휴, 다행이야.

꿈에서 깨어난 넌 혼자 중얼거려.

신들에게 대답을 하기 전에 잠에서 깼으니 말이야.

그런데, 소파에서 일어설 때 주머니에서 뭔가가 툭 떨어져.

이건 뭐지? 허리를 굽혀 주워보니, 그건 디디의 접이식 칼. 넌 깜짝 놀라. 마치 더럽고 끔찍한 물건이라도 되는 양 너는 그 칼을 멀리 던져버린다. 그리고 세상에서 가장 낯선 광경을 마주한 사람처럼 어두컴컴한 거실을 두리번거리는 거야. 집 안이 온통 피비린내로 가득 차 있다는 걸 깨달았던 건 바로 그 순간이니? 마룻바닥에 흥건한 피 때문에 미끄러지지 않도록 겨우겨우 걸어서 너는 불빛이 새어 나오던 그 방으로 향한다. 이런 말을 스스로에게 중얼거리며. 겁먹지 마. 모든 건 꿈이거나 혹은 꿈속의 꿈, 또는 그 꿈속의 꿈속의 꿈속의⋯⋯ 무한히 반복되는 악몽일 뿐이니까. 문 앞에서 너는 나지막하게 불러.

성호니? 그렇지만 거기선 아무 소리도 들리지 않아. 성호야, 장난치지 마. 형이 그러지 말라고 했잖아. 그때 문 뒤에서 뭔가가 샤샤샥 움직여. 그건 새야. 검고 커다란 새. 아니 잠깐만. 그건 새가 아니라 익룡이었어. 공룡도감에서나 볼 법한 그런 익룡. 거대한 날개와 뾰족한 입을 가진 기괴한 동물. 이제 너는 알지. 그게 천사들이라는 걸. 천사라는 이름으로 불린 기이한 존재들이라는 걸.

문을 밀자, 익룡은 이미 사라지고 보이지 않아.

방 한가운데엔 여자가 앉아 있어.

그 뒷모습이 너무나 낯익어서 너는 "엄마"라고 부르기도 전에 벌써 흐느끼기 시작해.

하지만 그녀는 끝까지 뒤돌아보지 않아. 죄수들이나 입는 파란색 옷을 입은 채 무릎을 꿇고 있을 뿐이야. 사실 너는 다 알고 있어. 엄마의 수감 번호가 뭔지. 그녀가 어디서 너에게 매일 편지를 보내오는지. "난 언제나 너의 행복만을 빈단다." 항상 똑같이 끝나는 그 길고 우울한 편지들. 그 순간, 갑자기 엄마가 홱 돌아앉는다. 그런데, 이런. 그녀의 눈이 보이지 않잖아. 이건 뭐 공포영화도 아니고. 왜 어째서 눈이 없는 거지? 어쨌든 엄마의 검은 눈구멍에서 눈물도 아니고 피도 아닌 거무스름하고 끈적한 액체가 주르륵 흘러내린다. 그러면서 그녀는 두 손을 위로 치켜들고 나에게 달려든다. 아니 달려드는 게 아니었어. 그저 거대하게 팽창한 엄마가 방 안을 가득 채운 채 서서히 내 쪽으로 부풀어 오른다고 해야 할까.

그러면서 그녀는 오직 이 말만을 앵무새처럼 반복한다.

넌 가만히 있으렴. 모두 내가 알아서 할 테니.

넌 가만히 있으렴. 모두 내가 알아서 할 테니.

넌 가만히 있으렴. 모두 내가 알아서 할 테니.

그때 누군가가 어깨에 손을 턱 얹는 바람에, 난 깜짝 놀라 뒤를 돌아봤다.

"어라, 여태 안 가고 있었구먼?"

소리도 없이 다가온 사람은, 아까의 그 남자였다. 다시 보게 된 것이 무척이나 반가운 듯 인사를 하다 말고, 그가 갑자기 한 발 뒤로 물러섰다. "이봐, 얼굴빛이 왜 그래? 이런, 땀은 또 왜 이렇게 흘리는 거고? 어디 아픈 거 아니야?" 난 두 손바닥으로 얼굴을 문질렀다. "아니, 아닙니다. 좀 피곤해서요. 아버지가 어릴 적 살던 동네를 둘러보다 보니 좀 무리를 했나 봐요." 그러자 남자가 의아한 표정으로 말했다. "아버지라고? 좀 전엔 할아버지의 아버지가 살던 곳이었다더니?" 그의 말을 듣고 난 속으로 욕을 했다. 병신같이, 여기까지 와서도 그놈의 횡설수설하는 버릇을 못 고치다니. 여하간 나는 다시 한 번 억지로 웃으며 대답했다. "하하, 그러게요. 맞습니다, 여긴 할아버지의 아버지가 살았던 곳인데…… 아무래도 말이 서툴다 보니 자꾸 실수를 하네요." 내 말을 듣던 남자가 갑자기 웃음을 터뜨렸다. "하긴, 그러고 보니 일리가 있네, 그려. 할아버지의 아버지든, 그 아비의 아비든, 어쨌거나 아버지는 아버지니까. 안 그런가?" 그러던 남자가 문득 웃음기 가신 얼굴로 주위를 둘러보더니 다시 물었다. "그런데 방금 누구랑 같이 있지 않았나? 오면서 보니, 무슨 얘길 하고 있는 것 같던데?" 그 말에 나는 더욱 과장되게 웃으며 남자 쪽으로 가까이 다가섰다. "아, 그러고 보니 제가 잠꼬대를 했을 수도 있겠네요. 너무 피곤해서 양지바른 곳에 잠깐 기대어 쉰다는 게, 그만 깜빡 잠이 들어버리고 말았던 것 같거든요."

그러다가 퍼뜩 떠오르는 게 있어서, 난 얼른 잠바 오른쪽 주머니를 뒤졌다. 어디 있더라? 분명 여기 넣어뒀는데. 반대편 주머니를 뒤지자, 비닐로 포장된 종이 케이스가 손에 잡혔다. 그래, 여기 있군. 난 그걸 한 손에 쥔 채, 최대한 은밀하고 그윽한 목소리로 물었다. "혹시, 담배 태우십니까?" 남자는 별 쓸데없는 걸 다 물어본다는 듯한 표정으로 씩 웃었다. "왜? 한 대 줄까? 마침 아침에 좀 여유롭게 말아서 가지고 나왔거든." 그러면서 그는 잠방이 허리춤 안쪽을 뒤적뒤적하더니 여인숙 주인 여자가 피우는 것과 비슷한, 종이에 돌돌 만 봉초 담배 하나를 꺼내는 것이었다. 난 손사래를 쳤다. "아니, 그게 아니고요. 괜찮으시다면, 제가 한 대 대접하려고……." 그러면서 그의 앞에서 손을 펼쳤을 때, 나는 보았다. 탐욕으로 활활 타오르는 그의 눈길을. "아니, 이건……? 이렇게 귀한 걸…… 정말 피워도 될까?" 내가 그에게 내민 건 럭키스트라이크였다. "물론이지요. 아니, 그러지 말고 그냥 이거 통째로 다 가져가십시오." 한가운데 붉은색 원이 그려져 있는 럭키스트라이크 담뱃갑을 건네자, 남자는 오히려 당황해하며 한 발 뒤로 물러섰다. "어이쿠, 그건 안 되지. 이걸 한 갑 다 가지라고? 말도 안 되지, 암, 안 되고말고." 그러면서도 담뱃갑을 곧이라도 받아 챙길 듯 앞으로 내밀고 있는 그의 손에, 난 억지로 럭키스트라이크를 쥐어줬다. "사양 말고 받으세요. 저야 뭐 언제든 살 수 있으니까. 그냥 할아버지의 아버지가 살던 곳에서 뵙는 분이라 그런지 그저 반가울 뿐이네요. 그래서 그러는 겁니다." 남자는 송구해 어쩔 줄 모르겠다는 얼굴로 담뱃갑을 받아 들었다. 그러고는 방금 전까지 들고 있던 봉초 담배를 허리춤에 도로 집어넣더니, 럭키스트라이크 갑에 코를 대고는 킁킁 냄새를 맡는 것이었다.

그 아이디어가 떠오른 건 그 순간이었다.

내가 소년을 데리고 나올 수 있는 유일한 방법.

그러니까 어쩌면 이 남자는, 신이 내게 보내준 선물이나 마찬가지인 것이다.

호들갑을 떠는 그를 보며, 난 주머니에서 라이터를 꺼냈다. "자, 한 대 태우셔야죠." 불을 붙여주자, 남자는 마치 무슨 의식이라도 치르듯 황송한 태도로 연기를 깊이 들이마셨다. "아아, 좋구먼. 역시 미제는 뭐가 달라도 다르다니까."

행복해하는 그의 표정을 보며, 난 속으로 보리스와 아르까지에게 인사를 보냈다. 고마워, 너희들 덕분이야. 사실 이건 정말 가져올까 말까 많이 망설였거든. 도대체 이따위 것들이 무슨 쓸모가 있을까, 이런 생각뿐이었어. 하지만 마지막으로 짐을 챙길 때 난 럭키스트라이크를 자그마치 두 보루나 사서 가방 맨 아래 쑤셔 넣었지. 만약 네놈들의 말이 거짓말이면, 나중에 반드시 손을 봐주겠다고 이를 갈면서 말이야. 하긴 그럴 만도 하잖아. 담배 두 보루를 넣느라, 난 갈아입을 여분의 티셔츠를 빼야 했다고. 덕분에 때가 타서 누렇게 된 이 윗옷을 여기 온 뒤 내내 입고 있는 거고. 그게 얼마나 찝찝한 기분인지, 너흰 모를걸?

그러니까 이게 어떻게 된 일이냐 하면, 긴 여행을 떠날 준비를 하는 나에게 보리스와 아르까지는 수없이 많은 충고(를 빙자한 잔소리)를 했는데, 그중 하나가 럭키스트라이크나 카멜 같은 담배를 넉넉히 챙겨 가라는 것이었다. "뭐라고? 그런 걸 가져가서 대체 뭘 할 건데? 게다가 운이 나쁘면 세관에 걸릴 수도 있다고. 그렇지 않아?" 그러자 보리스와 아르까지는 서로 마주 보며 킬킬 웃었다. 물론 내가 그들이 웃는 모습을 직접 봤다는 건 아니다. 전에도 말했지만 우린 처음부터 끝까지 오직 문자로만 대화를 나눴다. 다만 그들의 문자에 첨부된 이모티콘들을 통해 보리스와 아르까지가 지금 하고 있는 행동이 어떤 걸지 상상했을 뿐이다. 그런데 굳이 덧붙이자면, 그들의 이모티콘 삽입 능력은 거의 신에 가까웠다. 하긴, 그들이 신이니 하는 일 역시 '신적인' 게 당연한 거지만 말이다. 여하간 그들은, 이 세상에 없는 기이하고 독특한 이모티콘이나 스티커 같은 것들을 많이 가지고 있었다. 그러고는 문자를 하나 보낼 때마다 거기에 어울리는 걸 정확히 골라내어 하나씩 첨부하는 것이었다. 그걸 보고 있노라면, 나는 마치 그들과 얼굴을 마주한 채 얘기라도 나누고 있는 듯한 기분에 사로잡혔다. 어쨌든, 보리스와 아르까지는 한참을 킬킬대고 웃더니 갑자기 정색을 하고는 말했다. "이봐, 네가 가는 그곳은, 세관 따위와는 전혀 상관없는 장소라는 걸 잊었어? 비행기나 배, 기차, 버스, 이런 걸 타고 도달할 수 있는, 그런 곳이 아니라고." 그럼에도 불구하고, 난 마지막까지 담배를 챙겨 가야 할지 말아야 할지 고민했다. 놈들은 나에게 그걸 가져가라고만 했지, 어디에 써먹을 수 있을 건지에 대해선 한마디도 언급하지 않았기 때문이다. "그러니까, 그 담배를 가져가면 도대체 뭘 할 수 있냐고?" 몇 번이나 물었지만, 보리스와 아르까지는 마지막에야 이런 짧은 답장을 보내왔다. "미안하지만 그건 노코멘트야. 왜냐하면 그게 어떻게 쓰일지는 그때 가봐야 알 수 있는 거니까." 당연히 난 득달같이 또 문자를 보냈다. "왜? 왜 알려줄 수 없는 건데?" 한참 뒤에 날아온 답장엔 이런 말이 적혀 있었다. "음, 그건 너희 인간들이 자유의지를 가진 존재이고, 우리가 그걸 존중하기 때문이지."

그땐 왠지 기분이 나빠져서 폰을 집어 던졌지만, 결과적으로 난 그들의 말을 따랐다. 그리고 그걸 이렇게 유용하게 써먹을 수 있게 됐으니, 인정할 건 인정해야겠다. 이게 다 보리스와 아르까지의 충고 덕분이라는 것을. 어쨌든, 확실히 럭키스트라이크의 효과는 대단했다. 남자가 아예 내 곁에 쭈그리고 앉아 느긋하게 담배를 피우며, 묻지도 않은 이야기를 하나씩 풀어놓기 시작한 걸 보면 말이다. 그는 자기가 이 일대의 고아원을 상대로 어떤 일을 하고 있는지 털어놨다. "쉽게 말하자면 일종의 무역업 같은 거야." "무역업……이라고요?" 내가 되묻자, 남자가 담배를 발로 비벼 끄며 웃었다. "그래, 이런 게 무역이 아니고 뭐겠어? 사실 우리 같은 사람들 아니면 세상은 제대로 굴러가기 좀 힘들걸?" 그러던 그가 갑자기 벌떡 일어서더니 바지에 묻은 검불을 털며 내게 손짓을 했다. "이리 와봐. 보여줄 게 있어. 아까 저기 들어가면서, 좀 기다리고 있으라고 부탁했잖아. 실은 자네와 사업 얘길 해보면 뭔가 좀 통할 것 같아서 그랬던 거야. 그땐 내 말을 못 알아들은 것 같아서 실망했는데, 다행히 아직까지 안 가고 여기 있는 걸 보니, 아무래도 우린 운때가 맞아떨어지나 보구먼." 유난히 즐거운 얼굴로 주절주절 떠들며, 남자는 나를 비탈길에 세워둔 리어카 앞으로 데려갔다. 수레는 빈 쌀가마니 같은 걸로 덮여 있었다. "자, 보라고. 이게 내 사업 밑천이거든." 누가 볼세라 주위를 두리번거리더니, 남자는 가마니 한쪽 끝을 슬쩍 들어 보였다. 안에는 누런 종이포대가 가득했다. "이게 뭔데요?" 내가 묻자, 그는 잠깐 기다리라고 손짓을 하더니, 다시 빈 쌀가마니를 잘 펴서 덮고는 노끈으로 단단히 고정하는 것이었다. 풀어지지나 않을지 매듭을 몇 번이고 잡아당겨본 다음에야 남자는 다시 나를 데리고 비탈 아래쪽으로 내려갔다.

"좀 앉지. 시원하고, 사람도 안 지나다니고…… 여기가 얘기하기에 딱 제격인 것 같네." 그에게서 조금 떨어진 곳에 자리를 잡고 앉자, 서늘한 바람이 불어왔다. 멀리 마을 쪽을 보니 산 그림자가 천천히 내려오고 있었다. 남자는 내가 앉은 것을 보고 예의 그 잠방이 주머니를 뒤지더니 럭키스트라이크 담뱃갑을 꺼냈다. 하지만 그걸 들고 한참을 망설이더니 도로 집어넣고는 아까의 그 봉초 담배에 불을 붙여 입에 무는 것이었다. "이제 내가 무슨 일을 하는지 얘기해볼까? 사실 별거 아니야. 그러니까 쉽게 말해서 균형을 맞춰준다고나 할까. 어디에선 별 필요도 없는 물건이 또 어디에선 반드시 필요한 물건일 수도 있잖아. 그게 바로 내가 하는 일이야. 남아도는 걸 가져다 모자라는 걸 채워주는 일. 그러면서 남아도는 걸 내놓은 사람에겐 적당한 값을 지불해주고 난 중간에서 아주 약간의 품삯을 챙기는 거지. 방금 전 리어카 안에 있던 포대 말이야, 그것도 바로 그런 물건이라고 보면 돼. 솔직히 고아원엔 그게 항상 남아돌거든. 그런데 또 어딘가에선 그걸 필요로 하고 있으니, 어떡하겠어? 나라도 나서서 이리저리 융통시켜줘야지." 그 말을 듣는 순간, 난 빈 쌀가마니 아래 쌓여 있던 누런 포대의 정체를 깨달았다. 그러니까 그건 외국의 여러 구호단체들로부터 고아원으로 지급되는 밀가루와 분유였던 것이다. "그래, 바로 맞혔어. 그건 밀가루와 분유야. 뭘 그렇게 놀라? 이런 거 어디 하루 이틀 봤나? 하긴, 자넨 여기 온 지 얼마 안 됐으니 잘 모를 수도 있겠군. 하여간, 내 말을 좀 더 들어봐. 사실 밀가루나 분유를 보내는 외국놈들이 모르는 게 하나 있어. 우리나라 애들 중엔 아주 조금만 먹어도 별로 지장 없는 아이들이 많다는 거 말이야. 게다가 원래부터 밀가루랑 분유를 싫어하는 애들도 꽤 있지. 그러다 보니, 매번 고아원에선 그런 물자들을 남길 수밖에 없는 거야. 뭐라고? 남지 않으면 어떻게 하냐고? 그러면 그때는 또 남도록 만들면 되는 거고. 그건 뭐 사실 다 원장들 재량이거든. 여하간 그렇게 남은 밀가루와 분유를 그냥 썩도록 창고에 놔둘 순 없잖아. 그래서 원장들이 생각 끝에 떠올린 게 바로 나 같은 사람을 이용하는 거였어. 장사판에서 뼈가 굵어서 손해 볼 일도 없고, 자기들이 직접 나서지 않으니 체면 구길 것도 없고. 나는 그런 일 봐주고 중간에서 이문을 좀 남기니, 그거야말로 누이 좋고 매부

좋고, 도랑 치고 가재 잡는 일 아니겠어? 그런데 사실 그간 애로사항이 좀 있었어. 툭 터놓고 말해서, 내가 맡은 고아원이 몇 군데 안 되거든. 아니, 좀 더 자세히 말해줄까? 나처럼 이렇게 리어카나 끌고 왔다갔다 해서는 어차피 큰 이득을 볼 수가 없어. 진짜 큰손들은 이런 손수레 따윈 끌지도 않으니까. 아예 처음부터, 그러니까 항구에 배가 들어오는 그 순간부터, 트럭을 몰고 가서 기다리는 거지. 하역이 시작되면, 바로 거기서 거래가 이루어져. 대부분의 원장들은 자기네 고아원으로 나오는 밀가루나 분유 같은 거, 실물을 본 적조차 없을걸. 하역장에서 바로 차떼기로 넘기니까 말이야. 나중에 원장들은 그냥 현금뭉치만 두둑이 챙기는 거고. 그럼, 애들은 뭘 먹이냐고? 글쎄, 낸들 알겠어. 그런 거야 고아원에서 알아서 할 일이지, 우리가 거기까지 신경 쓸 순 없잖아, 안 그래? 그럼, 이제 본론으로 들어갈게. 좀 전에도 말했다시피 이 일도 이제 거의 한계에 달했어. 여기 원장도 이렇게 물건을 받아뒀다가 다시 넘기는 걸 영 성가셔하는 눈치고……. 방금 전에도 이젠 부두에서 바로 넘겨야겠다며 거들먹대더라고. 난 뭐라 할 말이 없어서 일단 조금만 기다려달라고 했는데…… 막상 나오면서는 정말이지 기운이 쭉 빠지더군. 이래 가지고서야 언제까지 이 일을 할 수 있겠어? 그런데 하늘도 무심하란 법은 없는지, 이렇게 자네를 만난 거야. 하긴, 그러고 보니 오늘 아침 마누라가 한 말이 떠오르는군. 그 여편네가 아침 댓바람에 내가 나오는데 이런 말을 하더라고. 오늘 꿈자리가 너무 좋다나. 분명 서쪽에서 귀인이 올 거라는 거야. 난, 이 여편네가 미쳤나, 정신 차려, 뭐 그런 말을 퍼부어주고 나왔는데, 거참 신기하게도 이 앞에서 자넬 만나게 될 줄은 꿈에도 몰랐던 거지. 물론 처음부터 자네가 귀인이란 걸 알아본 건 아니야. 하와이로 간 할아버지인지 뭐 그런 얘길 들을 때만 해도 별생각 없었고, 다만 미국에서 왔다는 게 신기해서 그저 듣고만 있었지. 그러다가 리어카를 끌며 안으로 들어가는데 퍼뜩 그런 생각이 드는 거야. 미국이라면? 저 사람이 서쪽에서 온 귀인이라는 말인가? 그런데 순간 전광석화처럼 그 아이디어가 내 머릴 스쳐 간 거야. 그래, 아이디어 말이야. 요즘엔 그런 걸 아이디어라고 하더군. 하여간 이제 난 자네가 정말 귀인이라고 믿어. 담배를 통째로 턱 내놓을 때 다 알아봤지. 그러니까 내 말은 이거야. 혹시 자네 나랑 손잡고 일해볼 마음 없나? 아, 물론 부담 갖지는 말고, 그냥 자네가 미군 피엑스를 자유자재로 이용할 수 있으니까 하는 말이지. 내가 알기론 어차피 거기도 물건이 남아도는 것 같던데…… 그러면 우리가 서로 협력을 해서, 남아도는 것과 모자라는 것 사이의 균형도 맞추고 또 각자 이익도 좀 챙기고, 그러자는 걸세."

이야기를 마친 남자가 나를 쳐다봤다. 그는 내 침묵을 일종의 호의 또는 긍정으로 여기는 듯, 한껏 기대에 찬 표정을 짓고 있었다.

—바보야, 얼른 대답하지 않고 뭐 해? 이게 기회라고. 지금 그와 협상하지 않으면 끝장이라니까. 게다가 오늘이 며칠인지 알아? 이젠 시간도 얼마 안 남았다고. 무엇보다도, 모든 게 네 계획대로 술술 흘러가잖아. 봐, 남자 쪽에서 먼저 너에게 접근해 오기까지 했다고!

어디선가 보리스와 아르까지의 목소리가 들리는 것 같았다.

마침내 나는 고개를 끄덕였다. 그리고 그에게 손을 내밀었다. "좋습니다. 한번 같이 일해보도록 하지요." 남자는 뛸 듯이 기뻐했다. "하지만 자세한 얘긴 내일쯤 만나서 다시 하면 좋을 것 같습니다. 지금은 다른 급한 일이 있어서요." 그는 순순히 동의했다. "그러니까 내일 이 앞에서 보자, 이 말이지?" 우리는 악수를 했고, 다음 날 만나자는 약속을 했다. 남자는 몇 번이고 확인을 거듭하더니, 리어카를 밀며 천천히 비탈길을 내려갔다. 그가 산모퉁이를 돌아 보이지 않게 된 뒤에도 나는 오래도록 거기 서 있었다. 고아원의 슬레이트 지붕 위로 저녁 연기가 올라왔고, 아까 소년이 앉아 있던 그늘은 어느새 밤이나 다름없는 어둠으로 뒤덮여 있었다.

*

나뭇잎이 푸르던 날에 / 뭉게구름 피어나듯 사랑이 일고 / 끝없이 퍼져나간 젊은 꿈이 아름다워 / 귀뚜라미 지새 울고 낙엽 흩어지는 가을에 / 아 꿈은 사라지고 꿈은 사라지고 / 그 옛날 아쉬움에 한없이 웁니다

그리고 지금 나는, 여인숙의 나지막한 천장을 보며 가만히 누워 있다.

언제부턴가 외우게 된 이 낯익은 곡조를 흥얼거리며.

할 일은 많지만—떠나기 위해 짐을 정리해야 하고, 소년에게 건네줄 노트도 어서 완성해야 한다— 나도 조금은 쉬어야 하니까. 무엇보다도 계획을 완벽하게 세울 필요가 있다. 단 한 치의 오차도 없도록. 만약 조금이라도 일이 틀어진다면, 소년을 데리고 나오기는커녕 모든 게—그러니까 세상까지도— 완전히 끝장날 테니까.

그런데 이렇게 기쁜 소식을 전하면서도, 왠지 점점 더 가라앉는 이유는 뭘까.

아아, 이럴 때 약이 있다면. 하다못해 어릴 때 마셨던 나이퀼 시럽이라도. 그럼 잠깐이라도 푹 잘 수 있을 텐데.

결국 새벽녘이 되어서야 나는 겨우 잠들 수 있었다.

19
방문객들

※ 부록 5. 성자가 된 청소부, 구티에레즈 (조각조각 오려 붙인 신문기사들의 콜라주)

조각 1 : 사실 과테말라에서 미국을 거쳐 밀입국한 구티에레즈가 저렇게 유명해질 수 있었던 데엔, 그의 어눌한 폴란드어 실력이 한몫했다고 볼 수 있다. 그러니까 신들이 내려온 바로 그날, 모두가 우왕좌왕하며 이리저리 헤매고 다니던 바로 그때, 마침 구티에레즈는 뒷골목 한구석에 리어카와 빗자루, 쓰레받기 등을 세워둔 채 쭈그리고 앉아 마리화나를 피우고 있었던 것이다. 살짝 몽롱해져 기분 좋은 꿈이라도 꾸려는 찰나 그의 눈에 보인 건 갑자기 어두워진 하늘과 비릿해진 공기, 울부짖으며 달려가는 몇 명의 노인네들이었다. 위를 올려다보니, 이상하게 생긴 뭔가가 허공을 꽉 메운 채 떼 지어 내려오고 있었는데, 당시 패닉 상태에 빠졌던 다른 이들과는 달리 구티에레즈는 전혀 놀라지 않았다. 그런 기이한 장면들이, 그가 약에 취해 있을 때면 언제나 만나는 멋진 신세계와 별반 다르지 않았던 탓이다. 그는 피식 웃었다. "오늘은 좀 다른걸?" 그렇게 중얼거리며 시계를 본 그는, 한숨을 쉬며 자리에서 일어섰다. 어쨌거나 이 구역의 청소는 대충이라도 마치고 돌아가야 하는 것이다. 그는 빗자루를 움켜쥐고 바닥을 쓸었다. 아니, 쓸었다기보다는 그저 여기저기 떨어져 있는 쓰레기들을 대충 그러모았다고 하는 게 옳을지도 모른다. 그렇게 정신없이 비질을 하느라 구티에레즈는 자신을 피해 달리는 사람들로부터 "제기랄, 저리 비켜"라든가, 혹은 "미쳤어? 지금이 어느 땐데 길바닥이나 쓸고 있는 거야? 병신 같은 멕시코 새끼" 같은 욕을 들어야만 했던 것이다. 그러나 약 기운에 기분이 꽤나 좋아져 있던 그는 그저 이렇게 중얼거리며 쓰레기를 긁어모아 리어카에 담는 데 열중했다. "이봐, 거기 말조심해. 난 멕시칸이 아니라 과테말라 사람이라고." 콧노래까지 흥얼거리며 열심히 자기 일을 하고 있는 기이한 환경미화원의 모습을 처음 주목한 사람은, 마침 그곳을 지나가던 지역 방송국의 프리랜서 리포터였다. 그 역시 다른 이들과 마찬가지로 미친 듯이 골목을 뛰어 도망치던 중이었는데, 그러다가 그만 구티에레즈의 빗자루에 걸려 철푸덕, 넘어지고 말았던 것이다. 처음엔 다른 이들과 똑같이 욕을 하며 일어서던 리포터는, 문득 멈춰 서서 홀린 듯 그 환경미화원의 거룩한 자태를 바라보았다. '아아, 이건 뭐지? 모두 놀라 울부짖으며 달아나는 이때, 홀로 자신의 책무를 다하는 자가 있다니.' 그는 "직업이야말로 신성한 것이며 신이 나에게 준 소임이다"라고 적혀 있던 어떤 고전 서적의 한 페이지를 떠올렸다. 등에 메고 있던 가방에서 휴대용 캠코더를 꺼내는 리포터의 손이 미세하게 떨리고 있었다.

조각 2 : "이런 상황에서 어찌 그리 침착할 수 있죠?" 그러나 폴란드어를 제대로 알아듣지 못하는 구티에레즈가 뭐라 대답도 하기 전에 리포터는 다음 질문을 던졌다. "만약 당장 내일이라도 지구에 종말이 온다면, 당신은 뭘 할 겁니까?" 결국 구티에레즈는 어눌한 목소리로 이렇게 대답할 수밖에 없었다. "어…… 저는, 사과나무를 심을 겁니다." 그러고는 어깨를 으쓱한 다음 "사실 달리 할 일도 없잖아요"라며 체념의 한숨을 내쉬었는데, 그 장면은 마침 달려오다 그들 사이로 넘어진 한 뚱뚱한 노파 때문에 찍히지 않고 말았다.

중요한 것은, 이 인터뷰로 인해 구티에레즈가 유명해졌다는 사실이다. 프리랜서 리포터가 유튜브에 올린 동영상은 다운로드 횟수와 조회수에서 신기록을 갱신했다. 하늘을 가득 메운 파충류 신들 덕분에 신비로운 기운마저 감도는 기이한 화면 속에서 한 환경미화원이 생사를 초월한 듯 담담한 어조로 "저는 사과나무를 심을 겁니다"라고 말하는 모습은, 보는 이를 감동과 숭고미로 떨게 만들었기 때문이다.

*

신들이 첫 번째 메시지를 보낸 것은, 강림이 있고 나서 정확히 15일이 지난 뒤의 일이었다. 다이어리에 '2016. 1. 5. 신, 말 걸어옴'이라는 메모가 기록돼 있고 밑줄까지 쳐져 있는 걸로 보아, 확실하다.

솔직히 그즈음 난 제정신이 아니었다. 나만이 아니라 세상 모든 사람들이 그랬겠지만 말이다. 그러니까 우린 이상한 인지부조화 상태 같은 것에 빠져 있었다. 신에 대한 개념과 실제로 눈앞에 나타난 신 사이의 괴리가 너무 컸기 때문이다. 하긴, 신이 강림하던 날의 대혼란도 아마 그 거대한 인지부조화의 충격이 빚어낸 참극 아니었을까. 하늘을 까맣게 뒤덮은 채 내려오는 존재들을 보면서도, 우린 그들이 신이 아니길 원했다. '계시'앱이 그렇게도 여러 번 반복해서 신들의 강림을 예고했음에도 불구하고 말이다. 빠른 속도로 하강하는 검은 무리의 정체를 알아차린 이들은, 처음 '계시'가 설치됐을 때부터 그것을 진실로 받아들이고 오직 신을 맞을 준비에만 몰두해온 일부 광신도들뿐이었다. 그들은, 신들이 내려오는 걸 보자마자 가던 길을 멈추고 꿇어앉아 두 손을 하늘 높이 치켜들었다. 나중에 밝혀졌다시피, 이번에 내려온 신들에겐 별로 통하지도 않는 주문이었지만, 어쨌든 그렇게 길바닥에 주저앉은 신도들은 끊임없이 "할렐루야"라든가 "나무아미타불 관세음보살" 혹은 "알라여!" 등등의 말을 외쳐댔다. 벌써 종교적 흥분 상태에 빠져 부들부들 몸을 떨며 알 수 없는 언어를 읊어대는 이들도 있었는데, 그중에서도 한없이 흘러내리는 눈물을 훔치며 잠시 사방을 둘러보던 한 남자가 꽤나 의기양양한 표정으로 "보아라. 드디어 때가 왔도다. 우리는 이제 휴거될 것이고 너희들은 여기 남으리라"고 외치며 싱긋 웃는 장면은, 오랜 후까지도 유튜브에 남아 애도와 조롱의 대상이 되었다. 왜냐하면 그가 산 채로 하늘에 들려 올라가는 대신, 갑자기 사태의 심각성을 깨닫고 미친 듯이 달아나던 군중의 무리에 짓밟혀 오징어 신세로 전락하는 장면이 누군가에 의해 고스란히 촬영됐기 때문이다.

하여튼 그날 여기에서만도 신들의 강림으로 인해 목숨을 잃은 사람들의 수가 총 127명에 달했다. 물론 그 와중에도 시장은 저녁 뉴스에 나와, 이런 비상사태 속에서 사망한 시민의 수가 그 정도밖에 안 된다는 것은 이 도시의 시민의식이 얼마나 높은가를 보여주는 증거 아니겠느냐며 자화자찬했지만 말이다. 하긴, 나도 그 의견에 무조건 반대할 생각은 없다. 실제로 구티에레즈가 일하던 도시에선 무더기로 내려오는 신들을 피해 달아나다 서로 밀치고 넘어져 죽은 사람의 수가 356명에 달했다는 것만 봐도 알 수 있는 사실이니까. 그곳의 인구가 트루데보다 약 4만 명 정도 적은 걸 감안했을 때, 확실히 이곳 사망자의 수는 상대적으로 적은 것이었다.

잠깐. 지금 '구티에레즈'가 누군가 생각하고 있는가? 그렇다. 이 '구티에레즈'는 당신(들)이 알고 있는 바로 그 구티에레즈다! 사실, 녀석의 소식은, 나도 3년 만에 신문을 보고 처음 알게 됐다. 신들이 떼를 지어 내려온 뒤에도 신문 배달부는 쉬지 않고 일했고, 그래서 나는 아침마다 파자마 차림으로 1층 우편함까지 광속으로 달려가 신문을 가져왔는데, 어느 날 '해외면'에서 낯익은 얼굴을 보았던 것이다. "어라, 이게 누구야?" 떨리는 마음으로 자세히 들여다보니, 그건 3년 전, 그러니까 '계시' 앱이 처음 깔렸을 때 사라졌던 내 친구 구티에레즈의 사진이었다. 뜬금없게도 그는 동유럽의 어느 나라에서 청소부로 일하고 있었다. 연두색 형광 조끼를 입고 긴 빗자루를 들고 있는 구티의 모습은 어딘지 모르게 기이했다. 연두색 조끼에 어울리는 연두색 스냅백 같은 걸 쓰고 있었는데, 그래선지 원래부터 움푹했던 구티에레즈의 눈은 더더욱 음울하고 어두워 보였다. 중요한 것은, 헐벗은 가로수가 즐비하게 서 있는 휑뎅그렁한 새벽의 도로 위에서 한껏 엄숙한 표정으로 서 있는 구티에레즈의 머리 뒤쪽으로 뿌연 빛의 고리 같은 게 일렁이고 있었다는 사실이다. 아마 사진을 찍은 기자가 포토샵으로 공들여 작업한 거겠지만, 묘하게도 후광은 녀석과 잘 어울렸다. 나마저도 경건한 마음이 들어 무릎을 꿇고 싶어질 정도로 말이다. 게다가 그 기사의 제목은 무려 '성자가 된 청소부'이기까지 했다. 난 아침으로 먹으려고 썰어놨던 햄도 내팽개친 채 열심히 기사를 읽었다.

도대체 구티에레즈에겐 무슨 일이 일어났던 걸까? 그에 대하여는 좀 더 나중에 찬찬히 설명할 테니, 노트를 덮지 말도록. 왜냐하면 지금은 좀 더 중요한 다른 이야기를 해야 하니까. 어쨌든, 그때 난 신문사에 전화를 해서 기사를 송고한 기자의 이메일 주소를 알아냈다. 그런 다음 기자에게 장문의 메일—내가 구티에레즈와 얼마나 친했던가를 설명하는 구구절절한 사연을 적은—을 보내, 제발 그의 연락처를 알려달라고 애걸했다. 기자는 며칠 뒤 답장을 보내왔는데, 그는 '구티에레즈 씨'의 개인정보를 독자에게 함부로 알려줄 순 없다고 단호히 말하고 있었다. "대신, 구티에레즈 씨에게 연락해서 당신에게 전화를 걸라고 하겠습니다. 다만, 그분의 요즘 스케줄이 무척 빡빡하므로 과연 전화를 걸 시간을 낼 수 있을는지에 대하여는 장담할 수 없군요." 메일은 이렇게 끝났는데, 그로부터 열흘 정도 지나 드디어 전화가 걸려왔다. 처음엔 모르는 번호가 뜨기에 받지 않으려다 혹시나 하는 마음으로 통화 버튼을 눌렀을 때, 수화기 저편에서 낯익은 목소리가 들려왔던 것이다. "나야, 스티브. 정말 오랜만이지?" 순간 나는 아무 말도 하지 못하고 잠시 멍하니 있었다. 3년 만에 전화하는 거면서도, 구티에레즈의 목소리는 너무나 여유로웠고 자신감에 가득 차 있었다. "구……티?" 거의 울먹이면서 내가 대답하자, 먼 바다 건너 동유럽의 어느 나라에 있다는 구티가 다시 한 번 껄껄 웃었다. 누가 들어도 '성자가 된 청소부'라는 별명에 어울리는, 그런 호방한 웃음소리였다. "그래, 나의 스티브. 한 번쯤은 너에게 연락해야지, 생각하고 있었는데 이렇게 먼저 소식을 주다니, 정말 고맙도다." 사실, 지금에서야 하는 말이지만, 구티에레즈의 말투는 살짝 귀에 거슬렸다. 마치 자기가 무슨 선지자라도 되는 양 한껏 위엄을 부리며 말했기 때문이다. 그렇지만 그땐 그런 걸 따질 겨를이 없었다. 생각해보라. 정들었던 친구와의 3년 만의 재회 아니던가. 하여간, 우린 그렇게 해서 다시 연락을 하게 됐다. 구티는 자기 번호를 아무에게도 말하지 말라고 신신당부했다. "왜냐하면, 그러면 아무 때나 신도들이 나에게 전화를 걸어와 이것저것 상담을 하려고 하기 때문이야. 아, 정말 지겨워 죽겠어. 물론, 성자로서 난 그들의 말을 들어주고 거기에 어울리는 조언도 해줘야 할 의무가 있다는 건 알아. 하지만 아무리 그래도 잠잘 시간은 줘야 할 것 아니야? 그래서 고육지책으로 마련한 게 바로 이 두 번째 스마트폰이라고. 그러니까 사람들에게 공개되어 있는 내 번호와 메일 주소, SNS 계정은 사실은 매니저가 알아서 관리하는 거고, 난 이렇게 비밀 번호를 하나 가지고 개인적인 일을 보는 거지. 그러니 스티브, 절대로 이 번호를 발설해서는 안 돼. 알겠지?" 난 알겠다고 고개를 끄덕였다. 전화를 끊기 전, 아무래도 구티에레즈가 성자이자 예언자라는 게 너무나 이상하여—저간의 사정을 신문으로 다 읽었음에도 불구하고— 찜찜한 기분을 거두지 못하고 있는데, 그때 수화기 너머에서 이런 목소리가 들려왔다. "스티브, 내 친구여. 의심을 거두어라. 네가 나를 믿지 못해서 하는 말인데, 앞으로 적어도 수일 이내에 네 삶에 거대한 변화가 일어날 것이다. 그게 뭔지는 지금 내 눈에 훤히 보이지만, 더 자세히는 알려줄 수 없으니 이해해다오." 뭐라고 더 물으려는 순간, 폰에선 이미 전화가 끊겼음을 알리는 '뚜—' 하는 신호음만이 들려올 뿐이었다. 그리고 나는 결국 구티에레즈의 예지력을 믿게 되었는데, 왜냐하면 그로부터 얼마 지나지 않아 보리스와 아르까지가 나에게 첫 번째 메시지를 보내왔기 때문이다.

여하튼, 신이 내려오고 그들이 파충류라는 게—혹은 파충류와 닮았다는 게— 밝혀진 뒤, 지구엔 몇 가지 변화가 일어났는데, 그중 가장 중요한 것이 바로 다음 두 가지 사건이었다. 동물원이 문을 닫고, 전 세계 거의 모든 도살장이 폐쇄된 것. 사람들은 신이 동물처럼 생겼다는 걸 알게 된 후 더 이상 동물원에 가지 않았고—철창 너머에 있는 동물을 구경한다는 것 자체가 왠지 불경하게 느껴진다는 게 그 이유였다— 도무지 께름칙해서 차마 삼킬 수 없다는 이유로 육식을 거부하게 되었다. 결과는 실업률의 엄청난 상승으로 이어질 것 같았으나, 그 두 가지 사건이 전체 산업계에 미친 영향은 미미했다. 어차피 동물원에서 일하는 사육사의 수는 그리 많지 않았고, 텅 비어버린 우리엔 기다렸다는 듯 로봇 동물들이 대거 입주했기 때문이다. (일본에서 만들어낸 그 로봇들은, 그게 진짜 동물인지 아닌지를 구분할 수 없을 만큼 진짜 같았다. 그런 의미에서 예전 어느 철학자가 했던 말인 "우리는 상대방이, 아니 우리 스스로조차도 자신이 로봇인지 아닌지 결코 알 수 없을 것이다"라는 명제는, 그 자체로 유효했던 거다.) 또한, 지구상 거의 대부분의 인간이 채식주의자가 되었지만, 도축장에서 해고된 사람들의 수 역시 별로 많지 않았다. 사실 이 부분이 좀 놀랍긴 한데, 도축 공장의 사정을 잘 알고 있는 나로선 그리 새삼스러운 일도 아니었다. 어차피 도축장이란 최소의 인원으로 최대 개체수의 소, 돼지, 닭을 도살하는 것이 가능했던 장소였으니 말이다.

나 역시 신들의 강림 이후 실업자 신세가 될 위기에 처했다. 일단은 채식주의자용으로 생산되던 콩고기 통조림 영업 파트로 옮겼지만, 워낙에 규모가 작은 분야라 어떻게 될지 한 치 앞도 내다볼 수 없는 상황이었던 것이다. 마트에선 햄이나 소시지, 베이컨 같은 것들이 전혀 팔리지 않았다. 간혹 유통기한이 얼마 남지 않은 오래된 돼지고기 캔을 사 가는 사람들이 있긴 했는데, 그들은 거의 집 안에만 틀어박혀 지내는 데다 오래전 전기가 끊겨 텔레비전 뉴스도 보지 못하는 극빈층의 노인네들 몇몇에 불과했다. 노인들은 구부정한 등으로 지팡이를 짚고 나와 느릿느릿 가까운 슈퍼마켓까지 걸어갔고, 가는 길에 마주친 신들을 보고도 놀라지 않았다. 당연히 그들은 그 기괴한 존재—티라노사우루스를 닮은 외양에 지독한 비린내를 풍기는 이상한 생물체—가 신인 줄도 몰랐고, 오히려 자기 앞길을 가로막았다는 사실에 짜증을 내며 햇볕을 쬐고 있던 신들을 향해 지팡이를 휘두를 뿐이었다.

오케이 마트의 햄과 소시지 부문 담당자였던 챙이 해고된 것은, 어쩌면 정해진 수순이나 마찬가지였을지도 모른다. 그래도 그는 끝까지 버텼다. 냉장창고 사무실에서 쫓겨난 다음엔 자청해서 청소 업무를 맡았지만, 오래전부터 미화업무를 맡아온 아주머니들과 결코 가까워지지 못했다. 그는 외로이 청소 일을 했고, 혼자 도시락을 싸 와서 마트 주차장 바깥에 있는 화장실 안 청소도구 보관실에 쭈그리고 앉아 먹었다. 그런 챙에게 나는 두어 번 들러 스타벅스 프라푸치노를 사다 줬지만, 나중에 그는 멀리서 내가 걸어오는 게 보이면 긴 빗자루와 물통을 든 채 재빨리 계단 뒤편 같은 데로 숨어버리곤 했다.

마지막으로 만났을 때, 챙은 이미 모든 짐을 다 챙긴 뒤였다. "중국으로 다시 돌아가려고." 그는 힘없는 목소리로 말하며 빙긋 웃었다. 사람은 옷차림이 중요하다며 절대 푸는 법이 없던 넥타이도 하지 않은 채였다. "챙, 굳이 그럴 필요는 없잖아요. 신들은 돌아갈 거고, 사람들은 곧 다시 고기를 먹게 될 거라고요. 모르겠어요? 인간의 기억이 얼마나 짧고 단순한지? 그러니 조금만 기다려요. 곧 마트에서도 다시 햄과 소시지를 취급하게 될 거예요. 내가 장담해요." 하지만 챙은 천천히 고개를 저었다. "나도 이젠 지쳤어, 스티브. 그냥 고향으로 돌아가서 버섯 따는 일이나 할 생각이야. 아무리 생각해봐도 그게 나을 것 같아. 하여튼, 그동안 고마웠어, 스티브. 보아하니, 너도 어딘가 먼 곳으로 떠날 준비를 하는 것 같은데—나야말로 널 진짜 말리고 싶지만, 이미 결심을 굳힌 상태겠지?— 거기가 어디든 간에, 모든 게 잘 됐으면 좋겠다. 그리고 스티브, 언제든 일이 잘 안 풀리면 나한테 전화해. 번호는 바꾸지 않을 테니까. 내 고향에서 같이 버섯이나 따자고. 알았지?"

슬프게도 그게 챙과의 마지막 만남이었다. 얼마 뒤 챙에게 다시 들렸을 때, 청소도구 보관실엔 다른 남자가 앉아서 밥을 먹고 있었다. 그는 나를 보자마자 대뜸 화부터 냈다. "당신이 챙 친구야?" 그러면서 그는, 장부에 기록되어 있는 마대걸레와 빗자루의 수가 실제로 보관실에 놓여 있는 물품의 수와 맞지 않는다며 투덜대는 것이었다. 그 앞에다 난 들고 있던 프라푸치노 잔을 쾅 소리 나게 내려놓으며 외쳤다. "그래서 뭐 어쩌라고? 난 이제 이 모든 것과 아무 상관도 없다고. 왜냐하면 얼마 지나지 않아 이 거지 같은 세상과 영원히 작별할 테니까!" 문을 닫고 뒤돌아 나오는데, 남자가 중얼거리는 소리가 들려왔다. "뭐야, 저거 순 미친놈이잖아?"

공장장 잭으로부터 전화가 온 것은, 신들과 대화를 시작한 지 일주일쯤 지난 어느 금요일 오후였다. 요란하게 울리는 벨 소리에 폰을 들었다가 '공장장'이라는 세 글자가 찍혀 있는 걸 보고, 나는 한동안 전화를 받지 않은 채 가만히 서 있었다. 전에 숙성 라인 팀장 자리를 줄 것처럼 변죽만 울리다가 술자리까지 거나하게 대접받고는 막상 사사키인가 뭔가 하는 놈에게 넘겨준 뒤로, 난 잭에게 일종의 앙심 같은 것을 품고 있었다. 물론 사사키는 얼마 지나지 않아 사표를 내고 다른 곳으로 떠나버렸지만, 그래서 결국엔 내가 숙성 라인 팀장 역할까지 겸하게 됐지만, 그때 당했던 수모는 쉽게 잊히지 않았다. 게다가 지금이 어느 때란 말인가. 신들이 대거 내려와 세상은 온통 어둡고 음산한 기운으로 가득 차 있었다. 일하러 나오지 않아도 된다고 말한 이는 아무도 없었지만, 대부분의 직원들은 공장에 출근하지 않았다. 굳이 입밖에 내어 말하진 않았지만, 이유는 뻔했다. 뭔가 께름칙했던 것이다. 그동안은 돼지나 닭, 소를 죽이면서도 별다른 죄책감 같은 걸 가지지 않았다. 그 짐승들이 인간보다 하등하고 지능도 낮은 데다 감정도 거의 없는 존재라는 믿음이 있었기 때문이다. 그러나 하늘에서 파충류 신들이 떼 지어 내려오는 걸 본 뒤로, 우리(나를 포함한 도축 공장 직원들)의 심경엔 엄청나게 큰 변화가 찾아왔다. 신이 사람이 아니라 동물의 형상을 하고 있다니. 만약 이번에 거대 도마뱀처럼 생긴 신들이 내려왔다면 언젠가 소나 닭, 돼지처럼 생긴 신들도 오지 말란 법은 없는 것이다. 그런 상상은, 동물을 죽이고 피를 뽑아 가죽을 벗긴다는 것에 대해 이상한 불안과 거부감을 불러일으켰다. "제기랄, 언제 천벌 받아 죽을지 모르는데, 그깟 주급이 대수야? 난 관둘래." 숙성 라인의 멕시코인들은 그만두겠다는 뜻을 전하며 이렇게 말했다. "그래, 마음대로들 하라고. 어차피 나도 이젠 그만둔 거나 마찬가지니까, 사표 내려면 잭한테 직접 전화하라고." 그들에게 나는 이렇게 대답했던 것이다.

어쨌든, 내가 계속 전화를 받지 않자, 잭이 문자를 보냈다. "스티브. 전화 좀 받아. 지난번엔 내가 미안했어. 하지만 자네도 이해해줘야 해. 정 씨가 어쩌고 하면서 자꾸 이상한 말을 일삼는 사람에게 어떻게 그런 중요한 일을 맡길 수 있겠어? 여하간, 지나간 일은 다 잊고, 우리 이제 화해하자고. 무엇보다도 결국엔 자네가 숙성 라인 팀장이 되었잖아. 그러니 전화 좀 받게나, 제발."

폰을 닫으며 난 피식 웃었다. 문자만 보면 그가 날 꽤나 생각해줘서 숙성 라인 팀장과 영업부장 자리를 겸하도록 배려해준 것 같지만, 실상은 그렇지 않았기 때문이다. 트루데의 도축산업은 벌써 10여 년째 사양길로 접어들고 있었고, 그래서 많은 사람들이 좀 더 나은 일자리를 찾아 도시를 떠나버렸다. 나보다 먼저 팀장이 된 사사키 역시 그런 경우에 속했다. 그는 떠나기 전날 나를 찾아오더니 먼저 손을 내밀어 악수를 청했다. "미안해. 네 자릴 가로채고 싶었던 건 아니야. 알지?"

그러면서 그는, 묻지도 않았는데 자기가 다른 도시에서 더 많은 급여를 받고 일하게 됐다고도 알려줬다. 그렇게 직원이 점점 줄어들자, 나처럼 한 사람이 두세 가지 업무를 한꺼번에 맡는 케이스가 자주 생겨났다. 그렇다고 해서 급여가 올랐냐 하면 그런 것도 아니었고, 그저 업무량만 잔뜩 늘어났던 것이다. 그러니까 내 말은, 잭이 저렇게, 마치 큰 선심이라도 썼던 것처럼 떠들어선 안 된다는 뜻이다.

그럼에도 불구하고, 결국 마음 약한 나는 전화를 받고 말았다. 하지만 막상 통화 버튼을 누르고 "여보세요?"라고 했을 땐, 수화기 너머에서 아무 소리도 들리지 않았다. 귀를 대고 계속 기다리자, 드디어 공장장 잭이 천식이라도 걸린 것처럼 헐떡이는 목소리로 중얼거렸다. "잘 지냈나, 스티브?" 뭐라고 해야 할지 몰라 망설이다가, 나는 최대한 짧고도 간결하게 사무적으로 대답했다. "네, 공장장님. 저는 잘 있습니다. 그런데 웬일이시죠? 어차피 우리 사이엔 더 이상 할 얘기도 없지 않나요……?" 그러자 공장장은 씁쓸하게 웃었다. 목이 잔뜩 쉬어 있는 게 마음에 걸렸지만 애써 모른 체했다. "그냥, 오늘 혼자서 공장을 가동시키다 보니 옛 생각이 나더라고. 이 도시가 도축업의 메카가 되어 명성을 떨치던 당시의 일이며, 그때 내가 얼마나 활기차게 돼지와 소의 목을 땄는지, 뭐 그런 것들 말이야. 지금은 아무도 안 나오지만, 그래도 난 결근할 수 없었어. 매일 출근해서 하루에 한 마리씩이라도 꾸준히 도축을 해왔지. 그나저나 자네, 아무도 없는 도축장의 이 기이한 정적이 궁금하지 않나? 매일 꽥꽥대며 울부짖던 돼지들의 울음소리가 아예 들리지 않는 고요한 공장 말이야. 어이쿠, 이런. 내가 말이 길어졌군. 그래, 이제 끊을게. 그동안 고마웠어. 하지만 나도 이젠 끝내야 할 것 같아."

갑자기 머리를 스쳐 가는 불길한 느낌 때문에, 난 폰에 대고 소리를 쳤다. “공장장님! 끊지 마세요! 잭, 잠깐 기다리라니까요!” 그러나 이미 전화는 끊긴 뒤였다. 대충 잠바를 걸친 뒤 차 열쇠를 들고 아래로 뛰어 내려갔다. 사방에 깔린 신들을 이리저리 피하며 미친 듯이 운전한 끝에 공장에 다다랐을 땐 이미 뉘엿뉘엿 해가 지고 있었다.

공장은 적막에 감싸여 있었다. 귀를 찢는 돼지들의 비명 소리가 전혀 들리지 않았던 것이다. 마치 세상 전체에 참된 평화가 찾아오기라도 한 듯 고요하고 평온했지만, 그럼에도 왠지 납덩이처럼 무거워진 공기를 뚫고 난 출입구 쪽으로 빠르게 걸어갔다. 아이디카드를 꺼내 인식시키자, 쾅, 소리를 내며 철문이 열렸다. 복도에 희미하게 깔려 있는 비린내를 맡으며 난 도축장을 향해 뛰었다. 문을 열자, 완전히 멈춘 컨베이어 벨트 아래로 커다란 돼지의 몸통이 반으로 쪼개진 채 대롱대롱 매달려 있는 게 보였다. 아직 해체 작업은 이루어지지 않은 듯 뒷다리가 그대로 달려 있었다. “잭! 잭, 어디 있어요?” 공장장을 부르며 피와 오물, 기름기, 내장 쪼가리 같은 것들이 둥둥 떠 있는 도축장을 샅샅이 뒤지는데, 저쪽 전살대 입구 부근에서 누군가가 휙, 움직이는 게 보였다. 난 그쪽으로 달렸다. “잭, 거기 있는 거 다 알아요. 잠깐 멈춰요.” 너무 빨리 달리다가 발을 헛딛는 바람에 오물 구덩이 위로 넘어졌지만, 아랑곳하지 않고 벌떡 일어섰다. 공장장 잭이 지금 하려고 하는 일이 뭔지를 깨달았기 때문이었다. 그는 전살대 위에 몸을 눕히고는 손에 들고 있는 리모컨의 ‘작동’ 스위치를 막 누르려 하고 있었다. 그중에서도 ‘전자동 코스’ 스위치를 말이다. 그러면 전살대는 서서히 움직이며 잭을 앞으로 밀고 갈 테고, 그런 다음엔 위에서 내려온 거대한 칼날이……. 아아, 여기서부턴 차마 생각하고 싶지도 않았다.

“잭, 이게 끝은 아니잖아요. 어차피 언젠가 신들은 도로 하늘로 올라갈 테고, 그러면 도축장은 다시 활기를 띨 거라고요! 모르겠어요?" 오랫동안 아무도 치우지 않아 무릎까지 차오른 오물과 피를 헤치며 달렸지만, 잭은 이미 마음을 굳힌 것 같았다. 멀리서인 듯 그의 목소리가 들려왔다. "날 말리지 마, 스티브. 이젠 끝이라니까. 내 인생은 이 도축장과 함께 운명을 같이한다고!" 그때 내 눈에 띈 건 오른쪽 벽에 붙어 있는 커다란 검은색 상자였다. '관계자 외 절대 취급 금지'라고 적힌 그 금속 상자는, 공장 전체의 전원 공급을 조절하는 두꺼비집이었다. 더 이상 아무것도 생각하지 않고 난 그쪽으로 몸을 날린 다음, 두꺼비집의 문을 열어 손잡이를 내려버렸다. 움직이기 시작했던 전살대가 멈췄고, 나는 그 위에서 백설공주처럼 두 손을 모은 채 누워 있는 잭을 내려다보았다. 그의 눈에 눈물이 맺혀 있었다. "일어나요, 잭. 도대체 뭐 하는 짓이에요?" 우리는 도축장 한 켠에 딸린 샤워실로 가서 대충 몸을 씻고, 옷을 갈아입었다. 그러는 동안 공장장 잭은 한마디 말도 하지 않았다. "저건 어떡하죠?" 도축장을 나오며, 나는 뒤에 매달려 있는 반으로 갈라진 돼지의 몸통을 가리켰다. 그러자 처음으로 잭이 입을 열었다. "그냥 둬. 썩어버리라지. 빌어먹을 신들이 있는 한, 어차피 이 일도 끝장이니까."

밖으로 나오자 세상은 온통 컴컴했다. 하늘을 올려다보니 별이라곤 하나도 보이지 않았다. "태워다드릴까요?" 내가 묻자, 공장장 잭이 고개를 저었다. "괜찮아. 저기 차를 세워뒀어. 그럼, 잘 지내라고. 언젠가 또 같이 일할 날이 오겠지." 말은 그렇게 했지만, 아마 우리 둘 다 이게 마지막 만남이라는 걸 예감하고 있었던 듯하다. 서로 반대 방향으로 걷다가 자기도 모르게 뒤를 돌아봤던 걸 보면.

공장장의 차가 출발한 뒤에도, 나는 한동안 텅 빈 주차장에 멍하니 서 있었다. 도축 공장의 검은 실루엣 뒤로 신들의 긴 그림자가 펼쳐져 있는 모습은, 그 자체가 하나의 거대한 초현실적 그림이었다. 이제 브리티시 미트도 여기서 끝나는 걸까? 어쩌면 앞으로는 영원히 콩고기 영업만을 하게 될지도 모른다. 난, 도축장 안에 걸려 있던 마지막 돼지의 몸통을 향해 인사를 건넸다. 그동안 고마웠다. 안녕.

헤드라이트를 비춰가며 여기저기 서 있는 신들을 조심스레 피해 집으로 돌아오니, 우편함에 편지가 꽂혀 있었다. 평소와 달리 '유정숙'이란 이름 대신 '브라이튼 아담스 카운티 교도소장'의 직인만이 찍힌, 조금은 낯선 사각 봉투였다.

집으로 들어와 현관문을 닫아건 다음, 잠바를 벗어 옷걸이에 걸어두고 냉장고에서 맥주를 꺼냈다. 텔레비전을 켜자 신을 소재로 한 다큐멘터리가 나오고 있었다. '멍청한 놈들.' 티브이를 보며 난 속으로 중얼거렸다. 너희들이 암만 이따위 프로그램을 만들어봤자 아무 의미 없다는 걸 모르겠어? 왜냐고? 그건, 바로 여기, 신과 직접 소통하는, 나 스티브라는 존재가 있기 때문이지. 그런 생각을 하자 당장이라도 방송국으로 전화를 걸어 나 자신을 제보하고 싶어졌다. 그러면 PD와 카메라맨들은 열 일 제치고 달려오겠지. 그러나 보리스와 아르까지는, 자기들과의 소통을 비밀로 하라고 신신당부했다. 만약 다른 이에게 말하면, 오래전 자기네가 마음에 안 드는 인간을 벌줬던 것처럼 소금 기둥으로 만들어버리겠다는 둥, 온갖 협박을 해대면서 말이다. 두렵기보다는 좀 기분이 나빠졌던 나는 그들에게 물었다.

"왜요? 굳이 그렇게까지 할 필요가 있나요?"

그러자 보리스가 한심하다는 표정의 이모티콘과 함께 다음과 같은 문자를 보내왔다.

"당연하지. 만약 신과 소통한다고 하면 넌 십중팔구 미치광이 취급이나 받을 테니까. 아니면 삼류 언론사 기자들이 개떼처럼 몰려들어 널 취재하려 하거나. 그런 놈들은 네 일거수일투족은 물론이거니와 갖가지 시시콜콜한 사실들까지 다 후벼내서 네 삶을 엉망진창으로 만들어버릴 거야. 생각해봐. 그래서 좋을 게 뭐가 있을지." 난 잠시 그런 상황을 상상해본 뒤 대답했다. "글쎄요. 그게 어때서요? 유명해지면 좋잖아요?" 사실 그때 떠올린 사람은 내 친구 구티에레즈였다. 신들이 내려온 직후 갑자기 유명세를 타서 출세한 녀석. 앞서도 한번 얘기하다 말았지만, 구티에레즈는 지금 그쪽 동네에서 거의 선지자 취급을 받고 있었다. 구티에 대한 기사를 인터넷에서 몇 번 찾아봤는데, 아무리 봐도 그는 내가 알던 그 구티, 그러니까 겁 많고 어리석은 데다 게임 아이템을 사느라 툭하면 전 재산을 날리곤 하던 그런 구티가 아니었다. 언젠가부터 아예 청소부용 연두색 형광 조끼와 모자도 벗어 던지고, 옛날에 그리스인들이나 입었을 법한 하얀 튜닉 차림에 머리엔 나뭇잎으로 만든 이상야릇한 관 같은 걸 쓴 채, 피부과에서 관리라도 받았는지 잡티 하나 없이 매끄러워진 얼굴로 사람들 앞에서 웃고 있었던 것이다. 손에는 뱀이 휘감긴 모양이 조각된 지팡이를 들고 있었는데, 그런 구티의 공식적 직함은 '성자가 된 청소부'였다.

하지만 정작 내 마음을 아프게 한 건, 구티가 더 이상 내 전화를 받지 않는다는 사실이었다. 처음 신문에서 그에 관한 기사를 본 뒤 겨우 연락이 닿았을 때만 해도, 구티에레즈는 자기 비밀 전화번호를 알려줄 정도로 친근하게 굴었다. 그러나 얼마 전 마지막으로 연락이 됐을 때, 웬지 구티의 목소리는 싸늘하게 변해 있었다. 아니, 정확히는 이야기 도중 싸늘해졌다고 하는 게 옳으리라. 그날 난 구티에게 일자릴 부탁했었다. 그가 살고 있는 도시에 내게 어울릴 만한 새로운 일은 없는지 조심스럽게 물었던 것이다. "구티, 너도 알겠지만 여긴 가망이 없어. 앞으론 콩고기 영업이나 해서 겨우 먹고살게 될 것 같다니까. 그래서 하는 말인데…… 그쪽에 일자리 좀 없을까? 아니 그러지 말고, 혹시 너, 비서는 필요하지 않아? 내가 열심히 할 수 있는데." 그러자 갑자기 구티의 목소리가 확 변했다. "어, 그래. 한번 찾아는 볼게. 그런데 너무 기대하지는 마. 신들이 내려온 후론 여기도 영 불황이라서 말이야. 아, 그리고 비서는 필요 없어. 스케줄 관리라든가 현금 출납 관리, 이런 걸 해주는 사람이 다 따로 있어서……. 어? 스티브……? 내 목소리 들려? 이런. 전화가 또 혼선인가? 이상하게 안 들리네?" 난 전화기에다 대고 큰 소리로 외쳤다. "구티, 난 잘 들리니까 계속 말해도 돼!" 그러나 구티에레즈는 계속해서 같은 말만 반복하더니 서둘러 전화를 끊어버리는 것이었다. "여보세요? 여보세요? 하아, 정말 아무 소리도 안 들리네. 이제는 신들이 전파도 교란시키는 건가? 어쨌든 스티브, 지금은 상태가 안 좋으니 나중에 다시 통화하자고!" 그게 구티와의 마지막 통화였다. 그 뒤로 서너 번 정도 전화를 걸었지만, 그때마다 수화기 너머에선 "지금 거신 전화번호는 없는 번호이오니, 확인 후 다시 걸어주시기 바랍니다"라는 멘트만 흘러나왔으니 말이다.

내가 구티를 부러워하고 있다는 걸 안 보리스와 아르까지는, 잠시 후 문자 하나를 더 보내왔다. 너무 길고 구구절절해서 굳이 여기 다 소개하고 싶진 않지만, 여하간 요점만 적어보자면, 대충 이런 내용이었던 것 같다. 즉, 얼마 지나지 않아 구티에레즈의 운명과 나의 운명이 완전히 뒤바뀔 거라는 것. "너는 인류를 구원한 선지자가 되고 구티에레즈는 사기꾼으로 전락하게 될 거라는 거지. 그러니 너무 샘내지 말고 현재의 삶에 집중하라고. 알겠지?" 그러더니 그들은 이상한 말을 덧붙였다.

—그런데, 봉투는 언제 열어볼 생각이지?

—무슨 봉투요……?

—정말 모르는 거야? 아니면 알고도 모른 척하는 거야?

잠시 생각하다가 나는 폰을 꺼버렸다. 힘든 하루였고—그놈의 공장장 책 때문에 말이다— 그래서 신들과 의미 없는 대화나 나누는 대신 조용한 저녁을 보내고 싶었기 때문이다.

※ 부록 6. 신과의 대화 II : 신들의 역사, 그리고 나쁜 소식과 더 나쁜 소식

"한 생명을 구하는 것은 온 우주를 구하는 것과 같다." —탈무드

"온 우주를 구하려면 한 생명만 구해도 된다." —신

자기들이 위험하지 않다는 신들의 확답을 받은 며칠 뒤, 나는 가장 가까운 편의점까지 뛰어가 생수를 사 왔다. 오는 길에 파인애플 통조림까지 사 왔기에, 그날 저녁은 평소와 달리 개운한 식사를 할 수 있었다. 햄 한 캔을 다 비우고 접시를 헹구고 있을 때, 탁자 위에 올려둔 폰에서 '딩동' 소리가 들려왔다. 문자를 보낸 건 아르까지였다.

—이봐, 지금 바빠?

—아니요. 무슨 일 있어요?

—흠, 다행이군. 실은 할 얘기가 있어서. 시간이 좀 걸릴 텐데 괜찮겠어?

—지금 시간 많으니 얘기하세요.

—좋아. 그렇다면 단도직입적으로 말할게. 자, 지금 우리에겐 두 가지 소식이 있어. 하나는 나쁜 소식이고 다른 하나는 더 나쁜 소식인데, 둘 중 뭘 먼저 듣고 싶어?

—아무거나 먼저 말하세요. 어차피 둘 다 안 좋은 거잖아요.

—듣고 보니 그렇군. 그럼, 매도 먼저 맞는 게 낫다고, 더 나쁜 소식부터 알려주지. 그런데 그건 우리가 직접 알려주는 것보다 차라리 텔레비전으로 보는 게 더 나을 것

같아. 지금 당장 채널 12번을 틀어보라고. 거기서 네게 모든 걸 알려줄 테니까.

12번 채널에선 이상한 장면이 나오고 있었다. 아니, 이상하다기보다는 경이롭다고 하는 게 더 어울릴지도 모른다. 솔직히, 너무 비현실적인 광경이라 순간 내가 영화를 보고 있는 게 아닌가, 생각했을 정도다. 화면 전체를 채우고 있는 것은 검고 깊고 무한한 우주였다. 그 중심에서 지구를 향해 다가오는 거대한 불덩어리. 그리고 그걸 보고 놀라 울부짖으며 우왕좌왕하는 수많은 사람들.

잠깐. 그런데 이건 전에 어디선가 봤던—혹은 들었던— 광경이잖아. 어디였지(누구에게서였지)? 기억을 더듬는 동안에도 불덩어리는 지구로 점점 가까이 다가오고 있었다. 사람들은 패닉에 빠졌고 머리를 쥐어뜯으며 하늘을 향해 절망적인 비명을 질러댔다. 그러니까 그건 소행성이었다. 어느 날 갑자기 나타난 거대한 돌덩어리. 소행성은 성층권을 뚫고 곧바로 대기 중으로 진입하더니 초속 50킬로미터가 넘는 빠른 속도로 하늘을 날았다. 그러고는 쾅! 순간 거대한 도시가 흔적도 없이 사라졌다. 곧이어 치솟은 빛의 기둥은 활활 타오르며 대륙을 가로질렀고, 나무와 풀과 동물, 그 밖의 살아 있는 모든 것들이 순식간에 검은 재로 변해버렸다. 불길이 마침내 이곳 헤븐하우스를 향해 다가올 때, 나는 두 손으로 눈을 가리며 고통스럽게 울부짖었다. 뜨겁고 건조한 바람이 벌린 입을 통해 기도로 흘러 들어오자 더 이상 숨을 쉴 수 없어, 가슴을 움켜쥔 채 바닥을 뒹굴었다. "살려줘. 죽을 것만 같아. 제발." 서서히 정신을 잃어가며 내가 마지막으로 떠올린 건, 시원한 생수 한 병이었다. 그것만 있다면, 그렇다면 이 질식할 듯한 공기 속에서도 숨을 쉴 수 있을 텐데. 하지만 어디를 둘러봐도 생수는 보이지 않았다. 동시에 내 눈도 스르르 감기며 어둠이 찾아왔다. 그때 누군가가 나를 흔들어 깨웠다. "정신 차리세요. 여기 생수가 있으니, 쭉 들이켜요." 목구멍으로 흘러 들어오는 시원한 물줄기 덕분에 나는 가까스로 눈을 떴다. 얼굴 가득 부드러운 미소를 띤 청년이 나를 내려다보고 있었다. "괜찮으세요?" 그가 묻는 말에, 난 천천히 고개를 끄덕였다. 어느 틈에 양 볼에 눈물이 흘러내리고 있었다. "다행이군요. 그럼, 앞으로도 계속 기억해주세요. 언제나 어디서

나! 우린 당신 곁에 있을 테니까요." 그러면서 청년은 입고 있던 파란 작업복 조끼의 가슴 부근을 가리켰다. 거기엔 'Every time Everywhere, 최고의 24시간 편의점 체인'이라는 글자와 로고가 선명하게 새겨져 있었다. 그가 일어서서 지평선 너머로 사라져가자, 웅장하면서도 애수 어린 관현악곡이 울려 퍼졌다. 동시에 경쾌한 목소리가 흘러나왔다. "지구 종말의 순간에도, 편의점은 언제나 어디서나(Every time Everywhere)!"

그때 또다시 '딩동' 하는 소리가 들렸다. 겨우 정신을 차리고 비틀거리며 일어나 폰을 열어보니, 신이 보낸 문자가 와 있었다.

—이런 광고 처음이야? 뭘 그렇게 놀라? 울기까지 하고.

—광고라니요? 뭐가요?

—이런. 넌 정말 처음 보는군. 하긴, 그럴 수도 있겠지. 나온 지 얼마 안 된 신개념 광고니까. 하여튼, 네가 그렇게 놀라는 걸 보니 이거 효과 하나는 제대로인걸.

—무슨 소리예요? 대체 어떤 게 광고라는 거죠?

—좋아. 그렇다면 일단 간단히 설명해줄게. 방금 네가 본 건 새로 나온 4D 광고 시스템이야. 어느 골 빈 인간이 처음으로 이런 생각을 해냈는지는 모르지만, 텔레비전의 전자파를 약간 변형시켜서 광고 속 상황을 생생하게 체험해볼 수 있도록 만든 놀라운 시스템이지. 뭐, 일종의 가상현실인 셈인데…… 웃긴 건, 이 도시가 그 시스템의 최초 테스트 장소로 선정됐다는 사실이야. 시장이 광고회사와 무슨 협약을 맺었다나. 너도 알다시피 도축산업은 이제 사양길로 접어들었잖아. 그래서 시에선 경제를 살릴 마지막 출구로 '첨단산업 유치'를 결정한 거지. 여길 제2의 실리콘밸리로 만들겠다는 야무진 포부를 가지고, 그들은 여러 하이테크놀로지 회사들을 접촉했어. 그러나 성과는 기대 이하였고. 솔직히 말해서 누가 예전에 도축장으로 쓰던 공장을 개조한 사무실에서 일하고 싶겠어? 아무리 닦아내고 소독해도 피비린내가 진동할 텐데 말이야. 그런데 어느 신생 광고업체가 러브콜에 응했어. 그들은 벌써 한참 전에 4D 광고 시스템을 개발했지만, 그게 인간의 두뇌에 해롭지

않다는 사실을 임상적으로 입증하지 못해 전전긍긍하고 있었던 거야. 그런 기괴한 전자파에 주민을 노출시키겠다는 도시는 어디에도 없었으니까. 그런데 마침 트루데의 공무원들이 나타났고, 양측은 의기투합하여 오늘부터 실험 광고가 송출되기 시작한 거야. 듣기론 그 광고회사의 첫 번째 고객은 세계적 편의점 체인인 'Every time Everywhere'라더군. 그러니까 방금 네가 겪은 건, 그 편의점의 이미지 광고였던 거지.

그들의 말을 듣고, 난 큰 소리로 웃었다. 사실 전부터 느꼈던 거지만, 보리스와 아르까지는 허풍이 심했다. 내가 잘 모르는 걸 틈타서 슬쩍슬쩍 거짓말을 끼워 넣는 것 같기도 했고 말이다. 하긴, 어쩌면 그런 특성이야말로 '신'이 가져야 할 가장 중요한 덕목인지도 모르지만. 여하간 난 웃다 말고 정색을 한 채 말했다.

—지금 날 바보로 아는 거예요? 말도 안 되는 얘기 그만두라고요. 그리고 만약 그게 사실이라면, 어떻게 사람들이 그런 걸 모를 수 있죠? 그렇게 중요한 실험을 하려면 뭐더라, 아 맞다, 시의회인가 뭐 그런 데서 동의도 해야 하고 주민들에게도 공고도 하고, 그래야 하는 거 아닌가요?

—참, 네 말을 들으니 생각난 건데, 우리가 잊고 말하지 않은 게 하나 있어. 그 테스트는 도시 전체를 대상으로 하는 건 아니야. 바로 이 동네에만 송출되지. 얼마 전 동의서에 사인도 다 받아 갔다고. 아마 그날도 술 마시고 뻗어 있느라 자기가 뭘 하는지도 몰랐겠지만, 너도 네 이름을 거기 적어 넣었고 말이야. 이 일대의 낡은 인터넷 케이블을 새로운 광케이블 시스템으로 바꿔준다는 조건을 받아들이고 동의서에 서명했잖아.

문득 얼마 전, 관리인 노파가 문을 두드렸던 게 떠올랐다. 보리스와 아르까지의 말마따나 그때 난 스팸 한 캔에 맥주 두 병을 곁들여 먹고 소파에 누워 잠을 자고 있었다. 노파는 이가 다 빠진 입으로 뭔가를 웅얼대며 설명하더니 내게 종이 한 장과 펜을 내밀었다. 그다음은 어떻게 됐더라? 사실 전혀 기억나지 않는다. 아마 신들이 말한 대로 아무 생각 없이 내 이름을 적어버렸겠지. 어쨌든, 나는 좀 기가 죽어서 답장을 했다.

—음, 그러고 보니 기억나네요. 내가 서류에 사인을 한 것 같아요. 하지만, 당신들 말처럼 뭔지도 모르고 막 서명을 한 건 아니니니 걱정 말라고요. 여하간, 그러니 이 얘긴 이제 그만하고, 다음으로 넘어가자고요. 자, 이제 진짜 질문. 도대체 왜 채널 12번을 켜보라고 한 거죠? '더 나쁜 소식'에 대해 알려준다더니 이상한 편의점 광고밖에 못 봤잖아요.

—나 원. 이렇게 눈치가 없어서야. 우린 네가 그 영상을 보는 순간 단번에 모든 걸 알아차릴 거라 예상했는데. 인류에게 닥쳐올 엄청난 불행에 대해서 말이야.

—어휴, 진짜 무슨 얘길 하는지 하나도 모르겠다니까요.

—휴, 어쩔 수 없지. 그럼 그냥 말로 설명해줄게. '더 나쁜 소식'이 과연 뭔지 말이야.

—그럴 거면 뭐하러 저따위 광고를 보게 했어요? 처음부터 그냥 말해줬으면 되잖아요.

—실은…… 우리도 네가 이렇게까지 눈치가 없을 거라곤 미처 생각지 못했거든. 하여튼 각설하고, 이제부터 중요한 얘길 해줄 테니 잘 들으라고. 그러니까 우리가 네게 알려주려던 '더 나쁜 소식'은 이거야. 즉, 지금 이 순간, 그 광고에서와 같은 거대한 소행성이 지구로 다가오고 있다는 것. 암흑물질로 이루어진 그 소행성은 나사의 천체망원경에도 잡히지 않은 채 마치 스텔스기처럼 조용히 지구를 향해 오고 있지.

—그런데요? 그게 왜 더 나쁜 소식이죠?

—(거봐 보리스, 내가 뭐랬어? 얘는 좀 아니라고 했잖아.)

—(아르까지, 그렇다고 날 보고 뭐 어쩌란 말이야? 어차피 스티브를 고른 건 우리가 아니라고. 너도 알잖아. 모든 건 태초부터 그렇게 정해져 있었다는 걸 말이야.)

—(그래, 그렇지. 그렇고말고. 그건 나도 알아. 난 다만…… 너무 답답해서. 우리가 이 정도 말하면 어느 정도 눈치를 채야 정상인데. 과연 얘가 과업을 제대로 수행할 수는 있을지…… 불안해져서 그러는 거지.)

—(어쩌겠어? 그가 성공을 하든 못 하든, 그것마저도 이미 결정되어 있는 건데. 단지 우리는 길을 제시해줄 뿐이잖아, 안 그래? 그나저나 이 대화 좀 이상한 거 모르겠어, 아르까지? 어차피 너와 나는 단일체이고 같은 존재인데, 굳이 이런 식으로 이야기를 나눌 필요가 있을까?)

—(흠, 듣고 보니 그것도 그렇군. 좋아, 그럼 이제 우리끼리 대화하는 건 더 이상 하지 말자. 확실히 이건 좀 웃긴 일인 것 같아.)

—이봐요, 지금 뭐 하는 거예요? 나는 빼놓고 당신들끼리 무슨 얘길 그렇게 심각하게 나누는 거냐고요?

—아, 미안해, 스티브. 그냥 우리 얘긴 못 들은 걸로 해줘. 별거 아니니까 말이야. 음, 그럼 이제 진짜로 모든 걸 알려줄 테니 마음의 준비를 하고 듣도록. 방금 말해준 그 소행성 말이야, 이 지구를 향해 달려오고 있다는. 그게 약 두 달 후면 지구와 충돌하게 돼 있어. 그러면 어떤 일이 생기는지는, 아까 본 광고 그대로고. 그래, 소행성이 떨어진 주변 수천 킬로미터는 아예 모든 것이 무無로 변해버릴 테고, 그보다 조금 더 떨어진 곳도 지구 위 핵폭탄과 수소폭탄 전체가 다 터진 것보다 더 끔찍한 방사능 피해를 입게 될 거야. 살아 있는 모든 것들은 죽게 될 것이며 먼지구름은 하늘 전체를 덮어버려서 지구엔 공포의 빙하기가 찾아오겠지. 결국 방사능과 낙진의 직접 피해를 입지 않은 모든 지역까지도 완전히 얼어붙고, 생명체들은 얼어 죽거나 굶어 죽게 될 거라는 거지. 그 상태로 수십 년이 지나면, 결국 이 지구엔 문명이라곤 하나도 남지 않게 될 거야. 혹시 운이 좋아 살아남는다 해도 그런 극단적인 환경을 견디는 와중에 기괴한 생명체로 퇴보해 있을 테고…… 그마저도 얼마 지나지 않아 멸종하고 말 게 뻔해. 자, 이쯤 얘기하면 알 수 있겠지? 우리가 알려주고자 했던 '더 나쁜 소식'이 뭔지를.

아까도 말했지만, 신들은 허풍이 심한 편이다. 소행성이 충돌하고 인류와 모든 생명체가 멸종하고…… 등등의 이야기를 듣자 그런 생각이 새삼 더 들었다. 툭하면 종말 운운해가며 인간을 겁주는 존재. 아무래도 그게 신의 본질인 것 같았다.

—거짓말하지 말아요. 그런 거라면 예전에 내셔널지오그래픽 채널에서 본 적 있다고요. 내가 아직도 기억하는데, 거기선 분명 이렇게 말했거든요. 지구의 수많은 훌륭한 과학자들이 첨단장비로 우주 곳곳을 관측하고 있다고. 그러다가 위험해 보이는 소행성이나 거대 운석을 발견하면 곧바로 폭파해버린다던 걸요? 게다가 잊으셨나 본데, 당신들이 처음에 그랬잖아요. 세상이 끝날 때까진 아직 76억 년이 남았다고 말이에요. 그런데 왜 갑자기 종말입네, 뭐네, 하면서 사람을 겁주는 거죠? 도대체 저의가 뭐예요?

—빙고! 일단 네 말이 일부 옳긴 해. 정말로 '세상'은 76억 년 뒤에나 멸망할 테니까. 다만 그때까지 남아 있는 건, 너희 인류가 살고 있는 바로 이 지구가 아니라는 것뿐. 그래, 태양이 적색거성으로 변해버리는 그 순간까지 어떻게든 '지구'라는 물리적 실체는 남아 있을 거야. 하지만 인간은 멸망하고 없겠지. 나무도 풀도 새도 모두 사라질 테고. 글쎄…… 모르겠다. 진화의 법칙에 의해서, 인류 이후에 더 나은 뭔가가 나타날지도. 그런데 솔직히 더 나은 존재가 생겨날 거라는 생각은 좀 억지가 아닐까 싶어. 그건 과거를 돌아보기만 해도 금방 알 수 있는데, 예를 들자면, 중생대에 소행성이 떨어져 우리 종족이 멸망했지만, 그렇다고 해서 지금 지구에 더 나은 존재가 살고 있는 건 아니니까 말이야.

—잠깐. 그럼 당신들이 진짜 그…… 공룡의 후손?

—그래, 맞았어. 우리 역시 오래전 이 땅에 번성했었다고. 너희 인류는 공룡인 우리가 양치류를 뜯어 먹거나 아니면 동료들을 잡아서 날카로운 이빨과 발톱으로 갈가리 찢어 먹는 야만적인 삶을 살았을 거라 착각하고 있더군. 하지만 그건 오해야. 아니 일종의 오만이라고나 할까. 분명히 말하지만 우린 문명을 이뤘어. 그것도, 지금 너희들과는 비교도 안 될 만큼 찬란한 고대문명을. 하지만 그렇게 대단했던 문명도 자연의 힘 앞에선 속수무책이더군. 하늘에서 갑자기 나타난 소행성 하나에 깡그리 사라져버렸으니 말이야.

여하튼, 그때 땅속 가장 깊은 곳까지 파고들어가 겨우 목숨을 건진 몇몇 공룡들이 있었어. 그들은 에너지도 식량도 그야말로 아무것도 없는 상황에서 어떻게 하면 살아남을 수 있을지 연구하고 또 연구했지. 사실 그들에게 중요했던 건 개개인 각자의 생존이 아니었어. 그들이 중요하게 생각한 건, 우리 종족이 이뤄낸 문명의 존속이었지. 물론 처음엔 불가능해 보였어. 제아무리 발전된 문명일지라도 태양에너지가 없다면—하늘은 온통 먼지구름으로 뒤덮인 채 수만 년간 오직 밤만이 지속됐다고— 아무것도 할 수 없으니 말이야. 다행히 살아남은 공룡들 중 당대 최고의 위대한 과학자가 있었어. 그는 만약 어떤 생명체가 에너지를 거의 쓰지 않는다면, 즉 물리적인 실체에서 벗어나 순수한 사고思考의 형태로 존재할 수 있다면, 영원히 사는 것도 가능하다는 걸 알고 있었지. 다만 그렇게 되기까지 필요한 여러 단계를 밟기 위해선 어쩔 수 없이 에너지를 써야 한다는 게 가장 큰 문제였던 거고. 그 사실을, 나머지 살아남은 공룡들은 알게 됐어. 그리고 마침내 그들은, 이 우주가 생겨난 이래 가장 숭고한 결정을 하게 돼. 그래, 살아남은 공룡들은 과학자의 에너지원이 되길 자처한 거야. 당연히, 과학자 공룡은 한사코 거부했어. 차라리 자기들의 문명이 우주에서 소멸될지언정 동족을 먹어가면서까지 살아남아야 할 이유는 어디에도 없다고, 고통에 가득 차 외쳤지. 그러나 결국엔 그도 동료들의 숭고한 결심을 받아들이게 됐어. 눈물을 흘리며 그는 동족의 고기를 먹었고, 그러면서 모든 지혜와 힘을 끌어모아 연구에 연구를 거듭한 거야.

결국 마지막 동료의 단 한 점 남은 살코기를 삼키는 순간, 과학자는 방법을 알아냈어. 그는 자신의 체온을 절대온도까지 낮추고 물리적 실체를 전하電荷 수준으로 분산시켜—쉽게 말해서 우주 전체에 넓게 퍼진 일종의 먼지구름 같은 형태가 되는 거지— 그 각각에 문명의 정수를 담는다면, 영원히 살면서 동시에 모든 지혜와 학문의 성과도 보존할 수 있을 거라는 사실을 발견한 거야. 대신 그렇게 된 존재는 이미 생명이라고 할 수 없는 수준에 도달하게 된다는 것이 문제였지만—왜냐하면 그는 번식도 배설도 식사도 아무것도 하지 않는 무생물의 상태로 빠져들 테니까— 어쩔 수 없었어. 그것만이 유일한 방법이었으니까. 나는, 아니, 그는 자기가 만들어낸 기구 안으로 들어가 안에서 문을 잠갔어. 그러고는 긴 한숨을 내쉰 뒤 버튼을 눌러버렸지. 곧 기계가 덜컹대며 흔들렸고 그 안에서 과학자는 씁쓸하게 웃으며 자기의 몸이 분산되어 전하보다 더 작게 우주 멀리로 흩어져가는 걸 바라봤어. 맨 끝으로 뇌가 분산되던 찰나, 그는 갑자기 슬픔에 가득 차 비명을 질렀어. 그때 그는 생명의 비밀을 알아챘으니까. 그래, 쉽게 말해서 그 순간 그는 신이 되어버린 거야. 진짜 신 말이야. 그가 알게 된 건 이런 거였어. 즉 종족의 멸망은 처음부터 막을 수도 있었다는 것. 시공간에 뚫린 종말의 구렁텅이에 단 한 존재, 다른 이들을 살리기 위해 자신의 모든 것을 내놓을 수 있는 단 하나의 존재만 제물로 바친다면, 애초부터 이런 식의 완전한 멸망은 일어나지도 않았을 거라는 것. 하지만 나는 그걸 너무 늦게 알았어. 조금만 더 일찍 알았더라면…… 그럼 난 사랑하는 가족들과 동료들, 양치류로 뒤덮였던 아름다운 숲과 조그만 포유류, 물속을 헤엄치는 연골어류, 익룡들, 그 모두를 구할 수 있었겠지. 그래, 그게 바로 내가 마지막 순간에 슬픔에 가득 차 비명을 지른 이유였다고.

여하튼, 그렇게 나는, 우리는, 아니 그는 실체 없는 존재, 즉 신이 되었어. 그리고 그런 모습으로 우주의 과거와 현재, 미래에 대해 생각하고 또 생각했던 거야. 그러는 와중에 난 알게 됐어. 종말을 앞둔 세계엔 언제나 특이점이 나타난다는 것을. 그때가 되면 세상은 '임계점'에 도달해서—마치 소금을 넣고 아무리 휘저어도 더 이상 녹지 않는 포화용액처럼— 왜냐하면 그런 과포화용액은 결국 소금 결정을 석출析出시킬 수밖에 없으니까— 눈에 보이지 않던 존재들을 결정화시키는 거야. 어때? 이제 이해가 돼? 왜 하필이면 지금 이때 우리가 나타난 건지? 그러니까 내 말은, 우린 하늘에서 내려온 게 아니라는 거야. 우리는, 아니 나의 수많은 분신들은, 이전에도 이후에도 언제나 여기 있었고 그러다가 임계점에 도달한 지구에서 공기 중에 서서히 모습을 드러냈던 것뿐이라고. 뭐라고? 글쎄…… 무슨 이유로 세계가 그런 특이점에 도달하는 건지는 아직 나도 몰라. 다만 앞으로도 계속해서 생각에 생각을 거듭한다면 언젠가는 그 비밀도 깨닫게 되지 않을까, 기대하고 있을 뿐.

어쨌든 중요한 건, 현생 인류가 나에게 많은 빚을 지고 있다는 사실이야. 그동안 너희들이 위기에 직면할 때마다 나는 이렇게 다수이자 다수가 아닌 기이한 형태로 지구에 나타나 '구원자'를 찾아냈으니까. 그를 찾아내 설득하는 일은 매번 어려웠지만, 지금까지 실패한 적은 없어. 물론 너의 의문을 이해 못하는 바는 아니야. 넌 생각하겠지. 이미 오래전 사라져버린 공룡 종족이, 그것도 실체도 없이 우주 전체에 흩날리는 먼지구름이라는 존재가 왜 어떤 이유로 다른 종족의 존속을 도우려고 하는가? 글쎄, 그건 나도 모르겠어. 다만 그것만이 나를 위해 기꺼이 자기들의 살점을 내준 동족들의 희생에 보답하는 길이 아닐까, 생각하기도 하지만…… 그러나 기본적으로 나는 이제 살아 있지 않아. 그렇기에 피도 눈물도 감정도 그야말로 아무것도 가지고 있지 않다고. 때론 내가 왜 이런 수고로운 과정을 반복해야 하는지 나 스스로도 궁금해지곤 하는데…… 결국 내린 결론은 이런 거야. 이 모든 것 역시 태초에 정해져 있었다는 것. 본질로 파고들어가면, 우리가 알고 있는 것은 아무것도 없다는 것. 그럼에도 불구하고 살아 있는 것은 계속 살아가야 한다는 것. 결국엔 그것만이 진실이라는 것.

그때 창밖에서 이상한 기척이 느껴져, 난 황급히 달려가 커튼을 열었다. 놀랍게도 무수히 많은 보리스와 아르까지가 유리에 얼굴을 댄 채 안을 들여다보고 있었다. 자세히 보니 그들의 노란 눈동자 아래로 물방울 같은 게 볼을 타고 흘러내리고 있었다.

— 혹시, 당신들, 지금 울고 있어요?

내가 묻자, 신들은 동시에 고개를 저었다.

— 우는 것 같은데요? 볼에 눈물이 흐르잖아요.

— 아니, 이건 빗방울이야.

— 무슨 소리예요? 밖엔 비도 안 오고 하늘도 완전 맑은데.

그러자 무수히 많은 보리스와 아르까지가 갑자기 유리창에서 얼굴을 뗐다. 왠지 풀이 죽어 보이는 표정이었다.

— 아아, 이런. 너무 긴 문자를 보내는 바람에 목과 어깨가 움직이질 않아. 스마트폰 증후군에 걸린 게 아닐까? 게다가 배터리도 얼마 없으니, 오늘은 여기까지만 하자.

— 어차피 살아 있는 존재도 아니라면서 목과 어깨는 왜 아파요? 뭔가 앞뒤가 안 맞잖아요.

— 우리도 거기까진 모른다니까. 게다가 신이라고 해서 모든 걸 다 아는 것도 아니라고, 몇 번을 말해야 알겠어? 여하간 오늘은 그만하자. 너무 피곤해.

— 그럼 '나쁜 소식'까지만 마저 말해줘요. 궁금해서 견딜 수 없단 말이에요.

— 아, 그렇지. 그 얘길 하고 있었지. 정말 깜빡했어. 그래, 아까 말한 대로야. 우리가 나타난 걸 보면 모르겠어? 너희 인류는 또다시 임계점에 도달했어. 곧 멸망하게 될 거라 이 말이야. 그리고 이번엔 정말 피해가기도 힘들어. 예전보다 훨씬 큰, 지름 20킬로미터의 소행성이니까. 어쨌든, 그래서 이번에도 우린 구원자를 열심히 찾아 헤맸고, 그게 쉬운 일은 아니었지만 마침내 그를 발견해낸 거야!

— 오, 다행이네요! 그럼 우린 이제 멸망하지 않아도 되는 건가요?

—그래. 그런데 그 구원자가 누구인지 궁금하진 않아?

— 글쎄요, 솔직히 말해서 별로 알고 싶진 않아요. 어차피 그런 위대한 인물은 나와는 상관없는 딴 세상 사람일 테니까요.

— 이봐, 스티브. 그래서 하는 말인데, 방금 전까지 말한 거, 그러니까 소행성이 다가와 지구와 충돌할 거라는 게 '더 나쁜 소식'이었다면, 이제부터 들려주는 건 '나쁜 소식'이야.

지금 생각해보면, 신들과의 대화는 그쯤에서 그만뒀어야 했다. 그냥 폰을 꺼버리고 배터리를 빼낸 다음, 영원히 그걸 켜지 말았어야 한다는 뜻이다. 그러나 난 그러지 못했다. 당연하지 않은가. 내겐 미래를 내다보는 힘 따윈 없다. 즉, 대화를 계속하면 어떤 상황에 이르게 될지 전혀 예측할 수 없었다는 말이다.

— 잘 들어. 이제부터 진짜 중요한 이야기니까. 이번 임계점에서 인류를 구해낼

구원자는…… 짜잔, 기대하시라…… 그건 바로 너라고! 어때, 놀랐지?

순간 유리창 밖에 있던 무수한 보리스와 아르까지들이 일제히 팡파르를 울려댔다. 그러더니, 어디서 준비해 왔는지 색색의 리본이 달린 지휘봉 같은 걸 휘두르며 생전 처음 보는 기묘한 동작을 반복하는 것이었다. 아마도 춤을 추는 게 아니었을까 싶은데, 어쨌거나 그리 보기 좋은 광경은 아니었기에 난 조용히 커튼을 내렸다.

— 혹시 매스게임이라도 하는 거예요?

— 구원자를 위해 특별히 준비한 이벤트였는데, 마음에 들었어?

— 참 나. 무슨 코미디도 아니고…… 그게 뭐예요? 여하간 재미는 있었고요, 내가 구원자라는 농담도 웃겼어요. 사실 그게 가장 재밌었던 것 같아요. 구원자라니…… 내가 예수나 석가모니 같은 그런 위대한 존재라는 거 아니에요?

— 이봐, 스티브. 우리는 농담 따윈 안 해. 다시 한 번 엄숙하게 선언하노니, 넌 진짜 구원자야. 즉 너 자신을 희생하여 Key를 찾아냄으로써 인류를 멸망에서 구해낼 위대한 존재라는 뜻이지. 그러니 너도 이젠 운명을 받아들이라고. 더 이상 현실을 부정하지 말고.

— 알았어요. 뭐, 농담이 아니라고 믿을게요. 그런데 이건 진짜 그냥 궁금해서 묻는 건데, 도대체 인류를 구하기 위해 내가 할 일은 뭐죠? 혹시 우주선을 타고 소행성을 폭파하러 떠나기라도 하나요? 하긴, 그 정도면 해볼 만도 하겠네요. 결과야 어찌 되건 간에, 일단은 폼 나잖아요.

— 걱정하지 마, 스티브. 넌 그렇게 하지 않아도 돼. 그보다 훨씬 쉽고 간단하게 인류를 구할 수 있다고.

— 아하, 그래요? 그게 뭔데요?

— 과거로 돌아가는 거야. 임계점이라는 특이한 상태에 도달할 때까지 시공간엔 수많은 오류가 발생하는데, 그게 처음 꼬이기 시작한 시점으로 돌아가 그걸 풀고 거기서 열쇠를 찾아오면 된다, 이 말이지.

— 과거로 돌아간다……? 흠, 좋아요. 하겠어요. 대신 멋진 타임머신이나 한 대

주세요. 「백 투 더 퓨처」 같은 영화에 나오는 허접한 거 말고, 진짜 멋진 걸로 하나 달라고요. 그럼 지금 당장이라도 과거로 돌아가 열쇠인지 자물쇠인지를 들고 올 테니까요.

— 스티브, 인류의 미래, 그리고 너의 모든 것이 달린 일이야. 좀 더 진지해질 순 없겠어?

— 참 나. 여기서 어떻게 진지해질 수 있죠? 모두 다 말도 안 되는 얘기뿐이잖아요.

— 어째서 말이 안 된다는 거지? 도대체 왜 우리 얘길 못 믿는 거야?

순간, 나는 스마트폰을 꺼버렸다. 이건 뭐, 말이 되는 얘길 해야 대화를 계속할 거 아닌가? 아무리 신이라고 해도 이런 식으로 사람을 놀리는 건 참을 수 없었다. 그땐 그랬다는 뜻이다.

20
검은 사각형, 혹은 디디의 진술

이름은?

—디디.

아니, 네 진짜 이름.

—디디. 디디라니깐요.

그래, 디디라…… 좋아. 이름은 그쯤 해두지. 어쨌든, 시작해볼까?

—뭘요?

네가 알고 있는 걸 다 털어놓으란 뜻이야. 그날 밤 스티브네 집에서 본 건 모두 다.

—무슨 소리예요? 난 스티브네 가지도 않았어요. 만난 적도 없고요. 오후 내내 애들이랑 거리를 돌아다녔거든요. 아무나 불러서 물어보세요. 그럼 알 수 있을 테니까요. 내 말이 거짓말인지 진짠지.

무슨 소리야? 벌써 스티브가 다 불었어. 어두워질 때까지 너희 둘이 유령 타워에 있었다고. 거기서 나이퀼 시럽을 잔뜩 마시고 취한 채 집으로 갔다더군.

—뭐라고요? 미친놈. 만약 스티브가 그렇게 말했다면 녀석은 돌아버린 게 틀림없어요. 하긴, 가족이 그렇게 됐는데도 제정신이라면, 그게 더 이상한 일이겠지만 말이에요. 하여튼, 난 스티브네 가지 않았어요. 그건 토미도 알아요. 우린 오후 내내 같이 있었으니까요!

흠, 끝까지 입을 열지 않겠다 이거구나? 그래, 그렇다면 일단 네 말을 믿기로 하마. 대신 이거 하나만은 솔직히 말해주면 좋겠다. 그 칼 말이야, 군용 접이식 칼. 알지? 네가 스티브에게 줬던 거. 그건 지금 어디 있지? 그러니까 내 말은, 스티브에게서 그걸 정말로 돌려받았냐는 거야.

(순간 소년이 머뭇댄다. 얼굴도 순식간에 붉게 달아오른다. 그러다가 팔짱을 끼더니 몸을 최대한 뒤로 기대며 긴 한숨을 내쉰다.)

—어…… 그 칼은…… 그건…….

그래, 괜찮아. 천천히 기억을 떠올려보렴. 마음 푹 놓고.

—휴, 알았어요. 그런데 좀 기다려야 해요. 사실 잘 기억나지 않거든요.

(소년은 정말 아무것도 기억나지 않는다는 듯 눈을 감고 가만히 앉아 있다. 형사는 그런 디디를 가만히 바라보며 볼펜을 돌린다. 한참 뒤 눈을 번쩍 뜨더니 소년이 손가락으로 딱 소리를 낸다.)

—아, 생각났어요! 그 군용 접이식 칼.

그래, 말해봐, 어디 있는지.

—돌려받은 건 확실해요. 하지만 곧바로 잃어버리고 말았죠. 벌써 한참 된 일이라, 어디서 뭘 하다 잃어버렸는지도 모르고요. 근데 이상하네. 진짜, 어디로 없어진 걸까?

이봐, 넌……?

—좀 들어보세요. 중간에 말 자르지 말고요.

미안하군. 좋아, 계속 얘기해봐라.

—음, 그러고 보니 그 칼, 아마 누가 훔쳐 간 것 같아요. 다들 부러워했으니까요. 날이 시퍼렇게 살아 있는 데다가 손잡이엔 군번도 새겨져 있었다고요. 나한테 그걸 준 녀석 말에 의하면, 그건 걔 아버지가 베트남에서 갖고 다니던 거래요. 사람 목을 수십 개나 땄다더군요. 그래서 그런지, 처음 손에 넣었을 때 그 칼에선 피비린내가 났어요. 아마 죽은 사람들의 피가 아직 남아 있던 탓이겠죠. 난 그 냄새를 좋아했어요. 아버지한테 두들겨 맞은 날이면 칼을 꺼내 코에 대고 깊이 숨을 들이마셨죠. 그러면 마음이 편해졌으니까요. 살 것 같은 기분이 들었다고나 할까……. 어쨌거나, 그런 칼이라, 그걸 노리는 애들도 많았어요. 그래서 그게 없어졌을 때, 난 별로 놀라지도 않았고 말이에요.

그래? 그런데 진짜 궁금한 게 하나 있어. 네가 스티브에게 주려다 말았다는, 아니 정확히는 그 애가 네게 다시 돌려줬다는 그 칼 말이야. 그게 왜 스티브네 집 거실 피바다 속에 떨어져 있었을까? 칼에 발이 달렸나? 응? 그러니 디디, 이제 다시 한 번 질문하마. 그 칼이 왜 거기 있었던 걸까? 도대체 그 이유가 뭐라고 생각하니?

(갑자기 말문이 막힌 소년의 몸이 덜덜 떨린다. 그러다가 형사 앞에서 횡설수설대기 시작한다.)

—저어, 그게, 그러니까, 어떻게 된 거냐 하면요…… 사실 처음부터 속일 생각은 없었다고요. 난 다만.

넌 그 칼을 스티브에게 줬던 거야. 그렇지 않아?

—……맞아요. 그건 내가 스티브에게 준 거였어요. 아니, 정확히는, 준 게 아니고…… 빌려줬다가 깜빡 잊고 돌려받지 않은 거지만

요. 하여간 난 스티브에게 칼을 달라고 했어요. 하지만 녀석은 차일피일 미루기만 하더라고요. 그러더니 나중엔 어디다 뒀는지 기억이 나지 않는다며 오히려 화를 내는 거예요. 친구 사이에 그깟 칼 하나 줄 수 없냐면서 말이에요. 뭐라고요? 우리가 엄청 친했냐고요? 아니, 절대 그렇지 않아요. 스티브가 뭐라 말했는지 모르지만, 난 걔랑 하나도 친하지 않다고요. 그저 지나다니다 만나서 유령 타워에 몇 번 같이 간 게 전부니까요.

(잠시 말을 멈춘 소년이 숨을 고른다. 목이 마른지 앞에 놓인 잔을 들어 물을 벌컥벌컥 마신다. 그런 다음 잠깐 딴 데를 쳐다보더니, 준비가 되었다는 듯 고개를 끄덕인 뒤 이야기를 계속한다.)

휴, 솔직히 말하면…… 그날 낮 유령 타워에서 같이 있었던 것도 사실이에요. 거기서 나이퀼을 했으니까요. 그런데 그날따라 딴 때보다 더 많이 마셨는지, 약에서 깨어났을 땐 이미 어두워져 있더라고요. 강에서 불어오는 밤바람에 몸이 으슬으슬 떨렸고, 역겨운 냄새 때문에 속도 울렁거렸고요. (아저씨도 알죠? 강바닥에 돼지 내장, 소가죽, 닭 모가지, 이런 것들이 얼마나 많이 가라앉아 있는지.) 난 여전히 바닥에서 구르고 있는 스티브를 흔들어 깨웠어요. 한동안 비몽사몽 헤매던 녀석은, 구석에 고인 웅덩이 물로 이마를 축인 뒤에야 겨우 정신 차리더군요. '나 먼저 갈게. 오늘 아버진 야간 근무고 엄마도 늦게 오거든. 집에 동생이 혼자 있어서 빨리 가봐야 해.' 물론 난 그런 스티브를 말렸어요. 그때까지도 녀석은 약 기운에 취해 몸을 흔들고 있었으니까요. 눈도 완전히 풀려 있고 입가에 침을 질질 흘리는 꼴이, 아무래도 가다가 큰 사고라도 낼 것 같아 찜찜했어요. '야, 기다려. 정신 좀 나면 가라고.' 하지만 소용없었어요. 그 새끼, 자기 동생이라면 아주 끔찍이 여기니까요. 결국 스티브는 내 손을 뿌리치고 비틀거리며 혼자 가버렸어요. 난 그냥 유령 타워 바닥에 있던 콘크리트 덩어리 위에 앉아 있었고요. 담배나 한 대 빨고 갈 생각이었죠. 그때 저쪽 큰길에서 빵, 하는 클랙슨 소리가 들리고 곧 차가 급정지하는 끼이익 소리도 들려왔어요. '야, 이 미친 새끼야, 죽고 싶어 환장했어?' 이런 고함까지 들리기에 피우던 담배를 집어 던지고 달려 나가 보니, 아니나 다를까, 스티브가 비척대며 달리는 차들 사이로 길을 건너고 있지 뭐예요. 다행히 별일은 없었지만, 그때부터 난 조용히 걔 뒤를 따라갔어요. 이대로 혼자 보내면 안 되겠다, 싶어서였죠. 잠깐. 뭐라고요? 아니, 절대 그런 건 아니에요! 내가 뭐 스티브를 엄청 좋아해서, 그래서 너무 걱정된 나머지 집까지 안전하게 데려다주고 싶어서 그랬다던가, 이런 건 결코 아니라는 거죠. 그래요, 난 그냥 혹시 사고라도 나면, 여러 가지로 귀찮아질 것 같아서 그랬던 것뿐이라고요.

로저 코먼의 유령이 또 나타난 건 그 순간이에요. 낮부터 스티브의 어깨에 매달려 있던 놈은, 이제 아예 등에 올라타 있었어요. 양 발을 어깨에 올리고 마치 원숭이처럼 쪼그리고 앉아서 두 손으론 스티브의 머리통을 꽉 움켜쥔 채 매달려 있더라, 이거예요. 그러면서 놈은, 수시로 날 돌아보며 혀를 날름거렸어요. 귀밑까지 쫙 찢어진 새빨간 입술을 연신 핥아가며, 로저는 이렇게 속삭이더군요. '디디, 내가 비밀 하나 알려줄까? 넌 이제 곧 세상에서 가장 끔찍한 광경을 맞닥뜨리게 될 거야. 왜냐하면 이놈에겐 저주가 덕지덕지 붙어 있거든.' 난 놈에게 가운뎃손가락을 들어 보이며 욕을 해줬어요. 어차피 로저는 머리가 돌아서 죽어버린 유령이니, 그 새끼 말은 믿을 필요가 없다고 여겼던 거죠. 평소라면 죽은 자의 말을 귀담아들었을 텐데, 그날은 약 때문에 제정신이 아니었나 봐요. 뭐, 이제 와 생각해보니 그렇다는 뜻이에요.

여하튼, 그렇게 주절거리며 떠드는 미치광이 유령을 따라 걷다 보니 어느새 스티브의 집 앞에 다다랐어요. 근데, 아저씨도 가봐서 알겠지만, 걔네 집 진짜 제일 어둡고 후미진 구석에 있잖아요. 가로등도 다 깨져서 온통 컴컴하고, 대낮에도 지나다니기 싫은, 그런 곳. 그리고 솔직히 말해서, 그때 난 곧바로 집으로 돌아갈 생각이었어요. 얼쩡대다가 스티브에게 뒤따라온 걸 들켜서 괜한 오해를 받기도 싫었고, 뭣보다도 정말 기분 나쁜 동네였으니까요. 만약, 로저 코먼, 그놈이 그러고 있지만 않았어도, 난 진짜 뒤도 안 돌아보고 집으로 뛰어갔을 거라고요.

로저 코먼? 그 유령이 뭘 어떻게 하고 있었는데?

—그러니까 그때, 난 모퉁이 뒤에 몸을 숨기고 스티브가 자기 집으로 올라가려는 걸 지켜보고 있었어요. 그런데 어디선가 삐그덕대는 소리가 들려오더라고요. 그건 시계추처럼 규칙적으로 음산하게 울려 퍼지고 있었어요. 소리가 들리는 방향으로 고개를 돌린 나는 너무 놀라 비명을 지를 뻔했어요. 가로등에 로저 코먼의 시체가 매달린 채 이리저리 흔들리고 있었으니까요. 놈은 팔을 축 늘어뜨리고 혀는 길게 빼문 채 푸르딩딩해진 얼굴로 밧줄에 목을 걸고 있었어요. 그러면서도 틈틈이 짓궂은 표정으로 혀를 날름대며 이렇게 중얼거리는 거예요. '이제 엄청나게 멋진 쇼가 펼쳐질 거야. 어디서도 볼 수 없는 지상 최고의 쇼! 개봉박두! 네가 무엇을 상상해도, 그보다 훨씬 끔찍한 장면을 보게 될걸?' 젠장, 난 화가 났어요. 그때는 정말, 밧줄에 대롱대롱 매달린 채 귀까지 찢긴 입으로 빙글빙글 웃고 있는 로저 놈의 목을, 닭 모가지 비틀듯 꺾어버리고 싶단 생각뿐이었죠. 거기서 당장 내려와, 이 새끼야! 왜 사람을 놀리고 난리야? 유령 주제에! 난 놈에게 주먹을 휘둘렀어요. 하지만 로저는 아랑곳하지 않고 계속 약을 올리

더군요. 그 순간이었어요. 누군가가 뒤에서 내 어깨를 턱 잡은 건요. '누구야!' 난 깜짝 놀라 펄쩍 뛰어오르며 외쳤어요. 온몸에 소름이 끼치고 털이란 털은 다 곤두섰어요. '왜 그래? 뭘 보고 그렇게 주먹질을 하는 건데?' 낯익은 목소리에 뒤를 돌아보니, 스티브가 주머니에 손을 찌른 채 서 있더군요. 그 애는 날 위아래로 훑어보더니 고개를 갸우뚱했어요. '그나저나 여긴 웬일이야? 혹시 내 뒤를 따라온 거냐?' 난 얼른 가로등을 가리켰어요. '아니, 그게 아니고…… 봐, 저기, 로저 코먼이 있어.' 하지만 스티브는 그쪽을 쳐다보지도 않고 피식 웃었어요. '너 아직도 그 유령 얘기냐? 대체 저기 뭐가 있다고 그러는 건데?' 그런데 이럴 수가. 어느 틈에 로저 놈은 도망치고, 가로등엔 아무것도 없지 뭐예요? 결국 난 더듬대며 이렇게 말할 수밖에 없었어요. '아, 그건 농담이고, 유령 따윈 처음부터 없었어. 알지? 실은 지금은, 그래, 맞다, 그 칼. 그걸 돌려받으러 온 거야. 전에 빌려줬던 군용 접이식 칼 말이야.' 내 말을 듣더니 스티브는 재미있다는 듯 웃었어요. '그래? 그거 하나 때문에 이 밤중에 여기까지 온 거야? 너도 참. 하여간 일단 올라가자. 지금 집엔 제이미밖에 없어.' 그래요. 그래서 그날 내가 스티브네 집에 따라 들어간 거라고요.

집 안은 엄청나게 좁고 답답했어요. 우리 집도 좁지만, 걔네 집은 더했죠. 뭔가 썩는 듯한 퀴퀴한 냄새도 났고요. 잘 맡아보니 그건 비린내였어요. 피비린내 말이에요. 나도 모르게 코를 킁킁거리자, 스티브가 말했어요. '돼지 피 냄새야.' 그때 난 새삼 떠올렸죠. 스티브네 아빠가 돼지 도살 공장에 다닌단 사실을요. 그러고 보니 현관 구석에 놓인 검은 장화가 눈에 띄더군요. 거 왜, 있잖아요. 도살장에서 신는 허벅지까지 오는 긴 장화. 질척한 피비린내는 그 장화 밑바닥에서 흘러나오는 것 같았어요. 난 거기 발이 닿지 않도록 조심하며 안으로 들어갔어요. 스티브가 스위치를 올리자, 작은 전구에 불이 들어왔어요. 가장 먼저 눈에 들어온 건, 여기저기 찢어져서 솜이 삐져나와 있는 쿠션들이었어요. 소파는 스프링이 망가졌는지 가운데가 움푹 패어 있더군요. 잠깐 거기 앉아 있는데, 재미있는 걸 보여준다며 스티브가 나를 집 안쪽 구석에 있는 골방으로 데려갔어요. '여기 신기한 게 많거든.' 문은 잠겨 있었지만, 스티브는 어디선가 가져온 꼬챙이로 손쉽게 그걸 열었어요. 삐거덕 소릴 내며 문이 열리자, 축축하고 오래된 습기 냄새가 확 끼쳤어요. 불을 켜니, 마분지 상자 같은 것들이 너저분하게 쌓인 조그만 방이더군요. '한국에서 가져온 짐인데, 아직도 다 못 풀었어.' 마치 변명이라도 하듯, 스티브가 말했어요. '원래 여기 들어갈 수 있는 사람은 아버지뿐이야. 하지만 아버지가 없을 땐 이렇게 몰래 들어올 수 있지.' 방 안엔 이상한 것들이 가득했어요. 상자엔 알 수 없는 글자들이 잔뜩 적혀 있었고, 한쪽 벽엔 낡은 군복과 검은색 베레모가 걸려 있었죠. 그 밑엔 특이하게 나무로 만든 상자가 하나 있었는데, 스티브가 그걸 들고 나오며 이렇게 말하더군요. '이거 볼래? 우리 아버지 건데, 장난 아니야.' 잠금 장치를 풀고 상자 뚜껑을 열었을 때, 와우, 난 진짜 놀랐어요! 거기엔 그야말로 각종 칼이 다 들어 있었으니까요. 그중에서도 제일 멋진 건 은빛으로 빛나는 길쭉한 단도였는데, 스티브 말로는 그게 자기 아버지가 한국에서 군인이었을 때 허리춤에 차고 다니던 거라더군요. '아버진 공수부대원이었어. 일종의 네이비 실Navy SEAL 같은 거지.' 그러면서 스티브는 또 이런 말도 했어요. '우리 아버진 이걸로 사람도 수십 명이나 죽였어.' 어떤 사람을 죽였냐고 물었지만, 그건 스티브도 잘 모르는 것 같더라고요. 머뭇대다가 이렇게만 대답했으니까요. '으음, 그러니까…… 아무래도 나쁜 놈들이 아닐까?' '아, 그럼 훈장 같은 것도 받았겠네?' 베트남에

다녀왔던 삼촌 샘이 생각나서 물었지만, 스티브는 한동안 아무 말도 하지 않았어요. 그러더니 칼날에 엄지손가락을 스윽 문지르며 이렇게 중얼거리더라고요. '아니. 훈장은커녕 오히려 도망치듯 한국을 떠나야만 했어. 진짜 좆같지 않냐?' 난 화제를 돌리려고 헛기침을 하며 말했어요. '어, 그런데 내 칼 어디 있어? 얼른 집에 가봐야 해서…….' 그제야 마치 꿈에서 깨어나기라도 한 듯 스티브가 사방을 두리번거렸어요. '아, 내 정신 좀 봐. 그거 돌려줘야지. 기다려봐, 곧 찾아올 테니까.' 그러면서 스티브가 거실 건너편의 어둠 속으로 사라진 직후였어요. 갑자기 그 무서운 광경이 나타난 건요.

(그러면서 소년은 한기를 느끼기라도 하듯 양팔로 자기 어깨를 감싼다.)

어떤 무서운 광경을 말하는 거지?

—그건, 거기엔…… 지옥이 있었으니까요.

뭐? 지옥? 좀 제대로 말해볼래?

—그 골방 말이에요. 스티브네 아빠만 들어갈 수 있다는 그 어둡고 퀴퀴한 방. 열린 문틈으로 난 똑똑히 봤어요. 악귀와 악령들, 몸통의 반은 새고 나머지 반은 인간인 괴물들. 그런 것들이 피로 붉게 물든 방 안에서 기괴한 웃음소릴 내며 서로가 서로를 잡아먹으려 할퀴고 물어뜯으며 뒤엉켜 있었다고요! 그리고 울부짖는 사람들이 있었어요. 고개를 푹 숙이고 천천히 걸어가는. 영원히 고통 받으며 눈물 흘리고 있는 그들은, 억울하게 죽어 지상을 떠나지 못하는 원혼들이었죠. 정 씨, 아니 로저를 다시 본 것도 그때였어요.

로저라니? 방금 말한 로저 코먼인가 뭔가 하는 유령 말이냐? 정 씨는 또 누구고?

—그러니까 그 방, 그 지옥 말이에요. 거기 로저가 있었다고요. 아

니, 정 씨죠. 이젠 정 씨라고 하는 게 맞을 것 같아요. 처음엔 로저 코먼인 줄 알았는데, 왜냐하면 로저처럼 입이 귀까지 찢어져 있었으니까요. 아니, 아니. 생각해보니 처음에 놈은 분명 로저의 모습을 하고 있었어요. 하지만 보고 있는 사이에 서서히 변하더니, 정 하사가 된 거예요. 피투성이 군복에 머리는 반쯤 날아가 보이지 않고 뜯겨나간 목덜미 사이로 너덜너덜한 핏줄 다발이 솟아 있는, 그런 무시무시한 모습으로 말이에요.

디디, 좀 찬찬히 말해볼래? 좀 전엔 정 씨라더니, 이번엔 정 하사라……. 대체 그 둘은 누구니? 혹시 서로 동일 인물은 아니겠지?

—어휴, 정말. 끝까지 들어보라니깐요. 그래요, 둘은 같은 사람이에요. 아니 같은 유령이라고 하는 게 옳겠네요. 정 씨가 정 하사고, 정 하사가 정 씨인 거죠. 그리고 로저는, 로저 코먼은, 정 씨의 또 다른 모습일 뿐이었어요. 그러니까 놈은, 그 한맺힌 유령은 아주 오래전부터 스티브에게 붙어서 복수의 기회를 노리고 있었던 거죠.

(형사가 뭔가를 물으려고 하자, 소년이 손을 들어 제지한다.)

여하튼, 난 로저에게, 아니 정 하사에게 외쳤어요. '거기서 뭘 하는 거야? 이 집까지 따라 들어오다니, 너무하지 않아?' 순간 로저가, 아니 정 하사가 내 쪽으로 얼굴을 돌렸어요. 그런데 끔찍하게도 놈의 눈은 검은 구멍뿐이었고, 거기서 피가 줄줄 흘러내리고 있지 뭐예요. 토할 것 같아 뒷걸음질 치는데, 갑자기 정 하사가 내 앞으로 다가왔어요. 마치 순간이동이라도 하듯, 그 어두컴컴한 골방 속 지옥에서 순식간에 눈앞에 나타난 놈이 내게 말했어요. '꼬마, 여기까지 따라왔어? 그렇게 경고했는데, 결국 이리되고 마는 건가……?' 그때까지만 해도 그를 로저라고만 알고 있던 난 말했죠. '로저, 당신이야말로 여기서 대체 뭘 하는 거죠? 뭣 때문에 스티브네 집까지 따라 들어왔냐고요?'

그러자 그 유령이 대답했어요. '난 로저 코먼이 아니야. 정 하사라고. 아니, 생각해보니 정 씨라고 부르는 게 더 나을지도 모르겠구나. 언젠가는 그 이름으로 널 찾아가게 될 테니까. 어쨌거나, 반갑구나. 이렇게 서로 얼굴을 마주하게 되다니. 그 오랜 세월을 같이 보냈는데도 이제야.' 근데 그때 난…….

그때 넌……?

—휴, 문득 내가 제대로 본 건지 헷갈려서요. 그때 난, 정 씨가 엄청 슬픈 표정을 짓고 있는 걸 봤거든요. 어떻게 보면 눈물을 흘리고 있는 것 같기도 했고요. 뻥 뚫린 눈구멍에서 검은 물이 끊임없이 흘러내렸으니 말이에요. 그는 '내 잘못이 아니야. 난…… 이렇게까지 되길 원한 적은 없다고. 정말이야. 제발 기억해주길 바란다. 앞으로 무슨 일이 일어나든, 그건 누군가의 저주나 원망 때문이 아니라, 너의 아버지가 스스로 만들어낸 운명의 흐름 때문이라는 것을 말이야. 물론 네 아버지, 박 중사님을 원망하지 않은 적은 단 하루도 없었어. 이런 끔찍한 몰골로 여기까지 따라온 것도, 처음엔 복수심 때문이긴 했지. 하지만 시간이 흐르면서 나란 존재는 점점 옅어져갔어. 나 자신이 흐릿해져감과 동시에 원한과 원망, 복수심, 저주…… 이런 것들도 서서히 흐려졌고. 그렇다고 그가 내게 했던 짓을 잊은 건 아니야. 그는, 네 아버지는, 나를 지옥으로 밀어 넣었으니까. 그렇지만, 그가 날 그렇게 만들고, 또 수많은 사람들을 죽이면서 얻은 것도 단 한 가지였지. 그게 뭔지 아니? 그래, 그는 스스로 지옥이 되었어. 자기 안에 영원히 끝나지 않을 어둠을 불러들였다는 거야. 그리고 이제 곧 다가올 운명…… 오늘 밤 말이다. 너희들…… 어쨌든, 적어도 어린 너에겐 미안하구나. 내 잘못이 아니라 해도, 정말 미안해.'

난 어리둥절할 뿐이었어요. 갑자기 튀어나온 피투성이 군복의 유령이 이상한 헛소릴 너무 많이 하니까요. 대체 우리 아빠가 그 군인에게 뭘 했다는 건지? 아저씨도 아시겠지만, 아빠는 오늘도 어디서 수도 배관 고치고 받은 돈으로 술이나 푸고 있을 텐데요. 하여튼 난 로저에게, 아니 정 씨에게 물었어요. '무슨 소리인지 하나도 모르겠어요. 난 여기 살지 않아요. 당연히 우리 아빠는 여기 없고요. 혹시, 사람 잘못 본 거 아니에요?' 그러자 정 씨가 갑자기 날 뚫어지게 쳐다봤어요. 아니, 그런 것 같았단 말이에요. 어차피 눈이 있어야 할 곳엔 검은 구멍뿐이었으니까요. 그는 엄청나게 오랫동안 날 바라보더니, 천천히 그 자리에 주저앉았어요. 그러고는 나와 눈높이를 맞추더니, 이렇게 말하더군요. '넌…… 불쌍하게도, 정말 아무것도 모르는구나. 그래, 하지만 결국 알게 될 거다. 네 아버지가 어떤 일을 했는지. 그리고 그가 너와 네 엄마, 네 동생까지 모두 이끌고 도착하게 될 곳이 어디인지.' 난 점점 두려워졌어요. 놈이 이제 스티브에게서 벗어나 나한테 옮아 붙으려 한다는 생각이 들었기 때문이에요. 나는 두 팔을 엇갈려 십자가 모양을 만든 다음 외쳤어요. '저리 가! 저리 가란 말이야. 악마는 악마의 장소로 돌아가라고!' 하지만 정 씨는 아랑곳하지 않았어요. 오히려 점점 더 가까이 다가오며 이렇게 말할 뿐이었죠. '하지만 꼬마. 이게 끝은 아니란다. 그나마 다행이지. 아니, 불행이라고 해야 하나? 어쨌든 넌 단 한 번의 기회를 더 얻게 될 거야. 먼 미래에 말이다. 그 기회를, 절대 놓치지 말렴. 그리고 그때가 되면 날 기억해주길 바란다. 내 과거를 부탁한단 뜻이지. 알겠니?' 그러더니 그가 기이한 행동을 했어요. 나에게 오른손 약지를 내밀더라는 거죠. '뭐, 뭐예요? 왜 그러는 거냐고요?' 덜덜 떨며 내가 묻자, 정 씨가 말했어요. '나와 약속해다오. 너에게 기회가 왔을 때 절대 그것을 버리지 않겠다고. 그래, 무슨 말인지 모른다는 거, 알아. 하지만, 어차피 알게 될 테니까. 그 순간이 왔을 때, 저절로.' 나는 마치 누군가에게 조종당하기라도 하듯 그에게 손가락을 내밀었어요. 차디찬 그의 손에 내 몸이 닿았을 때, 아마도 난 기절했던 것 같아요. 왜냐하면 그다음은 아무것도 기억나지 않는 걸 보면 말이에요.

'야, 일어나. 남의 집에서 왜 자고 난리야?' 내가 눈을 뜬 건 스티브가 흔들어 깨우는 소릴 들었을 때였어요. 그리고 이것도 역시 잘 기억나지 않는데, 녀석 말로는 내가 눈을 뜨자마자 부들부들 떨며 소릴 질렀다는 거예요. '너희 집엔 원혼이 너무 많아! 저 비명 소리가 안 들려? 만약 여기 계속 있다간, 분명 무서운 일이 벌어지고 말 거야!' 뭐, 이랬다나요. 하지만 스티브는 눈 하나 깜짝 안 했어요. 오히려 내가 골방 쪽을 보며 와들와들 떠는 걸 비웃을 뿐이었죠. 난 참을 수 없어 다시 한 번 외쳤어요. '스티브, 그러지 말고, 지금 당장 여기서 나가자. 뭔지는 모르겠지만 이제 곧 엄청나게 끔찍한 일이 벌어질 거라고 했어. 로저 코먼이, 아니, 정 씨가 분명히 그렇게 말했단 말이야!' 그러나 스티브는 끝까지 믿지 않았어요. 방엔 아무것도 없으니 헛소리 그만하라고 딱 잘라 말하더군요. '그럼 내가 본 것들은 다 뭐지? 그 무서운 지옥의 풍경은 뭐냔 말이야.' 내 말에, 스티브가 차갑게 대답했어요. '병신. 그건 그림이야. 봐도 모르겠냐? 우리 아버지가 사다 걸어놓은 건데, 옛날에 어떤 네덜란드 화가가 그린 거래. 이름이 뭐라더라, 히에로니무스 보스라던가, 하여간 그런 사람인데, 내 생각엔 미친 놈이었던 것 같아. 저런 이상한 거나 그린 걸 보면 말이야. 여하간, 디디, 그러니 이제 헛소리 좀 그만해줄래? 네가 본 건 그저 그림일 뿐이니까.' 난 기가 막혀 한숨을 내쉬며 말했어요. '스티브, 내가 그림과 실제도 구분 못할 것 같아? 네 아버지의 골방엔 지옥이 있다고. 정말이야. 내 두 눈으로 똑똑히 봤고, 정 씨라는 유령도 그렇게 말했어. 그러니 지금 당장…….' 그러다 나는 말을 멈췄어요. 스티브의 눈빛이 점점 이상해지고 있었기 때문이에요. 녀석의 눈은 어둠 속에서 불그스름하게 보였어요. 왠지 무서워져서 자릴 피하려는 순간, 갑자기 발작하는 사람마냥 스티브가 날뛰기 시작했어요. 허공에 주먹질을 하며 눈이 확 뒤집힌 채 이렇게 소리쳤죠. '제길, 나도 저것만 보면 미칠 것 같다고! 당장 뜯어서 갈기갈기 찢어발기고 싶지만 겨우 참고 있는 거야! 그러니까 경고하는데, 입 닥쳐. 한 번만 더 그따위 얘길 하면, 널 죽여버릴지도 몰라!' 그때쯤 스티브의 얼굴은 완전히 일그러져 있었어요. 피부는 괴상하리만치 울긋불긋했고 눈알은 앞으로 튀어나와 있었으니까요. 그가 내 목을 움켜쥐고 마구 흔들고 있다는 걸 알아차린 것도 그때였어요. 난 켁켁대며 겨우 대답했어요. '스티브, 네 말이 맞아. 원혼 같은 건 없어. 그건 그냥 그림이었던 거야. 전구 불빛이 그림 속 악귀와 인간들의 눈동자에 반사되는 걸 보고, 내가 착각했던 것 같아. 그래, 모두 취소할게. 원혼도, 악령도, 악귀도, 반인반수의 괴물도, 물론 정 씨나 로저 코먼 같은 것도 없어. 정말이야. 그러니까 제발 이것 좀 놔줄래?' 하지만 스티브는 점점 더 미쳐 날뛰며 내 목을 누르는 손에 힘을 주었어요. 그리고…… 그래요, 그다음 난 또다시 기절해 버렸고요.

가까스로 정신을 차렸을 때, 난 내가 죽은 거라고 생각했어요. 왜냐하면 눈앞에 믿을 수 없는 광경들이 보였기 때문이에요. 그러니까 나는, 어느 도시의 하늘에 떠서 아래를 내려다보고 있었어요. 그곳은 죽음의 땅이었지요. 스티브네 골방에 있던 지옥보다 더 크고 무서운……. 거기선 새의 머리를 한 군인들이 닥치는 대로 사람을 공격하고 있었어요. 엄청나게 길고 뾰족한 꼬챙이에 배를 관통당한 여자의 상처에서 피가 폭탄 터지듯 쏟아져 나오던 장면이 아직도 기억나요.

새 머리 괴물들은 그걸 보며 재미있다는 듯 킬킬 웃어댔지요. 아아, 놈들은 모두 다 미쳐버린 것 같았어요. 눈알은 새빨갛고 진짜 새처럼 단 한 번도 깜빡이지 않았으니까요.

(디디의 말을 받아 적던 형사가 잠시 펜을 멈춘다. 생각에 잠겨 있던 그는, 무척 피곤한 듯 두 손으로 얼굴을 문지르고는, 소년이 눈치채지 못하도록 귀퉁이에 빨간 펜으로 다음과 같은 메모를 추가한다. "과연 이 소년의 말에 신빙성이 있다고 보아야 할까? 그냥 처음부터 제니스 박(살해당한 박의 아내. 한국 이름 : 유정숙)의 자백을 받아들이는 편이 낫지 않았을까?" 그런 형사의 마음을 아는지 모르는지, 디디의 표정은 진지하기 그지없다.)

하지만 더 무서운 건 다른 데 있었어요. 그러니까 진짜로 두렵고 이상했던 건, 그 도시 바깥의 사람들이었던 것 같아요. 도시의 경계—도시는 성벽 같은 것에 둘러싸여 있었지만, 사실 그건 진짜 성벽이 아니었거든요. 벽이면서도 벽이 아니었고 비록 자유롭게 통과할 순 없었지만 밖에선 안이 환히 들여다보였고 안에서도 역시 마찬가지로 밖이 내다보이는, 그런 신기한 구조였지요— 너머에서 그 안을 들여다보는 사람들이 아주 많았지만, 그들은 그 참상을 보고도 아무렇지도 않은 듯, 그저 가던 길을 계속 갈 뿐이었으니까요. 난 그 사람들에게 소리쳤어요. '이봐요, 지금 저 안에서 사람이 죽어가고 있어요. 새 머리를 한 괴물들이 아무나 잡아다 마구 찌르고 때리고 있다고요! 어서 그들을 좀 구해주세요!' 하지만 도시 밖 사람들은 전혀 아랑곳하지 않았어요. 오히려 점점 더 바쁘게 열심히 자기 할 일만 할 뿐이었죠. 미쳤어, 다들 미친 거야! 난 목이 터져라, 소리치고 또 소리쳤어요. 스티브의 아버지를 본 것도 그때쯤이었어요. 그 끔찍하고 무시무시한 광경 한가운데, 한 마리의 거대한 새가 커다란 의자에 앉아 있었거든요. 새는 오른손에 벌거벗은 남자를 움켜쥐고 있었어요. 남자는 공포에 떨며 비명을 질렀지만…… 이미 때는 늦었어요. 왜냐하면 소리치는 남자의 입에서 쏟아져 나오는 건, 목소리가 아니라 검고 불길한 까마귀 떼였으니까요. 그리고 그 새가 앉아 있는 의자 아래론 엄청나게 커다란 구멍이 있는데, 놈에게 먹힌 인간의 영혼이 그 깊고 깊은 나락으로 한없이 떨어져 내리고 있었어요. 그런데도 새는 눈 하나 깜짝하지 않은 채 계속해서 사람들을 삼키고, 삼키고, 또 삼키는 거였어요. '그만해! 제발 좀 그만하라고!' 난 또다시 외쳤지만, 아무도 내 목소릴 듣지 못하는 것 같았어요. 다들 뭔가에 홀리기라도 한 듯, 사람을 잡고, 쫓고, 죽이는 데에만 골몰해 있었으니까요. 그때, 그 거대한 새가 갑자기 내 쪽으로 고개를 돌렸어요. 그리고 난 봤죠! 그 새의 진짜 얼굴을. 그건 스티브의 아버지였어요. 게다가 그는 왼손에 아까 스티브가 보여줬던 그 은빛 단도를 들고 있기까지 했어요. 아아, 그러니까 스티브네 아빠가 한국에서 했다는 건 결국 그런 일이었던 거예요! 사람을 잡아 꼬챙이와 단도로 찌르고 삼켜버리는 일. 그런데 잘 들어보니, 스티브의 아버지는 끊임없이 뭔가를 중얼대고 있었어요. 그는 왕관앵무새처럼 노랗고 구부러진 딱딱한 부리를 연신 벌렸다 다물었다 해가며 딱딱 부딪치는 소릴 내고 있었어요. 그게 어떤 뜻을 가진 말이라는 걸 알아채는 데엔 시간이 좀 걸렸던 거죠. 근데 궁금하지 않으세요? 그 괴물 새, 아니 스티브네 아빠가 뭐라고 했는지?

(형사가 다시 한 번 두 손으로 얼굴을 문지른다.)

휴, 좋아. 어디 들어나 보자. 대체 그 새가 뭐라던?

—난 아무 죄가 없어.

뭐라고?

—난 아무 죄가 없어. 난 아무 죄가 없어. 난 아무 죄가 없어. 스티

브네 아빠가, 아니 그 괴물 새가 이렇게 중얼거렸다고요. 난 아무 죄가 없어. 난 아무 죄가 없어. 그게 싫었더라면, 처음부터 나에게 이런 일을 맡기지 말았어야지.

그게 무슨 뜻이지?

―나도 몰라요. 그냥 그렇게 중얼거리기만 했으니까요. 무슨 뜻이냐고 물어보려 해도 어차피 내 목소린 안 들릴 테고…… 그나마도 모든 장면이 점점 흐릿해져갔어요. 영화 끝날 때 화면이 사라지는 것같이 말이에요. 그리고 난 생각했죠. 아아, 이렇게 끝나는구나. 난 이제 영원히 눈을 감는 거야.

그 거지 같은 악몽에서 깨어난 건, 어디선가 들려오는 기괴한 웃음소리 때문이었어요. 그건 뭐랄까, 킬킬대는 것 같기도 하고 잘 들어보면 뭔가가 울부짖는 것 같기도 한, 그런 기분 나쁜 소리였죠. 겨우 정신을 차리고 주위를 둘러보니 어두컴컴한 거실엔 아무도 없고, 스티브도 어디서 뭘 하는지 보이지 않았어요. 여전히 그 소리가 들려오는 가운데, 난 어둠 속을 더듬으며 현관 쪽으로 한 발 한 발 다가갔어요. 머릿속엔 이 괴상한 집구석을 어서 빠져나가야겠단 생각뿐이었죠. 그런데, 바로 그때였어요. 검은 그림자 하나가 갑자기 나타나더니 내 앞을 휘리릭 지나간 건 말이에요! '으악, 이게 뭐지?' 깜짝 놀라며 뒤로 한 발짝 물러서는데, 그 작고 움직이는 뭔가가―알고 보니 아까부터 들려오던 기괴한 웃음소리도 그게 내고 있는 거였어요― 이번엔 반대 방향에서 나타나더니 잽싸게 눈앞을 스쳐 가는 거예요. '뭐야, 이건 그렘린이잖아!' 난 펄쩍 뛰어오르며 비명을 질렀어요. 그러면서 속으로 중얼거렸죠. 도대체 뭐 이런 집이 다 있어? 원혼에 악귀, 악령, 새 머리를 한 괴물로도 모자라, 이젠 그렘린까지 나오다니…….
뭐라고요? 그렘린이 뭐냐고요? 어휴, 그 영화 못 봤어요? 되게 웃기고 무서운 영환데. 거기에 귀는 뾰족하고 몸은 녹색인 데다 등은 꼬부라진 쬐그만 괴물이 나오거든요. 그게 그렘린이에요. 사람을 못살게 굴고 골탕 먹이는, 음흉하고 기분 나쁜 새끼들이죠. 맞아요, 스티브 동생 첫인상이 딱 그랬어요. 완전 그렘린이었으니까요. 등은 잔뜩 굽어 있고 얼굴은 너무 창백한 나머지 녹색에 가까운. 그 작은 괴물은, 아니 제이미는, 그렇게 갑자기 튀어나왔던 거예요. 잘 보니, 갠 품에 커다란 쿠션을 안고 있었어요. 그러고는 골방 앞으로 뛰어와 방금 전 스티브가 보여줬던 상자에서 단도를 꺼내더니, 그걸로 쿠션을 마구 찔러대는 거였어요. 이런 말을 웅얼대면서요. '이렇게 죽였대. 우리 아빠가 말이야. 돼지랑 사람을, 이렇게 막 찔러서, 갈기갈기 찢어질 때까지 찌르고, 찌르고, 또 찔러서. 죽어, 죽어, 죽으란 말이야. 죽으라고, 죽어.' 아, 제길, 그땐 진짜 무서웠어요. 이건 뭐 처키도 아니고, 정말 쪼만한 놈이 난데없이 나타나 그러는데, 완전 등골이 오싹했다니깐요. 봐요, 지금도 그 녀석 생각하면 소름이 쫙 돋아서, 이렇게 털이 다 곤두선다고요. 하긴…… 죽은 애한테 이런 식으로 말하면 안 되는 거 알지만…… 젠장, 그래도 무서운 건 무서운 거잖아요. 하지만 더 놀라운 일은 잠시 후에 일어났어요. 녀석이 단도로 사고라도 칠까 봐 조마조마하며 지켜보고 있는데, 주방 쪽에서 스티브가 성큼성큼 걸어오더니, 동생의 머리통을 엄청나게 세게 후려갈긴 거예요! 그 순간 난 눈을 질끈 감았어요. 분명 제이미의 머린 박살 났을 거라고 생각했죠. 하지만 조심스레 눈을 떠보니, 녀석은 멀쩡했어요. 다만 좀 놀란 듯 쿠션을 안은 채 멍하니 서 있을 뿐이었죠. 다행이라고 한숨 돌리려는데, 이번엔 스티브가 제이미를 쓰러뜨리더니 깔고 앉아 얼굴이고 머리고 할 것 없이 마구 때리지 뭐예요. 녀석은 동생에게 소리치고 있었어요. '도대체 언제까지 이럴 거야? 아버지 흉내 내지 말라고 했어, 안 했어?' 그냥 두면 큰일 나겠다 싶어, 난 스티브를 뒤에서 잡았어요. '왜 이래? 이러다 네 동생 죽겠어!' 아마 이런 말도 했던 것 같은데…… 그때였어요. 제이미의 눈이 확 뒤집힌 건요. '어어, 얘 왜 이래?' 외치는 순간, 그 꼬마 애의 몸은 활처럼 뒤로 휘었고, 목은 180도 방향으로 돌아서, 마치 「엑소시스트」에 나오는 귀신 들린 여자애처럼 무서운 형상으로 변해버렸어요. 제이미가 온몸을 부들부들 떨며 입에서 흰 거품을 마구 뿜어내는 걸 보고, 난 완전 얼음이 돼 있었는데, 정작 스티브는 하나도 놀라지 않은 것 같았어요. 동생이 바닥에서 뒹굴며 몸부림치는 걸 가만히 내려다보기만 할 뿐이었으니까요. 그러더니, 얼마나 시간이 흘렀을까, 스티브가 땅이 꺼져라 긴 한숨을 내쉬더니 제이미의 손을 꽉 누르고 단도를 빼내더라고요. 그는 단도 손잡이 부분을 마른 수건으로 대충 닦아서 옆에 내려놨어요. 그런 다음 동생의 머리를 두 손으로 받쳐서 자기 무릎에 올리더니, 손가락을 그 아이의 목구멍 깊숙이 집어넣는 거였어요. 내가 깜짝 놀라 바라보자, 스티브가 말했어요. '이렇게 해야 질식하지 않아. 잘못하면 기도가 막히거든. 그리고 디디, 겁내지 마. 얜 그냥 간질이라는 병을 앓고 있는 것뿐이니까.'

스티브는 계속해서 바삐 움직였어요. 어느새 축 처져서 잠든 제이미를 안아다 소파에 눕히고는, 주방에서 가져온 물수건으로 이마를 닦아주었죠. 마지막으로 땀에 젖은 동생의 머리칼을 잘 넘겨주더니, 그제야 지친 얼굴로 일어서더라고요. 휴, 지금 생각해보면…… 그때 곧바로 거길 뛰쳐나왔어야 하는 건데. 하지만 녀석이 너무 힘들어 보여서…… 가겠다는 말도 못하고 우물쭈물하며 가만히 서 있는데…….

(소년이 갑자기 말을 멈춘다. 숨이 차는지 가슴을 두어 번 두드리

더니 길게 심호흡을 한다.)

그런데 아저씨, 왜 이렇게 속이 답답하죠? 이럴 때 담배라도 한 대 피우면 좀 나을 텐데.

담배는 안 돼. 어쨌거나 넌 미성년자야, 디디. 그리고 여긴 경찰서고. 그걸 잊지 말아라. 차라리 힘들면 좀 쉬었다 할까? 뭐, 5분 정도는 여유가 있으니까.

—제길, 됐어요. 그냥 계속할게요. 그런데 내가 어디까지 얘기했죠? 아, 맞다, 잠든 제이미 옆에 우두커니 서 있었다고…… 거기까지 말했죠? 그래요, 그때 모든 게 시작된 거예요. 갑자기 현관문이 열리면서 거대한 그림자가 집 안에 확 드리워졌으니까요. 진짜예요. 거인처럼 큰 그 그림자는, 문 앞에 선 채 한동안 미동도 안 했어요. 그 순간, 어디서 풍기는 건지 알 수 없는 끔찍한 악취도 진동하기 시작했고요. 뭐랄까, 지옥문이 잠시 열리고, 그 깊고 깊은 밑바닥에서부터 시체 썩는 냄새가 올라오는 것 같았다고나 할까요. 난 코를 쥐고 스티브에게 말했어요. '이게 무슨 냄새야, 스티브? 그리고 저 문 앞에 서 있는 건 또 뭐고?' 하지만 아무 대답이 없기에 옆을 돌아보니, 세상에나, 스티브가 조각상처럼 굳은 채 가만히 서 있지 뭐예요. 난 덜컥 겁이 났어요. 이 새끼도 제이미처럼 입에서 거품을 내뿜으며 목이 완전히 돌아가버리는 거 아니야? 이런 생각이 휙 스쳐 갔으니까요. '왜 그래, 스티브? 무슨 일이야?' 아마 이렇게 물었던 순간일 거예요. 그 비린내 나는 거대한 그림자가 마치 유령처럼 스르륵 내 앞에 나타난 건요. 뭐라고요? 유령처럼 다가올 리 없다고요? 아니에요, 정말이라니까요. 그 남자는, 그래요, 스티브네 아빠는 정말 그렇게 다가왔어요. 그리고 그다음은…… 아, 솔직히 진짜 기억나지 않아요. 그저 단편적인 장면들, 소리들만 머릿속에서 왔다 갔다 할 뿐. '머리에 피도 안 마른 새

끼가 어디서 깝치는 거야?' 그 자식은 이렇게 말했던 거 같아요. 그러면서 주먹으로 내 얼굴을 후려쳤죠. 물론 이것 역시 제대로 생각나는 건 아니에요. 다만 눈앞에 불이 번쩍했던 것까지만 기억날 뿐이니까요. '왜 이래? 술 처먹었으면 들어가 얌전히 자란 말이야!' 스티브가 외치는 소릴 들은 것 같기도 하고, 그사이 잠에서 깬 제이미가 또다시 쿠션을 끌어안고 어디서 단도를 주워 와서는 그걸 푹푹 찌르면서 '죽어라, 죽어'라고 중얼대던 것도 어렴풋이 떠올라요. '개새끼. 그 단도는 어디서 꺼냈어? 응? 이 병신 새끼야, 말해봐, 그거 어디서 꺼냈냐고?' 아빠는 단단히 화가 났어요. 그 미친놈은 누가 자기 단도에 손대는 걸 보면 눈이 확 돌아가거든요. '잘못했어요. 아빠. 다시는 안 그럴게요.' 겁에 질린 제이미가 중얼대는 소리도 들려왔어요. '개새끼. 병신 주제에, 차라리 나가 죽어. 죽으라고.' 이건 아빠가 외친 소리예요. 그놈은, 그 새끼는, 항상 성호에게 죽으라고 외쳤으니까. 너 같은 건 살 필요도 없다고. 어차피 사람 구실도 못한다고. 그 순간 갑자기 집안이 온통 껌껌해졌어요. 누군가가 불을 끈 건지, 아니면 저절로 전기가 나가버린 건지, 그건 몰라요. 난 한 치 앞도 안 보이는 어둠 속에서 손을 휘저었고요. 그때였어요. 저쪽, 가장 어두운 구석, 아마도 골방이 있는 듯한 쪽에서 퍽, 퍽, 하는 소리가 들려온 것은. '살려줘. 아빠, 살려줘.' 그건 제이미의 울부짖음이었어요. 그래요, 아빠는 어둠 속에서 제이미를 야구 배트로 내리치고 있던 거예요. 난 말려야 한다고 생각했어요. 저러다가 성호는 죽을 거야. 난 바닥을 기어가서 아빠의 다리를 잡았어요. 그러자 아빠가 아주 잠깐 날 내려다보던 게 기억나요. 뭐, 그다음은 진짜 하나도 모르고요. 야구 배트가 내 눈앞으로 날아오던 장면밖엔, 아무것도 떠오르지 않으니까요. 또 한 번 불이 번쩍했고, 그 순간 난 주머니에 군용 접이식 칼이 있다는 사실을 떠올렸어요. 가까스로 손을 넣어보니, 딱딱한 칼집이 만져졌지요. 그리고 난…… 정신을 잃었고요. 중간에 꿈인지 생시인지 이상한 비명 소리, 퍽, 퍽, 뭔가를 내리치는 소리, 아빠 형을 살려줘, 도망가, 라는 외침, 모든 게 다 새 때문이야, 고맙다, 네가 날 구했어, 이런 (뜻을 알 수 없는) 말들이 띄엄띄엄 들려왔지만, 그렇지만 진짜로 그걸 다 들었던 건지, 아니면 그 모든 게 쓰러져 있던 내 머릿속에서 생겨난 환청인지는, 나도 알 수 없어요. 당연히, 그동안에 무슨 일이 있었는지도 전혀 모르고요.

얼마나 시간이 흘렀을까, 신음을 하며 눈을 떴을 때, 세상은 온통 암흑이었어요. 머리는 쪼개질 듯 아팠고요. 처음엔 내가 어디에 있는 건지도 알 수 없었어요. 야구 배트에 얼마나 세게 맞았는지, 기억이란 기억은 다 날아가버린 것 같았죠. 어둠에 차차 눈이 익자, 낡은 가죽 소파가 보였어요. 그리고 그 아래, 그러니까 그 소파 아래…… 커다란 인형이 떨어져 있었어요. 그건…… 찢어진 쿠션을 품에 안고 목은 완전히 뒤로 꺾여 아예 보이지 않는, 그런 기괴한 인형이었죠. '이게 뭐지?' 주머니에서 라이터를 꺼내 불을 켠 순간, 난 비명을 지르며 뒤로 물러섰어요. 왜냐하면, 그건…… 그 인형은…… 제이미였으니까요. 아니, 제이미인 것 같았으니까요. 그래요, 그 애의 머린 박살 나서 어디가 눈이고 어디가 코인지 알아볼 수조차 없었어요. 어둠 속에서도 노란 뇌수가 사방에 튀어 있는 게 보였고, 뒷걸음질을 치던 난 뭔가 물컹한 것을 밟으며 그 자리에서 미끄러지고 말았어요. '스티브, 어디 있는 거야?' 미끌미끌한 바닥을 짚고 겨우 일어서며, 난 친구를 불렀어요. 하지만 어디에서도 대답은 들려오지 않더군요. 라이터로 앞을 비추며, 나는 조심조심 한 발씩 걸어갔어요. 그때 저쪽, 골방 부근에서 누군가가 주문 같은 걸 중얼거리는 소리가 들려왔어요. 그 소릴 듣는 순간 두려웠지만, 손으로 라이터 불빛을 가린 채 천천히 그쪽으로 다가갔지요.

(한동안의 침묵)

근데, 암만 생각해봐도, 난 아직 꿈속에 있는 것 같아요. 아니면 내가 봤던 건 모두 환각인데, 내가 나이퀼 시럽을 너무 많이 마셔서 진짜와 가짜를 구분하지 못하는 걸지도 모르고요. 어디서 들은 적 있는데, 약을 너무 자주 하면 그런 악몽에 시달린다면서요? 플래시백이라던가……. 하여간, 그걸 겪는 사람들은 시도 때도 없이 찾아오는 환상과 현실을 분간하지 못하고 점점 이상해진 끝에 미쳐서 죽고 만다더라고요. 혹시 나도 그런 병에 걸린 게 아닐까요? 왜냐하면 지금 이렇게 얘길 하면서도 왠지 그게 다 거짓말 같고, 난 마치 꿈속을 헤매는 듯 몸이 하늘에 둥둥 떠 있는 느낌이거든요. 그래서 하는 부탁인데, 아저씨, 만약 이게 꿈이라면, 나한테 얘기 좀 해줘요. 그만 놀리고, 이젠 진실을 말해달라, 이거예요.

(어두운 얼굴로 오래도록 소년을 바라보는 형사. 그러다가 두 손을 깍지 끼며 천천히 고개를 젓는다.)

잘 들어. 아까도 말했지만, 이건 진짜 현실이야. 물론 아무것도 믿고 싶지 않은 네 심정은 이해해. 하지만 정신 똑바로 차려야 한다. 내가 아는 어떤 사람은—그놈은 약에 취해서 자기 아내를 도끼로 찍어 죽였지— 제정신으로 돌아온 뒤에도, 죽을 때까지 꿈에서 깨어나지 못했어. 끝까지 현실을 부정했다는 뜻이야. 그는 자기 안의 섬에 영원히 갇혀버렸어. 그렇게 되지 않으려면, 얘야, 그냥 모든 걸 받아들이면 되는 거야. 꿈보다 현실이 더 악몽에 가깝더라도 말이다. 무슨 말인지 알겠니?

(소년이 고개를 끄덕인다.)

좋아, 그럼 이제 마저 얘길 해보렴. 자, 어디 보자. 방금 전 골방 쪽에

서 이상한 소리가 들렸다고 했지? 대체 거기에 누가 있던 거냐?

—골방 앞에 갔을 때…… 뭔가에 발이 걸려 넘어질 뻔했어요. 겨우 중심을 잡고 마룻바닥을 더듬는데 손에 미지근하고 물컹물컹한 게 닿더라고요. 그리고 그 순간, 난 알았죠. 그게 아빠의 시체라는 걸.

불이 꺼져서 집 안이 온통 껌껌했다며? 그런데 어떻게 단번에 알았지?

—몰라요. 그냥 직감으로 알았던 것 같아요. 그게 죽은 아빠일 거라는 것을요. 하긴, 지금 생각해보니…… 사건이 일어나기 훨씬 전부터, 그러니까 아빠가 비린내를 물씬 풍기며 현관문을 열고 들어올 때부터, 알고 있었던 것 같기도 해요. 오늘 그가 죽을 거라는 사실을요. 그래요, 확실해요. 유령 타워에서부터 집요하게 따라온 로저, 아니 정씨의 유령도, 골방 안에서 아우성치고 있던 원혼들까지도…… 모두 나에게 그걸 알려주려고 했던 거예요. 오늘 저주가 완성될 거다. 왜냐하면 네 아버지가 죽을 테니까. 그것도 네 손에. 아들인 네 손에 말이야. 세상에서 가장 끔찍한 모습으로. 그래, 아빠는 정말 무시무시한 꼬락서닐 하고 있었어. 목에서 귀 아래쪽까지 깊게 베인 상처가 벌어져 거기서 튀어나온 혈관이 사방으로 뻗어 있고, 흘러나온 뇌수와 피가 머리통 아래 흥건히 고여 있는 그 새끼 얼굴은, 마치 조커 같았거든. 그러니까 그러질 말았어야지. 난 아무 죄가 없어. 그렇지, 아저씨? 그게 싫었으면 처음부터 나한테 그러질 말았어야 하잖아. 병신 같은 놈. 자기가 죽을 줄도 모르고 만날 돼지 목이나 땄어. 돼지 새끼들 목이나 땄다고.

이상한 여자가 나타난 건 그 순간이야. 내가, 죽은 아빠 옆에 서 있을 때. 너무 낯설어서 누군지도 모르겠는데, 머리는 산발하고 눈에선 검은 눈물을 줄줄 흘리며 그 여자는 이렇게 외쳤어. 한도 끝도 없이, 영원히, 아마 지금도 외치고 있을 거야. 어디 있는지는 모르지만.

넌 가만히 있으렴. 모두 내가 알아서 할 테니.

넌 가만히 있으렴. 모두 내가 알아서 할 테니.

넌 가만히 있으렴. 모두 내가 알아서 할 테니.

.

.

.

(갑자기 소년이 온몸을 덜덜 떨기 시작한다. 흰자위를 드러내고 상반신을 앞뒤로 흔들면서 그는 끝없이 중얼거린다. "넌 가만히 있으렴. 모두 내가 알아서 할 테니. 넌 가만히 있으렴. 모두 내가 알아서 할 테니. 넌 가만히 있으렴. 모두 내가 알아서 할 테니. 넌 가만히 있으렴. 모두 내가 알아서 할 테니……." 그러다가 천천히 앞으로 고꾸라지며 정신을 잃는 소년. 형사는 자리에서 일어나 엎드린 아이의 곁으로 다가간다. 그러고는 생각에 잠긴 얼굴로 아주 오래도록 가만히 서 있다.)

*

여기서부터는 녹취록 대신 존 D. 맥도날드 형사가 직접 작성한 걸로 보이는 요약본이 이어진다. 클립으로 단단하게 고정된 서류 맨 위에는 빨간 볼펜으로 휘갈겨 쓴 메모도 한 장 붙어 있다. *"진술에 일관성 부족. 약물중독? 분열증? 다중인격? 외상 후 스트레스성 장애 증상을 조사해볼 것. 유정숙의 자백, 유력한 용의자?"* 형사의 꼼꼼한 성격을 반영하듯, 이후의 내용은 번호까지 매겨진 채 깔끔하게 정리되어 있고, 그래선지 오히려 녹취록을 읽을 때보다 훨씬 더 눈에 잘 들어온다. 하지만 아르바이트생은 앞부분과 같은 녹취록이 더 마음에 드는 듯, 번역한 노트 구석에 연필로 이런 말들을 끼적여놨다. *"어떤 사건을 요약해서 설명한다는 게 과연 가능할까? 그런 건—요약본은— 차라리 픽션이라고 간주하는 게 옳지 않을까?"* 물론 강승현 경장은 이런 견해에 100퍼센트 동의하지는 않았다. 평소 사건보고서를 간략하고 알아보기 쉽게 타이핑해서 제출하는 것이 습관이 되어 있기 때문일지도 모르지만, 어쨌거나 그는 단 한 줄의 짧은 글에도 필요한 건 모두 담을 수 있다고 생각하는 편에 속해왔다. 적어도 이 '노트'라는 걸 읽기 전까지는 말이다. 그렇다면 지금은? 여기까지 생각이 미치자 강 경장은 갑자기 묘한 기분에 사로잡힌다. 이제는 이 질문에 대한 명확한 답을 떠올릴 수 없게 됐기 때문이다.

그나저나, 아르바이트생은 이걸 어디서 찾아낸 걸까? 처음에 그는 분명 녹취록이 없다고 했었다. 그게 있어야 할 페이지가 온통 검은색 매직으로 뭉개져 있더라고 말하지 않았던가 말이다. 하지만 나중에 찾았다며, 그는 이 추가 번역본을 가지고 왔다. "이건 원래 없다고 하지 않았나?" 별생각 없이 강승현 경장이 물었을 때, 아르바이트생은 괜히 화를 냈다. "없는 줄 알았는데, 책상과 벽 사이 틈에 떨어져 있더라고요! 정말이에요. 내 방에 한번 와보면 이 말이 사실이란 걸 알 수 있을걸요? 너무 지저분하고 여기저기 물건들이 널려 있어서, 사실 이런 종이 쪼가리 한 뭉치쯤은 어디 처박혀 있어도 눈에 띄지 않는단 말이에요. 잠깐, 이제 보니…… 혹시 내 말을 안 믿는 거예요? 그러니까…… 내가 이걸 지어내기라도 했다는 건가요?" 강 경장은 절대 그런 게 아니라고 했고, 믹스커피를 한 잔 타주며 겨우 달랜 뒤 돌려보냈던 것이다.

그러나 아르바이트생이 돌아가고 난 뒤 강승현 경장은 문득 약간의 의구심을 느꼈다. 과연 이 녹취록은 정말로 존재했던 걸까? 아니, 더 나아가서 노트는? 아르바이트생은 그에게 단 한 번도 원본 '노트'를 보여주지 않았다. 오직 이 번역본만을 건네줬던 것이다.

모두들 기억하겠지만, 강승현 경장은 이 기이한 노트에 얽힌 이야기의 맨 앞에 가장 먼저 등장한 사람이다. 그리고 그는 지금 지구대 사무실 안의 불편하고 딱딱한 검은색 인조 가죽 의자에 앉아, 모니터와 노트(의 번역본)를 앞에 두고 깊은 한숨을 내쉬고 있다.

그는, 자기 바로 뒤 긴 의자에 쪼그리고 누운 채 담요를 덮고 잠들었던 그 소년을 여전히 기억하고 있었다. 그때 아이는 묻는 말에 입을 꾹 다문 채 아무 대답도 하지 않았고, 설렁탕 한 그릇을 비우고야 "명진 고아원"이라는 한마디를 내뱉었던 것이다. 관내와 인근을 가리지 않고 수소문한 끝에, 그는 '명진 보육원'이라는 이름을 가진 시설을 찾아내는 데 성공했다. 그러나 거기로 전화를 걸었을 때 담당자라는 여자는 엄청나게 심드렁한 목소리로 응대했다. 그녀는 현재 보육원에서 사라진 아이는 없으며 그 밖의 다른 사항은 전산 장애 때문에 적어도 하루가 지난 다음에야 제대로 알아봐줄 수 있다고 대답했다. 그놈의 전산 장애. 그때 생각을 하며 강승현 경장은 짜증스러운 듯 주먹으로 책상을 한 번 쾅 쳤다. 요즘엔 어디든 툭하면 전산 장애 탓을 한다. 그리고 다른 이유라면 몰라도 '전산 장애'가 발생했다고 하면, 대부분의 사람들은 꿀 먹은 벙어리가 되고 만다. 그게 어떤 종류의 장애인지 또 언제 그 장애가 해결될 것인지 등을 물어보려고 해도 그 분야에 관한 전반적인 지식의 결여 때문에 입을 다물게 되고 마는 것이다. 여하간, 다음 날이 다 가도록 아이는 긴 의자에 앉아 있었다. 중간에 여성청소년계 소속인 김은희 순경이 아이를 데리고 가 몇 가지를 물었지만, 건진 것은 별로 없다고 했다. "원체 말을 안 합니다. 계속 아저씨를 데리고 오라는데, 그게 누구냐고 물으면 또 대답을 못하고……." 갓 경찰학교를 졸업한 김 순경은, 아이에 대해 아무것도 알아내지 못한 게 자기 잘못이기라도 한 듯 미안해하며 말끝을 흐렸다. "그 애 말로는, 고아원에 큰불이 났는데, 아저씨가 와서 자길 구해줬다고 합니다. 그러고는 그 아저씨를 따라 밖으로 나와 저수지까지 달려갔고, 거기서 둘이 물로 뛰어들었다는 거예요. 그 아저씨라는 남자가 이 물 건너편에 다른 세상, 아주 멋진 세상이 있다고 말했다는데…… 사실 이 부분에 대해선 아이가 제대로 기억하고 있는지 도무지 알 수가 없었습니다. 물속에선 수영을 못해서 허우적댔는데, 아저씨가 자길 받쳐줬다고 하네요. 그런 다음 건너편 물가로 헤엄쳐 갔는데, 그 와중에 자기는 정신을 잃었다고 하고요. 그래도 좀 더 기억나는 게 있으면 말해보라고 했더니, 저쪽, 그러니까 자기들이 뛰어들었던 물가에 동네 사람들 여럿이 쫓아와 서 있는 걸 봤다고 했어요. 그들이 '저놈 잡아라!' 뭐, 이런 말을 외치고 있더라는 겁니다. 그러다가 그 사람들 중 서너 명이 물로 뛰어드는 걸 봤고, 아저씨는 점점 힘에 부치는지 헤엄치는 속도가 느려져서 자기도 엄청 조마조마했다는 얘기도 했고요. 거의 물가에 다다랐을 때, 그 남자가 아이를 있는 힘껏 밀어 올리면서 '잘 가. 언젠가는 다시 만날 테니, 걱정 말고! 그리고 노트는 꼭 읽어봐, 알겠지?'라고 말했다는데, 막상 그 노트가 뭔지는 전혀 모르고 있었습니다. 아저씨가 보육원에서 자길 데리고 나와 저수지 쪽으로 뛰어갈 때 뭔가 보자기로 싼 공책 같은 걸 챙겨주긴 했는데, 나중에 정신을 차려보니 어딨는지 찾을 수 없더라는 거예요. 어쨌든, 아이도 아저씨가 그 후 어떻게 됐는지는 모른다고 진술했습니다. 다만 눈을 떠보니 이상한 곳에 자기가 서 있더라는 거죠. 네, 맞습니다. 에버랜드의 그 나무 밑. 다람쥐 탈을 쓰고 일하던 아르바이트생이 거기서 아이를 처음 발견했다면서요?" 보고를 끝내고 돌아서서 나가던 김 순경이 문득 멈춰 서더니 고개를 갸웃했다. "그런데 약간 마음에 걸리는 것이 있습니다. 사실 그래서 전 그 성철이라는 애가 좀…… 이상하단 생각을 하기도 했고요. 그때, 그러니까 얘기를 마치고 나왔을 때, 민원실 복도에 텔레비전이 켜져 있었는데, 거기서 무슨 가요 프로그램이 하나 나오고 있었거든요. 아마 「가요 백년사」였던가, 그런 거 같은데, 거기 나오는 노래를 아이가 너무 잘 알고 있더라고요. 물론 그런 거야 어찌어찌해서 알 수도 있다고 봅니다. 하지만 이건 웬만큼 오래된 노래가 아니라 진짜 아주 옛날 곡이거든요. 저도 검색을 해보고야 그런 노래가 있었다는 걸 알았을 정도니까요. 그런데 아이는 그 노래의 유래까지도 다 알고 있었어요. 그게 무슨 라디오 연속극, 제목은 제가 잊어버렸는데요, 하여튼, 그 주제가라며, 보육원에서 밥해주던 아줌마가 그 노랠 아주 좋아했다고, 매일 연속극 나올 시간만 되면 다들 조용히 하라고 불호령을 내렸다는 둥, 이런 말을 하는 거예요. 근데 아이 얘기가 말이 안 되는 게, 그 연속극을 제가 찾아보니까 1958년에 지금은 KBS로 바뀐—어디 보자, 아 여기 적어 왔습니다— HLKA라는 데서 방송했던 거더라고요. 정말 이상하지 않습니까?"

그러더니 김 순경은 그걸 다운받아놨다며 스마트폰을 꺼내 음악을 들려줬다. 듣고만 있어도 눈물이 흘러내릴 것 같은, 구슬프기 그지없는 곡이었다. 게다가 녹음 상태는 또 얼마나 안 좋은지. 그럼에도 불구하고 강승현 경장은 귀를 기울여 열심히 음악을 들었다. 비록 별거 아닌 옛날 가요 한 곡이지만, 아이가 잘 알고 있는 거라면 그게 단서가 될 수도 있는 것이다.

나뭇잎이 푸르던 날에 / 뭉게구름 피어나듯 사랑이 일고 / 끝없이 퍼져나간 젊은 꿈이 아름다워 / 귀뚜라미 지새 울고 낙엽 흩어지는 가을에 / 아 꿈은 사라지고 꿈은 사라지고 / 그 옛날 아쉬움에 한없이 웁니다

이상하리만치 사람을 애수에 젖게 하는 노래에 자기도 모르게 빠져들어 있던 강승현 경장은, 퍼뜩 아이의 주머니에 있던 지폐와 성냥갑을 떠올렸다. 거기엔 분명 1957년이라는(물론 정확히는 단기 4290년이었지만) 발행 연도가 인쇄되어 있지 않았던가. 게다가 성냥갑에 적힌 상표 역시 그가 알아본 바에 의하면 1960년대 중반까지 인천에 있던 작은 공업사의 이름이었다. 물론 누군가가 특별한 취미를 가져 아주 오래된 옛날 물건을 지니고 있을 순 있다. 예를 들자면 화폐 수집이 취미인 사람이라면 주머니에 희귀한 지폐 한 장쯤 가지고 다닐 수도 있는 법인 것이다. 하지만 박성철이라는 어린아이에게 그런 취미가 있을 것 같아 보이진 않았다. 무엇보다도 "너, 이거 어디서 났니?"라고 물었을 때, 아이

는 분명 대답하지 않았던가. "성냥이랑 구슬은…… 고아원에서 주웠어요. 아니 실은, 거기서 슬쩍했어요. 그냥 갖고 싶어서 그랬다고요. 하지만 돈은 엄마가 준 거예요. 정말이에요. 역 앞, 시계탑 앞에서, 이거 갖고 여기서 잠깐만 기다리라고 했단 말이에요. 해 지기 전에 돌아올 테니 다른 데로 절대 가면 안 된다고, 신신당부했다고요. 그러니 내놔요. 그건 내 거예요! 고아원에서도 안 들키고 가지고 있던 거라고요!"

어쨌든, 그런 것들을 상기하며, 그는 다시 자기 책상으로 가 메모지에 적어둔 명진 보육원 전화번호를 찾았다. 이 아이가 어디서 왜 어떻게 여기까지 오게 됐는지는 아무도 모른다. 아마 어쩌면 앞으로도 영원히 알아낼 수 없을지도 모르고 말이다. 하지만 적어도 할 수 있는 데까진 해봐야 한다. 왠지 그게 저 아이에게 1957년도에 발행된 지폐를 남겨주고 간 여자에 대한 마지막 도리인 것 같기 때문이다. 그런 생각들을 하며, 강 경장은 천천히 수화기를 들었다.

"여보세요. 어제 전화 드렸던 용인동부서 포곡지구대 강승현 경장입니다. 네, 박성철이오. 여덟 살 맞고요. 그런데, 어떻게, 좀 찾아보셨습니까?"

여자는 수화기를 들고 한동안 아무 말도 하지 않았다. 사실 이런 경우 어떻게 해야 할지에 대해서는 작업 매뉴얼에 전혀 적혀 있지 않다. 어제 전화를 걸었던 경찰은 한 아이의 신상을 알아봐달라고 부탁했다. 아마도 그 아이는 자기가 '명진 보육원'에 있었다고 대답한 모양이다. 그리고 당연한 일이지만, 그녀는 전화를 끊은 뒤 아무것도 하지 않았다. 어쨌든 여기에 그런 이름을 가진 아이가 없다는 건 확실하니까. 최근 몇 년 사이에도 그런 이름의 사내아이는 입소한 적이 없었다. 컴퓨터가 망가져서 찾아보는 데 오래 걸린다고 대답한 것 역시 대충 둘러댄 핑계에 불과했다. 그저 아무 생각 없이 기계적으로 답한 것뿐이기에, 한 아이의 운명이 걸려 있는 문제라 해도 특별히 미안함이나 죄책감 같은 걸 느끼지도 않았다. 그녀들, 혹은 그들이 그런 식의 대답을 해주는 사이, 영영 (기록상으로) 사라져버린 아이들이 엄청나게 많다는 사실을 상기시켜준다 해도, 그 여자의 생각엔 별다른 변화가 없으리라. 어쨌거나, 어젯밤, 여자는 컴퓨터 자판을 두드려 '박성철'이란 이름에 대하여 좀 더 알아보는 대신 서랍을 열고 줄칼을 꺼내 손톱을 다듬었다. 그런 다음엔 의자에서 일어나 뒤쪽에 있는 소형 냉장고 문을 열고 오렌지 주스 한 캔을 꺼내 마셨고, 그러고도 시간이 남아 등을 뒤로 기댄 채 잡지 한 권을 다 읽었다. 따라서 만약 그때 박 여사가 문을 열고 들어오지 않았더라면, 그녀는 끝까지 강승현 경장이 했던 부탁을 잊고 말았을 것이다.

'박 여사'는 사실 노인의 진짜 이름이 아니었다. 듣기론 불과 10여 년 전까지만 해도 누구나 그를 '박 씨 아줌마'라고 불렀다는 거다. "그전엔 그냥 순애라고 했어. 원장님은 순애라고 불렀고, 좀 나이가 적은 직원들은 순애 씨, 라고 불렀지." 여자가 처음 이곳에 출근했을 때, 같은 사무실에 있던 나이 많은 동료가 해준 말이었다. 보육원 안팎의 갖가지 허드렛일을 도맡아 해온 박 여사는 그 자신이 명진 보육원 출신이기도 했다. 대부분의 원생들이 적당한 시기에 보육원을 나가 독립된 삶을 꾸려나가는 것과 달리, 박순애 여사는 예순이 넘도록 그곳을 떠나지 못했는데, 그 이유란 게 사실 듣고 보면 딱한 것이었다. "원래부터 좀 모자랐대. 알지? 아주 바보는 아닌데, 또 정상인이라고 하기도 뭐한 그런 사람." 동료는 그런 말을 하며 안됐다는 듯 혀를 찼지만, 여자가 보기에 박 여사는 그저 평범한 노인네일 뿐이었다. 하긴, 특별히 대화를 나누어본 일도 없었으니 박순애라는 사람이 어떤 이인지 알 길이 전무했다고도 볼 수 있다. 여하간, 여자는 박 여사가 들어왔을 때 평소처럼 가볍게 목례를 한 뒤 읽던 잡지 쪽으로 눈을 돌렸다. 보통은 박 여사도 걸레와 물통 같은 걸 들고 들어와 여기저기 닦다가 나가곤 하지만, 그날은 피곤한지 입구 쪽 의자에 걸터앉아 한숨을 돌리며 멍하니 밖을 내다보는 것 아닌가. 단둘이서 좁은 사무실에 마주 앉아 있으려니 여자는 문득 어색한 기분을 느꼈고, 그래서 자기도 모르게 아무 말이나 늘어놓게 되었던 것이다. "할머니, 옛날에도 여기 이름이 명진 보육원이었어요?" 그러자 마치 말 걸어주길 기다렸다는 듯, 박 여사가 이런저런 얘길 늘어놓기 시작했다. “맞아, 내가 들어왔을 때도 명진 보육원이었지. 아니, 잠깐만. 옛날엔 보육원이라고 안 하고 자애원이라고 했던가. 하긴, 그래봤자 사람들은 다들 그냥 고아원이라고 불렀지만 말이야. 아, 그리고 사실 예전엔 이게 저기 용인 쪽에 있었어. 내가 그 시절부터 들어와 살아서 잘 알지. 그러고 보면 무슨 팔자가 이 모양인지. 어려선 부모 잃고 사고무친 고아가 되더니, 평생 이런 데서 허드렛일이나 하며 살 줄 누가 알았나.” 아무 생각 없이 한 귀로 듣고 한 귀로 흘리며 잡지를 읽던 여자가 퍼뜩 고개를 든 건 그때였다. “용인이오? 이상하네. 지난번 구청에 제출한 서류엔 그런 얘기 없었는데. 홈페이지에 있는 보육원 연혁에도 용인에 있었단 기록은 없고요. 어디 보자, 맞아요. 여기 이렇게 적혀 있는걸요. 본원은 1961년 서울 ××구 ××동 현 주소지에 처음 설립됐으며 이듬해인 1962년 법인으로 등기 필했음. 근데 용인이라니요?” 그때까지만 해도 여자는 박 여사의 말을 믿지 않았다. 전에 같이 일하던 동료도 말해주지 않았던가. 저 노인네는 좀 모자란다고. 10대에 한 번 어느 가정집에 식모로 나간 적이 있지만 하도 일을 못하고 말귀를 못 알아듣는 바람에 쫓겨나다시피 다시 돌아온 이래, 계속 여기 머물며 갖가지 잡일을 도맡아 해오고 있는 거라고. 하지만 여자의 심드렁한 대꾸에도 박 여사는 점점 더 열기를 띠며 이야기를 늘어놨다. “그래, 맞아. 기억나네, 기억나. 나도 나중에야 알았는데, 그 뭐더라, 용인에 있을 땐 허가 없이 그냥 운영하는 시설이었대. 미인가 시설인가, 그런 거 말이야. 옛날엔 하도 고아가 많아서—거 왜 전쟁 때문에 말이야— 그런 시설이 많았다더군. 뭐 길에 나가면 순 부모 잃고 헤매는 애들 천지였으니까. 게다가 이건 아가씨만 알고 있어야 하는 건데……”라며 박 여사는 이리저리 사방을 둘러봤다. 척 봐도 아무도 없는 좁은 사무실이었지만, 그래도 믿지 못하겠다는 듯 과장되게 둘러본 뒤에야 노인은 다시 입을 열었다. “용인에 있을 때 고아원에 큰불이 나서 아주 다 타버린 적이 있거든. 진짜 큰불이었어. 활활 타오르는데, 진짜 꼼짝없이 죽는 줄 알았다니까. 가만있어보자,

그때 내가 일곱 살이던가, 하여간 그랬는데, 다행히 다친 사람은 없었지만 난 아직도 기억하는걸." "뭘요? 뭘 기억하는데요?" 호기심을 느낀 여자가 의자를 앞으로 당겨 앉으며 묻자, 박 여사는 더욱 낮은 목소리로 숨을 죽이며 대답했다. "그 남자 말이야. 어떤 남자가 불 속으로 뛰어 들어오더니 우왕좌왕하는 우릴 데리고 밖으로 나왔어. 그때 원장은 어디 가고 없었고, 다른 어른들도 어디서 뭘 하는지 아무 데도 없었는데, 아마 그 남자 아니었으면 꽤 여럿 타죽었을 거야. 하여튼 그렇게 밖으로 나와서는 다들 한 줄로 서서 고아원이 활활 타는 걸 보고 있었어. 우리 중 몇몇 애들은 울기도 했지. 고아원이 암만 싫어도 어쨌든 있을 곳은 거기밖에 없잖아. 나? 나도 좀 울었지. 그냥 무섭더라고. 잠깐만, 그러고 보니, 그때 다친 사람은 없었지만, 사라진 애가 하나 있었어. 이름이 뭐였더라…… 어휴, 생각이 날 듯도 한데, 입에서만 맴도네." 수십 년 전의 기억을 더듬는 박 여사를 더 기다리고 싶지 않아, 여자는 아무 질문이나 던지기로 마음먹었다. "그나저나, 그 남자는 어떻게 됐어요? 그, 애들 구해줬다는 사람 말이에요." 여자의 질문에 갑자기 박 여사의 낯빛이 확 변했다. 뭐랄까, 텅 빈 공간을 응시하는 듯했다고 해야 하나, 그렇게 멍한 얼굴로 가만히 앉아 있던 노인은 다시 천천히 입을 열었다. "응, 그게 이상해. 우린 분명히 그 남자가 애들을 구해줬다 믿었는데, 나중에 들어보니 그 사람이 고아원에 불을 질렀다는 거야. 그렇게 안 보였는데…… 정말 좋은 사람 같았는데…… 마을에서 다들 수군수군하고 난리도 아니었어. 사실 난 고물 장수 아저씨가 불을 낸 걸로 알고 있었거든. 그땐 고물 장수가 거의 매일 고아원을 드나들었는데, 아마 부엌에서 일하는 아줌마랑 좋아 지냈나봐. 어릴 때야 당연히 그런 거 몰랐지만, 커서 짐작하게 된 거지. 여하간, 그날도 고물 장수가 왔는데, 거기서 불길이 제일 먼저 치솟았거든. 그리고 조금 뒤에 바깥 정문 쪽에서 웬 아저씨가 뛰어 들어오는 걸 봤고. 그 아저씨는 미친 듯이 뛰어서 복도마다 돌아다니며 문이란 문은 다 열고, 어서 나오라고 소리쳤어. 그래, 시커먼 연기가 뭉게뭉게 치솟는 와중에도 애들을 하나하나 다 챙겼다고.

여하간, 원생도 한 명 없어지고 워낙에 큰불이라, 순사들이 와서 우릴 다 조사했어. 들어가기 전에 원장이 아무것도 모른다고 하라고, 무서운 얼굴로 윽박지르던 것도 기억나. 솔직히 말해서, 이건 원장도 모르는 거지만, 난 그때 순사 양반한테 다 말했어. 그 아저씨는 우릴 구해준 거고, 불을 낸 사람은 고물 장수라고. 내가 두 눈으로 똑똑히 봤다고 했지. 하지만, 아무도 안 믿어주더라고. 하긴 누가 나 같은 애 말을 믿겠어? 소문난 바보였는데 말이야. 하여튼 그래도 난 우겼지. 이래 봬도 내가 고집 하나는 세거든. 근데 그때 원장이 문을 열고 들어오더니 내 머릴 쥐어박았어. 순사한테 연신 굽실대며 '이 애가 원래 좀 모자라요. 꿈과 생시도 구분 못하고 툭하면 울질 않나. 아마 뭘 봤다는 것도 꿈꾼 걸 거예요. 그렇지, 순애야?' 이러더라고. 난 얼떨결에 고개를 끄덕였어. 사실 원장이 그 전에 잽싸게 내 입에 알사탕을 처넣어서 뭐라 말을 할 수도 없었지만. 그나저나, 그때 없어진 남자애는 어떻게 됐을는지. 나랑 나이도 같았는데. 동네엔 걔가 저수지에 빠져 죽었다는 소문이 자자했지만, 막상 시체는 못 찾았거든." 한참 떠들던 박 여사가 문득 벽에 걸린 시계 쪽으로 눈길을 돌렸다. "아이구, 내 정신 좀 보게. 이러고 앉아 노닥거릴 시간이 어디 있다고. 그럼, 난 이만 가볼게. 더 궁금한 게 있으면 나중에 물어보라고. 생각나는 대로 다 말해줄 테니까." 그러더니 노인은 구부정한 등을 한 채, 걸레와 물통을 챙겨 들고는 서둘러 밖으로 나가버렸다.

용인이라……. 여자는 읽던 잡지도 무릎에 펴놓은 채 잠시 생각에 잠겼다. 아까는 용인 포곡지구대 소속 경찰이라는 사람이 전화를 걸어오더니, 이번엔 이 보육원이 예전에 용인에 있었다는 얘길 듣게 되는구나. 참 신기하네. 하지만 딱 거기까지였다. 그녀는 더 이상 용인이라든가, 고아원의 화재, 아이를 납치해서 죽였다는 남자…… 이런 일들에 흥미가 가지 않았다. 사실 여자의 호기심이 그 정도에서 멈추고 만 것에 대해선 그녀를 탓할 이유가 없다. 어차피 대부분의 사람들은 서로 동떨어진 듯 보이는 사건들 사이에 자리한 내적 연관성 따위엔 관심 없는 법이니까. 만약 그녀가 아주 약간이라도 궁금한 마음을 가지고 옛날 신문기사를 검색해본다면, 별로 힘들이지 않고도 다음과 같은 기사를 찾아낼 수 있었을 거라 해도 말이다.

"방화로 고아원 전소. 원아 한 명은 납치 후 살해된 듯"

신원 미상의 남자가 저지른 방화로 수년간 전쟁고아들의 보금자리가 되어온 명진 자애원(용인읍 소재. 원장 ○○○) 건물이 전소됐다. 목격자인 황춘식(폐기물 수거업자. 42세)에 의하면, 그 남자는 며칠 전부터 자애원 주위를 맴돌며 방화의 기회를 엿보았다고 한다. 그러다가 마침 원장 등 관계자들이 잠시 자리를 비운 틈을 타서 석유통을 들고 들어가 불을 질렀던 것이다. 게다가 그는 원아(박영식, 7세) 하나를 납치해서 저수지에 익사시키고 자기도 자살을 시도하는 엽기적이고 반인륜적인 범죄행각을 저질렀다. 인근 숙박업소 주인 부부에 의하면, 며칠 전부터 마을에 머물러온 그 신원 미상의 남자는 평소에도 하는 행동이 음침했고 눈빛이 좋지 않았으며, 밤이면 무전기 같은 걸 들고 허공에다 교신을 시도하는 등, 이상하고 기이한 행적을 보였다고 한다. 그를 만났던 몇몇 주민들은 남자가 본인을 한국계 미국인이라고 소개했다지만, 신분증 등이 남아 있지 않은 관계로 그 말이 사실인지 아닌지 확인할 수 없는 상태이기도 하다. 현재 남자가 박영식 군을 동반하고 뛰어든 저수지에선 주민들까지 합세한 수색작업이 한창이지만 안타깝게도 어린 소년의 흔적은 어디에도 보이지 않고 있다.

(1958년 9월 30일자 『일간경기도민』)

이것 역시 당연한 얘기지만, 그래서 다음 날 포곡지구대 소속 경찰에게서 다시 전화를 받았을 때, 여자는 별다른 말을 하지 않았다. 하긴, 수십 년 전에 이 보육원이 용인에 있었다는 사실과 지금 용인에 나타난 한 신원 미상의 소년이 '명진 고아원' 출신이라고 주장한다는 사실 사이에는, 오히려 아무 관계가 없다고 보는 편이 더 정상에 가까운 거겠지만 말이다. 어쨌든 여자는 최대한 예의바르면서도 사무적인 어조로 대답했다. "박성철이라고 하셨나요? 자료를 다 뒤져 봤지만, 그런 아이는 없었어요. 네, 안타깝게도 말이에요. 그럼요, 그래야죠. 혹시라도 알게 되면 바로 전화 드릴게요. 그럼, 이만." 수화기를 내려놓고 여자는 에버랜드 생각을 잠깐 했다. 날씨가 괜찮으면 주말에 놀러 가볼까. 혼자서 이런 말을 중얼거리기도 했고, 그런 다음엔 아예 용인 자체에 관해 다 잊어버리고 말았다.

*

소년을 태운 자동차는 천천히 출발했다. 아이는 어제 강승현 경장이 덮어준 담요를 무슨 소중한 물건이라도 되는 양 품에 안고 잔뜩 몸을 움츠린 채 뒷좌석에 앉아 있었다. 강 경장은 유리문을 내리고 소년의 이마를 툭 쳤다.

"성철이라고 했지? 걱정 마, 거기 가면 아무래도 여기보단 편할 테니까. 다들 친절하게 대해주실 테고, 아마 친구들도 좀 있을 거다. 아, 그리고 이거."

그는 소년에게 작은 종이봉투를 내밀었다.

"여기, 네 돈이랑 구슬, 다 들어 있어. 성냥은 위험하니까 당분간 내가 보관하마. 나중에 엄마, 아빠 찾으면, 그때 가지러 와. 반드시 돌려줄 테니까."

시청 사회복지과에서 나온 여자 공무원이 소년의 옆에 앉아 작은 소리로 뭔가 이야기를 건네고 있었다. 아마도 불안한 아이의 심리를 안정시키기 위한 것이리라. 관련 법규에 의하면, 미아가 된 어린이는 일단 하루에서 길게는 사흘까지 관할 지구대에서 보호할 수 있다. 하지만 그 기간이 지나면 무조건 시청 사회복지과로 인계해야 한다. 그리고 거기서도 보호자를 찾지 못하면, 아이는 적당한 시설로 보내져 임시 수용되는 것이다. 강 경장이 손을 흔들자, 드디어 차에 시동이 걸렸다. 그때였다. 뒷문 유리 너머로 소년이 뭐라고 소리친 것은.

"잠깐. 지금 뭐라고 했니?"

강 경장이 묻자, 저 앞으로 멀어져 가며 아이가 다시 한 번 대답했다.

"……그 아저씨가 그러라고 했어요. 그래야 모든 것을 새로 시작할 수 있다고요."

"뭐라고? 그게 무슨 뜻이니?"

다급히 물었을 땐 이미 차는 한 블록 건너편 모퉁이를 돌아가고 있었다. 그래서 아이가 얼굴을 창밖으로 내밀고 외친 다음과 같은 말을, 강승현 경장은 제대로 듣지 못하고 말았다.

"이름을 박성철로 바꿔 말한 거요. 원래 나는 박영식이거든요. 근데 그 아저씨가 그러라고 했어요. 그 새로운 땅에 가면, 다른 이름을 대라고. 그래야만 모든 걸 새로 시작할 수 있다고, 물에 가라앉기 전에 분명히 그렇게 말했다고요!"

그리고 사실 이것도 일종의 뒷북이지만, 강 경장이 아이의 외침을 정확히 들을 수 있었다면, 이야기는 약간 다른 방향으로 전개됐을지도 모른다. 적어도 아르바이트생의 운명 정도는 바뀔 수도 있었을 거란 얘기다.

※ 부록 7. 신과의 대화 III : 당신이 원하는 곳

— 그럼 이번엔 내가 질문할게요. 당신은 구원자가 과거로 가야 한다고 했어요. 그런데 도대체 어떻게 과거로 가죠? 시간여행이 가능하단 얘긴 아직까지 한 번도 들어본 적 없는데 말이에요.

— 아까도 말했지만 그건 아주 쉬워. 과거로 간다는 건, 너희 인간들이 상상하는 그런 게 아니니까. 그것은 그저 현실이고, 넌 마치 다른 도시를 방문하듯 그냥 가면 되는 거라고.

— 호오, 그래요? 그럼 어떻게 해야 내가 그냥 과거로 갈 수 있죠?

— 사실 그건 네가 구원자의 임무를 받아들이면 그때 알려주려고 했던 건데…… 어쩔 수 없군. 지금 말해주는 수밖에. 일단, 과거로 가기 위해서 넌 네 주변을 모두 정리해야 해. 회사에 다니고 있다면 사표를 내고, 관리비나 월세가 밀렸다면 그것

도 모두 처리하는 게 좋을 거야. 아무래도 과거로 간 이상 다시 여기로 돌아오긴 힘들 테니까 말이야. 그런 다음엔 필요한 짐만 간단히 챙겨서 버스터미널로 가라고. 거기서 표를 끊어. 그리 멀리 가는 건 아니니까 멀미 걱정은 하지 않아도 좋아. 네가 도착할 곳은 트루데를 가로질러 흐르는 강의 최상류야. 버스 종점인데, 내린 뒤엔 절대로 뒤를 돌아보지 말고 곧장 앞으로 걸어가야 해. 한참을 가다 보면 조그만 나무 푯말이 보일 거야. 거기엔 '시간의 벽, 앞으로 500미터'라는 안내문이 붙어 있고, 그 푯말이 가리키는 방향으로 계속 가면 절벽 꼭대기에 도달하게 되지. 그러고 보면 누가 어떤 영감을 얻어 그런 명칭을 붙였는지는 모르지만, 그야말로 이번 임무에 딱 어울리는 이름이지 않아? 어쨌든 절벽 꼭대기에 가면, 신발을 벗어서 가지런히 정리해둔 뒤, 아래를 내려다보라고. 밑에는 시퍼런 강물이 굽이치며 흐르고 있을 텐데, 떨어지지 않게 조심하며 가만히 보고 있도록 해. 그렇게 한동안 기다리면 어느 순간 수면에 소용돌이가 생기고 그 한가운데에 시간의 문이 열리게 되는 거지. 바로 그때, 넌 절벽에서 뛰어내려야 해. 시간의 문은 아주 찰나의 순간만 열렸다 닫히니까, 망설이거나 뒤를 돌아보거나 누가 불러도 절대 들은 척도 하지 말고, 그냥 마음을 굳게 먹은 채 곧바로 뛰어내려야 한다고, 알겠어? 물론 처음엔 좀 이상할 거야. 코와 입과 귀로 물이 마구 들어오고 넌 숨이 막혀 허우적대며 나를 욕하겠지. 미친 사기꾼 새끼라고 말이야. 하지만 그것도 잠시뿐. 정신을 차려보면 지금까지 한 번도 본 적 없는 낯설고 기이한 동네에 도착해 있음을 알게 될 거야. 그래, 그곳이 바로 '과거'인 거지. 정확히는 '1958년의 용인'이라는 시공간. 어때? 정말 쉽지?

—듣자 듣자 하니까, 누굴 병신으로 아나? 이봐요. 지금 날 바보 취급하는 거잖아? 안 그래? 뭐? '시간의 벽'에 가서 뛰어내리라고? 나도 거기 잘 아는데, 익사 사고가 자주 나기로 유명한 곳이거든요. 자살하는 사람들의 명소이기도 하고. 진짜 기가 막히는군. 아니, 이건 정말 궁금해서 그런 건데, 당신들 정체가 뭐야? 왜 날 죽이지 못해서 안달이냐고!

—스티브, 진정해. 진정하라고. 일단 마음을 좀 가라앉히고 내 말을 들어봐. 대체

뭐가 아쉬워서 너같이 하찮은 인간을 죽이려고 하겠어? 생각해봐. 그럴 이유가 없잖아. 우리가 누굴 죽이려고 마음먹는다면, 그냥 없애버리면 되는 거야. 이렇게 주절주절 떠들 필요도 없다고. 게다가, 이런 얘길 해줘야 하는 우리 마음은 생각해봤어? 얼마나 아플지? 물론 네가 이해 안 가는 건 아니야. 그래. 언뜻 봐선, 그리고 대부분의 사람들이 보기에, 과거로 가는 건 그저 죽으러 가는 거나 마찬가지로 보일테니까. 아마 그들은 쑥덕대겠지. 스티브라는 미친놈이 강 상류 절벽에서 자살했다고. 그런데, 어쩌겠어? 과거로 돌아가는 길은 오직 그거 하나뿐인데. 그런데 그게 다가 아니야. 아직 우리가 못다 한 말도 있어. 어쩌면 더 기가 막힌 얘기일지도 모르는데, 너의 희생—그걸 굳이 '희생'이라고 불러야 할지는 아직 알 수 없지만—은 어디에도 알려지지 않을 거야. 그러니까 쉽게 말해서, 네가 지구를 구하기 위해 절벽 아래 굽이치는 시퍼런 강물로 뛰어들어 과거로 간다 해도, 너로 인해 구원받은 인류는 아무도 그런 사실을 알지 못하게 될 거란 뜻이지. 참, 그거 알아? 네가 과거로 돌아가 열쇠를 찾는 일에 성공해도 소행성의 직진은 멈추지 않을 거라는 사실. 그건 계속 날아와 지구에 떨어질 거라고.

—뭐라고요? 그럼 어차피 내가 과거로 가야 할 이유도 없는 거잖아요? 그럴 거면 구원자라는 건 왜 있는 거죠?

—좀 끝까지 들어볼래? 지금 바로 그걸 말해주려던 참이었다고. 네가 과거로 가서 모든 임무를 완수해도 소행성은 날아와 지구에 부딪친다고 했지? 그런데 네가 구원자 역할을 하지 않는다면, 지구는 그냥 그걸로 끝나는 거야. 인류는 영원히 사라지고 아무것도 남지 않겠지. 그러나 네가 할 일을 한다면, 부딪치는 것과 동시에 지구는 다시 태어나는 거야. 그게 바로 구원자의 역할이기도 하고. 다시 태어나는 지구는 사라지기 전의 지구와 거의, 그러니까 99.999퍼센트 똑같아. 아주 예민한 사람들만이 재생된 땅 위에 서서 '아아, 뭔가 이상한 기분이 들어'라고 혼잣말을 중얼거리겠지. 하지만 그렇게 모든 게 다시 태어난다 해도, 넌 잊히고 말 거야. 살아남은, 아니, 부활한 인류는 너의 존재를 부정하게 될 거라고. 그들은 너를 허구나 상상,

혹은 악몽 속의 등장인물 정도로 치부하겠지. 그 어떤 역사와 기록을 뒤져도 너는 나타나지 않아. 그러나 어떤 의미에서 보면 그것이야말로 가장 숭고한 희생 아닐까? 그야말로 아무것도 바라지 않고 자기를 내놓는 최고로 위대한 행위. 얼마나 존경스러워? 넌 바로 그런 존재가 되는 거야, 만약 지금 구원자의 역할을 받아들이겠다고 약속한다면 말이야. 사실, 지금까지 있었던 몇 번의 임계점마다 구원자들이 있어왔어. 그들이 있었다는 것조차 부정당한 가엾은 존재들. 그렇지만 그들은 용감하게 자기의 임무를 수행했어. 마리아나 해구나 피라니아가 득실대는 열대의 강물, 혹은 용암이 넘쳐흐르는 분화구 같은 데로 뛰어내리면서도, 모두들 자부심에 가득 차 빙긋 웃었다고.

—그래요? 그럼, 또 찾아보면 되겠네요. 그런 숭고하고 위대한 정신을 가진 사람을 말이에요. 어차피 난 고소공포증 때문에 절벽 꼭대기에 올라가지도 못할 테니까요. 어쨌거나 이제 더 이상 이런 얘긴 하지 마세요. 난 안 할 거니까요. 절대, 무슨 일이 있어도, 절대로 안.한.다.고.요!

<추신> 참, 방금 전 나한테 '1958년의 용인'이라는 데로 가라고 했잖아요. 그래서 묻는 건데, 왜 하필 거기죠? 그 시공간이 지구의 재생과 어떤 관계가 있기에 나한테 그런 말도 안 되는 제안을 하느냐, 이 말이에요.

순간, 보리스와 아르까지는 아무 말도 하지 않았다. 마치 비밀을 들키기라도 한 것처럼 흠칫 놀라더니, 서로 얼굴만 쳐다보았다.

—흠, 뭔가 켕기는 게 있군요. 내 질문에 아무 대답도 못하는 걸 보니.

다시 한 번 문자를 보냈는데도, 신들은 여전히 묵묵부답이었다.

—진짜 이상하네? 대체 뭘 숨기고 있는 거죠?

그런데도 그들은 끝까지 침묵을 지켰다. 기다리다 못해 결국 폰을 닫고 충전기에 연결하려는데, 신호음이 들려왔다. 문자메시지 창을 열자 다음과 같은 답장이 도착해 있었다.

—갑자기 그런 질문을 하는 바람에 좀 놀랐어. 어쩌면 네겐 껄끄러운 이야기가

될지도 모르는 거라서 말이야. 하지만 상의 끝에 우린 솔직히 털어놓기로 결심했어. 듣고 나면 오히려 임무를 받아들이는 게 더 쉬워질지도 모르니까. 그래, 1958년의 용인. 그곳이 네가 가야 할 '과거'야. 거기서—우린 네가 이미 모든 걸 눈치채고 있을 거라 여기는데— 너는 '박영식'이란 아이를 찾아야 해. 그 아이가 구원의 열쇠니까. 이름이 낯익다고? 그래. 그렇겠지. 왜냐하면…… 그는 바로 너의 죽은 아버지니까. (한동안 침묵 후) 나머진 첨부파일을 열어서 확인해보도록 해. 그를 어떻게 하면 찾을 수 있는지, 그리고 찾은 뒤엔 뭘 해야 하는지도 거기 다 적혀 있어. 읽어보고 궁금한 게 있으면 다시 질문하라고. 아, 그리고 미리 말하는 건데, 왜 하필 그가 구원의 Key여야만 하는지는, 우리도 몰라. 다만, 종말을 감지한 순간부터 모든 것의 역사를 하나씩 조사했는데, 그러다가 알아낸 게 좀 있을 뿐이지. 그래, 그날. 그러니까 엘름 가 1408번지에서 사건이 일어났던 바로 그날 말이야. 그때 네가, 아니, 인류 전체가 살아가고 있는 시공간에 돌이킬 수 없는 거대한 오류가 발생했더라고. 그건 뭐랄까 일종의 크랙 같은 건데, 그런 크고 깊은 갈라짐이 생기려면 이미 오래전 어느 순간에 아주 작고도 미세한 균열이 생겨났어야 하거든. 어쨌든 끝없는 추적 끝에, 우린 그 최초의 균열이 싹튼 시점도 알게 됐어. 그건 1957년 서울역 앞 시계탑 밑에서 처음 시작됐고, 아무도 모르는 새에 조금씩 조금씩 커지다가 1980년 광주로 향하던 군용 트럭 위에서 임계점을 넘어선 거야. 한 번 임계점을 넘어서자, 크랙은 광적인 속도로 빠르게 자라났고…… 마침내 엘름 가 1408번지에서 펑, 하고 터져버렸어. 자, 그럼 방법은 뭐가 있을까? 만약 우리가 어떤 거대한 건축물에 금이 가서 갈라지고 있는 걸 발견한다면, 그러면 어떻게 해야 하지? 빙고! 맞았어. 금이 가기 시작한 지점을 찾아내 그걸 메워야 하지. 그래야 건물이 무너지는 걸 막을 수 있을 테니까. 그냥 겉으로 보이는 크랙에만 대충 시멘트를 바른다면, 얼마 안 가 건물은 붕괴하고 거기 살던 사람은 다 죽을 거야. 안 그래? 지구의 종말도 마찬가지야. 일단 균열이 시작된 지점을 찾아내, 거길 완전히 메워버려야 한다는 거지. 물론 가장 좋은 건 1957년 서울역 앞으로 가는 거야. 거기 시계탑 앞에서 Key, 아니, 소년을 찾아내 엄마 손을 다시 잡게 해주는 거지. 그러나 여러 가지 기술적인 문제로 그게 불가능하다는 걸, 우린 뒤늦게 알게 됐어. 아무리 계산을 하고 또 해봐도, 그 시공간에 접속할 길이 없었기 때문이지. 혹시 네가 잘 모를까봐 간단히 설명하는 건데, 각각 다른 시공간이 만나는 건, 생각보다 엄청나게 어려운 일이거든. 신이라고 아무 시점으로나 살아 있는 생명체를 막 보낼 순 없다고. 각각의 순간을 상징하는 시공간들은 이 광대무변한 우주 전체에 비누 거품처럼 둥둥 떠 있어. 그러니까 그야말로 무한에 가까운 순간의 거품들이 부글부글 끓어오르고 있다는 뜻인데…… 상상해보라고. 그 얼마나 아름다운 광경일지! 어쨌거나, '지금 이 순간'이라는 거품과 '과거의 어느 시점'이라는 또 하나의 거품을 서로 만나게 하려면, 상당한 고난도의 기술과 수학 계산, 과학 기술, 그 밖의 많은 것들이 요구된다고. 그렇다고 과거와 현재 사이에 열린 문이 오래 지속되어 그곳을 수시로 넘나들 수 있냐 하면, 또 그것도 아니야. 각각 다른 시공간들은 마치 공기 중에 떠다니는 수많은 비눗방울처럼 그렇게 한 번 만나면 다시 바람에 실려 영원히 닿지 못할 곳으로 날아가게 마련이니까. 그래, 이제 무슨 말인지 대충 알겠지? 그래서 우린 결론을 내렸어. 1957년으로 돌아갈 수 없다면, 거기서 가장 가까운 시점, 현재와 과거가 만나는 어떤 순간을 찾아내자고. 다시 한 번 엄청나게 복잡한 계산이 수행됐고, 그리하여 찾아낸 것이 '1958년의 용인'이라는 시공간이었던 거야. 하긴, 그것 역시 완전히 무의미한 계산만으로 찾아진 건 아니었지만. 아마 기억하지 못할지도 모르지만, 용인이라는 곳은 너에겐 무척 중요한 장소야. 적어도 네 무의식 어딘가에 깊이 각인된 장소라는 뜻이지. 그럼 이제, 이 긴 이야기를 간단하게 브리핑해줄게. 그러니까 너는 현재라는 시공간의 거품에서 1958년의 용인이라는 시공간의 거품으로 건너뛰는 거야. 그 두 개의 비눗방울이 만나는 찰나의 순간에 말이야. 그리고 그곳에서 너는 '열쇠'를 찾아내 이곳으로 돌려보내야 해. 그게 바로 크랙을 메울 수 있는 유일한 방법이니까!

🗀 첨부파일

첫 번째 첨부파일은 왼쪽 상단에 사진이 붙어 있는 낡은 서류를 스캔한 것이었다. 오래된 증명사진 속에선 한 아이가 어리둥절한 표정으로 정면을 응시하고 있었다. 오른편엔 이름 세 글자가 펜글씨로 적혀 있었는데, 그건…… 죽은 아버지와 똑같은 '박영식'이었다. 그리고 그 아래 이어지는 짧은 메모. 1951년 9월 5일생. 발견 장소 : 서울역 시계탑 앞.

두 번째 첨부파일엔 신들의 지시사항이 적혀 있었다.

1. 기억해둬. 주어진 시간이 일주일뿐이라는 것을. 반드시 그 안에 소년을 찾아야 해. 7일이 지나면, 시공간의 거품은 다시 서로 떨어져 우주의 반대편으로 멀어질 테니까.

2. 네가 트루데 강 상류의 '시간의 벽'에서 뛰어내리면, 당연히 처음엔 죽을 것 같은 기분이 들 거야. 그때 그냥 모든 걸 받아들여야 한다는 게, 이 임무의 관건이야. 다시 수면으로 떠오르기 위해 허우적대거나 살려달라고 소리치면 안 된단 뜻이지. 여하튼 그렇게 눈과 귀와 폐부로 흘러 들어오는 물줄기를 받아들이다 보면 어느 순간 발이 강바닥에 닿게 될 텐데, 그때 있는 힘을 다해서 바닥을 박차고 물 밖으로 나와. 그렇게 해서 네가 뭍으로 올라오면, 거기가 바로 '1958년의 용인'(몇 월 며칠이 될지는 우리도 잘 몰라. 아직까진 이런 식의 시간이동이 그렇게까지 정교하진 않으니까)일 거야. 과거로의 시간여행이 성공한 셈이지.

3. 물 위로 나가면, 현지인들의 의심을 사지 않도록 조용하고 차분하게 행동할 것. 1958년에 어울리는 의상을 미리 준비해 가는 것도 괜찮은 방법이라고 봐. (당시 유행하던 옷 몇 벌의 사진을 첨부했으니, 확인해보길.)

4. 뭍에 오르면, 먼저 여인숙부터 찾도록 해. 거기서 대충 아무 핑계나 꾸며대고 방을 얻은 뒤, 곧바로 아이 찾기에 돌입하는 게 좋을 거야. 방금도 말했지만, 주어진 시간은 일주일뿐이라고.

5. 박영식을 찾으면 당장 데리고 나와. 그런 다음 네가 처음 도착했던 그 저수지

로 달리라고. 당연히 아이는 물에 뛰어들려고 하지 않을 거야. 그 애를 잘 설득하여 Key 역할을 수행하게끔 하는 것도 네 임무 중 하나이니, 그 부분은 알아서 하도록. 어쨌거나, 네가 걱정할지도 몰라서 미리 말해주는 건데, 아이는 저수지에 열린 시간의 문을 통과해 2015년의 어느 봄날로 건너뛰게 될 거야. 장소는 이미 정해져 있어. 명심할 것은, 그 장소를 정한 게 우리가 아니라 너라는 거야. 어떤 이유에서인지는 모르지만, 너의 무의식 속에 그곳이 각인되어 있으니까. 잠깐, 그게 어디인지 미리 알려줄까? 어디 보자…… 음, 에버랜드라는 놀이공원이군. 그래, 아이는 거기 어딘가에 나타날 거야. 왜냐하면, 이미 태곳적부터 그 장소는 아이가 귀환할 장소로 정해져 있던 거니까.

6. 그리고 마지막. 가장 중요한 것. '열쇠'는 '구원자'가 세계를 위해 무엇을 했는가를 알아야 해. 또는, 지나가버린 미래를 알아야 할 의무가 있다고 하는 게 더 어울릴지도 모르겠군. 어쨌든 그래서 하는 말인데, 지금 당장 문방구에 가서 두꺼운 스프링 노트를 사도록. 펜도 여러 자루 준비하고 말이야. 갈 때 그걸 꼭 챙겨 갔다가, 여인숙에서 밤마다 기록하라고. 네가 알고 있는 모든 것들. 네 아버지에게 하고 싶은 모든 말들. 다가올 뻔했던 미래에 대한 그 모든 사연들을. 그러고는 그걸 저수지에 뛰어들기 전 박영식에게 건네줘. 언젠가는 그가 읽을 수 있도록. 다른 이들은 몰라도 그 한 사람만은 알 수 있도록. 물론 어쩌면 그 모든 행위는 허사가 될지도 몰라. 노트는 저수지의 급류 속에서 이리저리 휩쓸리다가 사라져버릴 수도 있고, 또는 2015년의 놀이공원에서 낱장으로 뜯긴 채 제각각 멀리멀리 날아가버릴 수도 있으니까 말이야. 그러나 그럼에도 불구하고 결국 글로 쓴 그 기록은 어떻게든 남게 될 거야. 하나의 물리적 실체로서. 누군가가 그 각각을 발견하여 잘 묶어 온전한 한 권의 노트로 만들 수도 있고, 혹은 정말 운이 좋아서 너의 아버지, 그러니까 구원의 열쇠인 그 소년이 끝까지 공책을 잃어버리지 않아서 자기 삶의 비밀을 깨닫게 될지도 모른다, 이 말이지. 그러니 반드시 기록하라고. 어쩌면 그것만이, 너라는 사람이 한때 존재했었다는 유일한 증거가 될지도 모르니까.

7. 아이를 저수지로 보내면, 넌 이제 할 일을 다한 거야. 그리고 이런 말은 정말 하기 싫지만, 그러면 넌 죽게 돼 있어. 솔직히…… 그리 좋은 방식의 죽음도 아닐 거야. 아마도 저수지에서 익사하게 되지 않을까? 하지만 어쩌겠어? 시공간의 거품이 만날 때 생겨나는 문으로는 단 하나의 인간만이 통과할 수 있는 것을. 그래서 하는 말인데…… 미안해. 정말, 미안해. 너에게는.

첨부파일을 읽다 말고, 난 스마트폰을 닫았다. 갑자기, 숨어버리고 싶다는 생각이 들었다. 영영 사라져버린 로버트가 부럽긴 이때가 처음이었다. 일단은 폰부터 없애야지. 저 미치광이 도마뱀 놈들이 나한테 다시는 연락할 수 없도록. 주방 싱크대 서랍을 뒤지자 녹슨 스패너가 나왔다. 그래, 이 방법뿐이야. 하지만 막상 부수려고 하니 스패너를 치켜든 손이 덜덜 떨렸다. 그래도 꽤 오래 써서 정들었는데. 챙을 통해 구입한 이 폰은 아직 할부도 끝나지 않은 신품이었다. 그렇지만 어쩔 수 없잖아. 언제까지 저 사악한 공룡들의 헛소릴 들어줘야 하는데? 다시 한 번 마음을 가다듬고 폰을 내리치려는 순간, '딩동' 하고 신호음이 울렸다. 망설이던 끝에 나는 스패너를 내려놨다. 그렇다고 폰을 없애버리려는 결심을 번복한 건 아니었다. 다만 마지막으로 문자를 확인하고, 그런 다음 부숴버릴 생각이었던 거다.

—이봐, 스티브. 다 보고 있었어. 네가 무슨 짓을 하는지. 정말 이러기야? 완전히 끝나버려서 모든 게 사라지길 원하는 거냐고!

결국 난 더 이상 참지 못하고 소리쳤다.

—왜요? 도대체, 그걸 원하면 왜 안 되는 건데요? 어차피 나에겐 아무도 없다고요. 동생도, 아버지도, 엄마도, 모두 죽고 말았으니까요. 친구들 역시 마찬가지야. 누군가는 죽고 누군가는 사라졌으며 또 다른 누군가는 날 모른 척한단 말이에요. 그런데 내가 왜 이따위 세상의 존속을 원해야 하죠!

답장은 한참 후에 왔다. 소파에서 새우잠을 자다 비몽사몽간에 폰을 열었는데, 화면엔 다음과 같은 문장이 달랑 한 줄 떠 있었다.

—엄마가 죽었다는 거…… 알고 있었어? 너, 봉투를 열어봤구나?

하지만 그걸로 끝이었다. 자정이 다 되도록 보리스와 아르까지는 아무 문자도 보내오지 않았다. 나 역시 신들에게 아무것도 묻지 않았다.

「새벽. 주인공은 여전히 의자에 앉아, 벽에 걸린 잠바 오른쪽 주머니만을 뚫어져라 보고 있다. 아니, 정확히는, 그 위로 삐죽이 솟아 있는 편지 봉투의 하얀 모서리를 보고 있다고 하는 게 옳겠지만. 마침내 뭔가 결심한 듯, 그가 일어선다. 그러고는 천천히 다가가, 마치 불에 데일까봐 걱정하는 사람처럼 조심스럽게 손을 내민다. "브라이튼 아담스 카운티 교도소장?" 겉에 찍힌 보낸 이의 직인을 멍하니 바라보던 그가, 느릿느릿 봉투를 뜯는다. 그러다가 갑자기 손을 덜덜 떨며 바지 주머니에서 라이터를 꺼내 안에 들어 있던 서류를 비춰보는 주인공. 사망증명서. 우리는 제니스(한국명 유정숙)의 안전과 재활을 위해 최대한의 노력을 기울였으나, 그녀가 그런 선택을 하는 것을 막을 수 없었습니다…… 급히 달려갔을 때…… 이미 목숨이 끊어진 뒤…… 심심한 애도를……. 적혀 있는 글자들을 띄엄띄엄 소리 내어 읽던 그가 종이를 툭 떨어뜨린다. 창밖이 서서히 밝아져 햇빛이 안으로 비쳐 들 때까지 그렇게 서 있던 주인공이 소파 구석을 더듬어 스마트폰을 찾아낸다. 그러고는 자판을 미친 듯이 빠르게 터치하기 시작한다.」

—당신들, 정말 이러기예요? 이젠 이따위 장난 편지까지 만들어내다니. 해도 해도 너무하는 거 아니냐고요! 우리 엄마가 죽었다고? 그것도 교도소에서 자살을? 좋아요, 이런 식으로 나온다면 나도 그냥 넘어갈 순 없어요. 어젯밤 당신들이 한 제안, 못 들은 걸로 할게요. 없던 일로 하자고요. 암만 좋은 걸 준다 해도, 난 안 가요. 그리고 이 거지 같은 세상도 다 망하라고 해! 어차피 나와는 상관없으니까. 아니, 생각해보니, 차라리 없어지는 게 낫겠군. 나도, 인류도, 이 우주까지 모두 다, 한꺼번에 사

라져버리자고요!

답장은 한참 뒤에야 왔다.

—스티브, 네가 그러니까 우리 마음이 아프잖아. 다시 한 번 말하지만, 이젠 받아들여. 꿈보다 현실이 더 악몽에 가깝더라도 말이야. 네 안의 섬에 영원히 갇혀버리면…… 그럼 정말 모든 게 끝이라고.

—제발 그만하세요! 날 좀 내버려두라고요! 신이면 다야? 왜 자꾸 이러는데? 엄만 오래전에 죽었어. 어떤 미치광이가 몰래 들어와 내 가족을 모두 죽였다고. 나만…… 나만 이렇게 살아남아…… 아아, 차라리 그때 죽었어야 하는데. 하여튼, 경고하는데, 앞으론 나한테 연락하지 마. 폰이고 뭐고 다 때려 부술 테니까!

21
신호, 신호들

소년을 시청 사회복지과로 보낸 뒤, 강승현 경장은 어쩔 수 없이 아이를 잊고 말았다. 완전히 기억에서 지워버린 건 아니지만, 어쨌든, 용인에서 가장 바쁜 지구대에 근무하고 있었기에, 고작 하루 머물다 간 미아 소년을 생각할 시간 따윈 없었던 것이다. 그가 1957년도에 발행된 100원짜리 지폐를 소중히 간직하고 있던 기이한 소년을 다시 떠올린 것은, 음주운전 단속을 마치고 돌아와 잠시 의자에 기대앉은 채 종이컵에 든 커피를 마시고 있을 때였다. 좀 더 정확히는, 갑자기 문이 쾅 열리며 웬 젊은이가 뛰어 들어오더니 "이제야 알았어요! 그 아이가 어디서 왔는지, 그리고 누구인지!"라는 뜬금없는 말을 외쳤을 때 말이다.

경찰학교에 다니던 무렵부터 눈썰미가 있기로 유명했기에, 강승현 경장은 난데없이 나타난 노랑머리의 젊은이가 누구인지를 금방 기억해냈다. '아, 그때 그 아르바이트생이로군.' 동시에 벌써 꽤 오래된 일처럼 여겨지는 그날의 기억이 되살아나, 강 경장은 문득 궁금증에 사로잡혔다. 소년은—이름이 박성철이라고 했던가— 어떻게 됐을까? 보호자는 찾았나? 내일은 시청 사회복지과에 전화라도 해봐야겠군. 이런 생각들을 하는데, 어느 틈에 그 노랑머리 청년이 바로 앞에 와 있었다. "안녕하세요? 저 누군지 알죠?" 자기를 기억하는 게 당연하다는 듯 말하는 아르바이트생에게 강 경장은 빙긋 웃어 보였다. "그럼, 기억하고말고. 그래, 요샌 헬멧 잘 쓰고 다니지?"

하지만 처음엔 밝았던 강 경장의 얼굴은, 아르바이트생의 이야기가 계속될수록 점점 어두워졌다. 이런 제길. 사실 그는 속으로 이런 욕까지 내뱉고 있었다. 그만큼 아르바이트생이 늘어놓는 이야기는 두서도 없고 앞뒤도 들어맞지 않았다. "정말이라니깐요. 그 애는 과거에서 온 게 확실해요. 일종의 시간여행, 타임워프인 셈이죠! 증거라면, 여기 있어요. 이 노트에 모든 게 적혀 있다니까요." 그러면서 아르바이트생은 가방에서 스프링 노트 한 권을 꺼내 손에 쥐고 흔들었다. "어디, 잠깐 좀 보여주겠어?" 강승현 경장은 그의 말을 전혀 믿지 않았지만, 어쨌거나 그 학생은 민원인 신분으로 지구대를 방문한 셈이다. 그리고 우울한 일이지만, 시민이 아무리 말도 안 되는 민원을 제기한다 해도, 지구대 경찰들은 친절하고 자상하게 맞아줘야 할 의무를 지니고 있었다. 민원인들은 자기들 마음에 조금이라도 들지 않으면 가차 없이 인터넷 게시판에 불만의 글을 남겼는데, 그러고 나면 한동안은 지구대 전체에 비상이 떴고, 저녁이면 따로 남아 백화점 도우미처럼 방긋 웃으며 고객을 응대하는 법을 교육받아야 했던 것이다. 두 시간 동안 소위 '웃음 전문가'라는 여자에게 교육을 받고 나면, 지구대에 근무하는 모든 이들의 마음엔 동시에 똑같은 생각이 떠올랐다. 즉, 다시는 이런 일이 없게 해야 한다는 것. 우스꽝스러운 포즈로 두 손을 모으고 "무엇을 도와드릴까요?"라고 묻는 연습보다도 그들을 더 힘들게 했던 건, 교육 시간 내내 입꼬리를 마네킹처럼 올린 기괴한 표정을 유지하고 칠판을 바라보는 것이었다. 따라서 강승현 경장은, 민원인으로 이곳을 방문한 아르바이트생의 말을 꾹 참고 들었고, 그가 내민 노트도 받아서는 앞뒤로 꼼꼼히 살펴보았다. 그러고는 말없이, 그야말로 아무런 말도 없이, 노트를 되돌려줬던 것이다. 물론 그는 "야, 지금 장난하는 거야?"라고 외치고 싶었고, 실제로 아주 작은 소리로 그렇게 웅얼거리기도 했지만, 하여튼 겉으로는 최대한 평온을 유지하며 모니터를 들여다보는 척하고 있었다. 일단은 마음을 가라앉혀야만 이 멍청한 새끼에게 무슨 말이라도 할 수 있을 것 같아서였다. (그런데 우리는 그런 강 경장의 태도를 이해해줘야만 한다. 왜냐하면 아르바이트생이 그에게 건넨 노트는 실로 장난이라 해도 될 만큼 시간여행 같은 것과는 거리가 멀어 보였기 때문이다. 강승현 경장은 가장 먼저 노트 뒤표지를 살펴봤다. ₩3,000. 메이드 인 코리아. 아무리 봐도 그건 아르바이트생이 주장하는—그리고 아이가 왔다는—1958년도의 공책이 아니었다. 물론 강 경장이 1958년에 생산된 공책을 한 번이라도 봤던 적은 당연히 없다. 하지만 상식이라는 게 있지 않은가. 무엇보다도 그는, 요즘 만들어지는 스프링 노트가 어떻게 생겼는지를, 누구보다도 잘 알고 있었다.) 하지만 아르바이트생은 집요했다. 그는 마치 사생결단이라도 내려는 듯 끈질기게 물고 늘어졌다. "정말이라니깐요, 아저씨. 아, 그리고 이건 그 원본 노트가 아니에요. 실은, 이런 말 하긴 뭐하지만……." 그러더니 방금 전까지 기세등등하던 학생이 갑자기 목소리를 낮췄다. 왠지 기가 죽은 것처럼도 보여서, 강 경장은 모니터에서 퍼뜩 눈을 들었다. 그가 똑바로 쳐다보자, 아르바이트생은 점점 더 몸을 작게 움츠렸다. 그러다가 마치 큰 죄를 짓기라도 한 듯 어깨를 으쓱하더니 긴 한숨을 내쉬는 것이었다. "휴, 할 말이 없네요. 원본 노트를 잃어버렸거든요." 강승현 경장이 뭐라 하기도 전에 아르바이트생이 또 외쳤다. "그래요, 알아요, 알아. 정말 멍청한 짓이었죠. 그런 귀중한 노트를 잃어버리다니. 시간여행이 실제로 일어났다는 유일한 증거인데! 아니, 무엇보다도 그 아이한테 반드시 전해줘야 하는 소중한 유품인데. 욕할 테면 하세요. 병신 같은 자식이라고 비웃어도 좋아요. 원래의 공책을 잃어버린 건 누가 뭐래도 한심한 짓이니까요. 하지만 그래도 내 말은 믿어주셔야 해요. 그 아이가 지금 가 있는 곳이 어디인지 알려줘야 한다, 이 말이에요. 난 그 애에게 이 번역본이라도 꼭 전해줘야 해요. 그러지 못한다면, 정말이지, 스티브에게 너무 미안하다고요! 세상을 구하기 위해 모든 걸 버린 사람에게 내가 어떻게 이런 실수를 한 건지!" 그 순간 강승현 경장의 눈에 띈 건, 곧이라도 울음을 터뜨릴 것 같은 아르바이트생의 얼굴이었다. '뭐야, 이 녀석, 정말 심각하잖아.' 강 경장은 생각에 잠겼다. 비록 경찰 일을 한 지 수십 년이 된 건 아니지만, 그래서 이쪽에서 잔뼈가 굵은 선배들처럼 대번에 상대방의 속내를 알아보는 능력을 지니고 있는 것도 아니었지만, 그럼에도 불구하고, 지금 앞에 앉아 있는 학생이 나름의 진실을 말하고 있다는 건 단번에 알아볼 수 있었다. 그만큼 아르바이트생의 표정이 애절했던 것이다. 결국 강승현 경장은 그의 말을 좀 더 들어주기로 했다. 다행히 오늘 밤엔 주취자나 갖가지 자잘한 사건사고 신고도 거의 들어오지 않았고—그렇다고 해서 한가한 건 아니지만— 따라서 살짝 맛이 간 불쌍한 아르바이트생의 하소연을 잠시 들어줄 정도만큼의 시간은 낼 수 있었으니까.

"좋아, 정 그렇다면, 어디 한번 들어보지. 그런 뒤에 그 소년이 어디 있는지 알려줄지 말지 결정해도 늦지 않을 테니까 말이야." 강 경장이 빙긋이 미소 짓자 아르바이트생도 덩달아 활짝 웃었는데, 나중에 강 경장이 그 소식을 들었을 때 가장 먼저 떠올린 것도 바로 이 표정이었다. 이제 됐다는 듯 안도하던 이 얼굴. 어린 나이에 산전수전 다 겪은 듯 검게 그을리고 여드름 자국도 많았지만, 그때만은 그 학생이 딱 자기 나이로 보였었지.

어쨌든, 그날 밤 아르바이트생은 '노트'에 대하여 엄청나게 오래 떠들었고, 긴 얘기를 마친 뒤엔 간절한 눈빛으로 강 경장을 올려다봤다. "그러니까 결론은…… 그 아이가 1958년에서 시간여행을 하여 지금 이곳, 용인으로 왔다는 거잖아? 그리고 지금의 지구는, 음, 뭐라고 해야 하나, 여하튼 스티브라는 남자 덕분에 새로이 만들어진 거고"라고 말하면서도 강승현 경장은 왠지 이유를 알 수 없는 떨떠름함에 얼굴을 찡그렸다. 어려서부터 이성적이고 합리적인 성격이라 말도 안 되는 황당무계한 이야기를 누구보다도 싫어했고, 소설을 읽더라도 현실에 일어날 법하지 않은 그 어떤 스토리도 기피해온 그였기에, 원래대로라면 지금쯤 심한 짜증을 느끼고 있어야 정상이었다. 그런데 이상하게도 짜증은커녕 오히려 자기도 모르게 아르바이트생의 이야기에 빠져들어, 종이컵에 커피까지 타줘가며 그의 말을 경청했다는 사실이, 강 경장 스스로도 도무지 믿어지지 않았던 탓이다. '이건 뭐지?' 그는 혼자서 생각했다. '이런 게 진실의 힘인가……? 아니, 아니. 지금 내가 뭐라는 거야? 진실이라니? 진실이 어디 있냐고, 대체? 저 학생은 맛이 간 거고 난 불쌍한 마음에 그냥 들어준 거에 불과하다니까. 왜냐하면 우리 경찰은 시민의 지팡이니까.'

다시 한 번 정신을 차리려고 애쓰며 강승현 경장은 소위 '노트'라는 것의 번역본을 여기저기 들춰 봤다. 그러다가 그는 문득 이상한 의문을 느끼고는 손가락 두 개를 맞부딪쳐 딱, 하는 소릴 냈다. 그래, 역시, 이 녀석의 말은 앞뒤가 안 맞아. 그건 내가 증명할 수 있다니까. 그럼 그렇지, 세상이 그렇게 비논리적이고 제멋대로인 채 돌아간다는 건 말이 안 된다고! 세상은 정확하고 엄격한 인과관계 속에서 움직이고 우린 절대 거기서 벗어날 수 없는 거야. 속으로 쾌재를 부르며, 강승현 경장은 아르바이트생 쪽으로 몸을 쑥 내밀었다. 그러고는 천천히 또박또박 다음과 같은 질문을 던졌던 것이다. "그런데, 학생, 이 노트 좀 이상하지 않아? 여기서 그 스티브인가 뭔가 하는 사람이 구해낸 아이 이름이 뭐라고 했지?" 그러자 아르바이트생이 재빨리 대답했다. "박영식이오." "그래, 그거야. 헌데 이거 어쩌지? 그 소년 말이야, 네가 에버랜드 나무 밑에서 발견한 그 아이. 걔 이름은 박성철인걸. 박.성.철. 자기 입으로 정확히 말했어. 뭐 좀 여러모로 이상한 아이였지만, 그래도 제 이름과 나이도 모를 만큼 덜떨어지진 않았거든. 그래서 하는 말인데, 학생, 요즘 많이 힘든 거 아니야? 아르바이트를 너무 과하게 하고 있는 거 아니냔 뜻이지. 사실 그렇게 무리를 하다 보면 자기도 모르게 상상과 현실을 혼동할 수 있거든. 여기 지구대에도 그런 사람들이 많이 와. 귀에서 라디오 소리가 들린다는 둥, 자기가 KGB에게 쫓기고 있다는 둥, 대통령이 뉴스에 나올 때마다 죽일 듯이 노려본다는 둥, 별별 헛소리를 다 하지. 그런데 알고 보면 그들도 다 불쌍한 사람들이야. 힘겨운 삶에 치인 끝에 머리가 이상해져버린 거지. 하여간, 이건 인생 선배로서 해주는 얘긴데—기분 나빠하지 말고 들어봐— 너무 힘들게 살지 마. 아르바이트도 좀 줄이고 젊은 시절의 낭만 같은 것도 좀 즐기라, 이 말이지. 그런 이상한 노트 따위에 얽매여서 시간을 허비하기엔 청춘이 너무 아깝지 않은가, 이 말이야."

하지만 말을 끝내자마자 아르바이트생이 너무나 격하게 자리에서 벌떡 일어서는 바람에, 강 경장은 깜짝 놀라 의자를 뒤로 밀었다. "그러니까 내 말을 안 믿는다는 거네요? 나 참. 알았어요. 믿든 안 믿든 상관 안 해요. 하긴, 꼰대들이 뭘 알겠어? 좋아요, 대신, 영식이, 아니 그 아이가 지금 어디 있는지만 알려줘요. 그럼 나도 더 이상 귀찮게 안 하고 바로 돌아서서 걸어 나갈 테니까." 순간 강 경장의 머릿속에 떠오른 건, 경찰청 민원게시판이었다. 이렇게 헛소리를 일삼는 녀석이라면, 없던 일까지 꾸며내어 안 좋은 얘기만 잔뜩 남겨놓을지 모른다. 그러면 우리는 또 그 기괴한 미소를 지은 채 두 시간 동안 교육을 받아야 하겠지. 여기까지 생각이 미친 강승현 경장은 갑자기 친절하게 웃으며 아르바이트생의 옷소매를 잡았다. "이봐, 학생. 내가 언제 아예 믿지 않는다고 했어? 그냥 좀 이상하다고 했을 뿐이지. 다만 나도 지금은 그 애가 어디 있는지 알 수 없어. 내일 시청에 전화해봐야 한다고. 그리고 뭣보다도 그런 건 개인정보에 해당하거든. 일단 그걸 알려줘도 되는지부터 문의해봐야 해. 그렇게 해서 허가가 떨어지면, 그땐 당연히 영식인지 성철인지 하는 아이의 소재를 알려줄 거야. 그 '노트'에 적힌 것들이 사실이든 아니든 간에, 그것과는 전혀 상관없이, 학생의 말을 정식 민원으로 등록하고 처리해주겠다는 얘기지. 그러니 오늘은 일단 돌아가봐. 가서 며칠만 기다려. 그러면 곧 연락을 줄 테니까." 그 말에 아르바이트생의 얼굴은 급격히 밝아졌고, 고맙다는 인사를 서너 번이나 하더니 겨우 자리에서 일어섰다. 하지만 백팩을 어깨에 메고 사무실 밖으로 걸어 나갔던 그는 곧바로 다시 돌아왔다. "저기, 깜빡한 게 있어서……." 아르바이트생은 좀 전과는 달리 쭈뼛대며 다가왔고, 가방을 뒤적이더니 검은색 파일 하나를 내놓았다. "시간 날 때 이것도 좀 읽어보시라고요." "이게 뭐지?" 강승현 경장이 묻자, 아르바이트생은 웬일인지 대답을 안 하고 한동안 손만 비비며 서 있더니, 웅얼대는 소리로 이렇게 말하는 것이었다. "그건 노트에 빠져 있던 부분들이에요." "노트에 빠져 있던 부분들이라고……?" "네, 그러니까, 음…… 흐릿하게 지워지거나 검은 매직으로 칠해져 읽을 수 없게 되어 있는 부분들을, 제가 최대한 맥락과 개연성을 살려 적어낸 거죠." 강 경장은 알았다고, 시간 날 때 반드시 읽어보겠다고 약속한 뒤, 아르바이트생을 돌려보냈다. 사실, 그때만 해도 그는 이런 말도 안 되는 파일 따위를 읽으며 시간을 낭비할 마음은 전혀 없었다. 당연히 '노트'라는 걸 들춰볼 마음도 없었고 말이다. 아르바이트생은, 이런 건 처음부터 찬찬히 읽어봐야만 잘 이해할 수 있다며, 노트의 복사본 한 부를 굳이 그의 손에 쥐여주고 갔다. 그러나 강승현 경장은 그 사본과 검은색 파일을 포개어 책상 한구석에 대충 밀어뒀다. 마치 앞으로는 결코 볼 일이 없을 거라는 듯.

아까부터 그 모든 과정을 지켜보던 김 경사가 학생이 나간 쪽을 턱으로 가리키며 물었다. "허 참, 요즘 애들은 당최 알 수가 없다니까. 하도 게임을 많이 해서 현실과 비현실이 헷갈리는 건가? 그나저나, 정말 알아볼 거야?" "뭘요?" "지난번 그 남자애 말이야. 에버랜드에서 미아로 발견됐던 아이. 방금 그 아르바이트생이 걔 소재지 알려달라고 한 거, 맞지?" 그 말에 강 경장이 씩 웃었다. "아, 그거요. 당연히 가르쳐주지 말아야죠. 너무 간절하게 졸라대니 좀 마음에 걸리지만…… 제 생각엔 그 학생 자체가 정상이 아닌 것 같거든요. 생각해보십시오. 도대체 그 꼬마 애가 1958년에서 온 시간여행자라는 게 말이 됩니까? 어쨌든, 만약 아르바이트생이 다시 오면, 그런 건 개인정보라 함부로 알려줄 수 없다고 딱 끊어 거절하려고요. 그럼 뭐, 자기도 별수 없겠지요." 그런 다음 강승현 경장은 자리에서 일어섰다. 아침까지 버티려면 역시 커피를 한 잔 더 타서 마시는 게 좋을 것 같아서였다. 그는 사무실 뒤쪽에 있는 식수대로 갔고 거기서 믹스커피 한 봉을 뜯어 정성스럽게 종이컵에 쏟았다. 정확히 컵의 3분의 2 지점까지 뜨거운 물을 부은 뒤 한 입 마셔본 강승현 경장은, 만족스럽게 웃으며 고개를 끄덕였다. '확실히 커피는 내가 타는 게 제일 맛있다니까.'

난데없이 회오리바람이 불어닥친 건 그때였다. 종이컵을 들고 자리로 돌아온 강 경장이 휘파람을 불며 의자에 앉으려던 바로 그 순간. 흙먼지 섞인 바람은 문 쪽에서부터 불어 들어와 바닥을 한 바퀴 훑고는 빙글빙글 돌며 위로 방향을 바꾸더니 곧바로 강승현 경장의 책상을 향해 몰아쳤다. "앗, 이게 뭐야!" 눈에 먼지가 들어가 어쩔 줄 모르며 허둥대던 강 경장이 겨우 정신을 차렸을 때, 웬일인지 지구대 사무실 안은 모든 것이 정지한 듯 기이한 분위기로 변해 있었다. 김 경사는 어느 틈에 책상에 엎드린 채 잠들어 있었고, 방금 전까지 저쪽에서 잡담을 나누던 동료 경관 둘은 갑자기 비상출동이라도 했는지 사라지고 없었던 것이다. 딱히 색다른 광경은 아니었지만—왜냐하면 김 경사는 나이가 많아서 틈날 때마다 잠깐씩 엎드려 쪽잠을 자기 일쑤였고, 근무 중이던 경관이 신고를 받고 급히 출동하는 일 역시 비일비재했으니 말이다—그럼에도 강승현 경장은 뭐라 딱 꼬집어 말할 수 없는 이상한 느낌에 괜히 몸을 움츠렸다. 마치 다른 장소에 차려진 지구대 사무실과 똑같은 무대로 공간 이동당한 느낌이라고나 할까. 눈을 들어보니, 유리로 된 출입문이 활짝 열려 있었다. 그러니까 회오리바람은 저길 통해 불어 들어온 것이다. "젠장, 누구야? 문도 안 닫고 나간 인간이……." 그는 혼잣말을 하며 걸어가 문을 쾅, 소리 나게 닫았다. 그러고 나서 다시 자리로 갔을 때, 강승현 경장은 책상 위에 '노트'가 펼쳐져 있는 것을 보았다. (정확히는 노트의 복사본이라고 해야 옳겠지만.) 지금 당장 읽어보라는 듯, 펼쳐진 페이지의 한 귀퉁이가 부드럽게 바람에 흔들리고 있기까지 했다. 강 경장은 다시 한 번 지구대 사무실을 빙 둘러봤다. 확실히, 달라진 건 하나도 없다. 그렇지만 전과 똑같다고 할 수도 없는, 그런 묘한 분위기가 감돌고 있었다. 김 경사는 여전히 엎드린 채 자고 있었다. 강승현 경장은 종이컵에 든 커피를 단숨에 마셨다. '하긴, 굳이 읽지 말아야 할 이유도 없잖아?' 그는 속으로 변명하듯 중얼거렸고, 그런 다음 펼쳐진 페이지의 맨 윗줄을 소리 내어 읽어봤다.

"세 번째 포스트. 세계의 비밀과 거대한 덤프트럭이라……. 거참, 괴상한 제목이군."

이어지는 내용을 눈으로 좇던 강승현 경장이 자기도 모르게 의자에 앉은 건 그로부터 채 5분도 지나지 않았을 때였다. 그리고 얼마 후, 잠에서 깬 김 경사가 "뭘 그렇게 열심히 읽어?"라고 묻는데도 전혀 듣지 못할 정도로, 그는 노트에 적힌 이야기 속으로 깊이 빠져들었다.

"이봐, 뭐 해? 교대할 준비 안 해?"

한 손엔 여전히 종이컵을 쥔 채 노트를 읽던 강승현 경장이 고개를 든 것은, 김 경사가 옆에 와서 어깨를 툭 치며 말을 걸었을 때였다. 그는 화들짝 놀라 얼른 공책을 덮었고, 그걸 책상 구석 파일들 사이에 잘 끼워뒀다.

그런 강 경장을 지켜보던 김 경사가 다시 한 번 물었다. "그거, 아까 그 노란머리 청년이 놓고 간 노트 같은데…… 뭐 중요한 내용이라도 있어?" 그러자 강승현 경장은 별거 아니라는 듯 피식 웃으며 고개를 저었다. "아닙니다. 그냥 너무 허풍스러운 얘기들이라서, 심심풀이 삼아 읽어봤을 따름이에요. 아마 들으면, 경사님도 황당해하실걸요. 신들이 하늘에서 내려왔다고 하질 않나, 그런데 그들이 공룡처럼 생긴 파충류라고 하질 않나. 하여간, 읽다 보니, 혹시 이 노트를 적은 인간이 광신도 집단이랑 연결된 건 아닐까, 하는 생각도 들더라고요. 그놈들 몇 번 수사해봐서 잘 아는데, 주로 이런 거짓말을 실컷 늘어놓고 사람을 겁준

다음 돈을 뜯어가는 수법을 쓰거든요. 아르바이트생이요? 솔직히 그 학생도 좀 제정신이 아닌 것 같습니다. 그러고 보면, 김 경사님 말마따나, 요즘 애들은 현실과 허구를 혼동해서 큰일이지요. 그게 다 게임 때문이라는데, 대체 그런 걸 만들어서 돈 버는 놈들은 뭐 하는 인간들인지. 어쨌든, 다음에 녀석이 오면, 따끔하게 타일러야겠어요."

하지만 말은 그렇게 했으면서도 속으로 그는 공책 속 이야기가 어떻게 전개될지에 호기심을 가지고 있었다. 가령 이런 것들. 즉, 스티브란 사람은 정말 과거로 가게 되는 걸까? 트루데라는 도시의 강 상류 절벽에 시간의 문이 열린다는 게 가능한 얘기일까? 신들의 말대로, 지금 내가 살고 있는 이 세상은 그의 희생으로 말미암아 다시 태어난 곳이란 말인가. 아니, 그런 걸 다 떠나서, 과연 인간이 과거로 갈 수는 있나? 지금까지 단 한 번도 시간여행에 성공했다는 얘긴 들어본 적 없는데. 게다가 그런 굵직굵직한 줄거리 외에도 강승현 경장은 이야기의 자잘한 부분을 좀 더 자세히 알고 싶기도 했다. 예를 들자면, 스티브가 한사코 열어보기를 거부하는 '브라이튼 아담스 카운티 교도소'발 편지 같은 것들에 대해서. 왜 그는 그렇게도 그걸 뜯지 않으려 했던 걸까. 도대체 무엇을 회피하기에? 이런 갖가지 궁금증 때문에, 강승현 경장은 당직근무를 마치고 퇴근하는 길에 '노트'를 챙겨 왔던 것이다. 집으로 돌아와 대충 씻고 잠깐 눈을 붙였을 때, 그는 쥐라기 공원으로 변한 세상을 이리저리 헤매는 꿈을 꿨다. 하늘엔 익룡을 닮은 천사들이 날아다니고 지상엔 수십 미터가 넘는 거대한 공룡이 노랗고 냉혹한 눈으로 아래를 내려다보며 서 있었다. 깜짝 놀라 눈을 뜨니 어느새 정오가 훌쩍 지나 있었다.

냉장고에서 생수를 꺼내 병째 들이켠 다음, 강승현 경장은 다시 노트를 펼쳐 들었다. 어제 읽던 페이지를 찾기 위해 뒤적이는데, 반으로 접힌 16절지 한 장이 툭 떨어졌다. 종이를 펼쳐보니, 손으로 쓴 글씨 대신 프린터로 인쇄된 활자가 빼곡했다. 제목은 '닥터 싱의 네 번째 메일(마지막)'이었는데, 그걸 보고 강 경장은 속으로 중얼거렸다. '그렇다면 여기 어딘가에 다른 메일도 있다는 건가?' 그는 노트를 뒤적여봤다. 일단 첫 번째와 두 번째, 세 번째 메일부터 찾아 읽어야 할 것 같았기 때문이다. 그러나 암만 뒤져도 다른 메일은 찾을 수 없었다. 결국 그는, 더 이상 찾기를 포기하고, 군데군데 라면 국물이 번져 알아보기조차 힘든 프린트를 찬찬히 읽기 시작했다.

※ 닥터 싱의 네 번째 메일 (마지막)

당신은 정말 순수한 사람이군요.

내가 보낸 답장이 모두 진실일 거라 믿다니 말입니다.

이제 더는 견딜 수가 없어서 알려주는 건데, 사실 모든 건 농담입니다. 네, 꾸며낸 이야기라고요. 솔직히 말해서 나는 스티브라는 사람을 만난 적도 없습니다. 어쩌면 이미 알고 있겠지만, 그는 '허구' 그 자체니까요.

그런데 왜 그런 짓을 했냐고요?

굳이 대답하자면, 그냥 재미있어서……라고 하는 편이 가장 좋겠군요.

어쩌면 당신이 그 <노트>를 스캔해서 보내지만 않았어도 이런 짓을 할 생각 따윈 하지 않았을지도 몰라요. 그러나 <노트>를 읽는 순간, 내 머릿속에서 '이야기'가 뭉게뭉게 피어올랐어요. 마치 진짜 겪기라도 한 것처럼 생생하게 말이에요. 게다가 당신의 메일은 너무나 간절했죠. 모든 것을 사실로 믿고 싶어 어쩔 줄 몰라 하는 애달픔 같은 게 느껴졌으니까요.

여하튼, 미안해요.

이런 장난을 쳐서 말이에요.

앞으론 메일에 답장을 하지 않을 예정입니다. 더 이상 누군가를 놀려먹는 일을, 도저히 제 양심이 허락지 않네요.

그럼, 안녕히 계세요.

아, 그리고 충고 한마디 할까요?

<노트> 따윈 어서 잊으세요.

거기 어느 페이지더라, 하여간 어딘가에 적혀 있던데요? 지금까지 꿈을 현실로 착각해서 거기서 빠져나오지 못한 사람이 한둘인 줄 아느냐는 문장. 정확히 어느 페이지인지는 기억나지 않지만, 왠지 그게 당신 이야기 같아서 마음이 쓰였어요. 그럼, 이제 진짜 그만 쓰겠습니다.

—행운을 빌며, 싱

22
꿈은 사라지고

나뭇잎이 푸르던 날에 / 뭉게구름 피어나듯 사랑이 일고 / 끝없이 퍼져나간 젊은 꿈이 아름다워 / 귀뚜라미 지새 울고 낙엽 흩어지는 가을에 / 아 꿈은 사라지고 꿈은 사라지고 / 그 옛날 아쉬움에 한없이 웁니다

구슬픈 노랫소리에 눈을 뜨니, 아침이었다.

1958년 용인에서의 마지막 날이 밝은 것이다.

오늘도 주인 여자는 툇마루에 걸터앉아 저 노랠 흥얼거린다. 아마도 바닥엔 신문지를 깔아놓고 잘게 썬 담뱃잎으로 열심히 궐련을 말고 있겠지.

잠은 거의 자지 못했다. 여러 가지 준비를 하느라 바빴던 탓이다. 신들이 지시한 대로 가져온 짐을 철저히 분리했고—"네가 미래에서 왔음을 알 수 있는 모든 걸 없애버려야 해. 가장 좋은 건 불태우는 거지만, 만약 그게 여의치 않다면 깊은 산속에 파묻어버리는 것도 괜찮은 방법이지." 신들은 이렇게 말했었다. 그때만 해도 그들이 너무 오버하는 것 같았지만, 생각해보니 맞는 말 같았다—묻어버릴 것들은 올 때 가져온 여행용 가방에 모두 챙겨 넣었다. 첫날 입고 왔던 엘비스 프레슬리 복장은 그냥 두고 가기로 했다. 어차피 그 옷 하나만 보고 날 미래에서 왔다고 생각하진 못할 테니까. 그저 기괴한 취향을 가진 미치광이 정도로 여기고 말겠지. 이것저것 다 챙기고 나니 마지막으로 스마트폰이 남았다. 이걸 어떡해야 하지? 물론 신들의 지시대로라면, 당연히 가방에 넣어 파묻어야 한다. 이것만큼 내가 '미래에서 온 사람'임을 여실히 보여주는 건 없을 테니까. 그러고 보니 자애원 앞에서 만났던 그 남자도 폰을 뚫어져라 쳐다봤었지. 솔직히 그에게 폰을 보일 의도는 없었다. 다만 자리에서 일어서다 실수로 떨어뜨렸을 뿐. 내가 채 허릴 굽히기도 전에, 그가 먼저 잽싸게 폰을 주웠다. 얼른 내놓지 않고 앞뒤로 돌려보더니, 남자는 호기심과 탐욕이 가득한 목소리로 물었다. "이게 뭐지? 생전 처음 보는 기이한 물건이네?" 그런데 전에도 말했듯이 난 원래 임기응변에 약하다. 그래서 우물쭈물하다가 기껏 생각해낸 게 바로 다음과 같은 대답이었던 것이다. "아, 그…… 그건…… 최신형 무전기 같은 거예요. 아직 우리나라엔 없고, 미군들이나 쓰는 건데…… 하여간 이리 주세요. 잘못하면 망가진단 말이에요." 그러면서 손을 내밀었지만, 남자는 오히려 한 발 뒤로 물러서며 좀 더 유심히 폰을 들여다보는 것이었다. "그래? 이게 무전기라고? 아니, 이걸로 어떻게 무전을 치지? 어떻게 글자를 찍느냐, 이 말이야. 버튼도 없고 그냥 판판하기만 한데?" 순간 나도 모르게 남자의 멱살을 움켜쥐었다. 왠지 그가 그걸 들고 어디론가 달아나버릴 것 같이 여겨졌기 때문이다. "당장 내놔. 내놓으라고. 그건 그렇게 함부로 주물러도 되는 그런 물건이 아니야. 네놈 따윈 평생을 가도 손에 넣을 수 없는 거라고!" 그러자 남자가 얼른 스마트폰을 내려놓으며 뒷걸음질 쳤다. "이거 왜 이래? 혹시 날 못 믿는 건가, 자네? 앞으로 동업도 하기로 한 사이인데, 뭘 그리 화를 내냐고, 응?"

그때 문득 머릿속에 보리스와 아르까지의 목소리가 들려왔다. 지구를 떠나기 전, 그들은 분명 경고했었다. "스티브, 거기 가면, 그놈의 욱하는 성미 좀 자제하도록 해. 다시 한 번 말하지만, 일을 그르치면 모든 게 끝장이니까. 그리고…… 잘 알겠지만…… 그렇게 되면 네 엄마도 새로운 생을 얻을 수……." 그때 난 소리치지 않았던가. "알았어요! 알았다고요! 아, 진짜 그놈의 잔소리는 도대체 몇 번을 반복하는 거예요?"

신들의 경고를 떠올리며, 나는 남자의 멱살을 움켜쥐고 있던 손을 스르륵 놓았다. "……저어, 정말 미안합니다. 나쁜 뜻은 없었어요. 요 며칠 잠을 못 잤더니, 좀 신경이 곤두섰던 것 같네요." 땅바닥에 무릎이라도 꿇을 기세를 보이자, 남자가 손사래를 쳤다. "그래, 그래. 됐어. 괜찮아. 원래 젊은 사람들이 좀 다혈질이지. 뭣보다도 자넨 너무 오랜만에 고향을 찾은 거니까…… 예민해질 만도 하고 말이야. 암, 이해하지. 이해하고말고." 급히 주머니를 뒤지자, 지포 라이터가 나왔다. 오래전 디디가 준 거였던가? 베트남에 갔던 자기 삼촌이 쓰던 거라면서. 아니, 사실 잘 기억나지도 않았다. 여하간 난 그것도 남자의 손에 슬그머니 쥐여줬다. "이거, 쓰세요. 지난번 그 럭키스트라이크랑 같이 가지고 다니면 잘 어울릴 것 같아서요." 그는 라이터를 받아 주머니에 스윽 집어넣으며 중얼거렸다. "참 나, 뭐 이런 걸 다 주고 그래? 정말 괜찮다는데도. 어쨌거나, 내일 약속이나 잊지 말라고. 알았지?"

헤어지는 순간까지도 탐욕스러운 눈초리로 스마트폰을 힐끗대던 남자를 떠올리며, 난 비닐봉지로 폰을 겹겹이 포장했다. 내일, 품에 간직한 채 저수지에 뛰어들 생각이었다. 어차피 이곳에서 영원히 빠져나가지 못한다면, 내 분신이나 마찬가지였던 스마트폰과 함께 생의 마지막을 맞이하고 싶었기 때문이다. 그나저나, 나는 어떻게 될까? 물 밑바닥에 가라앉은 채 물고기들의 먹이가 되는 걸까. 그런 상상을 연달아 하자 살짝 우울해졌지만, 곧 고개를 저었다. 처음부터 이 정도는 각오하고 시작한 일 아니던가.

가방 지퍼를 닫고 일어서는데, 벽에 걸려 있던 시렁에서 보라색 가죽 장정의 책이 툭 떨어졌다. 아, 그래! 이게 있었지. 로버트 와인버그가 내게 남긴 마지막 유품. 방바닥에 앉아 책을 한 장씩 넘겼더니, 오래전 로버트의 작고 어둠침침한 골방이 눈앞에 펼쳐졌다. 그리고 환청인 듯 들려오는 그의 목소리. **살아가게나.** 나는 비닐과 스카치테이프로 책을 포장했다. 이것도 잠바 안쪽 주머니에 넣고 가야지. 그런데 그다음은? 내가 저수지 밑바닥에 영원히 가라앉은 다음, 이 책은 어떻게 되는 거지? 그때 또다시 로버트의 목소리가 들려왔다. 어느 흐릿한 저녁, 같이 맥주를 마시며 그가 무심한 듯 중얼거렸지. "이보게, 스티브, 이건 비밀인데 말이야, 책은, 아니, 이야기는 화석과 같다네. 일단 누군가에 의해 만들어지면, 우주라는 지층에 파묻혀 있다가 언젠가는 발견되어 그 자신의 비밀을 세상에 드러낸다는 점에서 말이야. 물론 영원히 발견되지 못하는 이야기도 많아. 우주의 수명이 다할 때까지 땅속에만 파묻혀 있는 화석이 많은 것처럼. 그렇지만…… 그렇다고 해서 그들의 가치가 사라지는 건 아니야. 그건 그냥 그 자체로 내부에 비밀을 간직한 채 언제까지나 거기 남아 있을 테니까." 그의 얘기를 떠올리며, 나는 빙긋 웃었다. 그래, 언젠가는 이 보라색 가죽 장정의 책도 다시 한 번 누군가에게 발견되겠지. 혹은 신과 우주에 대한 비밀을 간직한 채 진짜 화석처럼 땅속 깊은 곳 어딘가에 영원히 묻혀 있을 테고 말이야.

닫으려던 가방을 열고 맨 위에 정성껏 포장한 책을 넣은 다음, 주인 내외가 잠든 틈을 타서 밖으로 나갔다. 별이라곤 하나도 보이지 않는 길을 따라 한참을 걸은 끝에, 자애원 옆 산자락에 도착했다. 최대한 깊이 땅을 판 뒤 가방을 던져 넣고, 흙을 덮어 잘 다졌다. 풀과 낙엽까지 끌어모아 티가 나지 않게 골고루 뿌린 다음에야 여인숙으로 돌아왔다. 온몸에 땀이 흥건했지만 씻을 마음은 들지 않았다.

자리에 누워서도 한동안 눈을 뜬 채 천장을 바라봤다. 어둠에 익숙해지자, 얼기설기 바른 벽지의 뜯어진 부분조차 선명하게 보이기 시작했다. 과연 나는 이 임무를 잘해낼 수 있을까? 고아원 내부가 어떻게 생겼는지는 남자에게 대충 들어 익혀둔 터였다. 그럼에도 난 눈을 감고 몇 번이나 머릿속으로 방들의 위치를 되새겼다. 하긴, 어쩌면 이렇게까지 철저하게 준비할 필요는 없는 일인지도 모른다. 그럴 정도로 고아원의 구조가 복잡하거나 경비가 삼엄한 건 아니었으니까. 오히려 사전 계획 따위 없이, 몰래 담장을 넘어 들어가 소년을 데리고 나오는 게 낫겠다 싶을 만큼, 자애원의 모든 것은 허술했다. 그러나 주어진 기회는 단 한 번뿐이라는 생각이 나를 신중하게 만들었다. 만약 거기서 소년을 빼내 오지 못한다면, 세상은 사라져버릴 테고, 그러면 엄마는……. 그러다가 나는 고개를 세차게 저었다. 대체 무슨 바보 같은 생각을 하는 거야? 어서 서두르라고. 시간이 얼마 없단 말이야.

문득 머리맡으로 손을 뻗어 노트를 만져봤다.

그래, 내일이면 여기에 뭔가를 적는 것도 끝나는 셈이다.

모든 일의 피날레, 그러니까 자애원에서 소년을 데리고 나와 미래로 보내는 가장 가슴 벅찬 순간은, 영원히 기록할 수 없겠지. 그게 좀 섭섭하지만, 뭐 어쩔 수 없다. 신들도 미리 말해주지 않았던가. 어차피 나는 허구가 될 거라고. 다시 만들어질 세상에서, 사람들은 아무도 나를 기억하지 못할 거라고. 심지어 그들은 나를 비난하고 부정할 거라고. 하지만 그럼에도 불구하고 나는 신들의 제안을 받아들였다. (끝까지 거부하던 이 임무를 왜 받아들였는지는, 당신들의 상상에 맡기기로 하겠다. 왜냐하면 난 그렇게까지 얼굴이 두껍지는 않으니까. 즉, 자신의 이타심과 희생정신을 제 손으로 공책에 적을 만큼 호들갑스러운 인간이 아니란 뜻이다. 오히려 나는 오른손이 하는 일을 왼손이 모르게 할 정도로 겸손한 사람이다. 그러니 당신(들)도 나를 동정하지 말아줘. 괜히 시답잖은 상상 따위 하지 말라, 이 말이야. 아버지와 화해하기 위해, 혹은 교도소에서 자살해버린 엄마를 구하기 위해 이런 선택을 했다고 넘겨짚진 말아달라는 뜻이지. 알겠어? 다시 한번 말하지만, 난 오직 인류를 위해 이 일을 하기로 결심한 거야. 그 외엔 어떤 소망이나 꿈도 가지고 있지 않다고. 그러니 당신(들), 언젠가 이것을 읽게 될 모든 이에게 부탁하노니, 그런 상상을 할 거면 차라리 날 가짜라고 생각해줘. 허구가 되어버린다 해도, 별로 슬프거나 우울하진 않을 테니 말이야.)

*

※ 아르바이트생의 편지 I (노트 중간에 끼워져 있던 메모)

여기서부터 몇 장은 텅 비어 있었어요. 하지만 자세히 보니 원래는 뭔가가 적혀 있었다는 걸 알 수 있었죠. 처음에 얼마나 힘을 들여 꾹꾹 눌러썼는지, 지우개로 지워버렸는데도 공책은 온통 연필 자국투성이였지요. 어떻게 하면 거기 있던 내용을 알아낼까 고심하다가, 난 어릴 적 읽었던 추리소설의 한 장면을 떠올렸어요. 그 책에선, 탐정이 이런 종이 위에 목탄을 문지르거든요. 그러면 올록볼록한 요철로 남아 있던 원래의 글자들이 또렷이 나타나니까요. 나는 그 방법을 써보기로 했어요. 연필로 조심스럽게 칠하자, 정말로 글자들이 하나씩 나타나더군요. 다 칠한 다음엔 거기 적힌 것들을 하나하나 옮겨 적었어요. 그런데 그때 문득 이런 생각이 든 거죠. 과연 이게 옳은 일일까? 스티브는 아무에게도 보이고 싶지 않아 그렇게도 열심히 지우개질을 했어. 그런데 이제 와서 굳이 그걸 만천하에 공개할 필요가 있을까? 그래, 어쩌면 이건 스티브의 의도를 무시하는 행위일지도 몰라. 결국 난 옮겨 적길 포기했어요. 아무래도 그래야만 할 것 같았으니까요.

하여간, 그래서 드리고 싶은 말씀은 이거예요. 나 역시 스티브와 똑같이 이렇게, 몇 장의 종이를 공백으로 남겨뒀다는 것. 따라서 유감스럽지만, 거기 원래부터 적혀 있던 내용은 알려드릴 수 없다는 것. (다만 이거 하나는 귀띔해 드릴게요. 즉, 스티브는 처음부터 모든 걸 알고 있었다는 것. 그래요. 그는 정말로 모든 것을 알고 있었어요. 자기가 누군지, 도대체 무슨 일이 일어난 건지. 하지만 그럼에도 불구하고 그는 엄마의 편지에 대해서만은 끝까지 함구했어요. 지워져버린 자국 어디에도 그에 관한 내용은 적혀 있지 않았으니까요. 마치 스티브는 그 문제를 영원히 회피하기로 작정한 사람 같아 보였어요. 아, 물론 난 그런 그를 이해해요. 그 누구라도, 자기 생의 모든 걸 기억하고 받아들인다면, 결코 단 하루도 살아갈 수 없을 테니까요. 그리고 어차피…… 삶을 포기하면서까지 지켜야 할 만큼 가치 있는 건 이 세상 어디에도 없지 않나요? 그러니까 내 말은 이거예요. 그가 엄마의 기억을 내놓는 대신 얻은 건 그 이후의 삶이라는 것.)

참, 그리고 아저씨에겐 아직 말하지 않았지만, 얼마 전 그 소년이 어디 있는지 알아냈어요. 뭐, 정부기관 홈페이지를 해킹했다거나 그런 건 아니니 안심하시고요. 사실 그건 그냥 인터넷만 할 줄 알면 쉽게 찾을 수 있는 정보에 불과했어요. 미아 찾기 사이트에 접속해서 몇 가지 사항을 입력하자 아이의 소재지가 바로 떴으니까요. 물론 내 신분을 약간 속이긴 했지만 다른 나쁜 뜻은 없었으니 큰 문제는 안 되겠죠? (이와 관련해서 미리 사과드리고 싶은 게 있어요. 실은 지난번 아저씨한테 들렀을 때, 필요한 정보를 좀 슬쩍했거든요. 하지만 정확히 말하자면 그건 내 잘못이 아니에요. 처음부터 소년이 어디 있는지 알려줬더라면 나도 그런 짓 안 했을 테니까요.) 그런데 아이를 임시보호 중인 센터에 전화를 걸었을 때, 난 놀라운 이야기를 들었어요. 소년의 먼 친척이라는 노인을 찾았는데, 그가 곧 아이를 데리러 오겠다 했다는 거죠. "말도 안 돼! 그럴 리가 없어요!" 이야길 듣는 순간 난 외쳤어요. "이봐요, 그 앤 과거에서 왔어요. 이 시대 사람이 아니라고요. 그런데 어떻게 친척이 있을 수 있죠? 제대로 알아본 건 맞아요?" 그러자 전화선 너머로 긴 한숨이 들리더군요. 아마도 날 미친 사람 정도로 여기는 것 같았어요. 상대방은 귀찮다는 듯 말했어요. "아하, 그런가요? 어쨌거나 아이가 어디서 왔는지는 우리 소관이 아닙니다. 중요한 건 그 어린 소년이 혈육을 찾았다는 사실 아닐까요? 무엇보다도, 여기선 아무한테나 아이를 넘기지 않습니다. 어떤 경우에든 철저한 조사가 우선이고……" 그쪽에서 뭐라고 더 중얼거렸지만, 난 전화를 끊어버렸어요. 왜냐하면 이젠 진짜 서둘러야 하니까요. 그 먼 친척이라는 자가 아이를 데려가기 전에 이 '노트'를 전해줘야 하기 때문이에요.

그럼, 계속할 테니, 끝까지 읽어주세요.

*

구원자의 역할을 받아들이겠다고 했을 때, 보리스와 아르까지는 눈물까지 흘리며 기뻐했다. 그럴 줄 알았다, 우린 너를 믿었다, 어쩌고 하며 설레발을 치던 그들이 문득 외쳤다.

"휴, 이젠 마음 놓고 떠날 수 있게 됐어!"

"떠난다고요? 그게 무슨 말이죠?"

내가 묻자, 보리스가 대답했다. "너의 결심 덕분에 임계점이 사라지게 됐거든. 그리고 그건 우리들이 다시 눈에 보이지 않는 존재로 되돌아가게 됐다는 걸 의미하고 말이야. 말하자면, 이제는 우리가 헤어져야 할 시간이 되었다는 뜻인데…… 아, 물론 걱정하지는 마. 떠나기 직전까지 물심양면으로 네 여행에 필요한 모든 것을 지원할 생각이니까. 그나저나, 막상 말하고 보니 좀 서운한걸. 이것도 인연인데, 벌써 이렇게 헤어지게 됐으니. 그야말로 우리들, 하얀 눈 내리던 겨울에 만나 꽃 피는 춘삼월에 이별하는 거잖아."

신들이 보낸 문자를 읽다 말고, 난 피식 웃었다. "꽃 피는 춘삼월이라니…… 웬 신파조예요? 그 쿨하던 보리스와 아르까지는 다 어디로 가고 말이에요?" 그런데 갑자기 스마트폰 위로 눈물 한 방울이 툭 떨어지지 뭔가. 누가 볼세라, 난 얼른 옷소매로 눈가를 훔쳤다.

그때 '딩동' 하는 신호음과 함께 문자가 또 하나 도착했다. 아르까지가 보낸 것이었다.

"너무 슬퍼하지 마, 친구. 보이지 않는다 해도 사라지는 게 아니라는 건 네가 더 잘 알잖아."

2016년 3월 21일, 드디어 신들은 돌아갔다.

아침 아홉 시를 기해 일제히 날아올랐던 것이다. 정확히 표현하자면 날아오른 것이 아니라 떠올랐다고 해야 할지도 모른다. 마치 휴거라도 일어난 듯, 거대한 파충류들이 떼 지어 떠올라 성층권 너머로 사라지는 광경을, 사람들은 멍하니 올려다보았다. 가지 말라고 외치는 이들도 여기저기 눈에 띄었다. 그러나 신들은, 처음 올 때와 똑같이 침묵 속에서 날아올랐으며, 작은 점이 되었다가 영영 사라지고 말았다.

신이 떠나자 사람들은 허탈에 빠졌다. 상실감을 견디지 못해 정신과나 상담센터를 찾는 이들도 있었다. 그러나 대부분은 빠르게 일상으로 돌아갔다. 버려진 도마뱀이나 거북, 이구아나들은 느릿느릿 기어 다니다가 차바퀴에 깔려 납작해진 채 초록색 액체를 뿜으며 죽어갔다. 한때 자유롭게 풀려나 길거리를 마음껏 돌아다녔던 식용 가축들은 다시 포획되어 우리로 끌려갔다. 멈춰 있던 도축 공장의 컨베이어 벨트가 요란한 소릴 내며 가동을 시작했고, 붉고 뜨거운 김을 내뿜는 목 잘린 돼지들이 갈고리에 매달려 빠르게 이동했다. 도살꾼들은 일터로 돌아갔으며, 허벅지까지 오는 고무장화를 신고 피와 내장이 부글부글 끓어오르는 도축장에서 하루 종일 돼지의 몸을 해체했다. 어느 날 텔레비전을 켜니, 도축 공장에서 일과를 마치고 걸어 나오던 남자에게 리포터가 마이크를 들이대고 있었다. "……뭐라고요? 그러다가 신이 다시 돌아오면 어쩔 거냐고요? 글쎄요, 그건 모르겠어요. 여하간, 지금은 먹고살아야 하니까요." 낯익은 목소리에 화면을 자세히 보니, 지친 듯 우울해 뵈는 호세의 얼굴이 클로즈업돼 있었다. 말을 마친 그는 방송국 카메라 앞에 서 있는 게 어색한지 손바닥을 바지에 문지르며 안절부절못했다. 그러다가 뭔가를 더 묻는 리포터를 거칠게 밀치더니, 천천히 서쪽을 향해 걸어가는 것이었다.

낯선 번호로부터 전화가 걸려온 것도 아마 그즈음이었을 거다. "여보세요? 여보세요?" 몇 번을 외쳤지만, 아무 소리도 들려오지 않았다. "뭐야, 제길." 욕을 하며 폰을 닫으려는데, 갑자기 잔뜩 주눅 든 목소리가 들려왔다. "스티브, 나야, 나. 구티에레즈. 끊지 말라고, 제발!"

그는, 자기가 이젠 성자도 뭣도 아니라고 했다. 오히려 전에 신자였던 사람들에게 쫓기고 있기까지 하다며 울먹이는 것이었다. "그래서 하는 말인데 스티브, 혹시 돈 좀 꿔줄 수 없을까? 트루데로 돌아가고 싶은데, 완전 빈털터리 신세거든." 난 깊은 한숨을 내쉬었다. 아마 평소라면 구티 녀석의 부탁 따윈 깨끗이 거절했으리라. 하지만 어차피 나는 과거로 돌아가야 하고, 그렇기에 돈 같은 건 더 이상 필요치 않았다. 순순히 알았다고 하자, 구티에레즈는 뛸 듯이 기뻐했다. "고마워, 스티브! 역시 너밖에 없다!" 그는 계좌번호를 문자로 보내주겠다고 하더니 전화를 끊었다.

다음 날엔가는, 아침부터 누군가가 벨을 눌렀다. 문을 여니 노란 모자를 쓴 택배기사가 서 있었다. "중국에서 온 겁니다. 여기 사인 좀 해주세요." 꽤 무거운 마분지 상자엔 버섯 캐릭터가 그려져 있고, 그 옆엔 웬 남자의 웃는 얼굴 사진이 인쇄되어 있었다. 잘 보니, 그건 챙이었다. 밀짚모자를 쓰고 커다란 버섯송이를 두 손으로 받쳐 든 챙. 밑에 적힌 '100퍼센트 유기농 버섯. 주문 받는 즉시 따서 신선하게 보내드립니다'라는 글자가 선명했다. 상자를 열며 나는 빙긋 웃었다. 신들이 내려와 모두가 공포에 질려 우왕좌왕하던 순간에도 마트에서 열심히 재고 파악에 여념이 없던 챙이니만큼, 버섯 사업 정도는 당연히 성공하겠지. 상자 안엔 조그만 카드와 함께 말린 표고버섯이 가득 들어 있었다. "스티브, 이제 슬슬 자릴 잡아가고 있어. 파충류 괴물들도 다 사라졌고 비행기도 다시 다니니, 언제 한번 놀러 오라고. 너라면 언제든 대환영이니까!" 버섯 상자는 바람이 잘 통하는 베란다로 옮기고, 카드는 소파 옆 탁자에 세워뒀다. 좀 더 일찍 받았다면 좋았을 텐데. 그러나 나는 곧 떠나야 하고, 따라서 이제는 버섯 요리를 할 시간이 없다. 아마도 이건 관리인 노파 차지가 되겠지. 그/그녀는 며칠 동안 버섯으로 만든 각종 요리를 질리도록 먹게 될 것이다.

그날 오후엔 편의점에 소시지를 사러 갔다가, 싱이 더 이상 그곳에서 일하지 않는다는 걸 알게 됐다. "고향으로 돌아갔어. 거기서 의사가 되는 공부를 하겠다나." 새 직원을 구할 때까진 혼자 일해야 한다고 투덜대며, 편의점 주인이 말했다. 소시지를 씹으며, 나는 싱이 분명 좋은 의사가 될 거라고 생각했다. 그는 보기 드물게 책임감이 강했고 끝까지 약속을 지키는 훌륭한 인격의 소유자였으니까.

신들이 사라진 지 3주쯤 지났을 때, 드디어 종교계가 공식 입장을 발표했다. "……지난 몇 달간 우리를 혼란과 공포로 몰아넣었던 그 기괴한 생물들이 신이라는 증거는 어디에도 없습니다. 다행히 그것들은 이곳을 떠났으며 **아마 영원히 돌아오지 않겠지요.** 그러나 여러분은 이것 한 가지만은 반드시 기억해야 합니다. 그럼에도 불구하고 신은 어딘가에 분명히 살아 계시며 심판의 시간 역시 머지않았다는 사실 말입니다." 소위 종교 지도자라는 이들이 엄숙한 얼굴로 신을 부정하는 광경은, 전 세계로 생방송됐다. 사람들은 집이나 회사, 혹은 군대, 공장, 도축장 같은 곳에 모여 화면을 올려다봤다. 발표가 끝나고 경건한 음악이 하늘 높이 울려 퍼질 때, 모든 이들의 스마트폰이 일제히 진동했다. 수많은 군중이 한꺼번에, 일제히 폰을 열던 장면은, 지금 다시 생각해봐도 장관이었다. (물론 난 집에서 편히 앉아 텔레비전을 봤지만.) 해가 져서 어둑어둑해진 하늘을 배경으로 수천만 개의 스마트폰 액정 화면이 동시에 켜졌으니까. 높이 뜬 드론이 잡은 그 풍경은 별들로 뒤덮인 검고 광막한 우주처럼 보였다. 빨려들 듯 아름다운 액정화면의 은하수를 보다 말고, 나 역시 주머니를 뒤져 폰을 꺼냈다. 문자 확인 버튼을 터치하자, 발신자 번호가 없는 한 줄의 메시지가 부드럽게 빛나며 떠올랐다.

"I'll be back."

폰을 닫으며, 나는 빙긋 웃었다. 보리스일까, 아르까지일까? 이런 유머러스한 장난을 칠 생각을 한 녀석은, 아니, 신은?

의문의 방문객들이 찾아온 것은, 떠나기 하루 전날 오후였다. 어렵게 구한 1958년 스타일 의상을 가방에 챙겨 넣은 다음 텅 빈 거실에서 맥주를 마시는데, 누군가가 문을 두드렸다. 걸쇠를 잠근 채로 살짝 내다보니, 검은 옷을 입은 남자 두 명이 서 있었다. '올 것이 왔군.' 속으로 중얼거렸지만, 아무렇지도 않은 척 차분한 어조로 물었다. "누구세요?"

"시청 사회복지과에서 나왔습니다." 남자들은 태연한 얼굴로 대답했다. 내가 의심할 거라는 걸 미리 알고 있었는지, 문틈으로 명함을 건네는 치밀함도 보였다. "잠깐만요." 여전히 걸쇠를 풀지 않은 채, 난 명함을 받아 앞뒤로 살폈다. "흠, 그런데 사회복지과에서 무슨 일로……?" 그러자 좀 더 젊어 보이는 남자가 친절하게 웃으며 말했다. "스티브, 맞죠? 당신을 찾느라 얼마나 고생했는지 몰라요. 그러니 잠깐 들어가게 해줄래요? 긴히 할 얘기가 있어서 그럽니다." 문을 열어주며, 재빨리 주방 벽과 싱크대 사이 좁은 틈을 확인했다. 여차하면 휘두를 요량으로 숨겨둔 녹슨 스패너 손잡이가 얼핏 보였다.

레인코트에 모자까지 쓴 두 남자는, 들어오자마자 집 안 구석구석을 둘러보기 시작했다. 구둣발로 여기저기 돌아다니며 낮은 목소리로 뭐라 속삭이던 그들은, 나와 눈이 마주치자 흠칫 놀라더니 머리를 긁적였다. 그러더니 그중 나이 많은 쪽이 황급히 손을 내밀며 말하는 것이었다. "아, 이거, 기분 나쁘셨다면 미안합니다. 생활보호대상자의 경제 상태를 파악하는 게 우선이다 보니 그만 결례를 범하고 말았군요."

생활보호대상자라니? 이건 또 뭔 수작이지? 결국 '우주'는 나를 이런 식으로 방해하기로 작정한 것이란 말인가.

지금에서야 하는 말이지만, 신들은 떠나기 전 내게 이런 경고를 했다. "이봐 스티브, 혹시 '할머니 패러독스'가 뭔지 알아?" 내가 모른다고 하자, 그럴 줄 알았다는 듯 고개를 끄덕인 그들이 들려준 이야기는 다음과 같다. "그건 시간여행 패러독스의 일종이야. 예를 들어 설명하자면, 만약 네가 과거로 가서 할머니를 죽인다, 이거야. 그러면 어떻게 될까? 당연히 할머니의 아들인 네 아버지는 태어나지 않을 테고, 따라서 결국 너도 존재하지 않게 될 거 아냐? 뭐라고? 당연한 얘기 아니냐고? 그래, 그런데 생각 좀 해봐. 그러면 네가 과거로 가서 너란 존재 자체를 없애버린 건데…… 그렇다면 처음에 할머니를 죽이러 간 너는 뭐지? 어디서 생겨난 거냐고? 어때? 이상하지? 앞뒤가 전혀 안 맞잖아. 너는 분명히 시간을 거슬러 가서 할머니를 죽이는데, 그러고 나면 과거로 갈 네가 없어진다. 생각하면 생각할수록 비비 꼬이는 이 패러독스를, 사람들은 보통 '할머니 패러독스'라고 하지. 이해하겠어?" 잘은 모르겠지만 대충 고개를 끄덕이자, 신들은 이야기를 이어갔다. "그런 모순이 생겨 세상이 대혼란에 빠져드는 걸 방지하기 위해서, 예로부터 우주는, 과거로 돌아가려는 인간의 모든 시도를 방해해왔어. 아마 앞으로도 영원히 그럴 테고 말이야. (그게 바로 '과학적인' 방법으로는 결코 과거로 돌아갈 수 없는 이유지.) 여하간, 우리가 해주려는 말은 이거야. 즉, 언젠가 반드시 너의 시간여행을 방해하려는 세력이 나타날 거라는 것. 그들은 무슨 수를 써서라도 네가 과거로 돌아가는 걸 막으려 할 테지. 그러니 조심하라고. 놈들에게 넘어가지 않도록, 그들이 무슨 말을 해도 절대 믿지 말란 말이야."

신들의 경고를 떠올리며, 난 낯선 방문객들에게 최대한 태연히 대꾸했다. "생활보호대상자라니, 도대체 무슨 말을 하는지 모르겠군요. 아무래도 사람을 잘못 찾아온 모양입니다. 일단, 그런 걸 신청한 적도 없고, 무엇보다도 보시다시피 저는 아무 부족함 없이 잘 살아가고 있거든요." 그러자 둘은 한참 동안 서로 마주 보더니, 좀 더 젊은 쪽이 갑자기 내 손을 덥석 잡았다. "그러지 말고, 스티브, 얘기 좀 들어보세요. 혹시 나 기억 안 나요? 전에 당신이 시립정신병원에 있을 때 매일 만났잖아요. 한번은 펜이 필요하다고 해서 내가 몰래 구해다 준 적도 있고, 때론 담배를 사다 당신 침대 머리맡에 슬쩍 놔주기도 했는데……." 양서류처럼 차갑고 축축한 그의 손을 뿌리치며 내가 외쳤다. "웃기고 있네! 그런 식으로 쇼를 하면 내가 속을 것 같아? 당신들, 신부님을 죽이고 로버트를 위협하던 놈들과 한 패거리잖아, 맞지?" 둘은 다시 한 번 시선을 교환하더니, 이번엔 나이 든 남자가 내 손을 부여잡았다. 이상하게도 그의 손은 두텁고 따뜻했다. 순간적으로 그들의 말이 모두 사실이라고 여겨질 만큼.

여하튼, 그렇게 손을 꼭 잡은 채, 남자는 오래도록 내 눈을 들여다봤다. 그러더니 천천히 손을 놓으며 기묘한 미소를 짓는 것이었다. "어디서부터 얘기해야 할지 모르겠습니다, 스티브. 그래요, 차라리 내 본명을 밝히지요. 나는 닥터 싱입니다. 시립정신병원에서 당신을 담당했습니다. 이쪽은 심리상담사인 존. 병원에 매일 들러 입원 환자들에게 카운슬링을 해주었습니다. 기억하지 못하겠지만, 우린 오랜 세월을 함께해왔어요. 그리고 당신 역시 점차 나아지고 있었고요. 아니, 거의 다 치료된 거나 마찬가지였습니다. 아직 때가 되지 않았다는 반대 의견도 있었지만, 난 당신이 충분히 사회생활을 해낼 수 있으리라 믿었고, 그래서 퇴원 허가서에 최종 서명을 했던 겁니다. 솔직히,

그 사고만 아니었다면 당신은 이미 완전히 회복됐을 거예요. 시도 때도 없이 찾아오는 환각과 환청에서 벗어나, 그렇게도 꿈꾸던 '평범한 삶'을 살고 있을 거다, 이 말입니다. 하지만 술에 취한 덤프트럭 기사가 모든 걸 망쳤습니다. 그때 당신은…… 임사 체험을 했다고 해도 좋을 만큼 죽음에 가까이 갔었고, 결국 전보다 더 악화되고 말았으니까요. 하긴, 지금 이런 말을 하는 게 무슨 소용이 있을지 모르겠군요. 어차피 당신은 믿지 않을 텐데. 하지만 스티브, 이번만은 그냥 내 말을 듣지 않을래요? 아직은 희망이 있기에 하는 말입니다. 새로운 약이 계속 나오고 있고, 치료 기술 또한 점점 좋아지고 있어요. 그러니 이제 그만 돌아갑시다. 병원으로요. 거기서 처음부터 다시 시작하는 거예요. 당신은…… 해낼 수 있단 말입니다."

말을 마친 남자의 눈이 무척 슬퍼 보였다. 어찌나 슬퍼 보였던지, 만약 로버트가 남긴 전언을 떠올리지 않았더라면 아마도 난 모든 걸 체념하고 고개를 끄덕인 뒤 그를 따라 병원으로 가는 차에 올라탔을지도 모른다.

—스스로를 믿게나.

하지만, "다시 시작할 수 있다고요? 정말…… 가능할까요, 나 같은 사람도?"라고 외치려는 순간, 머릿속 어딘가에서 또 한 번 로버트의 목소리가 들려왔다.

—자네가 경험한 걸 믿게. 누가 뭐라 해도 절대 흔들리지 말고.

나는 벌떡 일어서서 거칠게 현관문을 열었다. 그래, 오직 나만이 나를 믿는 거니까.

"자, 지금 당장 이 문으로 나가 돌아가십시오. 누가 뭐라 해도 난 속지 않을 테니까요!" 그러자 닥터 싱의 얼굴은 어두워졌다. 그는 한참을 가만히 서 있더니, 외투 안쪽에서 뭔가를 꺼내 내게 내밀었다. 멀찍이서 보니, 영화표처럼 생긴 한 장의 종이였다.

"이걸 보고도 우리 얘길 믿지 않을 겁니까?"

"그게…… 뭔데요?" 왠지 불안한 마음에 뒷걸음질 치며 묻자, 그가 가까이 다가오더니 식탁에 종이를 내려놓고 자기 자리로 돌아갔다. 난 조심스럽게 그걸 들어 올려, 인쇄된 글자를 소리 내어 읽었다. "힙합의 제왕 핫블랙 콘서트. 2016년 5월 21일 저녁 일곱 시."

"그래요, 거기 적힌 그대로입니다. 그건 핫블랙의 콘서트 티켓이에요. 당신을 위해 내가 특별히 구입한 거고요. 어떻습니까, 같이 가지 않을래요?" 닥터 싱은 이렇게 말하며, 내 앞으로 한 발씩 다가왔다. "디디가 쏴 죽였다는 핫블랙이 이렇게 버젓이 살아서 공연까지 하는 걸 보면, 정말 모르겠습니까? 뭐가 진실인지? 지금 당신은 많이 안 좋아요. 점점 더 치밀하게 환상을 직조해내고 있다고요. 그 끝이 어디로 이어지는지는, 아마 스스로가 가장 잘 알고 있을 테고요. 어디 보자, 아, 저기 있군요." 그는 거실 한구석에 놓여 있는 여행 가방을 가리켰다. "그래, 저걸 들고 대체 어디로 갈 생각입니까? 절벽 꼭대기에서 뛰어내려 목숨을 끊기라도 할 건가요? 제발, 스티브. 그런 극단적인 선택을 하지 않아도, 당신은 충분히 다시 시작할 수 있다고요."

점점 더 가까워지는 그를 피해 나는 조금씩 뒤로 물러섰다. "저리 가. 좋은 말로 할 때 가버리라고. 나는 속지 않아. 신들이 약속했으니까. 그리고 로버트도 말해줬다고! 그러니 지금 당장 여기서 나가! 죽여버리기 전에 내 눈앞에서 꺼지라고!" 정신을 차려보니, 어느새 난 주방 구석에 몰린 채 한 손엔 스패너를 들고 서 있었다.

"사람들에게 올라오라고 할까요?"

젊은 남자가 주춤대며 묻자, 닥터 싱이 오른손을 들어 그를 제지했다. "아니, 잠깐만. 아직은 아니야. 스티브도 사실은 흔들리고 있다고.

딱 보면 알아. 그는…… 우리가 잡아주길 원하고 있어. 그러니 조금만 더 설득해보자고." 말을 마친 그가 성큼 다가오는가 싶더니 갑자기 스패너를 쥔 내 손을 움켜잡았다. "자, 자, 스티브, 이거 내려놓읍시다. 이런다고 해결될 일은 아무것도 없으니까. 어쨌든 알았어요. 당신 생각이 뭔지. 하지만 스티브, 끝까지 고집을 피운다면, 우린 억지로 데려갈 수밖에 없습니다. 그게 모두를 위하는 길이니까요. 지금 저 아래엔 당신을 태워 갈 차가 기다리고 있다고요. 어떻습니까? 이래도 계속 버틸 건가요? 그 녹슨 스패너를 들고?"

—그들은 너를 혼돈으로 몰고 갈 거야.

이번엔 신들의 목소리인가. 갑자기 눈앞이 흐릿해져 나는 머리를 흔들었다.

—속지 말라고. 너는 너를 믿어야 해. 그래야 세상은 다시 태어날 수 있어.

문득 닥터 싱의 윤곽이 배경과 뒤섞이더니 모든 것이 얼룩덜룩해지기 시작했다. 더 이상 서 있을 수가 없어, 나는 그 자리에 주저앉았다. 그러고는 그가 내 손에서 스패너를 빼내는 것을 멍하니 지켜보았다.

그때였다. 어떤 아이디어가 퍼뜩 떠오른 것은. 그래, 이럴 때가 아니지. 정신 차리라고. 넌 세상을 구해야 하잖아. 너에겐 막중한 책임이 있다고. 스스로에게 주문을 걸며, 나는 벽을 짚고 천천히 일어섰다. "아아, 이제 기억나요. 그래요, 난 치료를 받고 있었죠. 그놈의 덤프트럭만 아니었다면, 벌써 다 나았을 텐데! 여하튼, 알겠어요. 병원으로 돌아가겠습니다. 거기서 다시 한 번 치료를 받아보고 싶어요. 당신 말마따나, 아직 모든 게 끝난 건 아니잖아요."

그 말을 듣고도 한동안 가만히 서 있던 닥터 싱이, 마침내 빙긋 웃었다. 그는 스패너를 내게 돌려주며 나직이 말했다. "잘 생각했어요,

스티브. 그렇습니다. 아직 희망이 있어요. 우리 한번 잘해봅시다. 내가 당신에게 새로운 삶을 줄 테니. 자, 그럼 지금 출발할까요? 보아하니, 가방을 따로 챙길 필요도 없을 것 같은데."

나는 최대한 자연스러운 어조로 미소까지 지으며 대답했다. "맞아요. 가방은 이걸 그냥 들고 가도 되죠. 하지만 떠나기 전에 할 일이 좀 있어요. 뭐, 얼마 되진 않지만 은행 잔고도 정리해야 하고, 이 집 보증금도 돌려받아야 하니까요. 그러니 하루만 시간을 주세요. 내가 모든 걸 정리할 시간 말이에요. 깔끔하게 마치고, 내일 오후, 바로 이 자리에서 기다리고 있겠어요."

닥터 싱은 미동도 하지 않은 채 내 말을 들었다. 워낙에 무표정해서, 그가 내 얘길 믿는지 아닌지조차도 짐작할 수 없었다. 그때 뒤에서 있던 젊은 남자가 앞으로 나오더니, 의혹에 가득 찬 목소리로 속삭였다. "……좀 위험하지 않습니까? 저자는 우릴 속일지도 모른다고요. 제 생각엔, 내친김에 아예 데려가는 게 좋을 것 같은데요." 그 말을 듣고 난 멈칫했다. 손이 떨리는 걸 들키지 않으려고 주먹을 꽉 쥔 채 남자를 쳐다보며 씩 웃었다. "무슨 말을 하는 거예요, 존? 실은 당신도 다 기억나요. 오래전 내게 빨간색 볼펜을 구해다 줬잖아요. 그때 얼마나 고마웠는지! 하여간, 걱정 마세요. 여기서 이러고 사는 거, 나도 지긋지긋하니까요. 사실 병원으로 돌아가면 모든 게 다 편해지잖아요. 먹여주고 입혀주고 재워주고…… 좀 전엔 내가 쓸데없는 고집을 피웠지만, 지금은 오히려 기대가 된단 말이에요."

그러나 닥터 싱은 여전히 아무 말도 하지 않았다. 움푹 꺼진 깊은 눈엔 아무 감정도 드러나 있지 않았다.

다 틀렸어. 난 이자들에게 끌려갈 거야. 과거로 돌아가는 일은 무산되고 결국 세상은 산산조각 나겠지.

그 순간이었다. 모든 걸 포기하려던 바로 그때, 닥터 싱이 고개를 끄덕인 것은. 그는 마치 연극배우 같은 표정으로 그러라고 짧게 대답하더니, 곧바로 돌아섰다. "그럼, 내일 저녁 다섯 시, 이곳으로 당신을 데리러 오겠습니다." 그러고 나서 그는, 투덜대는 젊은 남자를 이끌고 계단을 내려갔다. 얼마 되지 않아 자동차 출발하는 소리가 요란하게 들려왔다.

다음 날, 그들이 오기 전 서둘러 집을 나선 나는 터미널에서 강 상류로 가는 표를 한 장 샀다. 버스 안은 후텁지근했고 매캐한 연기 냄새 같은 걸로 가득 차 있었다. 승객은 거의 없었는데, 그나마 몇몇 있는 사람들은 서로 아무 말도 나누지 않고 제각기 창밖만을 내다보았다. 40여 분쯤 달렸을까, 드디어 버스는 트루데 강 상류에 도착했다. 내리는 사람은 나뿐이었는데, 문이 닫힐 때 등 뒤로 기사가 이렇게 외치는 소리가 들렸던 듯도 하다. "좋은 여행이 되길 빌겠소!"

이정표를 따라 조금 걷자, 저 앞에 깎아지른 듯한 절벽이 보였다. 평일이라 그런지 주위엔 아무도 없었다. 신발을 벗어서 가지런히 구석으로 밀어둔 다음, 조심스레 밑을 내려다보았다. 청록색의 시퍼런 물이 굽이쳐 흐르고 있었다. 한참을 기다리자, 물굽이 한가운데서 둥근 원이 떠오르더니 서서히 거대한 소용돌이로 변해갔다.

지금이야!

빙글빙글 도는 소용돌이 중심에 검고 끝없는 터널 같은 게 보이는 순간, 나는 아무런 망설임도 없이 아래로 뛰어내렸다. 추락 속도는 엄청나게 빨랐다. 마치 우주 전체가 광속으로 내 곁을 스쳐 지나가는 듯. 그리고 쉭쉭 공기를 가르는 바람 소리, 물소리.

다시는 들을 수 없을 이 세상의 수많은 소리들 사이에 섞여 누군가의 째지는 듯한 비명이 들려왔다. "저기 좀 봐요, 사람이 뛰어내렸어!"

그러나 그마저도 곧 멀어졌고, 그다음엔 정적이 찾아왔다.

※ 아르바이트생의 편지 II (노트 끝부분에 끼워져 있었음)

이제 진짜 끝이에요. 노트는 여기서 끝났으니까요.

그런데…… 아저씨는 여기 적힌 거 어디까지 믿어요?

나는 스티브가 100퍼센트 진실을 말했다고 믿어요.

확인하기 위해 많은 것을 찾아보면서 그런 내 믿음은 점점 확고해졌어요.

왜냐하면 모든 기록들 속에서 그는 서서히 흐릿해져가고 있었으니까요.

그래요. 어디서든 그는, 존재한 적도 없거나 꿈, 허구, 혹은 죽은 자에 불과했어요. (잊지 않았죠? 신들의 예언 말이에요. 스티브가 임무를 완수하여 세상이 다시 태어난다면, 아무도 그를 기억하지 못하게 될 거라고 말했잖아요.)

어쨌든, 나는 진실이 뭔지 알아내기 위해, 그를 진찰했던 의사에게 메일을 보내봤어요. 구글에서 트루데라는 도시를 검색한 뒤, 거기서 '싱'이라는 이름을 찾았더니, 거짓말처럼 단 한 개의 메일 주소가 나타나더군요. 그런데 그건 정말 기묘한 주소였어요. 전화번호도, 사이트 이름이나 다른 SNS 링크도 없이 그저 메일 주소만 덩그러니 적혀 있었으니까요. 여하튼, 난 아웃룩메일을 이용해 그에게 편지를 썼어요. 그것은, 다음과 같이 시작하는 엄청나게 기나긴 메일이었지요. "혹시, 당신이 트루데 시 시립병원에서 근무했던 닥터 싱인가요? 그렇다면, 이걸 끝까지 읽어주세요. 그러나 만약 정신과의사 닥터 싱이 아니라면, 그냥 이 메일을 삭제해주시길 바랍니다. 그럼, 이야기를 시작해볼게요. 참, 읽기 전에 먼저 마음의 준비를 하는 게 좋을 거라고 알려드리고 싶네요. 왜냐하면 이제부터 당신이 읽게 될 것은, 어쩌면 세상에서 가장 기이하고도 이상한 이야기일 수 있으니 말이에요. (후략)"

솔직히, 답장이 올 거라곤 기대조차 안 했어요. 나조차도 사실은 스티브가 거짓말을 하고 있는 거라 생각했으니까요. 아니, 정확히는, 그가 노트에 적은 모든 것이 진실임을 알면서도 한편으론 완전히 허구로 판명되길 바랐다고나 할까요. 어쨌든 그런 이유로 난 메일 답장이 왔는지 확인하지 않았어요. 일부러 잊은 척 하고 이런저런 일들에 몰두해 지냈죠. 그러나 답장은 왔어요. 보낸 지 사흘째 되던 날. 폰에 메일이 왔음을 알리는 메시지가 떴으니까요.

알림 메시지를 보자마자 PC방으로 달려가 컴퓨터를 켜고는, 닥터 싱의 편지를 빠르게 읽었어요. 어찌나 집중해서 읽었는지, 옆에 있던 중년 아저씨가(그 아저씨는 매일 PC방에 나와 주식 투자를 하는 사람이었는데) 나를 툭 쳤을 정도니까요. 깜짝 놀라 왜 그러냐고 물었더니, 약간 짜증을 내며 이렇게 말하더라고요. "좀 조용히 속으로 읽으면 안 되나?"

하지만 답장의 내용은 좀 이상했어요. 그러니까 뭐랄까…… 감기약을 먹고 비몽사몽 헤매는 사람이 떠드는 것 같았다고 해야 하나? 처음에 그는 스티브를 모른다고 했어요. 그러다가 다시 기억난다고 말을 바꿨지요. 게다가 처음에 총 두 번에 걸쳐 보내온 메일은, 어딘지 모르게 일관성이 부족했고, 누군가가 중간을 지워버리기라도 한 듯 띄엄띄엄 끊어져 있었어요. 저는, 그 두 개의 편지를 일목요연하게 다듬고 시간 순서대로 배열한 다음 빠진 부분을 적당히 채워 넣는 작업까지 거쳐 아래와 같이 정리했는데, 일단 한번 읽어보실래요?

— 닥터 싱이 보낸 두 개의 메일을 정리한 것

(전략) 여러 번의 분석을 거쳐 내가 알아낸 것은, 아주 어렸을 때부터 스티브의 내면에 디디가 존재했다는 사실입니다. 말도 안 통하는 낯선 땅에서 학교를 다니며 외톨이로 지내던 그가 만들어낸 마음의 친구 같은 존재 말입니다. 그 '친구'는 시간이 지나면서 스티브와 함께 자랐고 점점 더 많은 이야기를 나누었습니다. 어머니는 하루 종일 세탁소에서 일을 했고, 아버지는 술주정뱅이에 폭력적인 인물이었지요. 동생은—물론 스티브가 그 애를 무척 아끼긴 했지만— 어느 모로 보나 말이 통하는

아이는 아니었어요. 그랬기에 스티브의 내면에서 디디는 더욱더 정교하고 생생한 인격으로 변해갔습니다. 게다가 스티브는 전두엽의 신경계 부분에 약간의 이상이 있었어요. 동생인 제이미만큼은 아니었지만, 여하간 그 역시 가벼운 수준의 발작을 수시로 겪었는데, 그런 증세를 가진 사람의 특성 중 하나가 '영화를 보듯 생생하고 세밀한 환시'를 체험하는 거거든요. 그렇습니다. 아마도 스티브는 마침내 디디를 실제로 보는 경지에 다다랐던 것 같아요. 그리고 추호도 의심하지 않았고요. 그러니까 그 둘의 인격은 서로에게서 완전히 독립하여 각자가 각자를 의지하는 그런 단계에 도달해 있던 겁니다. 하지만 아마도…… 그 사건이 일어나지 않았더라면, 디디는 알아서 퇴장했을 것입니다. 어린 시절 마음의 친구를 만들어냈던 대부분의 사람들이 그러하듯 스티브 역시 그 '친구'를 서서히 잊었을 거라, 이 말입니다. 하지만 스티브에겐 그럴 시간이 주어지지 않았어요. '엘름 가 1408번지 한국인 가족 몰살 사건'으로 알려진, 그 사건이 터졌을 때…… 엄청난 트라우마가 스티브의 인격 자체를 소멸시켜버렸으니까요. 자, 그다음엔 어떤 일이 일어났을까요? 맞습니다. 텅 빈 껍데기나 마찬가지였던 스티브의 내면에서 디디가 스멀스멀 눈을 뜬 겁니다. 그동안은 스티브라는 프레임에 갇혀 자기만의 목소릴 전혀 내지 못했던 그 소년은, 몸의 원래 주인인 스티브가 사라졌다는 걸 알자 완전히 흥분했어요. 이제야 말을 할 수 있게 됐다며, 신나서 떠들었죠. 게다가 그는 무시무시한 사건의 중심에 서서 주목받는 존재이기까지 했어요. 어떻게 보면, 살인 사건의 유일한 증인이나 마찬가지였으니까요. 물론 디디가 자발적으로 사건에 대해 진술한 건 아니었습니다. 아무리 그가 또 하나의 완전히 다른 인격이라고 해도, 역시나 그 근원은 스티브에게 있었으니까요. 디디는 한동안은 거부했어요. 자기가 아무것도 보지 못했다고 우겼죠. 그러다가 결국엔 모든 걸 털어놨던 겁니다. 사건의 처음부터 끝까지, 단 한 순간도 빼놓지 않고.

그러나 시간이 조금씩 흐르고, 우리가 처방한 약물이 효과를 나타내면서, 스티브가 서서히 자기 몸으로 돌아오기 시작했어요. 그러자 진짜 혼란이 찾아왔지요.

디디와 스티브는 성철의 몸을 두고 서로 싸웠습니다. 그래서 하루는 디디, 하루는 스티브, 이런 식으로 번갈아가며 인격이 바뀌었고, 덕분에 우린 아침마다 스티브의 침대에 가서 이런 인사를 하는 게 관례가 되다시피 했던 것입니다. "안녕? 잘 잤어요? 그런데 오늘은 또 누구죠? 스티브입니까, 아니면 디디? 설마 제3의 인물이 나타난 건 아니겠죠?"라고 말이에요. 그러던 어느 날이었습니다. 매일 병실을 회진하던 우리는 문득 이상한 사실을 깨달았지요. 언젠가부터 스티브는 언제나 스티브였던 겁니다. 그러니까 그게 무슨 뜻인가 하면…… 언제였는지는 정확히 모르지만 더 이상 디디라는 인격이 나타나지 않게 되었다, 이 말입니다. 그래요, 성철의 몸을 두고 그 두 개의 인격이 벌인 싸움은, 스티브의 승리로 막을 내렸던 것입니다. 하긴, 그게 당연한 일이긴 했지만—왜냐하면 결국 그 몸의 진짜 주인은 스티브였으니까 말이에요— 그래도 나중에 우린 좀 오싹한 기분을 느껴야 했습니다. 불청객이긴 했어도 꽤 오랜 친구였던 디디를 몰아낸 과정이 의외로 냉정했기 때문이지요.

그가 디디를 어떻게 제거했냐고요? 네, 맞습니다. 상상하신 그대로예요. 스티브는 디디에게 살인죄를 뒤집어씌운 다음 전기의자로 보내버렸어요. 그의 환상 속에서 디디는 전기 통구이가 된 채 눈을 감았고, 스티브는 친구를 애도하며—이 슬픔만은 진짜였겠지만— 눈물을 흘렸지요. 아마도 그때부터일 것입니다. 그가 갖가지 말도 안 되는 이야기를 지어내고 또 그 이야기의 신빙성을 유지하기 위해 또 다른 스토리를 만들어내는, 그런 이야기의 악순환에 빠져들게 된 건 말입니다. 그런데 혹시 '이야기의 악순환'이라는 말이 이해가 가지 않는지요? 그렇다면, 당신의 이해를 돕기 위해 그걸 표로 그려 보여드리겠습니다. 마치 봉투 속에 봉투가 들어 있고, 그 안에 더 작은 봉투들이 들어 있듯, 혹은 큰 인형 속에 더 작은 인형들이 줄줄이 들어 있는 마트료시카 인형처럼, 그가 만들어내는 이야기들은 겹겹이 스스로를 감싸게 된 거지요. 이렇게 말입니다.

이야기1 ⊃ 이야기2 ⊃ 이야기3 ⊃ 이야기4 ⊃ 이야기5 ⊃……∞…… ⊃ 이야기1

아니, 어쩌면 이 도식은 이렇게 그려내야 할지도 모르겠군요.

이야기1 ⊂ 이야기2 ⊂ 이야기3 ⊂ 이야기4 ⊂ 이야기5 ⊂……∞…… ⊂ 이야기1

하긴, 이야기의 구조나 도식이 무슨 문제겠습니까? 아무 상관없지요. 중요한 것은, 스티브가 스스로를 구하기 위해 이야기를 만들어냈다는 것, 그리고 어느 날이었던가, 내가 그에게 <검은 사각형, 혹은 디디의 진술>이라는 서류를 보여주며 묻혀버린 기억을 되살리도록 유도했다는 사실 정도 아닐까요?

(중략) 하지만, 진술서를 다 읽어준 뒤 반쯤 눈을 감고 있는 스티브에게 말을 걸려는 순간, 어떤 끔찍한 예감이 내 머릿속을 스쳐 갔습니다. 그걸 느낀 찰나, '어서 피해야 해!'라고 속으로 외치며 진료실 밖으로 뛰어나가려고 했지만, 그때 이미 스티브는 내 목을 조르고 있었어요. 난 우악스러운—평소엔, 그러니까 발작하지 않았을 때 말입니다, 그럴 땐 얌전하고 힘도 없이 축 처져 있던 스티브인데 그 순간 그의 손아귀 힘은 정말 장난이 아니었어요— 그의 손에서 벗어나기 위해 미친 듯이 발버둥을 쳤지요. 그리고 그 와중에도 스티브는 계속해서 고래고래 소리를 질렀던 겁니다.

"말도 안 돼! 미친놈. 네가 뭔데 남의 이야기를 꾸며내고 난리야! 그리고 다시 한 번 말하는데, 디디는 내 친구야. 날 살리기 위해 핫블랙을 죽이고 사형대에서 죽어간 구원자라고. 모르겠어?" 그렇습니다. 스티브는 자신이 디디가 되어 했던 말을 모두 부정했어요. 결코 받아들이려 하지 않았던 거죠. 거기 적힌 게 모두 거짓이라고 날뛰더니 급기야는 폭력적으로 돌변하고 말았던 겁니다. 스티브의 손아귀 힘은 점점 세졌고, 난 서서히 정신을 잃어가기 시작했어요. 하지만, 눈앞이 캄캄해지고 숨을 쉴 수 없는 상황에서도, 나는 온 힘을 다해 그를 달랬습니다. "진정해요, 스티브. 이러면 당신만 손해라는 걸 누구보다도 잘 알 텐데요." 그러나 그는 진정이 되기는커녕 더욱더 광적으로 변해갔고, 난 짐승처럼 으르렁대는 그를 피해 가까스로 책상 밑에 설치된 비상벨을 눌렀던 겁니다.

당연한 이야기지만, 난 그가 중환자용 1인실에 갇히는 것을 끝까지 반대했어요. 조금만 더 인내심을 갖고 대한다면, 언젠가는 그를 현실 세계로 데려올 수 있다는 게 나의 지론이었으니까요. 그러나 내 의견은 위원회에서 받아들여지지 않았습니다.

아, 여기서 한 가지 알려드릴 게 있습니다. 시립병원 정신과 병동엔 소위 '위원회'라는 것이 존재했다는 것 말입니다. 그들은 여러 가지 직업을 가진 여덟 명의 시민으로 구성되어 있었어요. 그러나 나중에 퇴원한 환자에 의해 해코지당하는 걸 방지하기 위해 얼굴과 신분은 철저히 베일에 가려져 있었지요. 사실 그런 규정이 생기게 된 데엔 다 이유가 있습니다. 어느 해였던가, 위원회 중 한 명인 중년 남자가 자기 집에서 공격당하는 일이 벌어졌거든요. 그러니까 진상은 이렇습니다. 원래 위원회 사람들은 정기적으로 '헤븐하우스'(아, 제가 얘기 드렸던가요? 시립정신병원에서도 중증 질환자들이 수용되어 있던 제8병동의 별칭이 '헤븐하우스'였다는 것 말입니다)의 환자들을 면담할 수 있는 권한을 가지고 있었어요. 아니, 권한이라기보다는 차라리 의무라고 하는 게 어울릴지도 모르지만 말이에요. 여하간 그들은 시에서 지급하는 소정의 보수를 받으며 매주 한 번씩 자기에게 할당된 환자를 만나보고 그에 관해 리포트를 작성했습니다. 그런 제도가 생긴 배경엔 트루데 시에서 추진하고 있던 '실직자 일자리 찾아주기' 프로젝트가 있는데요, 당시 시의 주력 산업이었던 정육업, 도축업의 쇠락과 함께 많은 수의 실직자들이 배출되자 시가 고육지책으로 마련한 정책이었다고나 할까요. 여하간 그렇게 정신질환자들과 상담을 해주며 그들이 어서 사회로 복귀할 수 있도록 조언을 해준다거나 혹은 그들의 상태가 어떠한지를 제삼자의 눈으로 정확히 관찰하거나 한다는 게, 위원회가 맡은 책무였던 거지요. 그 작업을 위해 시는 꽤 많은 돈을 들여 위원자격시험이라는 걸 개발했고, 생각보다 주급이 괜찮았기에 지원자들도 무척 많았던 겁니다. 어쨌든, 그렇게 환자를 만나 상담하고 매주 작성한 보고서를 토대로 그를 퇴원시키느냐, 아니면 계속 병원에 남게 하느냐를 결정했는데, 아마도 그 때문이었을 것입니다. 세 번이나 위원회에 의해 퇴원을 거절당한 환자가 어디서 입수했는지 알 수 없는 강철 절단기로 쇠

창살을 잘라내고 병원을 탈주한 뒤, 자기를 상담했던 위원을 찾아가 망치로 때린 이유 말입니다. (다행히 그 망치는 플라스틱이었고, 따라서 공격당한 위원—그는 전직 성당지기였는데—은 약간의 타박상을 입는 데 그쳤습니다.) 좀 찜찜한 이야기이긴 하지만, 그 위원을 때린 환자—내 기억에 그는 머리가 돌아버린 전직 기자였습니다—는 그 후 영영 사라졌어요. 도시 일대를 아무리 뒤져도 찾을 수 없었지요. 그런데 여기서 중요한 것은, 사라진 그 남자가 평소 스티브와 무척 가까웠다는 사실입니다. 그간 우린 눈치채지 못했지만, 나중에 다른 동료들의 증언을 들어본 결과, 스티브가 그 전직 기자를 무척 의지했다더군요. 그가 들려주는 모든 이야기를 진지하게 들었고, 조금만 궁금한 게 있어도 가장 먼저 달려가 물었을 정도라니, 어느 정도였는지 아시겠지요? 따라서, 당연한 결과겠지만, 그 환자가 탈출하고 난 뒤, 스티브의 상태는 심하게 악화됐습니다. 아무나 붙들고는 자기가 엄청난 비밀을 알고 있다며 으스댔고, 그러다가도 누군가가 "도대체 그 비밀이 뭔데요?"라고 물으면 죽일 듯이 달려들곤 했으니까요.

어쨌든 며칠 뒤 간호사가 나를 찾아왔어요. 1인실에 갇힌 스티브가 면회를 원한다는 거였죠. 그를 만나러 가던 나의 무거운 발걸음. 그렇습니다. 치료가 가능해 보이는 환자를 독방에 가둬뒀다는 죄책감 때문에 내 마음은 한없이 우울했지요. 안으로 들어가 대화하는 것은 금지되어 있었기에, 그날 난 철문에 뚫린 작은 창 너머로 그와 이야기했습니다. 두툼한 회색 구속복을 입은 그의 모습은 왠지 애처로워 보였어요.

"괜찮아요, 스티브?"

내가 묻자, 그는 말없이 고개를 끄덕였습니다.

그러더니 아주 작은 소리로 뭔가를 중얼중얼하더군요.

"안 들려요. 좀 크게 말해봐요."

내가 소리치자, 스티브가 창살 사이로 입을 내밀다시피 하며 이렇게 말했습니다.

"나를 기억해야 해요, 싱. 절대로 잊지 말라고요. 그러니까 내 말은, 진짜 내 모습을 기억해달라는 거예요. 우리가 편의점에서 만난 적이 있다는 것, 당신이 파란 조끼를 입고 열심히 일하다가 날 보더니 이렇게 외쳤다는 것. '아무도 믿지 마.' 그리고 내가 이렇게 대답했다는 것. '나는 믿고 싶어.' 알겠어요, 싱? 내 말을 이해하냐고요?" 순간 난 이상한 두려움으로 한 발 뒤로 물러섰습니다. 도대체 무슨 말을 하는 건지! 물론 그의 말은 미치광이의 헛소리에 불과하다는 걸 잘 알았지만, 이상하게도 그때 난 내가 어딘가의 편의점에서 아르바이트를 하며 가격표 찍는 기계를 든 채 어두운 슬럼가를 내다본 적이 있는 듯한 기괴한 데자뷔를 느꼈으니까요. 문득 소름이 끼쳐 팔을 쓰다듬어보니 어느새 털이 모두 곤두서 있었습니다. '아니, 그럴 리가 없잖아. 난 지금까지 편의점에서 일해본 적은 한 번도 없다고.' 속으로 이렇게 생각했는데도 여전히 나는 그 이상야릇한 기시감에서 빠져나오지 못하고 있었습니다. 그때 스티브가 얼굴을 내밀고 한 번 더 말하더군요. "그래요, 이해해요. 당신이 지금 느끼는 감정. 아마 인정하고 싶지 않을 테죠. 사실 지금 당신에게 세계의 비밀을 가르쳐주려 하고 있어. 자, 봐. 내 얼굴을 보라고. 아니, 그렇게 보지 말고 진짜 온 정신을 집중해서 쳐다보라니까. 자, 어때? 내 얼굴의 테두리가 흔들리는 게 보여? 내가 세상과 분리되어 있지 않고 서서히 섞여 들어가다가 나중엔 아예 흐물흐물해져 사라져버리는 것이 보이냐고? 이게 진실이야. 당신이 알고 있는 세상은 지금 사라져가고 있어. 나중에, 내가 그 과업을 이룬 뒤엔 완벽하게 없어지겠지. 그러고 나서 거기에 새로운 사람들, 새로운 기억들, 즉 완전히 새로운 세상이 탄생할 거라고. 그러나 아무도 알지 못할 거야. 그게 어떻게 해서 만들어진 세계인지. 그러니 당신이 기억해둬. 꿈이든, 소설이든, 영화든, 이야기든, 아니면 하다못해 술을 퍼마신 다음 날 두통과 함께 떠오르는 악몽으로든, 무엇으로든 나를 기억해두란 말이야."

하지만 그의 이야기는 거기서 끝이었습니다. 내가 점점 더 뒷걸음질을 치자 그가 괴력으로 구속복을 찢고 손을 내밀었기 때문이지요. 옆에서 지켜보고 있던 두 명의 남자 간호사가 다시 달려왔고, 그들은 인정사정없이 스티브를 제압한 뒤 그의 혈관에 주삿바늘을 찔러 넣었습니다. 나는 이상하게도 헐떡임이 멈추지 않아 황급히 내 방으로 달려왔고, 거기서 찬물을 꺼내 두 컵이나 연달아 마신 뒤에야 겨우 숨을 고를 수 있었지요. 그가 탈출했다는 소식을 들은 건, 그로부터 일주일 뒤의 일이었습니다.

P. S.) 참, 추신이 하나 있습니다. 그가 키우던 새에 대해 알려드려야 할 것 같아요. 아니, 사실대로 말하자면 그가 키웠다기보다는 병원에서 키우던 새라고 하는 게 더 어울릴지도 모르겠네요. 여하튼, 제8병동 로비엔 커다란 새장이 하나 걸려 있었습니다. 그 안엔 노랗고 조그만 잉꼬 한 마리가 있었는데, 새장은 새에게 어울리지 않으리만큼 엄청나게 큰 거였고, 그래서 볼 때마다 휑뎅그렁하다는 느낌을 줬지요. 새는 어느 날 열린 창문을 통해 날아 들어온 거였어요. 우린 그 새를 자연으로 돌려보내기 위해 노력했지만, 이상하게도 그 노란 잉꼬는 어딘가로 가려고 하질 않았습니다. 나중에 우리 병동의 어느 노파가 말하기를, 그게 사람 손을 탄 새이기 때문에 그렇다는 겁니다. 어려서부터 사람이 키운 잉꼬는 혼자 나는 법을 알지 못하고, 또 사람을 자기 부모로 알고 끝까지 따른다는 거예요. 그때부터 그 수컷 잉꼬는 8병동의 마스코트 같은 게 되었습니다. 스티브는 이상하게 그 새에 애착을 보였고요. 자기가 모이 주는 담당을 하겠다고 자원하기까지 했지 뭡니까. 게다가 어느 날 보니 잉꼬에게 '제트'라는 이름까지 붙여줬더군요. 하지만, "왜 하필 제트라고 지었습니까?"라고 물었을 때 스티브는 아무 말도 하지 않았어요. 그저 씩 웃으며 "내 맘이에요, 선생님"이라고만 대답했을 뿐이죠. 지금 굳이 잉꼬에 대해 얘기하는 것은, 스티브가 탈출했을 때 그 잉꼬도 같이 없어졌기 때문입니다. 새장은 열려 있었고, 잉꼬는 보이지 않았죠. 나중에 병원 내 CCTV를 돌려 보고서야 우리는 스티브가 새장에서 제트를 꺼내 창밖으로 날려줬다는 걸 알게 됐습니다. 글쎄요, 새가 드넓은 창공을 향해 날아가지 못하고 몇 번 날개를 푸드덕대다가 땅으로 곤두박질쳤다는 걸 스티브가 알았는지 몰랐는지는 확인할 길이 없습니다. CCTV 화면 속에서, 스티브는 새를 두 손으로 날려 보낸 뒤 손을 흔들고는 곧바로 뒤돌아서서 어디론가 사라

져버렸으니까요. 새의 시체는 나중에 화단에서 발견됐습니다. 애처롭게도 날개를 잔뜩 움츠린 채 죽어 있더군요. 고양이가 뜯어 먹었는지 머리통 일부가 없어진 제트의 몸뚱어리는 아마도 누군가가 화단에 묻어준 것 같습니다. 솔직히 말하자면, 새의 시체가 어떻게 됐는지는 전혀 기억나지 않지만, 그래도 한 명쯤은 있지 않았을까요? 가엾은 새를 땅에 묻어줄 사람이?

닥터 싱은 며칠 뒤 세 번째 메일을 보내왔어요. 그런데 거기서 그는 완전히 딴 사람 같았고, 더 심하게 횡설수설하고 있었죠. 뭐, 이런 식으로 말이에요.

— 닥터 싱의 세 번째 메일 중 일부

그러나 어느 순간, 모든 것이 흐릿해지기 시작했습니다. 스티브를 기억해내려 하면 할수록, 과연 내가 시립정신병원에서 근무하기는 했던가, 라는 의문으로 점점 깊이 빠져들었으니까요. 물론 당신은 반문할지도 모릅니다. 그렇게 불확실하다면, 그때의 병원 기록을 찾아보는 게 어떻겠냐고 말입니다. 하지만 — 아마 당신도 이미 알고 있을지 모르지만 — 시립정신병원은 현재 폐쇄되었습니다. 오래전 거기서 큰 화재가 발생해 건물이 전소됐으니까요. 나중에 소방 당국이 조사한 바에 따르면, 제8병동에 수용되어 있던 한 노인이 난방용 석유를 들이붓고 저지른 방화로 인해 그런 사고가 일어났다고 합니다. (트랜스젠더였던 노인을 다른 환자들이 놀려댄 게 그런 끔찍한 사건을 저지르게 된 이유라고도 하더군요. 물론 그게 진실인지 아닌지는 아무도 모르지만 말입니다. 왜냐하면 노인은 석유통을 든 채 불 속으로 점점 더 깊이 들어갔고, 그런 다음 영원히 사라져버렸기 때문입니다.) 다행히 입원 중이던 환자들은 모두 탈출했지만, 병원 사무실에 보관되어 있던 서류들은 다 타서 재가 되었어요. 따라서 스티브가 정말로 그곳에 있었는지, 그리고 거길 나간 뒤 어떻게 되었는지는, 오로지 나의 기억에만 의존해서 서술해야 할 문제가 되고 말았습니다. 그런데 정말 이상한 게, '기억'에 대하여 생각하면 할수록 그 모든 것이 마치 꿈처럼 흐릿하게 느껴지더라는 겁니다. 그러니까 때로 꿈속에서 어떤 일을 겪으며 '아아, 이 일은 과거에도 나에게 일어났던 것이지!'라고 느낄 때가 있지 않습니까? 그러나 꿈에서 깨고 나면 아무리 기억을 더듬어보아도 그런 경험을 한 적이 전혀 없다는 사실만 더욱 뚜렷해지지 않습니까? 스티브에 대한 나의 기억 역시 그러했습니다. 분명 나는 그를 기억하고 그와의 에피소드 또한 머릿속에 남아 있는데, 막상 그것에 대하여 당신에게 말하려는 순간 그것들이 모두 비현실적인 일들, 즉 허구나 환상 혹은 꿈처럼 느껴지기 시작한 겁니다.

자, 어떤가요? 정말 이상하지 않나요?

더욱 기묘한 건…… 그 뒤에 일어난 일이었어요.

내가 그에게 보낸 마지막 메일이 되돌아왔으니까요. (그 직전까지 분명 답장을 받았는데도 불구하고) 그런 메일 주소는 존재하지 않는다는 게 반송 사유였어요. 몇 번을 다시 보내봤지만, 똑같은 대답만 돌아올 뿐이었지요. 그리고 이젠 나 자신마저 헷갈릴 지경이에요. 혹시 저 편지들은 사실 모두 내가 지어낸 게 아니었을까, 하는 망상에 시달리기도 하니 말이에요. (물론, 닥터 싱이 네 번째 메일에서 말도 안 되는 주장을 하긴 했어요. 자기가 그동안 스티브에 대해 한 이야긴 모두 거짓말이고 허구라는 거죠. 하지만 난 놀라지 않았어요. 이런 일이 생길 거라는 건 어차피 다 알고 있었으니까요. 아저씨도 기억하죠? 보리스와 아르까지가 했던 말. 결국엔 모두가 스티브를 부정하게 될 것이다, 라는.)

혹시나 하는 마음에, 이번엔 도서관에 가봤어요. 지금까지 나온 모든 신문기사를 다 모아뒀다는 국회도서관 자료실에 가서 미친 듯이 과거 기록을 더듬어봤죠. 그리고 마침내 1958년에 있었던 고아원 방화 사건과 그때 사라진 한 소년을 다룬 기사 하나를 찾아냈던 거예요. 그런데 거기서도 역시, 스티브는 이미 죽은 사람이 되어 있었어요. 『일간경기도민』이라는 오래된 지역신문엔 '방화로 인해 고아원이 전소됐고, 한 소년이 납치당해 저수지에서 실종됐으며, 범인은 익사했다'는 기사가 있었고, 흥미 위주의 가십거리를 많이 다뤘던—그러다가 곧 폐간된— 어느 주간지엔 '50년대 일어난 10대 미스터리'라는 주제로, 그 사건을 집중적으로 파헤친 르포가 실려 있었죠. 그에 의하면, 손수레에 스티브를 숨겨 고아원 안까지 데려다주기로 했던 남자가 심경의 변화를 일으키면서 일이 꼬이기 시작했대요. 남자 말로는 그가 왠지 수상해 보였고, 마침 그 얼마 전 강화도에서 무장간첩 사건도 일어났던 터라(잡지에서 그 남자는 이렇게 말하고 있었어요. "그놈은 나한테 고아원 안까지만 데려다 달라고 했어. 뭐, 거기서 찾을 사람이 있다나. 자기가 미국에서 왔다고도 했는데, 나도 처음엔 깜빡 속아 넘어갔다니까. 그런데 이게 뭔가 이상한 거야. 그 찾아야 하는 애가 누구냐고 묻는데도 어물쩍 넘어가고, 뭣보다도 놈이 생전 처음 보는 무전기를 가지고 있더라, 이거지. 여하간 그때 알았다니까. 믿어선 안 될 놈이라는 걸!") 모든 걸 의심하게 됐다는데, 그 얘기, 어딘지 모르게 미심쩍지 않아요? 차라리, 그 사기꾼 남자가 무전기(그래요, 그는 처음부터 스티브의 폰을 탐냈던 거예요!)를 뺏기 위해 일을 꾸미다가 실패하자, 그런 말도 안 되는 누명을 씌웠다는 (나의) 가설이 더 신빙성 있어 보이는데…… 아저씨는 어떤가요? 어쨌거나, 그 잡지 르포가 내린 결론은, 스티브가 남자의 리어카와 거기 실려 있던 갖가지 고물(뻔뻔하게도 그 남자는, 직업을 고물 수집상으로 속였더군요. 하긴, 고아원에 배급되는 밀가루와 분유를 빼돌렸다고 하면, 자기 자신부터 위태로워질 테니, 그렇게 말할 수밖에 없었겠지만 말이에요)을 가로채려 했다는 거였어요. 그러다가 둘 사이에 육탄전이 벌어졌고, 그 와중에 석유통이 넘어졌으며, 마침 옆에서 허드렛일을 하는 여자가 피우던 담배에서 불똥이 튀었다는 거죠. 불이 붙자, 스티브는 미친 듯이 뛰어 어디론가 사라졌대요. 화재가 끝난 뒤 고아원 아이들은 불 속에서 자기들을 구해준 사람이 처음 보는 낯선 아저씨였다고 증언했지만, 애들의 말은 묵살됐고요. 오히려 석유통을 엎은 그 남자가 한 달 뒤 용감한 시민으로 표창장을 받았죠. 르포의 마지막 부분은 온통 허구로 뒤덮여 있었어요. 르포라이터는 마치 자신이 저수지 옆에 서서 모든 걸 지켜보기라도 한 듯 거침없이 써 내려갔더군요. 이렇게 말이에요. 「남자의 눈이 악마처럼 빛나고 있었다. 옷과 손은 불을 지를 때 묻은 검댕으로 시커맸는데, 그래서 더욱 사악해 보였던 건지도 모른다. 그는 울부짖는 박영식 소년의 손을 무자비하게 잡아끌었다. 저수지에 다다랐을 때 아이는 마지막으로 온 힘을 다해 저항했지만, 우악스러운 어른 남자의 힘을 당해낼 순 없었다. 결국 소년은 물속으로 던져졌고, 허우적대며 발버둥을 치다가 서서히 가라앉았다. 다행히 하늘은 무심하지 않았다. 뒤쫓아 온 마을 주민과 경찰을 피해 저수지로 뛰어들었던 남자 역시 익사하고 말았으니까. 그 후 며칠간 저수지 밑바닥을 샅샅이 훑었건만 끝내 남자와 소년의 시신은 나타나지 않았고, 사건은 그렇게 막을 내렸다.」

결국 스티브에 대한 제대로 된 자료는 찾을 수 없는 걸까? 모든 걸 포기하고, PC방에서 혼자 컵라면을 먹고 있을 때, 문득 내 머릿속에 전광석화처럼 어떤 아이디어가 떠올랐어요. 그래, 로버트 와인버그가 사라지기 전 편의점에 놓고 간 노트북이 있었지! 그때 분명 스티브는 거기서 네 개의 포스트로 이루어진 블로그를 찾아냈다고 했어. 마지막이라는 심정으로, 난 로버트 와인버그의 블로그를 검색해봤어요. 그런데 놀랍게도, 그건 실제로 존재하고 있더라고요. 게다가 거기엔 '노트'에 적힌 대로, 첫 번째, 두 번째, 세 번째 포스트가 다 있었어요. (물론, 네 번째 포스트는 '비공개'라서 볼 수 없었지만요.) 어쨌든 노트와 토씨 하나 다르지 않은 포스트의 글을 모두 읽고 나서, 난 결심했어요. 이 블로그 주인에게 연락을 시도해보자, 라고요. 난 그에게 메일을 썼어요. 대체 당신의 정체가 뭐냐는 질문도 빼놓지 않았죠. 그리고 지금 난…… 답장을 기다리고 있어요. 두근대는 심장을 억누르면서 말이에요.

23

미래로 가는 유일한 방법에 관하여

아르바이트생이 PC방 앞에 나와 있다.

하늘은 어두컴컴하고 세상은 쥐죽은 듯 고요하다.

스마트폰을 꺼내 열어보지만, 새로 온 문자메시지는 하나도 없다.

그래, 어쩌면 이 모든 건 결국 헛소리일지도 모른다. 매일 계속되는 다람쥐 탈 아르바이트에 지친 나머지, 그도 창식이 형처럼(동물 탈을 쓰고 일하다 맛이 가서 PC방 옥상에서 뛰어내린 그 선배는, 아직도 병원 침대에서 곤히 자고 있다) 현실과 비현실을 구분하는 데 문제를 겪게 된 걸 수도 있다는 얘기다. 하지만, 아무리 그래도 그는 믿고 싶다. '노트' 속 스티브는 분명 현재의 그가 보낸 문자를 받았고, 그 덕분에 용기를 내 자기 임무—세상을 구하는—를 완수하지 않았던가 말이다. 물론, 그게 어떻게 가능하냐고 묻는다면 대답할 말이 없긴 하다. 2015년 경기도 용인의 하늘에 뜬금없이 스푸트니크 3호가 나타났던 걸 증명할 길이 없는 것과 마찬가지로 말이다. 하긴, 도대체 누가 믿어주겠는가. 어디선가 들려온 목소리가, 몸체에 **'спутник III'**라고 새겨진 거대한 강철 덩어리가 하늘을 가로지르는 순간 문자를 전송하면, 그 신호가 시공간을 뛰어넘어 1958년의 용인에 있는 한 남자에게 전달될 거라고 일러줬다는 사실을. 그리고 아르바이트생이 한 치의 의심도 없이 그 지시를 따랐다는 사실을.

그때 분명 목소리는 이렇게 말했다. *그럼으로써 너도 계시의 완성에 기여하게 되는 거야. 그러니 어서 문자를 보내줘. 흔들리는 스티브에게 용기를 주라고. 그러지 않으면…….* 그러지 않으면요? *그러지 않으면 네가 지금 발 딛고 선 이 세계가 사라질 거야. 쥐도 새도 모르게, 없어지는 줄도 모른 채 모든 게 무無로 화하겠지.* 그럼 내가 미치지 않았다는 건가요? *당연하지. 네가 왜 미쳐? 다시 한 번 말하지만, 널 믿어. 네 안에서 흘러나오는 너의 목소리를 믿으라고.* 좋아요, 그렇다 쳐요. 그럼 마지막으로 물을게요. 당신은 누구죠? 누군데 나한테 이래라저래라 하는 거냐고요. 아르바이트생의 질문에 목소리는 한동안 말이 없었다. 그러더니 한참 후, 타오르는 불꽃같은 거대한 섬광이 그의 모든 감각을 압도했다. *자, 알겠어? 우리가 누군지? 그런데 좀 실망이군. '노트'에서 그렇게 자주 봤으니, 우리 정체쯤이야 단번에 눈치챌 줄 알았는데.* 순간 아르바이트생은 그 목소리가 보리스, 혹은 아르까지라는 걸 깨달았다. 또는 보리스와 아르까지가 모두 합쳐진 어떤 기이한 존재이거나. 그가 뭐라고 우물우물 대답하려는 순간, 겹겹이 겹쳐져 합창처럼 변한 목소리들이 한꺼번에 속삭이기 시작했다. *자, 서둘러. 어서 문자를 보내 머나먼 시공간에 외로이 떨어져 있는 스티브에게 용기를 주라고.*

결국, 협박 같은 말을 남기고 사라진 목소리들의 지시를 따라, 아르바이트생은 문자메시지를 보냈던 것이다. '노트' 속 1958년 용인의 스티브가 받았던 바로 그 문자.

하지만 문자를 보낸 뒤로 목소리는 완전히 사라졌다. 자칭 신이라는 것들은,

일이 성공했는지 아닌지, 혹은, 이곳으로부터 수십 년 떨어진 1958년의 용인에서 그 남자가 어떻게 됐는지 알려주지도 않은 채, 자취를 감춰버린 것이다.

혹시나 하는 마음에 PC방 앞에 나와 하늘을 올려다보던 아르바이트생은, 피식 웃으며 폰을 주머니에 넣었다. 역시 그는 제정신이 아니었던 것 같다. 과연 정말로 신들의 목소릴 듣기는 했던 걸까. 이 모든 게 망상이 아니란 증거는 어디에도 없다. 지난 며칠 동안, 그는 이 의문의 공책에 빠져 먹고 자는 것도 잊은 채 광기를 부렸다. 그러고 보면, 원본 노트를 잃어버린 건 오히려 다행일지도 모른다. 만약 그게 없어지지 않았다면 그는 더더욱 거기 집착할 테고 정신은 점점 더 혼미해질 것이며 마침내는 스스로가 노트의 일부분이 되어 종잇장 안으로 걸어 들어가버렸을 테니 말이다. (그러나 과연 원본 노트라는 건 실재했던 걸까? 혹시 이 모든 이야기들이 나의 환상에서 비롯된 건 아닐는지? 여기까지 생각이 미치자, 아르바이트생은 두려움과 오싹함에 몸을 떨며 머리를 흔들었다. 그런 건 상상조차 하고 싶지 않았으니까.) 그래, 내일부터 당장 공무원 시험 공부를 시작하자. 제대로 된 직업을 가지면 이런 말도 안 되는 망상 상태에서도 벗어날 수 있겠지. 짐을 모두 챙겨 고향으로 돌아갈 계획을 세우며, 아르바이트생은 오랜만에 홀가분함을 느낀다.

(그래서 묻는 말인데, 만약 이 문자를 받지 못했더라면, 그의 운명은 달라졌을까? 그렇게 새로운 결심을 하고 의욕에 가득 차 PC방으로 다시 들어가려던 그가 습관처럼 폰을 꺼냈을 때, 소리도 없이 도착해 있던 다음과 같은 메시지를 발견하지 못했더라면?)

— 축하해. 임무는 성공했어! 넌 스티브와 함께 세상을 구원한 거야. 자, 그럼 안녕. 이제 곧 두 세계는 분리될 테고, 바람에 날려 간 비눗방울이 서로 다시는 만날 수 없듯, 결코 겹치지 않게 될 거야. 그러니 우리가 대화를 나누는 것도 이게 마지막이겠군.

문자를 읽고 나서, 아르바이트생은 기뻐해야 할지 슬퍼해야 할지 몰라 한동안 망설인다. 세계가 존속하게 된 걸 기뻐해야 하는 게 당연하지만, 동시에 마음 한구석에선 '바보야, 정신 차리고 어서 공부나 시작하라니까!'라는 소리가 들려오는 듯하기 때문이다. 결국 그는 두 생각 사이의 타협을 시도한다. 공부는 시작하되, 그 전에 딱 한 가지 일만 끝내자. 소년에게 '노트'를 전달하는 거야. 그것만 마치고 나면, 이 말도 안 되는 이야기와는 영원히 작별하는 거지.

그런데, 노트를 챙기던 아르바이트생이 멈칫한다. 그나저나, 아이가 있는 임시보호센터에 가서 뭐라고 둘러대지? 혹시라도 면회를 허락해주지 않으면? 만약 그렇게 된다면, 그는, 담을 넘어 몰래 들어가 아무도 모르게 복도를 돌아다니며 '박성철'이라는 이름의(그러나 본명은 '박영식'인) 소년을 찾아야겠다는 계획을 세운다. 아이를 만나면 해줄 말은 미리 생각해뒀다. 예를 들면 다음과 같은 얘기들. 어이, 우리 전에 만난 적 있지? 다람쥐 탈 쓰고 있던 형, 그게 바로 나거든. 그런데 그거 알고 있니? 과거에서 현재로 건너옴으로써 네가 얻은 게 뭔지? 그래, 넌 삶을 얻은 거야. 그것도, 완전히 새로운 삶. 무슨 말인지 몰라 고개를 갸우뚱할 소년을 상상하다가 문득 그는 궁금해진다. 그렇게 순수한 아이가 과거의—혹은 미래의— 어떤 우주에선 사람 얼굴을 가진 새들에게 심장을 빼앗기고 칼로 사람을 난도질하며 피투성이가 된 채 돼지 가죽을 벗기는 남자로 자라날 수 있을까? 도대체 어떤 힘이 그 소년을 거기까지 밀고 간 걸까?

만약 다른 세상에서라면 아이는 다른 이야기를 할 수 있었을까.

갑자기 그는 소년을 만나면 일단 아무 말도 하지 않고 꼭 안아주고 싶다는 이상한 열망에 사로잡힌다. 아이는 어디선가 나타난 사람이 자기를 끌어안고 눈물 흘리는 모습을 보며 두려워할지도 모른다. 그러면 그는 얼른 '노트'를 건네리라. "자, 너의 지나가버린 미래가 여기 담겨 있어"라고 말하면서. 그러면 소년은 다시 한 번 알 수 없다는 표정을 지으며 그를 올려다보겠지. 그때 그는 이렇게 말하면 되는 것이다. "믿어지지 않겠지만, 이건 너의 아들로부터 온 편지라고."
그런 다음 그는, 여전히 어리둥절해 있는 소년을 뒤로한 채 재빨리 센터를 빠져

나올 생각이다. 소년이 그 노트를 읽을지, 아니면 웬 이상한 형을 다 보겠다고 생각하며 복도에 휙 던져버릴지는, 그도 알 수 없다. 그건 소년의 선택이고 소년의 운명이 될 테니까. 다만 그는 노트를 전달함으로써 그에게 주어진 임무를 최종적으로 완성하면 될 뿐이다. 그러다가 그는 다시 한 번 하늘을 올려다본다. 지금 여기 어딘가에 신비로운 접점이 있어, 거기 맞닿은 또 다른 세상에선 스티브가 자기 생의 마지막 나날을 보내고 있다는 사실이 여전히 믿어지지 않기 때문이다. 안녕, 스티브. 어쨌거나 고마워요! 당신이 결국 세상을 구했다고요. 그는 속으로 중얼거리며 허공 어딘가를 향해 손을 흔든다.

*

"하도 이상해서, 나도 같이 올려다봤지요." 나중에 강승현 경장이 찾아왔을 때, PC방 주인이 가장 먼저 떠올린 것도 그때의 광경이었다. 한 젊은이가 텅 빈 하늘에 손을 흔들며 미소를 짓던 기이한 광경. "그래, 뭐가 있던가요?" 강 경장이 묻자, 주인은 잠시 생각에 잠겼다. "글쎄요. 아무것도 없었어요. 그냥 하늘뿐이었죠. 확실해요. 한데……" 그러면서 말끝을 흐리는 주인에게 강승현 경장은 생각나는 게 있다면 뭐든 다 말해달라고 요청했다. "그 학생, 좀 정상은 아닌 것 같았어요. 그전에도 몇 번, 허공에다 손짓하는 걸 본 적이 있거든요. 어떨 땐 혼자 낄낄 웃기도 했는데, 그럴 땐 좀 무섭더라고요. 참, 그런데 왜 그러시죠? 혹시 그 친구, 무슨 사고라도 쳤습니까?"

순간 급격히 어두워지는 강 경장의 얼굴을 보며 PC방 주인은 알 수 없는 불안감에 몸을 떨었다. 역시 그의 예감이 맞았던 걸까?

그날—그러니까 젊은이를 마지막으로 봤던 날— 하늘에다 손을 흔들던 청년이 PC방으로 다시 들어온 것은 그로부터 꽤 시간이 지난 뒤였다. 하지만 들어온 후에도 그는 자기 자리로 가는 대신 카운터 앞에 서서 꽤 오랫동안 먹을 것을 골랐다. 마침내 감자칩 한 봉지를 산 뒤 자판기에서 음료수를 하나 뽑아 들고서야, 청년은 좌석으로 돌아갔다. 곧이어 부스럭대며 봉지 뜯는 소리가 들렸고, 사람이 거의 없어서 조용한 PC방 안에 우적우적 과자 씹는 소리가 울려 퍼졌다. 그런데 한참 후, 그날의 매상을 계산하느라 여념이 없던 PC방 주인의 귀에 우당탕탕, 하는 요란한 소리가 들려왔다. 깜짝 놀라 눈을 들어보니, 좀 전의 그 젊은이가 미친 듯이 밖으로 뛰어나가고 있지 않은가. 계단을 밟는 발자국 소리가 점점 멀어져 가는 걸 듣다가, PC방 주인은 돈이 든 서랍을 닫고 자물쇠를 채웠다.

"하여간, 요즘 젊은 녀석들이란." 중얼대며 일어나 청년이 앉았던 자리로 가 보니, 아니나 다를까, 컴퓨터 주변은 그야말로 난장판이었다. 먹다 만 과자 봉지가 의자 위에 떨어져 있고, 벌떡 일어서다 쓰러뜨렸는지 캔에서 흘러나온 음료가 바닥에 흥건했다. 하지만, 낮게 욕을 하며 대걸레를 가져오다 말고, 그는 문득 이상한 기분에 사로잡혀 멈춰 섰다. 잠깐. 이 느낌은 뭐지? 뭐라 표현할 수 없는 오싹함 같은 게 그의 등줄기를 타고 좍 흘러내렸다. 그러니까 뭐라 해야 하나, 매일 보는 똑같은 풍경 속 어딘가에 퍼즐 하나가 빠진 걸 발견했을 때 느끼는 찝찝함이라고 해야 할까. 그러나 곧 PC방 주인은 고개를 저었다. 아니겠지, 괜한 느낌일 뿐이야. 혼자서 중얼거린 다음, 그 기분을 떨쳐버리기라도 하려는 듯 대걸레로 열심히 바닥을 닦았던 것이다. 그러나 테이블 아래 깊숙한 구석으로 걸레를 밀어 넣었을 때, PC방 주인은 자기가 느꼈던 해괴한 기분의 이유를 알아차리고 말았다. 정확히는 걸레의 끝자락이 뭔가에 쿵, 소릴 내며 부딪쳤을 때 말이다. 그는 무릎을 꿇고 앉아 거기 뭐가 있는지 살펴봤다. 손을 뻗자, 단단하고 둥글며 매끄러운 것이 만져졌다. 옆엔 끈 같은 게 달려 있었는데 그걸 잡아 당기니, 안에서 나온 것은 오토바이 헬멧이었다. 그리고 펼쳐진 채 떨어져 있는 한 권의 노트. 그래, 알았어. 뭐가 잘못됐는지 이제 알겠다니까. PC방 주인은 중얼대며 자기도 모르게 젊은이가 방금 전까지 앉아 있던 의자에 털썩 주저앉았다. 그러니까 사람은, 평소와 다른 익숙하지 않은 뭔가를 마주쳤을 때 직관적으로 두려움을 느끼는 거였다. 바로 지금의 자기 자신처럼. 그는 좀 아까 우당탕 소리를 내며 뛰어나간 젊은이가 평소엔 절대 그러지 않았다는 걸 떠올렸다. 좀 정상이 아닌 것 같아 보이긴 했어도 뒷정리만큼은 깔끔하게 해놓고 나가는 예의 바른 청년이었으니 말이다. 과자 봉지는 반드시 휴지통에 버렸고 음료수 역시 단 한 번도 쏟은 적이 없었다. 따라서 젊은이가 뛰어나간 직후 느꼈던 묘한 느낌은 바로 거기서 연유했던 것이다. 그런데, 평소라면 결코 하지 않을 행동도 불사할 만큼 그에게 어떤 다급한 사정이 생기기라도 했단 말인가?

혹시나 하는 마음에 PC방 주인은 헬멧과 노트를 들고 밖으로 나가봤다. 그러나 젊은이는 이미 보이지 않았다. 다시 안으로 들어와서도 그는 한동안 알 수 없는 찜찜함에 시달렸다. 헬멧이야 그렇다 치고, 노트는 암만 들여다봐도 도대체 뭘 적은 건지 알 수 없었다. 외국어가 잔뜩 적혀 있었는데, 물에 빠뜨리기라도 했는지 군데군데 글씨가 번져 있어서 당최 한 글자도 읽을 수 없었던 것이다. 10여 분쯤 들여다보다 말고, PC방 주인은 노트를 탁, 소리 나게 덮어서는 카운터 맨 아래 서랍에 집어넣었다. (나중에 청년이 오면 돌려줄 생각이었지만, 그는 그 젊은이가 앞으로 다시는 여기 나타나지 않을 거라는 것과 자신이 노트에 대한 걸 모두 잊게 되리라는 사실은 전혀 짐작하지 못했다.)

걸레질을 마저 하기 위해 구석 자리로 되돌아간 PC방 주인은, 여전히 켜져 있는 화면에 커서가 깜빡이는 것을 보았다. 문득 그는 의자에 앉아 자기도 모르게 모니터에 뜬 글자들을 읽기 시작했다.

【첫 번째 편지】

이봐요, 갑자기 난 깨달았어요! 당신의 정체를 말이에요.

어떻게 알게 됐냐고요? 글쎄요. 모든 건 내 무의식이 가르쳐준 거라고나 할까요. 여하간, 어젯밤 비몽사몽간에 누워 있는데, 퍼뜩 이런 생각이 들더라고요. 그래,

그동안 나는 그 블로그 주인이 당연히 로버트 와인버그일 거라고만 여겨왔어. 그런데 그게 문제였던 거야. 블로그에 적힌 내용을 모두 알고 있는 사람이 한 명 더 있다는 걸 왜 여태 몰랐을까! 그래요. 블로그에 있는 모든 포스트를 알고 있는 이는 로버트 와인버그만이 아니었어요. 바로 당신. 당신도 그걸 알고 있었던 거예요. 그리고 당신은, '노트'의 실재성을 입증하기 위해 같은 주소로 똑같은 블로그를 오픈했던 거고요!

박성철 씨, 아니 스티브.

당신, 스티브죠? 스티브가 맞는 거죠?

내가 스푸트니크를 향해 문자를 보낸 뒤 도착한 그 메시지. 발신자 번호는 표시되지 않았지만 왠지 낯익은 어조를 지녔던 그 문자. 그것 역시 당신이 보낸 거 아닌가요? (당신은 이미 1958년의 용인에서 내 문자를 받았을 테니까, 아마 그때 번호를 기억해뒀을 거라 믿어요.)

하긴, 솔직히 말하자면, 난 당신이 살아 있을지 모른다고 벌써부터 생각해왔어요. 로버트 와인버그의 네 번째 포스트를 읽을 때 어렴풋이 눈치챘으니까요.

그러니 빠른 답장 부탁해요. 당신이 박성철이자 스티브이며, 사라질 뻔했던 우주를 구한 장본인이라는 사실을 인정하란 말이에요.

그럼, 안녕. 기다리고 있을게요.

【두 번째 편지】

떨리는 마음으로 열어봤는데, 답이 없네요. 하지만 그 사실이 오히려 나를 고무시켜요. 왜냐하면 내가 보낸 편지엔 분명 '읽음' 표시가 떠 있었으니까.

그러니까 당신은, 편지를 확인하고도 답장을 하지 않은 거예요. 그리고 아마도 그 이유는, 내 추측이 너무도 정확하기 때문 아닐까요?

물론 나는 지금 당신이 어떤 신분, 어떤 이름으로 살아가고 있는지는 전혀 몰라요. 그러나 한 가지만은 확실히 알고 있죠. 즉, 당신의 원래 이름이 스티브(혹은 박성철)이며, 이미 사라져버린 다른 세상에서 1958년의 과거로 돌아갔던 사람이라는 사실 말이에요.

좀 전의 편지에서 나는 말했어요. 로버트 와인버그의 네 번째 포스트에서 답을 찾았다고. 솔직히 처음엔 그가 무슨 말을 하는 건가, 싶었어요. 마치 선문답이라도 하듯 알 수 없는 말만 잔뜩 늘어놨으니까요. "기억해두게나. 미래로 가는 유일한 방법은 하루하루 살아가는 것뿐이라고!" 뭐, 이런 것들 말이에요. 그리고 내게 그건 지나친 감상에 빠진 노인네의 기나긴 작별인사 정도로만 보였고요.

하지만 지난밤 난 갑자기 깨달았어요.

미래로 가는 유일한 방법에 대하여.

그래요, 로버트가 당신에게 알려주고자 했던 건 바로 그거였어요. 물론 신들은 당신에게 말했죠. 거기서는 미래로 되돌아올 수 없다, 왜냐하면 시간의 문으론 단 한 사람만 통과할 수 있기 때문에, 따라서 넌 그곳을 벗어나지 못한 채 죽게 될 것이다, 라고요. 그러나 로버트 와인버그는 알고 있었어요. 신들의 말에도 허점이 있다는 것을요. 그리고 나는, 결국엔 당신도 그걸 알아냈던 거라 믿어요. 세상을 구하기 위해, 아니 사실은 아버지를 구하기 위해, 그럼으로써 어머니와 자기 자신까지도 구원하기 위해 트루데 강 상류에서 뛰어내려야 했던 당신이, 미래로 되돌아올 수 있는 유일한 방법이 뭔지를 말이에요.

로버트는 당신에게 "살아남으라"고 했지요.

"살아가라"고 말이에요.

그래요, 당신은 말 그대로, 살아왔던 거예요.

저수지에서 아이를 2015년의 에버랜드로 보내고 난 뒤, 당신은 혼신의 힘을 다해 헤엄을 쳤겠죠. 그런 다음 무성한 갈대밭 사이 어딘가에 몸을 숨겼을 거예요. 그러는 동안 당신은 풀뿌리나 개구리 같은 걸 먹으며 버텼을 수도 있어요. 혹은 어느 촌로의 집 헛간 같은 데 숨어서 사건이 잠잠해지길 기다렸던 걸지도 모르고요. 여하간, 그렇게 당신은 살아남았어요. 그러고는 이름도, 성도, 나이도, 모든 것을 바꾸고 살아갔겠죠. 하루가 지나고, 이틀이 지나고, 다시 한 달이 지나가고 두 달이 지나가고, 마침내 1년이 가고 2년이 가고…… 시간은 자꾸만 흘러 당신은 점점 더 2015년에 가까워졌어요. 로버트가 말한 건 바로 그거였던 거예요. 순식간에 과거로부터 벗어날 순 없지만, 적어도 서서히 미래를 향해 한 발씩 걸어올 수는 있다는 것.

그걸 깨닫고서 난 좀 울었던 것 같아요.

당신이 살아 있다는 사실이 믿을 수 없이 반가웠기 때문이에요.

여하튼, 그때부터 난 지나가는 모든 노인들을 한 번씩 뒤돌아봤어요.

얼굴에 시간이 새겨진 사람들.

과거에서 미래로 한 발자국씩 걸어온 그들.

삶 자체가 기나긴 시간여행이었을 그 많은 노인들.

그들 중 어느 누군가가 당신일지도 모른단 생각을 하며, 그들의 텁텁한 체취, 지친 듯 체념한 얼굴빛과 나무토막처럼 거칠어진 반점투성이 손을 유심히 쳐다봤단 말이에요. 그러다 보면 갑자기 한 노인이 빠르게 다가와 반갑게 내 손을 잡으며 "고마워, 내 노트를 읽어줬군!"이라고 외칠 것만 같았으니까요.

그런데 스티브, 더 중요한 이야기는 이제부터 시작이에요.

난 어쩌면 내가 당신을 직접 만날 수도 있다는 사실을 방금 깨달았어요. 그러니까 이 이야기의 모든 퍼즐이 맞춰지는 마지막 지점을 알아냈다는 뜻이죠!

그래요. 당신이 왜 굳이 미래로 돌아왔을까…… 나는 생각해봤어요. 사실 오지 않을 수도 있잖아요. 어차피 당신은 삶 자체를 포기하고 과거로 간 거였으니까요. 트루데 강 상류의 드높은 절벽에서 뛰어내릴 때 이미 되돌아오겠단 꿈 따윈 버린 거 아니었나요? 게다가 어떻게 보면 삶을 포기하는 것이 살아가는 것보다 훨씬 쉽지요. 과거에서 완전히 사라지려면 그냥 저수지 가장 깊은 바닥까지 자맥질해 내려간 다음 숨을 참고 있으면 돼요. 그러다 보면 폐부 깊숙이 물이 밀려들어올 테고, 점점 더 견딜 수 없는 상태에 도달하게 되겠죠. 그때쯤엔 이미 정신도 혼미해져, 당신은 고통조차 없이 눈을 감게 될 거예요. 신들이 권한 방법도 그거였어요. 그들은 그래도 당신이 조금이라도 덜 힘들게 생을 마치길 원했으니까요. 그러나 당신은 '미래로 오는 유일한 방법'을 택했어요. 즉, '살아남기'를 선택한 거죠. 하지만 그건 과거에서 사라져버리는 것보다 수천, 수만 배는 힘든 길이었어요. 당신은 일해야 했고 먹어야 했고 자야 했고 깨어나야 했고 알 수 없는 불안에 떨어야 했고 치유되지 않을 악몽에 시달려야 했어요. 미래를 잊은 아버지는 영원히 알 수 없을 검은 새들의 공포도, 오직 당신 몫이었죠. 모든 꿈과 슬픔, 상처가 오롯이 당신에게만 남아 있었다고요. 그런데, 그럼에도 불구하고, 당신은 하루, 또 하루, 그런 식으로 시간을 건너왔어요. 그럼, 도대체 왜 그랬던 걸까요?

혹시 그건…… 어린 아버지를 데려가기 위해서 아닌가요?

억측이라면 미안해요. 노트에도 적어놨듯이, 당신은 그저 세상을 구하기 위해 그런 일을 한 것일 뿐, 아버지를 구원할 마음 따윈 원래 없었던 걸 테니까요. 하지만 그래도 나는 왠지 알 것 같았어요. 당신이 왜 미래로 오길 원했는지.

왜냐하면 사람은 누구나 자기 부모의 부모가 되고 싶어질 때가 있는 법이니까요. 그건, 사랑해서 그러는 것도 아니고 미워해서 그러는 것도 아니죠. 그냥 그러고 싶어지는 것뿐이에요.

여하간, 그러니까 당신은 바로 그 순간만을 위해 시간을 건너온 거예요. 무려 20,805일이나 되는 날들을 살아내면서요. 오직 어린 아버지를 데려가기 위해. (아마도 그날을 위해 당신은 오랫동안 꼼꼼히 준비했겠죠. 2015년 어느 날 보호센터에서 그 소년을 데려가기 위해서 말이에요.)

글쎄요, 내 얘기가 헛소리라 해도 나는 상관 안 해요. 어차피 잠시 후면 모든 걸 확인할 수 있을 테니까요. 보호센터에선 이렇게 말해줬어요. 곧 먼 친척이라는 노인이 아이를 데리러 올 거라고. 별다른 의심도 없이 그들은 당신이 도착할 시간까지 정확히 일러주더군요. 그래서 난 결심했고요. 바로 그 시간에 거기 가서 당신을 기다려야겠다고 말이에요. 그러고는, 센터 부근 어딘가, 상가 입구 같은 데 몸을 숨기고 있다가, 소년이 웬 노인과 함께 걸어 나오면, 그 앞에 뛰어가 외칠 생각이에요. "반가워요, 스티브! 살아 돌아온 걸 축하한다고요!"

한 가지 부탁이 있다면, 그때 모른 척하지나 말아달라는 거예요. 이래 봬도 난 최선을 다했으니까요. 노트를 열심히 옮겨 적었고, 그걸 아이에게 전해주기 위해 노력했어요. 무엇보다도, 에버랜드 입구 나무 아래서 불쑥 솟아오른 소년을 처음 발견한 사람이 바로 나라는 사실을 잊지 말아주세요.

아, 이런. 시간이 벌써 이렇게 됐네요. 어서 출발해야겠어요!

그럼, 이따 봐요!

답장은 아르바이트생이 나간 다음에 도착한 것 같았는데, 무척 짧은 데다 이해도 가지 않는, 그야말로 선문답 같은 한 줄이었다.

RE : 그건 매우 좋지 않은 생각입니다. 왜냐하면 세계의 비밀과 덤프트럭 사이의 묘한 관계는 여전히 지속되고 있기 때문이지요. 그러니 계획을 바꾸십시오. 자기 자신을 아끼라, 이 말입니다.

다 읽은 뒤, PC방 주인은 잠시 망설였다. 하지만 이내 전원 버튼을 눌러 컴퓨터를 꺼버렸다. 나중에 —그러니까 젊은이에게 일어난 일을 전해 들은 다음에야— 모니터에 적혀 있던 것들을 다시 떠올리긴 했지만, 막상 그땐 자기가 봤던 계정을 기억해내지 못했다. 그래서 그는 그냥 입을 다물기로 작정했다. 어차피 별로 중요한 내용도 아니지 않은가. 청년에게 일어난 일은 가슴 아프지만, 그렇다고 메일에 적혀 있던 공상과학소설처럼 뜬금없는 내용들이 그 사건과 직접적 관련이 있어 보이지도 않았다.

그곳을 찾아왔던 경찰은, 젊은이가 자주 앉곤 했다는 자리를 유심히 돌아봤다. 생각에 잠긴 얼굴로 의자 등받이를 쓸어보더니 모니터 위에 손을 얹고는 한동안 가만히 서 있었다. 그러다가 문득 떠올랐다는 듯 주머니에서 뭔가를 꺼냈다. "이게 여기서 프린트한 건지 확인할 수 있을까요?" 받아서 펼쳐보니, 맨 위에 '닥터 싱의 네 번째 메일(마지막)'이라는 제목이 적힌 16절지였다. PC방 주인은 종이를 앞뒤로 살피고는 다시 돌려줬다. "글쎄요. 맞는 것 같기도 한데, 그렇다고 이런 프린터가 여기에만 있는 건 아니니까……." 그러자 경찰은 종이를 다시 차곡차곡 접어 안주머니에 넣었다. 그러는 그의 행동 하나하나에 깊은 슬픔이 깃든 듯 보여, PC방 주인은 좀 의아했다. 지구대 경찰이 오토바이를 타다 사고를 당한 청년에 대해 조사하며 이렇게까지 슬퍼하는 걸 본 적이 없어서였다.

"그럼…… 협조해주셔서 감사합니다." 인사를 남기고 돌아서는 강승현 경장을, PC방 주인이 불러 세웠다. "저기, 이거……. 그 청년이 두고 간 거예요." 그가 내민 것은 헬멧이었다. 경찰이 그걸 받아서 옆구리에 끼고 나갈 때, PC방 주인은 그의 눈시울이 붉어진 것 같다고도 생각했지만, 곧 고개를 저었다. 잘못 봤겠지. 혼자서 중얼거리며 그는 어두워진 PC방 내부를 천천히 둘러봤다. 간판 불을 켜야겠다는 생각을 하며.

*

삼계교 밑 사거리에서 일어난 사고 소식을 접했을 땐, 오후 다섯 시가 조금 지나 있었다. 하지만 종합상황실에서 내려온 무전을 받고 현장으로 향할 때만 해도, 강 경장은 자기가 앞으로 영원히 잊지 못할 어떤 광경을 마주하게 되리라곤 상상조차 하지 못했다.

사고 현장은 의외로 한산했다. 비가 주룩주룩 내리는 가운데, 거대한 덤프트럭 한 대가 도로경계석에 반쯤 걸쳐진 채 세워져 있을 뿐이었다. "브레이크가 말을 듣지 않았다고 합니다. 참, 술은 안 마신 것 같아요. 불어봤는데 안 나오더라고요." 먼저 도착해 현장을 정리하고 있던 순찰3팀의 이 순경이 외쳤다. 그가 가리키는 쪽을 보니, 트럭 기사가 선 채로 조사를 받고 있었다. 멀리서도 그가 덜덜 떨고 있는 게 보일 정도였다. 가까이 다가가보니, 젊은 기사는 울먹이고 있었다. "정말이에요. 갑자기 중앙선을 넘어오기에 브레이크를 밟았는데, 이게 말을 듣지 않는 겁니다. 어떻게든 피하려고 운전대를 꺾었지만……." 그러더니 그는 다시 흐느끼기 시작했다. 아직 신참임에 틀림없었다. 알았다고 고개를 끄덕인 뒤, 강 경장은 주위를 둘러봤다. 5미터쯤 떨어진 도로 구석에 부서진 오토바이의 잔해가 널려 있었다. "다친 애는? 어떻게 됐어?" 순간 이 순경의 얼굴이 어두워졌다. "벌써 119가 데려갔습니다. 그런데……." "그런데 뭐?" 그러자 이 순경이 옷소매 끝으로 이마를 훔쳤다. "……아마 힘들 것 같습니다. 그 학생 말이에요. 이건 뭐, 아주 박살이 나서……." 더 이상 말을 잇지 못하는 후배에게 강 경장은 손짓을 했다. "알았어. 됐으니까 그만 가봐."

한숨을 내쉬며, 그는 현장을 좀 더 둘러봤다. 이미 구급대가 왔다 간 탓에, 남아 있는 건 거의 없었다. 바닥에 하얀 스프레이로 그린 사람의 흔적과 드문드문 떨어져 있는 붉은 얼룩뿐. 그러니까 오토바이를 타고 달리던 그 젊은이는 덤프트럭과 충돌한 다음 붕 떠올라 수 미터를 날아서 저기, 저 하얀색 선 안으로 떨어졌다. 아마도 기적이 일어나지 않는 한, 그 아이는 다시는 눈을 뜨지 못하리라.

그때 누군가가 뒤에서 불렀다. 그는 자기가 견인차 기사라며 뭔가를 내밀었다. "이거 가져가십쇼. 그 오토바이 타던 학생 거 같던데."

그에게서 가방을 건네받는 순간, 강승현 경장의 머릿속에 뭔가가 번쩍, 했다.

뭐라 표현하기 힘든 불안하고 아득한 기분.

그리고 플래시백처럼 떠오르는 어떤 장면.

노랗게 머릴 물들인 젊은이가 지구대 문을 밀고 들어온다. 가방을 털썩 내려놓으며 담배를 피워도 되냐고 묻는다. 장면 속에서 가방이 커다랗게 확대된다. 그 옆엔 커다란 다람쥐 탈이 놓여 있다. 젊은이는 무척 피곤해 보인다. 땀에 젖은 머리칼이 이마에 착 달라붙어 있다.

강승현 경장은 서둘러 가방 지퍼를 열었다. 안은 텅 비어 있다. 그걸 다시 닫으려는 순간, 바닥에 노트 한 권이 보인다. 그는 그 노트가 무엇인지 잘 알고 있다.

순찰차 안에서 멱살을 잡힌 채 끌려 나온 남자는, 영문을 모르겠다는 표정으로 울부짖었다. "정말이라니까요. 그쪽에서 먼저 중앙선을 넘어왔다고요. 몰라요. 걔가 왜 그랬는지 내가 어떻게 아냐고요!" 강승현 경장이 차 문을 열고 덤프트럭 기사를 강제로 끌어 내린 건 순식간에 벌어진 일이었다. 어찌나 급작스러웠는지 옆에 있던 사람들이 말릴 틈도 없었다. 그는 다짜고짜 남자의 목덜미를 움켜쥐고 외쳤다. "너, 일부러 들이받은 거지? 그렇지? 뭐? 오토바이 탄 애가 먼저 중앙선을 넘어왔다고? 웃기지 마, 새끼야. 조사해보면 다 나와. 그러니까 빨리 말해. 누구 지시야? 어느 놈이 시킨 거냐고?" 마침내, 더 이상은 못 참겠다는 듯 기사가 소릴 지르기 시작했다. "시키긴 누가 시켜요? 이 아저씨가 돌았나? 정말 재수 옴 붙으려니 별일이 다 있네. 애새끼가 중앙선을 넘어 달려들질 않나, 미친 경찰이 날뛰질 않나. 하여튼 그냥은 못 넘어가. 내 가만 안 있을 거라고!" 소동이 난 걸 보고 황급히 달려온 이 순경이 둘을 떼어놓지 않았더라면, 아마 일은 훨씬 더 커졌을 것이다.

"……선배는 이따 들어오세요. 이분한테는 가면서 잘 설명할 테니 너무 걱정 마시고요." 이 순경이 트럭 기사를 태우고 출발하는 걸 보며, 강승현 경장은 가만히 서 있었다. 저쪽에선 보험사 직원으로 보이는 사람들이 현장 여기저기를 살피며 사진을 찍는 중이었다. 그는 자기가 제정신이 아니었다는 걸 인정했다. 이게 다 그놈의 '노트' 때문이다. 며칠 동안 밤마다 그걸 읽었으니, 그만 현실과 허구의 경계에서 길을 잃고 만 것이다. 주머니에서 담배를 꺼내려다 말고, 그는 멈칫했다. 참, 금연 중이었지. 긴 한숨을 내쉬며, 강 경장은 도로경계석을 넘어가 풀숲 한가운데 있는 바위에 걸터앉았다. 어느새 비가 그치고 구름 사이론 옅은 저녁 햇살이 비쳐 들고 있었다.

잠깐. 그런데 아르바이트생이 뭐라고 했더라? "왜냐하면 이젠 진짜 서둘러야 하니까요. 그 먼 친척이라는 자가 아이를 데려가기 전에 이 '노트'를 전해줘야 하기 때문이에요." 순간 그는 벌떡 일어서며 시계를 보았다. 아직 늦지 않았다. 지금 출발하면, 노인이 아이를 데리고 떠나기 전에 노트를 전달해줄 수도 있을 것이다. 그는 재빨리 순찰차에 올라탔다. 소년이 어디 머물고 있는지는 벌써부터 잘 알고 있었다. 그 애를 데려가겠다는 먼 친척이 나타났다는 사실까지도 미리 조사해뒀던 터이다. 차라리 내가 노트를 전달해주겠다고 먼저 제안했더라면? 그랬다면 아르바이트생의 운명은 달라졌을까? 그는 '과거'라는 시간엔 '만약 ~했다면'이라는 가정법이 성립하지 않는다는 걸 잘 알고 있다. 하지만 사람은 누구나 그 가정법적 질문에서 벗어나지 못한다.

24
에필로그

경기 서부권역 아동임시보호센터 건물은 교외의 8차선 대로변 논밭 한가운데 덩그러니 서 있었다. 밋밋하고 단조로운 2층 건물에 창문도 작아서, 얼핏 보기엔 물류센터의 창고처럼 보이기도 했다. 어디 앉아 있을 만한 데가 없나 주위를 둘러본 강승현 경장은, 정문에서 좀 떨어진 버스정류장으로 갔다. 거기 벤치에 앉아서 소년이 나올 때까지 기다릴 생각이었다. 의자에 털썩 주저앉자, 갑자기 피로가 밀려왔다. 저녁 햇살이 등을 따뜻하게 달구었다. 그는 노트를 옆에 내려둔 채 정류장 기둥에 몸을 기댔다. 서서히 눈꺼풀이 무거워졌다.

나뭇잎이 푸르던 날에 / 뭉게구름 피어나듯 사랑이 일고 / 끝없이 펴져나간 젊은 꿈이 아름다워 / 귀뚜라미 지새 울고 낙엽 흩어지는 가을에 / 아 꿈은 사라지고 꿈은 사라지고 / 그 옛날 아쉬움에 한없이 웁니다 어디선가 들려오는 낯익은 가락에 눈을 뜨니, 어느새 해가 뉘엿뉘엿 지고 있었다. 처음에 강승현 경장은 자기가 어디에 와 있는지조차 깨닫지 못했다. 그만큼 깊이 잠들었던 거다. 그러다 옆에 놓인 공책을 보고야, 그는 벌떡 일어섰다. 이런, 늦은 건가.

그때였다. 허둥대던 강 경장이 문득 멈춰 선 채 귀를 기울인 것은.

「꿈은 사라지고」. 그래, 이 노래. 1958년 용인. 스티브. 그가 항상 흥얼거리던.

저 앞 대로변의 좁은 인도를 따라 한 노인이 소년의 손을 잡고 걸어가고 있었다.

노래는, 노인이 부는 휘파람 소리였다.

갑자기 강승현 경장은 모든 걸 이해했다.

어쩌면 그저 이해했다고—퍼즐의 마지막 조각이 맞춰졌다고— 믿었던 걸지도 모르지만.

그는 빠른 걸음으로 조용히 다가갔다.

"박성철 씨……?"

그러나 노인은 뒤돌아보지 않았다.

"스티브? 혹시, 트루데에서 온 스티브, 아닙니까?"

노인은 여전히 그냥 걸어간다. 하지만 강 경장은 알아차렸다. 그의 발걸음이 아주 미세하게 멈칫했음을. 그때 소년이 뒤를 돌아보더니, 반가운 미소를 지었다. "아저씨? 저번에 그 경찰 아저씨 맞죠?" "그래, 그동안 잘 있었니? 할아버지를 찾았다기에 한번 와봤어."

그제야 노인이 걸음을 멈추더니 천천히 뒤돌아선다.

"무슨 일인지요?"

"저어, 당신을 알고 있습니다. 아니, 정확히는 당신의 진짜 이름을 안다고 하는 게 옳겠군요. 스티브? 스티브 맞지요? 이 노트의 주인."

노인의 대답을 기다리는 동안, 강승현 경장의 심장은 점점 더 빠르게 뛴다.

제발 대답해. 대답하라고. 진실을 알려달란 말이야.

"아니, 아닙니다. 사람을 잘못 본 모양이구려."

순간 온몸에 힘이 빠져, 강 경장은 옆에 있던 가로수를 손으로 붙잡는다.

"그러지 말고, 그냥 대답해주세요. 제발 부탁입니다. 이 아이가 당신의 아버지잖아요. 나는 다 알고 있다고요."

하지만 노인은 천천히 고개를 젓는다. 그러면서 머뭇대는 아이의 손을 꽉 잡는다.

"무슨 소릴 하는 건지……? 여하튼, 감사 인사를 드리겠소. 애를 잘 보호해주셨다는 걸, 센터에서 들었습니다. 그럼, 이만. 우린 기차를 타야 하는데, 시간이 다 되어가고 있다오."

노인과 아이는 다시 석양을 향해 걷기 시작했다. 그들의 긴 그림자를 보며, 강승현 경장은 멍하니 서 있었다. 그러다 문득 생각난 듯, 큰 소리로 노인을 불렀다. "잠깐만요! 잠깐. 거기 서세요!"

강 경장이 노트를 건네자, 노인은 오래도록 그걸 바라보기만 했다.

"자, 받으세요, 스티브. 하긴, 당신이 누구든 상관없습니다. 그냥 이걸 저 애에게 전해주세요. 이 노트 때문에 영원히 꿈에서 깨어날 수 없게 된 한 젊은이가 있으니까요."

그러자 뭐라 말할 수 없이 기묘한 표정을 지으며, 노인이 노트를 받아 들었다. 그가 목례를 하고 다시 걸어가는 것을, 강승현 경장은 끝까지 보고 있었다. 나중엔 지평선 너머로 그들이 사라지고 오직 긴 그림자만이 남을 때까지.

*

환자의 이름을 대자, 간호사는 얼굴도 들지 않은 채 대답했다. "중환자실로 가세요."

아르바이트생은 누워 있었다. 두 손은 가지런히 아래로 내린 채였다. 팔엔 여러 가닥의 링거 줄이 꽂혀 있고, 모니터에선 가느다란 녹색 선이 규칙적인 파동을 그리며 흘러가고 있었다. 오른손에 들고 있던 꽃다발을 한참 동안 바라보다가 강승현 경장은 털썩 주저앉았다. "최선을 다하고는 있지만…… 굉장히 힘든 상태라는 것만은 알아두십시오." 들어오기 전 만난 담당의사의 말을 떠올리며, 그는 깊은 한숨을 내쉬었다.

그때였다. 아르바이트생의 입술 끝이 살짝 움직인 것은.

강 경장은 벌떡 일어섰다. 황급히 간호사를 불렀고, 의사까지 달려왔지만, 달라진 건 아무것도 없었다. 낙심한 그에게 의사가 담담한 목소리로 말했다. "이런 환자의 보호자들이 가장 많이 보는 환상입니다. 정확히는, 일부는 환상이고 일부는 실제라고 할 수도 있겠네요. 그들은 환자가 깨어나길 간절히 바라는 나머지 그런 환상을 봅니다. 하지만 실제로, 그저 자율신경의 작용으로 손가락 끝이나 발가락 끝 같은 게 미세하게 움직일 때도 있지요. 하지만 모두 다 의식이 돌아오는 것과는 아무 관계가 없습니다. 그럼 어떡해야 하느냐고요? 글쎄요. 언젠가는 기나긴 잠에서 깨어나길, 이렇게 기다리는 수밖에 없지 않을까요?"

그러나 의사가 돌아간 뒤에도 강 경장은 자신이 본 것을 확신한다. 좀 전에, 비록 찰나였지만, 녀석은 분명 웃었다고. 하긴 누가 알겠는가? 아르바이트생이 엄청나게 좋은 꿈을 꾸고 있을지.

그래, 잘 자라. 하지만 너무 오래 잠들어 있진 말고.

조용히 문을 닫고 나오며, 그는 속으로 중얼거린다.

P. S.) See you when you get there.

서늘한 느낌에 눈을 뜨니, 벌써 두 시가 다 되어가고 있다.

이런, 너무 오래 잤잖아.

그는 점심시간마다 놀이공원 화장실 가장 안쪽 변기에 쭈그리고 앉아 잠깐씩 눈을 붙인다. 찬물로 세수를 한 뒤 다람쥐 탈을 쓰고 나오는데, 갑자기 어디선가 바람이 불어온다. 동시에 세상이 고요해지고, 거대한 플라스틱 나무 아래 먼지 섞인 회오리가 일더니, 그 한가운데서 소년이 나타난다.

아이는 겁에 질려 있다. 그러면서도 뭔가를 찾는 듯 사방을 두리번댄다.

"혹시, 이거 찾고 있니?"

아르바이트생이 다람쥐 옷 사이에 숨겨뒀던 노트를 꺼내자—그러면서 그는 잠시 의아해한다. '응? 내가 언제부터 이런 걸 가지고 있었지?'— 소년이 고개를 끄덕인다.

"어디 있었어요? 얼마나 오래 찾았다고요."

늦어서 미안하다고 사과하며 그는 아이에게 노트를 건넨다.

소년은 그걸 품에 안고 손으로 쓸어보더니 한 장씩 천천히 넘겨본다. 멀찍이서 보니, 공책은 온통 새하얀 백지다.

그때 아르바이트생이 천천히 중얼거린다.

"알지? 다른 세상에서라면 넌 다른 이야기를 쓰게 될 거야."

고개를 끄덕인 다음 아이는 놀이공원 정문을 향해 달려간다.

그 뒷모습을 한참 동안 바라보다 말고, 아르바이트생은 빙긋이 웃으며 손을 흔든다.

이상하게 마음이 홀가분하다고 생각하며, 그는 나지막하게 경사진 길을 걸어 내려간다.

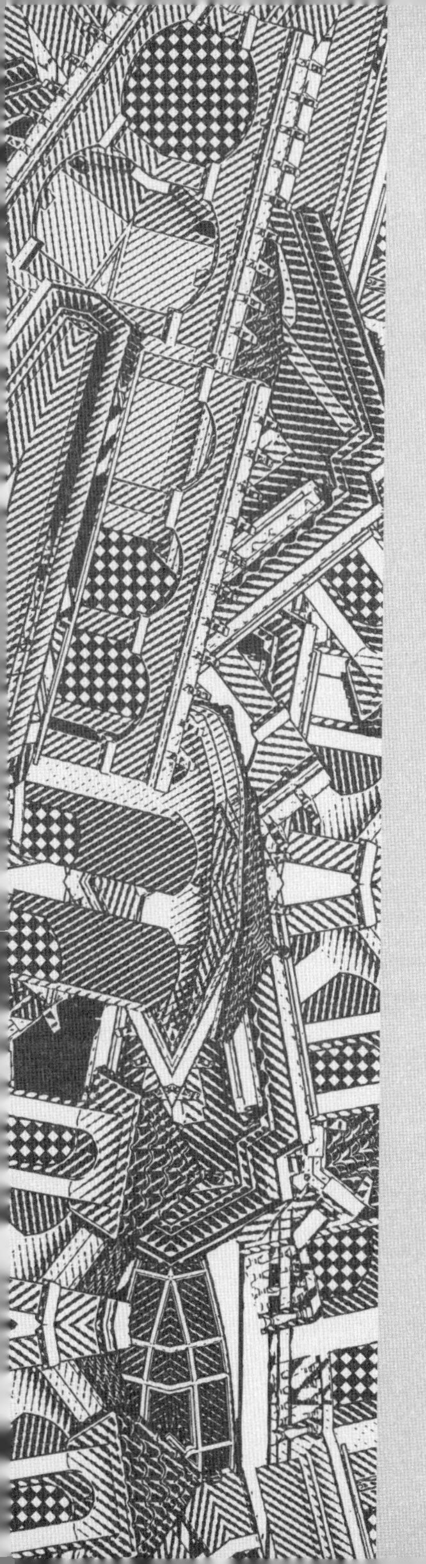

작품해설

이야기의 클리나멘, 클리나멘의 이야기
— 김희선 장편소설 『무한의 책』에 부쳐

복도훈

작가의 말

이야기의 클리나멘, 클리나멘의 이야기

— 김희선 장편소설 『무한의 책』에 부쳐

복도훈

0. 세상이 끝날 때까지……

……이제 일주일 남았다. 우선 나쁜 소식부터 전해야겠다. 3년 전에 스마트폰에 무차별적으로 깔린 계시revelation 앱의 예언처럼 2015년 12월 21일, 마침내 지상에 강림한 신들은 비로소 인간과 문자메시지로 소통하기 시작한다. 2016년 어느 날, 신들이 소설의 주인공 스티브(박성철)에게 경고하기로는, 그가 살고 있는 트루데의 채널 12번 방송에서만 방영되는 4D 광고가 보여주는 것처럼, 거대한 소행성이 빠른 속도로 지구로 다가오고 있으며 세상은 엔트로피의 임계점에 다다랐다는 것이다. 신들이 강림한 것은 그 소식을 전하기 위해서였다. 물론 지구 종말보다 덜 나쁜 소식도 있다. 종말을 막을 수 있는 구원자가 단 한 명 있는데, 그는 물론 신들이 보낸 황당무계한 메시지를

읽고 있는 스티브이다. 세상이 끝날 때까지 이제 일주일 남았다는 말은 이 세상을 구원하려면 아직 일주일이 남았다는 뜻이다. 신들에 따르면 지구가 멸망하는 임계점에 도달할 때까지 시공간에는 수많은 오류가 있는데, 그것이 처음 꼬이기 시작한 과거의 어느 시점으로 주인공이 되돌아가 얽히고설킨 매듭을 풀면 된다는 것이다. 그리하여 이야기는 비로소 시작된다. 필요하다면 타임워프를 통해 이 세계의 시공간을 뛰어넘어 과거로 거슬러 올라가거나 다른 시공간의 우주로 가야만 한다. 그리하여 우리가 소설의 첫머리에서 만날 인물은 자신이 1958년의 경기도 용인 소재 명진 고아원에서 왔다고 주장하는 한 소년이다. 그런데 이 소년은 2015년 어느 봄날, 다람쥐 탈을 쓴 한 아르바이트생의 목격담에 의하면 용인의 에버랜드 정문 부근의 거대한 플라스틱 나무 밑의 "땅에서 갑자기 쑥 솟아"났다고 한다(15쪽). 너, 누구냐? 소년은 소설의 주인공일까, 또 다른 인물일까? 2016년의 트루데와 1958년의 경기도 용인 그리고 2015년 봄의 경기도 용인은 도대체 어떻게 연결되어 있는 걸까? 지구 종말의 원인, 그것을 낳게 한 과거의 특이점은 무엇일까? 도대체 뭐가 이리도 복잡하고 어지럽게 보이는 걸까? 매듭을 하나씩 풀 수밖에 없겠다. 본격적으로 이야기를 시작하기 전에 이 소설의 편집증적인 작중인물이 자주 쓰는 말 한마디를 변주해 다음과 같이 꼭 덧붙이고 싶다. '이건 정말 비밀인데 말이야,' 『무한의 책』은 매우 재밌는 소설입니다.

1. 호모 나라토르homo narrator의 탄생

한 사람의 삶 속에는 얼마나 많은 삶이 숨어 있는 걸까. 하나의 시간 속에는 얼마나 많은 시간이 지층처럼 쌓여 있는 걸까. 하나의 우연적인 사건에는 얼마나 많은 필연들이 내포되어 있는 걸까. 그리고 하나의 이야기 속에는 얼마나 많은 이야기들이 담겨 있는 걸까. 김희선의 장편소설 『무한의 책』을 읽다 보면 이야기narrative는 인간 삶의 가장 기본적인 심급이며, 그것은 도처에 편재하는 신들이나 도심의 수많은 편의점처럼 "Every time Everywhere(언제나 어디서나)"(126쪽) 무수한 형태로 존재한다는 이치에 절로 고개를 끄덕일 수밖에 없을 것이다. 유한한 시간을 살아갈 수밖에 없는 존재인 인간에게 이야기란 시간 속에서 세계를 이해하는 수단이며, 돌이킬 수 없는 허무로 흘러가는 삶의 어떤 순간들을 건져 올려 특별하게 의미 있게 조직하는 방법이다. 나아가 이야기는 시공간에 속박된 인간으로 하여금 전혀 다른 차원의 시공간으로 건너갈 수 있도록 도와주는 메신저이기도 하다. '이야기는 단지 거기에, 삶 그 자체처럼 존재한다'는 롤랑 바르트의 말은 이런 뜻이리라. 그리고 김희선 소설의 인물들은 무엇보다도 '이야기하는 인간Homo narrator'이다. 그들은 자신들이 만들어내는 바로 그 '이야기'이다.

첫 단편집인 『라면의 황제』에서 능란하게 보여줬던 것처럼 김희선 소설의 주인공들은 한마디로 '관심의 제왕'들이다. 끊임없이 타자의 이야기에 호기심 있게 귀를 기울이고, 능청과 딴청을 부려가면서 사건 A와 B의 인과관계를 추적하며, 인과관계가 불확실하다 싶으면 출처 불분명한 지식, 잡학의 콜라주, 음모론, 가설 등 갖은 마술을 동원하여 어떤 식으로든 이야기를 만들어가는 자들. 민족, 역사, 이념 같은 큰 이야기에는 주목하지 않는 대신에 양탄자의 여행과 라면의 기원과 종말처럼 남들이 별로 관심을 갖지 않거나 쓸데없다고 여기는 곁 이야기에는 가히 열정과 재능을 바치는 오타쿠들. 마치 이야기란 별 볼 일이라곤 없는 우리네 삶이 여전히 살아 있다는 것에 대한 증거라도 되는 양 이 덕질의 제왕들은 신나게 이야기를 듣고 꾸며내고 전파한다. 그리하여 김희선의 소설에서 말이 없는 존재란 죽은 자, 유령에 불과하다(『무한의 책』에서는 살았는지 죽었는지 다소 모호하게 처리되어 있는 스티브의 어머니가 그러하며, 트루데의 유령 타워를 떠도는 로저 코먼의 말없는 유령이 그러하다). 심지어 『무한의 책』에서는 신들도 인간과 문자메시지를 주고받으면서 이야기하기를 무척 좋아한다!

『무한의 책』은 첫 단편집에서 이야기를 빚어냈던 작가 특유의 솜씨가 유감없이 발휘된 장편소설이다. 스물네 개의 장으로 이루어진 이 소설은 얼마나 많은 다른 인형들이 숨어 있는지 도무지 짐작할 수 없는 마트료시카 인형을 닮았다. 이야기 속에 이야기가 있고, 그 이야기 속에 다른 이야기가 또 있다. 소설의 구조는 흡사 "각봉투⊃각봉투⊃각봉투⊃각봉투⊃각봉투⊃각봉투⊃각봉투⊃각봉투⊃각봉투⊃가장 작은 각봉투"(123쪽)의 형식으로 짜여 있다. 이야기들은 릴레이 경주 주자들처럼 서로에게 바통을 넘겨주면서 번역, 각색, 창작 등으로 생성된다. 구체적으로는 아래와 같은 형태이겠지만 이것도 내가 무리해 축약한 것이다. 주인공을 포함한 소설의 작중인물들은 저마다 조금씩 개성이 다르지만, 한 가지 면에서는 분명히 일치한다. 이들 모두 이야기를 읽거나 듣고 만들거나 각색하고 전하는 '메신저'이다.

T. 샤르댕 신부 ☞ 로버트 ☞ 스티브 ☞ 소년 ☞ 아르바이트생 ☞ 강승현 경장 ☞ 노인/소년
(미발표 원고) ⤻ (원고 전달) ⤻ (노트) ⤻ (노트) ⤻ (번역 · 창작) ⤻ (노트 전달) ⤻ (노트)

T. 샤르댕 신부가 쓴 미발표 원고 『종교와 생물학의 통일장 이론에 관하여』가 『무한의 책』의 출발점에 있는 원본 텍스트처럼 보이지

만, 이 텍스트조차 신이 파충류일 거라는 둥, 안젤리코 델 지오반니가 히에로니무스 보스로 살아갔을 거라는 둥 황당무계한 유추와 콜라주로 만들어진, 한마디로 근본이 없는 텍스트이다. 게다가 주인공은 이 책을 나중에 파묻는다. 원본은 사라지고 만다. 그렇기에 『무한의 책』의 장르적 속성이나 특징을 정의한다는 것은 한마디로 무모한 일일 것이다. 『무한의 책』은 목격담, 회고, 소설, 심문, 신문기사, 칼럼, 책 인용문, 포스트, 대화, 꿈, 편지, 이메일, 문자메시지, 주註, 부록, 위키피디아, 참고문헌 등등의 다양한 서술로 이루어져 있으며, 그것들은 또한 책, 신문, 진술서, 블로그, 편지, 이메일, 핸드폰 등의 각종 매체를 통해 전달되고 있다. 전달 방식도 독특하다.

예를 들면 7장 「다람쥐 탈을 쓴 아르바이트생」에서는 아르바이트생이 영어사전을 뒤적이면서 스티브가 쓴 문장을 노트에 번역해 옮긴 내용과 그에 대한 꿈, 그리고 PC방에서 쓰다가 만 글을 서술자가 마치 신이라도 되는 양 엿보고 있다(“우리”〔106쪽〕로 정체를 슬쩍 드러내는 서술자는 누구일까. ‘우리’는 트루데에 강림한 공룡 신들인 ‘보리스’와 ‘아르까지’로 추정되지만, 『무한의 책』의 작가, 소설을 읽는 내포독자, 무엇보다 당신과 나라고 해도 무방할 것이다). PC방 컴퓨터 모니터에 떠 있는 글은 샤르댕 신부의 미발표 원고 『종교와 생물학의 통일장 이론에 관하여』의 일부분과 그와 관련되어 일어난 사건을 일인칭 시점에서 기술한 로버트 와인버그의 첫 번째 블로그 포스트이다. 그리고 두 번째 포스트로 넘어가기 전에 위키피디아의 ‘필트다운인 위조 사건’ 항목이 서술된다. 두 번째 포스트는 이번에는 로버트가 전지적 작가 시점을 취하고 자신이 작중인물로 출연한 소설이다. 순서를 매겨보자면 이렇다.

{서술자 (아르바이트생 [로버트 와인버그의 논픽션 ⊂위키피디아⊃ 픽션] 아르바이트생) 서술자}

그런데 로버트는 자신의 경험담을 왜 첫 번째 포스트에서는 논픽션으로, 두 번째 포스트에서는 픽션으로 썼을까. 로버트에게는 그럴 만한 사정이 있었는데, 그것은 3장 「계시」의 〈주 1〉에서 '나'(스티브)에 의해 적혀 있다. '나'에 따르면 로버트는 폐수를 무단 방류하던 화학약품 공장에 대한 르포르타주를 썼다가 천문학적 금액이 걸린 명예훼손 소송에 휘말리게 되었고, 나중에 법정에서 그것이 전부 픽션이었노라고 변명했다. 로버트는 그 충격으로 망상과 육체적 질환을 얻게 되었던 것이다.

이처럼 『무한의 책』에서 사방으로 자유롭게 분기하는 무수히 많은 이야기는 마침내 머리와 꼬리가 서로를 물고 있는 우로보로스의 형상으로 변한다. "과거를 현재처럼 느끼거나 혹은 아직 오지 않은 미래를 과거로 착각하는 기이하고도 이상한 질환"(76쪽)은 주인공 스티브만의 것이 아니다. 그것은 김희선의 소설을 읽는 당신과 내게도 종종 찾아드는 인지적인 혼란이다. 그러나 그 혼란은 쓸모 있는, 유쾌한 혼란이다. 만일 당신이 테드 창의 SF 『당신 인생의 이야기』를 읽었거나 그 원작을 토대로 만든 드니 빌뇌브의 영화 「컨택트」를 보았다면 당신은 소설과 영화에 등장하는 헵타포드 외계인의 신비로운 표의문자, 곧 과거와 현재와 미래가 중첩되고 뒤섞이는 비선형적인 시간을 담은 문자 앞에서 느꼈던 진귀하고도 경이로운 혼란을 『무한의 책』을 통해 다시금 경험한다고 해도 좋을 것이다(떠올려보니 타원형의 우로보로스와 헵타포드의 문자는 꽤 닮기도 했다). 그렇기 때문에 기원전 4세기경에 살았던 에피쿠로스는 자신의 사상을 요약해

제자에게 보내는 한 편지의 핵심적인 대목에서 김희선의 소설에 대해 아래와 같이 논평했던 것이다.

> (김희선의 소설에서) 이야기들은 영원히 운동한다. 이야기들 중 어떤 것은 아래로 곧장 떨어지고 어떤 것은 비스듬히 떨어지고 다른 것은 충돌해서 위로 튕긴다. 그리고 튕겨 나가는 것들 중 어떤 이야기들은 서로 멀리 떨어지게 되는 반면, 어떤 이야기들은 다른 이야기들과 엉키거나 주위를 둘러싼 이야기들에 갇혀서, 한곳에 정지해서 진동한다. 왜냐하면 각 이야기는 공백에 의해 다른 이야기와 구분되며, 공백은 이야기의 운동을 방해할 수 없기 때문이다. 이러한 이야기는 출발점arche을 가지지 않는다.[1)]

위의 문장들은 김희선의 소설에 대한 최초의 그리고 중요한 역사적 언급이라 특별히 여기에 인용할 만한 가치가 있다. 원자론자인 에피쿠로스는 세계의 생성원리로서의 클리나멘clinamen을 이야기한다. 클리나멘은 가령 빗방울이 아래로 떨어지면서 다른 빗방울과 부딪치거나 얽히고 되튕기는 등 수직의 낙하에서 비스듬히 이탈하는 원자의 운동을 설명하기 위해 고안된 개념이다. 그런데 인용문에서 넉넉히 짐작할 수 있듯이 에피쿠로스는 실제로는 『무한의 책』에서 무수히 분기하고 충돌하고 간섭하고 변형되어 새로이 생성되는 이야기들의 브라운 운동에 매혹되어 자신의 원자론을 구상했던 것이다. 확실히 말해두겠다. 김희선의 『무한의 책』은 '이야기의 클리나멘, 클리나

1) 왜냐하면 이야기와 공백이 그 운동의 원인이기 때문이다. (에피쿠로스, 『쾌락』, 오유석 옮김, 문학과지성사, 1998, 56-57쪽) 원문의 '원자'를 '이야기'로, '허공'을 '공백'으로 바꿨다.

멘의 이야기'라고.

장르적으로 볼 때, 『무한의 책』은 세상이 끝나려면 이제(아직) 일주일 남았다고 경고하는 지구 종말의 묵시록일까? 구원의 비밀을 쥐고 있는 주인공 주변에 비밀스러운 음모가 전개되고 모반의 작당이 움직이는 음모 서사일까? 지구 종말을 초래하게 한 특이점을 찾아 그 매듭을 풀려고 서로 다른 시공간을 넘나드는 시간여행 SF일까? 아니면 주인공과 작중인물들이 희극적인 과대망상으로 체험한 것을 기록한 편집증 서사일까? 소설에 등장하는 실제와 가공의 텍스트에 대한 해석망상일까? 해석망상이라…… 그래서였을까? 『무한의 책』은, 이 독특하고 희한하며 괴상한…… 정체 모를 미확인 소설을 독자들보다 먼저 읽었던 내게 경고하는 것처럼 보였다. "충고 하나 해줄까? 앞으론 책을 읽을 때, 과연 이걸 내가 감당할 수 있을까, 라는 질문을 스스로에게 먼저 던지는 게 좋을 거야."(57쪽) 나 또한 '과연 이걸 내가 감당할 수 있을까' 질문만 거듭하다가 마감기한을 넘겨 이 지경에 이르렀다.

2. 브리콜라주, 편집증, 음모 서사

우선 『무한의 책』은 일일이 열거하기도 힘들 정도로 때로는 명시적으로 때로는 모호하게 출처가 드러나고 감춰지는 수많은 문학, 영화와 드라마, 회화, 가요, 과학도서 등의 텍스트를 밑절미로 삼는 소설임을 말해둬야겠다. 그리고 이 텍스트들은 『무한의 책』에서 새롭게 변주되는데, 모티프나 소재, 이미지가 차용되는 정도가 아니라 원본과는 전혀 다른 용도로 활용되어 마술적인 세계를 콜라주한다.

① 문학 : 한 몸뚱어리로 세 개의 삶을 살았던 인간의 비극을 그린

소포클레스의 『오이디푸스 왕』, 오이디푸스처럼 자신의 진정한 정체성을 찾기 위해 도처에 숨어 있는 비밀 신호들을 하나씩 해독해가면서 여행을 떠나는 한 중년 여성의 모험담인 토머스 핀천의 『제49호 품목의 경매』, 자신의 집을 방문하는 낯선 자들에게서 외계인의 징후를 감지하는 음모 소설인 보리스와 아르까지 형제의 SF 『세상이 끝날 때까지 아직 10억 년』, 새들이 끊임없이 자신의 귀에 대고 욕설을 퍼붓는 환청을 앓는 법관 출신의 정신병자인 슈레버가 쓴 회고록 『한 신경병자의 회상록』, 트루데라는 지명의 출처인 이탈로 칼비노의 환상소설 『보이지 않는 도시들』, 테드 창의 SF 『당신 인생의 이야기』 등등.

② 영화와 드라마 : '진실은 저 너머에'라는 모토로 유명한 외계 납치 서사인 미국 드라마 「X-파일」, 자신과 가족을 괴롭혀왔던 사장을 외계인으로 간주해 납치하고 지구를 구한다는 편집증적인 망상을 앓는 주인공이 등장하는 장준환 감독의 영화 「지구를 지켜라!」, 로버트 하인라인의 SF 단편 「너희 모두 좀비들」을 원작으로 한, 주인공이 시간여행을 통해 서로 다른 정체성을 갖고 있는 자신과 만나는 놀라운 스토리와 반전을 담고 있는 마이클 피터 스피어리그 형제의 영화 「타임 패러독스」 등등.

③ 회화 : 에덴동산 같은 곳에서 악마와 인간을 삼키는 거대한 짐승, 새의 부리를 한 형상의 천사, 나태와 쾌락에 찌든 인간 군상 등이 저주받을 황음탐락荒淫耽樂에 동참하는 광경을 초현실적인 화풍으로 묘사한 히에로니무스 보스의 「지상의 환락의 정원—지옥 편」, 흰 바탕에 검은 사각형 하나만 덩그러니 얹고 나서 20세기 아방가르드 회화의 선구자가 된 카지미르 말레비치의 「검은 사각형」(1915). 덧붙임 : 『무한의 책』에서 「지상의 환락의 정원」에 "이것이 세상의 비밀이다"(67쪽)라는 글귀가 새겨졌다고 하는데, 물론 작가가 지어낸 것이다.

대신에 「검은 사각형」에는 '어두운 동굴 속 니그로들의 전투'라는 글귀가 새겨져 있다는 사실이 최근에 밝혀졌다. 이 글귀는 알퐁스 알레의 「검은 사각형」(1882)에 새겨진 글귀인 '어두운 터널 속 니그로들의 전투'를 패러디한 것이라고 한다.

④ 노래 : KBS 라디오 드라마 「꿈은 사라지고」(1958)의 동명 주제곡으로 안다성과 KBS 합창단이 불렀으며, 이듬해 영화로도 만들어졌다. 노래 가사는 『무한의 책』에 수차례 등장하는데, 1958년 소련 우주국 위성안테나에 그 첫 신호가 잡힌다. 소설에서는 1958년 용인에 도착한 스티브의 위치를 환기시킬 때 「꿈은 사라지고」가 들린다. '나뭇잎이 푸르던 날에 / 뭉게구름 피어나듯 사랑이 일고 / 끝없이 퍼져나간 젊은 꿈이 아름다워 / 귀뚜라미 지새 울고 낙엽 흩어지는 가을에 / 아 꿈은 사라지고 꿈은 사라지고 / 그 옛날 아쉬움에 한없이 웁니다'.

『무한의 책』에 등장하거나 참조되는 회화와 노래가 각각 주인공을 둘러싼 음모와 환각의 지옥도의 배경을 묘사하거나 그 세계 너머에 있는 다른 세계에 대한 동경을 환기하는 장치로 기능한다면, 문학과 영화 등은 인물들의 심리적 메커니즘을 형상화하고 플롯을 직조하는 데 소용된다. 2017년도의 한국 소설의 현장에서 레디메이드 문화상품을 새로운 형상의 성좌로 재배치하는 브리콜라주 텍스트 만들기는 더는 낯선 서사기법이 아니다. 이미 「지구를 지켜라!」와 박민규의 편집증적 소설, 듀나의 SF 그리고 작가 자신의 단편 등에서 모범적이고도 흥미롭게 선보인 바 있는 브리콜라주는 레비스트로스가 말한 것처럼 쓸모없게 된 파손된 부품이나 설계에 맞게 쓰고 남은 자투리를 갖고 원래의 용도와는 전혀 다른 물건을 만들어내는 기법이거나 그 기법의 산물을 뜻하는 개념이다. 『무한의 책』은 당연히 브리콜라주bricolage 소설이지만, 더 공정하게 말하면, 브리콜라주적 상상력이 공룡의 제왕이라 할 만한 티라노사우루스급으로 집대성된 소설이다. 한 예로 신들이 어떻게 형상화되었는지를 살펴보자.

『무한의 책』에서 티라노사우루스를 닮은 신들의 이름인 '보리스'와 '아르까지'는 앞서 말한 것처럼 『세상이 끝날 때까지 아직 10억 년』의 저자들의 이름에서 따온 것이다. 물론 공룡을 닮은 신들의 이미지는 샤르댕 신부의 미발표 원고에서 언급되는 화가 안젤리코 델 지오반니, 곧 히에로니무스 보스의 초현실주의적 그림 「지상의 환락의 정원—지옥 편」에 등장하는 새의 부리를 한 천사, 스티브가 어린 시절에 『소년중앙』의 특별부록에서 본 공룡도감, 스티브의 아버지(박영식)가 환각 속에서 보았다는 괴물 새에 대한 이야기, 스티브가 일하던 도축 공장 '브리티시 미트 앤 컴퍼니'의 돼지들, 마찬가지로 그가 키우던 앵무새 제트 등의 파편화된 이미지들이 어지럽게 결합되어 만들어진 것이다. 신부의 회고록에 따르면 신은 파충류를 닮았다. 만일 신이 자신의 형상으로 인간을 만들었다는 「창세기」의 진술이 맞다면 신들은 분명히 파충류의 형상으로 지상에 도래할 것이다. 그런가 하면 스티브의 아버지와 스티브를 내내 괴롭히는 악마적이고도 환각적인 새의 이미지도 또한 앞서 열거한 출처로 만들어진 것이다. 이렇게 만들어진 신들은 지구의 종말을 경고하는 선신인 동시에 1980년 5월 광주에서 끔찍한 짓을 저질렀던 아버지 그리고 아버지로 인해 고통을 받는 아들에게는 악신이기도 하겠다. 마찬가지로 인간은 신=파충류의 양가적인 본성을 지닌 존재로 그 정체를 드러낼 것이다.

한편으로 『무한의 책』의 브리콜라주적 상상력은 상상력에 재료를 제공한 수많은 텍스트에서도 짐작되는 것처럼 편집증적인 망상을 앓고 있거나 음모에 시달리는 주인공과 작중인물의 믿거나 말거나 세계 인식과 무관하지 않다. 그들은 단지 망상을 앓는 존재들이 아니다.

그들은 바로 그 자신의 '망상'이다. 스티브를 비롯, 스티브의 아버지, 샤르댕 신부, 신부를 위험에서 구하고 그의 회고록을 집필하는 전직 기자 로버트 와인버그, 스티브의 직장 동료이거나 친구들인 챙, 구티에레즈, 스티브에게 수수께끼 같은 말을 하는 트랜스젠더 노인인 미스 왕(그는 『오이디푸스 왕』의 양성 인간이자 예언자인 테이레시아스를 닮았다), 마약을 함께 했고 스티브에게 일어난 일가족 살인 사건의 목격자였던 디디, 1980년 군복무 시절 아버지의 부하였다고 말하는 도축장의 정 씨, 신부를 살해하는 음모에 가담하고 로버트와 스티브의 뒤를 쫓는 명령을 내리는 교황청의 추기경들, 로버트의 비밀 메시지를 스티브에게 전하는 편의점 아르바이트생 싱, 지구가 멸망할 것이고 구원자는 스티브 너라고 말해주는 신들인 보리스와 아르까지, 그리고 2015년 용인 에버랜드에서 정체불명의 소년을 발견하는 아르바이트생 모두.

그렇다고 『무한의 책』이 그저 망상의 산물이라는 뜻은 아니다. 오히려 나는 이 소설이 실제와 망상의 위계 및 이분법을 해체하고, 망상은 실제와 똑같이 존재할 권리를 주장하며, 결국에는 그 권리를 성취한다고 주장하고 싶을 정도이다. 주인공을 비롯한 작중인물들의 망상은 비현실이 아니라 현실의 한 비밀을 드러낸다. 음모로 가득 찬 것은 작중인물이라기보다는 그들을 둘러싼 현실이다. 『무한의 책』에서 가히 이야기 이어달리기 주자走者들이라고 할 만한 작중인물들의 편집증적 망상은 개별적이면서도 집단적이다. 이들이 앓고 있는 분열증, 편집증, 해석망상에서 세계는 하나가 아니다. 그들은 저마다의 다중적인 세계를 산다. 그럼에도 세계에 대한 이들의 기분이나 감정은 고립무원의 밀실공포에 가깝다. 그들은 돌이킬 수 없는 과오가 저질러진 과거와 기약 없는 미래의 틈바구니에서 이러지도 저러지도 못한 채 얼어붙은 이중구속double-bind의 현재를 살아간다. 작중인물들을 둘러싼 이러한 처지가 『무한의 책』이 환기하는 동시대적인 리얼리티가 아닐까. 트루데의 도축 공장에서 일하는 스티브와 용인의 아르바이트생은 서로 다른 평행우주에 속해 있다. 하지만 '세계화의 현실'에서 볼 때, 그들은 미래도, 꿈도, 삶의 다른 가능성도 없이, 한마디로 '세계 없이' 오늘만 살고 있다. 있어도 그만 없어도 그만인 그들은 세계가 가짜fiction 취급하는 단자들이다. 그들의 운명은 닮았다.

그럼에도 스티브는 다음과 같은 순서로 자신을 망상 취급하는, 세계 없는 세계에 의미를 부여할 것이다. 이것이 『무한의 책』의 플롯을 순차적이면서도 중층적인 방식으로 만들어나갈 것이다(여기서 플롯plot이 아리스토텔레스의 『시학』에서 음모를 의미한다는 것도 지적해야겠다). 첫째, 마약재활병원을 나와 몰락해가는 도축 공장에서 미래 없이 지내는 한국인 청년 스티브에게 로버트와의 만남 등으로 새롭게 의미를 부여받기 시작한 세계는 서서히 종말 또는 구원의 기로에 놓여 있는 알레고리적인 대상으로 변한다(종말 서사). 둘째, 단편적이고도 파편화된 채로 존재했던 주변 세계와 인물들을 일관된 이야기로 통합하면서 스티브에게 의미심장했던 불운의 원인을 진지하게 탐색하게 된다. 그리고 이를 통해 자신을 둘러싼 세계가 거대한 음모와 위협의 순간들로 이루어졌음을 지각하며, 모든 행동은 그에 대한 주의 깊은 대응으로 나타나게 된다(음모 서사). 셋째, 최종적인 자기 확신과 결단을 통해 개별자의 망상을 집단적인 구원의 진정한 계기로 삼는다. 세계는 보다 뚜렷하게 종말과 구원의 기로에 놓여 있게 되며, 『무한의 책』에서는 타임루프라는 방법을 통해 개별자를 사로잡았던 고통과 불안을 해소하는 동시에 모든 불행의 기원이 되는 과거 임계점의 매듭을 풀고자 한다(시간여행 서사).

3. 슈뢰딩거의 고양이 소설

소설fiction은 현실의 평행우주parallel world라는 생각을 종종 해본다. 어렵거나 특별한 생각은 아니다. 우리가 살아가는 현실과 닮은 상상적인 우주로서의 소설, '만일 ~했더라면'의 반사실적 조건문에서 태어난 또 하나의 현실, 로버트 프로스트의 시 「가지 않은 길」의 화자가 두 갈림길 가운데 하나를 선택했던 순간에 영원한 가능성으로 뒤에 남겨지고 말 또 다른 인생길. 흰 종이와 검은 활자로 무한히 증식한다는 장점은 있으나 독서하는 우리의 상상 이외에는 어떤 것도 들어갈 수 없는 또 다른 세계. 그래서 소설은 현실을 닮았고, 현실은 소설을 닮았다고들 한다. 그런데 어떤 소설은 평행우주를 통해 아예 다른 모험을 감행하려고 한다. 평행우주는 더는 소설의 닮은 말이 아니다. 이제 평행우주가 소설의 배경이 되며, 소설이 창조한 바로 그 현실이 된다. 우리는 이런 소설을 SF라 부른다.

SF 가운데에서도 소프트 SF라고 할 만한 『무한의 책』에는 세 개의 서로 다른 평행우주가 중첩된다. 2016년의 트루데, 1958년의 용인 그리고 2015년의 용인. 그런데 이것들은 하나의 세계, 동시대의 지구 안에 존재하는 서로 다른 세 개의 시공간이 아니다. 2016년의 트루데와 1958년 또는 2015년의 용인은 만일 하나가 없다면 다른 하나도 존재하지 않을 세계이다. 한 세계가 다른 세계에 대해 평행우주인 것이다. 평행우주를 낳게 한 '슈뢰딩거의 고양이' 가설에 의하면 양자역학적인 상황에서 독이 든 상자 안에 갇힌 고양이는 살아 있는지 죽어 있는지 그 자체로는 알 수 없다. 살아 있을 수도 있고 죽어 있을 수도 있는 잠재성으로서의 고양이는 뚜껑을 여는 실험자의 개입으로 둘 중의 하나, 곧 살아 있거나 죽은 고양이로 결정된다. 즉 입자로 결정되기 전까지 고양이는 파동으로 존재하며, 파동의 위상이 일치하지 않을 때 고양이는 죽은 고양이로도 산 고양이로도 존재할 수 있다. 죽은 고양이가 존재하는 세계와 산 고양이가 존재하는 세계는 서로에 대해 평행우주이다. 2016년의 트루데에는 지구 종말이 임박했으며, 그 세계의 파멸을 막기 위해서라면 소설의 주인공 스티브는 다른 세계, 1958년의 용인으로, 이어서 2015년의 용인으로 건너가야만 한다. 말하자면 1958년과 2015년의 용인은 스티브와 더불어 새롭게 창조되는 것이다. 그렇다고 2016년의 트루데에서 벌어지는 이야기가 원본이며, 1958년과 2015년의 용인에서 벌어지는 이야기가 복제본이라는 의미는 아니다. 우주는 다른 우주에 대해 평행우주일 뿐이다. 『무한의 책』의 마지막 부분, 덤프트럭 교통사고를 당한 아르바이트생의 꿈에서 그가 소년에게 넘겨주는 공책은 "온통 새하얀 백지"일 것이다. "다른 세상에서라면" 소년은 "다른 이야기를 쓰게 될"(488쪽) 것이므로. 이것을 세 개의 시공간이 맞물리는 벤다이어그램의 형태로 그려보고자 한다.

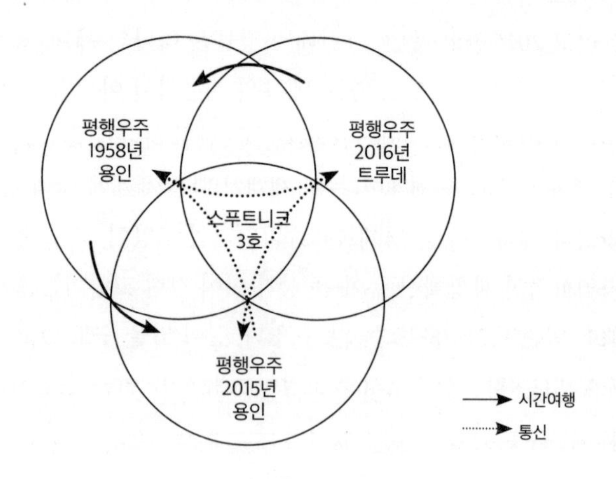

주의할 것은 세 개의 상이한 시공간이 중첩되는 곳에 '여행의 동반자'라는 뜻을 갖고 있는 소련의 우주선 스푸트니크 3호가 자리 잡고 있다는 것이다. "때로 어떤 전파는 시공간을 뛰어넘어 전달되기도"(170쪽) 하는데, 스푸트니크 3호가 바로 그 역할을 맡으면서 궁극적으로는 세 개의 시공간을 연결해주는 중계자 역할을 했던 것이다. 스푸트니크 3호와 관련하여 샤르댕 신부가 로버트에게 증언한 것을 상기해보도록 하자. 신부가 창조과학 세미나에서 만났던 레오니드 몰로디노프 박사는 신부에게 숫자가 적힌 중요한 쪽지를 하나 건네주면서 1958년 소련 우주국 위성안테나에 "이상한 문자와 숫자, 음조 등이 조합된" "외계로부터의 신호"가 스푸트니크 3호를 통해 전달되었다고 말한다. 지구인 남성의 목소리와 유사한 것으로 밝혀진 그 음성은 2015년 12월 21일 신들이 지구에 도착하고, 곧 우주에 종말이 닥친다고 절박하게 경고하고 있었던 것이다. 그리고 "이상하게 마음이 아파오고 심장이 텅 비어버리는 것 같은"(114쪽) 구슬픈 노래도 함께 들렸는데, 물론 그 노래는 「꿈은 사라지고」이다. 그렇다면 쪽지에 적힌 숫자는? 바로 그 숫자 덕택에 로버트는 스티브를 만날 수 있었던 것이다.

문제의 숫자 2015-0666은 스티브의 전화번호였으며, 1958년 용인에 도착한 스티브는 자신의 번호로 정체 모를 누군가가 보낸 메시지를 받게 된다. 그것은 스티브 자신, 아니 아버지, 아니 인류를 구원해야 할 절체절명의 사명을 지닌 채 고독하게 용인의 한 허름한 여인숙에 누워 있던 구원자 스티브를 격려하는 단 하나의 메시지였다. 그러나 메시지를 보낸 누군가에게 답신을 보내려는 찰나 핸드폰이 꺼져버렸으며, 그때 스티브의 울부짖는 음성이 결국 그가 우주로 보낸 마지막 신호가 되었던 것이다. 스푸트니크 3호에 정체 모를 신호들이 잡힌 지 얼마 되지 않아 들렸던 "안 돼! 안 돼! 이건 정말 아니잖아! 제발, 다시 켜지라고!"(115쪽), "안 돼! 안 된다고! 이럴 순 없어!"(325쪽)라는 음성이 바로 그것이었다(첫 번째 음성은 두 번째 음성의 번역이다). 그렇다면 스티브에게 격려의 메시지를 보낸 것은 누구인가? 더는 숨길 것도 없다. 스티브의 노트를 번역하는 2015년 용인의 아르바이트생. 그는 인류 구원의 사명을 지고 1958년의 용인에 도착한 스티브에게 메시지를 보낸다. 물론 스티브가 보리스와 아르까지로 이름 붙인, 하나인 동시에 여럿으로 편재하는 신들이 아르바이트생의 귀에 대고 직접 들려준 음성 덕택이다.

> 그럼으로써 너도 계시의 완성에 기여하게 되는 거야. 그러니 어서 문자를 보내줘. 흔들리는 스티브에게 용기를 주라고. 그러지 않으면……. 그러지 않으면요? 그러지 않으면 네가 지금 발 딛고 선 이 세계가 사라질 거야. 쥐도 새도 모르게, 없어지는 줄도 모른 채 모든 게 무無로 화하겠지. (469쪽)

물론 『무한의 책』에서 신들은 모든 문제를 해결하는 '기계장치 신deus-ex-machina'이 아니다. 신들은 스티브가 임무를 마치고 자살할 것이라고 말했지만, 로버트가 스티브에게 마지막으로 전해준 의미심장한 메시지는 스티브에게 다른 삶이 가능함을 일러준다. "기억해두게나. 미래로 가는 유일한 방법은 하루하루 살아가는 것뿐이라고!"(476쪽) 여기서 평행우주는 축자적으로는 소설에 외삽된 과학적 가설이지만, 비유적으로는 2016년 트루데에 청년 스티브와 2015년 용인의 청년 아르바이트생을 함께 묶는 세계화의 현실을 환기시키는 알레고리이다. 스티브가 당한 의문의 덤프트럭 교통사고와 자신이 완성한 노트를 소년에게 주려고 오토바이를 몰고 가다가 아르바이트생이 당한 덤프트럭 교통사고 또한 두 평행우주가 상호 간섭한 결과이다. 그것은 또한 미래 없이 살아가는 두 청년(한 명은 몰락하는 도축 공장에서 일하는 외국인 노동자이며, 다른 한 명은 반지하방에서 살고 있는 가난한 한국인 휴학생)을 둘러싼 공통의 현실을 환기시킨다(트루데는 어디에나 존재한다!). 이것이 아르바이트생이 미처 읽지 못한 "세계의 비밀과 덤프트럭 사이의 묘한 관계"(479쪽)라는 로버트의 답장이 의미하는 바이다. 평행우주는 인물들의 망상이 아니라 세계 없이 살아가는 단자들의 바로 그 현실이자 증상이다.

시간여행도 마찬가지겠다. 시간여행에는 치러야 할 대가가 따른다. 할아버지 패러독스, 또는 작가가 살짝 변형한 것처럼 "할머니 패러독스"(448쪽)라고 부르든 간에 시간여행의 역설 가운데 하나는 시간여행자가 그의 탄생을 가능하게 한 선조先祖를 만나는 불가사의한 행위이다. 만일 이 선조에게 시간여행자의 탄생과 관련되어 불행한 일이 단 하나라도 일어나게 된다면 시간여행자는 더는 존재할 수 없다. 보육원에서 일어난 화재로부터 소년(아버지)을 구하지 못했더라면 스티브도 무無로 사라지고 말았을 것이다. 2016년 트루데의 스티브는 시간여행을 통해 모든 이들의 기억에서 존재하지 않는 인물이 되고, 1958년의 스티브는 그가 고아원에서 구출한 소년에게 자신의 한국 이름을 넘겨주며, 2015년 용인의 그는 그의 이름, 과거와 현재에 대해 누구도 알 수 없는 정체불명의 노인으로 무려 57년 동안 '하루하루'를 살아왔고, 또 살아갈 것이다. 언젠가 "나는 허구가 될 거라고"(440쪽) 말했던 것처럼. 그는 2016년 트루데의 세계에서 삭제될 것이다. 그것이 다른 평행우주 속에 던져진 스티브에게 주어진 현실이리라. 스티브는 시간여행을 통해 소년과 청년, 노년을 한꺼번에 살게 될 것이다. 그것이 로버트가 스티브에게 말했던 '미래로 가는 유일한 방법'의 의미이다. 스티브는 흡사 자신의 아버지를 죽이고 어머니와 결혼해 자식을 낳은 오이디푸스의 삶을 살아갈 것이다. 아버지에게는 아들, 어머니에게는 아들이자 남편, 자식에게는 아버지요 형제요 할아버지이기도 한 오이디푸스, 소년과 청년과 노년의 몸뚱어리를 한꺼번에 사는 괴물인 오이디푸스. 도대체 스티브는 왜 그럴 수밖에 없었던 것일까?

4. History & story

지금까지 나는 스티브의 시간여행의 과정을 상세하게 서술했지만, 그가 시간여행을 하게 된 원인에 대해서는 별로 언급하지 않았다. 『무한의 책』은 스티브가 시간여행을 떠나기까지의 과정을 공들여 재현했다. 서사의 다양한 기법과 장치, 치밀한 플롯은 모두 시간여행을 위해 동원되었다. 그런데 스티브가 마약재활병원에 있었을 당시의 주치의 닥터 싱(스티브의 평행우주에서는 편의점 아르바이트생 싱)이 용인의 아르바이트생에게 보낸 메일에 따르면 스티브의 시간여행이란 자신의 망상에 불과했다(따라서 스티브에게 닥터 싱은 자신의 시간여행을 저지하는 타임 패트롤이다). 스티브의 편집증, 음모론, 시간여행은 물론 그의 아버지가 과거에 저질렀던 한 사건 때문에 시작된 것이다. 『무한의 책』의 이야기 다발은 '만약 ~했더라면'의 가정법fiction으로 만들어졌다. '만약 아버지가 그때 ~하지 않았더라면.' 양상논리학에는 '고정지시자rigid designator'라는 흥미로운 개념이 있다. 어떠한 가능세계를 설정하더라도 같은 대상을 지시하는 말. 어떠한 가정법으로도, 어떠한 평행우주로도, 어떠한 시간여행으로도 결코 되돌릴 수 없을 '고정지시자'로서의 역사(1980년 5월 18일 광주). 그것은 비극을 일으킨 남자만이 아니라 후에 그의 가족과 자식마저 옭죄고 얽매는 운명이 될 것이다. '엘름 가 1408번지 한국인 가족 몰살 사건'은 그 운명의 불가피한 결과였다. 소설에 등장하는 인지과학자 벤자민 리벳의 실험은 뇌의 전기신호와 행동 사이의 0.5초의 불가피한 간극을 설명한다. "자유의지에 앞서 0.5초 먼저 인간을 움직인다는 그 뭔가"(156쪽)의 정체는 도대체 무엇일까. 이 간극을 거스르는 자유의지 따위란 없다.

1980년 5월 광주에서 아버지에게 도대체 무슨 일이 일어났던 것일까. 아니, 아버지는 도대체 무슨 짓을 저질렀던 것일까. 아버지가 스티브에게 한 환각적인 고백에 따르면 아버지는 그 도시로 향하던 군용 트럭에서 사람을 닮은 기분 나쁜 괴물 새를 봤으며, 새에게 발포를 했지만 그놈은 도리어 아버지의 "몸뚱어리를 뚫고 들어왔다". 아버지는 자신의 몸속으로 들어온 새를 찾아 "내장과 갈비뼈 사이를 미친 듯이 뒤졌지만, 그새 놈은 어디론가 숨어"(183쪽)버린다. 게다가 자신이 신이라고 킬킬대던 새는 정 하사에게 총을 "쏘라고" 아버지의 "귀에다 대고 미친 듯이 떠들어댄 존재"(184쪽)였다. 리벳이 말한 0.5초 간극의 정체는 환각과 환청으로 사정없이 아버지를 쪼아댄 악신이었을까. 그는 자신도 모르게 정 하사에게 총을 쏜 후 이어 정체불명의 새도 총으로 쏴 죽였다고 생각했지만, 모든 것은 망상이었다.

> 난 완전히 속아 넘어갔던 거야. 새인 줄 알고 있던 것들은, 제길, 사람이었어. 그것도 어린애들. 웃통까지 벗고 물에서 놀고 있던 소년들. 한 놈은 머리가 터지고, 어떤 놈은 배가 뚫렸어. 밑바닥부터 피가 차오

> 르더니, 시간도 움직임도…… 모든 게 완벽하게 멈춘 그 세상 전체가 새빨간 물속으로 잠겨 들었어. (185-186쪽)

주의할 필요가 있겠다. 아버지가 자기 자신에게 분명히 말했던 것처럼 "어쨌든 모든 건 너의 선택이니까. 지금 머릿속에 들어 있는 그 새도 사실은 네가 원해서 불러들인 거야."(184쪽) 아버지의 환각과 환청은 그가 광주로 향하던 당시의 개울가에서 실제로 경험한 현실이라고 말할 수 있을까. 혹시 그는 자신이 저지른 끔찍한 범죄를 도무지 감당할 수 없기 때문에 괴물 새의 환각과 환청을 만들어낸 것은 아닐까. 그렇게 그의 삶은 '망상'이 되어갔고, 그것이 그의 '현실'이었다. 스티브의 망상은 리처드 도킨스의 표현을 빌리면 아버지의 저주받을 밈meme을 운명적으로 물려받은 것이기도 하겠다. 만약 '나', 스티브가 로버트를 만나지 않았더라면, 만약 로버트의 이야기를 한낱 음모론에 빠진 미치광이 노인의 망상으로 치부했더라면, '나'는 도축공장에서 햄이나 팔고 평범한 인생을 살았겠지만…….

> 만약 정말로 그랬다면 당신(들)은 이 노트를 구경도 못했을 거야. 왜냐하면 우주의 틈새는 열리지 않았을 테니까. 내가 모든 비밀을 알아낸 덕분에, 그 작고 좁은 균열이 입을 벌렸어. 그리고 거기서 시간과 공간은 다시 태어났지. 우리—나와 당신을 포함해서—도 마찬가지고 말이야. 아, 물론 미안하긴 해. 나 때문에 무無가 되고 만 존재들에게는. (중략) 빌어먹을 내 아버지, 박영식. 그래, 그가 아니었다면 난 이 따위 노트 같은 건 쓰지도 않았을 거야. (32쪽)

나아가 『무한의 책』이라는 시간여행, 평행우주(허구)는 '만일 ~했더라면'의 가정법, 어떠한 양상논리의 무한한 변주 속에서도 지워지지 않고 단단히 고정되어 있는 역사(현실)의 상처에서 비롯된 것이다. 그렇다면 이 소설의 평행우주는 역사의 상처로부터 한낱 도피하기 위해 만들어졌다는 뜻인가. 물론 아니다. 오히려 역사의 모순, 괴로운 상처에 대한 상상적인 해결책이라고 봐야 한다. 모든 것은 만들어졌다는 구성주의자들에게 역사History는 하나의 이야기story겠지만, 이야기는 역사의 환부, 크랙, 임계점, 특이점을 환기하고, 어루만지며, 때로는 그것을 극복하기 위해 쓰이는 어떤 것이다. 비록 이 이야기가 『무한의 책』에서처럼 온통 해석망상, 편집증, 음모론 등을 동원해 만들어졌더라도.

> 각각의 순간을 상징하는 시공간들은 이 광대무변한 우주 전체에 비누 거품처럼 둥둥 떠 있어. 그러니까 그야말로 무한에 가까운 순간의 거품들이 부글부글 끓어오르고 있다는 뜻인데…… (중략) 어쨌거나, '지금 이 순간'이라는 거품과 '과거의 어느 시점'이라는 또 하나의 거품을 서로 만나게 하려면 (중략) 너는 현재라는 시공간의 거품에서 1958년의 용인이라는 시공간의 거품으로 건너뛰는 거야. 그 두 개의 비눗방울이 만나는 찰나의 순간에 말이야. 그리고 그곳에서 너는 '열쇠'를 찾아내 이곳으로 돌려보내야 해. 그게 바로 크랙을 메울 수 있는 유일한 방법이니까! (417쪽)

『무한의 책』에서 시간여행 서사는 이런 식으로 구상되었다. 스티브의 시간여행을 통해 무수한 거품의 순간으로 존재하는 2016년 트루데의 우주, 1958년 용인의 우주 그리고 2015년 용인의 우주는 양자역학의 용어를 빌리면 파동의 위상이 일치하지 않는 '결어긋

남decoherence' 상태를 일주일 동안 지양할 수 있게 된다. 일주일이 지나면 트루데의 우주에 종말이 닥쳐오며, 우주는 다른 우주에 대해 존재하지 않게 된다. 종말은 과거의 어느 지점에서 최초의 크랙이 발생하고 이후에 도무지 어찌할 수 없을 정도로 커다랗게 벌어져 임계점을 넘어선 결과로 예고되었던 것이다. 신들에 의하면 스티브의 아버지가 "1980년 광주로 향하던 군용 트럭 위에서 임계점을 넘어선"(416쪽) 것이다. 그리고 스티브는 감행한 것이다. 크랙이 발생하던 어느 시점으로 거슬러 올라가 어린 자신의 아버지를 만나기 위해.

그리고 스티브는 해냈다. 마침내 그의 망상은 현실을 이겼다.

5. 덧붙임 : '새로운 리얼리즘'을 위한 소설

『무한의 책』에서 스티브의 편집증 서사는 그 자체로 증상이다. 그러나 서사는 또한 증상의 괴롭고도 모순적인 해소 과정이기도 하다. 물론 스티브는 닥터 싱의 말처럼 "스스로를 구하기 위해 이야기를 만들어"(459쪽)낸 것이다. 그의 망상fiction은 비참한 현실reality에 기원을 두고 있으며, 현실과 마구 혼동되는 것이겠지만, 그것을 왜소하게 비현실이라고 고집해 부를 이유는 없다. 닥터 싱도 용인의 아르바이트생에게 보낸 메일에서 스티브의 망상을 지적하다가 나중에는 그것을 철회하지 않았던가. 현실은 망상에 대해 더는 우위를 주장할 수 없게 되었다. 그 현실은 닥터 싱의 메일 주소처럼 사라질 것이다. 『무한의 책』에는 독단적인 현실 개념을 고수하는 사람들이 앉을 의자가 더는 남아 있지 않다.

최근에 독일의 한 젊은 철학자가 '새로운 리얼리즘'을 내세웠다고

들 한다. 들어본즉슨 현실은 감각 너머에 있는 것도, 감각에만 있는 것도, 객관적으로 존재하는 대상도, 대상에 대한 나의 주관적인 관점도 아니다. 마찬가지로 모든 현실을 포괄하는 세계(현실)가 존재하는 것도 아니다. 물리적 대상인 우주도 세계보다 더 크지 않다. 세계가 나의 의미 장場 안에서 파악될 수 있는 것이라면. 세계는 전체로 파악될 수 없고 또 그럴 필요도 없다. '세계는 존재하지 않는다.' 『무한의 책』에서 읽었듯이 세계는 주인공이 존재하기를 그만두면 사라질 수 있는 어떤 것이다. 그렇지만 세계보다 더 많은 것들이 존재할 여지는 남아 있다. 빗자루를 타고 날아다니는 마녀나 경찰복을 입은 일각수와 같은 허구 또한 엄연히 존재하는 것이다. "새로운 리얼리즘은 우리가 사실을 두고 하는 생각 역시 그 생각의 대상인 사실 못지않게 똑같은 권리를 가지고 존재한다고 인정한다."[2)]

이제 『무한의 책』과 더불어 이렇게 말해도 될 것 같지 않은가. 김희선의 『무한의 책』은 우리가 현실을 두고 하는 망상 역시 그 망상의 대상인 현실 못지않게 똑같은 권리를 가지고 존재한다는 것을 역설하는 새로운 리얼리즘 소설이라고.

2) 마르쿠스 가브리엘, 『왜 세계는 존재하지 않는가』, 김희상 옮김, 열린책들, 2017, 16쪽.

소설을 쓸수록 나는 점점 더 깊이 깨닫는다.
작가는 신이 아니라는 것과
등장인물에겐 그들만의 정해진 운명이 있다는 사실을.

소설 속 지명과 장소, 시대, 그 밖의 모든 고유명사가
실제 그 자체를 의미하진 않는다는 것을 말하고 싶다.
마치 허구가 오직 허구만을 가리키지 않듯.

다음의 책과 작가에게 감사를 보낸다.

이탈로 칼비노와 『보이지 않는 도시들』, 티머시 패키릿과 『12초마다 한 마리씩』.

『보이지 않는 도시들』을 읽으며, 나는 (어딘가에) 트루데라는 도시가 있으리라는 걸 알았다.

한 번도 가보지 못한 거대한 도축장의 이미지를 생생하게 떠올릴 수 있었던 것은 『12초마다 한 마리씩』 덕분이었다.

끝으로, 현대문학에 감사를 드린다.

특히 책이 나오기까지 수고해주신 윤희영 님을 비롯한 편집팀 여러분께 마음으로부터 우러나오는 감사의 인사를 전한다.

우주를 떠다니던 무형無形의 이야기가

'책'이라는 실재實在로 탄생하는 과정은 언제나 내게 깊은 감동을 불러일으킨다.

무한의 책

초판 1쇄 펴낸날 2017년 6월 26일

지은이 김희선
펴낸이 김영정

펴낸곳 (주)현대문학
등록번호 제1-452호
주소 06532 서울시 서초구 신반포로 321(잠원동, 미래엔)
전화 02-2017-0280
팩스 02-516-5433
홈페이지 www.hdmh.co.kr

© 2017, 김희선

ISBN 978-89-7275-825-9 03810

* 책값은 뒤표지에 있습니다.
* 파본은 구입처에서 교환해 드립니다.